D1924676

Anthony Lee

Der Deal

EUROPA
VERLAG

Aus dem
amerikanischen Englisch
von
Andreas C. Knigge
und
Nikolaus de Palézieux

ANTHONY LEE

DER DEAL

ROMAN

Europa Verlag
Hamburg · Wien

Originalausgabe:
»Martin Quinn«
William Morrow, New York 2003
© Anthony Lee 2003

Deutsche Erstausgabe

© Europa Verlag GmbH Hamburg, Januar 2003
Umschlaggestaltung: Kathrin Steigerwald, Hamburg
Satz: TAS, Brackel
Druck und Bindung: Wiener Verlag, Himberg bei Wien
ISBN 3-203-79527-2

Informationen über unser Programm erhalten Sie beim
Europa Verlag, Neuer Wall 10, 20354 Hamburg
oder unter www.europaverlag.de

I

1

Du legst ihn nicht um. Er sagte es sich noch mal. Der Gedanke war wie ein Erwachen. Als ob er aus den dunklen Wäldern in seinem Kopf auf eine Lichtung im Morgengrauen getreten wäre. Es war Frieden, der sich in ihm ausbreitete.

Felix sah, wie er grinste. »Was ist los, Suzie Q?«

Martin Quinn hielt den Blick gesenkt, starrte auf das Gras. Er würde ihn also nicht umlegen – ohne daß er auch nur geahnt hatte, daß sein Ende so verdammt nah war. Felix Pasko würde sein Leben weiterleben.

Sie gingen rüber zum Haus.

Er konnte ihm überhaupt keinen Vorwurf machen. Er war absolut loyal. In diesem Punkt hatte er sich kein bißchen verändert in den dreizehn Jahren.

Fee nahm das Gewehr in die andere Hand und suchte in seinen Taschen nach den Schlüsseln. Martin ging langsamer, blieb seitlich hinter ihm. Täusch dich nicht noch mal in ihm, dachte er.

Fee sagte: »Was ist mit Essen?«

»Ist was da?«

»Ich dachte, daß wir unterwegs was essen.« Er fand die Schlüssel. »Oder wir essen, wenn wir in der Stadt sind. Im Haus ist nichts.«

»Dann in der Stadt.«

»Hast du Hunger?«

»Könnte was vertragen.«

»Ich auch.« Fee verlangsamte seinen Schritt. Suchte den richtigen Schlüssel. Dann blieb er plötzlich stehen und drehte sich zu Martin um. Sah ihm ins Gesicht. Auch Martin blieb stehen, erwiderte den Blick. Das Geräusch ihrer Schritte war jetzt völliger Stille gewichen. Eine Weile standen sie so, dann sagte Fee: »Du weißt, was ich denke, oder?« Sein Gesicht verriet, kaum sichtbar, einen leichten Schmerz. Dahinter flimmerte die weiß getünchte Hauswand. Der Himmel färbte sich in der untergehenden Sonne dunkelrot. Martin speicherte diesen Augenblick. Sah dann wieder Felix an. Sah an seinem Blick, daß er nachdachte. »Du weißt es, Q, oder?«

»Wir werden uns nicht mehr sehen, wenn die Sache gelaufen ist. Davon redest du schon seit Wochen.«

Fee wandte sich ab. Schwieg. Wie eine wütende Zeichentrickfigur.

»Sag schon, Felix. Deine Brille beschlägt sonst noch.«

»Ich hab verdammten Schiß davor, daß die Sache aus dem Ruder läuft. Ein paar dumme Zufälle, mit denen wir nicht gerechnet haben, und schon ist alles im Eimer. Dumme Zufälle, davon rede ich. Dinge, die man nicht vorhersehen kann.«

»Man kann nie *alles* vorhersehen.«

Ein kurzes Flackern in Fees Blick, aber er blieb gefaßt. Beschäftigte sich wieder mit den Schlüsseln. »Es ist ja nicht ...« Er trat ein Stück zur Seite. »Ich mach weiß Gott keine Witze, du Arsch.«

»Ich vielleicht?«

Fee sah Martin an, aber der blickte weg.

Weil auch ihm plötzlich der Gedanke gekommen war.

Es war schon merkwürdig, daß man manchmal einfach nicht wußte, was der nächste Moment bringen würde. Vor ein paar Minuten noch hatte er Fee die Glock an den Kopf halten wollen und – *pow*! Und jetzt, um Himmels Willen, jetzt war das alles schon wieder Vergangenheit. Das Leben ging einfach weiter, völlig normal. Alles war wieder verdammt normal.

»Was sind wir doch für Arschlöcher«, sagte Martin. Halb zu sich, halb zu der Dämmerung.

»Was hast du gesagt?«

Er drehte sich nicht um. »Ich sagte, ich mache keine Witze. Weißt du überhaupt, was *ich* denke?«

»Klar, und es ist mir scheißegal. Mein Vater ist ein verdammt gefährlicher Mann. Aber ich tu's. Und dann werden wir ja sehen.«

»Du hast noch immer Schiß, daß er ...« Er redete nicht weiter.

Nichts. Er drehte sich um.

Sah, daß Fee tatsächlich noch nicht ganz durch war damit.

Der alte Mann kroch noch immer in seinen Gedanken herum, jagte ihm immer noch Angst ein. Trotz allem, was er gerade im Begriff war durchzuziehen. Trotz allem, was er gerade getan hatte. »Fee, es ist ihm scheißegal.«

»Vielleicht.«

»Mann, wozu sind wir eigentlich hier rausgefahren, Felix?«

Ich, um dich umzulegen, dachte er. Wie lange war das her? Die Minuten kamen ihm vor wie Wochen, die einfach so vergingen. »Ausspannen, einen Tag nicht dran denken. Das hier ist dein Landhaus. Wir sind in den verdammten Catskills. Es war *deine* bescheuerte Idee. Was soll das eigentlich alles? Du machst mich noch völlig fertig.«

»Was kann ich dafür?«

»›Was kann ich dafür?‹ O Mann, was soll der Scheiß? Selbst wenn dir dein Alter keine einzige verdammte Kopeke mehr in den Arsch schiebt – du bist auf ihn nicht mehr angewiesen, wenn die Sache gelaufen ist. Nie wieder. Kriegst du das endlich in deinen verdammten Schädel? *Du* kannst dann mit *ihm* Geschäfte machen, wenn du willst. Du bist mit ihm auf einer Ebene.«

Fees Blick wurde glasig.

Aber er hatte ihm zugehört.

Er würde es machen. Er würde sich wieder beruhigen. Also laß ihn jetzt, dachte Martin. Setz ihn nicht unter Druck. Wir haben heute schon einiges hinter uns, es reicht langsam. »Du mußt es einfach nur *machen*, Fee ...«

Fee sagte: »Ganz so einfach ist es eben nicht ...« Er winkte ab. »Weißt du, was es heißt, seinen eigenen Vater zu hintergehen?«

»Woher soll ich das wissen? Ich war neun, als er starb.«

»Ich sag's dir. Man fühlt sich hundsmiserabel. Irgendwo, ganz weit hinten in deinem Hirn, fühlst du dich völlig mickrig. Du hast solchen Schiß, daß es dir die Eier aus dem Sack zieht. Kapierst du das?«

»Klar, aber was soll das Ganze? Du nimmst dem Mann doch nichts weg. Und zweitens ...«

»Was zum Teufel ...«

»Du tust nichts anderes, als dich endlich auf deine eigenen

Beine zu stellen. Verdammt, er muß nicht von jedem beschissenen Schritt wissen, den du machst. Hör mal, Mann, du gehst schließlich auf die Dreißig zu. Das ist das eine. Zweitens, wenn du dir unbedingt Sorgen machen willst, dann sieh dich doch mal an. In ein paar Tagen kommt das Zeug aus Sizilien. Also paß gefälligst ein bißchen auf.« Er streckte seinen Daumen, seinen Zeigefinger und dann den Ringfinger in die Luft und zählte auf: »Auf Monya, Bunny und auf Terry Hughes, diesen Idioten. Behalt diese Arschlöcher im Auge. Und zwar jede verdammte Sekunde.« Er zielte mit dem Zeigefinger auf Fee und formte mit den Lippen ein leises »Plop«. »Jede verdammte Sekunde.«

Fee sagte: »Meinst du das im Ernst, Mann? Vorhin hast du doch noch gesagt, es sei alles in Ordnung. Ich habe dich …«

»Ich hab dir gesagt, daß die Dinge genau so laufen, wie sie sollen. Trotzdem mußt du die Typen im Auge behalten. Schließlich geht es um Heroin. Vergiß deinen Vater nur mal fünf verdammte Minuten. Und kapier endlich, daß alles gut wird. Monya und Bunny sind bedient. Wir haben sie unter Kontrolle, jede Sekunde. Ich zumindest. Ich bin mir allerdings nicht sicher, was *du* in letzter Zeit so gemacht hast …« Er redete nicht weiter. Wollte sehen, ob er ins Schwarze getroffen hatte.

Fees Blick glitt in Richtung Wald. Er suchte in dem, was er gehört hatte, nach irgendwas, das ihn beruhigen konnte.

Martin grinste. »Klar ist Penny sauer auf dich. Aber sie ist deine verdammte Frau, damit mußt du leben.«

Fees Blick kehrte zurück. Er grinste jetzt ebenfalls. Preßte widerwillig die Lippen aufeinander. Wandte sich ab und holte tief Luft. »Klar doch, wenn der Alte mich nicht umlegt, dann tut sie's.«

Martin zuckte die Schultern, seine Handflächen zeigten nach oben. *Was soll man da noch sagen?* Sie hat bestimmt mindestens zehnmal angerufen, während wir hier draußen im Wald waren, dachte er. Wahrscheinlich ist sie völlig verzweifelt. Oder ganz einfach sauer.

»Ich wette, sie hat mindestens zehnmal angerufen«, sagte Fee.

Martin grinste.

»Vielleicht ist sie eifersüchtig«, sagte Fee und sah ihn an. Sah Martin von oben bis unten an. Vom Kopf bis zu den Zehenspitzen. Dann wieder in seine Augen.

Martin stellte sein Grinsen ein und hielt dem Blick stand. Irgendwas, das jetzt ohne Worte zwischen ihnen ablief. Fee hielt immer noch die Schlüssel und die Remington umklammert. Er hatte seine Hände in den Jackentaschen. Die eine zur Faust geballt, die andere an der Glock.

Er brauchte einen Moment, um sich darüber klarzuwerden.

»Nicht gerade perfekt, meine Ehe«, sagte Fee. »Aber scheiß drauf, wessen Ehe ist das schon.« Er schüttelte den Kopf. Sah wieder weg. Rüber zu den Baumwipfeln, ins Zwielicht.

Martin nickte. Er wollte nichts mehr davon hören. Die Sache verdarb Fee bloß die Laune. Aber *du* hast damit angefangen, dachte er. Was dachtest du denn, was kommen würde? »Hast du schon von diesem neuen Piratenfilm gehört?« Stimmungswechsel.

Fee kniff die Augen zusammen und sah ihn an.

»Ich meine den, der nicht jugendfrei ist.«

»Sag nicht, den hast du noch nicht gesehen.« Fee grinste. »Dann bist du aber ganz schön hinten dran, Q.«

»Ist doch egal, aber du hast gerade gegrient.«

»Ich hab gegrient? Na und? Denkst du etwa, wir sind so was wie Piraten? Wir beklauen niemanden ...«

»Mann, was ist los, drehst du jetzt ab, Felix? Jetzt ist es also raus. Dein Hirn ist tatsächlich so ... zu, daß man nicht mal mehr 'nen Witz machen kann ...«

»Ein unerschöpflicher Markt, Heroin. Das hast du selbst gesagt, tausendmal ...«

»Jetzt spinnst du total ...« Er hob seine freie Hand wie zum Zeichen der Unterwerfung und entfernte sich einige Schritte. Drehte sich um, kam zurück. »Du begreifst es nie, Fee. Das ist dein Problem. Du wirst nie begreifen, was du an dieser Welt hast. Das Leben, das du führst. Du begreifst es einfach nicht.«

»Das sagtest du schon.« Er ging rüber zum Haus. Steckte den Schlüssel ins Schloß. Öffnete die Tür. »Macht einfach Witze ...« Ging hinein.

Martin hörte, wie er das Gewehr zurückstellte. Dann mit irgendwas rumhantierte. Eine Weile würde er da drinbleiben. Bis er sich entschieden hatte, was er tun würde.

Martin zog die Glock aus der Tasche und lauschte. Ein paar Sekunden. Steckte sie dann wieder ein. »Fee, reg dich ab. Sei nicht sauer, Mann. Felix. Hey.«

»Klar doch. Ich bin doch nicht bescheuert.«

Dann redeten sie in normalem Tonfall weiter. Die Entschuldigung war angeboten und angenommen worden. Das Scheppern da drinnen hatte jetzt aufgehört. Fee drehte einen Hahn auf, so hörte es sich zumindest an. Füllte irgendwas voll. Rief über das Geräusch hinweg: »Lassen wir das endlich mit meinem Vater. Wahrscheinlich bin ich einfach nur nervös. Unausgeglichen.«

»Er wird *stolz* auf dich sein.« Martin sagte das laut. Stellte sich vor, wie Fee da drinnen, wahrscheinlich über das Waschbecken gebeugt, den Kopf schüttelte, noch immer verunsichert. Was immer er da füllte, es lief jetzt vermutlich über, aber Fee dachte bestimmt nur an seinen Alten.

Dann wurde der Hahn zugedreht. Fee kam raus. In der Hand eine Gießkanne. Knallrosa Plastik. Er ging an Martin vorbei.

»Hast du gehört, Felix Pasko?«

»Klar und deutlich.« Er ging über den Hof.

Martin sah ihm hinterher. »Er wird wirklich verdammt *stolz* sein, wenn er sieht, wie du für ihn die Gartenarbeit machst.« Fee ignorierte ihn. Ging um das kleine, traurig aussehende Rosenbeet herum und blieb schließlich stehen. Betrachtete es abwesend.

»Ich hab meiner Mutter versprochen, daß ich mich drum kümmere. Aber sieh es dir an.« Er zuckte die Schultern und goß die trockenen Sträucher. Ein bißchen hier, ein bißchen da. Schien völlig von seiner Beschäftigung eingenommen. Wie ein kleiner Junge. Martin grinste, drehte ihm den Rücken zu und zog die Glock aus der Tasche. Eine kurze, rasche Bewegung, lässig. Er löste das Magazin. Entlud es, wobei er es gegen seinen Bauch drückte, um das Geräusch zu dämpfen, und ließ die Patronen in die andere Tasche gleiten. Dann schob er es wieder in die Waffe. Gesichert, Sergeant. Er schüttelte den Kopf, weil diese Erinnerung immer noch so präsent war. Betrachtete die Waffe, die so gut und leicht in seiner Hand lag. Er machte einen Punkt im Gras vor seinen Füßen aus. Starrte ihn so lange an, bis er verschwamm. Jetzt ist wieder alles so, wie es sein sollte, dachte er. Ein Mann, der auch nur einen Funken Ehre im Körper hat, lauert dir nicht auf und erschießt dich von hinten. Er sagt dir die Wahrheit ins Gesicht und überläßt es dann dir, ob du Blut als Lösung wählst.

Und wenn man die Frau seines besten Freundes liebt, und sie liebt dich, dann sagt man das dem Mann, verdammt.

Er steckte die Waffe wieder ein. Zog wie abwesend den Reißverschluß seiner Jacke ein Stück hoch, dann wieder runter. Dachte daran, daß er dieses Gefühl eben schon mal gehabt hatte, vorhin, als sie da in dem Wald waren. Als er plötzlich gewußt hatte, daß er ihn nicht umlegen würde. Als er begriffen hatte, daß die Dinge ganz anders liefen.

Also sag es ihm, dachte er. Er hat ein Recht, es zu erfahren.

Wieder steckte er die Hände in die Taschen. Hatte keine Ahnung, wohin er sie sonst tun sollte. Er holte Luft, tief, schloß die Augen und öffnete sie wieder. Dachte: Du wolltest ihn tatsächlich umlegen. Wegen Penelope? Wegen einer Frau? Drehte sich um und sah ihn an. Fee schwebte immer noch um das Rosenbeet – er war so verdammt jung, wirklich. Eigentlich zu muskulös. Offenbar überfordert mit der harmlosen Natur. Immer loyal dir gegenüber gewesen, schon damals, als ihr noch kleine ängstliche Highschoolfrischlinge wart. Dreizehn Jahre. Komm schon – das bist du ihm schuldig.

Aber dann sagte ein anderer Teil seines Hirns: Ja. Penelope. Behalt lieber die Pfoten an der Waffe. Für sie lohnt es sich zu töten.

»Fee.«

»Was ist?« Noch immer bedachte er das stachelige Gestrüpp. Ließ Wasser darauf tröpfeln.

»Fee …« Mehr brachte er nicht raus.

»*Was*?« Er sah auf. »Was ist denn los mit dir?«

»Es *ist* so. Wie du's vorhin gesagt hast.«

Fee zuckte die Schultern. »Was meinst du? Worüber haben wir geredet? Übers Essen?«

»Ich hab gelogen. Es stimmt, ich liebe sie tatsächlich noch.«

Fee richtete sich auf.

Fast bis zu seiner vollen Größe.

Als würde etwas in ihm explodieren. Langsam und in Zeitlupe.

Aber er ließ die Detonation nicht zu.

»Sie ist *meine* Frau.«

»Ich weiß.«

»Du hast also mit ihr geschlafen?«

Dutzende von Malen – Scheiße, ja.

Sein Instinkt riet ihm, reinen Tisch zu machen.

Und er dachte, daß nur dieses eine Mal wirklich zählte. Wirklich etwas bedeutete.

Daß alles nur so gekommen war, weil Felix seinen Platz eingenommen hatte.

Das ist der Grund, warum du zurückgekommen bist, wurde ihm plötzlich klar. Um sie auseinanderzubringen ... »Spielt das eine Rolle?«

»Ja. Ich sollte dich verdammt noch mal umbringen.«

»Mit der Gießkanne? Ich wollte *dich* umlegen. Vorhin, im Wald. Hab's mir aber anders überlegt. Ich will nicht, daß einer von uns ...«

»Das ist doch Schwachsinn, Mann.« Er machte einen Schritt auf Martin zu. »Was heißt das, du wolltest mich *umlegen*?« Noch einen Schritt, ins Rosenbeet, was er nicht zu bemerken schien, mit weit aufgerissenen Augen. Zeigte auf sein Gesicht. »Weißt du, was dieser Ausdruck bedeutet? Ich glaub dir kein Wort. Was soll das heißen, du wolltest mich *umlegen*?«

»Ich hab die Kanone in der Tasche, Mann, du hast sie doch selbst gesehen. Ich hab sie in der Hand. Bleib stehen ...« Aber seine Finger wollten sich nicht um die Waffe legen, berührten sie nur. »Du jagst mir Angst ein, Fee. Kein Scheiß jetzt. Du willst was provozieren. Und damit hab ich nicht gerechnet.«

Fee schwieg eine Sekunde. Dann: »Womit hast du denn gerechnet? Du ... fickst *Penny*, verdammt. Und jetzt sagst du, du wolltest mich *umlegen*? Was ...?«

»Ich liebe sie schon seit einer Ewigkeit. Ich habe sie *zuerst* geliebt, Mann. Ich dachte, ich sage es dir, und wir bringen das in Ordnung. Ich hab nicht damit gerechnet, daß du sie genauso liebst wie ich. Und ich sag's dir ganz offen: Ich glaub's immer noch nicht.«

»Arschloch.«

»Ehrlich, Mann. Und es ist nur fair, daß *ich* jetzt dran bin. Ich liebe sie schon weit länger als du.« Er dachte, kapier's doch endlich. »Laß uns drei einfach noch mal von vorne anfangen. *Ich* will sie heiraten, Fee. Ich bin zur Armee gegangen und habe gearbeitet, bin zur Schule gegangen, und dann kam auf einmal diese verdammte Einladung zu deiner verdammten Verlobung, und ich dachte, ich müßte dich ewig hassen. Aber schließlich war ich es ja, der weggegangen ist. Das war mir immer klar. Und deshalb sage ich dir jetzt, daß ich dich nie gehaßt habe deswegen. Wir wissen das beide.« Kapier's doch endlich, bitte. »Ich liebe sie. Und du bist mir näher als mein eigener Bruder. Aber laß uns jetzt kein sentimentales Zeug reden. Jetzt bin ich dran. Ich gebe sie nicht noch mal auf.« Oder dich.

»Du bist also dran.«

»Von jetzt an, ja. Und bis der Tod uns scheidet. Das ist verdammt noch mal nur fair. Du kannst jederzeit zu uns rüberkommen, an den Wochenenden, zum Essen. Oder jeden Abend, was mich angeht, aber … Sag doch was.«

Fee dachte nach.

Es gab 'ne Menge nachzudenken.

»Nimm die Hände aus den Taschen«, sagte er.

Martin schätzte die Entfernung ab. Sechs Meter, wenigstens. Wenn Fee versuchen wollte, ihn zu überrumpeln, hatte er mindestens zwei Sekunden, um zu reagieren und ihm den Arsch wegzublasen. Er zog die Hände raus. Hielt sie halbhoch. Wie ein mieser Schwerverbrecher.

»Wie kannst du sagen, daß du mich *umlegen* wolltest?«

»Wieso hast du sie *geheiratet*, verdammt noch mal?«

»Wie konntest du das sagen?«

»Willst du mich verhaften, oder was?«

Fee hielt die Gießkanne jetzt auf Augenhöhe. Zielte. Martin hob seine Hände höher, Fee sah zum Haus. Blinzelte, wie um besser sehen zu können. Als hätte er etwas entdeckt, das da nicht hingehörte. Martin drehte sich um, sah ihre Spiegelbilder in den dunklen Scheiben, und dann sah er Terry. Erkannte ihn sofort, wußte aber nicht, was er da zu suchen hatte. Er kam von der Seite des Hauses auf sie zu und hielt eine Knarre auf sie gerichtet. »Auf die Knie. Alle beide.« Und da dachte Martin, mein Gott, er wird uns erschießen. Bunny hat ihn geschickt, damit er uns erschießt.

Exekutiert. Noch bevor er das zu Ende gedacht hatte, schoß seine Hand in die Tasche. Er hörte, wie Terrys Stimme lauter wurde – rief: »Behaltet die Hände … nein …«, da hatte Martin die Glock schon draußen, zielte, aber die Waffe war gesichert. Terry zielte ebenfalls. Martin hörte den Schuß, sah den Blitz, fühlte seinen Kopf herumwirbeln. Sah, wie sein Blut an die weiße Hauswand spritzte. Fiel. Spürte es mehr, als daß er es verstand.

Um ihn herum wurde es schwarz. Er zwang sich, die Augen wieder aufzukriegen. Sah, wie Terry näherkam, wie sein Blick zwischen ihm und Fee hin und her jagte. Sah, daß er an die Glock nicht rankam – *Scheiße, wieso hast du sie fallenlassen?* – sah, wie sich Terry bückte und sie aufhob. Sah, wie er die Glock entsicherte, er kannte sich aus, dieser Terry, den Hahn spannte und sich zu Felix umdrehte. Martin kniff die Augen zusammen, keuchte, es tat verdammt weh. Terry sagte: »Bleib stehen, du Pißgesicht.« Seine Stimme wurde leiser, Martin sah, wie er auf Felix zuging, zielte. Felix wirkte noch immer wie erstarrt. Versteinert. In seinem Gesicht las Martin: *Scheiße, Mann, ich kenne dich doch gar nicht.* Aus der Gießkanne zu seinen Füßen tropfte es glucksend in das Gras. Terry sagte: »Bleib stehen, ich hab keine Lust, hinter dir herzulaufen.« Aber Fee war schon unterwegs, rannte auf den Wald zu. Terry zögerte eine Sekunde, dann feuerte er. Felix wirbelte herum, dreihundertsechzig Grad, ein reichlich bescheuertes Ballett – aber er lief weiter. Langsamer, aber fest entschlossen, zu entkommen. Tee feuerte noch mal, und Fee taumelte, stolperte. Eierte herum. Fiel auf die Knie. Auf die Hände. Kroch. Auf den Wald zu. Immer langsamer. Kippte auf die Seite. Stöhnte. Wälzte sich auf den Rücken. Terry ging zu ihm hin. Stellte sich breitbeinig über ihn. Sagte etwas, ganz leise, aber mit rauher Stimme. Sagte etwas und feuerte.

Martin sah weg. Starrte auf sein Blut an der weißen Wand. Dann zum Himmel. Schloß die Augen. Fühlte die Blutlache unterhalb seines Kopfes und hörte seinen Herzschlag und dann Terrys Schritte auf dem Gras, als er zurückkam. Angst überschwemmte seine Brust, kroch heiß in ihm hoch, das Blut in seinem Kopf dröhnte in der Stille. Du erstickst an deiner Angst, dachte er. Terry stand jetzt vor ihm – sein Umriß schluckte jeden Laut – er beugte sich zu ihm runter, hockte sich mit knackenden Knien neben ihn. Legte etwas in Martins Hand und schloß seine Finger darum. Terry richtete sich wieder auf. Und ging.

Martin öffnete die Augen. Sah, daß es die Glock war, die in seiner Hand lag, und er sah Terrys Rücken – breit, stark. Die Todesangst verschwand. Er biß die Zähne zusammen, knirschend, richtete sich auf, zielte durch den Nebel und drückte ab. Terry schwankte, drehte sich um, sah ihn an. Martin schoß noch mal und traf ihn weiter oben. Terry schleuderte zurück und wurde umgerissen. Martin bekam sich auf die Beine, schwankte auf ihn zu, blieb über ihm stehen. Hielt die Waffe auf sein Gesicht gerichtet. Und wartete. Sogar jetzt noch, wo er da unten im Gras lag und in die Mündung der Glock starrte, hatte er Angst vor ihm. Wußte nicht, was er tun sollte.

Terry grinste höhnisch. Blut sickerte aus seinem Mund. »Spielst du jetzt Billy the Kid, Quinn? Du willst mich erschießen? Jesus …« Er drehte den Kopf zur Seite, besah sich die seltsame Szenerie. Seine großen Augen waren jetzt schmale Schlitze. »Du Arschloch …« Er stöhnte, hatte offenbar Schmerzen. Martin merkte, daß er sich nie hatte vorstellen können, daß Terry in der Lage sei, Schmerzen zu empfinden. Überhaupt etwas zu empfinden. »Du verschissener … Jesus«, krächzte Tee, dann sackte seine Stimme in sich zusammen. Er schien mit sich selbst zu sprechen. Oder zu seinen Schmerzen. *Aber er redet mit* dir, dachte Martin. *Hör ihm zu. Bestimmt ist es eine Sünde, wegzuhören, wenn jemand stirbt.* Tee sagte: »Du hast mir immer im Weg gestanden. Ständig versaust du einem alles. Verpiß dich doch einfach …« Wieder sah er ihn an, direkt ins Gesicht. Er stöhnte. *Erstaunlich, daß er etwas zu spüren scheint. Erstaunlich, daß …* Tee sagte: »Jetzt mach schon, du Arschloch.«

Martin drückte ab. Der erste Schuß blies Terrors Gesicht weg, der zweite ging daneben. Jagte in den Boden und wirbelte eine Fontäne kleiner Erdbrocken hoch.

Martin drehte sich um. Fee bewegte sich. Zuckte, seine Beine gespreizt, die Füße in das Gras gedrückt. Als ob er versuchte, sich aufzurichten. Martin wußte, daß er das nicht schaffen würde.

Er torkelte zu ihm rüber. Stampfte durch das Gras und fragte sich, wie sich das wohl in Fees Kopf anhören würde. Vielleicht würden ihn seine Schritte beruhigen. Oder ihn völlig fertigmachen. Ihm noch mehr Angst einjagen.

Er blieb neben Fees Beinen stehen. Sah zu ihm runter, in seine Augen. Sah, daß er es wußte, mit der Kugel irgendwo in den Windungen seines Gehirns. Aus dem kleinen Loch über seinem Auge floß Blut. Seine Brille hing schief in seinem Gesicht, und der Kopf baumelte hin und her. Ein primitiver, animalischer Reflex.

Martin hatte den Wagen schon vor einer ganzen Weile gehört, aber erst jetzt, als er schon ganz nahe war, registrierte ihn auch sein Bewußtsein. Martin sah zu, wie Fee starb. Seine Knie wurden weich, die Beine zitterten. Die Wagentüren wurden aufgerissen, Stimmen riefen seinen Namen, riefen, er solle die Waffe fallenlassen. Cops. Aus dem Nichts. Er war nicht einmal überrascht. Drehte sich zu ihnen um. Zwei. In Anzügen und Krawatte. Breitbeinig. Befehle bellend. Das FBI in Aktion.

Er legte die Glock neben Fees Kopf, neben die sich rasch ausbreitende Blutlache. Fees Augen waren jetzt ruhig. Sein Atem hechelte nicht mehr. Jetzt hatte er keine Angst mehr.

Nimm die Hände hoch, Arschloch. Die Hände hinter den Kopf. Sein Schmerz fühlte sich jetzt unwirklich an. Das Ohr ist weg, dachte er.

Er legte sich neben Fee, bettete die andere Wange ins Gras und hörte unter sich die Erschütterungen des Bodens. Blut strömte aus dem Loch, wo eben noch sein Ohr gewesen war. Blut strömte ihm über das Gesicht und den Nacken. Die Agenten kamen auf ihn zu. Langsam. Vorsichtig. Ihre Waffen auf ihn gerichtet. Widerliche, hungrige Köter.

Er spürte, wie er das Bewußtsein verlor. Hörte die Schritte, die wie ein schweres Dröhnen auf ihn zukamen.

Im Krankenwagen spürt er die Tränen. Hat keine Ahnung, wann es angefangen hat. Er spürt, wie Trauer in ihm anschwillt. Und Schmerz, der sich über seine Arme und über den Rücken ausbreitet. Er weiß, daß der Schmerz seine Angst ist, weil Angst verdammt weh tut. Doch der Schmerz wird vergehen, weil auch die Angst vergehen wird. Aber da, wo er von der Kugel aus Terrys Sig Sauer getroffen wurde, spürt er keinen Schmerz – nichts ist da, wo sein Ohr sein sollte, bloß der Druck des Notverbands, den ihm die Sanitäter angelegt haben. Einer sitzt jetzt neben ihm – und, weiter hinten im Krankenwagen, sitzt einer der Cops, die Ellbogen auf den Knien. Keine Pose des Mitgefühls, Ungeduld. Er will seine Arbeit machen, ihn richtig rannehmen. Sein Gesicht war jetzt an der Seite aufgerissen von Terrys Sig. Aber das ist kein Grund zum Heulen.

Er sah den Sanitäter an – noch ein Teenager –, der neben ihm saß. »Ich spüre nichts«, sagte er zu ihm. Dann durchfuhr in ein Schreck, weil er verstand, was das bedeutete – daß er sterben würde.

Der Cop fragte: »Was? Was sagt er?« Die alte Stimme. Zwei Agenten, einer jung, der andere nicht.

»Er sagt, er spürt keine Schmerzen ... Das ist ein Reflex Ihres Körpers, Sir. Er kompensiert die Verletzung ...«

Soll ich heulen? dachte er. Einfach die Tränen laufenlassen? »Ist das normal?«

»Das ist der Schock.«

»Haben Sie mir was gegeben?« Plötzlich wollte er das wissen. Es war wichtig. Einzelheiten waren jetzt wichtig.

»Im General Hospital geben Sie Ihnen sicher Morphium. Eine Schußwunde, verdammt. Ich darf es Ihnen leider nicht selbst geben.«

»Schon okay.« Er nickte ihm zu – dem Jungen –, um zu sagen: Versteh ich ja, Kleiner. Kein Problem. Dann drehte er den Kopf weg.

Martins Tränen laufen über das Blut, das an seinem Gesicht angetrocknet ist, und lösen dessen metallischen Geschmack auf – ein Geschmack wie von einer Münze auf der Zunge. Einer Münze, die noch warm ist von der Hand, in der sie eben noch lag. Kinder nehmen Münzen in den Mund, denkt er. Bis sie eines Tages merken, wie dreckig Geld ist.

Gibt es ein bestimmtes Alter, in dem Kinder aufhören, sich Münzen in den Mund zu stecken, fragt er sich. Hat er eben zugesehen, wie Felix starb?

2

Er hatte alles genau durchdacht, jeden einzelnen Gedanken seziert. Daß Bunny dahintersteckte, war klar, und irgendwie beruhigte ihn das. Terry war Bunnys rechte Hand gewesen, und wenn Bunny Pasquale beschlossen hatte, seine Partner zu erledigen, dann schickte er eben einfach den alten Terror los. Vielleicht hätte ich wissen müssen, daß es so kommt, aber ich hab es nicht vorausgesehen, warum auch immer, scheiß drauf. Scheiß Pasquale Bunny Lamentia, er hatte die ganze Sache einfacher gemacht, so konnte man es auch betrachten. Die Typen vom FBI sollten ihn ruhig haben. Er hatte gesetzt und verloren. Die Cops würden bestimmt lieber einen Mistkerl wie ihn einlochen als dich. Als Martin Quinn. Suzie Q.

Er hatte sich noch etwas überlegt. Wenn die Jungs vom FBI an seiner Stelle Bunny festnageln konnten, dann wären sie bestimmt bereit, einen Deal mit ihm auszuhandeln, vielleicht Schutzhaft. Oder ihn sogar laufenlassen. Bunny war das Arschloch, das sie *wirklich* wollten. Er war genau diese Sorte von noch einem nicht mal achtundzwanzigjährigen Früchtchen – Drogen, Falschgeld, Mord –, vor denen die Regierung brave Bürger so gerne beschützt.

Und wenn nicht, wenn es ihnen egal wäre, ob sie ihn oder Bunny in den Knast steckten? Na, immerhin besser, wegen Mittäterschaft bei einem Drogendeal in der Zelle eines Bundesgefängnisses zu sitzen, als auch nur ein Wochenende in der Obhut des Staates New York zu verbringen.

Das war die dritte Sache, über die er nachgedacht hatte. Um Sicherheiten zu verhandeln. Das war die schwierigste Überlegung, die es anzustellen galt.

Aber im Moment konnte er ohnehin nichts anderes tun, als zu warten. Die FBI-Leute würden ihm schon sagen, was sie von ihm wollten. Was sie mit ihm in einem Drogenfall anfangen wollten, in dem sie außer ein paar abgehörten Telefongesprächen, die gar nichts bewiesen, nichts in der Hand hatten.

Diese Typen vom FBI. Mit ihren dunklen Anzügen und den kurzen Haaren, mit denen man sie für nichts anderes halten konnte als für das, was sie tatsächlich waren. Der eine sah aus, als würde er aus der Stadt stammen, italienisch. Der Jüngere von westlich des Hudson, auf keinen Fall aus New York, irgendwo aus dem Westen. Das blieb ihr Geheimnis.

Bleib also ganz ruhig, dachte er. Du hast dir alles gut überlegt.

Aber jedesmal, wenn er glaubte, alles genau durchdacht zu haben, fielen ihm zwei Dinge ein. Schon vor Monaten hatte Penny gesagt, du solltest besser die Finger vom Heroin lassen, wo doch dein Vater an der Nadel hing. Damals hatte er das als eine Art Aberglaube abgetan. Später hatte er *ihr* etwas gesagt, das plötzlich eine ganz neue Bedeutung für ihn bekam. Du bist für alles verantwortlich, was du tust. Auch für den ganzen Mist, den du nicht hast kommen sehen. Für alles Gute und für alles Schlechte. Eine harte Philosophie, keine Frage, aber sie war durch und durch ehrlich.

Doch das war jetzt völlig egal. Da es Bunny gewesen war, der das Feuer eröffnet hatte, trug schließlich *er* die Verantwortung für die Toten und sein fehlendes Ohr, oder? Also scheiß drauf.

Das war das eine, das in der Luft hing.

Was zu dem anderen führte.

Vielleicht hat Bunny ja nur auf etwas reagiert, das *du* verzapft hast. Einen Bockmist, für den *du* verantwortlich bist, ganz allein. Vor zwei Tagen hast du das Geld für den Deal in ein anderes Schließfach gepackt. Eine reine Vorsichtsmaßnahme, für den Fall, daß die Dinge anders laufen sollten, als geplant. Vielleicht hatte Bunny nachgesehen – weil er nicht schlafen konnte oder weil er vielleicht selbst absahnen wollte – und das Fach leer vorgefunden. Dann Terry angerufen, und das war's. Die ganze Scheiße nur, weil das Geld jetzt in einem Schließfach einen Gang weiter lag.

Für den Fall der Fälle, hatte er gedacht.

Tolle Idee, du Penner.

Aber er wußte, daß es die Schuldgefühle waren, die ihn das denken ließen. Weil er noch am Leben war. Bei der Armee nannte man das Überlebendensyndrom. Die miese Masche, einem Haufen Kinder weiszumachen, Überleben sei schlimmer als der Tod. Seid also immer die ersten, die sich aus dem Fuchsbau rauswagen, Jungs. Arschlöcher.

Wenn es *tatsächlich* so gewesen war, wieso aber hatte Bunny dann ohne Umschweife Terry losgeschickt? Mißtrauischer Wichser.

Wenn Bunny wirklich gemerkt hatte, daß das Geld weg war, warum sollte er dann ausgerechnet die umlegen, die es hatten? Das war der springende Punkt. Die Tatsache, daß Terry nicht nach dem Geld gefragt hatte, bedeutete, daß Bunny nicht wußte, daß er die Kohle woanders gebunkert hatte. Tee hatte nichts anderes gewollt, als sie beide zu erschießen. *Auf die Knie. Alle beide.* Keiner außer ihm hatte eine Waffe in der Hand. Er wollte ganz sichergehen. Dieser Osterhase Bunny war kein Idiot. Daß er umsichtig war und mit Bedacht handelte, war allgemein bekannt. Schon als sie noch zur Schule gingen, war er so. Er hätte sie nur umlegen lassen, wenn er mit Sicherheit wußte, wo das Geld war. So schlicht und einfach. Wenn er also Terror losgeschickt hatte, dann nur, weil er sie nicht mehr brauchte. Das war seine Art, Geschäfte abzuwickeln. Okay, das FBI sollte ihn ruhig haben.

Sie brauchten ihn bloß zu fragen.

Er öffnete die Augen und sah auf, sah verschwommen den Spiegel am Ende des Raums und wußte, daß er von der anderen Seite aus durchsichtig war. Daß sie dasaßen und warteten, auf der anderen Seite. Kannte man doch aus sämtlichen Gangsterfilmen. Wußte jeder, der irgendwann mal in einem Supermarkt eingekauft hat. Der Spiegel gab die Welt leicht dunkler wieder, als sie tatsächlich war.

Viel zu tun hatte er dabei nicht. Das Zimmer war karg und fast leer. Warf jeden Laut erbarmungslos zurück, jedes Rücken des Stuhls, jedes Schniefen deiner Nase. Warf deine Worte zurück. Schickte sie leise plätschernd an der Decke entlang, bis sie an das Spiegelglas klopften und von dort vernuschelt und selbstbewußt klangen. Er verstärkte die Einsamkeit noch, dieser Spiegel. So, als ob man ganz allein in einer Menschenmenge schwamm.

Er sah weg – langsam wurde sein Blick wieder scharf. Er war noch nicht bereit für diesen ganzen Scheiß. Ein anderer Mann mit einer anderen Zukunft, einbandagiert. Ein eingewickelter Mann. Wieder bei vollem Bewußtsein, seit Stunden schon. Sie beobachteten ihn jetzt über einen Tag lang. Zuerst im Krankenhaus, dann hier, also konnten sie langsam zur Sache kommen.

Worauf warteten sie noch, verdammt noch mal.

»Martin?« Das war Fritos Stimme. Durch den Mull klang sie warm. Durch die Schicht über dem Ohr, das er noch hatte, die dünner war als das Knäuel über dem Loch, wo einmal das andere gewesen war. »Martin? Bist du noch da?« Die Stimme klang warm und kam von weit her. Durch hundert Kilometer Telefonkabel, aus Manhattan. Sie sagte Martin. »Martin« – noch mal.

»Ich bin da, kleiner Bruder.«

»Alles in Ordnung mit dir?«

Er entschuldigte sich. Sagte, er sei ziemlich weggetreten.

Obwohl sich sein Kopf klarer anfühlte als gestern im Krankenwagen. Eindeutig.

Außerdem spürte er von der Brust aufwärts ohnehin nichts mehr. Nicht übel, dieses Morphium, wenn es das war. Obwohl die Betäubung inzwischen wieder nachließ, das spürte er deutlich. Der Metallgeschmack – wie von einem Löffel aus einer Teetasse, Zucker und Edelstahl – kehrte langsam zurück. »Ich war nur gerade etwas weg, Frito, tut mir leid.« Er lehnte den Kopf an die Wand zu seiner Seite, ganz vorsichtig. Schloß wieder die Augen.

Frito sagte: »Laß dir Zeit. Ich begreif das alles auch noch nicht. Und außerdem ist es ja dein Geld.« Kurzes, leises Kichern. »Vor allem, daß Felix nicht mehr da ist. Weg, für immer. Einfach so.« Einen Moment lang schwieg er. Stille, dann: »Aber du hast gesagt, du hättest mir 'ne *Menge* Dinge zu erzählen. Ich schätze also, da ist noch mehr.«

Das war richtig. Es gab tatsächlich eine Menge Dinge. Er nickte. Dann wurde ihm klar, daß Frito ihn ja nicht sehen konnte. »Stimmt«, sagte er und nickte wieder. Er mochte dieses sanfte Reiben an der Wand, den leichten Druck gegen den Schädel.

»Martin.«

»Ja.«

»Die haben dich vollgepumpt mit irgendwas, stimmt's? Wegen der Schmerzen.«

Martin grinste. Dachte, wie einfühlsam, Frito, so geduldig.

Manchmal etwas gönnerhaft, aber richtig fies oder brutal ist er nie. Das hat er einfach nicht drauf.

Und es war ja auch reichlich blöd gewesen, ihn anzurufen, angetörnt, wie er war, und dann nichts zu sagen.

Aber es tat ihm gut, seine Stimme zu hören. Zu wissen, daß er da war.

»Roxinol, Frito«, sagte er und beließ es dabei.

Obwohl es flüssiges Morphin war, um genau zu sein. Ist schon komisch, daß sie dir Morphium geben, nachdem dein Partner ausgerechnet bei einem Heroindeal versucht hat, dich umzulegen. Stoff. Sister Morphine. Gegen alle Schmerzen dieser Welt. Und es half tatsächlich. War gar nicht mal so übel. Fast war er froh darüber, einen Grund zu haben, daß sie ihm das Zeug geben mußten. Dein Gesicht ist entstellt, haben sie gesagt. Stimmte das tatsächlich? Man sollte meinen, so was würde mehr weh tun.

»Komm schon, Martin …«

Der Metallgeschmack wurde stärker. Kein Zweifel. Sein Kopf wurde klarer und klarer. Sprich mit Frito. Erzähl ihm was. »Hab ich dir schon gesagt, daß es das FBI war, das mich festgenommen hat. Hab ich schon, oder?«

»Ja.«

»Nicht schlecht, was?«

»Was meinst du damit? Die buchten dich ein.«

»Es gibt Schlimmeres im Leben.«

»Zum Beispiel? Wir reden hier von Knast, Mann.«

»Hör schon auf, Kleiner«, sagte er, und der Schmerz begann wieder zu pochen. Dann loderte er plötzlich in seinen Augen auf. Das Gefühl, als würden sie gleich platzen. »Hör auf damit.«

»Tut mir leid.«

Er wartete. Daß der Schmerz nachließ. »Du brauchst dich nicht zu entschuldigen, Kleiner. Ich hab dich nicht all die Jahre beschützt, damit du dich jetzt bei mir entschuldigst.« Behielt die Augenlider unten. Der Druck ließ nach. Martin holte tief Luft. Ganz bewußt. Verfolgte genau, wie sich irgendwo in seinem Körper die Lungen füllten. »*Mir* tut's leid, daß ich dich ›Kleiner‹ genannt habe. Das denke ich nicht mal mehr. Es kam einfach so … ich meine, du bist inzwischen verheiratet, verdammt.«

»Ich hab mich wie ein Kind benommen, schon gut.«

»Alles klar. Ich wollte nur sagen ... Das Leben ändert sich manchmal so verdammt schnell. Wie die Anzeige in der Grand Central, weißt du? Flippflippflapp, und schon ist der neue Fahrplan da. Dein neues Schicksal.«

Frito meinte: »Okay.«

Die Lungen füllen sich mit Kohlendioxyd und verwandeln es irgendwie in Sauerstoff.

In der Schule hatte ihm das keiner erklären können. Wie das Fleisch Chemikalien umwandelt.

Oder den Moment der Empfängnis. Ein Spermium trifft auf ein Ei. Etwas Neues beginnt. Er hatte sich nie vorstellen können, daß das passiert, ohne daß irgendwo eine Signallampe aufleuchtet, ohne ein heiliges Glühen. »Und sag nicht einfach bloß okay, Frito, du bist schließlich ein Mann. Ich sage dir, deine Wut auf mich ist größer als deine Sorge um mich, aber es wird jetzt Zeit, daß du dich um dich selbst kümmerst. Ich weiß, daß du denkst wie der Rest der Familie, vielleicht liegt das ja im Blut. Ich hatte schon Angst, daß du dein ganzes Leben als Heiliger rumlaufen willst.«

»Du bist ganz schön hart.«

Er grinste, wußte, der Kleine mochte ihn so. »Außerdem hast du recht, auf mich wartet jetzt wohl wieder Knast. Und glaub mir, es ist nicht so, daß ich da noch mal freiwillig reingehe.«

Frito meinte: »Himmel ...«, ganz leise.

»Das hattest du wohl vergessen, was? Glaub mir, es gibt Momente, in denen sogar *ich* nicht mehr daran denke.«

»Ich weiß nur, daß sie es mir damals *erzählt* haben. Daß du im Knast warst. Den Rest habe ich mir nur zusammenphantasiert.«

»Eine Woche. Mom hat es dir erst gesagt, als du schon größer warst. Im Staatsgefängnis, deshalb hab ich das ja gesagt, eben. Wenn's am Ende hart auf hart kommt, dann ist es besser, in einem Bundesgefängnis zu landen. Das FBI behandelt dich immerhin noch wie einen Menschen. Aber im Knast von New York endest du – Scheiße auch.« Er dachte: in einer stinkenden Kloake. Er griff hinter sich, nach oben, ertastete den Geldschlitz und drückte eins von den Zehncentstücken hinein, die er in der Hand hielt. Hörte, wie es durch den Apparat rasselte. Spürte es. Er hielt die Augen geschlossen.

»Rufst du von einem öffentlichen Telefon aus an?« fragte Frito.

Er überhörte das. Diese Art von Fragen bedeutete, daß man nichts darauf zu sagen wußte, was einem jemand gerade erzählt hatte. Aber das mit dem Staatsgefängnis war wichtig, das war ihm eben klargeworden. In dem Moment, in dem er es ausgesprochen hatte, hatte er es gewußt. Er würde gegen Bunny aussagen, und wenn die Sache erledigt wäre, würde er sich Penny schnappen und mit ihr abhauen. Vielleicht sogar das Geld für den Deal aus dem Schließfach holen, wenn das FBI es nicht vorher finden würde. Falls sie überhaupt Wind davon kriegten.

Penny muß die monatliche Miete für das Fach bezahlen, dachte er. Das mußte er ihr sagen. Aber das hatte Zeit, noch gut drei Wochen. »Die Sache ist gelaufen, Frito, das ist alles. Irgendwie fühle ich mich sogar erleichtert. Aber ich werde dich bitten müssen, den Wagen zu verkaufen, den Felix dir geschenkt hat, für die Kaution. Obwohl ich noch gar nicht mal sicher bin, daß dem Kautionsantrag stattgegeben wird. Auf alle Fälle mußt du eins tun. Dich vor Bunny Lamentia vorsehen. Du brauchst ihm nicht aus dem Weg zu gehen oder so. Sag ihm bloß, du weißt nichts, wenn er mit dir reden will. Er wird dir glauben, denn er weiß ja, daß du ein anständiger Kerl bist und keine Ahnung von der Sache hast. Klar? Frito?«

»Hm.«

»Okay.« Bunny würde schon noch drankommen. Während der nächsten Monate konnte er nicht viel unternehmen. Von jeder Limousine, die ihm auf der Straße nachfahren würde, und von jedem Lieferwagen aus würde er sich beobachtet fühlen. Er könnte nicht mal an das alte Schließfach gehen, mal vorausgesetzt, er hatte das nicht längst getan. Und falls er es tatsächlich getan hatte, würde er sich jetzt fragen, wo das ganze verdammte Geld geblieben ist.

Frito atmete schwer, als ob er seufzte. Dann klang sein Atem wieder normal, und Martin lauschte dem gleichmäßigen Geräusch. Seine älteste Erinnerung an ihn war, wie er aus dem Krankenhaus nach Hause kam, in den Armen des Alten, und dann rein in das Kinderbett. Martin hatte damals versprochen, keinen Mucks von sich zu geben, nur um zusehen zu dürfen, wie er schlief. Frito hatte völlig reglos dagelegen. Rosa und ganz zerknittert. Seine Brust ging heftig auf und ab.

»Tut mir leid, Frito. Daß das noch mal passiert ist.«

Frito holte wieder tief Luft. Sehr tief diesmal. Sagte nichts. Aber er war da.

Es gab nur einfach nichts zu sagen.

Das Morphium verlor spürbar an Wirkung.

Martin tastete wieder nach dem Schlitz schräg über sich und warf noch ein Zehncentstück ein.

Fühlte sich die ganze Zeit wie leicht über dem Boden schwebend, und nun wurde ihm auch noch übel.

Frito sagte: »Reden wir schon so lange?«

»Kommt dir nur so vor.« Er sah auf den Haufen silbergrauen Metalls in seiner Hand. »Der Sheriff hat mir 'ne ganze Ladung Münzen gegeben, weißt du?« Ich frag mich, warum ich eigentlich nicht verrückt werde.

Frito sagte nichts.

»Ich hab immer gedacht, so ein Polizeirevier in dieser Gegend müßte aussehen wie in *Mayberry*. Erinnerst du dich an die alte Fernsehserie? Otis in der Ausnüchterungszelle, Cops mit den Füßen auf dem Tisch. Aber es ist alles vom Feinsten. Hell und sauber. Der Steuerzahler macht's möglich.«

Immer noch nichts.

»Ich hab dir doch gesagt, mit mir ist bald alles wieder in Ordnung, Frito.«

»Ich weiß nicht, ob du das richtig siehst.«

»Nein? Aber ich weiß es ...«

»Und vielleicht ... vielleicht«, sagte Frito, »ist es jetzt saublöd, wenn ich das sage. Aber ich hab Angst. Um dich, um mich, Juliet, Mom.«

»Schon in Ordnung.« Sagte er und dachte, daß man das Vertrauen seines jüngeren Bruders nicht einfordern kann. Man verdient es oder man verdient es eben nicht.

»Ich hab Angst um uns alle, Martin.«

Mit was hast du ihn alles beeindruckt. Immer bist du für ihn der große Bruder gewesen, zu dem er aufgesehen hat. Der Ältere eben. Der schon Erfahrung hatte. »Soll ich dir mal was erzählen, Frito? Du hast vorhin gefragt. Und ich hab dir gesagt, sie würden mir Roxinol geben gegen die Schmerzen. Flüssiges Morphin. Ich bin voll auf Dope. Wie unser Alter damals. Wie findest du das?«

»Na ja. Und wie geht's dir damit?«

»Gar nicht übel, um ehrlich zu sein.« Jetzt flüsterte er. »Wenn man das mit essigsaurem Anhydrid aufkocht, hat man das gleiche Zeug, das sich der Alte damals reingezogen hat. Echt nicht übel.«

»Ich weiß.«

»Wenn man runterkommt, ist es ein bißchen wie bei dem Zeug, auch wenn man nicht abhängig wird, aber ...« Er hielt inne. »Was heißt das: du weißt?«

»Ich erinnere mich daran.«

»Du erinnerst dich an *was*?«

Wovon redete er, verdammt?

»Ich erinnere mich eben.«

Dann war es wieder da. Frito war vollständig weg gewesen, damals. Mehrere Tage. Viel schlimmer als *deine* Verletzung, dachte er.

Er senkte seine Stimme, als er sagte: »Klar erinnerst du dich.« Der Schmerz meldete sich zurück, pochte in seinem Kopf, aber Martin ignorierte ihn. »Tut mir leid. Ich war damals viel zu sehr geschockt, daß jemand auf dich geschossen hat. Ich hab gar nicht drauf geachtet, was sie dir gegeben haben. Sie sagten, du wärst in Ordnung. Das haben sie mir gesagt.«

»Schon gut, Martin.«

»Es tut mir noch immer leid. Das weißt du. Wird es immer tun.«

»Ich baue bestimmt irgendwann auch mal Mist, und dann hoffe ich, daß irgendwer ...«

»Du baust keinen Mist.«

»Woher willst du das wissen?«

»Die Leute verzeihen einem vieles. Und du stellst ja nichts an, für das man erst Berge versetzen müßte, um dir zu vergeben. Ich bin da mehr wie der Alte, wenn ich's mir recht überlege. Du bist der musische Typ in der Familie, ich bin derjenige, der immer sein Ding durchziehen muß, egal, um welchen Preis.«

Wieder sagte Frito nichts.

Gut. Wenn du nicht reden willst, dann hör mir einfach zu.

»Martin, was wird jetzt passieren?« meinte Frito dann aber.

Woher soll ich das wissen? Laß uns nicht drüber reden.

»Sag's mir, Martin.«

»Es wird wieder alles so werden wie früher. Wenn das hier vorbei ist. Ich werde Felix verdammt vermissen, aber ich will nicht ständig darüber reden, und sonst ...« Das weiß Gott.

»Hast du Angst?«

»Ich bin völlig stoned.«

»Ob du Angst hast.«

Ja, dachte er, klar hab ich Angst. Vielleicht wird der FBI-Mann aus New York – dieser Italiener – jemandem sagen *Zieh ihm eins über* oder *Brich ihm die Rippen* oder *Brich ihm die Finger.* Vielleicht schließen sie mich auch nur weg. Und sagen *Vielen Dank für Ihre Hilfe im Fall Bunny Lamentia. Und viel Spaß während der nächsten zehn Jahre im Knast.*

Obwohl sie kaum mehr in der Hand haben konnten als die mitgeschnittenen Telefongespräche, das wußte er genau. Jetzt mußte er wieder dran denken. Sie waren mitten in eine Situation reingeplatzt, mit der sie vermutlich nicht gerechnet hatten – als Terry plötzlich aufgetaucht war und um sich geschossen hatte. Das Heroin war ja noch nicht mal im Land. Und ohne einen Anruf von allen Beteiligten – von Bunny, Fee und ihm – auf Sizilien würde es hier auch niemals eintreffen. Die Chancen, daß das FBI an etwas rankäme, das ihn belasten würde, lagen praktisch bei Null. Er würde sich einfach nur dumm stellen müssen. Und dann sollten sie mal kommen und ihm ein Angebot für seine Kooperation machen.

Bisher hatte er nicht mehr einstecken müssen als den Sarkasmus dieses Italieners – seine Masche – und die kalten, verachtenden Blicke des Jüngeren, die zu dem harten Image gehörten, das er sich zu geben versuchte. Er wußte schon eine ganze Menge über sie, fand er. Und sie waren genau so, wie er es erwartet hatte. Keiner von ihnen war auch nur annähernd so gut wie die Agenten in den Filmen.

Wovor also hast du Angst, verdammt noch mal?

Er öffnete die Augen. Streckte sich ein wenig. »Ich bin hier allein in einem Verhörzimmer. Keine Handschellen. Ein öffentliches Telefon, ein Haufen Kleingeld. Sie haben mich gefragt, ob ich Kaffee will oder was zu essen. Und dann haben sie mich allein gelassen, damit ich telefonieren und ein bißchen nachdenken kann. Beides habe ich getan.«

»Hast du einen Anwalt angerufen?«

»Das kriegt ein Pflichtverteidiger hin. Die wollen nur Antworten auf ein paar Fragen haben, das ist alles. Der Rest sind Formalitäten.«

»Bist du sicher?«

»Sicher.«

Frito schwieg. Nach einer Weile: »Tja, okay, würde ich dann mal sagen.«

»Okay.«

Dann nichts mehr.

Was bedeutete, das war's, es gab nichts mehr zu sagen.

Er sah sich jetzt ganz deutlich in dem Spiegel am anderen Ende des Raums. Den glitzernden Telefonapparat an der Wand und den leuchtend weißen Verband um seinen Kopf, in dem sich seine Älterer-Bruder-heimlicher-Liebhaber-Gedanken befanden. Und nun auch noch die Gedanken eines Drogendealers, der nur knapp mit dem Leben davongekommen war. Solche Geschichten gab es zuhauf. Dann schnappt dich das FBI, und jetzt stehen sie da direkt vor dir, auf der anderen Seite des Spiegels. Wenn du lange genug hinsiehst, kannst du bestimmt sogar ihre geisterhaften Silhouetten hinter dem Glas erkennen. Die breiten Schultern in ihren Anzugjacken, ihre Kurzhaarschnitte.

Aber er sah nur sich. Dachte, daß er, auch wenn er keine Ahnung mehr hatte, wer er eigentlich war, doch immerhin noch seine innere Stimme erkannte.

»Ich würde sagen, wir machen Schluß, oder?« Das war Frito.

Du bist für alles verantwortlich, was du tust, hatte er ihr gesagt. Auf dem Bahnsteig unten in Westchester. Ihrer Stadt. Verdammt vornehmer Vorort. Er hatte ihr seine Philosophie erklärt. Eine harte Philosophie, deren Gewicht man erst mal tragen muß, aber durch und durch ehrlich, und er konnte damit leben. Ja, das konnte er wirklich. Die Konsequenzen dessen aushalten, was er getan hatte. Aber nicht die Schuld. Nicht die Sache mit Felix. Das konnte er nicht akzeptieren, weil das Bunnys Schuld war. Und dafür wird er bezahlen. Dann werde ich Penny holen, das Geld und noch mal von vorn anfangen.

»Martin?«

»Ja doch, ja«, sagte er, »wir sollten Schluß machen.« Ein neues

Leben. Die andere Seite des Spiegels. Wenn du aufgelegt hast, kommen die Cops rein und erzählen mir, wie meine Zukunft aussieht, dachte er.

»Okay?« sagte sein kleiner Bruder.

»Okay.«

Er griff nach oben, hinter sich, warf noch ein Zehncentstück ein und hörte zu, wie es durch den Apparat rasselte. Das Gefühl seiner Einsamkeit wurde stärker. Sein Bruder schwieg. Schwieg einfach. Aber er hörte, wie er atmete.

Es gibt so viel, das du ihm nicht sagen kannst, dachte er. Sachen, die du nur Felix sagen konntest. Auch solche einfachen Sachen.

Sein kleiner Bruder schwieg.

Er hörte, wie er atmete.

Nein. O nein, nein, nein. Zum Teufel, nein.

Mit den Händen seine Schienbeine umklammernd, preßte er die Oberschenkel gegen seinen Bauch, die Brust eingeschnürt vor Panik. Jetzt begriff er, was sie vorhatten. Aber es war schon zu spät.

Der Ältere – der Italiener, Corso – sah ihn an und spreizte seine auf der Tischplatte liegenden Finger wie einen Blumenstrauß. Ein Zeichen, daß die Sache gelaufen war. »Tut mir leid, wenn Ihnen das nicht von Anfang an klar war.«

Nein, nein, nein. Scheiße. Verdammt, dachte Martin. Das war ein *Drogendeal* …

»Wir werden Sie wegen zweifachen vorsätzlichen Mordes anklagen. Wir haben Sie auf frischer Tat überrascht. Sie haben zwei Männer erschossen.«

Martin Quinn sagte: »Terry. Ich habe nur auf Terry geschossen. Ich hatte keine Wahl. Das habe ich doch schon gesagt. Es war Notwehr.«

»Sie haben eine Menge erzählt. Vielleicht hilft Ihnen das ja später, wenn es soweit ist. Bis dahin ziehen wir erst mal unsere Schlüsse. Was wir bisher wissen, ist, daß Sie Ihre beiden Partner Felix Pasko und Terry Hughes erschossen haben, dafür ist die Beweislage ganz klar. Aber damit wird sich der Sheriff später beschäftigen, wenn ihm unsere Ermittlungsergebnisse vorliegen.

Das ist sein Fall. Wir werden unseren Bericht schreiben und die Akten dann ihm übergeben. Ihr Vergehen fällt nicht in die Zuständigkeit der Bundesbehörden. Die Ergebnisse der ballistischen Untersuchung müßten jeden Moment eintreffen. Und um ehrlich zu sein, ich glaube nicht, daß weitere Beweise nötig sind. Der Sheriff wird die Ermittlungen aufnehmen, sowie er unsere Unterlagen erhalten hat. In ein paar Stunden. Spätestens morgen. Reine Routine.«

»Ich …«

»Was wollen Sie denn noch?« fuhr ihn der Agent an. Ungeduldig, aber dabei gar nicht mal unfreundlich. Nein, wirklich nicht.

»Ich …«, versuchte Martin es noch mal.

Nur dieses eine Wort schien ihm wichtig zu sein. Um sich selbst und die Welt daran zu erinnern, daß es ihn noch gab. Daß er noch da war. Noch nicht weggespült von Mißverständnissen und Lügen. »Sie können doch nicht … Scheiße … Sie können mir doch nicht … einfach etwas in die Schuhe schieben, das ich nicht getan habe.« Natürlich konnten sie das. Er wußte das, aber das war nicht der Punkt. Die Wahrheit war das einzige, das ihm jetzt noch klar erschien, das seinen Gedanken eine Richtung gab. »Ich meine, Sie können natürlich … glauben, was Sie wollen. Aber es geht hier schließlich um *mein* Leben. Und Tatsache ist, daß Terry auf *mich* geschossen hat und dann, verdammt, einen anderen Mann umgelegt hat. Dann geht er hin und drückt mir die Waffe in die Hand, so daß er aus dem Schneider ist. Das war doch …« Verdammt clever. Mehr, als er Terry zugetraut hatte. Er hatte hinter dem Haus gewartet, einfach den günstigsten Moment abgewartet.

Aber da war noch etwas, das ihm bislang nicht klar gewesen war. Die Sig Sauer, die die FBI-Leute unter Fees Körper gefunden hatten. Deshalb hatte er versucht, noch mal hochzukommen. Felix. Natürlich hatten die Cops den Schluß gezogen, er habe sie fallen lassen und sei dann auf die im Gras liegende Waffe gestürzt. Natürlich. Genau so hatte sich Terry das gedacht. Hatte die Sig vermutlich abgewischt und dann Felix untergeschoben.

Verdammt, Felix. Fee.

»Erzählen Sie das, wem sie wollen«, sagte der Agent. »Ich habe gesehen, was ich gesehen habe. Und das war eindeutig.«

Martin Quinn sah sich um – nach Bestätigung – um den Augenkontakt zu unterbrechen – nach irgend etwas. Er wußte, was der Agent gesehen hatte, jetzt mußte er ihn nur noch dazu bringen, zu kapieren, was *wirklich* da draußen geschehen war. Er war schließlich auch nur ein Typ, der seinen Job gut machen wollte. Der keine Lust hatte, sich für blöd verkaufen zu lassen. Der jüngere FBI-Mann, Dolan, direkt hinter ihm, lehnte locker an der Wand, seine Hände waren nicht zu sehen. Er wirkte völlig ruhig. Der Sheriff stand in der Ecke. Die Arme über seiner Brust verschränkt, mittleren Alters und gut in Form, den Hut leicht schief auf dem Kopf, den kleinen Cowboyhut. Seine Augen und die des jüngeren Agenten sagten: Erzähl uns, was du willst. Und wenn du fertig bist, gehen wir nach Hause. »... und Sie waren der einzige, der eine Waffe in der Hand hatte.« Das sagte der Ältere – Corso –, der noch immer redete, redete.

Martin sah in seine Richtung, sah ihm in die Augen, holte tief Luft. Sagte sich: Bleib ruhig. Drück dich klar aus. »In dem Moment, in dem Sie aufgetaucht sind, hatte ich gerade mein Leben verteidigt. Dann bin ich rübergegangen zu meinem Freund. Sie verstehen wirklich überhaupt nichts. Aber ich werde es Ihnen so oft sagen, wie Sie es hören müssen. Bis Sie endlich begreifen, was passiert ist. Ich habe nichts getan. Ich bin für nichts, was da geschehen ist, *verantwortlich*. Sie können mir nichts anhängen. Ich habe in Notwehr gehandelt.«

Dann stand der Agent, Corso, auf. Langsam. So, als ob er es sich vorher überlegt hätte. Hat nur gewartet, bis ich fertig bin, dachte Martin.

Er schob seinen Stuhl unter den Tisch. »So kommen wir nicht weiter. Aber wenn Sie es so wollen.«

Martin sagte: »Wenn Sie mir was anhängen wollen, das ich nicht getan habe, dann will ich mit einem Anwalt sprechen.« Er spürte den Impuls, ebenfalls aufzustehen. Ein komisches Gefühl. Fand er. Er und der Agent spielten jetzt nur noch ihre Rollen, das war ihm klar. Schaufelten Wortwälle auf.

Auf dem Weg zur Tür blieb der Agent stehen. Sah auf den Boden. Dann wieder auf. Harte Augen, aber ehrlich. Er hatte nichts gegen ihn. Nichts persönlich. »Wenn Sie es tatsächlich so machen wollen, dann ist das Ihre Sache. Es ist *Ihr* Leben, das sagten Sie ja bereits. Aber überlegen Sie sich auch, was passiert, wenn Sie bei Ihrer Geschichte bleiben und die Grand Jury zu dem Schluß kommt, daß Sie die beiden doch getötet haben. Da ist 'ne ganze Menge drin.« Sein Blick blieb auf ihm ruhen. Dann klopfte er an die Tür. Sie wurde einen Spalt breit geöffnet. Er sprach mit jemandem da draußen, hörte zu, nickte. Nickte, streckte die Hand aus und nahm etwas entgegen. Die Tür wurde wieder geschlossen. Corso schlitzte den Umschlag auf, nahm die Pillen heraus, hielt sie zwischen zwei Fingern und seinem Daumen. Martin streckte die Hand aus und nahm sie.

»Eine schwächeres Mittel. Morgen kriegen Sie dann Demerol. Nachher holen sie Ihnen noch die Kanüle aus dem Arm. Haben Sie Schmerzen?«

Martin gab keine Antwort.

»Sagen Sie jemandem Bescheid, wenn Sie Schmerzen haben.«

Er schluckte die Pillen und goß Wasser nach. Betete, daß sie so gut wären wie die Spritzen. Der Schmerz kam jetzt hoch wie ein Fieber – zuerst nur eine Ahnung, dann wurde er stärker. Bald würde er schreien, wenn er sich nicht zusammennahm.

Corso nahm ihm den Becher ab. Wenigstens wollte er ihn nicht fertigmachen. Dann starrte er an die Decke. Starrte einfach an die Decke.

»Die Kugeln aus der Sig haben wir noch nicht gefunden«, sagte Corso nach einer Weile. »Aus Ihrer Glock wurden sieben abgefeuert. Drei davon steckten in Felix Pasko. In der linken Niere, im Rückgrat und im Kopf. Drei weitere in Terrible Terry. Eine im Bauch, eine in der rechten Lunge, eine, aus kurzer Entfernung abgefeuert, in der Stirn. Im Dreck haben wir noch eine gefunden, sie hat sein Gesicht gestreift.« Er sah sich um. Zu dem anderen Agenten. »Nicht schlecht, was?«

Martin sagte: »Er hat die Waffe doch angefaßt, verdammt noch mal. Ich habe gesehen, wie er sie aufgenommen hat. Wahrscheinlich hat er sie abgewischt. Er konnte ja nicht ahnen, daß Sie auftauchen würden. Alles ging so schnell. Der Idiot hat bestimmt gedacht, es würde so aussehen, als hätten wir uns gegenseitig erschossen. Darauf werden Sie doch nicht reinfallen. Das glaub ich einfach nicht. Machen Sie verdammt noch mal Ihren Job und suchen Sie seine bescheuerten Fingerabdrücke.«

»*Was* war das?« Die Augen des Agenten veränderten sich, wurden dunkler. Martins Bemerkung paßte ihm nicht.

Machen Sie Ihren Job.

Er hatte es vermasselt.

»Es war Notwehr, verdammt«, sagte Martin. Bleib ganz ruhig, sagte er sich.

Der Agent sah zur Seite. Atmete tief durch. Stemmte seine Fäuste in die Hüften und stieß den Atem aus. Wie ein Kind, das angestrengt überlegt. Eine Faust umklammerte den kleinen zerknüllten Pappbecher, als hätte er ihn vergessen. Als ob niemand hier wäre außer uns, dachte Martin.

»Ihr Anwalt wartet, Quinn, und ich werde Ihnen sagen, was er Ihnen erzählen wird. Damit Sie wissen, wo *Sie* stehen und wo *ich* stehe. Wo die *Polizei* steht, wie auch immer. Wenn Sie sich schuldig erklären, können Sie noch was aushandeln. Wenn Sie trotz der Beweise, die wir gegen Sie haben, bei Ihrer Geschichte bleiben, kommt mit Sicherheit lebenslänglich dabei raus. Klar? Zuerst wird Anklage gegen Sie erhoben, dann ist die Grand Jury dran, und das war's. Wenn Sie kooperieren, dann haben Sie noch eine Chance. So sieht es aus. Wenn Sie wissen wollen, wie Ihr Leben ab heute aussieht … netter, als hier mit uns rumzusitzen, wird's nicht mehr werden.«

Martin öffnete den Mund. Um etwas zu sagen. Seine Lungen sogen die Luft tief ein – ungewollt. Er wußte, wenn er jetzt redete, würde seine Stimme zittern. Sein ganzer Körper würde zittern. Aber er mußte es loswerden. »Sie spielen sich hier auf, aber Sie verstehen überhaupt nichts.« Zittern. »Zwei Männer sind tot … und ich …« Seine Gedanken überschlugen sich, stolperten über seine Worte, verfingen sich in dem klebrigen Netz der Schmerzmittel in seinem Kopf. »Ich habe nichts getan, außer einen Killer zu erschießen. In Notwehr.« Schmerzmittel. »Wenn Sie nur ein bißchen Anstand hätten, würden Sie sagen: ›Tut uns leid, was Ihnen passiert ist, Mr. Quinn.‹ Aber sagen *Sie* mir nicht, was ich getan habe und was nicht.«

»Man wird Sie anklagen. Und Sie werden nicht mal dabei sein. Morgen schon, und dann warten Sie hier in einer Zelle zusammen mit irgendeinem Kerl, der dabei erwischt wurde, wie er sich an einer Kuh vergangen hat. In einer Woche sind Sie in Attica und können sich mit Ihrer halben Nachbarschaft an frühere Zeiten erinnern. Es wird ein Indizienprozeß werden, aber Sie brauchen sich keine Sorgen zu machen, alles spricht gegen Sie. Wir kriegen Sie klein. Alles, was wir noch brauchen, ist ein Motiv, und sowie wir das haben, sind Sie erledigt. Und wir werden was finden, glauben Sie mir. Und zwar noch bevor ich den Fall abgebe. Vielleicht was ganz Einfaches, etwa daß Sie was mit einer anderen Frau laufen hatten oder so. Irgendwas in der Art. Und ich mache keine Witze. Wir finden was, verlassen Sie sich drauf.«

Martin sagte es noch einmal: »Sagen *Sie* mir nicht, was ich getan habe und was nicht.« Er fühlte, wie er zitterte, als er die Worte ausstieß. Etwas in seinem Kopf schwankte, drohte einzustürzen. Dieser Agent wußte verdammt noch mal zuviel.

»Ich will Sie mal was fragen, Quinn. Und Sie können ja mal drüber nachdenken. Nehmen wir mal an, es gäbe Wunder. Der Himmel öffnet sich, und der liebe Gott erzählt den Geschworenen, daß Sie die Wahrheit sagen. Was machen Sie dann? Wo wollen Sie anschließend hingehen? Genauso wenig, wie *ich* Ihnen glaube, wird Ihnen der glauben, der angeblich Terry Hughes losgeschickt hat. Felix Paskos Vater, Lexi, wird Ihnen nicht glauben. Verstehen Sie, was ich damit sagen will? Sie brauchen mir darauf jetzt nicht zu antworten. Denken Sie nur einfach mal drüber nach.«

Martin sagte nichts.

Er nahm die Hände vom Tisch, faltete sie in seinem Schoß und betrachtete seine Fingernägel. Etwas, was er noch nie zuvor getan hatte, wie ihm plötzlich bewußt wurde. Es war wie etwas, das er irgendwo mal gesehen hatte. Vielleicht vor Jahren bei einem der Mafiosi in seinem Viertel, als er noch klein war, oder in einem Film. Es wirkte unnatürlich, und er wußte, daß sie das registrierten. Aber er konnte weder seinen Blick heben noch die Hände fallen lassen. Denn er hatte diese Haltung ja eingenommen, um seinen Blick zu verbergen.

Und er wußte, daß Corso klar war, wieso.

Trotzdem – es gab nichts zu sagen.

Corso sagte: »Denken Sie drüber nach und machen Sie was draus. Ich bin sicher, Sie finden da einen Weg.« Sah den anderen Agenten an. »Das war's?« Er bekam irgendeine stumme Antwort.

Sah den Sheriff an. »Können wir Ihnen das jetzt überlassen?« Dann lächelte er, klopfte an die Tür und wartete, bis sie aufging. Stimmengewirr drang in den Raum. Als hätte er dem Lärm gestattet, jetzt einzudringen. Als dirigiere er selbst die kleinste Einzelheit in diesem Spiel.

Martin hatte verstanden.

Sagte: »Herrgott noch mal.«

Sagte es zu sich, aber auch zu diesem Corso, obwohl er noch gar nicht wußte, wieso. Und er fürchtete den Moment, in dem es ihm klarwerden würde.

Corso schloß die Tür. Stille.

Martin sah sich um und spürte, daß die Karten jetzt neu gemischt wurden. Ein völlig neues Spiel. Als ob die Erde auf einmal ihre Laufbahn ändern würde. So in der Art kam es ihm vor.

Der Sheriff hatte sich nicht bewegt. Der andere Agent – der junge – war schon unterwegs zur Tür gewesen, ging jetzt zurück und nahm seine alte Position an der Wand wieder ein, hinter Martins Rücken. So, daß er ihn nicht sehen konnte. Corso wartete.

Martin sagte: »Ich brauche eine Minute. Für mich. Bevor ich mit dem Anwalt rede. Bis die Pillen wirken.«

Corso sagte: »Kein Problem. Eine Minute, eine Stunde, was Sie wollen.«

Martin nickte.

Corso nickte ebenfalls. »Ist es das?«

Martin sagte: »Interessiert Sie das wirklich?«

Corsos Blick wurde stumpf. Das war nicht die Antwort, die er hören wollte. Aber er sagte nichts. Er hatte ja Zeit, dieser Corso.

»Haben Sie überhaupt nur mal an die Möglichkeit *gedacht*, daß ich es nicht getan habe, Sie gottverdammter Hurensohn?« Er hörte, wie sich der Jüngere von der Wand löste, hinter ihm, zum Schlag ausholte, betete, daß er sich nicht sein weggeschossenes Ohr aussuchte.

Aber Corso stoppte ihn. Indem er die Hand hob. Nur ein paar Zentimeter. Einfach so. Herr über Himmel und Hölle. Dann war wieder Ruhe.

Die Luft in dem Raum hatte sich verändert. Schlagartig. Als würde sonst alles auseinanderfliegen.

Ein Informant, dachte er. Eininformanteininformanteininformanteininformant. Bis kein Sinn mehr in dem Wort lag, es nur noch Klang war. Sie brachten ihn aus dem Verhörzimmer zu seinem Anwalt. Corso und Dolan hinter ihm, der Sheriff an seiner Seite. Er führte ihn an der Armbeuge. Wieder Handschellen. Er befürchtete, über seine Füße zu stolpern. Die kleinen roten Pillen wirkten tatsächlich. Das Polizeirevier war eine sterile, helle Angelegenheit, die verschwommen an ihm vorbeizog. Er nahm es kaum wahr, weil seine Gedanken bereits auf die Zukunft zurasten, auf das, was jetzt da irgendwo auf ihn wartete. Mechanisch registrierte er den Fußboden unter sich, seinen schlurfenden Gang, der ihn durch ein wattiges Nichts zu tragen schien.

Er hatte diese eine Minute für sich gehabt, vorhin, im Verhörzimmer. Ein Informant, ein Spitzel, den man in Ruhe läßt, damit er anfängt nachzudenken. Nachdenkt, wen er ihnen anbieten kann. Sie hatten klargemacht, daß sie sich einen Dreck für Bunny interessierten, daran gab es keinen Zweifel. Und damit sah es ziemlich übel für ihn aus. Bunny hatte von sich aus die Fronten abgesteckt, und niemand da draußen auf der Straße hätte ihm jemals einen Strick daraus gedreht, wenn er ihn hätte auffliegen lassen. *Bunny hat versucht, dich umzulegen? Einfach so, wegen nichts?* hätten sie gesagt. *Scheiß drauf. Sag ihm, er soll die Hölle von mir grüßen, wenn du auf deinem Weg aus dem Gericht an ihm vorbeigehst.* Doch die Cops hatten ihm seine kleine Rache vermasselt. Und auf einmal hatte er gewußt, wen sie tatsächlich wollten. Auf wen sie so verdammt scharf waren, daß sie seinetwegen alles andere sausen ließen. Wenn ihnen nur jemand etwas stecken würde, der wirklich Bescheid wußte. *Felix Paskos Vater, Lexi,* hatte Corso gesagt, *wird Ihnen nicht glauben. Verstehen Sie, was ich damit sagen will? Denken Sie einfach mal drüber nach.*

Sie wollten Lexi. Obwohl er mit dieser Sache überhaupt nichts zu tun hatte.

Sie glauben, ich kann ihnen Lexi liefern.

Damit lagen sie sogar richtig.

Er wußte genug über Dutzende von Leuten, um sie für Jahre von der Bildfläche verschwinden zu lassen. Aber von Lexi kannte er jedes noch so kleine Geheimnis. In dieser einen Minute, die er für sich gehabt hatte, vorhin, hatte er blitzschnell überschlagen, was diese Geheimnisse wert waren. Der Schmerz hatte ihn wie ein Hammerschlag getroffen, und als der Jüngere wieder seinen Platz an der Wand eingenommen hatte, hinter ihm, hatte er zu dem Spiegel gesagt – weil er wußte, daß immer jemand hinter dem Spiegel steht: »Wo ist der Anwalt?« Dann waren sie reingekommen, hatten ihm Handschellen angelegt. Ihm gesagt, der Anwalt würde am Ende des Flurs in einem Raum warten, der nicht abgehört würde, auf der anderen Seite des Gebäudes. Und er ließ sich zu ihm führen.

Das Leben ändert sich manchmal so verdammt schnell, hatte er Frito gesagt. Flippflippflapp, dein neues Schicksal.

In den vergangenen Wochen und Tagen und Stunden hatte er oft das Gefühl gehabt, daß ein neues Leben anfangen würde. Daß er sein Schicksal selbst in den Händen hielte. Aber er hatte sich getäuscht, nichts in seinem Leben lief so, wie er es sich erträumt hatte.

Sie wollten Lexi.

Der Sheriff führte ihn an dem Papierkorb vorbei, den er angesteuert hatte.

Er hätte es sich nie träumen lassen, einmal wie ein verdammter Junkie durch die Gegend zu stolpern. Dermaßen beschämt aus einem Verhörzimmer herauszukommen. Hatte immer gedacht, er würde so was mit links wegstecken. Wenn er im Kino gesehen hatte, wie sie jemanden auf den Grill packten, hatte er gedacht: Scheiße, ich würde nicht mal den Mund aufmachen, würde diese Idioten einfach bloß angrinsen. Und genau diese Idioten liefen jetzt ganz ruhig neben ihm her. Führten ihn den Flur entlang zu einem Anwalt, und er wußte nicht mal genau, was er ihm sagen sollte. So sah sein Leben also jetzt aus. Stoned, aber hellwach. Alles war plötzlich neu, anders, aber nichts daran erschien ihm unwirklich. Kein bißchen. Und wenn er hier irgendwann rauskommen sollte, falls er Glück hatte, würde das, was sein bisheriges Leben gewesen war, immer noch da sein. Ein Teil davon wenigstens. Penny und das Geld, das so heiß war, daß er es vielleicht nie holen konnte. Ein beschissener Anfang. Wenn sie ihn jetzt überhaupt noch wollte.

Hoffnung ist alles, was dir noch geblieben ist, dachte er.

Er dachte wieder an die drei Worte von ihr, die ihm vorhin eingefallen waren, als sie ihm die Handschellen angelegt hatten. Vor zwei Wochen hatte er neben ihr gelegen, nachdem sie sich geliebt hatten, hatte an die Decke gestarrt und an nichts anderes denken können als an die Heroinlieferung, die schon so gut wie auf dem Weg über den Atlantik war. Da hatte sie mit ihren Fingern über seine Schläfe gestrichen und gesagt: »Hey, Superhirn, wie passe ich eigentlich in die Pläne, die ich da drin rappeln höre?« Er hatte sie angesehen, wie sie neben ihm lag. Das Zimmer war von langen, schmalen Schatten überzogen. Sie lächelte ihn an. Er sagte: »Wenn man dich dein ganzes Leben lang *ad majorum gloriam Dei* gelehrt hat, wie groß stellst du dir dann Gott vor? Vorausgesetzt, du verteilst keine Gänseblümchen am Washington Square und erzählst den Pennern, daß Gott sie liebt.« »Dann tust du das also alles für uns?« »Schlußendlich ja«, sagte er. »Bis dahin muß ich aber wohl noch etwas Geduld haben, oder? Bis du mir dein Geheimnis enthüllst.« *»Ad majorum gloriam Penelopum«*, sagte er. »Penelopeum«, verbesserte sie ihn. Sie schien damit zufrieden zu sein, legte den Kopf wieder auf ihr Kissen und sah an die Decke. Vielleicht, um darüber nachzudenken, dachte er. Und dann hatte sie, während sie an die Decke sah, gesagt, ganz leise, fast wie zu sich selbst: »Ich kann warten.«

Das war vor zwei Wochen und in einer anderen Welt gewesen. Einer Welt mit Sonnenschein und langen, schmalen Schatten. *Ich kann warten.* Aber wenn er jetzt zum Verräter wurde, ein oder zwei Jahre gesessen hätte und dann aus dem Zeugenschutzprogramm rauskäme, würde Pen ihn dann noch wollen? Er wußte es nicht. Es gab nichts anderes mehr als Möglichkeiten. Pläne.

Die allerdings Löcher hatten, so groß, daß ein Mann hindurchfallen konnte und nie wieder aufhören würde zu fallen.

Aber etwas anderes hatte er nicht. Noch nicht, jedenfalls. Also würde er ihr Spiel mitspielen, bis er irgendeine andere Möglichkeit sehen würde.

Ihm war speiübel. Noch nie zuvor in seinem Leben war er in solchen Schwierigkeiten gewesen. Ohne zu wissen, was er tun sollte.

Sie blieben stehen. Vor einer Tür, die nicht anders aussah als das Dutzend Türen, an dem sie vorbeigegangen waren. Der Sheriff blieb hinter ihm, Corso öffnete die Tür und trat zur Seite. Als Martin hineinging, dachte er daran, wie hart und eiskalt Lexi Pasko war, und daß er ihn nie wie einen Sohn behandelt hatte, obwohl er ihn praktisch von Kindheit an kannte. Lexi hatte ihn nur respektiert, weil er Felix' Freund war. Er hatte Felix über alles *geliebt*. Seinen einzigen Sohn. Das einzige Kind. Ein Gangster und liebender Vater.

Der Sheriff nahm ihm die Handschellen ab.

Er sah seine Hände an und dann den Sheriff. Der ihm einen Stuhl zuwies und dann ging. Mürrischer alter Cowboy. Schloß die Tür hinter sich.

Martin blieb, wo er war. Auf seinen Füßen. Vor ihm saß der Anwalt und schrieb. Brille und kurze Ärmel. Um ihn herum Papiere. Wie ein nervöser Lehrer an seinem ersten Schultag. Ordentliche Stapel, aber zu viele davon. Sagte: »Einen Moment? Mr. Quinn?« Als würde er eine Frage stellen. Seine Hand kritzelte weiter. Vielleicht sortierte er die Fakten oder bereitete seine Strategie vor. Dabei war er sich der Bedeutung seiner Rolle bewußt, das war offensichtlich.

Eifriger Kerl, angenehme, authentische Ausstrahlung.

Martin mochte ihn nicht.

Er wollte einen Hai. Einen gerissenen Kerl mit Mumm in den Knochen, der für sie beide reichte. Weil er, wie er wußte, bald an den Punkt kommen würde, wo er keinen mehr hatte.

Er setzte sich.

»Mein Name ist Jason Davis, Mr. Quinn.« Er schrieb noch immer. »Ich bin Ihr vom Gericht bestellter Verteidiger und werde Sie morgen früh bei der Anklage vertreten, und falls Sie es vorziehen sollten …«, jetzt trommelte er mit dem Stift auf die Schreibtischkante – *tack* – mehrmals – *tack* – *tack* – *tack* –, »… noch weitere …« – und sah endlich auf. Hielt inne.

Vielleicht hatte er den Verband nicht erwartet.

»Ich kenne Ihre Rolle, Mr. Davis. Ihre Pflichten. Schon gut. Fangen wir an.«

»Okay.«

»Blutet es wieder?«

»Nein.« Faßte sich wieder, sein Anwalt. Jason Davis. Schüttelte den Kopf. »Tut mir leid. Ich habe gehört, daß Sie angeschossen wurden. Hab mich schon mit dem Fall beschäftigt und weiß schon ein paar Dinge. Tut mir leid für Sie.«

»Schon in Ordnung.«

Ein junger, intelligenter Kerl. Aufgeschlossen. Vielleicht dreißig Pfund Übergewicht, die Hälfte davon im Gesicht. Ehrliche Augen, die hinter der Brille tief im Fleisch saßen. Gelockte Haare, wie Fee. Aber nicht halb so lang. »Haben Sie Schmerzen?« fragte er. »Man hat mir gesagt, daß sie das Schmerzmittel langsam runterdosieren. Haben Sie heute schon was gekriegt?«

Martin nickte. Sagte: »Ja.« Dachte sich, sei einfach höflich zu ihm, auch bei diesem blöden Gequatsche.

»Hat man Sie geschlagen? Sie zusammengeschlagen? Hat man doch nicht, oder?«

Sehe ich so schlimm aus? »Nein.«

»Gut. Sie sehen aus, als hätten Sie einiges durchgemacht.« Ein Lächeln. Sah wieder in seine Aufzeichnungen. Strich etwas durch.

Martin sagte: »Ich habe keine Schmerzen, und sie haben mich nicht geschlagen. Können wir jetzt ...?« Er ließ die Hand vor seiner Brust kreisen, um anzudeuten, daß er zur Sache kommen wollte.

»Natürlich ...« Der Anwalt sah sich im Raum um. Vielleicht, um sich zu sammeln. Legte eine Hand auf einen Papierstapel am Ende des Schreibtischs, als hätte er genau hier die Wahrheit entdeckt und müsse sie festhalten. »Als erstes ...«

»Hören Sie, ich muß Sie was fragen«, sagte Martin. Der Kerl erschien ihm ziemlich kläglich mit seiner dusseligen Ernsthaftigkeit. »Werden Sie mir helfen können? Ich meine, wer sind Sie? Was sind Ihre Qualifikationen? Ihre Ausbildung. Ich frage das, weil ich, bevor man mich hierher brachte, der Meinung war, ich hätte alles bis ins kleinste Detail durchdacht. Aber gerade vor einer Minute haben sie mich komplett umgekrempelt. Und ich ...« Jetzt höre *ich* mich kläglich an, dachte er. Jesus Christus.

»Ich habe Jura an der Georgetown-Universität studiert«, sagte er. »Ich war der beste meines Semesters. Wahrscheinlich haben Sie nicht gedacht, daß Sie einen Anwalt brauchen, was? Aber kein Problem, das ist schon okay.«

»Hören Sie, ich hab kein Geld ...« Er redete nicht weiter. Holte tief Luft. Der Satz brannte in ihm wie Feuer. Kein Geld, an das ich rankomme, wollte er sagen – aber ich bin stinkreich, glaub mir. »Ich bin zur Zeit pleite, so sieht's aus.«

»Ich glaube, Sie werden schnell merken, daß ich einen guten Job mache …« Der Kerl sah aus, als wüßte er, daß die Sache schwierig werden würde. Noch ein schlechtes Zeichen. »Einen erstklassigen Job. Ich komme eigentlich aus New Jersey. Falls das für Sie wichtig ist.«

Martin zuckte mit den Schultern. Davis' Worte erreichten ihn nicht.

»Ich meine damit, daß ich nicht aus Ohio bin oder sonst woher.«

»Ich bin aus New York.«

»Ja, ich weiß …« Er sah ihn prüfend von der Seite an, der Kerl, sah dann wieder auf seine Notizen.

»Sie haben mich total umgekrempelt«, sagte Martin. »Aber jetzt weiß ich wieder, wo's langgeht. Und darüber sollten wir sprechen.«

»Gut. Was ich dann also als nächstes von Ihnen erfahren muß, ist die Wahrheit. Die Beamten haben mir schon eine ganze Menge zukommen lassen, das ich durchgesehen und worüber ich mir Gedanken gemacht habe. Das ist zwar nicht gerade der vorgeschriebene Dienstweg, aber so arbeiten die hier, und fürs erste ist das auch in Ordnung so. Was ich jetzt aber von *Ihnen* brauche, das sind die Tatsachen. Fangen wir einfach damit an, daß Sie mir erzählen, was in Felix Paskos Landhaus passiert ist. Falls es nötig ist, werde ich zwischendurch Fragen stellen. Okay? … Mr. Quinn?«

Martin sah weg – die Galle stieg ihm in der Kehle hoch, als er Felix' Namen hörte. Der schon zwei Tage tot und Vergangenheit war, während das Leben einfach weiterging. Sein bester Freund, und jetzt war er nur noch eine Leiche in einem Gerichtsfall.

»Bevor Sie danach fragen: Ich habe Felix nicht erschossen. Und ich will nicht, daß Sie mich das jemals fragen. Terry war es, der geschossen hat. Auf uns beide.«

Der Kerl nickte. Martin sah es aus dem Augenwinkel.

»Wieso hat Terry Hughes auf Sie geschossen, Mr. Quinn?«

Weil er ein Tier war. *Bleib stehen. Ich hab keine Lust, hinter dir herzulaufen …*

»Die Agenten«, sagte Davis, »haben erwähnt, daß Felix der Sohn von Lexi Pasko war. Hat das in diesem Zusammenhang irgendeine Bedeutung?«

Martin grinste. Jetzt wußte er, wie der Hase lief. Und was er zu tun hatte. »Das haben die Ihnen also erzählt, ja?«

Felix interessiert sie einen Dreck. Es geht ihnen einzig und allein um Lexi.

Und du, Mr. Quinn? dachte er. Wer interessiert sich für dich? »Was sagten Sie doch gerade, Mr. Davis?«

»Dazu kommen wir noch. Und wir werden …«

»Haben sie auch erwähnt, was sie da eigentlich zu suchen hatten? Die FBI-Leute?«

»Nein. Ich habe sie dazu auch noch nicht befragt. Was ich aber natürlich noch tun werde.«

»Ich weiß schon, mit denen zu reden ist kein Zuckerschlecken, schließlich arbeiten die für die Regierung. Wahrscheinlich meinen Sie, die hätten mehr in der Hand als Sie. Aber ich sage Ihnen, was die haben und was nicht. Ich sage Ihnen, wie *ich* die Sache sehe. Also hören Sie gut zu. Die waren Felix und mir wegen einer Drogensache auf der Spur und sind mitten in eine Schießerei reingerauscht.« Er senkte den Blick für eine Sekunde und sah es vor sich. *Nimm die Hände hoch, Arschloch. Die Hände hinter den Kopf.* Verbannte die Erinnerung und fuhr fort: »Sie hatten so gut wie nichts in der Hand, und nachdem Terry da oben in den Catskills rumgeballert hat, hatten sie überhaupt nichts mehr. Jetzt wollen sie ihr Gesicht wahren, indem sie aus der Schießerei eine neue Sache konstruieren.«

Davis zog eine Augenbraue nach oben – ungläubig, aber die Botschaft war klar: *Okay, aber wir haben hier immerhin ein paar Leichen.*

Martin versuchte, das zu ignorieren, indem er wegsah. Sagte: »Sie wissen, daß aus Terrys Automatic geschossen wurde. Sie haben ballistische Untersuchungen gemacht, und das Ergebnis ist eindeutig. Alle Kugeln, die sie in Felix' Körper und dem von Terry gefunden haben, stammen aus meiner Waffe. Ich nehme an, daß er sie abgewischt hat, nachdem er Felix erschossen hatte. Und bevor er sie mir in die Hand gedrückt hat. Aber es ging alles so verdammt schnell da draußen.«

Davis legte seinen Stift hin und nickte.

»Sie interessieren sich aus einem ganz anderen Grund für mich«, sagte Martin.

»Okay.«

»Ich kenne Lexi Pasko, seit ich vierzehn bin. Mit Ausnahme meiner Zeit bei der Armee und ein paar Jahren danach habe ich ihn seitdem praktisch jeden Tag gesehen.«

»Okay.«

»Wissen Sie, warum die Ihnen erzählt haben, daß Felix sein Sohn ist?«

»Vielleicht denken sie, daß er was mit der Drogensache zu tun hat. Hat er das?«

»Nein. Er weiß nicht mal was davon. Auch wenn sie vielleicht glauben, daß er seine Finger im Spiel hat, haben sie mir bereits direkt ins Gesicht gesagt, daß sie wegen Mordes ermitteln. Als wären sie einfach so auf der Landstraße langgefahren und hätten plötzlich ein paar Schüsse gehört. Die Drogensache interessiert die gar nicht, aber wenn es ihnen gelingt, mich wegen Mordes dranzukriegen, dann haben sie mich in der Hand und können mich erpressen. Es geht hier um Lexi Pasko, Mann. Dem sie noch nie etwas nachweisen konnten. Können Sie sich vorstellen, wie die das wurmt?« Martin sah Davis jetzt direkt in die Augen. »Wenn es nur um den Drogendeal ginge, bin ich nach der U-Haft wieder draußen, denke ich mal, oder kriege vielleicht ein Jahr. Hab ich recht? Und deshalb wollen sie mir diese Mordsache anhängen. Aber da ich verdammt noch mal niemanden umgebracht habe außer Terry, und das in Notwehr, muß es also auch möglich sein, das zu beweisen. Womit wir bei Ihrem Job wären ...« Er lächelte den Kerl so freundlich an, wie er konnte. Holte wieder tief Luft und sagte: »Das wär's. So sehe ich die Dinge. Wenn Sie mit mir übereinstimmen, dann sollten wir uns jetzt vermutlich über den nächsten Schritt unterhalten.«

»Sie könnten Pasko auch noch aus anderen Gründen erwähnt haben«, sagte der Anwalt. Martin sah ihm an, daß seine Gedanken in eine völlig absurde Richtung gingen.

»Er hat nichts mit der Sache zu tun«, sagte Martin. »Hatte es zu keiner Zeit. Er hätte nie zugelassen, daß wir Heroin auch nur *anfassen*. Er hatte keine Ahnung davon.«

»Könnte es sein, daß er Sie vielleicht aus dem Weg haben wollte?«

»Daß er *was*?«

»Aus verletztem Stolz. Weil er sich hintergangen fühlte. So was. Er hat schließlich den Ruf, ziemlich skrupellos zu sein.«

»Er hat nichts damit zu tun«, sagte Martin. Und dachte, bitte laß mich nicht denken, daß du ein Arschloch bist. Er schloß die Augen.

»Aber sie *glauben*, daß er was damit zu tun hat«, sagte der Kerl. »Die Polizei beobachtet ihn seit dem Tag, an dem er aus Odessa hierherkam. Die Gerüchte über seine Karriere reichen bis in die Zeit zurück, als er noch ein Junge war.«

Er hatte also den Artikel gelesen, dachte Martin. *New York Magazine: DER ROTE PATE – Wieso konnte der Mann nie verhaftet werden, der doch als der heute gefürchtetste Kriminelle gilt? Bla bla.*

Martin biß die Zähne zusammen und sagte sich, bleib bloß ruhig.

»Okay«, sagte der Anwalt, »bleiben wir bei den Tatsachen. Also?«

Martin starrte ihn an.

»Was haben Sie drei bei Paskos Haus gemacht? Warum hat Terry Hughes auf Sie geschossen? Auf Sie und Felix Pasko?«

Martin faltete die Hände. »Mensch, ich kann bald nicht mehr, Davis, also …« Aber der Typ schien gar nicht mehr da zu sein, er war vollkommen unkonzentriert, wie es aussah. »Ich will Sicherheiten, okay? Entweder kommen die zu Ihnen, oder Sie gehen zu denen. Wir müssen einen Deal mit denen machen. Hören Sie mir überhaupt zu?«

»Natürlich.«

»Wirklich?«

»Mr. Quinn …«

Martin sagte: »Wenn die wollen, daß ich gegen den alten Mann aussage, dann tu ich das. Haben Sie gehört, was ich gerade gesagt habe? Sehen Sie mir in die Augen. Ich kenne ihn, seit ich vierzehn bin. Ich weiß alles über ihn. Ich kann Lexi Pasko auffliegen lassen.« Er grinste.

Wollte es nicht, konnte aber nicht anders. Nahm den Kopf zwischen die Hände, starrte auf den Tisch vor sich und wußte auf einmal, daß er ihnen Lexi niemals liefern würde. Jetzt, wo er es zum ersten Mal ausgesprochen hatte, war er sich absolut sicher, daß er es nicht tun würde.

Lexi hatte ihn immer mit Respekt behandelt. Nie wie einen Sohn, sondern als jemanden, der auf Felix aufpaßte. Aber wie einen Mann. Auch als sie noch Jungen waren.

»Ich werde Alexi Pasko von der Bildfläche verschwinden lassen, Mr. Davis. Ich weiß jede Kleinigkeit über ihn.« Er legte die Hände auf den Tisch. Seine Gedanken waren jetzt wieder klar, das Grinsen war verschwunden. Er hatte gerade gelogen. Aber so würde er es jetzt erst mal durchziehen. Bis er seine Zeit abgesessen hatte oder sie ihn zwingen würden, seine Aussage zurückzuziehen. Oder bis die Dinge wieder ganz anders aussahen.

Weil sich die Dinge laufend ändern.

Aber die Lüge stand jetzt im Raum.

Das war die Grenze, die er überschritten hatte.

Er wollte, er hätte einen Spiegel, in dem er sich würde ansehen können. Sein falsches Ich. Jetzt war er also ein Informant.

Er würde es überleben.

Dieser Anwalt, Davis, starrte ihn an. Sah dann weg. Als ob ihm etwas unangenehm wäre.

»Sind Sie vom Blitzlichtgewitter geblendet, Mr. Davis? Ich weiß, daß Sie diesen Artikel gelesen haben.«

»Na ja …« Er nickte, sah aber nicht auf. »Das wäre tatsächlich so etwas wie ein historisches Ereignis. Sie wären der erste Zeuge, der gegen die russische Mafia aussagt, soweit ich weiß. Ich frage mich, wie Ihnen dabei zumute ist.«

»Wie mir dabei zumute ist? Machen Sie sich Sorgen um mein Gewissen? Um meine Seele? Mir geht es um nichts anderes als um mich. Um mein Leben.«

Davis senkte den Blick, seine Stimme wurde leiser.

»Sie haben natürlich recht. Tut mir leid.«

»Also sagen Sie schon: Kriegen Sie den Deal hin?« sagte Martin.

Er sah auf. »Wenn Sie wollen, können Sie jederzeit einen anderen Verteidiger beantragen …«

»Darüber will ich mich nicht mit Ihnen unterhalten, Mann, ich will wissen, ob wir es schaffen.«

So saßen sie beide da.

Davis sagte: »Vor der Anklageerhebung morgen früh müssen wir unsere Chancen ausloten. Aber wenn wir es so machen wollen, muß ich alles wissen, ganz egal, was …«

»Sagen Sie mir nur, ob …«

»Mr. Quinn, bitte. Lassen Sie mich ausreden. In Ordnung?«

Martin sah ihn kurz an. Nickte dann und richtete seine Augen wieder auf den Tisch. »Okay.«

»Sie werden erst nach der Anklageerhebung verhandeln. Die gehen kein Risiko ein, gehen auf Nummer Sicher … Ganz gleich, wessen Sie angeklagt werden, es wird um den Tod der beiden Männer gehen. Wir werden auf nicht schuldig plädieren und erklären, daß Sie in Notwehr gehandelt haben und sie den falschen Mann haben und der richtige tot ist und so weiter, und wir werden eine Kaution beantragen. Obwohl ich es für extrem unwahrscheinlich halte, daß wir damit durchkommen.«

»Unmöglich, denke ich mal.«

»Nichts ist unmöglich im Rechtssystem. Aber es ist tatsächlich unwahrscheinlich.«

»Aber keine Rückverweisung, oder? Keine Vertagung. Die würden nur wieder versuchen, mich auszuquetschen. Mich in Untersuchungshaft behalten.«

»Ich werde mein Bestes tun.«

Martin holte tief Luft und hielt sie einen Moment lang an. Stieß sie dann aus. Jetzt ging es ihm schon besser. Daß dieser Mensch bereit war, die Sache mit ihm durchzuziehen, beruhigte ihn ungemein. Der Kerl würde noch zu einem richtigen Partner werden. Und er sagte jetzt: »Okay?«

Martin nickte. Lehnte sich zurück und sagte: »Als Kind haben sie mich mal wegen Körperverletzung drangekriegt. Schwere Körperverletzung. Aber es war meine erste Straftat.«

Davis notierte das und nickte. Martin sagte: »Sie müssen das nicht aufschreiben. Ich will Ihnen nur etwas erzählen.«

Davis legte den Stift hin und hörte zu.

»Meine erste Straftat. Also sagten sie, ich käme in ein Heim. Aber sie haben mich trotzdem eingesperrt, an einem Freitag.«

»Und an einem Montag angeklagt.«

Er nickte. »Ich bin nie in dieses Heim gekommen. Ich landete in einem Bus nach Spofford. Als meine Mutter in dem Heim anrief, sagten sie ihr, sie hätten noch nie von mir gehört. Kennen Sie Spofford? Auch bekannt als Hunt's Point Jugendstrafanstalt.«

Davis nickte.

»Dreihundert Jungs und zweihundert Betten«, sagte Martin. »Kakerlaken im Essen, und die Wärter schlagen einen zusammen, falls es die älteren Jungs nicht schon getan haben. Und der Scheißlärm erst. Tag und Nacht. Sie können sich das nicht vorstellen.« So muß sich Hölle anhören, hatte er damals gedacht. »Meine Mutter brauchte eine Woche, bis sie mich gefunden hatte. Ich konnte sie nicht anrufen, weil keins der Telefone funktionierte. Zehn Stück hingen da in einer Reihe, und drüber ein Schild, auf dem stand ›Diese Telefone werden abgehört‹. Jemand hatte ›sind kaputt‹ über die beiden letzten Worte gemalt. Sie brauchte eine ganze verdammte Woche.« Während dieser Zeit hatte er eine Stunde geschlafen. Höchstens. Er hatte gekämpft und gewartet. Gekämpft und gewartet. »Also sehen Sie zu, daß es eine Bundesangelegenheit wird, okay? Noch einmal halte ich das nicht aus in einem New Yorker Staatsgefängnis, glauben Sie mir.«

»Ja. Ich werde tun, was ich kann.«

»Ich habe nichts mit dieser Sache zu tun, vergessen Sie das nicht. Ein Kerl, mit dem ich zwanzig Jahre lang Probleme hatte, hat mich angeschossen und dann meinen besten Freund umgelegt. Ich habe ihn in Notwehr erschossen. Ich habe keine Ahnung, was er eigentlich wollte. Das ist alles. Und jetzt wollen sie *mir* die Sache in die Schuhe schieben. Das ist einfach nicht fair.« Ungerecht ist das richtige Wort, dachte er. Und er wollte es noch mal durchgehen, damit keinerlei Zweifel blieb. »Machen Sie denen das klar. Aber machen Sie keine Zugeständnisse. Die sollen zu uns kommen. Dann sagen Sie ihnen, daß ich kooperieren werde. Sie werden mich ins Schutzprogramm aufnehmen. Dann kann ich ein neues Leben beginnen. Und nachdenken.« Er wandte seinen Blick kurz ab, um es sich vorzustellen. Dann sah er wieder den Anwalt an. »Sie können sich überhaupt nicht vorstellen, wie laut so ein Knast ist, Mann, Davis.«

Davis notierte etwas.

Martin dachte, ich kann mir fast vorstellen, den Kerl zu mögen. Ich bin froh, daß er da ist. »Wollen Sie einen Kaffee oder sonst was, Mr. Davis?« fragte er.

Davis nickte: »Gern.« Und schrieb weiter.

Martin setzte sich wieder hin. »Ich werde warten, bis Sie aufstehen und klopfen«, und Davis nickte, er hörte nicht zu. Nach einer Weile war er fertig. Hatte das mit dem Kaffee vergessen. Zu sehr darauf bedacht, daß die Dinge auf seine Weise laufen würden. Scheiß drauf – soll er doch machen, ich bin müde. Ich werde ihm alles erzählen, was er wissen muß, und lasse ihn seine Arbeit machen.

Martin faßte sich an den Kopf, streckte seine Beine ganz aus. Schlug die Knöchel über und hakte die Finger ineinander. Jetzt konnte er mit diesem Menschen reden. Mit dem jungen Jason Davis. Seinem Anwalt. Ein Kerl in seinem Alter, vielleicht ein paar Jahre älter. Der beste seines Semesters. Das mit dem Kaffee würden sie nachholen, sie hatten ja genug Zeit. Das Leben auf der Überholspur war jetzt vorbei war, es war Zeit, ein neues Leben zu beginnen. Ein sicheres und friedliches Leben. Er würde neben Penny liegen und an die Decke starren.

Er wartete. Auf die erste Frage seines Anwalts.

»Was genau ist also passiert? Bei Felix Paskos Landhaus. Warum hat Terence Hughes auf Sie geschossen?«

Weil er dafür bezahlt wurde, dachte er, wieso denn sonst? Und er dachte an das Geld und an das Bett, das er davon kaufen würde, und wie er mit Penny darin lag und sie vögelte.

»Mr. Quinn? Martin?«

Martins Kinn schoß mit einem Ruck nach oben: »Was?«

»Warum hat er auf Sie geschossen?«

Er dachte darüber nach. Und auf einmal begriff er, daß er keine Ahnung hatte.

3

Die Schwester arbeitete sorgfältig und behutsam, ihr Gesicht befand sich dicht über dem seinen, und ihre Augen waren ganz auf ihre Arbeit konzentriert. Sie nahm den Verband ab. Ihre flinken Unterarme versperrten ihm immer wieder den Blick auf ihre Schwesterntracht, die an ihren Brüsten spannte.

Sie war rein, was man von ihm nicht behaupten konnte. Es war ihm unangenehm, wie er roch. Er fühlte sich unbehaglich deshalb, war fast ein wenig beschämt. Auch ihre Haut war rein, nicht der geringste Duft ging von ihr aus. Er nahm nur das Desinfektionsmittel wahr, diesen typischen Krankenhausgeruch, und seinen eigenen Gestank, der ihn an Kieferfäulnis und Bakterien erinnerte.

Bis in sein Teenageralter hinein hatte seine Mutter ein Auge darauf gehabt, daß er sich immer sauber hielt. Rein wie diese Krankenschwester, die ihm jetzt den Verband abnahm. Aber dann hatte er langsam den Gestank der Straße angenommen. Trieb sich herum und kam erst nach Einbruch der Dunkelheit nach Hause. Als er bemerkte, wie ihm im Thompson Park die Mädchen nachsahen, diese älteren Mädchen mit ihren harten Augen, kaufte er sich ein Deodorant und eine Haarbürste. Kleidete sich ordentlich und blieb dabei. Schon damals wußte er, daß er gut aussah. Aber davon konnte die Schwester jetzt nichts mehr sehen.

Sie war jung. Vermutlich zweiundzwanzig oder dreiundzwanzig. Sie arbeitete so sorgfältig. Sichere Bewegungen. Das gefiel ihm.

»Tut mir leid«, sagte er und versuchte, sie anzusehen, ohne dabei den Kopf zu bewegen.

»Was haben Sie gesagt?«

»Sie haben mich nicht mal duschen lassen.«

Sie lächelte über ihren Unterarm hinweg. »Das habe ich gar

nicht bemerkt. Ist schon okay.« Und sie sah über seinen Kopf hin zu Corso. Hielt eine Sekunde inne. Machte dann weiter.

Niemand sagte ein Wort. Corso und Dolan hinter ihm und der Arzt an der anderen Seite des Tisches.

Nach einer Minute hielt sie wieder inne. »Das kann jetzt weh tun.« Dann nahm sie die letzte Schicht des Verbands ab, legte ihn auf das Tablett und trat einen halben Schritt zurück. Richtete ihre Augen auf die Stelle, an der einmal sein Ohr gewesen war. Versuchte, die Wunde irgendwie in Einklang zu bringen mit seinem Gesicht, seinen Augen.

Er versuchte ein Lächeln.

Etwas huschte über ihr Gesicht.

Angst? Zweifel? Sie machte ein Gesicht, wie es Kinder manchmal machen.

Der Arzt trat auf ihn zu, zwischen sie, sah nur auf das Loch neben seiner Schläfe. Hob langsam die Hand, um es zu berühren. Martin sah die Hand und wie sich der Arzt vorbeugte. Sagte: »Warten Sie.« Und hörte etwas in seiner Stimme, das ihm nicht gefiel. Spürte die Handschellen an seinen Handgelenken, sah das Gesicht des Arztes, ganz nah vor sich, und spürte plötzlich das offene Loch in seinem Kopf.

Der Arzt wich ein Stück zurück.

»Warten Sie.«

Der Arzt sah zu Corso rüber, hinter ihm. Ein regloses Gesicht, in dem nichts Gutes oder Schlechtes lag, ein Gesicht, das eigentlich gar nichts ausdrückte. »Meine Hände«, sagte Martin. »Nehmen Sie mir die Handschellen ab.«

»Was ist?« sagte Corso. Er kam um den Tisch herum und sah ihn an.

»Nehmen Sie mir die Handschellen ab, Corso. Tun Sie mir den Gefallen.«

»Warum?«

Sein Ohr brannte und fühlte sich zugleich kalt an. Eine eisige Brise schien dort zu wehen, die er sonst nirgendwo spürte. »Ich fühle mich wie in der Folterkammer.«

»Niemand hat Sie überhaupt nur angefaßt. Wovon reden Sie?«

Martin sah sich um. Der Arzt immer noch ohne einen Ausdruck auf seinem Gesicht. Als sei der Tod in seiner Gestalt zurückgekehrt, um nach ihm zu greifen. Aber die Schwester hatte ihn verstanden, das sah er. An ihren Augen konnte er es sehen. »Sagen *Sie* es ihm«, bat er sie.

Sie runzelte die Stirn. Blickte Corso an, als er sich umdrehte und sie ansah. Aber sie sagte nichts.

Corso wandte sich wieder ab.

»Die Handschellen, Corso. Bitte.«

»Nein. Keine Diskussion.«

Er sagte: »Lassen Sie *sie* das Ohr reinigen«, weil er dachte, dann würde er es aushalten. Ihre Weichheit. Ihre Jugend. Er bewunderte sie dafür.

»Kann ich nicht zulassen«, sagte Corso. »Doc?« Ging zur Seite, machte dem Arzt Platz.

Martin trat voll zu.

Im gleichen Moment war Corso über ihm, packte ihn vorn an seinem Hemd, dann an der Gurgel, riß ihn hoch. Jemand griff nach seinen Armen, zerrte an den Handschellen. Der Jüngere – Dolan. Die Schwester schrie: »Nein!« – mit erstickter Stimme, die Hand vor ihrem Mund. *Nein*!

Corso brüllte sie an: »Raus hier!« und erwürgte ihn fast. Der Sheriff und ein junger Hilfssheriff stürzten durch die Tür, auf ihn zu, der junge Sheriff die Hand an der Waffe.

Martin kriegte keine Luft. Die Augen in Corsos Gesicht wirkten zu allem entschlossen. Dann spürte er nur noch den stechenden Schmerz, der sich wie eine Explosion ausbreitete. Martin wollte schreien, aber kein Laut drang aus seiner Kehle. Schmerzen, dann Dunkelheit.

Er war ohnmächtig gewesen. Es war dasselbe Zimmer, dasselbe Licht, die gleichen Schatten an der Wand, und trotzdem war alles anders. Er lag auf dem Rücken. Zeit war verstrichen. Nicht viel, aber sie war verstrichen. Jemand hob seinen Kopf an, eine Hand unter seinem Nacken, klein und stark. Er sah auf. Sah die Schwester. Eine andere, älter. Ein wenig dicker. Sie sah ihn nicht an. Der Arzt verband ihm den Kopf. Corso war ebenfalls da. Die Wut lag noch auf seinem Gesicht, aber sein Körper hatte sich entspannt.

Der Schmerz war verschwunden. Vielleicht war er deshalb

aufgewacht, dachte er. Er fragte sich, ob sie ihm wieder Demerol gegeben hatten oder zu Morphium zurückgekehrt waren.

Dann war der Arzt fertig und ging. Die neue Schwester ließ seinen Kopf los. Rückte hier und da etwas zurecht, ging dann auch. Corso sagte, er solle sich aufsetzen, sie seien spät dran.

4

Niemand sagte etwas. Sie saßen zu fünft in dem Wagen, aber keiner redete. Als sie in die Straße einbogen, sah er die Menschenmenge vor dem Gerichtsgebäude. Vielleicht an die fünfzig. Sahen aus, als seien sie aus der Gegend. Flanellhemden, Stiefel und Baseballkappen. Ein paar Frauen in Jeanshemden. Er starrte durch die Scheibe und versuchte, einzelne Gesichter auszumachen. »Könnten Sie etwas langsamer fahren, Sheriff?« Sie hatten ihre Blicke auf den Wagen geheftet. Wußten, daß *er* es war. Er würde schon merken, wenn er entdeckte, was er suchte. Ein kalter Blick vielleicht, der etwas zu gefaßt wirkte. Oder Augen, die nicht zu ihm hinsahen. Weil Blicke nichts verbergen können. Aber er konnte nichts dergleichen ausmachen. »Da wären wir«, sagte der Sheriff, als der Wagen am Straßenrand zum Stehen gekommen war und der Fahrer den Motor abstellte. Müde Farmergesichter. Nichts, das ihn beunruhigen mußte. Dolan griff ihn am Ellbogen, aber Martin sah Corso an. »Soll ich etwa *hier* aussteigen?«

»Wieso nicht?«

»Mitten durch die Menschenmenge?« Im Krankenhaus waren sie in einer geschlossenen Einfahrt in den Wagen gestiegen.

»Hier gibt es keinen eigenen Eingang für die Angeklagten. Das hier ist das ländliche Amerika.«

»Machen Sie keine Witze. Tragen Sie eine kugelsichere Weste?«

»Nein.«

»Ich kann sie sehen.« Sie hatte sich unter Corsos Hemdkragen hochgeschoben, als er die Wagentür geöffnet hatte.

»Sind Sie paranoid, Quinn? Das hier sind Farmer. Machen Sie jetzt keinen Aufstand.«

Er blickte durch die Scheibe auf die Menge. Jetzt war auch der Sheriff ausgestiegen und wies die Leute an, den Weg frei zu machen. Dolan öffnete die andere Tür, stieg aus und sah sich nach allen Seiten um. Corso beugte sich mit dem Oberkörper in den

Wagen und wies Martin an, ebenfalls auszusteigen. Dolan strich seine Jacke glatt, griff Martins Arm und half ihm auf den Bürgersteig.

Sie gingen schnell und entschlossen.

Martin hielt den Kopf gesenkt und sah die Gesichter zu beiden Seiten. Er blickte in schweigenden Haß, schweigende Furcht und schweigende Verwunderung.

Sie marschierten die Stufen rauf, oben öffnete Dolan die Tür. Martin sah zurück auf die Menge, die noch immer in zwei Gruppen geteilt auf der Straße stand und ihn anstarrte. Schweigend. Dann drehte er sich um, und sie betraten das Gerichtsgebäude. Davis lief auf ihn zu und fragte, wie er sich fühle. Die Eingangshalle war hoch und hell, poliertes Holz und Marmor. Dolan hielt ihn weiterhin am Ellbogen und führte ihn durch die Halle auf eine große doppelte Flügeltür zu. »Martin?« Davis lief neben ihm her und sah ihn von der Seite an. Martin grinste.

»Ich bin in Ordnung. Was ist mit Ihnen? Sie wirken etwas nervös.« Dolan öffnete die Tür mit einem kräftigen Ruck. Warme Stille drang aus dem Raum. Er umfaßte Martins Arm fester und dirigierte ihn in den Gerichtssaal. Martin zuckte zusammen. »He, immer mit der Ruhe, okay?«

Dolan überhörte das und zog ihn weiter.

Der Saal war fast bis zum letzten Platz gefüllt. Hell. Die Köpfe in Martins Richtung gedreht, ohne Ausnahme. Sonnenlicht drang in breiten, staubigen Strahlen durch die Fenster. Er setzte einen beiläufigen Gesichtsausdruck auf, so als würde er in den Sitzreihen nach einem freien Platz suchen. Pünktlich, die Leute, dachte er, keiner will was verpassen.

Hinter der Absperrung schob Dolan ihn auf den Tisch zu und drückte ihn auf einen Stuhl, der dahinter stand. Davis setzte sich direkt neben ihn und sagte irgendwas. Dolan verschwand. Martin sah ihm nicht nach. In den hinteren Zuschauerreihen tuschelten die Leute leise. Martin sah zur Richterbank, zum Zeugenstand, zu den Flaggen. Gott schütze Amerika.

»Wieso Sie so spät kommen, habe ich gefragt.«

»Im Krankenhaus gab's einen kleinen Zwischenfall.«

»Was heißt das? Was meinen Sie damit?«

»Warum sind Sie denn so nervös, Davis?«

»Was war da los, im Krankenhaus?«

»Ich bin durchgedreht. Sie wollten mir die Wunde auswaschen, mir aber nicht die Handschellen abnehmen. Wie in einer Folterkammer.« Er grinste etwas verlegen. »Ich bin einfach ohnmächtig geworden.«

»Sind Sie in Ordnung? Denken Sie, Sie stehen das hier durch?«

»Mir geht es gut.«

Sie kamen einer nach dem anderen durch die hintere Tür. Er hörte, wie sie hereinkamen. Nahmen ihre Plätze ein, flüsterten. Er sah zu den Fenstern hinauf. Zu dem blauen Himmel, dem das alles hier gleichgültig war. Das Tuscheln im Gerichtssaal nahm zu. Er sagte: »Was meinen Sie zu den Leuten hier? Sehen aus, als hielten die das für *den* Prozeß dieses verdammten Jahrhunderts.«

»Die haben hier nur selten einen Mordfall«, sagte Davis und ordnete seine Notizen.

»Ich weiß. Jagdunfälle. In der Armee hab ich solche Typen kennengelernt.«

Er hatte mit dem Gedanken gespielt, Felix mit dem Gewehr umzulegen. Damit es wie ein Unfall aussah. Aber dann hatte er sich doch für die Glock entschieden. Gedacht, wie leicht es war, ein Leben auszulöschen. Die Schwierigkeiten fingen erst hinterher an.

Davis sagte: »Tut mir leid, Sheriff. Aber ich war mir völlig sicher, daß das ein Bär war, da in dem Gebüsch vor mir.«

Martin sah ihn an. Der Anwalt wirkte jetzt entspannter. Lächelte. Er stieß ihn an, kumpelhaft, die Hände noch immer in Handschellen. »Alles klar?« sagte er. Dann: »Gar nicht mal so übel hier. Tapetenwechsel. Konnte diesen verdammten Verhörraum nicht mehr sehen. Diesen Corso. Das hier kann ich aushalten.«

»Wo ist er? Corso?«

»Keine Ahnung. Ist mir auch egal. Hey, meinen Sie, wir sollten denen erzählen, daß es ein Jagdunfall war?«

»Wir bleiben bei dem, was wir besprochen haben. Plädieren auf nicht schuldig, und Sie sagen genau das, was ich Ihnen eingetrichtert habe. Dann sehen wir weiter.«

»Eingetrichtert«, sagte Martin. »Vier bescheuerte Worte. Mann, ich hoffe, ich vermassele die Sache nicht. Meinen Sie, ich schaffe das?« Davis tat so, als hätte er ihn nicht gehört. Martins Blick wanderte über die Richterbank. Die lateinische Inschrift auf dem Paneel davor. Davis blätterte eine Seite um. Draußen hinter den Fenstern zogen jetzt Wolken vorbei. Rechts von ihm saß jemand, der ebenfalls in seinen Papieren blätterte. »Ist das der Bezirksstaatsanwalt?«

»Im blauen Anzug?«

»Ja.«

Davis nickte.

Martin sah ihn sich genau an. Guter Anzug. Ordentlicher Haarschnitt. Mitte Vierzig.

Er sah wieder zum Fenster. Sagte: »Wann fangen die denn endlich an?« Spürte, wie Davis ihn ansah. Hörte ihn dann sagen: »Wir machen es genau so, wie wir es besprochen haben. Wir hören uns an, worauf sie hinaus wollen, dann beantragen wir eine Unterbrechung und entscheiden, wie wir damit umgehen.«

Martin nickte.

Eine Tür ging auf, und Corso kam zurück in den Gerichtssaal. »Wahrscheinlich hat er genau die gleiche Strategie wie wir«, sagte Martin.

»Wer?« fragte Davis und blickte auf. »Das ist das Amtszimmer des Richters, verdammt. Die kungeln was.« Er stand auf.

»Vielleicht hat er ihm erzählt, wer ich bin.«

»Der Richter *weiß*, wer Sie sind ...« Er setzte sich wieder. Beobachtete, wie Corso an ihnen vorbeiging, ohne sie anzusehen. Davis fluchte leise und notierte etwas.

Dann kam der Richter durch die Tür, sah kurz in die Menge, hob den Saum seiner Robe leicht an und stieg die Stufen hoch. Großer, kahler Kopf, keine Brille. Martin hätte Stein und Bein geschworen, daß er eine Brille tragen würde. Der Saal erhob sich auf die Anordnung des Gerichtsdieners. Martin sagte: »Sie machen das schon, Davis.« Er sah rüber zu Corso und dann in das Publikum. Alle Augen waren jetzt auf den Richter gerichtet. Er sah in Ordnung aus, fand er. Unparteiisch.

Das Wort beruhigte ihn. Unparteiisch.

Dann setzten sie sich alle wieder. Schwiegen. Der Richter forderte ihn auf vorzutreten. Davis kam mit nach vorn, und auch der Bezirksstaatsanwalt stellte sich neben ihnen auf. »Können Sie mich verstehen, Mr. Quinn?« fragte der Richter und zeigte auf Martins Kopf. Auf den Verband.

»Auf dieser Seite kann ich hören.« Er zog eine Schulter hoch, in Richtung seines unverletzten Ohrs.

Davis machte ein Geräusch, als hätte er etwas im Hals.

»Sie sind angeklagt, zwei Menschen ermordet zu haben, Mr. Quinn. Verstehen Sie die Bedeutung dieser Anklage gegen Sie?«

»Das tue ich.«

Antworten Sie nicht einfach nur mit ›ja‹, hatte Davis ihm in einem Tonfall eingebleut, als sei er noch ein Kind. *Sagen Sie: ›Das tue ich.‹ Und wenn es dann soweit ist, sagen Sie: ›Nicht schuldig, Euer Ehren.‹*

»Und was haben Sie zu der Anklage zu sagen, Mr. Quinn?«

»Nicht schuldig, Euer Ehren.«

Der Richter sah ihn eine Sekunde lang an, dann rüber zu Davis. »Mr. Davis?«

»Es handelt sich hier um Notwehr, Euer Ehren. Mein Mandant hat dies bereits bei seiner Festnahme ausgesagt und bleibt bei seiner Aussage. Er hat sein Leben gegen einen Mann verteidigt, der als gewalttätiger Verbrecher und mehrfacher Straftäter bekannt ist. Der Mann hat zuerst auf meinen Mandanten geschossen und ihn am Kopf verletzt, dann auf das andere Opfer in diesem Fall, Felix Pasko, den er tödlich traf. Als die Agenten des FBI eintrafen, ließ sich Mr. Quinn ohne Widerstand festnehmen. Ohne sich einer Schuld bewußt zu sein. Was ja auch den Tatsachen entspricht. In den anschließenden Verhören durch das FBI und den Sheriff hat er seine Unschuld immer wieder bekräftigt. Ich möchte ausdrücklich darauf hinweisen, Euer Ehren, daß mein Mandant bisher nicht auffällig geworden ist. Er hat bei der Armee gedient und lediglich eine Jugendstrafe …«

»Er hat wegen Körperverletzung eingesessen …«

»Er wartete auf die Anklageerhebung, Euer Ehren. Nach der Untersuchungshaft wurde er entlassen. Sie wissen ja, wie das läuft.«

Der Richter lächelte. »Ja, Mr. Davis, ich weiß, wie das läuft. Wie Sie gerade festgestellt haben, hat Ihr Mandant eine Jugendstrafe verbüßt. Fahren Sie fort.«

»Er war damals noch ein Junge, Euer Ehren. Und der Vorfall

ist für dieses Verfahren ohne Belang. Ich wollte nur nicht den Eindruck erwecken, wir hätten etwas zu verbergen.«

»Ehrenwert von Ihnen.« Der Richter wedelte mit einer Hand, als wolle er sich frische Luft zufächern. Akzeptierte Davis' Ausführung. »Mr. Carling?«

Martin sah zu dem Bezirksstaatsanwalt hinüber, dann wieder zu Davis. Gegenüber Carling wirkte Davis wie jemand, der mit dem Bus hierhergekommen war. »Keine Kaution, Euer Ehren«, sagte der Bezirksstaatsanwalt. »Die Staatsanwaltschaft beantragt, den Angeklagten in Untersuchungshaft zu belassen. Es handelt sich hier keinesfalls um Notwehr, sondern um ein brutales Gewaltverbrechen. Um zweifachen Mord. Die Ergebnisse der ballistischen Untersuchung belegen das eindeutig. Außerdem wird wegen eines Drogendelikts gegen ihn ermittelt …«

Sie kramen alles raus, dachte Martin. Was hieß, daß sie nichts Handfestes gegen ihn hatten.

»Bislang ist deswegen keine Anklage erhoben worden«, sagte Davis.

Der Richter hob die Hand, um ihn zu beschwichtigen.

Der Bezirksstaatsanwalt fuhr fort: »Seine Komplizen in dieser Sache sind im Staat New York bekannte Kriminelle mit Kontakten zur italienischen sowie zur russischen Mafia …«

»Euer Ehren, ich bitte Sie«, sagte Davis.

Wieder die Hand.

»Der Angeklagte ist vorbestraft und offensichtlich in illegale Geschäfte verstrickt, auch wenn es diesbezüglich noch nicht zur Anklage gekommen ist. Er geht keiner geregelten Arbeit nach und hat kein festes Einkommen. Keine eigene Familie. Es besteht deshalb Fluchtgefahr. Erst heute morgen hat er versucht, aus dem Krankenhaus zu entkommen.«

»*Was*?« sagte Davis.

Du heilige Scheiße, dachte Martin. Er drehte sich um und versuchte, Corso auszumachen.

»Davon ist mir nichts bekannt, Euer Ehren«, sagte Davis. »Mein Mandant war im Krankenhaus, um seine Wunde behandeln zu lassen …«

»Und versuchte zu fliehen, Mr. Davis.«

»Das ist doch absurd.«

»Es gibt genügend Zeugen. Den Arzt, die Schwester, den Sheriff. Ich schlage vor, Sie befragen Ihren Mandanten dazu, wenn ...«

»Ich muß *jetzt* mit ihm reden.«

Martin dachte an die Schwester, wie sie sich die Hand vor den Mund hielt. Und die Handschellen und wie Corso ihm den Hals zudrückte. Er sagte: »So war das nicht ... Euer Ehren.« Dann wurden seine Beine weich. Er wußte, was jetzt kam.

»Äußern Sie sich bitte nur, wenn Sie aufgefordert werden, Mr. Quinn ... Mr. Davis, ich schlage vor, daß Sie das später mit Ihrem Mandanten klären. Für den Augenblick denke ich, daß Sie und Mr. Carling Ihre Positionen deutlich gemacht haben ...«

Sie wollten ihn fertigmachen.

»... und daß die Umstände nicht dafür sprechen, dem Kautionsantrag stattzugeben.«

Er hatte sie das Gesicht verlieren lassen. *Machen Sie verdammt noch mal Ihren Job.* Jetzt würden sie ihn über den Tisch ziehen und ihm zeigen, wer den Längeren hat, ihn im Knast verschwinden lassen, und allein der Gedanke daran raubte ihm fast die Sinne. *Sie können sich überhaupt nicht vorstellen, wie laut so ein Knast ist, Mann*, hatte er seinem Anwalt gesagt. Er hörte Davis neben sich brüllen.

»... das Recht, vollständig informiert zu werden!«

»Mr. Davis, muß ich Sie daran erinnern, daß sie diesem Gericht mit Respekt zu begegnen haben?«

»Das ist ein Skandal.«

Das war's, dachte Martin. Er bekam keine Luft mehr, mußte sich setzen.

»Mr. Davis, Sie mögen ja vielleicht später noch die Gelegenheit ergreifen wollen, die Geduld der Geschworenen auf die Probe zu stellen, aber lassen Sie uns jetzt bitte fortfahren.«

»Ich muß mich hinsetzen«, sagte Martin, schwankte. Der Gerichtsdiener machte einen Schritt auf ihn zu.

»Mr. Quinn?«

»Muß mich setzen ...«

»Gerichtsdiener ...«

»Scheiße«, sagte Martin. Seine Beine gaben nach. Er schwankte auf den Tisch zu – der Gerichtsdiener stützte ihn –, wußte nicht, ob er es bis dahin schaffen würde.

»Setzen Sie ihn hin, Gerichtsdiener.«

»Ich mach das schon«, sagte Davis, sein Anwalt, und griff ihm von hinten unter die Arme. »Schon in Ordnung, Gerichtsdiener.«

»Mr. Davis, bitte kommen Sie wieder hierher.«

»Eine Sekunde nur, Euer Ehren, ich muß mich eben um meinen Mandanten kümmern.« Ihn mit den Händen unter seinen Achseln stützend, schob Davis ihn auf seinen Stuhl zu, während der Gerichtsdiener versuchte, ihn am Arm zu führen. Martin stolperte gegen den Tisch, stützte sich darauf ab.

»Mr. Davis!«

Hinter den Brillengläsern fragten Davis' Augen: Stimmt das?

Martin stützte sich noch immer auf dem Tisch ab.

»Haben Sie tatsächlich versucht zu fliehen?«

»Nein.«

»Mr. Davis.«

»Einen Moment, Euer Ehren.«

»Gerichtsdiener, führen Sie Mr. Davis hierher.«

Der Gerichtsdiener packte Davis' Arm.

Martin torkelte auf den Stuhl zu, der ihm unerreichbar schien, obwohl er direkt vor ihm stand. In seinem Schädel kreischte Davis' Stimme, schwoll an zu einem unerträglichen Echo … *Justizskandal … wie einen Schwerstkriminellen … Rechte meines Mandanten …* Verschwommen sah er die Gesichter in den Zuschauerreihen vor sich, gebannt auf das gerichtet, was sich vor der Richterbank abspielte. Dann sah er die beiden Gesichter, die *ihn* beobachteten. Bleiche, ovale Gesichter. Corso und der Sheriff. Er sah sie an, aber er konnte keinen Gedanken fassen. Rutschte weiter auf den Stuhl zu. Dann sah er, wie sie zur Seite blickten. Aufsprangen. Beide, fast gleichzeitig. Als Martin den Kopf in die Richtung drehte, in die Corso und der Sheriff starrten, sah er den Mann. Kam direkt auf ihn zu. Jung. Hatte etwas in der Hand, das er nicht erkennen konnte. Länglich.

Scheiße, dachte er. Wollte die Arme heben, vergaß für eine Sekunde die Handschellen hinter seinem Rücken, brachte nur ein Zucken seiner Schultern zustande. Etwas traf seinen Arm, stechend, ließ ihn zurücktaumeln, dann der Schmerz. Der Junge stach wieder zu, packte Martins Hemd, riß ihn in seine Richtung, hieb auf ihn ein. Martin ging in die Knie, der Junge über ihm hob das Ding in seiner Faust und zischte etwas. Dann waren sie da.

Dunkle Anzüge verschwammen vor Martins Augen, Arme schlugen um sich, Körper kippten, stürzten. Fielen auf ihn. Martin rutschte auf den Tisch zu, eine Blutspur hinter sich herziehend. Der Tisch, dachte er, Schutz suchen. Jemand trat mit voller Kraft auf seinen Knöchel. Er versuchte, die Beine an seinen Körper zu ziehen. Menschen schrien wild durcheinander. Blut. Überall dieses verdammte Blut. Der Schmerz drohte ihm das Bewußtsein zu rauben. Doch dann war er auf einmal weg. Nur noch die Stimme war da. Ganz klar. Brüllte etwas, das ihm vertraut vorkam. Russisch. Ein Wort, das er kannte. *Suki*, brüllte der Junge. *Suki … Suki …*

Jetzt war der Schmerz wieder da. Wurde unerträglich. Kam wie eine Welle, die ihn zu ersticken schien. Dann kam die Dunkelheit. Und dann die Stille.

»Hurensohn«, hatte Felix gesagt. »Verräter. Abschaum. Es kann eine Menge Dinge bedeuten. Es gibt nicht viele wirklich schlimme Flüche im Russischen, also nimmt man, was man hat.«

Sie waren Jungen damals, vierzehn. Felix brachte ihm seine Sprache bei. Martin sagte: »Klingt wie der Name eines chinesischen Mädchens. Suki. Komm her zu mir, meine kleine Suki.«

»Es ist wirklich das schlimmste aller Worte, glaub mir. Benutz es nie vor meinem Vater. Niemals.«

»Schon in Ordnung, Felix.«

Er war dem alten Mann erst ein paarmal begegnet. Aber Felix hatte ihm die Geschichten erzählt. Man mußte den Alten nur sehen, um zu wissen, daß sie allesamt stimmten. »Keine Sorge.«

»Hast du es schon mal mit einer gemacht?« sagte Felix. »Mit einer Chinesin, meine ich.«

5

Ein eigenartiges Gefühl. Wenn einem ganz langsam ins Bewußtsein dringt, daß man lebt. Man es zunächst nicht glauben kann, sich in einer Art Traum wähnt. In einer Zwischenwelt vielleicht, irgendwo zwischen Leben und Tod, im Wartesaal der Ewigkeit. Oder im Nichts. Wenn man gegen den Zweifel ankämpft, nach Beweisen sucht. Der Atem. Gegenstände, die man mit tauben Fingern berührt. Und dann weiß man plötzlich, du bist noch ein Teil dieser Welt. Lebst tatsächlich. Du lebst. *Ich bin am Leben.*

Der Raum war still. Dunkel. Zu seiner Seite ein halbhohes Metallgeländer, dahinter ein Vorhang, zurückgezogen. Ein Fenster mit heruntergezogener Jalousie, oben an der Wand ein schwarzer Fernseher. Ein Stück neben ihm war noch jemand, bemerkte er. Schlief, dem Geräusch nach zu urteilen. Es machte ihm nichts aus. Ganz langsam, vorsichtig, drehte Martin den Kopf zur Seite.

Eine Nonne. Alt und verknöchert. Sie saß in dem trüben Licht und machte ein Nickerchen. Schlief vielleicht den Schlaf der Gerechten. Zwischen ihr und dem Bett ein Infusionsständer, so hoch, daß er das obere Ende nicht fixieren konnte, aber durch den Schlauch tröpfelte irgendwas in ihn hinein. Irgendwo unter der Bettdecke. Sie saß zu straff, die Decke. Er fühlte sich beengt. Aber er wollte jetzt nicht kämpfen. Schloß einfach wieder die Augen. Bilder tauchten auf. Die Bilder, die bei den Paskos im Flur ihrer Wohnung in der Lafayette Street hingen. Irgendwelche jüdischen Ketzer, hatte Fees Mutter gesagt. Das war vor fast zwei Jahren. Als alles angefangen hat. Propheten, auf der Flucht vor Gott. Gott, der sich selbst nie zeigte. Der auf den Bildern immer nur eine Wolke war oder der Wind oder ein Baum, der hinterhältig mit einem langen, knorrigen Ast den armen Schluckern, die sich davonmachen wollten, den Weg versperrte. Die Flüchtenden warfen gehetzte Blicke zurück, Blicke, die fragten, ob es noch eine Chance gab. Angsterfüllte Blicke aus weit aufgerissenen Augen. Und lange weiße Bärte, die verzweifelt im Wind wehten.

Menschen sehen sich immer um, wenn sie gejagt werden, dachte er. Ganz anders als Tiere, die sich erst umdrehen, wenn sie in Sicherheit sind. Menschen fühlen sich ständig gejagt. Vor allem von Gott.

Warum erledigt er sie nicht einfach durch einen Blitzschlag? dachte er.

Obwohl das schon Sinn ergab. Was begreift man noch, wenn man so mir nichts, dir nichts vom Blitz getroffen wird? Nein, wenn Er sich in den Kopf gesetzt hatte, dich zu plagen, dann würde Er dich plagen. Wenn Er dich zur Strecke bringen will, gut, dann bringt Er dich zur Strecke. Aber wenn Er sich entschieden hat, dir noch eine Chance zu geben, über dein Leben nachzudenken, dann schießt er auf dich, sticht auf dich ein, füllt dich mit Morphium ab und läßt dich unter einer viel zu straffen Decke mit einer Braut Christi an deinem Bett allein, bis du denkst, du wärst wieder im Kindergarten. Er macht sich aus allem einen Spaß. Aber er findet es gar nicht lustig, wenn du selbst versuchst, ein wenig am großen Rad zu drehen.

Er seufzte. Schmerz loderte schwach in seiner Brust. Sein Körper war damit beschäftigt, sich wieder zu erholen und kümmerte sich nicht um das, was sein Verstand zu begreifen begann. Daß etwas in ihm gestorben war, obwohl er noch lebte. Ein Tod im Leben. Sein Körper würde wieder gesund werden.

Er schloß die Augen. War aber trotzdem hellwach.

Er spürte den Wunsch, wieder in das Dunkel der Bewußtlosigkeit zurückzugleiten.

Er versuchte es.

II

6

Jahre später, als er und Felix den Club hatten, verstand er, daß das Haus da unten am Strand von Puerto Rico nicht nur dazu da war, sich eine gute Zeit zu machen. Hier wurden die Deals verabredet. Geschäfte, etwas anderes interessierte den Alten nicht. Dutzende von Mafiosi, große und kleine, hatten ihre Häuser hier, aber der Alte besaß eins der eindrucksvollsten, Einrichtung vom Feinsten. Dinnerpartys und dann das Treffen mit den Italienern, um sich mit ihnen wegen des Benzins zu arrangieren. Ein Gipfeltreffen, nach dem er bald zu den reicheren Männern dieser Welt gehörte. Seine Kinder und deren Kinder und auch die der nächsten Generationen sollten sich künftig fühlen wie in einer Königsfamilie. Martin allerdings war wenig begeistert davon, daß Fee so häufig nach San Juan fuhr und er nicht dabei war. Damals, als sie noch auf die Highschool gingen. In dem Jahr, in dem sie ihren Abschluß machten, es war Frühling, erzählte ihm Felix von den Mädchen aus Westchester, die er in San Juan kennengelernt hatte. »Die suchen noch eine Begleitung für ihren Abschlußball, zwei Schwestern«, sagte er. »Sehen umwerfend aus, ich an deiner Stelle würde mir das nicht entgehen lassen.« Fee war bester Laune, braungebrannt, auf der Nase ein leichter Sonnenbrand. In den beiden letzten Monaten war er dreimal da unten gewesen. »Die sehen echt *verdammt* gut aus«, sagte Fee. »Ihr Vater ist Sizilianer. Ihm gehört Westchester und die halbe Bronx, deshalb traut sich keiner an sie ran. Nicht zu glauben, die haben alle Schiß. Wart mal, ich hab Fotos von den beiden.« Er blieb stehen und zog den Reißverschluß seiner Mappe auf. »Ihr Alter mag mich. Er weiß, wer mein Vater ist. Der meint allerdings, der Kerl sei 'ne Null. Redet immer nur davon, daß Frank Sinatra mal bei ihm zum Essen war, in den Fünfzigern. Hier.« Er hielt Fee die Fotos hin. Drei Mädchen an einem Strand. Lachten, hatten einander die Arme um Schultern und Taillen gelegt. *Wir sind unzer-*

trennlich. Schlanke, junge Körper. Gut gebaut. Braun. Bikinis mit Blumenmuster. Die Schwestern waren brünett, die andere blond.

Martin sagte: »Sind das Zwillinge? Wenn sie in derselben Klasse sind?«

»Das wär echt cool, was? Nein, sie sind zwei Jahre auseinander. Aber die ältere ist ein bißchen blöd, und die jüngere hat gerade eine Klasse übersprungen. Ich nehme die ältere. Die hatte ich schon mal. Ihre Schwester lag im Bett nebenan und sagte ständig: ›Was machst du da, Gina? Bist du noch wach, Gina?‹ Sie konnte ihr aber nicht antworten, weil sie mir gerade einen geblasen hat.«

Martin sah auf das Foto. »Also nehme ich die Nervensäge.«

»Die ist echt klasse. Total. Sieh sie dir bloß an.«

»Und wer ist die da?« fragte Martin. »Die blonde?«

»Penelope. Die ist in Ordnung. Eine Freundin von ihnen. Sie kommt auch auf den Ball, hat aber schon eine Begleitung. Den bescheuerten Bruder der beiden. Nicht zu fassen, der Typ ist echt ein Tier. Hat mich dauernd gefragt, wieviel Kilo ich stemme. Mindestens dreimal. ›Ich vergeß das immer wieder‹, meinte er. Totaler Vollidiot.«

»Sie sieht gut aus«, sagte Martin.

»Die ist schon okay. Aber darauf, daß sie mal lächelt, kannst du ewig warten. Etwas verzogen, die Kleine.«

»Ist sie mit deren Bruder zusammen oder geht sie nur mit ihm auf den Ball?«

Fee schüttelte den Kopf. »Er ist schon von der Highschool runter und will einfach nur auf den Abschlußball. Sei noch nie auf einem gewesen, hat er gesagt. Echt nicht zu fassen, aber diesem Typ gehört eines Tages ganz Westchester.«

Martin grinste.

Sagte, daß er kommen würde.

Was den Bruder betraf, sagte er nichts. Er kannte solche Typen aus seinem Viertel. Die Typen, die Felix kannte, waren ein anderes Kaliber.

Sie warteten im hinteren Teil des Ladens auf den Schneider, der noch mit Felix' Hose beschäftigt war. Martins Smoking hing schon, fertig verpackt, neben dem dreiteiligen Spiegel. Ihm paßte immer alles auf Anhieb, aber Felix hatte zu schmale Hüften, und seine Beine waren für Standardmaße gewöhnlich zu lang. Außerdem wurden seine Schultern von Woche zu Woche breiter, seit ihm sein Vater den Heimtrainer gekauft und in dem mit seiner eigenen Wohnung verbundenen Apartment aufgestellt hatte, das er ihm ebenfalls geschenkt hatte. Seit kurzem trug Felix eine Brille. Jetzt sah er endlich wie ein Mann aus und begann sogar, sich wie einer zu benehmen. Er holt auf, dachte Martin. Er selbst war sich oft etwas zu reif für sein Alter vorgekommen. Aber bei Fee liefen die Dinge immer genau richtig.

Fast schon etwas unheimlich, dachte er.

Jetzt posierte Fee vor dem Spiegel. Trug ein T-Shirt, Boxershorts, schwarze Strümpfe bis zu den Waden, mit Samt überzogene Halbschuhe. Martin betrachtete sein Spiegelbild und grinste. Hinter ihnen betrat ein Mann den Laden und ging an ihnen vorbei. Martin sah ihm nach. »Die Beine sind eben so, seit dem Autounfall«, sagte Fee anscheinend zu sich selbst. »Den Schultern sieht man jetzt das regelmäßige Training an. Nun zu meinen Augen … Das kommt wohl vom Wichsen. Der Rabbi hatte recht.«

»Du wirst noch eines Tages blind werden«, sagte Martin. »Glaub mir, so versaut, wie du bist.« Der Mann wartete jetzt am Verkaufstresen. Sah aus wie ein Ire, Anfang Vierzig, Schnauzbart. Trug eine Anzugjacke, den Kragen des Hemdes darunter offen. Wirkte ungeduldig. Martin kannte diese Ausstrahlung, die Ungeduld mit denen, die sich für ihr lausiges Geld mühsam abrackern müssen. Die Geldeintreiber in seinem Viertel trugen den gleichen Ausdruck auf dem Gesicht, wenn sie nördlich der Houston Street unterwegs waren. Martin flüsterte: »Guck mal, ein Killer.«

Fee drehte sich um und sah zum Verkaufstresen hin.

»Ich brauche einen Smoking«, sagte der Mann zu dem Verkäufer. »Nicht für mich. Größe zweiundfünfzig.«

»Scheiße«, zischte Martin, »ganz bestimmt.«

Felix sagte: »Klar. Ein Leibwächter. Oder Fahrer.«

»Leibwächter? Das ist ein Killer.«

»Was auch immer, ein *byk*. Einer, der für jemanden die Drecksarbeit macht.«

Der Verkäufer ging nach hinten. Der Mann sah sich im Laden um. Behielt die ganze Zeit die Hände in den Taschen. Martin folgte ihm mit den Augen. »Das ist nicht dasselbe, Fee.«

»Ist doch egal ...« Felix stand jetzt wieder vor dem Spiegel, wie er an seiner Stimme hören konnte. Es gab nicht viel, das ihn sonderlich beeindruckte. Auch das gehörte zu seiner Verwandlung.

»Hat dein Vater Leibwächter? Nennt er die so? *Byki*?«

»Was ist denn los mit dir? Willst du ihn umlegen? Sein Hausmädchen verführen? Oder ihm den großen Fernseher klauen?«

»Nun sag schon.«

»Nein.«

»Er hat keinen Leibwächter?« fragte er. Dann fiel ihm ein, daß er den alten Mann tatsächlich immer nur in Begleitung seiner Familie gesehen hatte. Lexi fuhr selbst. Reiste allein. Einmal hatten sie ihn am Kennedy Airport abgesetzt, von wo aus er einen Nachtflug nach Rußland nehmen wollte. Geschäfte. Er war allein geflogen. Hatte sich umgesehen und gewinkt. Felix hatte ihn gefragt, ob er auch nichts vergessen hätte.

Danach waren sie mit hundertvierzig auf dem Expressway zurückgefahren, in dem Lincoln. Felix hatte gerade den Führerschein. Martin mußte an den Unfall denken, bei dem Fees älterer Bruder umgekommen war. Fee hatte drei Monate lang im Krankenhaus gelegen. Das war, kurz bevor sie sich auf der Highschool kennenlernten. Der Bruder, der immer ein Foto von Sean Connery bei sich trug, wie Fee ihm später erzählte. Damals wurden sie Freunde. Fee begann, ihm zu vertrauen, hatte sogar einmal leise geweint, als Martin dabei war. Sein Bruder hatte das Foto immer an den Spiegel gesteckt, wenn er vor einem stand. Trug Blazer und Kaschmirpullover und fuhr einen europäischen Sportwagen.

Martin betrachtete Fee, wie er da vor dem Spiegel stand. Jetzt bist du schon älter als dein Bruder damals, dachte er.

»Das läuft anders«, sagte Fee. »Mein Vater ist es ganz einfach gewohnt, allein zu arbeiten. In Rußland arbeitest du dich allein nach oben. Bei den Italienern muß jeder ein Stück vom Kuchen kriegen. Einen Job. Seine Drogen. Tausend Leute kommen vorbei. Man schickt sie los, um dieses oder jenes zu tun. Und selbst sitzt man zu Hause wie der Papst. Das ist doch bescheuert. Die

Russen machen ihre Sachen selbst. Und wenn das nicht geht, dann bezahlst du eben jemanden dafür. Hast deine Seilschaften. Das klingt vielleicht etwas altmodisch, aber genau so hat sich mein Vater bis ganz nach oben gearbeitet. Vergiß das italienische System. Das sind nur Hände, die aufgehalten werden, und Mäuler, die gestopft werden wollen.«

So, wie in meinem Viertel, dachte Martin. Rocco stand ganz oben, dann kamen Joe Moon und Peter, Charlie Mirra, Marzolino und irgendwann all die anderen, die den Kopf gerade so über Wasser hielten. Sich nach den Krümeln streckten, die vom Tisch fielen. Fee hatte recht. Auch wenn er nie etwas hatte selbst machen müssen. Wußte das von seinem Vater, den er ein-, zweimal bei dessen Geschäften begleitet hatte, wie er Martin erzählt hatte. *Das ist mein Sohn Felix.*

Zwischen Fee und ihm gab es einen klaren Unterschied. Fee interessierte sich nicht für das ganze Theater, nur für die Macht selbst. Laß die *anderen* ihr Spiel spielen. Jetzt sagte Fee: »Alle mußten sich irgendwie durchschlagen. Jeder für sich allein. Es gab nichts mehr, auf das du dich verlassen konntest. Nach dem Krieg ist alles zusammengebrochen. Als mein Vater einen Kindergartenplatz bekam, war er bereits vierzehn.«

»Das hast du mir schon mindestens zehnmal erzählt.«

»Ich sag ja bloß, daß die *wori* – die Typen, die sich früher um alles gekümmert haben – nicht mehr da waren. Saßen im Knast. Oder in irgendwelchen Lagern. Und zwar *alle.* Die Partei hatte sie einfach aus dem Verkehr gezogen, für immer. Aber die Leute mußten weitermachen. Und dabei um die verfickten Fallen rumtanzen, die die Typen von früher ihnen aus dem Knast heraus stellten. Er war wirklich ganz allein auf sich gestellt.«

»*Verfickte* Fallen«, sagte Martin. »Red doch nicht wie ein abgebrühter Wichser, Fee. Das paßt überhaupt nicht zu den Samtschuhen.«

»Ich sag ja nur.«

»Und ich sag dir, daß er sich besser einen Leibwächter besorgen sollte. Jetzt hat er es mit den Italienern zu tun. Den *capos.*«

»Den *capos*, ach ja? Wenn jemand eine Waffe auf ihn richtet, dann genügt ein Wort, und mein Onkel Monya ist da. *Er* hat es so weit gebracht, ohne einen ganzen Rattenschwanz aushalten zu müssen. Natürlich kriegt Monya etwas dafür, damit mein Vater nicht das Gefühl hat, ihn auszunutzen, aber sonst liegt ihm keiner auf der Tasche. Keine *famiglia.*« Er drehte sich nach dem Killer um und legte die flache Hand auf seinen Mund, wie ein ängstlicher Junge, der sich erschrak. »Besser nicht so laut«, meinte er und grinste. Der Mann ging auf die andere Seite des Ladens. Fee sagte: »Man braucht keine ganze Armee von Befehlsempfängern. Er kriegt seinen Teil vom *zapodlo* …«

»Geld aus kriminellen Geschäften«, sagte Martin.

»Bravo … Er berät sie und schlichtet Unstimmigkeiten. Und die Italiener lassen ihn machen, weil sie ihre beschissenen acht Prozent kassieren. Ohne jedes Risiko. Außerdem geht er nie auf die Straße. Klar, er wohnt in Manhattan, und wenn er jemand in Brooklyn treffen muß, nimmt er seinen Wagen. Jeder weiß, daß man nie zu jemandem in den Wagen steigt. Die anderen sind immer im Vorteil. Wenn sie dich auffordern, zu dir in den Wagen zu steigen, dann heißt das *Ich leg dich gleich um, aber bitte, steig doch ein, nimm Platz.*«

Martin zuckte mit den Schultern – *okay* –, wollte aber noch mal auf den Punkt bringen, worum es ihm ging. »Er sollte sich trotzdem vorsehen, das ist alles, was ich sagen wollte. In meinem Viertel sterben ständig Leute. Etwas Mißtrauen kann nie schaden. Und, verdammt, du kannst mir nicht erzählen, daß er nicht manchmal auch Angst hat.«

»Wovon redest du?«

»Du hast doch selbst gesagt, daß er eine Waffe mit in die Synagoge genommen hat.«

»Nur das Holster, hab ich gesagt. Und das war vor drei Jahren.«

»Aber es war eine *Synagoge*, verdammt.«

»Er hat es ein einziges Mal mit dahin genommen. Es war das erste Mal seit dreißig Jahren, daß er in der Synagoge war. Und wahrscheinlich das letzte Mal für die nächsten dreißig. Ein *einziges* Mal. Er wollte Gott danken, nachdem die Tests bei meiner Mutter negativ waren.«

»Meinst du etwa, daß die Italiener ihre *pistolas* mit in die Weihnachtsmesse schleppen, wenn ihre Schwiegermütter sie aus dem Haus treiben?«

»Die Italiener sind Dummköpfe, meint mein Vater. Nicht

mehr das, was sie mal waren. Sie tragen Schattenkämpfe untereinander aus, um sich das Gefühl zu geben, daß sie noch am Ball sind. Typen, die gerade mal so alt sind wie wir, ballern in Discos rum, um ihr Gebiet auf die andere Straßenseite auszudehnen. Die älteren lassen sich wegen Mißachtung des Gerichts in den Knast sperren, oder weil sie die Aussage in Fällen verweigern, die schon zehn Jahre alt sind. Und wenn sie wieder rauskommen, erzählen sie dir, daß sie die ganze Zeit Machiavelli gelesen haben. Sechs Monate, um fünfzig Seiten zu lesen. Das ist ein richtiger Tick bei denen, die meinen das total ernst.«

»Als wir es damals im Unterricht gelesen haben, hast du es auch ernst genommen. Du warst völlig drauf: ›Das ist der totale Plan, *wow*: der Weg zur absoluten Macht.‹«

»Aber ich bin kein Italiener. Und Machiavelli sagt nichts anderes, als wie man seine Schwächen unterdrückt. Na, und dann eben, was daraus folgt, wenn man das tut.« Fee zuckte die Schultern. Um anzudeuten, daß es schließlich nicht seine Schuld war, daß die Dinge nun mal so waren, wie sie waren. »Sie sind Dummköpfe.« Solche Sachen sagte er in letzter Zeit häufiger.

Dahinter steckte allerdings mehr als nur der Versuch, den coolen Typ raushängen zu lassen. Er redete so, als würde sein Vater bald alles übernehmen, ohne daß die Italiener überhaupt Wind davon bekämen. Und Lexi das nicht mehr kosten würde als ein kaltes Lächeln.

Fee nahm die Brille ab und putzte die Gläser an seinem T-Shirt. Dann ging er dahin, wo Martins Anzug hing, und besah sich den Firmenaufdruck auf der Verpackung aus nächster Nähe. »Dieser Laden ist der beste. Wir werden verdammt gut aussehen. Dein Smoking hat dir jedenfalls großartig gestanden.« Er setzte die Brille wieder auf und musterte sich von oben bis unten. Beugte sich runter und begann, mit den Fingern seine Schuhe abzuwischen. »Hat einer ziemlich üble Kopfschmerzen«, sagte er. »Also geht er zum Arzt. Der Arzt untersucht ihn und sagt: ›Ich habe eine gute und eine schlechte Nachricht. Ich kann Sie von den Kopfschmerzen erlösen, aber dazu muß ich leider eine kleine Operation vornehmen. Ich muß Ihnen den Schwanz abnehmen.‹ ›Meinen Schwanz?‹ fragt der Typ entsetzt. ›Ja, tut mir leid. Und das ganze Gebimmel da unten.‹ Der Typ ist völlig fertig, aber seine Kopfschmerzen sind wirklich heftig. Also läßt er sich operieren.« Fee richtete sich wieder auf und betrachtete seine Schuhe. »Und tatsächlich, die Kopfschmerzen sind weg. Der Typ kommt aus dem Krankenhaus und sagt: ›Na ja, der Schwanz ist schließlich nicht alles, das Leben geht weiter. Und das muß gefeiert werden. Mit Stil. Ich werde mich neu einkleiden.‹ Also geht er zum Schneider und sagt: ›Ich brauche einen neuen Anzug. Den besten, den Sie haben.‹ Der Schneider sieht ihn an, nickt und meint: ›Kein Problem. Größe achtunddreißig?‹ Der Typ sagt: ›Stimmt. Woher wissen Sie das?‹ Der Schneider: ›Ich bin eben Profi, das ist mein Job. Ich mach das schon seit fünfzig Jahren. Brauchen Sie auch ein Hemd? – Vierunddreißig, sechzehn?‹ Der Typ wieder: ›Klar doch‹ – er ist echt beeindruckt. ›Und wie sieht's aus mit Socken, Unterwäsche?‹ fragt der Schneider. ›Immer her damit.‹ Der Schneider sagt: ›Unterwäsche sechsunddreißig.‹ Da sagt der Kerl: ›Na ja, nicht ganz. Aber fast. Nicht schlecht, das muß ich zugeben. Ich brauche vierunddreißig.‹ Meint der Schneider: ›Nein, nein, vierunddreißig ist zu eng. Das quetscht Ihnen die Eier, und davon kann man ziemlich schlimme Kopfschmerzen kriegen.‹«

Beide lachten.

Sahen einander an und lachten wieder. Der Killer sah zu ihnen rüber, und Martin machte einen Schritt zurück außer Sichtweite, weil er noch immer lachen mußte. Als er sich wieder beruhigt hatte, stellte er die Frage, an die ihn der Mann erinnert hatte. »Also erledigt dein Onkel alles?«

»Erledigt was? Monya macht gar nichts. Der trinkt bloß.«

»Paßt auf ihn auf.«

»Auf wen auf?«

»Nun hör schon auf, du Arsch. Du hast gesagt, dieser Steward Nazi …«

»Schewardnaze …«

»Das war doch nur ein Witz. Du hast gesagt, daß er euch aus Rußland rausgeschmissen hat, und daß ihr mit nichts hierhergekommen seid. Das war vor neun Jahren. Dein Vater hat dann als Portier in einem Hotel angefangen, und zwei Jahre später gehört ihm schon Brooklyn?«

»Er ist halt ein guter Geschäftsmann.«

»Aber … wer macht die Arbeit für ihn?«

»Na ja, denk doch mal nach … Ich hab dir doch gerade erzählt, daß außer Monya niemand für ihn arbeitet. Und den kannst du vergessen. Jetzt zieh das mal zusammen.«

»Warum tust du bloß immer so verdammt geheimnisvoll?«

Fee betrachtete sich jetzt wieder im Spiegel.

Dachte über etwas nach, schien aber nicht damit rausrücken zu wollen.

Es hing fast spürbar in der Luft, und Martin meinte vage zu wissen, was es war.

»Wie viele, Fee?« fragte Martin. »Los, sag schon.«

Felix schwieg.

Da war es wieder, das Bild, das er sich in seiner Phantasie schon so oft ausgemalt hatte. Der kalte Gesichtsausdruck des alten Mannes, wie er über die Straße ging, die Walther aus dem Holster zog und – *pow.* Jemand, der im Weg stand. Einfach nur jemand, der seinen Weg gekreuzt hatte. Oder der ihn vielleicht enttäuscht hatte. Martin hatte dieses Gesicht gesehen. Als Fee damals die Flasche Chivas aus dem Barschrank mit auf eine Party genommen und fast leer wieder zurückgestellt hatte. Ein paar Tage später wollte sich der Alte einen Drink machen. Fee erzählte ihm gerade von einem Mädchen, das er kennengelernt hatte. Als er die Flasche in die Hand nahm, war sein Lächeln schlagartig verschwunden und sein Gesicht sah aus wie versteinert. Von einer Sekunde auf die andere hatte sich väterliche Liebe in eisige Kälte verwandelt. Felix war leichenblaß geworden. Da hatte Martin gesagt: »Ich dachte, ich könne mich bedienen. Tut mir leid, Mr. Pasko. Tut mir ehrlich leid.« Jetzt sagte er: »Du solltest es mir erzählen, Felix. Erzähl mir wenigstens *etwas.*«

Felix stand noch immer vor dem Spiegel, aber er schien sich nicht mehr darin zu sehen. »Bevor er diesmal nach Puerto Rico gekommen ist, hat er seinen Boß und Partner umgebracht. Ein Typ, der zufällig vor ihm hier war, weil er zuerst aus Rußland rausgeflogen ist. Er kam aus Schewardnazes Gegend. Aus Georgien.«

Ihre Blicke trafen sich im Spiegel. In Fees Augen lag etwas, das er bei ihm zuvor noch nie wahrgenommen hatte.

Mein lieber Mann.

Aber etwas an der Geschichte stimmte nicht, das spürte Martin. Er trat neben Fee. »Du hast immer gesagt, *Lexi* sei der Boß. Das hast du gesagt, Mann.«

»Jetzt ist er es ja. Eigentlich war er es schon immer, es war eben nur eine Frage der Zeit. Der Typ hat auf der Straße gearbeitet, war einer, der Geld von den Leuten erpreßt hat. Verdient hat aber mein Vater. Er hat sich die Sache mit dem Benzin ausgedacht, das allein durchgezogen, den Italienern einen Anteil gegeben, damit sie still waren. Der Typ wollte auch seinen Teil, und am Ende hatte mein Vater den Kanal voll von ihm. Da hat er beschlossen, daß es an der Zeit ist, allein an der Spitze zu stehen. Sie haben noch nicht mal seine Leiche gefunden.« Fee zog die Augenbrauen hoch und zuckte die Schultern.

Martin konnte den Blick nicht von ihm abwenden. Mußte daran denken, daß Fee der Sohn dieses Mannes war. Sein Blut.

»Bist du jetzt zufrieden?« Fee versuchte ein Grinsen, aber es klappte nicht.

»Eigentlich nein. Für den Sohn eines Mafioso redest du ganz schön viel. Wie ein altes Klatschweib.«

»Nur weil ich weiß, daß du es niemandem sagst. Solange wir leben, werden wir keinem anderen so vertrauen wie uns. Das ist Schicksal.«

»Du redest, als wärst du schwul.«

»Darüber mach dir mal keine Sorgen ... Da ist der Typ ja endlich.« Mit dem Kopf wies er in die Richtung, aus der jetzt der Schneider mit seiner Hose zurückkam. »Ich dachte schon, der käme gar nicht mehr wieder. Hätte meine Maße genommen und wär abgehauen.«

»Verdammt, Fee, wie viele?« fragte Martin. Er wollte eine Zahl. Meinte, dann hätte er eine Vorstellung davon, was es braucht, ein Mann zu werden, der niemanden mehr fürchtet. Was schlicht hieß, ein Mann zu sein. Nur jemand, der niemanden fürchtete, war ein Mann.

Fee zuckte die Schultern.

»Komm schon«, sagte Martin. Als der Schneider sah, daß sie miteinander redeten, zögerte er, näherzukommen. Martin ignorierte ihn und sagte: »Es heißt, Capone habe über hundert Leute umgebracht. Eigenhändig.«

Fee sagte: »War ein cleverer Geschäftsmann.«

»Er starb im Gefängnis.«

»Der Mann, über den *wir* reden, zahlt seine Steuern.«

Der Schneider sah von Felix zu Martin und wieder zurück. Lächelte. Fühlte sich offensichtlich unwohl und wußte nicht recht, was er tun sollte. Dann hielt er Fee die Hose hin. Ein kleiner, alter Mann.

Felix packte die Hose am Bund und zog sie an. Vor einiger Zeit hatte er damit aufgehört, mit Bemerkungen darüber, wer er war oder wen er kannte, Eindruck zu schinden. Er ignorierte diese kleinen Leute, die in seinen Augen nichts zählten, jetzt einfach. Genoß es einfach, sie durch völlige Nichtbeachtung einzuschüchtern. *Heben Sie bitte den Arm, Sir ... Das können wir am Tresen fertigmachen, wenn es recht ist.* Wahrscheinlich würde der Schneider anschließend nach hinten gehen und mit zittriger Hand eine Zigarette rauchen.

Über Fees Schulter hinweg betrachtete Martin sein Gesicht im Spiegel. Fragte sich, ob er würde abdrücken können. Bestimmt Hunderte von Malen hatte er sein Spiegelbild so angesehen, hatte sich dabei gefragt, wie *sie* ihn wohl sehen würden. Die Typen in seinem Viertel. Die Penner. Die schwarzen Kinder in der U-Bahn, die ihn eine Sekunde zu lange anstarrten und sich dann desinteressiert abwandten, weil sie nicht wußten, wer er war und woher er kam und wohin er ging. Vor dem Badezimmerspiegel sagte er zu ihnen: *Ihr denkt, ihr wißt, wer ich bin. Aber ihr irrt euch.*

Felix bemerkte seinen Blick und sagte: »Dieser Spiegel ist nicht groß genug für uns beide. Ich nehme besser meine Hose und verziehe mich.«

Martin wurde rot und grinste: »Sehr zu Dank verpflichtet.« Dann trat er zurück, so daß niemand mehr ihn sehen konnte.

Als der irische Killer den Laden verließ, über dem Arm die gleiche graue Tüte wie die, in der auch Martins Smoking verpackt war, drehte Fee den Kopf und beobachtete, wie er die Tür öffnete. Der Mann drehte sich ebenfalls um und sah zu ihnen hin. In seinem Gesicht war nicht die kleinste Regung zu erkennen. Er ging hinaus. Fee drehte sich wieder um, beide Arme auf den Tresen gestützt. Eine muskulöse Teenagervogelscheuche.

»Blöder Lakai«, murmelte er und sah dann hinunter zu dem Schneider, der verlegen lächelnd mit dem Maßband hantierte.

Eminenz, dachte Martin. Das Wort trifft es. Er spürte, wie sich sein Bild von Feel genau in diesem Moment wieder veränderte. Ganz leicht nur – er hatte Geld, er hatte einen Vater. Womit sich schon einigermaßen hermachen ließ, wie er fand. Und dich selbst ein wenig wie einen Depp dastehen läßt, wenn du nicht aufpaßt.

Ein wenig.

Felix' Gesicht wurde ernst, als er zu dem Schneider sagte: »Sir, ich möchte Sie etwas fragen. Ich habe seit einiger Zeit entsetzliche Kopfschmerzen ...« Dann lachte er.

Der Schneider zuckte leicht zurück, lächelte immer noch. Machte aber weiter mit seinem Maßband. »Ich glaube, den kenne ich.«

Wieder lachte Fee. »Tatsächlich?« Er sah zu Martin hin. »Q, er kennt den schon ...« Martin nickte bereits.

»Ich hab's gehört, Fee«, sagte er.

Seine, Connie Duomo, schien gerade eine depressive Phase zu haben. Auf dem Strandfoto hatte sie verlockend gelacht, aber heute abend schien all die Kohle und die ganze Westchesterwelt, die einen hier umgab, an ihr vergeudet. Irgend etwas anderes hatte sie in Besitz genommen und ließ sie aussehen, als würde sie jede Sekunde anfangen zu heulen. Es war ihm egal, was dieses andere war, an diesem Abend gab es genug für ihn zu entdecken.

Ihre ältere Schwester, Gina Duomo, die von Felix, war ziemlich unterbelichtet, dafür aber ganz nett.

Der Bruder, Marco, war das, was man in seinem Viertel einen Volltrottel nannte. Nicht tatsächlich geistig behindert, aber die Sorte Mensch, die einem alles versaute, von der guten Stimmung bis zum guten Ruf, weil er sich um nichts und niemand scherte und ihm das völlig am Arsch vorbeiging, da er wußte, daß jedem klar war, daß es nichts gab, was ihn stoppen konnte, es sei denn, man brächte ihn um. So etwas mochte zwar durchaus manchmal vorkommen, allerdings nicht besonders häufig und mit Sicherheit nicht heute. Man konnte diesen Volltrottel noch nicht mal schief ansehen, denn sein Vater war ein Pate. Außerdem war er zweiundzwanzig, war also ein Mann. Man konnte ihm nur aus dem Weg gehen, mußte ihn schlicht und einfach meiden.

Was man eigentlich besser mit allen Duomo-Geschwistern tat, wie Martin schnell herausfand.

Er saß in dem Wagen und sah zu, wie draußen der Westchesterabend vorbeizog, und als sie die lange geschwungene Auffahrt hinauffuhren, tauchte das Gebäude oben auf dem Hügel plötzlich wie aus dem Nichts auf. Die weißen Säulen und Terrassen strahlten in der Dunkelheit und ließen es wie eine Fata Morgana erscheinen. Er stieg aus dem Wagen und reichte Connie seine Hand, damit sie sie halten konnte, aber es war ihm unmöglich, seinen Blick von dem luxuriösen Hotel abzuwenden. Er begleitete sie hinein, an den Tisch, und konnte die ganze Zeit über kein Wort sagen. Er fühlte, daß dieser Ort hier oben wie als Beweis geschaffen worden war – damit er verstand, was Gott mit ihm vorhatte. Als hätte das alles hier auf ihn gewartet, seit dem Tag, an dem er geboren wurde. Dieser Abend, der gerade erst begonnen hatte, würde auch ein Ende haben, und er wußte, daß er danach zurück in die Highschool gehen und für Peter und Joe Heroin verteilen würde, mit Fee Loftpartys veranstalten und Botengänge für Rocco machen würde. Aber er wußte auch, daß ihn diese Welt aus Kronleuchtern, Smokings und gut aussehenden italienischen Mädchen, denen er aus Limousinen half, nie wieder verlassen würde. Er würde einen Weg finden müssen, dies alles zu seiner Welt zu machen. Heute würde er hier lächelnd sitzen und alles nur ansehen. Er würde mit diesen Leuten rumhängen auf einer guten Party. Aber eines Tages sollte genau dies *sein* Leben sein, sollte …

Irgend etwas unterbrach diesen Gedanken. Die Blondine von dem Foto. Sie hatte ihn dabei beobachtet, wie er alles genau betrachtete, so, wie sie selbst zuvor, und jetzt sah sie *ihn* an. Mit einem Lächeln. Nickte. Als wüßte sie genau, was er gerade gedacht hatte.

Vor den Toiletten traf er Fee. Nachdem Gina ihn auf die Tanzfläche gezogen hatte, hatte er ihn nicht mehr gesehen. Gina gehörte zu den Mädchen, die ohne Pause tanzten. »Sei nicht sauer deshalb«, sagte Martin. »Aber ich habe gerade beschlossen, mich den Rest des Abends ohne Connie zu amüsieren. Mann, wie kann man nur so einen bescheuerten Schal tragen?«

»Sie ist erkältet«, sagte Fee.

»Wieso tanzt sie dann nicht und sorgt dafür, daß ihr warm wird?« Er hatte sie zwar gar nicht zum Tanzen aufgefordert, aber darum ging es nicht. Er sagte: »Ein verdammt altmodischer Schal. Sieht aus, als hätte sie ihn von ihrer Großmutter. Ich hoffe, auf meinen Abschlußball kommen keine Mädchen, die wie eine alte, sterbende Frau eingewickelt sind.«

»Das hier ist ja auch nicht *dein* Abschlußball. Bist du fertig? Komm, gehen wir zurück an den Tisch.«

»Sind wir jetzt Mädchen? Wollen wir uns vielleicht vorher noch pudern?«

»Reicht es nicht, daß wir zusammen *hier* sind?«

»Geh du zuerst. Und denk dran ...« – er hob seinen Finger wie zur Warnung – »... misch dich nicht ein, wenn ich das Mädchen sitzenlasse. Okay?«

»Mach, was du willst«, sagte Fee. »Gina jedenfalls will so tun, als wär sie noch Jungfrau. Sie hat gesagt, sie findet den Gedanken geil, ihre Unschuld bei ihrem Abschlußball zu verlieren. Okay, ich hab also noch was vor. Ich hoffe, du auch. Wie wir nach Hause kommen, sehen wir später.« Und weg war er.

Er sah in den Spiegel. Oder war es jetzt völlig daneben, sich an die Blondine ranzumachen?

Er hatte beobachtet, wie sie Marco Duomo auf der Tanzfläche stehenließ und in die Hotelhalle ging. Er war ihr gefolgt, hielt sich aber im Hintergrund. Sie suchte in ihrer Handtasche nach einer Zigarette und ging dann auf die Terrasse hinaus. Weißes, helles Licht fiel auf sie herab. Sie zündete die Zigarette an und ging weiter, die geschwungene Auffahrt hinunter. Rauchte im Gehen und überprüfte ab und zu ihre Frisur in den Scheiben der Limousinen. Er beschloß zu warten, bis sie zurückkäme, dann würde er sie ansprechen. Er lehnte sich an eine der Säulen und lauschte dem Geräusch ihrer Schritte auf dem Kies. Dann kam der Bruder raus, Marco. Lief hinter ihr her: »Wo willst du denn hin?«

»Nur etwas Luft schnappen.«

»Komm rein. Du solltest nicht ohne mich hier draußen rumlaufen.«

Sie blieb stehen.

Martin sah vorsichtig an der Säule vorbei.

Gina lächelte, aufreizend, so, als ob sie flirten würde, soweit Martin das erkennen konnte. »Wieso? Du scheinst dich doch ganz gut mit dieser Schlampe Sandra Ricci zu amüsieren.«

»Bist du etwa eifersüchtig?« Der Kerl ging näher auf sie zu.

»Spinnst du?« Sie wich ein Stück zurück. Wischte mit der Handfläche über den Kotflügel der Limousine, die hinter ihr stand, und lehnte sich dann dagegen.

»Ich mag eifersüchtige Mädchen«, sagte er und tanzte vor ihr herum, wobei er seine Fäuste eng am Körper führte wie ein verdammter Teenager in einer Disco. »Eifersucht macht Frauen attraktiv.«

»Ach ja? Du bist nicht nur verrückt, du bist auch noch von gestern«, sagte sie, zog an ihrer Zigarette, sah weg, blies den Rauch aus und lachte.

Der Typ ließ seine Arme jetzt schlaff herunterhängen. Aber er lachte immer noch. Versuchte es weiter. Sie sah ihn an. »Bist du immer noch hier?« sagte sie.

Dann lächelte er plötzlich nicht mehr. Sah auf einmal so alt aus, wie er tatsächlich war. Trat noch näher an sie heran, faßte sich an den Kopf und sah sie eindringlich an. Seine gute Laune war verschwunden.

Sie versuchte, cool zu bleiben, aber als er nicht aufhörte, sie anzustarren, schien ihr doch mulmig zu werden. Martin konnte sich nicht rühren. Seine Knie, seine Arme waren wie gelähmt.

»Du hast dich hübsch rausgemacht, überall dicke Schlitten um dich herum, du denkst wohl, du bist in Hollywood, was?« sagte der Typ. »Wahrscheinlich glaubst du, daß ich dir dein dämliches Grinsen *nicht* aus dem Gesicht prügeln werde, nur weil es so eine schöne Nacht ist, was? Daß ich dich *nicht* in einen dieser Schlitten ziehe und dem Fahrer sage: ›Geh mal 'ne Runde spazieren.‹ Und dann mit dir mache, was ich will? Es mir von dir besorgen lasse?« Er hatte sich ihrem Gesicht jetzt bis auf wenige Zentimeter genähert. Unten auf der Straße fuhren Autos vorbei, das Licht der Scheinwerfer strich durch die Bäume. Drei oder vier Wagen. Der Kerl sagte: »Du solltest es eigentlich besser wissen. Selbst in deinem Alter.« Sie nickte schwach. »Sag meinen Schwestern, daß ich den Wagen genommen hab. Wenn mir danach ist, schicke ich ihn zurück.« Er sah sich um, entdeckte den Wagen weiter unten und ging darauf zu, stieg ein. Es schien eine Ewigkeit zu vergehen, bis er den Hügel hinunter war und sich die Scheinwerfer zwischen den Bäumen verloren. Dann war er weg.

Noch immer lehnte sie an der Limousine. Sie hatte sich kein Stück bewegt und starrte vor sich ins Nichts. Ihr Kleid leuchtete hell vor dem glänzenden schwarzen Stahl. Von der Zigarette zwischen ihren Fingern kräuselte sich Rauch ihren Arm entlang nach oben.

Martin ging wieder rein. Er mußte pissen. Vor den Toiletten traf er Felix und beschloß, daß er Connie vergessen und die, von der er schon wußte, daß sie Penny hieß, zum Tanzen auffordern würde, wenn sie wieder hereinkäme. »Mach, was du willst«, sagte Felix.

Er sah in den Spiegel. Spritzte sich Wasser ins Gesicht, strich über seine Haare. Dann ging er zurück an den Tisch. Connie entschuldigte sich und ging. Er sah ihr nicht nach. Er hoffte, Penelope würde zurückkommen. *Penny*, korrigierte er sich.

Gina sagte: »Mein Gott, Connie.« Sie sah kaum auf, als sie aus einem Flachmann, den sie plötzlich von irgendwo hervorzauberte, Rum in ihre Colagläser goß. »Entschuldige, Q. Willst du auch was?« Sie reichte ihm ein Glas. Er dankte ihr, trank einen Schluck und hielt das Glas fest. Fee grinste und ließ dabei die Saalordner nicht aus den Augen. Dann kam Penny rein, kam auf ihren Tisch zu und blieb davor stehen.

»Ich glaube, ich habe Marco vergrault«, sagte sie. »Er hat gesagt, daß er den Wagen vielleicht wieder herschickt.«

Gina blickte auf und sah sie an. Vielleicht wartete sie auf eine Pointe.

»Tut mir leid«, sagte Penny. Penny, die gerade dem Sohn des Paten erzählt hatte, er sei von gestern.

Dann sagte Gina: »Mein Gott, das glaub ich nicht.« Sie schien richtig beeindruckt zu sein. »Ganz schöne Armleuchter in meiner Familie, was?«

Felix sah ihn an, aus schmalen Augen. Martin fragte sich, ob der Blick etwas bedeuten sollte. Dann sah er wieder zu ihr hin. Penny. Sie lächelte. Sah aber mitgenommen aus. Schniefte leicht.

Gina sagte: »Hast du geweint?«

»Ich habe Rauch in die Augen gekriegt. Ich war draußen und hab geraucht.«

»Dann bin ich ja beruhigt. Wär auch dumm von dir gewesen, wenn du wegen meinem Bruder geheult hättest. Der ist nämlich noch blöder als ich.«

Sie lachten. Gina machte ihr einen Drink.

In der nächsten Woche rief er sie von Felix' Apartment aus an. Sie wartete auf ihn am Bahnhof. Bronxville. Westchester. »Meine Mutter denkt, ich bin einkaufen«, sagte sie. »Wir müssen vorsichtig sein.« Ihr Gesicht sah jetzt ernst aus. Am Telefon hatte sie ganz cool getan. Als würde sie sich gerade die Fußnägel lackieren oder so was. Er erinnerte sich daran, wie er mit ihr getanzt hatte, den ganzen Rest des Abends. Das trägerlose Kleid, das sie immer wieder nach oben ziehen mußte, ihre Augen, die von nahem tatsächlich dunkelblau waren. Und die Wärme, die er gespürt hatte. Aber jetzt wirkte sie distanziert. Das gefiel ihm nicht. Er dachte an die lange Fahrt und hoffte, sie würde nicht nur mit ihm herumspielen.

Sie fuhren zu einem kleinen Park, nur ein paar Minuten. An dem See stiegen sie aus. Gingen spazieren. Sie voran, aber er blieb immer neben ihr, verfolgte jede ihrer Bewegungen von der Seite. Ohne Absätze war sie kleiner, als er sie in Erinnerung hatte.

Dann kamen sie zu einer Bank, und Penny setzte sich. Er setzte sich neben sie, nicht zu dicht, stützte die Ellbogen auf die Knie, drehte den Kopf zu ihr, sah dann weg. »Fee hat deine Nummer von Gina«, sagte er.

»Sie wird Connie nichts verraten. Die beiden hassen sich.«

»Das wäre ein guter Grund, es ihr zu erzählen.«

»Sie wird sich darüber totlachen. Hinter ihrem Rücken darüber tuscheln. Aber Connie wird es trotzdem rauskriegen. So ist sie nun mal.«

»Willst du noch einkaufen?« sagte er. »Ich könnte mitkommen.«

Sie sah auf ihre Uhr. Schüttelte den Kopf.

»Gehst du manchmal in die Stadt?«

Sie sagte: »Manchmal. Mit Gina. Meine Mutter mag sie.«

»Wegen ihrem Alten. Ein mächtiger Mann.«

Sie sah ihn an.

»Die Leute vertrauen ihm«, sagte er.

»Und du nicht?«

»In gewisser Weise schon, glaube ich. Sie ist schon ein verrücktes Huhn, Gina.«

»Sie gibt immer Vollgas. Ihre Eltern haben natürlich keine Ahnung. Und sie kommt gut mit Felix klar.«

»Der ist ja auch verrückt«, sagte Martin.

Nicht gerade verrückt, dachte er. Er weiß einfach, wie er zum Zug kommt.

Aber das mußte er ihr ja nicht erzählen.

Sie sagte: »Ihr seid gute Freunde. Er mag dich.«

Er machte eine abwägende Handbewegung.

»Du kannst es ruhig zugeben. Er spricht die ganze Zeit von dir.«

»Ja, wir sind gute Freunde.«

»Aber trotzdem ganz verschieden.«

»Verschiedene Welten.«

»Hat er mir erzählt.«

»Was hat er dir erzählt?«

»Wo du herkommst.«

»Er redet 'ne Menge Zeug.«

»Ich weiß alles über dich. Und über ihn. Natürlich vor allem über *ihn.*«

»Was denn, zum Beispiel?«

»Seine Familie. Das mit seinem Bruder. Sein Vater.«

»Was ist mit seinem Vater?« Er hätte gerne gewußt, was er ihr über seinen Vater erzählt hatte, wollte aber nicht fragen. Starrte statt dessen auf den See.

Sie sagte: »Na, wer er ist. Ich kenn das doch selbst alles. Sieh dir an, wo ich wohne. Fee wußte von Anfang an, daß es mir genauso geht.«

»Was macht dein Vater?«

»Ihm gehört eine Zementfirma.«

Er grinste. »Er macht Betonsärge?«

»Mein Vater gehört nicht zur Mafia.« Sie sagte das leiser, aber ihm entging nicht, daß ihre Stimme härter geworden war. »Er arbeitet viel. Ist immer müde, wenn er nach Hause kommt. Sechs Tage die Woche.«

»Der Vater von Gina und Connie beliefert halb New York mit Zement«, sagte Martin.

»Er hat ein ganzes Firmen*imperium*. Und noch so einiges.«

Er zuckte die Schultern, wie um zu sagen, daß es schon in Ordnung war. Für ihn machte das keinen Unterschied. Aber das würde sie nicht verstehen. Sie verschloß die Augen vor dem, was direkt vor ihr lag. Also mußte es wohl stimmen, daß die altmodischen Italiener ihre Töchter von ihren Geschäften fernhielten, dachte er.

Sie schien nichts weiter dazu sagen zu wollen.

Er ließ eine Minute verstreichen. Dann erzählte er ihr, daß *sein* Vater tot war.

Sie sagte, das habe sie nicht gewußt. Felix hätte es ihr nicht erzählt.

Sie fragte nicht danach, *wie* er gestorben war. Und er wußte, daß sie die Frage auch nicht stellen würde. Das gefiel ihm an ihr. »Fee weiß eigentlich auch nichts darüber«, sagte er. »Keine Einzelheiten jedenfalls. Er weiß eigentlich überhaupt nicht viel von mir. Ich frag mich, was er dir über mich erzählt hat.« Er sah sie an.

»Daß du aus dem Village kommst, aus der Thompson Street. Ich kenne die Gegend. Meine Mutter hat da gewohnt, bevor sie hierher kam. Direkt über dem Vereinslokal. Joseph Lamentia hat ihr immer geholfen, wenn sie telefonieren mußte. Aus irgendeinem Grund kam sie mit dem Telefon nicht klar.«

»Genau über dem Laden wohne ich jetzt«, sagte er.

»Ist nicht wahr.«

Er nickte. »Doch, wirklich. Ich kenne auch Lamentias Enkel, Bunny …«

»Heißt er Bunny?«

»Na ja, sein richtiger Name ist eigentlich Pasquale, aber …«

»Bugs Bunny«, sagte sie und lachte. »Okay. Ich glaub's dir.«

Er nickte. Obwohl er noch nie gehört hatte, daß ihn jemand so genannt hatte. Manchmal sagte einer Osterhase. Easter Bunny. Er hatte sich nie gefragt, warum eigentlich. »Ich bin mit Bunny zur Schule gegangen.«

»Zur Grundschule.«

»Ja.«

»Und jetzt bist du auf einer Privatschule? Auf der gleichen wie Felix?«

»Ja, meine Mutter hat mich dahin geschickt.« Mit seinem Schuh schob er einen Zweig hin und her. Spürte ihren Blick und daß sie darauf wartete, daß er sie ansah. Er tat es.

»Wärst du lieber mit den ganzen Italienern auf einer Schule?« sagte sie. »Wie Marco Duomo?«

Er grinste und sah weg. Sie war verdammt scharf. Genau, wie er es sich vorgestellt hatte. Er nahm die Wärme wahr, die sie ihn auf der Tanzfläche hatte spüren lassen, und die Kälte, die er auf der Auffahrt vor dem Hotel beobachtet hatte.

»Felix hat es erzählt«, sagte sie. »Wie du am ersten Tag in die Schule gekommen bist.« Er biß die Zähne zusammen, um nicht laut loslachen zu müssen. »Vierzehn und angezogen wie ein kleiner Macho. Mit Lederkrawatte und diesen komischen Schuhen. Völlig daneben.«

»Kinder von reichen Eltern«, sagte er. »Deshalb gehöre ich nicht dazu. Will ich auch gar nicht.«

»Felix ist auch reich. Und trotzdem bist du fast jeden Tag mit ihm zusammen, oder? Ißt mit seinen Eltern zu Abend und flirtest mit dem polnischen Mädchen.«

»Er ist anders. Was er von seinem Vater gelernt hat, macht ihn anders.«

»Warum wollte deine Mutter, daß du auf diese Schule gehst?«

»Hat Fee dir das nicht erzählt?«

»Nur, daß du Ärger hattest und deine Mutter nicht wollte, daß du mit den Typen auf die gleiche Highschool gehst, mit denen du sonst rumhängst.«

»Das ist es eigentlich.«

»Was ist passiert?«

Er log. »Sie haben mich dabei erwischt, wie ich Feuerwerkskörper verkauft habe. Einmal zuviel. Dann haben sie damit gedroht, mich vors Jugendgericht zu bringen, da ist meine Mutter fast ausgeflippt. Jemand aus ihrem Büro hat ihr dabei geholfen, ein Stipendium für mich zu kriegen.« Das Letzte war dicht genug an der Wahrheit, daß er sie wieder ansehen konnte. »So ist das gelaufen.«

»Bist du verurteilt worden?«

»Nein. Ich muß irgendwie durch die Maschen gefallen sein. Oder sie suchen mich immer noch.«

Sie lachten.

»Machst du immer noch krumme Sachen?«

»Hat Fee das gesagt?«

»Er meinte, ihr hättet neben der Schule was laufen.«

»Er wollte dich bloß beeindrucken.«

»Vielleicht, aber stimmt das?«

»Wir veranstalten Partys. Mieten Lofts und verteilen am Wochenende vorher Flyer. Dann besorgen wir die Getränke und verkaufen sie für das Vierfache. Wir organisieren auch ein paar Kartenspiele. Die Kids da oben haben 'ne Menge Geld in der Tasche. Einmal hab ich's auch mit 'nem Glücksspiel versucht, aber da hat keiner begriffen, wovon ich überhaupt geredet hab.«

»Verkaufst du auch Stoff?«

»Nein. Hat er das gesagt?«

»Ich wollte es nur wissen. Das machen die Leute *hier* nämlich, um Geld zu verdienen.«

»Von Drogen lasse ich die Finger«, sagte er. »Kein gutes Geschäft, auf lange Sicht gesehen …« Wieder log er sie an. Tat so, als stünde er über den Dingen.

Aber sie sah ihn an, als würde er um den heißen Brei herumreden. Wartete darauf, daß er endlich zur Sache käme.

Er sagte: »Die Lamentias sind draußen. Das Geschäft im Village macht jetzt ein Typ namens Rocco DiNabrega. Er hat Bunnys Vater vor ein paar Jahren aus dem Weg geräumt.« Er war froh, jetzt über Dinge reden zu können, über die er Bescheid wußte. Es gab tausend gute Mafiageschichten, und so was kam immer gut an.

Sie sagte: »Und was hast du in Zukunft vor?«

Die Frage überraschte ihn. Er sah sie an.

»Was ist mit der Mafia?« wollte sie wissen.

»Was meinst du damit?«

Ihre hochgezogenen Augenbrauen hielten ihn davon ab, ihr zu erzählen, was er tatsächlich vorhatte. Und daß es eben seine Zeit brauchte, bei der Mafia nach oben zu kommen, wenn man kein Sizilianer war.

»Du hast gesagt, sie hätten dich *einmal zuviel* erwischt, daß sie dich vor das *Jugendgericht* stellen wollten, und daß du versucht hast, ein *Glücksspiel aufzuziehen.*« Hier lachte sie auf. »Und daß die Lamentias *draußen* sind …«

»Ich hab nicht *aufziehen* gesagt. Fee und ich verdienen uns nebenbei einfach nur ein bißchen Kohle. Ansonsten sind wir außer ein paar Weicheiern die besten in unserer Klasse. Wenn ich mit der Schule fertig bin, stehen mir alle Türen offen.«

»Und durch welche willst du gehen? *Das* war's, wonach ich gefragt habe.«

»He, was hast du denn …« Er hielt inne und sah sie an. Sie zog wieder die Augenbrauen hoch, wie um ihre Frage zu bestätigen. »Was ist denn los mit dir?«

»Gar nichts. Ich will nur nicht mit einem Mafioso zusammensein. Das ist alles.«

»Ich bin kein verdammter Mafioso.«

»Ich weiß. Sonst wäre ich ja nicht hier.«

»Ich auch nicht«, sagte er und sah weg. Diese Antwort ergab zwar keinen Sinn, aber er wußte nicht, was er sonst hätte sagen sollen.

»Sieh mich an.«

Er tat es.

Sie sagte: »Hör zu, ich will dir was erzählen.« Er nickte. An ihrer Stimme erkannte er, daß es ihr wichtig war, mit ihm zu reden, ohne daß etwas zwischen ihnen stünde. Sie sagte: »Du mußt mir aber versprechen, daß du mir *wirklich* zuhörst. Es ist nämlich so, daß mein Vater … Er gehört *doch* dazu. *Alle* um mich herum gehören dazu. Aber er ist kein Killer, verstehst du. Er investiert in ihre Unternehmen. Und er bezahlt auch Leute, die bestimmte Dinge für ihn regeln. Das ist in diesem Geschäft nun mal so, das weißt du selbst. Die Aufträge liegen nicht einfach auf der Straße.« Sie hielt inne. Sah ihn an, und ihre Augen formulierten eine Frage. Er nickte. Zuckte die Schultern, als wolle er *natürlich* sagen. »Er hat sich einmal dafür entschieden, und jetzt gibt es wohl kein Zurück mehr«, sagte sie. »Und ich will, daß du genau das wirklich begreifst. Er hat sich für diesen Weg *entschieden.* Vielleicht hätte er es besser wissen können, vielleicht auch nicht. Vielleicht ist er ein guter Geschäftsmann, ein Immigrant, der den

Durchblick hat, und ich bin einfach nur naiv. Aber du und ich, wir gehören zu *dieser* Generation. Der nächsten. Wir müssen es nicht genauso machen. Ich will nicht mit dir zusammensein, wenn du es so machen willst wie er.«

Es war wie die Szene in *Der Pate*, die er nie verstanden hatte – in der Marlon Brando zu Pacino sagte, er habe gewollt, daß er Senator würde. Wer will denn Senator sein, wenn er Pate werden kann, hatte er gedacht.

Sie sagte: »Verstehst du das?«

Er nickte. »Ja. Natürlich.«

»Dann werde ich dich jetzt küssen. Okay?«

»Nein.«

»Doch.«

Sie küßte ihn – nahm sein Gesicht in ihre Hände, zog es sanft zu sich heran und sah ihm in die Augen, schloß ihre und küßte ihn auf die Lippen. Dann öffnete sie die Augen wieder und lächelte ihn an. Er lächelte nicht zurück.

»Was ist los?«

»Du tust, als wüßtest du, wer ich bin«, sagte er. Tat so, als hätte sie ein Sakrileg begangen, und sah weg.

»Das weiß ich auch. Ich kenne dich.«

»Hat dir Felix erzählt, wie ich ihn angemacht habe, als wir uns zum ersten Mal begegnet sind? Ich bin in das falsche Klassenzimmer gegangen, wo er gerade mit einem Haufen reicher Typen rumsaß. Alle haben mich angestarrt, und er hat gelacht, bis ich ihm gesagt hab, er soll bloß die Fresse halten. Und er hat es getan. Hat er dir *das* erzählt?«

»Ja. Und er hat mir auch erzählt, daß du bei euren Partys den Türsteher machst und noch nie jemanden zusammengeschlagen hast. Du hast sogar die Kids davon abgehalten, Mist zu bauen, indem du mit ihnen geredet hast. Und daß du Fee mal auf der Straße zurückgehalten hast, als er betrunken war und sich prügeln wollte. Du hast die Verantwortung auf dich genommen, als er seinem Vater eine Flasche Wodka geklaut hat. Sein Vater hat ihm daraufhin verboten, dich mit nach Hause zu bringen, aber dann hat er erkannt, wie loyal du warst, und hat seine Meinung geändert.« Sie drehte sich so zu ihm, daß er ihr Gesicht sehen konnte. Er sah sie an. »Stimmt das?«

»Es war Scotch«, sagte er.

Sie boxte ihm sanft auf die Nase und küßte die Stelle dann. »Also sag schon, weiß ich, wer du bist?«

»Du weißt einiges über mich, ja.«

»Red nicht drum rum. Weiß ich, wer du bist?«

»Ich weiß es.«

»Sag es.«

Und dann sagte er es … *Weiß ich, wer du bist? – Ja.* Er hatte sie noch etwas zappeln lassen und es dann endlich gesagt. Als er nur noch ihre Worte wahrnahm, die Frage zu einer Formel geworden war. Worüber er aber immer wieder nachdenken mußte, wenn er sich später an diesen Moment erinnerte, war, was sie wirklich wußte. So wie sie ihn eben angesehen hatte, schien das tatsächlich eine Menge zu sein. Und das gab ihm das Gefühl, es sei gut, demnächst wieder von sich hören zu lassen. Daß sich etwas in ihm löste und zu einem Ende kam. Vielleicht läge dahinter ja sogar ein neuer Anfang. Plötzlich dachte er, daß das Leben wunderbar sein konnte.

Die Nonne strich irgendwo im Zimmer etwas glatt. So jedenfalls hörte es sich an. Martin spürte, daß es spät war. Fühlte, daß die Sonne längst untergegangen war.

Während der letzten Stunden – oder waren es Tage – hatte er nur einige Male die Augen geöffnet, immer nur halb. Hatte dann den Schritten draußen auf dem Flur gelauscht. Corso würde bald kommen und ihn sich vornehmen. Draußen vor der Tür ein Cop, rund um die Uhr.

Die Nonne räusperte sich – ein kurzer, erstickter Laut.

Sie war alt und sprach mit Akzent. Er hatte gehört, wie sie mit Corso geredet hatte, bemerkt, daß auch sie diesen Mann nicht mochte.

Er lauschte ihren Bewegungen.

Behutsam, fast lautlos.

Seltsame Menschen, diese Nonnen. Bescheiden und demütig. Wie damals in St. Anthony, als alle noch glaubten, er würde das Seminar besuchen und dann Priester werden. Was sonst hätte auch aus einem Jungen wie ihm werden sollen? Eine Zeitlang hatte er sogar selbst daran geglaubt. Aber dann waren da die Italiener gewesen. Die hatten einem Jugendlichen etwas Besseres zu bieten. Als die Schwestern und Patres gesehen hatten, was er wirklich werden wollte, hatten sie ihn vergessen. Ihn einfach aus ihrem Gedächtnis getilgt. Was ihn nicht weiter gestört hatte.

Was ist schwarzweiß und hat einen dreckigen Namen?

Schwester Maria Fickvisage.

Das hatte ihm gefallen. Nach der Schule nach Hause zu rennen, die Bücher in die Ecke werfen und die anderen Schuhe anziehen – dann unten auf der Bank vor dem Park zu hocken und darauf zu warten, daß jemand ihn brauchte. *Komm mal her, Kleiner. Hol mir meine Jacke aus dem Wagen … Besorg mir ein Sandwich … Lauf mal rüber zu Arturo und bring mir einen* abitz … *Geh mal eben Zigaretten holen. Wer braucht noch welche? Zwei L&M, zwei Camel, eine Parliament. Und was du für dich willst.* Obwohl er sich selbst nur selten etwas mitbrachte. Er kam immer sofort zurückgerannt, ignorierte die anderen Jungs, die auf der Straße rumhingen und nicht so fix waren wie er. Kaufte sich nur manchmal ein Stück Pizza, wenn mittags das Essen in der Schule ungenießbar gewesen war. Von September bis Mai machte er den Laufburschen, als der Sommer begann, verkaufte er Feuerwerkskörper. Bei Straßenfesten half er an den Ständen aus, während der Renn- und Footballsaison in den Kellerkasinos. Lernte dabei ganz nebenbei die Kunst, Menschen auszunehmen. Mit vierzehn begann er, für Joe Moon und Sweet Peter Hughes zu arbeiten, machte pro Lieferung hundert Dollar, dann zweihundert, als das Geschäft richtig losging. Das ging drei Jahre so. Bis sie dann von einem Tag auf den anderen verschwanden, und er mit einem blauen Auge in dem Büro hinter Roccos Restaurant saß. *Der Laden ist dicht. Mach, daß du wegkommst.*

Die nächsten Wochen verbrachte er bei Fee, überwiegend völlig betrunken.

Fee hatte ihn jeden Morgen geweckt und dann noch mal, um ihm zu sagen, daß er jetzt ohne ihn zur Schule ginge.

Und dann hatte er dieses Großmaul in Jersey halb totgeprügelt. Felix war es nur mit Mühe gelungen, ihn vom ihm wegzuzerren. Seine ganze ungebändigte Wut war in diesem Moment aus ihm herausgebrochen, und es war ihm vorgekommen, als müsse er den Kerl totschlagen, damit er sie endlich loswürde.

Die Nonne beugte sich über ihn. Sah nach, ob er aufgewacht war. Stand etwa eine Minute so da. Dann überprüfte sie die Infusionskanüle und setzte sich wieder auf ihren Stuhl.

Felix hatte ihn weggezerrt, das Geld aus dem Safe geholt und ihn in den Wagen geschafft. Dann weg, zurück in die Stadt. Zu Hause setzte er sich auf die Couch und zählte das Geld, während Martin dagegen ankämpfte, das Bewußtsein zu verlieren. Als er am nächsten Morgen aufwachte, war Felix weg. Das Mädchen brachte ihm Frühstück und stellte es auf einen Klapptisch. Er setzte sich auf die Bettkante, stützte das Gesicht in die Hände. Aß ein wenig und sah sich im Fernsehen einen Kriegsfilm an. Dann schaltete er den Fernseher aus, stellte sich unter die Dusche, fuhr mit der Bahn zum Times Square und trat in die Armee ein. *Kesselschlacht* hieß der Film, mit Van Johnson. Der Soldat in der Rekrutierungsstelle sah seine Papiere durch, gratulierte ihm dazu, seine Pflicht für das Vaterland tun zu wollen, schüttelte ihm dann die Hand und wünschte ihm noch einen schönen Geburtstag. An diesem Morgen war er achtzehn geworden, auf der Bettkante in Felix' Apartment. Mit dem Gesicht in den Händen.

Er starrte auf den schwarzen Fernseher.

»Sie sind ja wach«, sagte sie. Der alte Pinguin mit dem Akzent.

Er nickte. Es schien ihm irgendwie unpassend, etwas zu sagen. Wie auf einer Beerdigung, wo man sich auch besser jedes Wort verkneift. Er schloß die Augen wieder, öffnete sie und und hörte dann auf, dagegen anzukämpfen.

»Sie sind gegangen«, sagte sie. »Es ist spät.« Sie stopfte die Bettdecke an seinem Fußende fest. Er sah sie an. Er mußte an einen Baumstumpf denken, als er sie da so in ihrer Ordenstracht am anderen Ende des Bettes hantieren sah. Einen alten, knorrigen Baumstumpf. Aber rüstig und kerngesund. Sie mußte sich nirgendwo abstützen. Hatte kleine dunkle Augen. »Haben Sie Hunger?«

Er sagte, er hätte keinen.

»Sie sind ziemlich abgemagert. Trotz der künstlichen Ernährung.«

»Schmeckt hervorragend.«

»Ja, das glaube ich.«

Er wandte seinen Kopf zu dem Infusionsständer. Der Schmerz ließ ihn aufstöhnen.

»Das sind die inneren Verletzungen. Das dauert. Aber Sie haben großes Glück gehabt.« Sie machte sich jetzt an der Seite des Bettes an der Decke zu schaffen. »Ein CIA-Brieföffner«, sagte sie. Hatte Schwierigkeiten, das Wort auszusprechen. »Die Waffe, mit der Sie verletzt wurden. Gehört der Regierung. Aus Plastik. Der Agent hat es mir gesagt.«

Er lächelte und schüttelte den Kopf. Er hatte gewußt, daß das Ding nicht aus Metall war. Es hatte nicht geglänzt. Der Türsteher im Anastasia hatte so ein Ding immer bei sich gehabt. Und Schlagringe aus Plastik. *Polymer-Briefbeschwerer.* Unter dieser Bezeichnung wurden sie verkauft. Wogen kaum etwas. Seine eigene Waffe war auch überwiegend aus Plastik. Kaum schwerer als ein Becher Kaffee. Wahrscheinlich beugte sich Corso jetzt gerade über die Schulter eines Kriminaltechnikers und versicherte sich, daß seine Fingerabdrücke alle noch drauf waren. »Man kann die Dinger per Post bestellen, Schwester«, sagte Martin. »Aus den Anzeigen, überall hinten in den Magazinen.«

Sie schnalzte mit der Zunge. Hob seinen Kopf an und schüttelte das Kissen auf. Begutachtete den Verband. Ihr Gesicht wirkte verkniffen. Genau den gleichen Gesichtsausdruck hatte die Nonne gehabt, die ihn damals im Krankenzimmer in St. Anthony nach Läusen abgesucht hatte, dachte er. Schon damals hatte er den Nonnen, die Krankenschwestern waren, nicht getraut. Geduldige, unterwürfige Ignorantinnen. Alt gewordene Mädchen, die vom Leben keine Ahnung hatten. Die nichts erfahren hatten.

»Ihr Ohr ist schon viel besser geworden. Ich habe es gestern abend gesehen. Wenn Sie eine plastische Operation machen lassen, sieht man hinterher kaum noch was.«

»Woher kommen Sie?«

»Ungarn.«

»Und wie lange sind Sie schon hier?« Sie hörte sich an, als hätte sie noch nicht mal ihren Koffer ausgepackt. Es ging ihm auf die Nerven, sich so anstrengen zu müssen, um sie zu verstehen.

»Fünfzig Jahre.«

»Haben Sie schon mal von Maria Ouspenskaya gehört?«

»Nein.«

»Sie hat in den ganzen alten Gruselfilmen mitgespielt.«

»Nein.«

»Gibt es im Kloster keine Filmabende?«

Er sah weg. Wußte, daß sie ihm nicht antworten würde. »Diese Filme mit Werwölfen und so, wissen Sie?«

»Es waren aber doch nicht die Agenten, die Sie verletzt haben, oder?«

»Nein.«

Jetzt war sie fertig mit dem Bett. Rückte das Kissen auf ihrem Stuhl zurecht. »War es ein Werwolf?« Sie setzte sich und sah ihn an.

Er grinste. »Sie sind ganz schön neugierig für einen Pinguin.«

Sie senkte den Blick, als ob sie sich entschuldigen wolle.

»Sie haben sich 'ne ganze Weile um mich gekümmert«, sagte er. »Stimmt's?«

»Vier Tage.«

»Sind Sie hier angestellt?«

»Ich arbeite ehrenamtlich. Ich bin ausgebildete Krankenschwester.«

Er nickte. Dankte ihr.

Sie antwortete nicht.

»Es gibt doch bestimmt noch andere Schwestern hier, oder? Ich habe bisher nur Sie gesehen.«

»Noch eine. Aber der Agent hat angeordnet, daß nur ich mich um Sie kümmern soll.«

»Corso?«

»Ja.«

»Mistkerl.«

Sie sah ihn an.

»Verstehen Sie mich nicht falsch, Schwester, bitte. Es ist nur … Ich würde mich bloß gern mit jemandem unterhalten, der weiß, wer Maria Ouspenskaya ist. Jemand, der nicht bloß Spencer-Tracy-Filme kennt.«

»Sie sind ein Verbrecher«, sagte sie.

Er grinste. »Nein, Schwester. Ich habe in Notwehr geschossen. Lesen Sie in den nächsten Monaten die Zeitung. Dann werden Sie sehen, daß Sie mich zu Unrecht verurteilen.«

»Ich verurteile Sie nicht.«

»Ich weiß. Das tut nur Gott. Das ist nicht Ihr Verantwortungsbereich … Sagen Sie, was halten Sie davon, die andere Schwester zu holen? Sie müssen doch bestimmt auch mal Pause machen.«

»Sie sind ein Verbrecher.«

»Jesus«, sagte er. Seine Brust brannte. »Es war Notwehr. Glauben Sie nicht alles, was Ihnen Priester und FBI-Agenten sagen.«

»Tief in Ihrem Herzen.«

»Soll das ein Witz sein?« sagte er. Dann: »Holen Sie nun die andere Schwester?«

»Sie sind roh und überheblich. Diese Tätowierungen …« Sie zeigte auf seine Unterarme.

»Kommen Sie«, sagte er. »Was ist jetzt mit der anderen Schwester?«

»Ich hole den Arzt.«

»Nein.«

»Sie sind wach …« Sie stand wieder auf. »Der Arzt muß nach Ihnen sehen.«

»Schwester, bitte.«

Sie hielt inne.

»Lassen Sie mich einfach noch etwas schlafen. Gönnen Sie mir noch ein wenig Ruhe. Die werden mich noch früh genug in die Mangel nehmen, okay?«

Sie legte eine Hand an die Stuhllehne.

Er sagte: »Lassen Sie mich einfach noch etwas ausruhen. Ich kann nicht nachdenken, wenn die hier sind. Die hören nur das, was sie hören wollen.«

Sie blickte zur Tür.

»Setzen Sie sich doch einfach wieder hin«, sagte er. »Bitte.«

Als Kind hatte er oft beobachtet, wie sie so taten, als ob sie beleidigt wären. Sie waren so hintertrieben wie jeder andere auch. Aber diese hier ist schon in Ordnung, dachte er. Ihre Augen wirkten intelligent. Als sei eine Seele hinter ihnen verborgen. Eine Geschichte. Vielleicht sogar Zweifel. Und es war schließlich nicht ihre Schuld, daß sie diesen Akzent hatte, der ihn fertigmachte. Diesen verdammten Ostblockakzent.

Endlich setzte sie sich wieder. Sah weg und sagte nichts. Saß zur Hälfte auf einer zusammengefalteten Zeitung, die zwischen der Armlehne und ihrem Bein eingeklemmt war. Er erinnerte sich, daß er im Halbschlaf gehört hatte, wie sie die Seiten umgeblättert hatte. »Steht was über mich da drin?« fragte er. »In der Zeitung?«

»Daß Sie bewußtlos und in einem kritischen Zustand sind, steht da. Unter Mordverdacht. Ein gefährlicher Krimineller.«

Er sah von ihr weg und zur Tür hin. Eine Weile blieben sie beide still. Er dachte an Rocco und Peter Hughes und Joe Moon und Bunny Lamentia. Terry Hughes. Dachte an Heroin und Erpressung und Falschgeld. An zusammengeschlagene Männer. An Männer, die ausgelöscht waren. Er dachte an all das wie an eine runde, feste Masse. Wie ein Tumor in ihm, den er nie wieder loswerden würde.

Und er dachte an seine Tätowierungen.

Er sah wieder zu ihr hin und ließ seinen Blick auf ihr ruhen. Wußte, daß sie spürte, wie er sie ansah, und daß er etwas sagen wollte. »Ich *bin* ein Verbrecher«, sagte er. Aber ihr Ausdruck veränderte sich nicht.

»Wir sind alle Sünder«, sagte sie, ohne daß sich ihre Augen bewegten.

7

Er war zehn. Sein Vater war seit einem Jahr tot. Und er schlug sich mit zwei Fragen herum. Zum einen, ob sie jetzt schon zum dritten Mal umgezogen waren, weil seine Mutter noch immer versuchte, seinen Dämon loszuwerden. Und dann, was eigentlich der Unterschied war. Die Familien in ihrem Haus, die Angottis, die Polcinettis, die Acumanos, waren einfach Italiener. Aber die anderen, die unten auf der Straße auf den Klappstühlen saßen in ihren Hawaiihemden, Zigarren rauchten, auf den Motorhauben ihrer in der zweiten oder dritten Reihe geparkten Autos Karten spielten, laut durcheinanderredeten oder in dem Laden mit der Tür im Souterrain und den erbsensuppengrün getünchten Fenstern rumhingen – *Komm rein, trinkst du einen* caffè*?* –, in dieser handtuchschmalen Spelunke, in der tagsüber nie das Licht brannte, so daß er nichts da unten in dem Halbdunkel erkennen konnte, wenn er vorbeiging – diese Leute nannte sie *die* Italiener. Jeden Tag rannte er mindestens drei- bis viermal an ihnen vorbei, an den Stühlen, auf denen sie mit ausgestreckten Beinen auf dem Bürgersteig saßen, doch sie schienen ihn überhaupt nicht zu bemerken. *Die* Italiener.

Aber eines Tages kam er von der Schule, und der, von dem er wußte, daß ihn alle Joe Moon nannten, stand unten vor dem Haus und briet etwas auf einem fahrbaren Grill. Er wollte gerade in die Haustür gehen, da rief Joe ihm zu: »He, Kleiner, warte mal.« Dann piekte er eine Wurst vom Grill, packte sie in einen aufgeschnittenen Brotkanten und hielt sie ihm hin. Er starrte die Wurst an. Joe sagte: »Was ist, magst du etwa keinen Kanten? Ich dachte, Jungs mögen so was.« Die Muskeln an seinen Armen waren so dick wie die alten schwarzen Hanteln drüben im YMCA. Wie Kanonenkugeln. Trug immer nur ärmellose T-Shirts, dieser Joe. Und heute eine Schürze darüber. »Nimm schon.«

Die anderen Italiener hatten aufgehört zu reden und sahen zu ihnen rüber. Sahen von ihrem Kartenspiel auf und beobachteten ihn, als würden sie auf etwas warten. Selbst der, der immer mit der Sonnenbrille rumlief, und von dem sie in der Schule sagten, er sei der Boß, auch wenn er erst dreißig war – dieser Rocco –, drehte den Kopf jetzt leicht in seine Richtung.

Dann wandte sich auch der um, der am nächsten saß, rittlings auf seinem Stuhl. Er hielt seine Karten dicht an die Brust, grinste breit und sagte zu Joe: »Wer hat dir denn *das* erzählt? Hast *du* etwa gern Brotkanten gegessen, als du ein Junge warst?« Dann zu Martin: »Er war nämlich nie ein Junge.« Sweet Peter Hughes – Sweet Pea – hatte blaue Augen. Wie er. Und blondes Haar, das struppig abstand, genau wie bei ihm. Er war zur Hälfte Ire. Sein Bruder Terry ging in Martins Klasse. »Nimm ruhig«, sagte er, »das ist gut.«

Er nahm das Brot. Wartete dann ein paar Sekunden, bevor er schließlich in die Wurst biß.

Er genoß die Beachtung, die er in diesem Moment spürte. All diese Männer, die abwarteten, was er tat, Sweet Peter Hughes, der ihn auf gleicher Augenhöhe angrinste, und Joe Moon, ein Stockwerk höher, mit den Muskeln wie Kanonenkugeln, die sich erst wieder regten, als Martin abgebissen hatte – *Ist dem Kleinen wohl nicht gut genug?* –, und der dann, als Martin aß und zu ihm aufsah, weil es ihm schmeckte, ebenfalls grinste. »Siehst du? Er mag Brotkanten«, sagte er. Dann wandte er sich wieder seinem Grill zu.

Den ganzen Sommer über hatte er im Park herumgetollt, dann ging die Schule wieder los. Seine Mutter machte ein paar Anschaffungen – neue Handtücher, eine Zuckerdose, eine Vase. Sie schien in nächster Zeit nicht mehr umziehen zu wollen. Es wurde kühler, und Peter Hughes und die anderen verlegten ihre Kartenspiele nach drinnen, schlossen die Tür in dem Laden im Souterrain und zogen das Rollo runter, das hinter der verdreckten Scheibe hing. Martin war glücklich. Jeden Nachmittag verbrachte er im Park. Wenn seine Mutter von der Arbeit kam, holte sie seinen kleinen Bruder Frito ab und kam auf ihrem Weg nach Hause dort vorbei. Dann schloß er sich ihnen an und ging mit ihnen nach oben. Die Tage wurden kürzer und kälter. Manchmal war er ganz allein im Park, hatte dann das Klettergerüst und die Schaukeln für sich. Von oben auf dem Gerüst hatte er den besten Überblick, rief Befehle nach unten, kletterte wieder runter und führte sie selbst aus. Am nächsten Tag setzte er seine Abenteuer dort fort, wo er sie am Abend zuvor unterbrochen hatte. Eines Nachmittags war er wieder dabei, mit verteilten Rollen mit sich selbst zu reden, als er die beiden Mädchen sah. Drüben bei den Bänken. Älter als er, aus der achten Klasse. Er kannte sie vom Sehen. Sie hatten ihn gehört und sahen zu ihm rüber, aber er tat einfach so, als hätte er sie nicht bemerkt. Dann sahen sie wieder weg. Warteten vielleicht auf zwei Jungen, dachte er. Sie trugen noch die Schultracht, hielten die Arme verschränkt und hatten die Hände in die Ärmel gesteckt, um sie zu wärmen. Er sah ihren Atem in der kalten Luft. Und seinen. Das Metallgestänge des Klettergerüsts war kalt. Er schwang sich nach oben, hielt sich an der obersten Stange fest und ließ sich baumeln. Dann sprang er ab. Kletterte hoch, ließ sich baumeln, sprang ab. Jetzt konnte er nicht mehr länger wegsehen. Wollte wissen, ob sie ihm zusahen. Sie guckten nicht. Gingen im Gleichschritt auf und ab und redeten zu leise, als daß er etwas hätte verstehen können. Wieder kletterte er nach oben, setzte sich auf die Stange und beobachtete sie. Die, die wie eine typische Italienerin aussah und mit der niemand spielen wollte. Sie war zickig und kalt. Und die, die wie eine *furlani* aussah. Ihre Haare und Augen waren heller, wie ihre ganze Erscheinung. Sie war hübsch. Er sah weg. Befürchtete, daß sie merken könnten, wie er sie anstarrte. Daß die Zicke ihn blöd anmachen würde. *Was gaffst du denn so, du kleiner Pisser?*

Dann betrat ein älterer Typ den Park, zwanzig, vielleicht zweiundzwanzig. Durch den Eingang in der Sullivan Street. Wippender Gang. Guckte sich um, als würde er sich auskennen. Martin hatte ihn hier noch nie gesehen.

Er kam auf das Gerüst zu, auf dem Martin noch immer saß, griff nach seinem Fuß, der von oben herunterbaumelte, und schüttelte ihn leicht. »Na, Kleiner, wie geht's?« sagte er. Ließ die Augen aber nicht von den Mädchen. Martin sah zu ihnen rüber. Sie hatten den Typ gehört, sahen her, dann wieder weg. Kannten ihn nicht. Die Jungen, auf die sie warteten, würden aus der anderen Richtung kommen, dachte Martin. Der Typ sah zu ihm hoch. Lächelte und zog seine Augenbrauen nach oben. Martin fiel ein, daß er noch nicht geantwortet hatte. War es das, worauf er wartete?

»Gut.«

Der Kerl nickte. Sah wieder zu den Mädchen. »Na, dann ist ja alles in Ordnung.« Er zog eine Zigarette aus seiner Jackentasche, ging dann zu den Mädchen rüber und fragte sie nach Feuer. Sie hatten keins. Er kramte in seinen Taschen und fand schließlich Streichhölzer. Zündete die Zigarette an und blieb bei den Mädchen stehen. Fragte sie nach der Uhrzeit, doch sie wußten nicht, wie spät es war. Er sagte, daß es ganz schön kalt sei, und die mit den helleren Augen nickte. Die Zicke sah ihn kurz an, sagte aber nichts. *Was du nicht sagst*, sagte ihr Gesicht. Er bot ihnen Zigaretten an, aber beide schüttelten den Kopf. Sahen weg, aber er lächelte sie weiter an. Sagte: »Hey«, als hätte er gerade etwas bemerkt. »St. Anthony, oder?« Er zeigte auf ihre Röcke. Sie sagten ja. Er sagte: »Da war ich auch mal. Mrs. Musante, Schwester John Bosco, Mrs. Montemurro …«

»Die ist tot«, sagte die Hellere. Versuchte, cool zu sein. Weil der Kerl etwas zu aufdringlich wurde und nun auch ein Thema hat, über das er sich mit ihnen unterhalten kann, dachte Martin. Sie schien keine große Lust zu haben, mit ihm zu reden.

»Wer?«

»Mrs. Montemurro. Sie ist gestorben.«

»Ach ja?«

Er wirkte, als sei er traurig, das zu hören. Sie sah ihn an. Nickte ihm dann zu. Als ob sie sagen wollte: Ja, der Tod ist was Schreckliches.

Sie konnte nicht kaltschnäuzig sein. Vielleicht hatte man ihr das beigebracht. Daß es besser war, mitfühlend zu sein. Nonnen brachten einem so was bei. Doch bei ihr wirkte es ehrlich. Manche Menschen waren eben einfach so. Manche Mädchen waren so.

»Sie war eine blöde *Kuh*«, sagte die andere. Der Typ sah sie an. Weiß jetzt nicht, was er machen soll, dachte Martin. Er sah von einer zur anderen. Die Hellere sagte: »Sie war gemein«, und der Typ sagte: »Ja, das war sie. Sie war eine richtige Kuh«, und die Dunkle sagte: »Deswegen haben wir es ja auch erzählt«, und wandte sich ab, um sich hinzusetzen. Sie blieb cool. Der Typ sah ihr nicht hinterher, er sah die Hellere an.

Oben auf dem Gerüst zog Martin Quinn seine Beine nach oben, klemmte die Füße unter eine Stange und ließ sich kopfüber nach unten fallen. Baumelte und sah zu, was weiter passieren würde. Ob der Typ sie dazu bringen würde, mit ihm zu reden, und ob er sie dann einladen würde. Er hatte so etwas schon früher gesehen. Wie Jungen mit den Mädchen redeten, die ihnen gefielen. Dieser Typ war auch nicht anders. Fragte sie etwas, tuschelte dann mit ihr. Sagte seinen Namen, dann sagte sie, wer sie war, und er sagte *nein*, das könne er wirklich nicht glauben, daß sie die kleine Schwester von jemand anderem wäre oder die Cousine von jemandem. Jetzt *mußte* sie aber eine Zigarette nehmen, er legte den Kopf schräg, und sie lächelte zurück. Sagte: »Nein, nicht hier«, deutete mit der Hand zu den Fenstern in der Thompson Street. Er sagte: »Macht doch nichts. Komm, nimm schon.« Versuchte, sie zu überreden und fuchtelte mit den Händen herum, als wolle er sagen: *Was muß ich denn noch alles anstellen?* Martin nahm jetzt nur noch Gesten wahr, wie in einem Stummfilm, weil er mit dem ganzen Blut im Kopf nichts mehr hören konnte, kriegte aber trotzdem alles mit. Konnte stundenlang so hängen. Die Menschen bewegten sich dann wie hinter Glas. Der Kerl sagte: »Nimm eine Zigarette … Komm schon … Nimm einen Schluck … Und was ist mit dir?« Er hatte eine Halbliterflasche aus seiner Jacke gezogen, und die Mädchen aus der achten Klasse sagten: »Auf keinen Fall … Bist du denn verrückt«, und der Typ sagte: »Okay, dann kommt rüber zu dem Klettergerüst. Da sieht uns keiner.« Weil die Häuser an der Sullivan Street keine Fenster hatten, von denen aus man den Spielplatz einsehen konnte. Und denen auf der anderen Seite war der Blick durch die Bäume versperrt.

Sie kamen her. Der Kerl hielt ihnen die Zigaretten hin. Martin schwang sich wieder nach oben und setzte sich auf die Stange, und die beiden beugten sich zu der Hand vor, mit der er ihnen das Feuerzeug entgegenhielt. Dann rauchten sie. Hielten die Zigaretten dicht an ihren Beinen und bliesen den Rauch zur Seite. »Rauchst du schon, Kleiner?« Martin sagte nein. Der Typ sagte: »Gut so. Wir sind schon erwachsen, für uns ist es zu spät«, und sie lachten, alle drei. Der Typ sagte: »Ich wette, du trinkst auch nicht.« Aber bevor Martin antworten konnte, drehte sich der Typ zu der mit den helleren Haaren und sagte: »Aber *du* trinkst bestimmt ab und zu einen Schluck?« Sie grinste, und er sagte: »Siehst du, das wußte ich.« Er zog die Flasche wieder raus. Von nahem waren ihre Haare beinahe blond. Sie sagte: »Nein, bloß nicht«, und winkte mit ihren Händen ab. Sie ging ein paar Schritte weg, drehte sich dann um und kam zurück. Er sagte: »Na los.« Sie sagte: »Nicht hier.« Er sagte: »Komm hierher, da sieht uns keiner.« Sie dachte darüber nach. Er zog die Dunkle zu sich ran, dann griff er nach dem Arm der anderen und zog auch sie zu sich ran. Die Mädchen sahen sich an, dann, wie er unter seiner Jacke den Verschluß von der Flasche abschraubte. Er sagte zu der Helleren: »Du zuerst?« Sie zuckte ein *Okay* mit den Schultern, beugte sich zu der Flasche unter seiner Jacke vor. Er drückte sie ihr an den Mund und kippte sie an, sie prustete, und alle sprangen einen Schritt zurück. Sie lachten. Sie wischte sich die Lippen und das Kinn ab. Er sagte: »Noch was?« Sie hielt die Hand hoch – *Warte* – und wischte auch die vordere Seite ihrer Jacke ab. Er sah die andere an: »Und was ist mit dir?« Sie zuckte die Schultern und schloß die Augen, als wolle sie sagen: *Klar, wenn du dich etwas anstrengst, dann lasse ich mich überreden*, doch er zuckte ein *Vergiß es*, und als sie die Augen wieder aufmachte, grinste er schon wieder die andere an.

Die Dunkle war jetzt sauer. Ihre Wangen wurden dunkelrot. Er zog die Hellere wieder zu sich ran und sah dabei zur Sullivan Street rüber. Sie ging leicht in die Knie und ließ ihr Gesicht unter seiner Jacke verschwinden, und die Dunkle sagte: »Ich gehe jetzt. Kommst du mit? Wir kriegen noch Ärger.«

Die andere sah sie an. Sagte: »Wieso?« Aber natürlich wußte sie es – und Martin wußte es auch. Der Kerl grinste, sah sie an und wußte, daß sie bleiben würde, weil sie ihrer Freundin gegenüber so getan hatte. Martin wußte, daß die Dunkle jetzt gehen würde. Und daß auch der Typ das wußte. *Geh doch endlich*, dachte Martin. Er wollte sehen, wie ihre Freundin trinkt. Ihm gefiel das. Alle hatten ihren Spaß, nur die Dunkle nicht. Sie verdarb alles.

Wieder sagte sie: »Du kriegst bestimmt Ärger«, und der Typ

sagte. »Ach was, dafür werd ich schon sorgen.« Er verschränkte die Hände hinter seinem Kopf und spannte seine Muskeln an. Sagte der Blonden, sie solle sie anfassen.

Sie tat es – nur an einem Arm – und zog die Hand zurück, als habe sie sich verbrannt. »Mein Gott«, sagte sie. »Faß die mal an« – zu ihrer Freundin.

»Ich gehe jetzt ...« Und dann ging sie.

Martin sah ihr nach, wie sie aus dem Park ging, dann am Zaun lang. Und dann war sie weg. Er sah wieder zurück und daß der Typ sich hingekniet hatte und so tat, als würde er sich die Schuhe abwischen. Aber er trank. Schob die Unterlippe vor, damit es nicht tropfte. Sie mußte lachen. Er sah aus wie ein Gorilla. Martin mußte auch lachen. Dann gab der Typ ihr die Flasche, und sie kniete sich auch hin. Er stellte sich so vor sie, daß er sie gegen die Häuser auf der anderen Straßenseite abschirmte. Verschränkte die Arme wieder hinter dem Kopf und spannte die Muskeln an, sagte ihr, sie solle trinken. Sagte es ihr noch mal. Dann: »Noch mal.« Sie verzog jedesmal das Gesicht, als würde es weh tun. Dann stand sie auf, vielleicht nach einer Minute. Die Flasche in der einen Hand und die Zigarette in der anderen. Sie bemühte sich nicht, sie zu verstecken. Sie war benebelt. Sah auf die Zigarette, die bis zum Ende abgebrannt war, nahm einen letzten Zug und warf sie weg. Dann sah sie den Typ an. Er grinste zurück. Ließ seine Muskeln spielen. »Woher hast du die?« sagte sie. Und: »Mir ist ganz heiß im Gesicht.«

»Neun Monate Liegestütze und Klimmzüge. »Die hier sind von den Klimmzügen.« Er grinste. Dann grinste er nicht mehr. Seine Gedanken schienen auf einmal ganz woanders zu sein. Er sagte: »Heute hab ich allerdings noch gar nicht trainiert.« Er sah sich um, zu dem Klettergerüst. Sah zu Martin hinauf. »Paß mal auf, Kleiner«, sagte er, holte die Flasche aus der Jacke und nahm einen Schluck, steckte sie zurück. »Paß auf.« Jetzt war er direkt unter ihm, sprang hoch, packte ihn an seiner Jacke, riß ihn mit einem Ruck runter und ließ ihn durch die Luft fliegen.

Martin landete auf dem Gesicht und den Händen. Dann krachte auch der Rest seines Körpers auf den Boden. Er roch das Blut, schmeckte den schwarzen Gummibelag. Er sah auf. Sie lehnte an der Mauer. Das Gesicht eines Mädchens. Eines kleinen

Mädchens. Furchtsam. An dem Klettergerüst machte der Typ seine Klimmzüge – rauf und runter. Das Pfeifen seines Atems wurde lauter. Richtige kleine Seufzer, rhythmisch. »Arschloch«, schrie Martin, rappelte sich auf und rannte. Rannte zur Thompson Street. Sah sich um, als er aus dem Eingang lief. Der Typ war immer noch dabei, rauf und runter. Martin rannte nach Haus, die Treppe hoch. Riß ein Kissen von der Couch, rannte den Flur rauf und runter, schlug dabei mit dem Kissen um sich. Sah dann das Blut, das er auf seiner Jacke und Hose verschmiert hatte. Mit den Fingern, die er gegen seinen schmerzenden Kiefer gepreßt hatte. Er ging in die Küche, drehte den Wasserhahn auf und hielt seinen Mund seitlich in den Strahl, sah sie durch das Fenster. Unten im Park, durch die Lücke zwischen den Häusern. Es war ihm noch gar nicht aufgefallen, daß er von hier aus auf die Rückseite des Parks sehen konnte. Es war ihr Haar, er hatte es deutlich gesehen. Ein Schimmern. Jetzt sah er auch den Typ, mit der Hand auf ihrem Rücken. Er blieb stehen und drehte sie um, küßte sie. Sie versuchte, sich abzuwenden, zog die Schultern ein, als wolle sie sich schützen, und wieder küßte er sie. Ihre Stirn, ihr Gesicht, ihren Nacken. Er nahm ihren Arm, lehnte sich gegen die Mauer und zog sie an sich ran. Streifte seine Jacke ab und ließ sie auf den Boden fallen, legte seine Hand auf ihre Schulter und drückte sie nach unten. Sie ging auf die Knie. Mit der anderen zerrte er an seinem Gürtel. Ihre Arme hingen schlaff nach unten. Ihr Haar wirkte viel dunkler, jetzt, wo keine Sonne mehr darauf fiel. Dann sah er plötzlich noch jemand. Sie wurde herumgewirbelt, noch immer auf den Knien. Rocco DiNabrega riß sie hoch, riß sie von dem Typ fort, und weg waren sie. Es hatte nur eine Sekunde gedauert. Aber Martin war sicher, daß es Rocco gewesen war – er hatte die Sonnenbrille und die lässig im Mundwinkel hängende Zigarette gesehen. Der Typ stand immer noch so da. Immer noch gegen die Mauer gelehnt. An der Hand zerrend, die sich um seine Kehle geschlossen hatte. Dann schoß die andere Hand vor – Joe Moon, wie Martin erkannte – und traf den Typ. Sein Körper zuckte und wurde schlaff. Joe trat mit seinem Knie zu, ohne seine Hand von der Kehle zu lassen, schlug noch mal. Und noch mal. Noch jemand tauchte auf – Peter Hughes –, und als Joe den Typ endlich losließ, schlug *er* zu. Holte weit aus und schlug zu. Und als der Typ unten lag, fing er an zu treten. Joe kam wieder dazu und trat ebenfalls. Sie streckten die Arme aus, um das Gleichgewicht nicht zu verlieren. Zogen die Knie weit nach oben und traten zu, zehn- oder zwanzigmal, bis es erledigt war. Sie blieben noch eine Weile da stehen, sahen nach unten. Dann gingen sie.

Der Typ sah aus wie ein weggeworfener Müllsack. Sein Kopf erinnerte Martin an etwas, das er früher einmal gesehen hatte. Das Innere eines Granatapfels. Jetzt pfeift sein Atem nicht mehr, dachte Martin. Der Typ war kaltes Fleisch. Blut breitete sich unter seinem Körper aus. Die Lache wurde immer größer. Er konnte es deutlich sehen.

Er hatte sich den Typ tot gewünscht, und nun hatten *sie* ihn getötet. Wie Helden waren sie aus dem Nichts aufgetaucht. In ihren Lederjacken mit den Velourskragen. Hatten das getan, was er sich eben noch in seiner Phantasie ausgemalt hatte.

Er blieb da am Fenster stehen. Drehte auch den Hahn nicht zu. Hatte das Gefühl, daß es nichts gab, was er jetzt noch tun mußte.

Dann tauchten die Cops auf. Liefen eine Weile da unten rum, was den Typ noch lebloser aussehen ließ. Martin fragte sich, ob er schon anfing zu verwesen. Wie lange dauert so was? Würden am Ende nur die Klamotten von ihm übrigbleiben? Und was würde mit der Halbliterflasche werden?

Dann waren sie weg, und der Typ lag dort wieder allein.

Andere Männer kamen. Zwei in Anzügen und einer in einem Mantel. Ein großer Mann, der sich neben den Typ hockte, neben seinen Kopf, und sprach, ohne sich umzublicken. Die beiden anderen nickten. Nach einer Weile sagten sie irgendwas und deuteten mit den Enden ihrer Stifte hierhin und dahin, aber der Mann sah nicht auf. Er schien nachzudenken. Erst nach einer ganzen Weile sah er sich um. Ließ seinen Blick über den Betonboden schweifen, an der Mauer entlang. Noch immer neben dem Typ hockend, drehte er den Kopf, sah rüber zu den Häusern, an ihren Feuerleitern und Fensterreihen rauf, bis zu den Dächern. Drehte sich weiter auf seinen Absätzen, bis sein Profil deutlich zu erkennen war – kantig und lang –, und dachte nach. Dann wandte er sich unvermittelt um, als hätte jemand hinter ihm etwas gesagt oder als wäre ihm etwas eingefallen, an das er vorher schon einmal gedacht, das er dann aber wieder vergessen hatte, und jetzt sah er sich um, um es zu überprüfen. Sah zu den Häusern hinter sich und direkt in Martins Fenster, fand es und sah direkt hinein, durch die Reflexion auf der Glasscheibe hindurch.

Aber Martin war nicht mehr da. Er war in den Flur gerannt, hatte sich an der Wand hinuntersinken lassen und kauerte jetzt auf dem Boden. Wartete darauf, daß seine Mutter kommen würde.

Sie half ihm, sich zu waschen und umzuziehen. Ließ ihn erzählen, so gut er konnte, was da unten passiert war – was *ihm* passiert war, und was er gesehen hatte. Wortlos strich sie die Schultern des Pullovers glatt, den anzuziehen sie ihm gerade geholfen hatte. Ihre Hände wurden kälter, und diese Kälte wanderte an ihren Armen hoch bis in ihr Gesicht. »Männer von unten? Martin, sieh mich an …«, was er doch längst tat. »Die Italiener?«

Er nickte. Obwohl Peter ja zur Hälfte Ire ist, dachte er. Sein Bruder Terry ist in meiner Klasse. Ich mag ihn nicht.

Sie sah weg, kauerte vor ihm, lächelte ihn dann an. So, wie Erwachsene lächeln, wenn sie etwas denken, worüber sie nicht reden wollen. Sie sagte: »Bist du müde? Willst du dich hinlegen? Ich weiß, daß es noch früh ist.«

Er legte sich hin. Was er normalerweise um diese Uhrzeit nie getan hätte, aber schlafen wäre jetzt gut.

Er träumte, daß die Polizei an die Tür kam und seine Mutter nach draußen in den Hausflur ging, damit er nicht geweckt wurde, aber sie sprach laut, obwohl sie ihm immer sagte: »Sei leise im Treppenhaus« und »Nimm Rücksicht auf die Nachbarn«. Sie sagte ihnen, sie sei den ganzen Nachmittag nicht draußen gewesen. Er sei nach Hause gekommen und direkt ins Bett gegangen. Er sei krank und schliefe fest.

Am nächsten Morgen stand sie mit ihm unten im Treppenhaus. Versuchte, durch die Scheibe auf die Straße zu sehen und ihn nicht merken zu lassen, daß sie Angst hatte. »Ich komme noch zu spät«, sagte er, wollte sie mit ihrer Angst allein lassen.

Er wußte, daß ihm nichts passieren konnte. Er hatte geträumt, die Polizisten würden nicht zurückkommen, also würden sie auch nicht kommen. Er hatte sich vorgestellt, den Typ umzubringen. Und dann hatten es die Italiener getan, Joe Moon und Peter Hughes.

Sie nickte und öffnete die Tür, hielt noch immer seine Hand, sagte: »Geh schon …«, und ließ ihn los.

Er trat raus auf die Straße, und es war kalt. Er rannte zur Schule, und nichts geschah. Wie immer. So erzählte er es Penelope sieben Jahre später. Die Kinder tuschelten über ihn, später begleiteten sie ihn auf dem Nachhauseweg und wollten seine Meinung über dies und jenes hören. Über Baseballspieler. Ob er einen bestimmten Film gesehen habe. Sie machten bei seinen Abenteuern auf dem Klettergerüst mit. Er sagte ihr: »Von der West Fourth Street bis zur Canal und von der Lafayette bis zur Hudson Street – ich wußte schon, wer ich war, bevor ich überhaupt begriffen hatte, daß ich es wußte.«

Es war *sein* Viertel geworden. Er war zu Hause angekommen.

8

Libonati war fünfzehn, Raganisi vierzehn, er war dreizehn. Die schwarzen Jungs waren mehr oder weniger in ihrem Alter. Vielleicht zwischen zwölf und sechzehn. Aber sie waren zu fünft. Und es schien sie einen Dreck zu kümmern, daß sie außerhalb ihres Viertels waren. Sie seien aus Chelsea, hatte Ragu gesagt – wußte es, weil er gegen zwei von ihnen gespielt hatte, in der City Wide League. Libby sagte: »Laßt sie nicht aus den Augen, ihr wißt ja, was Sache ist.« Martin wußte zwar nicht genau, was Sache war, aber er konnte es sich denken.

Er war mit Tommy Ragu auf dem Straßenfest gewesen, sie hatten mit Bällen auf aufgetürmte Dosen geworfen, aber immer nur den halben Preis bezahlt, weil Philly O an dem Stand arbeitete, und dann war auf einmal Libby aus der Menge aufgetaucht, kam direkt auf Ragu zu – »Los, komm« –, und Ragu hatte noch einmal nach den Dosen geworfen und war dann mitgegangen. Martin ging ebenfalls mit, ohne zu wissen, wohin sie wollten, dachte aber, wenn sie ihn nicht dabeihaben wollten, weil er noch nicht alt genug war, dann würden sie es ihm schon sagen. Er könnte dann ja einfach zurückgehen und noch ein paar Dosen abwerfen. Aber jetzt liefen sie hinter diesen fünf Jungen her, die viel zu aufgedreht waren und zu weit weg von Chelsea, als gut für sie war – sie taten am laufenden Band so, als wollten sie ein Portemonnaie klauen oder einem Mädchen an den Hintern fassen –, und Libby sagte, wenn sie jetzt auch noch das verdammte Radio anmachen, dann wär's das, dann würde er sie sich gleich hier vorknöpfen und nicht erst warten, bis sie von dem Fest weg wären.

Martin hoffte, sie würden das Radio nicht anmachen.

Augie kam aus dem Pfarrhaus, schloß zu ihnen auf und sagte: »Marzolino sagt, wir sollen ihnen noch ein paar Blocks folgen und es ihnen dann zeigen.« Martin dachte, mit Augie sind wir vier. Das ist schon mal was.

Sie folgten ihnen weiter. Redeten kein Wort und ließen nicht den Blick von ihnen. Die Schwarzen schubsten sich gegenseitig, veralberten die Leute, die bei einem Spiel verloren hatten, und machten die dumm an, die gewannen, und wenn einer sie schräg ansah, sagten sie *Hey, Mann*, es sei doch nur Spaß gewesen, und machten weiter. Machen genau den gleichen Mist, den wir auf dem Straßenfest in Chelsea machen würden, dachte er. Vielleicht wissen sie sogar, daß wir hinter ihnen her sind.

Libby sagte: »Wenn Marz das gesagt hat, dann heißt das, daß es von Rocco kommt.«

Augie sagte: »Na und?«

»Das heißt, wir tun es für Rocco.«

Augie sagte: »Für Marz würdest du es nicht machen? Bist wohl wählerisch, was?«

»Ich mein ja nur.«

»Quatsch nicht dumm rum. Los jetzt.«

Dann hatten die schwarzen Jungs die Absperrung am Rand des Festes erreicht, duckten sich darunter weg, bogen in die Houston Street ein und drehten sich um, sahen zurück in Richtung Sullivan und wie sie die Straße hochkamen. Was machen wir jetzt, wenn sie stehenbleiben, dachte Martin. Marz hatte gesagt, sie sollten ihnen ein paar Blocks nachgehen und sie erst dann verprügeln.

Wir kennen sie nicht mal, dachte er. Was, wenn sie stärker sind? Wenn sie *ihnen* den Arsch versohlen würden? Ein paar dieser Jungs sahen ziemlich finster aus. Ein paar aber auch wieder nicht.

Er biß sich auf die Zähne, kniff die Augen leicht zusammen und versuchte, grimmig auszusehen.

Der Lange sah Tommy Ragu an. Sagte: »Was ist los?«

»Was ist los?« sagte Ragu.

»Du spielst bei SoHo Fuel, stimmt's?«

»Ja.«

»Point Guard?«

»Ja.«

»Wie habt ihr letztes Jahr abgeschlossen?«

»Fünfte.«

»Wir siebte. Fünfte ist verdammt gut. Jetzt haben sie in der

Bronx die Meisterschaft aufgeteilt, das war Scheiße. Spielst du dieses Jahr?«

»Nee.«

Der Junge nickte. »Warum nicht?«

»Hab anderes zu tun.«

»Alles klar«, sagte er. »Ich weiß, wie das ist.«

»Ach ja?« sagte Augie. »Was weißt *du* denn schon?«

Der Junge sah ihn an. Legte den Kopf leicht schräg und sah ihn an. Grinste. »Was ist los?«

»Er hat gesagt ›Was weißt *du* denn schon?‹«, sagte Libby.

»Er weiß, mit wem er redet«, sagte der andere. Der Schwabbelige mit dem Radio. Martin hielt ihn für zwölf, vielleicht dreizehn. Aber der Stimme nach war er älter. Vielleicht fünfzehn, sechzehn. Fettes Babygesicht. Martin war eindeutig der jüngste.

»Also, mit wem redest du, sag schon?« sagte Augie.

»Ihr redet mit uns, wir reden mich euch«, sagte der Dicke. »Also, was hast du zu sagen?« Dann stellte er das Radio auf die Straße, sah sie an, streckte ihnen die Arme entgegen, die ausgestreckten Hände weit auseinander, wie ein großes fragendes *Was?* »Habt ihr Probleme? Was ist los? Was wollt ihr, ihr Wichser?« Er war der Anführer – Martin hatte sie alle falsch eingeschätzt. Nur der Lange sah aus, als hätte er Schiß. Die drei anderen hatten jetzt jeden Muskel angespannt und ihre Angebergesichter aufgesetzt. Aber die Augen des Langen flackerten unruhig. Wie bei einem Polizeipferd im Straßenverkehr.

Martin schloß sich dem Chor der Fragen und Drohungen an, die jetzt hin und her flogen – »Was glaubt ihr, wer ihr seid? Haut ab nach Chelsea« – merkte gar nicht, daß es nur Worthülsen waren, die niemanden direkt meinten – »Geht nach Italien«, »Geht zurück nach Afrika« – und rief dann: »Verpiß dich, du fette Schwuchtel.« Der Junge sah ihn zum ersten Mal an. Sagte: »*Was* war das?« Sie standen einander gegenüber, so, wie sie sich alle gegenüberstanden, sie auf der einen, die schwarzen Jungs auf der anderen Seite, vielleicht drei Meter auseinander. Mit dem Fuß schob der Dicke das Radio zur Seite und machte einen Schritt auf ihn zu, die Arme jetzt wieder weit ausgestreckt, und rief: »Was ist, du kleiner Drecksack? Komm schon, nur wir beide. Ich und du. Sonst keiner.«

Niemand sagte etwas. Er wollte zu Augie hinsehen oder zu Libby. Sogar zu Tommy Ragu. Sehen, was sie von ihm erwarteten. Aber er wußte es auch so. Er wollte nur sehen, ob sie glaubten, er würde es bringen. Er würde bloß einen Schritt nach vorne machen müssen und dem Arschloch eine verpassen. So machte man das. Wenn er jetzt versuchen würde, dem Fettmaul zu antworten, würde aus seiner Kehle nichts als ein ersticktes Krächzen kommen.

Und wenn ich abhaue? dachte er.

Er machte einen Schritt nach vorn. Hoffte, er würde nicht anfangen zu heulen, so wie Kinder das taten. Hielt die Hände an seiner Seite. Der dicke Junge trat ebenfalls einen Schritt vor, die Arme noch immer ausgestreckt. Martin holte mit der rechten Hand aus und schlug zu, wollte auch mit der linken ausholen, aber da hatte ihn schon der Schlag des Dicken getroffen. Er fuchtelte mit den Armen gegen das Gewitter aus Schlägen an. Er fühlte etwas in seinem Kopf platzen, als ob ein Licht ausginge, dann hörte er nichts mehr. Es dauerte eine Sekunde, dann hörte er den Dicken wieder brüllen. Er war auf seinen Händen gelandet, auf dem Asphalt, direkt neben dem Radio. Überall um ihn herum Turnschuhe, die unruhig auf und ab tanzten, begleitet von den Anfeuerungsrufen über ihm. Sein Kiefer fühlte sich taub an. Er versuchte, wieder auf die Beine zu kommen, aber der Dicke rief: »Bleib doch gleich da unten«, und trat ihm in den Hintern. Sein Gesicht schlug auf den Asphalt. Er kam wieder hoch und packte das Radio am Griff, drehte sich um, ließ es kreisen und traf den Dicken mit voller Wucht. Der Junge strauchelte, sah ihn ungläubig an. Martin schlug wieder zu, hörte, wie jemand rief: »Scheiße, haut ab.« Dann das Geräusch von Turnschuhen auf dem Asphalt, und das Radio traf den Dicken noch mal voll am Ohr, er war erledigt und sackte zusammen. Martin wirbelte um die eigene Achse, wollte noch mal zuschlagen. Die schwarzen Jungs und seine Freunde waren jetzt verschwunden, und er sah, wie die Cops angerannt kamen, sah, wie Fettie auf den Bürgersteig plumpste, und das Radio flog auf die Stelle zu, an der er eben noch gestanden hatte, traf den einen Cop voll in die Rippen. Das hatte er nicht gewollt, aber er wußte, daß er ihn treffen würde, noch bevor es geschah. *Wumm.*

Dann lag er auf dem Boden und sah den Himmel. Und den Cop, das Knie fest auf seine Brust gedrückt. Eine Sekunde lang war er durch die Luft geflogen, daran erinnerte er sich ganz deutlich, bevor er zwischen dem Asphalt und dem Knie eingeklemmt wurde. Es tat weh. Als ob seine Rippen zerquetscht würden. Er bekam kaum Luft. Und dann fing er an zu lachen. Konnte gar nicht mehr aufhören. Bis er gar keine Luft mehr bekam. Dann fing er an zu weinen.

Hinter den Visagen der Cops versammelten sich Leute, Gesichter, die er aus dem Viertel kannte. Sie drehten ihn um und legten ihm Handschellen an, die Cops. Zogen ihn hoch, stellten ihn auf die Füße und führten ihn ab. Er versuchte, Luft zu holen, und sagte: »Au …«, holte noch mal Luft und sagte wieder: »Au …«, und lachte. Andere Cops hockten bei dem dicken Jungen und setzten ihn auf. Fettie rieb sich den Kopf. Sah sich um und sagte: »Wo ist mein Radio? Der Arsch hat mein Radio zerdeppert«, aber er sah ihn nicht an. Hatte ihn scheinbar schon vergessen. Sah nicht mal hoch, als Martin auf die Rückbank gedrückt wurde und der Streifenwagen mit eingeschalteter Sirene abfuhr. Sah nicht zu dem Jungen hin, der es ihm gezeigt hatte.

»Hatte nichts anderes im Kopf als sein verdammtes Radio«, erzählte er Penelope später.

Die Cops waren von der Manhattan South Task Force und fuhren mit ihm nach Osten, ein paar Blocks auf der Houston Street, dann irgendwohin in der Nähe der Lafayette Street, und aus dem Wagenfenster sah er den langen Schwarzen, der in die gleiche Richtung ging, allein und außer Atem, als wäre er bis eben gerannt. Er sah, daß der Junge weinte.

Die Tränen liefen ihm die Wangen herab, und die Leute starrten ihn von der Seite an, als er an ihnen vorbeiging.

9

Er saß auf dem Bett, die Knie dicht an den Körper gezogen, die Schuhe auf der Decke, die er noch gar nicht zurückgeschlagen hatte, weil an Schlaf ohnehin nicht zu denken war, und wartete auf den nächsten Scheißer, der Streit mit ihm suchte oder ihn ficken wollte. Er dachte, er hätte die Stimme seiner Mutter gehört, da unten auf der Straße, auf der Hunt's Point Avenue. »Martin Quinn? … Martin? … Kennt einer von euch Martin Quinn?« Sie rief zu den Jungen hinauf, die an den Fenstern hingen und wiederum zu ihren Familien da unten runterriefen oder zu ihren Freundinnen oder zu den anderen Jugendlichen, die den Jungs, die dumm genug gewesen waren, sich erwischen und einsperren zu lassen, jetzt von da unten höhnische Bemerkungen zuriefen. Ein nie versiegendes Geschrei und Gekreische. Sechs Tage waren vergangen, seitdem er zum letzten Mal geschlafen hatte. Aber es war tatsächlich die Stimme seiner Mutter. »Martin Quinn?« Er war sich jetzt ganz sicher.

Er stand auf und ging rüber zu den Fenstern. Stieg auf die Heizung, fand etwas zum Festhalten und zog sich hoch, so daß er hinuntersehen konnte zwischen den fünfzig anderen Jugendlichen, die sich wie im Zoo mit ihren Fingern an den Maschendraht klammerten.

Da unten stand sie. Sie schien gar nicht überrascht zu sein, ihn zu sehen. Als ob sie gewußt hätte, daß er hier war. Er wußte nun, daß es bald vorbei sein würde.

Sie rief nach oben. Ob es ihm gutginge.

Er rief: »Ja. Hol mich hier raus.«

Sie rief ihm zu, daß sie das tun würde.

Er rief: »Hol mich hier raus«, und irgend jemand, ein Stück entfernt, winselte: »Hol mich hier raus, Mami.« Er achtete nicht darauf, rief runter: »Heute«, und sie rief hinauf, daß sie nun, wo sie ihn endlich gefunden habe, erst die Kaution hinterlegen müsse, aber sie hätte sie noch nicht ganz zusammen. Er rief: »Geh zu den Italienern.« Sie: »Ich mach das schon. Ich hol dich da raus.« Und er rief noch mal: »Geh zu den Italienern.« »Die sind doch der Grund, warum du überhaupt hier bist«, rief sie, und: »Ich komme jetzt zu dir.« Und dann kam sie näher und verschwand gleichzeitig, weil sie jetzt zu dicht an dem Gebäude war, als daß er sie noch sehen konnte von da oben. Er kletterte von der Heizung und ging auf die Tür zu. Die Stimme vom Fenster rief: »Geh zu den Italienern, Mami, hol mir eine Pizza.« Er drehte sich um, versuchte ihn auszumachen in der Menge der an den Fenstern hängenden Jungen, die jetzt lachend zu ihm hinsahen. Obwohl das eigentlich auch nicht mehr wichtig war. Jetzt, wo seine Mutter ihn gefunden hatte und ihn bald hier rausholen würde.

Es war der Junge, mit dem er erst vor einer Stunde Streit gehabt hatte, der ihm die kleine Packung Milch weggenommen hatte. Jetzt kletterte er von der Heizung runter und sagte: »Mami, Mami.«

Ein anderer Junge kletterte ebenfalls runter, beugte sich zu ihm hin, ganz dicht, und sagte: »Halt die Klappe, du Arschloch, er meint die Mafia. Er redet nicht von Pizzas.« Dann war der andere still, schien eine Sekunde zu überlegen und lächelte dann verlegen zu ihm hin.

So war das.

Martin ging zur Tür weiter und sah seitlich durch den Draht vor dem kleinen Fenster oben. Er hoffte, sie würden seine Mutter nicht hierher bringen.

Als dann der Uniformierte kam, um ihn zu holen, war er doch etwas enttäuscht, daß sie es nicht getan hatten.

10

Er wurde wach, als der Tag noch gar nicht richtig begonnen hatte, ging ins Wohnzimmer rüber, machte den Fernseher an. Legte sich auf die Couch und schlief wieder ein.

Als er aufwachte, war es schon wieder dunkel. Seine Mutter sagte, daß sie seine Anmeldung für die Xavier High School, auf die er im Herbst gehen sollte, zurückgenommen hätte. Sie hatte ihn bei einer kleinen Privatschule weiter oben in der Stadt angemeldet, der einzigen Schule, in der sie in der kurzen Zeit noch einen freien Platz gefunden hatte. Er habe die längste Zeit mit den Jungen aus dem Viertel rumgehangen, sagte sie.

Es war ihm egal.

11

Er konzentrierte sich auf die Jobs. Marzolino ließ ihn beim nächsten Straßenfest am Getränkestand arbeiten. Für Charlie Mirra verkaufte er Feuerwerkskörper an der Ausfahrt des Holland Tunnel – wegen des aus Jersey reinkommenden Verkehrs strategisch eine günstige Stelle, und er und die anderen Jungs, die da mit ihm an der Straße standen, machten gutes Geld. Er konnte nun kaum aus dem Haus gehen, ohne daß jemand zu ihm rüberrief und ihn irgendwohin schickte – *He, Kid Quinn, flitz mal schnell rüber und besorg mir ein Formular fürs Pferderennen … Hier, die Schlüssel, lauf hoch in meine Wohnung und hol mir meine Herztabletten aus dem Kühlschrank, gottverdammte Angina* –, es sei denn, er war in Begleitung seiner Mutter. Dann schienen sie ihn gar nicht wahrzunehmen, sahen einfach weg. Nicht, daß es sie gekümmert hätte, was sie davon hielt, aber was er auf der Straße machte, war ganz allein seine Sache. Sie war einfach nur eine nette, kleine Frau, die in dem Haus da oben wohnte – »Hallo, wie geht's Ihnen, Miss?« *Was haben* wir *denn mit Ihrem ältesten Sohn zu schaffen?* – und sie schöpfte keinerlei Verdacht. Arbeitete hart, nie weniger als zwei Jobs gleichzeitig. War so gut wie nie zu Hause.

Er ging jetzt auf die Privatschule. Hatte da nur diesen einen Freund, Felix, dessen Vater die Finger angeblich in kriminellen Geschäften hatte. Er hatte tatsächlich einen Haufen Knarren zu Haus, die überall in den Schubladen und Schränken rumlagen. Felix aber war ein Unschuldslamm, offen und ehrlich, was spielte es da für eine Rolle, daß sein Vater Don Corleoneski war. Felix war nicht wie er. Saß meistens zu Hause und trieb sich so gut wie nie auf der Straße rum. So einer konnte doch kein Mistkerl sein.

Auf dem Weg von Felix nach Hause. Es war schon November. Sah diese Typen aus Brooklyn, wie sie gerade Roccos De Ville klauten. Ging dazwischen, und sie fuhren ihn fast noch über den Haufen.

Von dem Tag an war er dabei.

Aber das merkte er erst Wochen später. An dem Morgen, als er Peter und Joe nicht weit entfernt von dem U-Bahn-Ausgang an der Schule in dem Wagen sitzen sah. Er fragte sich, was sie da so früh zu suchen hatten, und so weit im Norden der Stadt. Er ging an ihnen vorbei, kam nicht mal auf den Gedanken, ihnen etwas zuzurufen, sie zu stören. Aber dann hörte er dieses eine Wort aus dem heruntergekurbelten Fenster, zwischen dem Wooosch *zweier vorbeifahrender Autos – »… Ire …« –, und er blieb stehen und drehte sich um, sah durch die Stadt hindurch, die sich auf der Windschutzscheibe von Joes El Dorado spiegelte. Ihre Blicke waren auf ihn gerichtet. Kid Quinn. Martin Quinn. Den Iren.*

Felix sagte, es wäre wegen des Unfalls. Weil sein Bruder dabei umgekommen sei. Er selbst hatte im Koma gelegen, mehrere Stunden lang. Dann wochenlang im Streckverband. Seitdem wollte seine Mutter, daß er immer in ihrer Nähe blieb. Das ging nun schon zwei Jahre so, und irgendwann hatte er ihr gesagt, jetzt sei es genug. Hatte seinen Vater, Lexi, Mr. Pasko, dazu gebracht, sich auf seine Seite zu schlagen. Ein Junge mußte schließlich raus. »Also nimm mich mit raus, Mann«, sagte Felix. »Laß uns irgendwohin gehen.«

Martin nahm ihn mit nach Chinatown, besorgte ihm den Ausweis mit dem gefälschten Geburtsdatum, schleppte ihn in diesen Laden, der gerade angesagt war und in dem fast nur Studenten rumhingen, und als sie sich da zu langweilen begannen, in eine Oben-ohne-Bar. Dann gingen sie zu der Loftparty in der Desbrosses Street, doch der Muskelberg an der Tür, der sich wie ein Beatnik verkleidet hatte, sagte, ohne Einladung kämen sie da nicht rein, und bevor Martin noch den Schein zücken konnte, sagte Felix zu dem Kleiderschrank: »Die Einladung? Klar doch«, und deckte die Hand so mit seinem geöffneten Mantel ab, daß die Leute hinter ihm sie nicht sehen konnten. Steckte dem Typ zwei Zehner zu. Als ob er in seinem ganzen Leben noch nie etwas anderes gemacht hätte.

Sie gingen rein. Martin sagte: »Warum hast du mich das nicht machen lassen?« und bahnte sich einen Weg durch die Menge auf dem Gang. Als sie endlich in dem großen Raum angekommen waren, zog Felix seinen Mantel aus und sah sich dabei um, als ob er nach etwas suchen würde. »Ich wollte es einfach mal versuchen.« Dann sah er ihn an, sein Blick wirkte beinahe besorgt. »Hab ich was falsch gemacht?«

»Nein, das war schon in Ordnung, denke ich.«

»Gut. Das nächste Mal bist du dran.«

Er war schon beim nächsten Mal.

Martin dachte: Macht es mir was aus, daß er mir zuvorgekommen ist?

Aber es machte ihm nichts aus, fand er. Es würde genügend andere Gelegenheiten geben. Ab und zu war er mit jemandem aus seinem Viertel auf solche Partys gegangen, und manchmal hatte sich der Typ so dämlich angestellt, daß er nicht reinkam, und dann stand er da draußen, und seine Freundin machte ihm eine Szene. Mit Felix durch die Gegend zu ziehen war dagegen das reinste Vergnügen. So unkompliziert, wie er zu Hause war, war er auch sonst. Immer ganz er selbst. Jetzt sah Feel sich wieder um – nach links, nach rechts, hinter sich. »Hast du 'ne Ahnung, wo sie ist?« fragte er.

»Wo was ist?«

»Die Garderobe.«

»Das ist 'ne Loftparty, Felix. Hier gibt's keine Garderobe. Die mieten das Ding einfach für eine Nacht und verdienen sich dumm und dämlich an den Getränken. So läuft das. Die Bar ist da drüben.« Er zeigte über die Köpfe hinweg auf die andere Seite des Raums. Die dicht gedrängte Menge wogte zu der Musik auf und ab. »Der Tapeziertisch da. Such aber nicht nach der Schanklizenz an der Wand dahinter.«

Sie schoben sich durch den Raum. Grinsten die Mädchen an, nickten den Jungs zu. Alle waren in bester Laune. Alle waren jung. »Ich bin jetzt schon völlig durchgeschwitzt«, sagte Felix. »Muß ich das Ding tatsächlich die ganze Zeit mit mir rumschleppen?« Eine Garderobe wäre wirklich keine schlechte Idee.

Als sie ihre eigenen Partys machten, hatten sie eine Garderobe. Jemanden für das Licht und einen DJ. Sie liehen sich riesige Boxen, fast zwei Meter hoch, transportable Tresen und Loungesessel. Die Zigaretten verkauften sie zum doppelten Preis – nur

Marlboro Lights, die nach ein paar Drinks jeder als kleinsten gemeinsamen Nenner akzeptiert. Auf den beiden Videoschirmen, die einander gegenüber in den Ecken hingen, liefen Russ-Meyer-Filme. Fette Titten und Gewalt versetzen das Unterbewußtsein in permanente Hochstimmung, hatte Felix gesagt. »Denkst du etwa, ich kenn das alles nicht, bloß weil ich zwei Jahre zu Hause rumgehangen hab?« Sie waren fünfzehn gewesen, als sie die erste Party veranstalteten, und jeder von ihnen investierte zweieinhalbtausend. Martin brachte seinen Anteil auf, indem er für Joe und Peter Heroin unter die Leute brachte. Felix legte seinen Teil auf den Tisch, als ob Lexi das Geld unter dem Kopfkissen gebunkert hätte. Vielleicht stimmte das ja sogar. Mit ihrer ersten Fünftausend-Dollar-Nacht machten sie zwei Riesen. Inzwischen hatten sie über zwanzig Partys veranstaltet, fast jeden Monat eine. Der Ansturm war ungebrochen, und ein Ende schien nicht in Sicht. Sie hatten ihr eigenes Geschäft aufgezogen. Sie beide zusammen.

Aber heute lief irgendwas anders. Daß es damit zu tun hatte, daß Penny aufgetaucht war, war klar. Aber es hatte eindeutig auch damit zu tun, daß Felix überhaupt nicht bei der Sache war. Daß er den ganzen Abend über am Rand der Tanzfläche auf und ab lief und telefonierte, machte Martin nervös. Er rannte hin und her und drückte unablässig auf den Tasten an seinem Handy rum.

Martin beobachtete ihn noch eine Weile, dann sah er sie an – sie saß neben ihm auf dem Tisch mit der Kasse am Eingang. »Du amüsierst dich doch, oder?« sagte er.

Sie lehnte sich in seine Richtung und hielt ihm ihr Ohr hin, weil sie ihn wegen der Musik nicht verstanden hatte.

»Hast du Spaß?«

Sie nickte. Wie ein kleines glückliches Kind. Sah dann wieder zu den Leuten auf der Tanzfläche hin.

Er rutschte von dem Tisch runter und stellte sich vor sie hin. Die Beine leicht auseinander, so daß er mit ihr auf gleicher Augenhöhe war. Sie lächelte. Beugte sich vor und küßte ihn. Schien zu wissen, daß er ihr etwas sagen wollte.

Das wollte er tatsächlich.

Aber er wußte nicht genau, was. Es war nur so ein Gefühl.

Er setzte sich wieder neben sie. Sie beugte sich zu ihm und küßte ihn auf die Schulter. Da wußte er auf einmal, was es war.

Allerdings war es etwas, das man nicht einfach so sagen konnte. Es war einfach, daß er wissen wollte, ob es heute passieren würde. Es war das erste Mal, daß sie in den sechs Monaten, die sie nun zusammenwaren, in die Stadt gekommen war. Und er wollte nicht, daß es billig wirkte. Sie nachher nicht einfach so abschleppen und den letzten Angriff starten. Er war sich eben nicht sicher, ob sie es auch wollte.

Sie hatte ihrer Mutter gesagt, sie würde mit Gina nach Manhattan fahren. Mit Ginas Bruder und einem Freund essen gehen und anschließend tanzen. Gina saß jetzt zu Hause und sah fern, und wer mochte schon wissen, wo sich der bescheuerte Bruder gerade rumtrieb.

Wenn das kein Zeichen war, daß sie ebenfalls mit ihm allein sein wollte, worauf sollte er dann noch warten, fragte er sich. Sie wolle endlich mal auf eine von seinen Partys kommen, hatte sie gesagt. Okay. Er hatte ihr oft genug davon erzählt. Aber gerade eben hatte sie ihm auch zu verstehen gegeben, daß sie einfach nur glücklich damit war, so neben ihm zu sitzen, und, Scheiße auch, das konnten sie schließlich überall tun.

Herrgott, Felix, hör jetzt endlich auf, mit deinem Telefon rumzumachen, dachte er. Er mußte immer wieder zu ihm rübersehen.

Er sah sie an. Rutschte wieder vom Tisch, stellte sich vor sie hin.

»Was ist?« sagte sie. Legte ihre Stirn in Falten.

»Magst du mit nach draußen kommen?« sagte er. »Ich weiß, du bist wegen der Party gekommen, aber vielleicht könnten wir etwas spazierengehen?«

»Ich bin wegen dir gekommen.«

Ein gutes Zeichen, dachte er.

Sie sagte: »Aber kannst du denn hier weg?«

»Um diese Uhrzeit kommt ohnehin niemand mehr. Und wenn, dann kassieren wir keinen Eintritt mehr. Nur für die Drinks. Ab jetzt geht die Party von allein weiter, bis die Leute gehen. Aber Felix … er ist …«

»Was macht er überhaupt?« sagte sie. »Wen ruft er dauernd an, ein Mädchen?«

»Seinen neuen Partner, in Jersey. Sie wollen ein Tonstudio aufziehen. Glauben, mit Musik kann man das große Geld machen. Frag mich nicht. Also, gehen wir spazieren?«

Sie nickte, rutschte vom Tisch runter. Er lächelte sie an. »Okay, dann sage ich Felix Bescheid.« Er winkte zu ihm rüber, und als Felix es bemerkte, machte er ihm ein Zeichen, herzukommen. Fee hielt einen Finger in die Luft. *Eine Minute.* Er hatte gerade wieder auf seinem Handy herumgedrückt und hielt es sich jetzt ans Ohr. Dann beendete er die Verbindung. Niemand da. Kam rüber zu ihnen. Martin beugte sich vor und sagte ihm etwas. Dann hielt er Felix das Ohr hin und hörte ihm zu. So, wie sie auf den Partys immer miteinander redeten. Martin erinnerte das daran, wie Mafiosi einander küßten – erst die eine Wange, dann die andere. Er wußte, daß Felix das gleiche dachte, obwohl er es ihm nie gesagt hatte. »Kann ich kurz verschwinden? Schaffst du das alleine hier?«

Jetzt war Martins Ohr dran.

»Klar, kein Problem. Nur dieser Scheißtyp. Ich kann ihn nicht erreichen.«

Felix' Ohr.

»Samstag abend. Bestimmt ist er weggegangen.«

Martins Ohr.

»Er weiß, daß ich ihn anrufe. Hat gesagt, er ist zu Hause. Wir hatten uns verabredet.«

Felix' Ohr.

»Sag bloß, ein schwules Date?«

Martins Ohr.

»Wenn es das braucht, um das Studio aus dem Boden zu stampfen – klar doch.«

Felix' Ohr.

»Kann ich für den Rest des Abends abhauen?«

Felix richtete sich auf, zuckte die Schultern – *Mach nur* –, ging zurück und fing wieder an, sein Handy zu bearbeiten.

Martin nahm ihre Hand. »Tschüs?« sagte sie in Felix' Richtung. Auch Martin war aufgefallen, daß er sich nicht verabschiedet hatte. Hatte überhaupt kein Wort mit ihr geredet. Zu beschäftigt mit seinem Studio.

Sie gingen, warteten vor dem Fahrstuhl.

»Ist das wirklich kein Problem, wenn ihr nicht beide da seid?« sagte sie.

»Er wird das schon schaffen. Felix ist schwer in Ordnung.«

Sie warteten, sahen schweigend auf die Stockwerkanzeige.

Dann sagte er: »Es war keine Absicht, er wollte dir gegenüber bestimmt nicht unhöflich sein. Ich glaube, das wollte ich sagen.«

»Keine Angst, ich bin nicht *eingeschnappt*«, sagte sie.

Manchmal redete sie so. Benutzte Worte, die aus der Mode gekommen waren. Ausdrücke, die er schon seit Jahren nicht mehr gehört hatte. Aber irgendwie paßten sie zu ihr.

Wieder schwiegen sie. Und als er merkte, daß er seinen Blick kaum von der Stockwerkanzeige lösen konnte, begriff er, daß keiner von ihnen etwas sagte, weil sie beide wußten, daß sie heute bereit waren, es zu tun. Der Aufzug kam nach oben – vier – fünf –, sieben war ihr Stockwerk.

»Ich mag es, wie ihr beide miteinander redet«, sagte sie. »Da drinnen. Bei der lauten Musik. Ihr seht dabei aus wie zwei supercoole Typen beim Squaredance.«

Er lachte. War froh, daß sie seine Gedanken wegwischte. Er beugte sich vor, um sie auf die Stirn zu küssen. Sie stellte sich auf die Zehenspitzen und küßte seine Lippen, behielt ihre Augen weit geöffnet. Diese blauen *furlani*-Augen. Das nördliche Blut ihrer Mutter, hatte sie gesagt.

Sie legte den Kopf an seine Brust. Der Fahrstuhl hielt, und die Tür öffnete sich. »Kannst du kurz eine Minute hier warten?« sagte er. »Ich habe vergessen, ihm etwas zu sagen.«

Sie nickte.

Er lief zurück zu Felix, legte ihm beide Hände auf die Schultern, beugte sich vor und sagte: »Gib mir deine Schlüssel.«

»Für das Haus oder den Geländewagen?«

Daran hatte er noch gar nicht gedacht. Natürlich würde er sie nach Hause fahren müssen. »Wo steht der Porsche?«

»Für das Haus oder den Geländewagen?«

»Beide.«

Fee griff in seine Tasche, zog die Schlüssel raus und hielt sie ihm hin.

Er nahm sie. Sagte: »Ich glaube, ich bin verliebt.«

»Und ich glaube, ich werde diesen Kerl umlegen«, sagte Fee. Starrte auf sein Handy.

12

Pen schien es gar nicht bemerkt zu haben, ihm aber stieß es auf. »Setzt *euch*, wohin *ihr* wollt. Ich bin gleich bei *euch.*« Die Kellnerin war zwar selbst kaum älter als fünfundzwanzig, aber gerade heute wollte er ernst genommen werden. Laß sie mir jetzt nicht den Abend verderben, dachte er. Bitte nicht.

Penny ertappte ihn dabei, wie er sie über seine Speisekarte hinweg beobachtete, während sie in ihrer las. Sie zog die Augenbrauen hoch. *Und, was denkst du?*

Er sagte: »Ich nehme ein Stück Kuchen. Und Kaffee.«

»Klingt gut.«

»Und du?« Er winkte der Kellnerin. Sie sah ihn an.

»Sag ich nicht.«

»Muß ich raten?«

»Wenn ich bestelle, erfährst du's ja.«

»Ich dachte, *ich* bestelle.«

»Wie ein Gentleman. Richtig romantisch. Aber laß mich selbst bestellen.«

Die Kellnerin kam und lächelte sie an. Ungeduldiger Blick. Schien mit einem Tisch und den drei Gästen am Tresen reichlich beschäftigt zu sein. Den Stift auf dem Block. Sie war bereit. »Was kann ich *euch* bringen?«

Er sah aus dem Fenster.

»Kirschkuchen und einen Tee«, sagte Penny.

Er sah ihre Schürze, die sich im Fensterglas spiegelte. Wenn sie nicht damit aufhören würde, würde er …

»Und *Sie*, Sir?«

Er sah sie nicht an. »Hört sich gut an«, sagte er.

»Okay.«

»Hast du eben nicht Kaffee gesagt?« sagte Penny.

Er sah sie an. Sah den leicht besorgten Blick. *Hab ich irgendwas falsch gemacht?* Sie merkte, daß ihn irgendwas nervte.

»Ja. Stimmt. Hab ich. Kaffee, bitte.«

»Alles klar. Kommt gleich, Leute.«

Er sah sie an. Das Lächeln, bevor sie sich umdrehte und ging, drückte Mitleid aus.

Wahrscheinlich meint sie, wir haben uns gestritten, dachte er. Und das machte sie wohl irgendwie zu Erwachsenen.

Er sagte zu Pen: »Ich dachte eben nur, ich hätte da draußen jemand gesehen. Jemand, den ich nicht besonders mag.«

»Dann ist ja gut. Ich dachte schon, du wärst sauer, weil ich selbst bestellt habe.«

»Ich würde dich doch nie …« Er sah sie an und wurde auf einmal ernst. Viel zu ernst, um zu sagen: *Ich würde dich doch nie in Verlegenheit bringen. Dir vor anderen Leuten eine Szene machen.* Er schüttelte den Kopf. »Nein.«

»Okay.«

Sie nahm eine Zigarette aus ihrer Handtasche, zündete sie an und blies den Rauch zur Seite. Dann griff sie über den Tisch hinweg seine Hand und hielt sie, rauchte. Er dachte: Würde sie wollen, daß ich meine Finger jetzt um ihre lege, dann hätte sie meine Hand sicher ein Stück zu sich herangezogen.

Jetzt sah sie aus dem Fenster, ihr Blick war glasig. Als würde sie posieren, dachte er.

Ihre Bestellung kam, aber Pen ließ seine Hand nicht los. Als die Kellnerin gegangen war, sagte sie: »Ich mag die Stadt bei Nacht.«

»Immer 'ne Menge los«, sagte er.

»Nein, das meine ich nicht. Am Tag ist auch 'ne Menge los. Aber dann tun die Leute, was sie tun *müssen.* Nachts tun sie das, was sie tun *wollen.* Das gefällt mir. Ich denke, daß ich nach dem College hierher ziehe. Dann werde ich tagsüber schlafen und erst in der Nacht rausgehen. Wie ein Vampir. Aber ich wäre ein netter Vampir.«

»Darf ich dich was fragen?« sagte er. »Versteh es aber nicht falsch. Bist du vorher schon mal allein in der Stadt gewesen?«

»Ohne meine Familie oder Gina, meinst du? Nein.«

»Immer beschützt.«

»Ist daran etwas verkehrt?«

»Überhaupt nicht, ganz im Gegenteil. Ich zum Beispiel passe auf meinen Bruder auf. Er hat keine Ahnung, was ich treibe, kennt keinen meiner Freunde. Er geht zur Schule, zu seinen Klavierstunden und zu den anderen Kindern nach Hause zum Spielen. Würde er sich auf der Straße rumtreiben – die in meinem Viertel würden ihn sich sofort greifen: ›He, kleiner Quinn, kannst du meinen Hund ausführen? Lad doch mal eben meine Waffe für mich.‹ Irgendwann wird es so kommen, das weiß ich, vielleicht in einem Jahr oder so. Aber ich lasse keine Gelegenheit aus, denen klarzumachen, daß er jetzt noch ein unschuldiger kleiner Junge ist. Irgendwann wird er alt genug sein, da draußen auf der Straße rumhängen wollen. Und er hat keine Ahnung, daß er dann von Glück reden kann, wenn sie ihm nicht sein Essensgeld abknöpfen.«

Sie lächelte.

Er aß ein Stück von seinem Kuchen. Er war noch warm. Das mochte er.

Sie sagte: »Wenn ich eines Tages Kinder habe, werde ich auch gut auf sie aufpassen.«

Er nickte und aß weiter, war schon beinahe fertig, als sie ihren noch gar nicht angerührt hatte. Vielleicht gibt sie mir ja noch ein Stück ab, dachte er.

»Und du?« fragte sie.

Er zerteilte sein letztes Stück. Dachte nach. Dachte: Ja, das wäre nicht schlecht. »Klar doch.«

»Ich glaube, ich will nach dem College in der Stadt wohnen. Vielleicht sogar das College hier abschließen. Um Fuß zu fassen. Das Leben in vollen Zügen genießen, solange ich jung bin. Und wenn ich dann Kinder habe, zurück nach Westchester ziehen.«

Und dann aufhören, das Leben zu genießen, fragte er sich. Er sagte: »Willst du Kinder haben?«

»Habe ich doch gerade gesagt.«

»Aber die wilde Zeit wäre dann vorbei?«

»Es wäre eine andere Zeit. Die beste Zeit der Welt, glaube ich.«

Aha. Er nickte.

Aß das letzte Stück von seinem Kuchen. Sie drückte ihre Zigarette aus, nippte an ihrem Tee. Er dachte darüber nach, sagte: »Und eines Tages lügen eure Töchter euch dann an, dich und Gina. Erzählen euch Märchen und kommen heimlich in die große dunkle Stadt, um sich mit ihren Freunden zu treffen.«

»Bestimmt.«

»Ihr seid mir zwei. Kommt hierher, um in Restaurants zu gehen und einzukaufen. Wie zwei Vorstadtladys.«

»Na und? Das macht doch Spaß. Außerdem würden unsere Eltern uns nie wieder hierher lassen, wenn wir zu Hause keine Quittungen vorzeigen könnten.«

»Mittagessen bei Bendell's, Shoppen bei Bloomies. Nicht schlecht.«

»Und dich besuchen. Der am Wochenende nie vor zwei Uhr aus dem Bett kommt.«

»Heute abend hast du gesehen, warum.«

»Ja, hab ich.«

Er trank einen Schluck Kaffee. Lehnte sich in seine Ecke zurück. Sie sah ihn an. Jetzt wußte sie endlich, warum. Sie hatte gesehen, wie hart er arbeitete.

Sie sagte: »Und ich bin wirklich beeindruckt. So was aufzuziehen. Und dann auch noch jeden Monat.«

Er sagte: »Na ja, es geht schon. Irgendwann hat man Routine. Aber laß uns jetzt nicht mehr davon reden.« Er setzte sich wieder auf.

»Warum nicht?«

»Weiß nicht. Ich will einfach nicht mehr.«

»Sonst redest du von nichts anderem.«

»Ja, aber jetzt, wo du's gesehen hast …«

Sie lächelte ihn an. »Du hast wirklich Grund, stolz auf dich zu sein.«

Er lächelte zurück. »Ja, ich denke schon.«

Sie nickte.

Er hätte gern etwas von ihrem Kuchen gehabt.

»Du wirst bestimmt mal gut für deine Familie sorgen«, sagte sie.

Er sah sie fragend an.

»Ich wollte damit sagen, daß du hart arbeitest.«

»Ich bin gut im Geschäft, würden die Mafiosi sagen.« Er griff nach seiner Gabel.

»Was *die* sagen, interessiert mich nicht.«

Er legte die Gabel wieder auf den Tisch. »Ich mein ja nur.«

»Schon gut.«

Dann schwieg sie. Er sah, daß ihr die Bemerkung leid tat.

Er sagte: »Trifft sich Gina immer noch mit diesem Perversling? Diesem Vierzigjährigen?« Themenwechsel. Blöd, jetzt über Gina zu reden, dachte er im gleichen Moment.

Aber sie grinste. Sagte: »O mein Gott, als wir letztes Wochenende hier waren – ich wollte es dir schon die ganze Zeit am Telefon erzählen, hab's aber immer wieder vergessen. Wir waren einkaufen, und dann war ich mit dir verabredet. Na ja, jedenfalls hatte sie auch ein Date. Wie immer. Mit einem Typ, der in der Woche gerade aktuell ist. Du weißt ja, wie Gina ist. Aber es war wieder dieser Vierzigjährige. Sie hat ihn jetzt schon dreimal getroffen, also muß es wohl was sein. Später sind wir mit dem gleichen Zug zurückgefahren. Sie hat erzählt, sie seien in ein Hotel gegangen. Ein kleiner Nachmittags ... na, du weißt schon.«

»Sie läßt eben nichts anbrennen.«

»Aber er ist *vierzig*. Er hat sogar schon ein paar graue Haare. Auch unten.«

Die Kellnerin kam an ihren Tisch und füllte Kaffee nach. Penny zündete sich noch eine Zigarette an.

»Graue Schamhaare«, sagte sie. »Bitte, nicht, bevor ich selbst welche habe. Das ist doch total ätzend.«

Er sagte: »Ätzend? Ich dachte, in Westchester würdet ihr ›unmöglich‹ sagen oder so was.«

»Ach was. Außerdem kommen doch sowieso alle, die ich kenne, aus der Stadt. Erst ihre Eltern sind nach Westchester gezogen. Gina könntest du auch in Bensonhurst absetzen, und sie würde nicht mal den Unterschied merken. Die muß doch nur den Weg zum Einkaufszentrum wissen.«

»Damit hat sie bestimmt keine Probleme«, sagte er. »Wie eine Taube. *Zoom*. Direkt drauf zu.«

»Ach, Gina. Ich weiß auch nicht, was mit ihr los ist. Schade eigentlich, daß sie nicht mehr mit Felix zusammen ist.«

»Aber das war doch nie wirklich ernst, oder?«

»Natürlich nicht. Sie hatten bloß Sex, aber sie hielt das wohl für 'ne Beziehung. Und irgendwann hat's ihr gereicht.«

»Ihm auch, glaub mir. Aber meinst du im Ernst, daß sie glaubt, *sie* habe ihn in die Wüste geschickt?«

»Er glaubt wahrscheinlich, er habe *sie* verlassen, was? Tja, die beiden sind wirklich wie füreinander geschaffen. Aber trotzdem, wir hätten uns dann immer zusammen verabreden können.«

»Stimmt, das hätten wir«, sagte er.

Anfangs hatten sie tatsächlich ab und zu gemeinsame Dates gemacht, er und Fee. Mädchen, die sie auf den Partys kennengelernt hatten. Doch sie hatten schnell gemerkt, daß sie sehr unterschiedlich waren, was Frauen anging.

Aber das war völlig in Ordnung so. Sie hatten genügend andere Gemeinsamkeiten. Martin hielt sich im Bezug auf seine Eroberungen bedeckt, Felix redete gern darüber. Und es gefiel ihm, Martin immer auf dem neuesten Stand zu halten. Wie er dieses Mädchen geschlagen oder jenes beim Bumsen auf Video aufgenommen hat. *Die fand das* total *scharf.*

»Allerdings interessieren mich seine Freundinnen auch nicht so sehr.«

»Ich denke, du bist sein bester Freund?«

»Ist doch egal. Das ist ganz allein seine Sache. Ich erzähle ihm jedenfalls nie etwas, das respektiert er. Aber wenn er loslegt, kann ich ihm ja schlecht den Mund verbieten.«

Sie lächelte, senkte die Augen.

Sie verstand es. Er war froh darüber. Wollte nicht weiter darüber reden.

Sie sagte: »Gina ist schon in Ordnung, weißt du. Man muß einfach nur ihre Verrücktheiten akzeptieren.«

Er nickte.

So war sie, Penny. Mußte immer etwas Nettes sagen, um ein Thema abzuschließen.

Ihre katholische Erziehung, dachte er. Sie ist eben ein richtiges Mädchen.

Er sagte: »Wenn es *irgend* jemand gibt, auf den man aufpassen muß, dann ist es Gina. So unbedarft, wie sie ist. Sie ist schwer in Ordnung, stimmt. Aber wenn man nicht auf sie aufpaßt, wird die Welt sie eines Tages einfach verschlucken.«

Pen nickte. »Sie hat ein großes Herz. Eines Tages wird sie schon zur Ruhe kommen, zu Hause sitzen und Mutter eines Kindes sein. Als wir neulich abend telefoniert haben – sie rief eine Sekunde an, nachdem ich aufgelegt hatte, vielleicht hatte sie es schon die ganze Zeit über versucht. Jedenfalls hat sie mich gefragt, ob es eine Geschichte gibt, die meine Eltern früher immer von mir erzählt haben. Sie meinte, aus solchen Geschichten könne man viel über einen anderen Menschen erfahren. Aber eigentlich wollte sie nur erzählen, daß ihre Mutter gerade eben *ihre* zum besten gegeben hatte. Beim Abendessen, bei dem der Vorstand irgendeines Wohlfahrtsverbands zu Besuch war. Und dann fiel uns ein, daß uns das früher beiden immer total peinlich gewesen ist: ›Warum mußt du *das* jetzt erzählen?‹ Und heute finden wir diese Geschichten total cool. Erkennen uns darin wieder.«

Er sagte: »Was war denn deine Geschichte?«

»Willst du nicht lieber die von Gina wissen?«

»Ich würde lieber deine hören.«

»Gibt es denn auch eine von dir? Oder erzählt man solche Geschichten nur über Mädchen?«

Typisch Penny, dachte er. Sagt etwas Nettes, um auf ein anderes Thema zu kommen. Er mußte grinsen.

»Gibt es eine?« sagte sie.

»Nein, ich glaube nicht.«

»Bestimmt gibt es eine.«

»Ehrlich nicht. Ich kann mich nicht erinnern, daß ich …« Es fiel ihm tatsächlich nichts ein. Und er wußte, es wäre zwecklos, darüber nachzudenken. So funktionierte sein Gehirn nicht. Wenn er sich über etwas den Kopf zerbrach, passierte überhaupt nichts. »Was ist denn nun deine?« fragte er.

»Ihre ist, daß sie sich die Haare abgeschnitten hat, als sie drei war. Und sie hat heute noch oft das Gefühl, daß ihre Haare zu lang seien. Cool, was?«

»Ich werde keine Ruhe geben, bis du sie endlich erzählst.«

Sie lächelte und lehnte sich zurück. »Ich seh schon … Also, als *ich* drei war? … Meine Mutter und das Mädchen waren zum Einkaufen gefahren. Mein Vater war hinten im Garten. Er konnte von da aus sehen, wie ich im Arbeitszimmer spielte. In dem Zimmer stand auch der Kinderwagen mit dem Baby unseres Mädchens, vier oder fünf Monate alt, es trug noch Windeln. Es war ein schöner Tag, und er arbeitete im Garten und freute sich, seine Ruhe zu haben. Meine Mutter beim Einkaufen, das Baby schlief, und ich spielte. Aber dann hörte er plötzlich das Baby schreien, es brüllte richtig, und er kommt reingerannt und sieht mich mit der Kleinen auf dem Boden. Ich hatte sie aus dem Kinderwagen geholt, sitze auf ihr drauf und haue ihr links und rechts ein paar runter. Wie einer, der auf dem Schulhof seinen Klassenkameraden verprügelt. Mein Vater sagt, daß er nicht nur die Kleine wieder beruhigen mußte, bevor unsere Mütter zurückkamen, sondern daß er auch total Probleme hatte, mich von ihr fernzuhalten. Ich hätte so einen ›Blick‹ gehabt.«

»Einen dämonischen Blick?«

»Ja, irgendwie teuflisch. Und ich hab keine Ahnung, was das zu bedeuten hat. Aber sie kramen die Geschichte immer wieder raus, und dann frage ich sie, warum sie das tun. So ungefähr: ›Warum erzählt ihr diese Geschichte schon wieder? Was soll das?‹ Aber sie schauen mich nur an und sagen: ›Du weißt schon.‹«

Er sah sie an und lächelte.

Sie lächelte zurück. Sah auf die Zigarette, die zwischen ihren Fingern herunterbrannte. Sah dann wieder ihn an.

Sie wußte es. Natürlich wußte sie es.

Auch ihm war jetzt so eine Geschichte eingefallen. »Als ich fünf war …« begann er.

Sie beugte sich vor. »Es gibt also doch eine?«

Er sah zum Fenster, auf die Straße. »Als ich fünf war, war ich draußen beim Spielen. Das war in Paris, bevor mein Bruder geboren wurde. Meine Mutter muß gerade mit ihm schwanger gewesen sein.«

»Ihr habt in Paris gewohnt?« Sie drehte den Kopf zur Seite und stieß den Zigarettenqualm aus, schnippte die Asche in den Aschenbecher.

»Wegen meinem Vater«, sagte er. »Hab ich dir das nie erzählt? Er war da drüben ziemlich bekannt, sein Album hat sich sehr gut verkauft … Also, ich bin draußen beim Spielen, und plötzlich höre ich etwas hinter der Ecke, und dann war da dieses Kätzchen. Schwarz und noch ganz klein, unheimlich niedlich. Aber es wurde dunkel, und ich mußte nach Hause. Wollte es mitnehmen, wußte aber, daß ich vorher fragen muß. Und natürlich auch, daß das Kätzchen abhauen würde, sobald ich weg bin, also mußte ich dafür sorgen, daß es dablieb.«

Er hob eine Augenbraue und sah sie an.

»Gott«, sagte sie. »Was hast du gemacht?«

»Ich hab einen großen Stein genommen, ihn auf das Kätzchen gelegt und bin nach oben gegangen.«

»O nein …« Sie schüttelte ungläubig den Kopf. Dann sah sie ihn an. Den Rest konnte sie sich denken. »Deine Eltern haben ja gesagt«, sagte sie. »Du durftest es mitbringen.«

»Ich bin runtergerannt wie der Blitz.«

»Oh! Du Armer.«

»Ich Armer.«

»Kannst du dich selbst noch daran erinnern? Oder weißt du's nur, weil es dir deine Eltern erzählt haben.«

»Genau wie bei dir.«

»Das arme Kätzchen.«

»Das arme Baby.«

Sie lachte und sah ihn mit großen Augen an.

Eine Woche später, nachdem er sie verlassen hatte, als er einfach abgehauen und zur Armee gegangen war, aber auch noch lange danach, erinnerte er sich immer wieder an diesen Moment.

Das eine, was er deutlich gespürt hatte – in diesem Augenblick, nachdem sie sich ihre Geschichten erzählt hatten –, war Vertrauen. Er hatte jetzt überhaupt keine Angst mehr vor ihr. Aber dafür stieg eine andere Furcht in ihm auf. Eine Art Druck. Das Gefühl, unbedingt mit ihr zusammensein zu wollen? Für immer? Er fühlte deutlich, daß in ihrer Nähe etwas war, das er sein ganzes verdammtes Leben lang gesucht hatte.

»Du hast deinen Kuchen noch gar nicht gegessen«, sagte er.

Sie sagte: »Machst du immer noch alles platt, was du liebst? Oder hast du deine Lektion gelernt?«

»Die hab ich gelernt, glaub mir. Dein Kuchen ist jetzt bestimmt kalt. Tut mir leid, ich hätte dir sagen sollen, daß er warm war.«

»Schon gut«, sagte sie und drückte die Zigarette aus. »Ich lasse ihn einpacken. Ich sollte jetzt wohl besser gehen.«

»Felix hat eine Mikrowelle«, sagte er. »Er wohnt direkt … du weißt schon. An der Lafayette Street.«

»Ist das in Ordnung?«

»Klar.«

»Dann laß uns gehen.«

Als sie bezahlten, merkte sie, daß sie ihre Zigaretten liegengelassen hatte. Sie ging zurück zu dem Tisch, an dem sie gesessen hatten. Die Kellnerin sagte: »Na, alles wieder in Ordnung?«

»Wie bitte?«

»Habt *ihr* es geklärt?«

Er mußte sich auf die Zunge beißen und atmete tief durch. »Sicher.«

»Das ist gut. Sechs fünfzig, bitte.«

Er zog sein Geld aus der Hosentasche. »Sechs fünfzig?« sagte er. Steckte den Finger in das Bündel, klappte es auf und hielt es so herum, daß jetzt die Zwanziger oben lagen. Dann blätterte er vor ihren Augen die Scheine durch, ließ hundert Dollar durch seine Finger gleiten, zweihundert, fast dreihundert, bis er schließlich bei den Zehnern angekommen war. »Ah, gut, ich hab's kleiner«, sagte er. Hielt ihr den Schein hin und sagte: »Behalt den Rest, Süße.«

Er flüsterte, das Eßzimmer sei nebenan – in der Wohnung von Fees Eltern, hinter der gemeinsamen Küche. Felix' Apartment bestünde nur aus diesem einen großen Raum – der allerdings über zwei Stockwerke ging, der Schreibtisch und der ganze andere Kram oben, unten standen nur das Bett und der Heimtrainer und die fünf Meter lange Anrichte für den Fernseher und die Anlage.

Sie nahm den Kuchen raus, kurz bevor die Mikrowelle piepte, und ging in das Zimmer. Er folgte ihr. Dann legte sie sich bäuchlings auf das Bett, die Ellbogen an der Bettkante. »Setz dich doch.«

Er setzte sich. Auf den Boden, mit dem Rücken gegen das Bett. Ihre Gesichter berührten sich fast, der Kuchen war direkt auf seiner Augenhöhe.

»Ich habe vergessen, dir eine Gabel mitzubringen«, sagte er und wollte aufstehen.

»Laß doch. Ich nehme die Finger.« Mit zwei Fingern griff sie eine Kirsche und steckte sie ihm in den Mund. »Du hast gesagt, er hätte ein kleines Apartment, das mit einem anderen verbunden ist. So hab ich es mir nicht vorgestellt.«

»Mit dem oberen Teil sind es fast sechzig Quadratmeter, aber er ist so gut wie nie da oben. Seine Hausaufgaben macht er immer in der Schule. Die Decke ist fast sieben Meter hoch, die Fenster drei Meter sechzig. Das weiß ich so genau, weil wir sie erst kürzlich ausgemessen haben. Er läßt sich noch Rollos machen. Der Innenarchitekt hat das vergessen.«

»Und er ißt immer mit seinen Eltern?«

»Er ißt auch oft im Bett.«

»In diesem Bett? Ist es das, in dem du geschlafen hast?«

»Ja.«

»Ihr beide zusammen?«

»Du siehst ja, wie groß es ist. Ein Riesenbett. Drüben bei seinen Eltern hat es das halbe Zimmer ausgefüllt.«

Sie flüsterte: »Und du bist sicher, daß du nicht schwul bist?«

»Frag Felix«, sagte er.

Sie kniff ihm ins Ohr und küßte seine Finger. »Halt mal eben den Kuchen«, sagte sie.

Er nahm den Teller. Hielt ihn vor sich, wie ein Meßdiener. Und war sich fast sicher, was sie jetzt tun würde.

»Du kannst ruhig zusehen, wenn du willst«, sagte sie.

Er drehte den Kopf, und sie tat es wirklich. Zog sich aus.

Plötzlich schreckte sie hoch. »Mein Gott, Felix kommt doch bestimmt irgendwann nach Hause«, sagte sie.

Er sagte ihr, sie solle sich wieder hinlegen – er hätte Felix' Schlüssel. »Er fragt beim Portier, ob wir schon weg sind und die Schlüssel abgegeben haben. Und wenn nicht, wartet er im Coffeeshop und flirtet mit der Bedienung.«

Sie legte ihren Kopf wieder an seine Brust. So wie er es gehofft hatte. Obwohl es gar nicht sonderlich bequem war, wie er sich eingestehen mußte. In den Filmen sah das immer besser aus. Aber das Mondlicht, das durch die Fenster fiel, war wunderbar. Es war perfekt.

Er sagte, daß er oft hier gelegen und nachgedacht hatte, und daß es noch eine andere Geschichte gab, die er ihr erzählen müsse. Er wisse nicht, ob sie etwas über ihn erzählen würde, oder wie sie das vorhin ausgedrückt habe. Sei sich nicht mal sicher, ob er sich nicht wünschen solle, sie sei nie geschehen. Aber er wisse, daß er jetzt nicht hier wäre, ohne diese Geschichte. »Ich war noch ein Kind damals. Hab im Park gespielt. Mein Vater war seit einem Jahr tot.« Und dann erzählte er ihr von dem Typ, der in den Park gekommen war, und von dem Mädchen, dessen Haare im Sonnenlicht fast blond aussahen, von Joe Moon, Rocco und Peter und von dem Polizisten in dem Mantel, der zu seinem Fenster hochgesehen hatte. Er erzählte immer weiter, von den Italienern, für die er gerannt war und Zigaretten geholt hatte, wie er Feuerwerkskörper am Ausgang des Holland Tunnel verkauft und bei dem Pompeji-Fest am Getränkestand gearbeitet hatte, und von St. Anthony.

»Nicht San Gennaro?« sagte sie.

»Das ist Little Italy.«

Dann von den schwarzen Jungen – dem Dicken mit dem Radio und dem Langen und den drei anderen, an die er sich gar nicht mehr richtig erinnerte. Und von Tommy Ragu und Danny Libonati und Augie, dessen Nachnamen er nie erfahren hatte.

»Was ist mit ihm?« sagte sie.

»Überdosis.«

»Und Danny Libonati?«

»Auf Entzug. Crack.«

»Und Tommy Ragu?«

»Raganisi. Der kommt irgendwann in den Neunzigern aus dem Knast. Hausfriedensbruch und Mord.«

Von Spofford und Jungs, die an den Fenstern hingen und nach unten schrien, und den Jungs, die unten auf der Straße standen und höhnisch nach oben schrien. *Du* maricon, *wenn du da raus kommst, dann laß dich besser nicht mehr sehen, sonst reiß ich dir den Arsch auf.* Wie er mit seiner Mutter im Besuchsraum über die Kaution gestritten hatte. *Du mußt zu den Italienern gehen. Die kommen doch nicht zu dir. – Die sind doch der Grund, warum du hier bist. – Deshalb werden sie mir auch helfen.* Noch vom Besuchsraum aus hatte seine Mutter die Nummer angerufen, die ihr das Büro des Bezirksanwalts genannt hatte, und Martin setzte keinen Fuß mehr in den Schlafsaal, konnte die nächste Nacht in einem Heim verbringen. Wegen der Kaution wandte sie sich an den ehemaligen Manager ihres Mannes, einen Typ namens Sugar. »Am nächsten Tag führten sie mich dem Richter vor, und dann ließen sie mich laufen, weil ich ja schon in Untersuchungshaft gesessen hatte.« Er erzählte ihr, er hätte Angst gehabt, sein Vater könne verrückt gewesen sein. »Das hab ich noch nie jemandem erzählt«, sagte er. »Hab auch nicht gedacht, daß ich es mal jemandem erzählen würde.« Er vermutete, daß Sugar das Geld nie zurückbekommen hatte. Seine Mutter hatte bestimmt versucht, es ihm zurückzuzahlen, aber Sugar war ein guter Mensch.«

Pen sagte: »Ist er tot?«

»Nein, aber meiner Mutter ist es unangenehm, ihn zu besuchen. Und ihm ist es unangenehm, uns zu sehen. Es erinnert beide an meinen Vater. An ihre besseren Zeiten.«

Jetzt wußte Martin, er würde Penny alles erzählen müssen. Sie würde ihn wahrscheinlich nicht von sich aus danach fragen, aber er mußte es einfach tun. Noch etwas, von dem er gedacht hatte, er würde es nie tun.

Vielleicht hatte seine ganze Geschichte, die er in dieser Nacht vor ihr ausgebreitet hatte, ja nur dazu gedient, es jetzt endlich loswerden zu können, dachte er.

Und er erzählte. Genau so, wie seine Mutter es ihm erzählt hatte. Das ist sie, die Geschichte von John »Stinger« Quinns Ruhm und Absturz, dachte er. Anfang, Höhepunkt und Ende.

Als er fertig war, waren ihre Augen feucht. Er hatte sich gedacht, daß sie weinen würde. Er sagte: »Er spukt immer in meinem Kopf herum, auch wenn alles glattläuft. Ob ich lache oder sonst was tue, immer habe ich das Gefühl, er steht direkt hinter mir, und dann drehe ich mich um, um ihm ins Gesicht zu sehen. Egal, ob ich mitten in einer Menschenmenge bin oder in einem leeren Zimmer. Ich hab ihn sogar schon auf der Rückbank von Felix' Wagen gesehen, dachte, ich hätte ihn im Rückspiegel da sitzen sehen. Hört sich ganz schön verrückt an, was?«

»Vielleicht hast du dich einfach nur selbst gesehen.«

»Vielleicht. Aber da ist noch etwas. Seitdem ich dich kenne, denke ich kaum noch an ihn. Das macht mir zwar ein schlechtes Gewissen, aber es ist einfach so. Ein paarmal hab ich das auch erlebt, wenn ich mit Felix zusammen war. Wenn wir ein paar Tage zusammen verbracht haben, kam ich nach Hause und hab plötzlich gemerkt, daß ich während der ganzen Zeit nicht einmal an ihn gedacht habe. Aber mit dir ist das noch anders. Gerade habe ich dir seine ganze Geschichte erzählt und ich habe dabei nicht an ihn gedacht. Ich habe sie *dir* erzählt und dabei an *dich* gedacht. Und an mich. Wie ich hier liege. Das Kätzchen, von dem ich dir erzählt hab – natürlich hab ich damals geweint. Aber als mein Vater starb, war ich neun, und ich stand da vor ihm, sah, wie er verblutete, oder vielleicht war er auch schon tot, und ich hab nicht geweint. Dann hab ich ihn in diesem Sarg liegen sehen. Und? Nichts. Keine Träne. Ich wußte ja nicht, was Selbstmord ist, warum sollte ich also weinen? Und im Grunde ist es bis heute so.« Er zuckte die Schultern. »Wenn ich erfahre, daß jemand gestorben ist, dann denke ich, Leute sterben eben. Wieder einer, der nicht wiederkommt.« Er sagte: »Ich glaub, ich brauch einen Psychiater.«

Sie sah ihn an, ihre Augen waren noch gerötet. »Das glaube ich auch.« Dann lächelte sie.

»Das ist also meine Geschichte. Jetzt weißt du, wer ich bin. Und was ist mit dir?«

»Du meinst mit der Geschichte, wie ich das Baby geschlagen habe?« sagte sie.

»Ja. Willst du nicht lieber eine andere erzählen?«

Sie rollte sich zur Seite. Achtete dabei darauf, daß das Laken nicht von ihren Brüsten rutschte. »Nein«, sagte sie. »Das ist meine Geschichte. Das bin ich.«

Er hinterlegte den Schlüssel beim Portier, fuhr sie zurück nach Bronxville und ließ sie am Ende ihrer Straße aussteigen. Der Morgen dämmerte schon, das Licht war fahlgrau.

Sie verschränkte die Arme über ihrer Brust und ging den Hügel hinauf, den Blick gesenkt. Vielleicht war ihr kalt und sie war müde, oder sie wollte eine betroffene Haltung einnehmen, weil sie so spät nach Hause kam – falls ihre Mutter schon wach wäre und am Fenster stünde.

Was auch immer der Grund war – er wußte, sie war glücklich. Tief in ihrem Inneren glühte sie so wie er.

Er fuhr zurück in den Sonnenaufgang. Stellte den Wagen neben dem Hydranten ab, gab dem Portier den Schlüssel und sagte ihm, er solle ihn umparken. Ging zu Fuß nach Hause. Ging nach oben, schloß leise die Wohnungstür auf, schlich sich auf Zehenspitzen in das Zimmer, das er mit Frito teilte. Sah ihn an. Wie er schlief. Blieb eine ganze Weile so stehen. Wußte, der Kleine würde sich eines Tages ebenfalls verlieben. Und das war gut.

Er steckte die Hälfte des Geldes in die alte St.-Anthony-Mappe, die oben im Schrank lag, ging wieder nach unten und setzte sich in den Park. Um acht ging er die Thompson hinauf, bog dann in die Fifth Avenue ein. Kam vor Tiffany's an, als sie gerade dabei waren aufzumachen. Der Mann vom privaten Sicherheitsdienst wünschte ihm einen guten Morgen und schloß die Türen auf, während er einfach dastand und wartete. Ein schlanker, durchtrainierter älterer Schwarzer, sah aus, als sei er mal Soldat gewesen. Ein guter, stolzer Mensch, dachte er. Der nicht im geringsten beunruhigt war über den jungen Mann, der da einfach neben ihm stand und nichts sagte. Kannte den Unterschied zwischen einem jungen Kriminellen und einem verliebten Jungen.

Am nächsten Tag ging sie nicht ans Telefon, und er dachte sich, daß sie wahrscheinlich Ärger bekommen hatte.

Am Tag darauf erreichte er sie immer noch nicht.

Nachdem er es drei Stunden lang probiert hatte, ging er runter und lief ziellos durch die Straßen. Versuchte es wieder. Dann saß er vor dem Telefon und starrte es an. Überlegte, Fee anzurufen, um zu hören, was er dazu sagte. Als er gerade den Hörer abnehmen wollte, klingelte das Telefon. »Komm rüber, Mann«, sagte Fee. »Und beeil dich.«

Er öffnete die Tür, noch bevor Martin geklingelt hatte. Martin folgte ihm hinein und ließ sich in den Sessel fallen, auf den Felix wies. Fee zog einen zweiten heran und setzte sich neben ihn. Die Spitzen ihrer Schuhe berührten sich fast. »Erinnerst du dich an diese Geschichte mit dem Tonstudio?« sagte Fee. »Mit diesem Großmaul in Jersey?«

»Klar doch. Hab sogar eine prima Idee für dich ...« Er hatte darüber nachgedacht, als er die Fifth Avenue zu Tiffany's hochging. Warum das Geschäft nicht allein machen? »Warum produzierst du nicht gleich selbst? Vielleicht sogar Videos? Und mit den Einnahmen und deinen einundfünfzig Prozent kaufst du den Typ dann einfach raus. Ganz legal. Vergiß, was dir dein Vater erzählt hat ...« Lexi hatte ihm gesagt, er solle erst mal abwarten, bis der

Laden lief. Sich dann die Bücher vornehmen. Und wenn es dann soweit war, vielleicht den Buchhalter auf seine Seite ziehen.

Fee sagte: »Danke für deinen Rat. Aber der Typ hat *mich* ausgebootet. Die ganzen siebzehn Riesen. Ich hab sie ihm bar gegeben, und jetzt sagt er, sie sind weg.«

»Wie bitte?«

»Er sagt, der Typ, von dem er den Laden gekauft hat, sei verschwunden. Und die Polizei hat das Ding dichtgemacht. Steuerhinterziehung.«

»Welcher Typ?«

»Keine Ahnung. Aber das *Geld* ist weg.«

»Weiß er, wer du bist? Wer dein Vater ist?«

»Ich hab ihn glauben lassen, *er* sei die große Nummer. Wollte, daß er sich sicher fühlt.«

»War es *dein* Geld?« sagte Martin. »Oder hängt auch dein Vater mit drin? Mit einem Teil wenigstens?«

»Meins«, sagte Fee. »Alles, was ich seit meiner Bar Mizwa zurückgelegt hatte. Einschließlich aller Einnahmen aus den Partys. Dieses verdammte Arschloch.«

Martin wußte, daß er noch mehr auf der Kante hatte, aber das war nicht der Punkt. Fee war gedemütigt worden und völlig fertig. Martin fragte sich, was der Alte dazu sagen würde, wenn er davon erführe. »Wer ist dieser Typ? Dem sie den Laden dichtgemacht haben?«

»Keine Ahnung. Ist mir auch egal.«

»Glaubst du, es stimmt? Oder hat das Großmaul das Geld eingesteckt? Hat es verpraßt?«

»Wär besser für ihn, wenn er es noch hat. Wenn nicht, hole ich mir das, was noch da ist.« Er starrte ins Leere. Eine leere Drohung.

»Was hast du vor, Feel?«

»Ich hole es mir zurück.«

»Und wie?«

»Ich gehe einfach hin und hole es mir.«

»Willst du ihn etwa ausrauben? Womöglich sogar noch bewaffnet? Hausfriedensbruch? Am besten redest du erst mal mit deinem Vater.«

»Hab ich schon.«

Martin war irritiert. Er nickte, ohne es zu wollen. Aber dann wurde ihm klar, daß Fee seinen Vater erst eingeweiht hatte, als dieser Teil der Geschichte dran war. Als das Geld weg war. Und jetzt würde er es auch allein zu Ende bringen müssen. »Und? Was sagt er?«

»Er hat gesagt, ich soll jemand mitnehmen, dem ich vertraue. Jemand, der absolut loyal ist. Wollte aber nicht wissen, wen.«

»Also mich.«

»Wen sonst? Das Mädchen vielleicht? Weißt du noch, was er zu dir gesagt hat? Als du die Sache mit dem Chivas auf deine Kappe genommen hast?«

»Wann willst du's durchziehen?« sagte Martin.

»Bald. Am liebsten würde ich's jetzt gleich machen, aber ...«

»Komm erst mal wieder auf den Teppich ...«

»Ich weiß. Aber da ist noch was.«

Martin wartete.

»Also, bist du dabei?« sagte Fee.

»Sicher. Und was ist das andere?«

»Gina hat angerufen.«

»Und?«

Felix zuckte die Schultern. Sah ihn an.

»Was? Sag nicht, sie ist schwanger. Das kann doch nicht von dir sein.«

Felix schüttelte den Kopf. Streckte eine Hand aus, ließ sie einen Moment hilflos im Raum schweben, legte sie auf sein Knie. »Pennys Vater ist tot.«

Er dachte: Warum hat sie mich nicht angerufen? Oder ist wenigstens ans Telefon gegangen. Ihr Vater ist gestorben. »Wann?«

»Gestern abend. Da haben sie ihn gefunden.«

»Was heißt das: ihn gefunden?«

»Erinnerst du dich an Marco Duomo? Den Bruder von Gina und Connie?«

»Ja.«

»Sie haben ihn vor drei Tagen hochgenommen. Als er gerade dabei war, eine Wagenladung Knarren zu verdealen. Die Käufer waren verdeckte Ermittler. Er ist im Knast gelandet. Keine provozierte Straftat oder so, sie haben ihn. Dann war auf einmal Pennys Vater verschwunden.«

»Ist er umgelegt worden? Wieso? Was hat er damit zu tun?«

»Er hing vermutlich in der Sache mit drin. Ach, Scheiße, *natürlich* hing er mit drin. Das ist doch kein Zufall. Vielleicht war er der Mittelsmann zu Marcos Vater.«

»Wieso Mittelsmann? Wieso hat Marco das nicht selbst mit seinem Vater geregelt?«

»Keine Ahnung, Mann. Vielleicht wollte Duomo einfach auch nichts damit zu tun haben. Vielleicht haben Pennys Vater und Marco gemeinsame Sache gemacht. Was weiß ich? Niemand weiß was. Und wahrscheinlich wird auch nie jemand etwas erfahren.«

»Aber Duomo hat ihn umgelegt«, sagte Martin. Er sagte das wie eine Feststellung.

»Ja«, sagte Fee. »Hat ihn umlegen *lassen.* Aber das kommt aufs selbe raus.«

Martin sagte nichts. Das alte Spiel, dachte er. Die, die sich selbst die Hände schmutzig machen müssen, und die, die dafür bezahlen.

»Du gehst noch mit ihr, oder?«

»Ja.«

»Wir sollten zur Beerdigung gehen.«

»Ja.«

»Morgen. Gina hat gesagt, daß Penny dich wahrscheinlich nicht anrufen konnte.«

Martin nickte, hörte nur mit halbem Ohr zu. »Sie wußte nicht, daß ihr Alter solche Geschäfte macht«, sagte er. »Wir haben mal drüber geredet.«

»Töchter wissen so was nie. Gina und Connie tun das nur, weil ihr Vater laufend in den Nachrichten auftaucht. Pennys Vater war keine große Nummer.«

Wieder nickte er. Weil es stimmte. Das arme Schwein. »Ich kenne einen Haufen Typen wie ihn. Typen in meinem Viertel, die eines Tages plötzlich verschwunden sind.«

Fee sagte, es täte ihm leid.

Martin schwieg.

»Wir können zusammen rausfahren«, sagte Fee. »Melden uns in der Schule ab.«

»Okay.«

Fee schlug sich aufs Knie und stand auf. Sah sich im Zimmer um. »Ich hab's meinem Vater erzählt, kurz bevor du kamst. Er glaubt aber nicht, daß er rauskriegt, was tatsächlich passiert ist. Dazu kennt er Duomo zu wenig. Nur aus Puerto Rico, aber sie haben niemals Geschäfte zusammen gemacht. Er meint, Duomo sei ein Spinner. Und daß er wahrscheinlich durchgedreht ist, als sie Marco verhaftet haben. Hat Pennys Vater umgelegt, weil er heil aus der Sache rausgekommen ist. Marco wird eine ganze verdammte Weile von der Bildfläche verschwinden. Es waren Maschinengewehre ...« Fee klopfte seine Taschen ab und dachte an sein eigenes Problem.

»Wieso hast du mir das erst nach der Sache in Jersey erzählt, Fee?«

Fee sah ihn an. »Ich wollte, daß du einen klaren Kopf hast, wenn du dich entscheidest. Außerdem war ich mir nicht sicher, ob du noch mit Penny zusammen bist.«

»Sie war auf der Party, Fee. Am Freitag. Du hast mir deine Schlüssel gegeben.«

»Herrgott ... Sie war das? Ich hab nicht ...«

»Du bist ganz schön bescheuert, weißt du das? Aber dafür wenigstens mitfühlend.«

Fee sagte: »Zuerst kommt das Geschäft, Mann. Sei nicht sauer. Wenn dein Geschäft nicht läuft, hast du kein Leben. Nicht mal ein Mädchen, das du ausführen kannst. Komm, sei nicht sauer auf mich.«

»Ich bin nicht sauer«, sagte Martin. »Du bist bloß einfach ... Scheiße auch.« Er stand auf, wollte gehen, da lehnte Lexi in der Tür. Er hatte etwas in der Hand. Etwas Kleines, Helles. Eine geschälte Orange. Lexi teilte sie und hielt ihm eine Hälfte hin.

»Mandarine?«

»Nein danke, Mr. Pasko.«

»In Rußland gab es oft monatelang kein Obst. Ich war beim Schwarzhandel ganz oben, kam an alles ran, aber es gab kein Obst.«

»Ich habe nur keinen Hunger. Ich wollte nicht unhöflich sein. Auch nicht mit dem, was ich eben gesagt habe.«

»Ihr wißt so verdammt wenig, ihr beiden.«

»Ich wollte wirklich nicht unhöflich sein.«

»Psst …« Er legte seinen Finger an die Lippen.

Martin senkte den Blick, dann sah er ihn wieder an, eher gereizt als eingeschüchtert. Ich will nichts von deiner bescheuerten Mandarine, dachte er. Friß deinen Scheiß doch selbst und geh mir aus dem Weg.

Lexi sagte: »Ihr geht zur Beerdigung dieses Mannes. Trauert und seid wütend. Erweist ihm euren Respekt. Dann fahrt ihr nach New Jersey …« Felix sagte etwas auf russisch, es klang abwiegelnd. Sein Vater sah ihn an: »Unterbrich mich nicht.« Dann sah er wieder Martin an. »Du gehst mit nach Jersey. Trägst Handschuhe. Und holst das Geld von diesem *Dummkopf* zurück …«

»Nenn mich nicht Dummkopf, Daddy.«

»Liebe ich dich?«

»Ja.«

»Hast du eine Dummheit gemacht?«

Felix schwieg.

Die Kirche war so voll, daß er Penny nur ein paarmal kurz aus der Entfernung erspähen konnte. Sie saß ganz vorne in der Bank, neben ihrer Mutter. Trotz der vielen Menschen war es still. Der Sargdeckel war geschlossen. Aber Beerdigung ist Beerdigung.

Er und Fee blieben hinten. Fee war nervös, weil er befürchtete, Gina könne ihn entdecken, und er müsse sich dann mit ihr unterhalten, sich vielleicht sogar mit ihr verabreden. Neulich nacht am Telefon hatte sie mit ihm geflirtet. Hatte ihn angerufen, um ihm zu erzählen, daß Pennys Vater tot war, und sie hatte mit ihm geflirtet.

»Sie kann eben nicht anders, Fee«, flüsterte Martin ihm zu. Dann sahen sie, wie Gina an der Menge vorbei auf sie zukam und dabei versuchte, nicht allzu aufreizend zu gehen.

Fee sagte: »Nein, Scheiße auch«, und verschwand.

Sie nahm Martins Hand. Dann begrüßten sie einander mit angedeuteten Küssen auf die Wange. Sie benahm sich wie eine Frau. Eine Lady. Sah mit zusammengekniffenen Augen zu der Tür, aus der Felix gerade verschwunden war. »Was hat er denn?«

Martin sagte, er wüßte es nicht. Fragte sie, wie es ihr ginge. Fragte sich, was er über Marco sagen solle, falls es ihr überhaupt was ausmachte. Was nicht der Fall zu sein schien. Es interessierte sie offenbar überhaupt nicht, was mit ihrem Bruder geschehen war.

Sie sagte: »Mir geht's gut. Und dir?«

»Auch.«

»Pen ist wirklich froh, daß du da bist.«

Er sagte, er wünschte, er könne mit ihr reden. Er blickte nach vorne und konnte sie gerade jetzt wieder sehen. Sie hatte den Kopf an die Schulter ihrer Mutter gelegt.

Gina beugte sich vor und flüsterte ihm zu: »Sie will dich sehen. In zehn Minuten. Draußen, auf dem Parkplatz.«

Sie hatte keine Tränen in den Augen. Löste sich auch schneller wieder aus seiner Umarmung, als er gedacht hatte, ließ ihn los, lehnte sich gegen den Wagen und zündete sich eine Zigarette an. Dann sah sie zu der Menschenmenge vor der Kirche hinüber. »Ich kann es kaum glauben, daß sie da ist«, sagte sie.

»Wer?«

»Gina.«

Darauf war er gar nicht gekommen. War einfach davon ausgegangen, daß das, was zwischen ihren Vätern vorgefallen war, nichts mit ihnen zu tun hätte. Jemand war tot, also ging man zur Beerdigung. Freundinnen fürs Leben.

So jedenfalls schien Gina es zu sehen.

Falls sie überhaupt auf den Gedanken gekommen war, daß ihr Vater der Grund für die heutige Trauerfeier war.

»Meinst du, sie weiß es?« sagte er.

»So blöd ist sie nun auch wieder nicht.«

Stimmt, dachte er. So blöd kann niemand sein.

»Ich kenne sie schon, seit ich denken kann«, sagte sie. »Wir wollten zusammen zum College gehen.« Die Zigarette fiel ihr aus der Hand, aber sie kümmerte sich nicht darum. Zog eine neue heraus und klopfte sich die Asche vom Mantel.

Er merkte, daß es ihn beruhigte, daß sie gar nicht versuchte, irgendeine Form zu wahren. Sogar die eher flüchtige Begrüßung, und wie sie jetzt da an den Wagen gelehnt stand und ganz in Gedanken war. Es gab ihm das Gefühl, als wären sie schon ganz vertraut.

Er hatte den Ring bei sich, in der Tasche seiner Anzughose. Er ließ ihn nie zu Hause. Seitdem er ihn ausgesucht und gekauft hatte, hatte er das Gefühl, daß einer von ihnen ihn immer tragen müsse.

Wenn sie darüber weg ist, dachte er – was noch etwas dauern würde –, dann gebe ich ihn ihr. Dann beginnt für sie ein neues Leben. Für uns beide.

Er schloß seine Hand um die kleine Schachtel.

»Wir werden umziehen«, sagte sie. »Meine Mutter kann das Haus allein nicht halten.«

»Und wohin?«

»Nicht weit.« Sie lächelte und sah ihn an. »Keine Sorge. Irgendwo nach Yonkers. Oder Fleetwood, wo wir angefangen haben.«

Zwei Stationen näher an der Stadt. Und dennoch eine vollkommen andere Welt.

»Wir werden uns eine Weile nicht sehen können. Werden viel zu organisieren haben.«

Er fragte sie, ob er bei irgend etwas helfen könne. »Überhaupt nicht?« sagte er.

»Sie hat jetzt schon genug am Hals. Vielleicht in einem Monat«, sagte sie. »Ich ruf dich an. Sag dir, wie es steht.«

Er strich mit dem Handrücken sanft über ihre Wange. Sie zwang sich zu lächeln und trat die Zigarette aus. Nahm die Schlüssel aus ihrem Mantel. »Ich hab was für dich«, sagte sie und ging hinter den Wagen zum Kofferraum. Öffnete ihn. »Dreh dich um.«

Er tat es.

Er hörte, wie sie den Kofferraum wieder schloß und zurückkam, ihre Schritte auf dem Kies. Dann legte sie ihm etwas um die Schultern. Etwas Schweres. Er sah das bläulichschwarz glänzende Leder und roch es auch. Den kurzen Mantel, den er im Fenster des Ladens im Village gesehen hatte. Sie hatte gemeint, es sei eine Mafiosojacke, als er sagte, daß er ihm gefalle.

»Ich wollte ihn dir zum Geburtstag schenken«, sagte sie. »Aber nun … Ich dachte, ich gebe ihn dir jetzt.« Sie schniefte. Er sah sie an. Sie wischte sich die Augen. »Ich weine nicht wirklich«, sagte sie. »Es ist nur so, daß ich auf einer Beerdigung bin. Menschen sterben eben einfach, oder? Wie du es gesagt hast.«

»So habe ich das nicht gemeint.«

»Ich weiß. Stell dich gerade hin«, sagte sie, und dann, daß er gut aussähe. Er rollte mit den Schultern. War verlegen und fühlte sich jung. »Tust du wirklich«, sagte sie. »Ich hab ihn gekauft, weil du ihn so mochtest. Bis heute morgen wußte ich nicht, ob ich ihn dir geben würde. Aber nun gehört er dir. Du siehst damit tatsächlich wie ein Mafioso aus.«

»Sag das nicht«, sagte er, »bitte, Pen.« Sie redet so, als sei irgend etwas zerbrochen in ihr, dachte er. Wie jemand, der aufgegeben hat.

Er hätte sie gern in den Arm genommen, doch etwas hielt ihn zurück. Er spürte, daß sie ihm etwas sagen wollte. Daß sie etwas klären mußte, das sie beide betraf.

»Es ist nichts Schlimmes daran, Martin. Solange du es als Mann tust. Solange du deine Ehre nicht verkaufst.« Sie wischte sich über die Augen. Obwohl sie nicht weinte. »Marco hat mich mal angemacht«, sagte sie. »Aber ich habe ihm gesagt, er solle sich verpissen. Damals auf dem Abschlußball. Jetzt frage ich mich ...«

»Nein«, sagte Martin. Er machte einen Schritt auf sie zu ...

»Nein, ich weiß, daß ...« Sie hob die Hand, damit er stehenblieb und sie ausreden konnte. »Ich weiß, daß es keine Rache war. Aber wenn ich ja gesagt hätte ... Ich frage mich, ob das die Dinge geändert hätte. Ob er dann mehr Glück gehabt hätte. Ohne es zu merken, ohne zu wissen, woher es kommt. So als ob ein Engel seine Flügel über ihm ausgebreitet hat, weißt du? Und dabei wäre ich es gewesen, die über ihn wacht, indem ich dem Sohn seines Bosses einen runterhole oder wie auch immer.« Sie zog die Stirn in Falten und zuckte die Schultern – wer konnte das schon wissen. »Ich muß jetzt gehen«, sagte sie. »Ich ruf dich an, sobald ich kann, ich verspreche es.«

Dann ging sie.

Er sah ihr nach, bis sie verschwunden war.

Erst sieben Jahre später sah er sie wieder.

Sie schnappten ihn einen Block von der Schule entfernt. Felix holte sich gerade an der Ecke ein Gyros, er stand vor dem Zeitungsstand, überflog die Schlagzeilen und suchte nach irgend etwas über Pennys Vater oder Marco Duomo, als plötzlich Charlie Mirra neben ihm stand und ihm unter den Ellbogen griff: »Los, in den Wagen.« Der Achtundachtziger parkte auf der anderen Seite des Zeitungsstandes, die hintere Tür stand offen, am Steuer saß Tommy Marzolino.

Als er auf der Rückbank saß, war Martin froh, daß er gerade eben noch in der Schule auf der Toilette gewesen war, weil er sich sonst in die Hose gepißt hätte, als er den Oldsmobile sah. Trotzdem spürte er jetzt einen feuchten Fleck, wo sein Penis seine Unterhose berührte. Er griff sich in den Schritt, um die Situation da unten etwas zu entspannen. Eine mannhafte Geste, die ihn wenigstens nach außen hin nicht so klein erscheinen ließ, wie er sich fühlte. Er fragte Charlie, wohin sie führen. Mirra ignorierte ihn und sagte zu Marz, er solle die Neunte Avenue nehmen. »Wir fahren nicht noch mal durch diesen Verkehr.«

Als sie im Lincoln Tunnel waren, wußte Martin, daß es zurück ins Viertel ging und nicht nach Jersey. Was vermutlich bedeutet hätte, daß er demnächst tot gewesen wäre. Und wahrscheinlich hätte er nicht einmal den Grund dafür erfahren.

Sie hielten vor Roccos Restaurant. Charlie stieg aus und wartete auf dem Bürgersteig. Martin stieg ebenfalls aus.

Sie gingen direkt durch nach hinten. Die Mittagszeit war vorbei, und nur ein paar Kellner saßen herum. Rocco redete mit dem Barkeeper und sah kurz zu ihnen hin, als sie vorbeigingen.

Im Büro sagte Charlie zu Martin, er solle sich setzen, und stellte sich dann hinter ihn an die Tür. Rocco kam rein und setzte sich hinter den Schreibtisch. »Was hast du für Joe Moon und Peter Hughes gemacht?« sagte er. Er holte ein Päckchen Zigaretten aus der Hemdtasche und zündete sich eine an. Vergangenheit. Also wußte er Bescheid. Und es war vorbei.

Martin zuckte die Schultern. »Nichts«, sagte er. Als wolle er sagen: Wieso, stimmt was nicht? Aber er wußte selbst, daß seine Stimme wie die eines Kindes klang und seine Furcht verriet.

»Sie sind weg. Kommen auch nicht wieder. Vinny Miniati auch nicht. Also rede schon.« Er zog an seiner Zigarette.

Martin sah ihn an. Konnte jetzt an überhaupt nichts denken. Sah ihn einfach nur dasitzen und rauchen. Und einen Typ anstarren, der ihm in die Quere gekommen war. Ist das jetzt das

Ende, dachte er. In diesem bescheuerten Hinterzimmerbüro in diesem bescheuerten italienischen Restaurant? Du heilige Scheiße.

»Ich frage nicht alles zweimal«, sagte Rocco. »Laß endlich was hören.«

»Ich hab nichts getan«, sagte er.

»Steh auf.«

Er tat es. Hörte, wie Charlie Mirra von hinten auf ihn zukam, ganz ruhig. Drehte sich um und sah die ausgestreckte Hand eine halbe Sekunde, bevor sie ihn ins Gesicht traf. Er stand wieder auf und stand dann einfach da.

»Setz dich.«

Auch das tat er. Seine Knie waren kurz davor gewesen nachzugeben.

»Du verpfeifst niemand. Sie sind nämlich weit weg.«

»Warum?«

»Weil sie dumm waren. Sei du jetzt nicht auch so dumm.«

»Wo …?«

»Antworte.«

»Ich hab bloß ein paar kleine Päckchen verteilt.«

»*Babanija.*«

»Ja.«

»An Vinny.«

»Ja. Der Süßwarenladen. An der Mulberry Ecke Grand.«

»Wie oft?«

»Alle paar Wochen.«

»Was haben sie dir gezahlt?«

»Zweihundert. Zuerst hundert.«

»Wie lange?«

»Vielleicht drei Jahre.«

»Vielleicht?«

»Drei Jahre.«

Es hatte im Herbst angefangen. Sie hatten ganz in der Nähe des U-Bahn-Ausgangs in dem El Dorado gesessen und auf ihn gewartet. *Setz dich nach hinten.* Joe saß hinter dem Lenkrad. *Wir wollen mit dir reden … He, hab ich dir gesagt, daß du das Fenster aufmachen kannst? Es ist verdammt kalt so früh um diese Jahreszeit, also mach das Fenster wieder zu. Und du auch, Pete. – Hätte ich ihn etwa durch das geschlossene Fenster herrufen sollen, du Penner? – Jetzt ist er ja hier. Also reg dich ab und kurbel das verdammte Fenster hoch.* Jetzt war es wieder Herbst draußen. Thanksgiving stand vor der Tür. Und sein Geburtstag.

Rocco sagte: »Vor zwei Monaten hat dich Pete angerufen.«

»Ja.«

»Und?«

»Er hat gesagt, ich soll sofort auf den Hof in der Spring Street kommen. Hinter dem Haus seiner Mutter. Dann hat er ein Paket aus dem Fenster geworfen. Eingewickelt. Wie Hemden aus der Wäscherei. Und hat gesagt, ich soll damit abhauen.«

»Und dann?«

»Dann haben ihn die Leute vom FBI hochgenommen. Aber sie haben ihn wieder laufen lassen. Am gleichen Tag noch, glaube ich. Sie hatten nichts gegen ihn in der Hand.«

»Wo ist das Paket?«

»Jetzt? Keine Ahnung.«

»Was hast du damit gemacht?«

»Es in einem Spind in der Badeanstalt eingeschlossen.«

»Leroy Street?«

»Ja. Den Schlüssel habe ich Joe Moon gegeben. Er kam die Woche drauf an meiner Schule vorbei.«

»Hat je jemand von dir was darüber wissen wollen?«

»Die Cops? Nein. Alles ist völlig locker gelaufen. Da war nur diese eine Sache mit dem Paket. Und Pete hat gesagt, darüber solle ich mir keine Sorgen machen.«

»Das hättest du aber tun sollen«, sagte Rocco und blies den Rauch aus. Dann drückte er seine Zigarette aus.

»Sind die Cops hinter mir her?«

»Was glaubst du denn?« Er sah nicht auf. Stampfte mit der Kippe auf der Glut im Aschenbecher herum. Was bedeutete, daß sie es nicht waren. *So* einen Scheiß würde Rocco nicht machen.

Du hättest schon lange tot sein können, dachte Martin.

»Der Laden ist dicht«, sagte Rocco. »Mach, daß du wegkommst.«

In Felix' Apartment klappte er zusammen. Machte die Flasche leer, die hinter dem Regal mit der Anlage stand, und sagte, es wäre nichts. Das blutunterlaufene Auge und der blaue Fleck? Ärger gehabt. Zu Hause. In seinem Viertel. Erzählte ihm nichts von dem Jungen, der wie ein Stern aufgestiegen war, seitdem er aus Spofford raus war, und der jetzt wieder ganz unten angekommen war. Die Reise war zu Ende. Es war vorbei. Und er hatte keine Ahnung, was er jetzt tun sollte.

Später holte er sich noch eine Flasche. Ging nicht nach Hause. Wollte um keinen Preis zurück in die Thompson Street.

Sie hatten sich genau zurechtgelegt, wie sie dem Großmaul in Jersey auf den Pelz rücken wollten. Sie würden einfach bei ihm auftauchen, ganz cool sein, und ihm die schlichte Kunde überbringen, daß keine Menschenseele jemals wieder etwas von ihm hören würde, wenn er jetzt sein Maul aufrisse. Daß er für immer verschwinden würde, würde er nicht sofort den Safe hinter der Bar öffnen, in dem Felix sein Geld hatte verschwinden sehen, und die siebzehn Riesen auf den Tisch legen. Als sie am Samstag abend zu ihm rausfuhren, war Martin noch immer verkatert. Auf der Fahrt trank er weiter und sagte die ganze Zeit über kein Wort.

Der Typ öffnete die Tür, sah durch den Spalt und fragte, was zum Teufel sie wollten. Martin trat die Tür einfach ein. Krachend riß die Sicherheitskette aus ihrer Verankerung. Der Typ drehte sich um, wollte zurück in die Wohnung laufen, aber da hatte Martin ihn schon am Kragen gepackt, wirbelte ihn herum und verpaßte ihm einen Schlag mitten ins Gesicht. Der zweite Schlag traf ihn, noch bevor er Zeit hatte, zu Boden zu gehen. Dann saß er auf seiner Brust und ließ ein Trommelfeuer aus Faustschlägen auf ihn niederprasseln, sprang wieder auf, trat auf ihn ein, die Arme ausgestreckt, um das Gleichgewicht zu halten, als wolle er ein Heer winziger Insekten vernichten, die über den Teppich krabbelten.

Endlich gelang es Felix, ihn von dem Typ loszureißen. Er schleuderte ihn zur Seite, hielt dann dem anderen die Baretta unter das Kinn. Doch der starrte ihn nur ungläubig an. Verdammt, der Safe hat ein Zahlenschloß. Herrgott, sagten seine Augen. Ein Zahlenschloß.

Martin trank weiter. Ging nicht mehr zur Schule, obwohl Felix ihn jeden Morgen weckte. Am nächsten Vormittag, nachdem er den Typ in Jersey fast totgeprügelt hatte, sah er diesen Kriegsfilm im Fernsehen, und zwei Tage später saß er im Bus nach Fort Hamilton. Er war auf dem besten Wege gewesen, so wie Rocco und Lexi zu werden, aber er hatte die Notbremse gezogen. Sie waren keine schlechten Menschen, sagte er sich. Sie lehnten einfach nur bestimmte Regeln ab, die die Gesellschaft ihnen auferlegen wollte, und darin waren sie zu Profis geworden. Er würde nicht so werden. Jetzt nicht mehr. Würde niemanden des Geldes wegen umbringen, den er schon sein ganzes Leben lang kannte. Oder aus verletztem Stolz. Er wußte zwar nicht, was statt dessen aus ihm werden sollte, aber darüber konnte er jetzt auch nicht nachdenken. Für die nächste Zeit würde er einfach erst mal niemand sein. Würde er die Armee sein Leben organisieren lassen, bis er wieder durchblickte. Penny brauchte Zeit, um zu trauern, dachte er. Ich brauche jetzt Zeit, um rauszufinden, was ich mit meinem Leben anfangen will. In ein paar Monaten werde ich auf Urlaub nach Hause kommen, und wir werden ganz von vorn anfangen. Sie wird stolz auf mich sein, daß ich der Mafia den Rücken gekehrt und mich dafür entschieden habe, ein Mensch zu werden. Ein neuer Mensch. Ein besserer Mensch.

Er sah aus dem Fenster und wie draußen die Landschaft an ihm vorbeiglitt. Und fand Trost bei den Shirelles, die er irgendwo ganz hinten in seinem Kopf singen hörte. *Soldier Boy ... I'll ... be ... true ... to ... you.*

In Georgia ließen sie ihn erst mal seine Taschen ausleeren und umkrempeln. Er gab ihnen Pennys Ring und fand ein Bündel Hunderter in der Innentasche seines neuen Ledermantels. Er zählte es durch – fünfzig –, und erst dabei fiel ihm ein, daß das Geld aus dem Safe in Jersey stammen mußte. Er konnte sich nicht daran erinnern, daß Felix es ihm gegeben hatte. Nur daran, wie er auf der Couch gesessen, es gezählt und dann gesagt hatte: »Das ist eine ganze Menge mehr als meine siebzehn.« Martin lag auf dem Bett und leerte die Flasche.

Der Offizier sah von seinen Papieren auf und musterte ihn – Ledermantel, der bläulichgelbe Fleck auf dem Wangenknochen und ein blaues Auge, ordentliche Haare. Er öffnete die kleine Schachtel und betrachtete den Ring. Dann notierte er Martins Eigentum auf der Außenseite eines braunen Umschlags.

»Fragen Sie nicht«, sagte Martin.

»Ich gebe einen Scheiß drauf, mir ist das sowieso egal«, sagte er.

An was würde er sich von jenen ersten Wochen und Monaten erinnern? Was würde er niemals vergessen? Den Geruch des frisch gemähten Grases am Morgen. Den Rasen der Militärbasis, immer auf Streichholzlänge geschnitten. Das Erwachen nach einem weiteren Tag ohne einen Brief von ihr. Zwei oder drei Briefe von Felix, ein paar von seiner Mutter, Dutzende von Frito.

Irgendwann hörte er auf, ihr zu schreiben. Wenn sie nicht verstehen kann, daß ich versuche, ein anderer Mensch zu werden, dachte er, dann muß ich es eben für mich alleine tun.

Er sprang geradezu auf, hatte im Nu sein Bett gemacht, die Stiefel, dann stand er stramm. Er konnte es kaum erwarten. Atmete tief und kräftig durch. Konnte es nicht erwarten rauszukommen.

»Schwester?« Er war sich so gut wie sicher, daß sie wach war. Konnte in der Dunkelheit nur ihre Umrisse erkennen. Aber er meinte zu spüren, daß sie betete. Wie ein animalischer Instinkt, dachte er, als könne er ihre Gedanken fühlen. »Jetzt können Sie den Arzt holen, wenn Sie wollen.«

»Gut.« Sie stand auf.

»Sagen Sie mir aber vorher noch etwas.«

Sie wartete.

»Sind Sie jemals völlig am Ende gewesen? Ich meine … Hatten Sie jemals das Gefühl, Ihr Leben sei nur noch ein einziger Scherbenhaufen? Daß nichts mehr so ist wie zuvor?«

»Als die Nazis kamen.«

»Ich meine etwas, für das Sie sich selbst die Schuld gegeben haben.«

»Das war damals. Als die Nazis kamen.«

Das verstand er nicht. Sagte es ihr.

»Ich habe mein Land verlassen«, sagte sie. »Ich habe es denen überlassen.«

»Aber Sie wären doch sonst wahrscheinlich umgebracht worden, oder?«

»Ja. Ich wäre umgebracht worden.« Er sah nur ihre Umrisse.

Er sagte: »Warten Sie noch eine Minute? Setzen Sie sich. Ich möchte Ihnen was erzählen.«

Sie setzte sich und lehnte sich steif zurück.

»Als ich noch klein war, ein Junge, habe ich einmal beobachtet, wie zwei Männer einen anderen getötet haben«, sagte er. »Ich mochte den Typ, als ich ihn das erste Mal sah, aber dann stellte sich schnell raus, daß er ein ziemlich mieser Hund war. Deshalb haben sie ihn auch umgebracht. Ich mochte übrigens auch die beiden Männer. Habe sie sogar bewundert. Und ich sage Ihnen, die haben ihn wirklich fertiggemacht. Haben ihn zu Tode getreten. Aber was ich eigentlich sagen will: Manche Leute scheinen ihr Schicksal regelrecht herauszufordern. Haben Sie darüber mal nachgedacht? Ich meine, sie haben sich entschieden, ihr Leben auf eine bestimmte Weise zu führen, spucken auf andere Menschen, was erwarten sie also? Ich glaube, ich weiß, was Sie jetzt denken, Schwester, daß es Gottes Sache ist, zu urteilen. Doch oft geschehen die Dinge einfach so schnell. Sind passiert, ehe man sich versieht. Das Urteil ist gesprochen. Natürlich kann man sich hinterher fragen, welches Recht jemand hat, ein Urteil zu vollstrecken. Auf welcher Seite er steht. Ob er selbst das Böse gut genug kennt. Aber wenn er ein Urteil gefällt hat, welches Recht haben *wir* dann, darüber zu urteilen?«

Sie antwortete nicht. Er fragte sich, ob er überhaupt eine Antwort von ihr erwarten konnte. Aber er wollte eine haben. »Sie sind übrigens beide tot«, sagte Martin.

Sie hob ihren Kopf und sah in seine Richtung. Interessierte sie seine Geschichte? Urteilte sie? »Nicht wegen dieses Typen«, sagte er. »Wegen etwas anderem. Jahre später.«

Sie senkte den Kopf wieder. Hatte erfahren, was sie erfahren wollte, dachte er. »Durch das Schwert gerichtet«, sagte er.

Wieder keine Antwort.

»Ich hab für die beiden gearbeitet, als ich älter war«, sagte er.

Wieder sah sie auf. Wartete sie darauf, daß er endlich zum Ende kam?

»Als ich vierzehn war, habe ich zwei Typen – zwei italienische Jungs aus Brooklyn – dabei überrascht, wie sie versucht haben, ein Auto zu klauen. Das gehörte dem Mafioso, der das ganze

Viertel kontrolliert hat, Rocco. Die Jungs wollten einfach nur Mist bauen, wie später rauskam. Ich ging durch den Park, und ein paar Kids, die ich kannte, kamen angerannt und erzählten, was sie gerade beobachtet hatten. Eins von ihnen gab mir sein Messer, und damit bin ich auf die beiden Jungs aus Brooklyn los. Sie sind abgehauen. Und wie es nun mal so ist, der Kerl, dem der Wagen gehörte, hat nie auch nur ein Wort gesagt. Sich nicht mal bedankt. Als ich ein paar Wochen später zur Schule ging, warteten da diese beiden Typen, die ich als Kind dabei beobachtet habe, wie sie den Mann im Park umgebracht haben. Sie haben mich gefragt, ob ich etwas für sie erledigen könne, und ich hab das gemacht. Als ich zurückkam, drückten sie mir hundert Dollar in die Hand. Ich war damals vierzehn, Schwester. Meine Mutter arbeitete als Sekretärin, und mein Vater war tot. Ich habe auch vorher schon Besorgungen für die Italiener gemacht – für die Mafia – wie alle Jungs im Viertel, aber das hier war was ganz anderes. Es war geheimnisvoll, ein Abenteuer. Und es gab jedesmal hundert Dollar. Später sogar mehr. Ich habe richtig für die gearbeitet.«

»Drogen.«

»Heroin.«

Er meinte, im Dunkeln ihre Augen glänzen zu sehen. Dann nickte sie. Hielt den Kopf dabei gesenkt.

Er sagte: »Sie kann wirklich gar nichts aus der Ruhe bringen, was?«

»Wir haben das den Soldaten gegeben. Als der Krieg zu Ende war. Gegen ihre Morphiumsucht.« Das Glänzen war verschwunden. Sie hatte die Augen jetzt geschlossen.

»Es war doch nicht *Ihr* Fehler«, sagte er.

Sie öffnete die Augen wieder.

»Sie tragen eine Menge mit sich rum, Schwester. Sie sollten zur Beichte gehen. Vielleicht hilft Ihnen das.«

»Sind Sie mit Ihrer jetzt fertig?« sagte sie. »Dann hole ich jetzt den Arzt.« Sie stand wieder auf.

»Da ist noch was«, sagte er. Sie hielt inne. »Mein Vater war drogensüchtig. Heroin. Er war ein ziemlich erfolgreicher Musiker, aber es dauerte nicht lange. Und als es vorbei war, hat er sich umgebracht. Ich glaube, weil er nicht vom Heroin loskam. Und weil er seine Familie nicht mehr ernähren konnte. Beides zusammen hat er nicht ertragen können.«

Sie kam auf sein Bett zu, hob seinen Kopf an, schlug das Kissen leicht auf und legte seinen Kopf wieder darauf. Martin konnte nichts in ihrem Gesicht erkennen. Dann ging sie zur Tür, blieb stehen und drehte sich um. Offenbar wollte sie noch etwas sagen, bevor sie ging. Antworte mir jetzt nicht wie eine Nonne, dachte er. Bitte. Wechsel jetzt nicht das Thema und frag mich, was zum Teufel ich zum Abendessen will. »Da ich ein Kind war, da redete ich wie ein Kind«, sagte sie. »Und war klug wie ein Kind und hatte kindische Anschläge. Da ich aber ein Mann ward, tat ich ab, was kindisch war.«

Er kannte den Vers, hatte ihn oft gehört. »Salomo?«

»Korinther.«

»Aber wie kann man diesen Schlußstrich ziehen?« sagte er. »War all das denn zu gar nichts gut?«

»Denken Sie wie ein Mann. Und handeln Sie wie einer.«

Später stattete ihm Corso einen Besuch ab. Stellte sich vor das Fußende seines Bettes, grinste ihn an, klatschte in die Hände und hielt sie dann eine Weile so vor seiner Brust. Als ob er Neuigkeiten hätte. »Sowie Sie hier raus sind, kommen Sie vor Gericht.«

Die Nonne verließ das Zimmer. Ohne ein Zeichen der Zustimmung oder des Mißfallens, sie wollte der Situation nur einfach nicht beiwohnen. Corso sagte: »Sie haben sie mit Ihren Geschichten eingelullt, was?« Dann schlenderte er zum Fenster rüber und sah nach draußen. »Ich habe Ihnen ja gesagt, daß Sie sich besser schuldig bekennen sollen, aber Sie mußten es ja unbedingt auf Ihre Weise versuchen. Aber ich will Ihnen noch was erzählen, ganz unter Freunden. Ihr Anwalt läßt die Waffe jetzt noch mal von unabhängigen Experten untersuchen. Unsere Leute haben nämlich noch einen Fingerabdruck gefunden. Na ja, den Teil eines Abdrucks jedenfalls. Könnte tatsächlich von Terry Hughes sein. Aber auch von Felix Pasko, oder von mir. Trotzdem werden Sie die Sache verlieren. Ich würde Ihnen ja gerne noch mal raten, die Sache zuzugeben. Wenn Sie mir erzählen, warum sie die beiden erschossen haben, würde sich das bestimmt positiv auf das Urteil auswirken. Auf der anderen Seite möchte ich es mir aber auch nicht entgehen lassen, dabei zuzusehen, wie Ihnen der Staatsanwalt den ganzen Dreck aus der Nase zieht.«

Martin hörte kaum hin. Corso zog seine übliche Nummer ab. Aber wußte genau, worauf er hinauswollte.

Doch im Moment konnte Corso nicht viel unternehmen. Nicht, solange er hier war. In diesem Bett lag wie ein verdammter Krüppel. Konnte nur versuchen, ihn mürbe zu machen.

Er hatte damals miterlebt – er war zwölf, dreizehn –, wie sie das ganze Viertel auf den Kopf gestellt hatten. Ein paar Sizilianer hatten mit den New Yorker Italienern einen Heroinkrieg begonnen, das Blutbad bestimmte die Schlagzeilen, und das FBI hörte so gut wie jedes Telefon ab. Dann fingen die Italiener an, sich selbst ans Messer zu liefern. Einer nach dem anderen flog auf, und so ging das eine ganze Weile lang. Man saß damals im Park rum und erzählte sich, wie sie jetzt auch diesen oder jenen umgedreht hatten, und dann dachte man: Der auch? So ein Arschloch, das hätte ich von dem nie gedacht. Aber man dachte auch: Was für ein armes Schwein, denn man versuchte sich vorzustellen, wie sie ihn in die Mangel genommen hatten, und man wußte, er hatte alles verloren. Man würde ihn nie wiedersehen – er würde beim Zigarettenholen nicht mal mehr lebend auf die andere Straßenseite kommen. Er hatte damals versucht, sich vorzustellen, wie man sich vor sich selbst ekeln muß, wenn man zum Verräter geworden war. Wenn man geflüstert hatte. Und er saß einfach da im Thompson Park und wartete darauf, was als nächstes passieren würde.

Irgendwann war es vorbei. Die, die ihre Klappe gehalten und stillschweigend ihre Zeit abgesessen hatten, die, die sich nicht hatten kaufen lassen – das waren die Helden, zu denen sie nun aufsahen. Die Kids, die kleinen halbwüchsigen Ganoven – sie wollten alle so werden wie sie.

Nicht jeder kann ein Held sein, dachte er. So einfach ist das. So erbärmlich. Manchmal kann man eben bloß einer sein, der die anderen hochgehen läßt. Aber schließlich haben sie ja immer gewußt, daß es eines Tages so kommen würde. Daß es nicht immer so weitergehen konnte.

Das alles lag nun schon eine Weile zurück. Der Heroinkrieg. Die Regierung war jetzt fast so etwas wie eine sechste Familie geworden. Man konnte keine Rechnung mehr ohne sie machen, sie war immer mit ihm Spiel. So wie eine verdammte Mannschaft, die unerwartet aufgestiegen war, und von der man nie geglaubt hätte, daß sie sich lange in der Oberliga hält.

Martin schloß die Augen. Er hatte überhaupt keine Wahl. Jedenfalls nicht, wenn er nicht wieder zurück in den Knast wollte. Und darüber mußte er noch nicht mal eine Sekunde nachdenken. Wenn sie ihn aufgrund des Fingerabdrucks von dem Mordvorwurf freisprechen und die Sache mit dem Heroin einstellen würden, dann hätten sie nichts mehr gegen ihn in der Hand, dann müßten sie ihn laufenlassen. Und da draußen würde Penny auf ihn warten, und das Geld. Und wenn nicht? Lexi säße dann hinter Gittern. Was sollte ihn das scheren. Und die anderen auch. Das ganze verdammte Dreckspack. Er wollte doch mal sehen, wer jetzt noch eine Zukunft hatte.

Er öffnete die Augen. Wußte, daß Corso es darauf anlegte, daß er klein beigeben und angekrochen kommen würde. Dann würde er sich jedes Zugeständnis aus der Nase ziehen lassen. Würde ihn zappeln lassen. »… wahrscheinlich wird es Ihnen endlos vorkommen, bis die Geschworenen ihre Entscheidung verkünden«, sagte Corso jetzt und sah immer noch aus dem Fenster. Dann schwieg er. Als sei ihm etwas eingefallen. Aber vielleicht genoß er ganz einfach nur seine kleine schmierige Komödie. Glaubte vielleicht sogar selbst daran.

Vielleicht wäre ein Kompromiß ja das klügste. Das, worauf es schlußendlich immer hinausläuft.

Eine Überlegung, die einschloß, daß er verlieren konnte. Aber hatte er nicht längst verloren?

Du hättest nicht versuchen sollen, mich umzubringen, Lexi, dachte er. Und du auch nicht, Bunny. Und diese ganzen Hinterzimmerganoven, mit denen ich mich mein ganzes Leben abgegeben habe? Sie hätten mich wie einen Mann behandeln sollen. Nicht wie einen kleinen dummen Jungen, der auf der Straße spielt und für sie den Laufburschen macht.

»Mr. Corso?«

Er drehte sich um. »*Agent* Corso.«

»Was habe ich gesagt? Mister?«

Er nickte. Ein einziges kurzes Nicken.

»Was können Sie mir über das Zeugenschutzprogramm sagen?«

Mister Agent Corso fragte, was er wissen wolle.

13

Der sicherste Ort für einen Zeugen im Schutzprogramm? Floyd Bennett Field.

Er sagte: »Da beim Belt Parkway?«

Corso sagte ja.

»Wer war das … Bennett?«

Corso hatte keine Ahnung.

»Was ist denn da jetzt, auf diesem Flugplatz?«

»Nicht viel. Ein paar Hangars. Und jede Menge Polizeischüler.«

Dolan grinste.

»Und die passen auf mich auf?«

»Die lernen gerade fahren, Mann«, sagte Corso.

»Was zum Teufel erzählen Sie mir da?«

Sie brachten ihn runter zum Krankenwagen. Nach zwanzig Minuten fragte er den Sanitäter, ob er ihm nicht irgendwas geben könne, das ihn in süße Träume versetzt. Drei Stunden so auf dem Rücken zu liegen würde er nicht aushalten. South Brooklyn war kein besonders aufregendes Reiseziel. Er sagte: »Wecken Sie mich, wenn wir da sind.«

Davis sagte, er würde *pro bono* rüberkommen, um mit ihm die neue Situation zu erörtern. Er müsse zuvor aber noch ein paar Informationen einholen und einige Anrufe erledigen. Den Zeitungen würden sie weiterhin erzählen, er sei wegen Mordes festgenommen worden und läge im Koma. Sollte Lexi doch noch eine Weile hoffen, daß er doch noch in die ewigen Jagdgründe eingeht.

Bevor sie losgefahren waren, hatte er Corso um ein Telefon gebeten. Er wollte seine Mutter anrufen, damit sie nicht länger dachte, er würde nicht mehr aufwachen. Schwester Agatha saß still in der Ecke neben der Tür. Corso stöpselte das Telefon ein. Martin wählte, und Corso setzte sich auf das Ende des Bettes.

»Sie hat nichts damit zu tun«, sagte Martin.

»Ich muß trotzdem hierbleiben. Rufen Sie einfach an.«

»Der Apparat ist doch ohnehin verwanzt, oder?«

Er schüttelte den Kopf. »Kleiner Vertrauensbeweis. Standard bei uns.«

»Sie sind ein echtes Arschloch.«

»Kommen Sie. Wir müssen jetzt eine ganze Weile miteinander auskommen.«

»Ich hatte mir allerdings nicht gedacht, daß es *so* intim wird.«

»Seien Sie doch froh. So fühlen Sie sich wenigstens nicht einsam.«

Sie nahm nach dem ersten Klingeln ab. Er sagte: »Ich bin's, Ma. Mir geht's gut. Ich liege nicht im Koma und ich werde auch nicht wegen Mordes oder so festgehalten.«

Corso zog eine Augenbraue hoch – als wolle er sagen: Ganz so ist es ja nicht. Martin versuchte, ihn einfach nicht zu sehen.

»Was ist denn los? Bist du gesund? Hast du Probleme? Wo bist du überhaupt?«

»In einem Krankenhaus außerhalb der Stadt«, sagte er. »Jemand hat mich verletzt. Aber jetzt geht's mir wirklich gut. Ich bin im Schutzprogramm. Es ist alles ziemlich kompliziert.« *»Der Kerl mit dem Messer? Ein Illegaler«, hatte Corso gesagt. Ist wahrscheinlich aus Kanada eingereist, keine Papiere, und sie haben auch keine Kaution festgesetzt.* »Und ich habe nichts verbrochen, Ma. Wir handeln hier gerade was aus.« *Corso hatte gesagt: »Wahrscheinlich kann man ihm keine Verbindung nachweisen. Er redet kein Wort. Wahrscheinlich hat er selbst keine Ahnung, wer ihn angeheuert hat, zu viele Mittelsmänner. Aber* Sie *wissen es. Und sagen Sie mir jetzt bloß nicht, es könne schließlich jeder gewesen sein, nur weil sie einen Club haben, in dem haufenweise Russen rumhängen. Sie wissen, wer es war, und ich weiß es.« Der Alte hat sie verhöhnt, hatte Martin gedacht. Er hat ihnen vor den Augen des Richters und der FBI-Leute ins Gesicht gerufen: »Ich scheiße auf euch. Ich bin unberührbar. Weist mir erst mal was nach, ihr Schlappschwänze.« Und sie konnten es nicht. Nicht ohne seine Hilfe.*

»Was gibt es da denn auszuhandeln, wenn du nichts angestellt hast, Martin?«

»Ma, es ist zu kompliziert.«

»Erzähl mir nicht so einen Blödsinn. Was ist passiert? Willst du etwa …«

»Es ist alles in Ordnung, Ma. Wirklich. Wir …«

»Jesus Christus, sag mir jetzt gefälligst, was los ist.«

»Ma …« Er wollte ihr sagen, sie solle aufhören. Corso saß immer noch auf dem Bett und rührte sich nicht. »Ma, hör mir zu. Ich glaube, du und Frito und Juliet …«

»Hallo?«

»Frito?«

»Ja. Bist du okay?«

»Mir geht's gut. Und dir? Was ist bei euch los?«

»Nichts. In der Zeitung stand …«

»Weiß ich. Hör zu. Ich rufe aus zwei Gründen an. Einmal, um dir zu sagen, daß du nicht glauben sollst, was die Zeitungen schreiben. Und dann … Ich muß für eine Weile verschwinden. Ich werde nämlich aussagen. Aber sag das niemandem, hörst du?«

»Jesus …«

»Du mußt dich jetzt um Mom kümmern, Frito. Du bist jetzt der Mann in der Familie.«

»Wann wirst du aussagen?«

»Weiß ich nicht. Vielleicht in einem Jahr.« Er sah rüber zu Corso. Der nickte. »In einem Jahr.«

»Werden wir uns ein Jahr lang nicht sehen?«

»Ich weiß es nicht. Aber laß uns darüber jetzt nicht länger reden, okay?«

»Was sollen wir dann machen? Wenn du ausgesagt hast? Wo sollen wir hin?«

»Hey Kumpel, ich kann jetzt nicht … Es tut mir leid. Wie geht's Mom? Geht's ihr gut?«

»Sie ist okay.«

»Du mußt gut auf sie aufpassen, versprichst du mir das, Frito?«

»Schon gut«, sagte Frito. »Mach dir keine Sorgen um uns.«

»Gut. Was ist mit Juliet?«

»Ihr geht's auch gut …«

»Gut …«

»Uns allen geht's gut. Wir haben schon so oft angerufen.«

»Das ist alles ziemlich verrückt, Mann ... ganz schön kompliziert. Tut mir leid. Ich muß jetzt Schluß machen. Ich rufe dich später wieder an, okay? Heute abend oder morgen. Morgen wahrscheinlich. Muß erst mal sehen, wie sich alles entwickelt. Tust du mir einen Gefallen, Frito?«

»Klar doch.«

»Ich möchte, daß *du* ab jetzt ans Telefon gehst. Ich will jetzt nicht mit ihr sprechen. Ich kann nicht. Okay?«

»Okay.«

»Ich rufe dich morgen an.«

»Okay.«

Er legte auf. Lehnte sich zurück und starrte an die Decke. »Danke.«

»Kein Problem.«

»Wie oft hat sie angerufen?«

»Dreißigmal?«

Er schloß die Augen. Versuchte, sie sich nicht vorzustellen. »Was haben Sie ihr gesagt?«

»Daß Sie okay sind.«

»Und daß das alles ist, was Sie sagen können?«

»Stimmt.«

»Haben Felix' Leute angerufen?«

»Ja. Wegen seiner Leiche. Terrys Leute auch. Die Autopsien sind abgeschlossen. Sind bereits auf dem Weg zu ihren Familien. Haben Sie übrigens eine Freundin, Quinn?«

»Was? Nicht direkt.«

»Da war ein Anruf. Von einem öffentlichen Telefon. Sie hat nach Ihnen gefragt.«

Natürlich sie. Er zuckte die Schultern. Kein Grund, darauf zu antworten.

»War das die Frau von Felix Pasko?«

»Was? Was soll die Frage? Hat sie nicht gesagt, wer sie ist?«

»Sie hat einen Namen genannt. Sagen Sie ein paar.«

»Ich kenne eine Menge Leute. Viele Frauen.«

Corso senkte die Stimme, das Kinn lag auf seiner Brust. »Sie ... vögeln sie?«

»Was?« Er versuchte, sich nichts anmerken zu lassen, sah weiterhin zur Decke hoch. »Sind Sie übergeschnappt?«

»Vögeln Sie sie, Quinn?«
»Jetzt mal langsam.«
»Warum haben Sie Felix Pasko erschossen?«
»Arschl… Fangen Sie nicht schon wieder damit an. Können Sie nicht wenigstens meine Trauer um ihn respektieren?«
Flüsternd: »Sie haben Gefühle? Ich scheiße auf Ihre Gefühle. Sie wissen, daß ich Ihnen nicht glaube. Also: Warum hat sie angerufen? Wieso hat sie einen anderen Namen genannt?«
»Woher wollen Sie wissen, daß sie es war?
»Wir analysieren die Stimmen der Anrufer. Stimmen sind viel besser als Fingerabdrücke.«
»Dieser ganze High-Tech-Scheiß, was? Wieso vergessen Sie es nicht einfach? Ich habe nichts mit seiner Frau.«
»Wie ist ihr Name?«
»Penelope. Ich kenne sie schon seit der Highschool. Ich hab die beiden miteinander bekannt gemacht, Herrgott noch mal. Vielleicht denkt sie ja auch, daß ich ihn umgelegt hab.«
»Warum sollte sie das denn denken?«
»Was haben Sie ihr gesagt, als sie angerufen hat?«
»Wann? Als sie von zu Hause anrief oder aus der Telefonzelle?«
»Mann, lassen Sie's einfach gut sein, okay?«
»Penelope«, sagte Corso und grinste ihn an.
»Penelope«, sagte Martin.
Wir werden für immer zusammensein, wenn er uns nicht mehr im Weg ist, meine süße Penelope.
»Wann brechen wir auf?«
»Morgen.«
»Kann ich meinen Bruder noch anrufen, bevor wir fahren?«
»Sicher.«
»Da gibt es doch auch ein Telefon, oder? Auf Floyd Bennett Field?«
»Die haben alles da. Das reinste Komforthotel.«
»Und wie ist das Essen?«
»Gibt's sogar zum Mitnehmen.«
»Hmm«, sagte Martin. Er mußte das Thema wechseln. »Würden Sie mir einen Gefallen tun? An der Hauptstraße gibt es ein italienisches Restaurant. Können Sie mir was Ordentliches besorgen? Eine Pizza Alfredo oder ein paar Spaghetti Carbonara?

Ich muß wieder etwas zu Kräften kommen, bevor wir losfahren. Ich hab das Gefühl, ich wiege schon gar nichts mehr.«

»Jetzt gleich?«

»Wäre das zuviel verlangt? Ich vertrage das Essen hier nicht. Fünf Tage am Tropf, und dann die wässerigen Eier und der trockene Toast. Nicht zum Aushalten.«

Corso stand auf. »Bin gleich zurück.«

»Wollen Sie auch was, Schwester?« sagte Martin. Sah aber nicht zu der Ecke rüber, in der sie saß. Für sie ist das hier bestimmt alles jenseits des Glaubwürdigen, dachte er. Er hörte nicht, daß sie antwortete. Hat sicher nur den Kopf geschüttelt, dachte er. Eine Bewegung, von links nach rechts. Vor zwei Tagen hatte er gesehen, wie sie eine Packung Cracker gegessen hatte. Das hatte eine Stunde gedauert.

Corso stand da und grinste. Seine Augen ruhten auf Martin. »Ich will mehr über Paskos Frau wissen.«

»Hören Sie jetzt endlich auf, Corso. Sie ist ein nettes Mädchen. Ich kenne sie seit zehn Jahren. Ich sagte doch schon, ich hab die beiden zusammengebracht.«

»Schon gut, regen Sie sich ab«, sagte er und ging endlich zur Tür. Martin starrte weiter an die Decke. Draußen redete Corso mit dem Agenten auf dem Flur. Dann hörte er seine quietschenden Gummisohlen auf dem Fußboden leiser werden.

Martin griff nach dem Hörer, ertrug den pochenden Schmerz, als er sich aufrichtete, und drückte mit derselben Hand mühsam die Tasten. Frito nahm ab. »Geht nach Frankreich«, sagte Martin. »Juliets Haus. Und ruf Penny an und sag ihr, daß ich okay bin. Sag ihr, sie soll nicht wieder anrufen, daß die Telefone verwanzt sind, und daß sie bei Lexi Pasko bleiben soll. Aber sie soll die Miete zahlen. *Alle* Mieten, die fällig sind, hast du verstanden? Sag ihr das. Ich werde dich vermissen.« Er hörte, wie Fritos Stimme leiser wurde, bevor er den Hörer wieder auf die Gabel bugsierte, dann war sie weg. Er rollte sich zurück auf den Rücken, lauschte, doch draußen vor der Tür war nichts zu hören. Nach einer Weile hob er den Kopf und sah zu ihr rüber. »Würden *Sie* ihm trauen?« sagte er.

Sie gab keine Antwort.

Als sie am nächsten Tag nach Brooklyn aufbrachen, war sie nirgendwo zu sehen.

14

Spartanisch. So würde sein Leben nun erst mal aussehen. Reduziert auf das Notwendige. Aber der Gedanke daran machte ihm nichts aus. Sie gaben ihm seine Sachen zurück, die im Büro des Bezirksstaatsanwalts verwahrt worden waren, seine Brieftasche und die Schlüssel. Sie waren noch alle da. Auch die für die Schließfächer im Gotham Storage. Mehr würden er und Penny für eine neue Zukunft nicht brauchen. Aber bis dahin würde er sich noch eine Weile gedulden müssen. Tag eins im Zeugenschutzprogramm.

Sie kleideten ihn auf Staatskosten ein. Er mußte grinsen, als Dolan mit dem Stapel mit den schwarzen Schuhen obendrauf ankam. Eine Fliegerjacke, Pullover, Baumwollhosen, weiße T-Shirts, Unterwäsche, Socken, ein Stoffgürtel. Eine Zeitlang hatte er solche Kleidung auch noch getragen, nachdem er aus der Armee raus war. Erst allmählich hatte er dann angefangen, sich wieder wie ein Zivilist zu kleiden. Und gehofft, dadurch nichts von der Selbstdisziplin zu verlieren, mit der er sein Leben jetzt in den Griff kriegen wollte.

Aber daß ausgerechnet Dolan das Zeug anschleppte … Nimm es einfach als eine Art Omen, dachte Martin. Jetzt fängt alles noch mal von vorne an.

Er hängte die Jacke auf einen Kleiderbügel in dem grauen Stahlschrank in der Ecke. Den Pullover, das zweite Paar Hosen und die Unterwäsche legte er neu zusammen und stapelte sie auf das schmale Bord darüber. Ein T-Shirt reichte. In dem Raum war es warm. Er war groß, vielleicht hundert Quadratmeter, zehn Meter hoch. Metallwände auf drei Seiten. Die vierte war gemauert, anthrazitfarbene Betonsteine bis zur Decke, um den Raum von der übrigen Fläche des einstigen Hangars abzutrennen. Sie hatten sie vor zehn Jahren speziell für das Schutzprogramm eingezogen, hatte Corso ihm erzählt. Die Regierung ließ es sich etwas kosten, ihre Kronzeugen sicher unterzubringen. Der Oberstaatsanwalt hatte im Moment alle Hände voll damit zu tun, Jagd auf Mafiosi und korrupte Polizeibeamte zu machen. Er machte den Italienern einen Laden nach dem anderen dicht, und einige Cops hatten bereits Selbstmord begangen. Martin wußte alles über die Sache. Doch er würde nicht ein einziges Wort sagen, bevor er nicht wußte, was sie ihm als Gegenleistung dafür boten. Allerdings fragte er sich, wer aus seinem Viertel vielleicht schon vor ihm hier gewesen war.

Neben dem Kleiderschrank standen zwei Betten – saubere Wolldecken, weiße Laken. Zwei kleine Couchs hinten an der Wand, ein Sessel. Ein großer Fernseher, der schon etwas älter aussah, eine Kochnische, daneben ein hoher Kühlschrank. In der Mitte des Raums ein Klapptisch und Stühle, ein weiterer Tisch mit Telefon und Fax neben der Tür. Corso telefonierte immer noch, den Hörer unter das Kinn geklemmt, und machte dabei Notizen. Schon seit fast einer Stunde, wenn die Uhr über der Kochplatte nicht log. Dolan hatte die ganze Zeit über in dem Sessel gesessen und geraucht. Martin hatte ihn zuvor noch nie mit einer Zigarette gesehen, wohl aber den Rauch an seiner Kleidung gerochen. Junger, dynamischer Typ, dieser Dolan. Hart. Er war jünger als Martin. Schien vollkommen in seinem Job aufzugehen, das machte ihn in seinen Augen wahrscheinlich zu einem guten Menschen. Allerdings nicht besonders geistreich, dachte Martin. Jetzt hockte er seit einer Stunde da, rauchte eine Zigarette nach der anderen und starrte dabei in den Fernseher, als wolle er ihn durch schlichte Konzentration dazu bringen, durch den Raum zu schweben.

Ein Großteil des Zeugenschutzes besteht offenbar darin, vor dem Fernseher zu sitzen, dachte er. Diese Armleuchter werden mir jetzt Tag und Nacht nicht mehr von der Seite weichen, und ich muß Tag und Nacht mit ihnen verbringen. Schöne Aussichten. Aber Sie hatten ja auch keine andere Wahl.

Er mußte an das Jahr im College denken. Man hatte ihn zusammen mit einem Siebzehnjährigen in ein Zimmer gesteckt, und er hatte dagegen protestiert. *Ich bin vierundzwanzig! Erwachsen und kein Pennäler mehr!* Aber so wollten es nun mal die Vorschriften. Innerhalb von zwei Wochen verwandelte sich der

Knabe – Todd? Ben? Ted? – dann von einem heimwehkranken Muttersöhnchen in eine kiffende Vogelscheuche, die mit bloßem Oberkörper herumlief und ständig mit ihm Bruderschaft trinken wollte. Martin suchte sich ein Apartment in der Stadt und fand sich damit ab, daß er die Miete für das Collegezimmer für nichts bezahlte. Der Preis der Freiheit.

Das lag nun schon so lange zurück, daß es ihm vorkam, als wäre es nie geschehen. Damals war er noch nicht wieder dort angelangt, wo er dann später landete, als er zurück nach New York kam.

Und das mußte er sich schon eingestehen. Er war wieder zu dem geworden, der er gewesen war, bevor er die Stadt verlassen hatte.

Aber jetzt hatte er eine zweite Chance bekommen. Allerdings gab es hier keine Joints, keine Einführungen in die Geschichte der Philosophie und auch keinen Grundkurs Psychologie. Hier gab es nur FBI-Agenten, die Waffen am Gürtel trugen, und Verhandlungen mit Staatsanwälten. Kugelsichere Westen und Gerichtstermine.

Er ging rüber zum anderen Fenster, eine Hand an dem Infusionsständer, den er neben sich herrollte. Auf der gegenüberliegenden Seite waren nur das Rollfeld und der Himmel darüber zu sehen gewesen. Das Gesicht dicht an der Scheibe, entdeckte er endlich, worauf er gehofft hatte. Cops. Polizeischüler beim Fahrtraining. Er sah ihnen zu. Mit eingeschaltetem Blaulicht und Sirene rasten sie durch einen abgesteckten Parcours, einer dicht hinter dem anderen. Ab und zu schlug das Heck eines der blauweißen Wagen aus wie ein riesiger Fisch mit der Schwanzflosse. Nur weiter so, Jungs.

Bereits nach ein paar Runden konnte er daran, wie die einzelnen Fahrer beschleunigten, abschätzen, wen es während der nächsten Sekunden aus der markierten Spur schleudern würde. Richtig versauen tat es aber keiner. Es sah so aus, als könne tatsächlich was aus ihnen werden.

Weiter hinten die Bucht und der Atlantik. Manhattan irgendwo auf der anderen Seite, hinter ihm. Vielleicht konnte man sogar das World Trade Center und die anderen Hochhäuser sehen, wenn man draußen stand. Battery Cove und sein Apartment irgendwo rechts davon. Ein Naturschutzgebiet gab es auch in der Nähe. Er hatte den Parkwächter in dem kleinen Häuschen gesehen, als sie angekommen waren. Als der Sanitäter ihn geweckt hatte. »Was lohnt sich in Brooklyn schon zu schützen?« hatte er den Typ gefragt. Der schien ihn nicht zu verstehen.

»Enten?« sagte er.

Martin sah ihn an. Der Typ meinte es ernst.

»Brooklyn-Enten?« hatte Martin gesagt.

Corso legte auf. »Es ist wirklich der Teufel los. Unglaublich, dieses ganze Theater. Man kriegt niemanden ans Telefon.« Er redet tatsächlich wie ein waschechter New Yorker, wenn er sauer ist, dachte Martin.

»Verdammter Mist auch«, sagte Dolan. Keine Emotion in der Stimme. Er redete wie ein Cowboy. Wenn er überhaupt redete. »Du hast doch schon vor zwei Tagen angerufen.«

»Du sagst es. Aber das schert die doch einen Scheiß.«

»Sind Sie fertig?« sagte Martin

»Ja. Wollen Sie telefonieren?«

»Ich wollte fragen, wie's weitergeht.«

»Wie geht's weiter, Kevin?«

»Wir warten. Und anschließend warten wir weiter.«

Wurden langsam richtig zutraulich, die beiden. Schienen jetzt ganz in ihrem Element zu sein. »Worauf?«

Corso sagte: »Akten. Papierkram. Und was wir sonst so brauchen. Ich habe denen schon vor zwei Tagen gesagt, sie sollen das Zeug rüberschicken. Bis die ganze FBI-Maschinerie in die Gänge kommt ... Auch ein Arzt sollte hier sein, der Sie untersucht. Und einer von unseren Juristen. Er, Sie und Ihr Typ, Davis, regeln die Sache zusammen. Wo steckt dieser Davis eigentlich?«

»Ich bin in Ordnung. Sie haben mich schon im Krankenhaus untersucht. Alles okay mit mir.«

»Darum geht's nicht. Das schert niemanden. *Mich* schert das natürlich. Und Dolan. Aber es gibt Vorschriften. Und wir werden uns daran halten. An jeden Buchstaben. Also sorgen wir dafür, daß Ihre Rechte nicht verletzt werden.«

»Weil ich sonst euren Arsch verklage.«

»Ist alles schon vorgekommen, *Boß*. Mehr als einmal.«

»Leckt mich ...«, sagte Martin. Und war gespannt, ob Corso auf diese Tonlage einsteigen würde.

Er tat es nicht. »Wir hatten mal so einen Spaghetti hier, einen Killer«, Corso rückte seinen Stuhl so hin, daß er aus dem Fenster sehen konnte, als gäbe es dort etwas, das ihm helfen würde, sich zu erinnern. Aus den Augenwinkeln sah Martin, wie Dolan den Kopf schüttelte. »Der hat seine Geschichte alle paar Wochen geändert«, sagte Corso. »Am Telefon mit seinem Anwalt sogar jeden Tag. Zweiunddreißig Morde hat er zugegeben. Zweiunddreißig oder dreiunddreißig, hat er gesagt, er könne sich nicht mehr so genau erinnern. Hat diese Morde während der letzten zwanzig Jahren begangen, hier und in Palermo, dauernd hin und her. Sprach kaum englisch, also besorgten wir ihm einen Dolmetscher. Er kramt in seinem Gehirn nach Einzelheiten über diesen Mord, den er *nicht* zugegeben hat – einer der wenigen – und zu dem er auch nur als Zeuge aussagen soll. Wir glauben, daß wir den diesem Typ in St. Louis anhängen können, hinter dem wir schon eine Weile her sind. Und was sagt dieser Spaghetti? Er kann sich nicht dran erinnern, wer geschossen hat, er sei gerade anderweitig beschäftigt gewesen. Hat irgendwas aus dem Kühlschrank geholt oder so. Sie haben diesen Typ mit Klebeband an einen Stuhl gefesselt, ihm Stück für Stück einen Finger nach dem anderen mit einer kleinen Heckenschere abgeschnitten, bis ihm endlich jemand den Rest gegeben hat, aber der Sizilianer ist in der Küche und holt sich ein Bier. Und außerdem kann er sich sowieso nicht an die Namen der Leute erinnern, die dabei gewesen sind. Nach einer Weile werde ich laut, aber er bleibt völlig unbeeindruckt. Redet einfach weiter mit dem Dolmetscher. Ich bin kurz davor zu explodieren. Ich denke, was heißt verdammt noch mal Heckenschere auf italienisch, weil ich drauf und dran bin, mir selbst eine zu besorgen und diesem Typ ein paar Finger abzuschneiden, und genau das sage ich Kevin. Und der Dolmetscher, dieser Volltrottel, übersetzt das, und der Sizilianer sagt: ›Come? Come?‹ Dann steht er auf und geht zum Telefon, ruft seinen Anwalt an. In Palermo, nebenbei gesagt. Den Typ ruft er jeden Tag an und bespricht mit ihm jeden Schritt, den er tut. Am nächsten Tag kriege ich einen Anruf, daß wir ihn verlieren. Er zieht vors Oberste Bundesgericht. Genfer Konvention, dieser ganze Scheiß. Ich wurde von der Sache abgezogen. Später haben sie ihn doch noch dazu gekriegt auszusagen. Wie viele Anklagen haben wir ihm zu verdanken, Kevin?«

»Zwei.«

»Und wie viele haben gehalten?«

»Keine.«

»Er hat einen Rückzieher gemacht. Die beiden Typen haben in der Berufung gewonnen.«

»Was macht er jetzt?«

»Ist in irgendeinem Gericht tot zusammengebrochen. Herzattacke. Der Kerl wog dreihundertfünfzig Pfund. Ich wünsche mir noch immer, ich wäre dabeigewesen und hätte das sehen können. Bis heute.«

Corso sah eine lange Sekunde aus dem Fenster, dann nahm er seinen Block und starrte auf seine Notizen. Dolan legte die Hand auf die Couchlehne und schien den Bezug zu prüfen. Es war wahrscheinlich nicht ihre Lieblingsgeschichte.

Martin sagte: »Ich bin wirklich ziemlich fit. Wenn man mal hiervon absieht.« Er ruckelte an dem Infusionsständer.

»Um Sie machen wir uns keine Sorgen«, sagte Corso. »Sie sind jung, haben ein gutes Gedächtnis. Und Sie kennen einen Haufen Leute, wette ich. Also hören wir uns an, was Sie zu erzählen haben, dann holen wir uns den nächsten und nehmen uns den vor, und dann noch einen. Wir bauen ein richtiges kleines Informationsnetz auf. Werden immer weiter in diesen Sumpf vordringen. Das dauert ein ganzes Scheißleben lang, aber wir werden nicht lockerlassen. Wir haben mindestens drei Dutzend nicht aufgeklärte Morde in Brighton Beach seit 1980. Drüben in Little Odessa. Die Polizei tappt im Dunkeln, und bisher dachten wir, okay, Streitigkeiten unter Immigranten, sollen die das unter sich abmachen. Aber wir haben uns geirrt. Es geht um organisierte Kriminalität. Russenmob. *Organisatzija*, stimmt's? *Mafija*?«

Martin nickte. Dachte einen Augenblick, daß Lexi oft gesagt hatte, die einzige russische Mafia, die es heute noch gäbe, sei die Kommunistische Partei.

Aber dann mußte er wieder an diesen fetten sizilianischen Killer denken, von dem Corso erzählt hatte.

Die Tatsache, daß der Typ seine Aussage widerrufen hatte, bedeutete, daß man einen Rückzieher machen konnte. Das war zwar billig, aber immerhin möglich, wie er jetzt wußte. Er mußte darüber mit Davis reden. Seinem Spezialisten für Wahrheit und Unwahrheit.

Er hatte ja bereits schon einmal mit dem Gedanken gespielt, diese Typen auszutricksen, fiel ihm ein. War sich völlig sicher gewesen, daß er es tun würde. Dieser Gedanke schien ihm nun so weit entfernt wie die Erinnerung an diesen Kiffer mit dem bloßen Oberkörper in seinem Collegejahr. »Wann geht's los, Corso?«

»Wenn wir soweit sind. Alles, was Sie bis dahin tun müssen, ist, ein wenig nachzudenken. Über alles, was Sie gesehen haben, alles, bei dem Ihnen Ihr Herz gesagt hat, daß das nicht in Ordnung ist. Erinnern Sie sich an jeden, der mit Klebeband auf einen Stuhl gefesselt war und dem die Finger abgeschnitten wurden, bevor ihm jemand zwei Kugeln in den Kopf jagte. An jeden Auftraggeber und an jeden mickrigen Zuhälter. Alles, was Sie uns erzählen, werden wir mit unseren Akten vergleichen. Denken Sie einfach nach, und fangen Sie am besten gleich damit an.« Corso sah ihn an, schwieg einen Moment, dann wandte er sich wieder seinen Notizen zu.

Auf seine Art war er schon in Ordnung, dachte Martin. Sich immer an die Spielregeln halten zu müssen war schließlich auch ein Scheißspiel und konnte einen fertigmachen. Bei der Armee hatte er etliche Leute daran zerbrechen sehen.

Corso sah ihn wieder an. Vielleicht hatte er Martins Blick gespürt. »Es kommt übrigens immer wieder vor, daß ein Zeuge einen Rückzieher macht. Ich muß Sie allerdings warnen. Das ist Meineid. Wenn Sie Pech haben, verlieren Sie den Zeugenschutz und wandern direkt in den Knast ... Warum grinsen Sie? Haben Sie daran etwa gerade gedacht?«

»Na ja ...«

»Wenn Sie meinen Rat wollen ... Vergessen Sie's ganz einfach.«

»Okay ... Woher kommen Sie übrigens, Corso? Wenn ich fragen darf.«

»Eine Meile von hier.«

»Und Sie?« – zu Dolan.

»Ohio«, sagte Dolan.

»Wo ist das?«

»Nah genug.«

»Er ist einer der besten«, sagte Corso. »Machen Sie sich nichts vor. *Wir* sind die, die *Sie* gekriegt haben.«

»Sie hatten einfach Glück«, sagte Martin.

»Das würde ich nicht so sehen.«

»Irgendwann würde ich gern mal die Akten zu der Sache mit den Drogen sehen.« Er drehte sich um und sah aus dem Fenster.

»Welche Drogensache?«

Martin sagte: »Na ja, Sie haben doch selbst gesagt, das Spiel heißt Geben und Nehmen, oder? Ich bin mir einfach nur nicht ganz sicher, ob Sie mit offenen Karten spielen, *Agent* Corso.«

Die Fahrschüler da draußen schienen für heute Feierabend gemacht zu haben, wie es aussah. Ein Ausbilder sammelte die rotweißen Hütchen ein, die Streifenwagen waren verschwunden. Die Erfolgsbilanz mancher Tage war einfach frustrierend. Man trat auf der Stelle. Wie viele solcher Tage hatte er noch vor sich? Ein Jahr hatte Corso gesagt. Das waren dreihundertfünfundsechzig verdammte Tage.

»Sagen Sie ruhig Paul zu mir«, sagte Corso. Mit einem Lächeln in der Stimme.

Martin sah weiter hinaus. War müde. Seine Verletzungen schmerzten.

Vierundzwanzig Stunden am Tag mit diesen Typen in einem Zimmer hocken. Und wenn Sie mit ihm fertig waren, würden die Marshals von der Bezirkspolizei kommen. Wie würde das nachts sein, wenn er schlafen wollte? Würden sie im Dunkeln mit ihm reden? Über irgendwas lachen, das sie im Fernsehen gesehen hatten?

Er vermißte Penny. Und Felix. Drei Jahre hatte er im selben Bett mit ihm geschlafen, waren sie morgens zusammen zur Highschool gegangen wie Brüder, und jetzt würde die Sonne untergehen, und er war einfach weg, der alte Fee. Und wenn sie wieder aufginge, wäre er noch weiter weg. Vor ein paar Tagen noch waren sie zusammengewesen, bester Laune, hatten Pläne gehabt. Und jetzt? War er einfach nicht mehr da.

Hätte Fee gelogen, so wie der fette Sizilianer? fragte sich Martin.

»Ich muß Sie was fragen«, sagte Corso.

»*Ich* muß Sie was fragen. Entschuldigen Sie ...« Corso sah ihn an. »Sie glauben, ich könnte jemanden ermorden – einen Mord planen und ausführen –, aber Sie wollen mich laufen lassen, wenn ich gegen ein paar Typen aussage? Was für einen Scheiß erzählen Sie mir da eigentlich?«

»Die meisten Zeugen stellen sich diese Frage früher oder später. Ich sage Ihnen, wie *ich* die Sache sehe. Was mir gegen den Strich geht, das ist, wenn unschuldige, nichtsahnende Menschen daran gehindert werden, in Ruhe ihr Leben zu leben. Wenn sie sich nicht sicher fühlen können. Mir ist es völlig egal, wenn sich irgendwelche Arschlöcher gegenseitig ans Bein pissen. Nennen Sie das meinetwegen altmodisch, wenn Sie wollen. Wasch deine eigene dreckige Wäsche, putz dein eigenes Scheißhaus. Meine ganz persönliche Meinung. Worauf ich allerdings ziemlich allergisch reagiere, das ist, wenn mir eins dieser Arschlöcher in die Suppe spuckt und meine Arbeit behindert. Ich denke, das sollten Sie wissen.«

Corso wollte also, daß die Dinge so blieben, wie sie früher mal waren. Keine Leichen. Keine Schweinereien.

Alle hier wollten, daß es so blieb, wie es war. Er schüttelte den Kopf. Was für eine beschissene Tragödie, dachte er. Sagte: »Was wollten Sie gerade fragen?«

»Wie lange Sie schon den starken Mann markieren. Fünfzehn Jahre? Haben Sie nie die Schnauze voll gehabt davon?«

»War vier Jahre bei der Armee, hab eine Zeitlang gearbeitet, College. Aber als ich fünfundzwanzig war, bin ich zurückgekommen.« Und plötzlich sah er alles wieder vor sich. Die Verlobungsanzeige, die Straße, die nach Hause führte. Sein Viertel – nach all den Jahren.

»Wo waren Sie?« sagte Corso. »Welche Waffengattung?«

Martin sah einer Barkasse hinterher, die die Bucht durchquerte. Er brauchte jetzt einen klaren Kopf, wollte nicht in der Vergangenheit versinken. Er sagte: »Hören Sie, Corso, Sie sollten sich über eins im klaren sein. Die Russen sind anders, als es die Italiener früher waren, keine Spur schwärmerisch, romantisch. Sie sind die reine Verkörperung von Gier. Die rennen in billigen Anzügen rum, nicht in Kamelhaarmänteln. Sie und Dolan, Sie haben es sich zur Lebensaufgabe gemacht, die aufzumischen?

Na, dann viel Vergnügen. Das ist ein Kreuzzug, Mann, eine *Mission.* Und sie werden verdammt wenig Ruhm dabei ernten. Alles, was Sie erwarten können, ist vielleicht ein Plätzchen im Himmel, wenn Sie vorher nicht einknicken und sich von denen Ihre Hypotheken bezahlen oder einen Pool bauen lassen, was die einzige Form der Dankbarkeit ist, die diese Typen in ihren Polyesteranzügen kennen.«

Hinter ihm blieb es still. Er sagte: »Um welche Zeit fangen die da draußen denn morgen mit ihrem Fahrtraining an?« Hörte, wie Corso eine Seite seiner Notizen umblätterte. Dolan machte den Fernseher an. »Komme ich hier auch mal raus? Die Beine vertreten, oder so was?«

»Sicher doch.« Das war Corso. »Vielleicht machen wir am Sonntag mal ein Picknick auf dem Rollfeld.«

Er sagte: »Ich war noch nie auf der Freiheitsstatue.« Was wirklich kein Witz war; er war noch nie auf Liberty Island drüben gewesen.

Er dachte, wie kann man so lange in New York leben und noch nie Lady Liberty besucht haben.

Er sah nach draußen, ob er sie vielleicht irgendwo entdecken konnte.

15

Mrs. Adriana Potenta Anzone hat die Ehre,
hiermit die Verlobung ihrer Tochter
Penelope Amiata Anzone
mit Felix Pasko …

Er wußte genau, wo sie war, immer noch. Er hatte die Einladung in die Plattenhülle gesteckt. Das Album seines Vaters, das Penny von den Flitterwochen in Paris mitgebracht hatte.

Dolan schlief. Hatte sich auf der Couch langgemacht und war dann eingedämmert. Corso stellte den Fernseher leiser, ging zurück zu dem Tisch mit dem Telefon und widmete sich dann wieder dem Papierstapel, den das Faxgerät vor einer Stunde ausgespuckt hatte. Saß mit einem Oberschenkel auf der Tischplatte. Beide Agenten hatten ihre Jacken ausgezogen, ihre Waffen am Gürtel, die Krawatten gelockert.

Bei der Armee hatte einer gesagt, Alaska sei die letzte Grenze. Das klang gut, also hatten sie sich zusammen auf den Weg gemacht. Er hatte sich gedacht, in der Einsamkeit da oben würde seine aufgewühlte Seele zur Ruhe kommen, würde er endlich Frieden finden. Sie setzten ihre Namen auf eine Bewerbungsliste der Ölgesellschaft, und um die Wartezeit zu überbrücken, nahmen sie einen Job bei der Lachskonservenfabrik an, wo sie zwischen den ganzen anderen Neuankömmlingen am Fließband standen. Sein Kumpel hielt es gerade mal einen Monat aus – den Lärm, den tagein, tagaus an ihnen vorbeiziehenden roten Schleim, den Gestank –, dann ging er zurück nach Pennsylvania. Sagte, Martin könne die Platte, für die sie zusammengelegt hatten – *Let It Bleed* – behalten, und hatte auch nichts dagegen, daß er sich mit seinem Mädchen traf. Sie hatten es zusammen kennengelernt, aber dann war es zwischen ihm und ihr enger geworden. Kate machte die Bar unten im Haus.

Es dauerte nur ein paar Tage, dann blieb sie über Nacht bei ihm. Brachte was zu essen mit nach oben, und wenig später schleppte sie ihren Fernseher an. Schließlich mußte man was zu tun haben nach dem Essen und Rummachen. Sie war wirklich in Ordnung. Jung, aber schon zu lange allein. Trank zuviel und konnte überhaupt nicht verstehen, warum er die Finger davon ließ.

Nach einer Weile lernte sie einen anderen kennen, traf sich ab und zu mit ihm, und eines Tages stand der Typ vor der Tür. Martin öffnete, und da stand er vor ihm, mit einer Achtunddreißiger in der Hand. Nicht wirklich bedrohlich, er hielt sie so, als wolle er sagen: *Hände hoch.* Katie sprang von der Couch auf und wollte sich zwischen sie stellen, aber Martin meinte, es sei schon in Ordnung. Wollte sagen: »Zieh schon ab mit ihr, Mann, kein Problem.« Aber Kate sagte: »Wir sehen bloß fern. Mehr ist nicht. Er ist nur ein Freund. Er hat keinen Fernseher.« Und der Kerl sagte: »Jetzt seid ihr keine Freunde mehr, und der Fernseher kommt auch mit.« Martin zuckte mit den Schultern, ließ den Kerl rein, und er zog den Stecker aus der Dose. »Wir sehen uns, Katie«, sagte Martin und ging zur Couch zurück.

»Einen Teufel werdet ihr«, sagte der Typ. »Ihr seht euch nicht wieder.« Martin blieb stehen und sah ihn an.

»Nein?«

Der Kerl musterte ihn von oben bis unten, war selbst ziemlich groß. Ein gutes Stück älter. Mußte auf die Vierzig zugehen. Meinte: »Ziehst wohl jetzt den Schwanz ein, nur weil ich das Ding hier habe, was?« Er setzte den Fernseher ab und drückte Katie die Special in die Hand. Sie starrte das Ding an, hielt die Waffe mit beiden Händen von sich. Wie ein kleines Kind, das seine Lebensmitteltüte nicht mehr tragen kann und sich nach jemandem umsieht, der sie ihm abnimmt. Wollte das Ding irgendwie loswerden, wußte aber nicht, wie. Martin warf ihr ein Grinsen zu. *Ist schon okay.* Sah den Kerl an und ließ seinen Blick dann durch das Zimmer schweifen. Es kam ihm leer vor ohne den Fernseher. Martin sagte: »Hey, laß gut sein, Mann. Verschwindet einfach, okay?«

»Komm schon, Larry«, sagte Katie.

Dann gingen sie. Als Katie die Tür hinter sich zumachte, drehte sie sich um und sagte: »Wiedersehen, Martin.«

Er sagte: »Wir sehen uns.«

»Verdammte Scheiße«, sagte Larry und kam zurück durch die Tür.

»Hör jetzt auf«, sagte Katie und hielt ihn fest. »Ich komme mit, und den Fernseher hast du auch. Also laß uns einfach gehen.«

Ein paar tiefe Atemstöße später, die seinem Gehirn anscheinend Sauerstoff zugeführt hatten, waren sie weg. Sie hatten die Tür offengelassen, aber Martin ging nicht hin, um sie zu schließen.

Er hatte das Gefühl, genug Gewalt gesehen zu haben, daß es für den Rest seines Lebens reichte. Er mußte an seine Zeit bei der Armee denken, an die Typen, die nachts durch den Schlafsaal schlichen. Wie sie in der Dunkelheit vor dem Bett irgendeines armen Schweins gestanden hatten, das schlappgemacht und ihnen die hundert Liegestütze oder zwei Kilometer Laufschritt in voller Montur zusätzlich eingebrockt hatte. Jetzt holten sie ihn aus dem Schlaf, ein paar von ihnen hielten ihn fest, und die anderen droschen auf ihn ein. Mit den Fäusten oder mit Socken, die sie zuvor mit Seifestücken gefüllt hatten. Der Typ schrie wie am Spieß, aber keiner kam ihm zur Hilfe. Wenn in dem Zimmer des Wachhabenden am anderen Ende des Flurs das Licht anging, huschten sie davon. Schatten im Dunkel. Es war endlich vorbei, und der Typ traute sich keinen Mucks mehr. Manchmal fluchte einer noch leise vor sich hin, aber die meisten waren einfach still. Viel zu geschockt, um noch Worte finden zu können. Er hatte wirklich genug Gewalt erlebt. Natürlich auch schon lange vorher, in New York, und da war er sogar selbst mittendrin gewesen. Aber er war niemals derartig feige gewesen. Hatte sich nie in der Dunkelheit versteckt. Jetzt hatte er einen Schlußstrich gezogen. Und schlief nun wesentlich ruhiger.

Und was Katie anging? Scheiße, dachte er. Ein paar Wochen Askese werden dich auch nicht umbringen.

Im Frühjahr kriegte er den Job bei der Ölgesellschaft. Sein neuer Arbeitsplatz lag jetzt in einem Meer von Bohrtürmen, die wie rostige Skelette in den grauen Himmel ragten. Er mußte sich vor riesigen Maschinen in acht nehmen und vor dem schlammigen Grund unter seinen Füßen. Als er in der Fischkonservenfabrik gearbeitet hatte, hatte er am Rande der Armut gelebt, jetzt machte er zweiunddreißigtausend in neun Monaten und war am Ende seiner Schichten viel zu müde, um auch nur einen Dollar davon auszugeben. Er kündigte. Fuhr durch die Gegend und merkte nach einer Weile, daß es ihn eher nach Osten als nach Süden zog. Er dachte daran, nach Hause zu fahren. Aber was sollte er da?

Irgendwann kam er über die Staatsgrenze von New York. In einem Kaff mehr oder weniger in der Mitte des Staates besorgte er sich ein Apartment und spielte mit dem Gedanken, wieder zur Schule zu gehen, sich fit zu machen für eine bessere Zukunft. Aber es war anders als zu der Zeit, als er ungeduldig mit den Füßen gezappelt und den Zeiger der Uhr verfolgt hatte, weil er es nicht abwarten konnte, zurück nach Hause zu rennen und für die Italiener Besorgungen zu machen.

Nach einem Jahr fing die Einsamkeit an, in ihm zu brennen. Vor allem in den Nächten. Er mußte immer öfter an seinen Alten denken. Wachte morgens mit einer Art Kater auf, der von Träumen rührte, an die er sich nicht erinnern konnte, und von denen er meinte, sie seien die gleichen wie die, die ihn in den Jahren nach dem Tod seines Vaters gequält hatten – mit Ausnahme der Jahre, die er bei Felix gewohnt hatte. Dort war er morgens immer mit einem klarem Kopf aufgewacht. Das Licht, das durch die hohen Fenster in das Zimmer fiel, hatte ihn jedem neuen Tag entgegenfiebern lassen, selbst, wenn es draußen regnete. Felix schnatterte in dem Moment los, in dem er die Augen aufmachte, und Martin sprang auf seiner Seite aus dem Bett und riß auf dem Weg zum Klo die Decken mit. Das schien ihm Ewigkeiten her zu sein.

Doch dieses Leben jetzt, weit weg von zu Hause? Er kam sich vor wie in Trance. Amerika mochte das Haus in einer ruhigen Straße mit dem Auto draußen in der Einfahrt für einen Traum halten, doch es war nicht sein Traum. Er wollte wieder Teil von etwas sein. Wie damals in der Thompson Street. In seinem Viertel. Ein Job mit geregelten Arbeitszeiten, eine nette Kneipe in der Gegend, in der er abends mit Freunden, von denen keiner mehr als ein paar Blocks entfernt wohnte, an der Bar sitzen würde – er hatte tatsächlich angefangen, darüber nachzudenken. Und dann auf einmal … *Mrs. Adriana Potenta Anzone hat die Ehre* … Es war, als würde Felix ihn zurückrufen. Goldene Buchstaben auf dickem rosafarbenen Papier. Auf dem Umschlag seine Adresse, verschmierter Kugelschreiber, aber unverkennbar Felix' ungelenke, krakelige Handschrift. Er hatte bei Klausuren nie bei ihm abschreiben können. Oft hatte er ihm gesagt, er solle wenigstens halbwegs leserlich schreiben, damit er etwas erkennen könne, doch Felix hatte nur geantwortet: »Hey, Mann, ich schreibe doch von *dir* ab.«

Eine Woche lang dachte er darüber nach, ob er hinfahren solle. Verbrachte ein weiteres Wochenende allein. Dann kündigte er das Apartment, warf die paar Sachen, die er hatte, in den alten Plymouth, der einfach nicht zusammenbrechen wollte, und fuhr los. Die Verlobung fand am nächsten Tag statt.

Er hatte keine Ahnung, wie Felix sich verändert hatte. Ob es nach all der Zeit noch Gemeinsamkeiten zwischen ihnen gab. Aber er hatte ihn aus seiner Trance gerissen.

Und was war damit, daß er nun Penelope Anzone heiraten wollte? dachte er. Das Mädchen, mit dem ich einmal geschlafen habe, in das ich verliebt war? Das ich heiraten wollte?

Sie waren Teenager gewesen, damals. Beide. Sie war mit ihm ins Bett gegangen, und naiv, wie sie waren, hatten sie geglaubt, das sei der Anfang von etwas gewesen, das nie wieder aufhören würde. Doch das Leben hatte auf die verliebten Kinder keine Rücksicht genommen. War für sie beide einfach explodiert, und er war verschwunden ohne ein Wort des Abschieds, ohne eine Erklärung. Gab es irgend etwas, das er ihr übelnehmen konnte?

Die Straße führte schnurgerade geradeaus.

Was wohl aus ihr geworden war. Wie sie wohl aussehen mochte. In was verwandeln sich Unschuld und Reinheit, wenn das wahre Leben beginnt?

Kurz vor der Grenze zwischen New York und Pennsylvania öffnete er die Wagenfenster und ließ den Geruch von brennenden Holzscheiten hinein, der sich aus den Schornsteinen der kleinen Häuser verteilte. Er wußte, er würde nie wieder zur Schule gehen. Würde diese Gegend nie wiedersehen.

16

Er ging den Kleiderschrank durch und sah, daß er morgen schnell noch ein paar Sachen würde kaufen müssen. Fritos Klamotten hingen durcheinander wie in einem Secondhandladen. Er durchsuchte das Chaos auf dem Schrankboden und dann, etwas gründlicher, das Bord oben. Das war einmal ihr gemeinsamer Kleiderschrank gewesen. Eigentlich *sein* Kleiderschrank, denn Frito war damals noch so klein gewesen, daß er so gut wie keinen Platz darin beansprucht hatte. »Weißt du, wo meine alte Mappe aus St. Anthony geblieben ist?« rief er. Seine Mutter hatte gerade den Kühlschrank nach etwas zu essen für ihn durchforstet und stand jetzt in der Tür.

»St. Anthony?« sagte sie. »Das ist zwanzig Jahre her.«

»Nicht ganz.« Er konnte die Tasche nirgendwo finden.

»Wir haben Käse und noch ein bißchen Huhn. Das ist allerdings von Anfang der Woche.«

»Ich hole nachher Pizza, laß mal.«

»Wonach suchst du denn? Nach der Mappe?«

»Ich glaube, sie ist weg. Und mein Ledermantel auch.« Frito hatte ihn letztes Jahr besucht, als Martin gerade mit der Schule begonnen und das Collegezimmer mit dem Kiffer geteilt hatte, sah den Mantel an der Tür hängen, hatte ihn gefragt, ob er ihn anziehen dürfe, und ihn dann mit nach Haus genommen. Martin hatte ihn zum Busbahnhof gebracht, und kurz bevor Frito einstieg, hatte er ihn ausgezogen und ihm gegeben. Die Jacke war genau die Art von Kleidungsstück, die ein älterer Bruder mit einem Jungen teilen konnte, der plötzlich Anstalten machte, zu ihm aufzuschießen. Für ihn war sie zu etwas geworden, das in eine andere Zeit gehörte. Eine Zeit, die schon lange zurücklag. Aber jetzt würde er den kurzen Mantel gerne tragen wollen. Er hatte das unbestimmte Gefühl, er würde etwas dokumentieren. Und noch etwas fiel ihm ein. Seine Haare. Er würde sie wieder wachsen lassen. Er kam sich komisch vor, über die Thompson Street zu gehen und noch immer wie ein G.I. auszusehen.

Er richtete sich auf und sah sie an, zuckte die Schultern und hob fragend die Hände, als sei seine Mutter noch immer dafür zuständig, hinter ihm herzuräumen.

»Ist sie nicht da?« sagte sie. »Wahrscheinlich hat er sie an.«

Sie sagte ihm den Namen eines Clubs am Union Square und daß sie glaube, Frito würde dort am Wochenende hingehen. Martin fand den Laden. Ein höhlenartiger Eingang führte in ein Labyrinth, das sich nach hinten ausweitete wie eine unterirdische Stadt. Er entdeckte ihn auf der Tanzfläche und sah ihm eine Weile zu. Beobachtete ihn in seiner Welt. Er war ein Kerl geworden, aber immer noch jungenhaft, rauchte nicht, trank nicht, tanzte einfach nur. Mit einem Mädchen. Drehte sich immer wieder um seine eigene Achse, was ein wenig albern aussah. Sein Haar hatte er so stark gebleicht, daß es leuchtete wie eine Glühbirne. Er schien das Mädchen zu mögen, blieb immer dicht bei ihm. Eine Schwarze. Kurzes Haar. Junge Haut, aber ihr Gesicht wirkte älter. Und sie war ein ganzes Stück größer als Frito.

Martin ging an den Rand der Tanzfläche. Sie sah ihn zuerst. Vielleicht kannte sie ihn von einem Foto, das Frito ihr mal gezeigt hatte. Sie machte ihm ein Zeichen, und Frito sah auf, blieb stehen. Die Menge um ihn herum wogte weiter. Er nahm das Mädchen an der Hand und schlängelte sich mit ihr im Schlepptau durch das Meer der tanzenden Jugendlichen. Martin sagte: »Du schwitzt meine verdammten Klamotten ja völlig durch.«

Sie umarmten sich, traten dann beide einen Schritt zurück. Frito griff wieder die Hand des Mädchens – so, als fühle er sich unvollständig, wenn er es nicht berührte – und stellte es vor. »Das ist Juliet«, sagte er und sah sie an, eine lange Sekunde lang, ehe er weiterredete. Sah sie einfach an, völlig verliebt. »Das ist er, Juliet.«

Sie streckte ihre Hand aus. Offen und selbstbewußt. Martin schüttelte sie und mußte innerlich über Frito grinsen, der noch immer ihre andere Hand hielt. »Freut mich, dich endlich kennenzulernen«, sagte sie.

Irgendwie hatte er gewußt, daß sie einen Akzent hatte. »Martin Quinn«, sagte er.

Sie sah ihm in die Augen. Frito hat ihr von seinem großen Bruder erzählt, dachte er, aber sie will sich selbst ein Bild machen, ob ich gut oder schlecht für ihn bin. Für ihren wasserstoffblonden Romeo. Sie liebte ihn, das wußte Martin vom ersten Augenblick an, aber auf eine andere Art, als Frito sie liebte. Er war froh, daß sein kleiner Bruder jemanden hatte, der auf ihn aufpaßte. Im Herbst würde er aufs College kommen – ohne zu wissen, was er eigentlich studieren wollte, wie seine Mutter ihm erzählt hatte –, aber er tanzte immer noch herum wie ein Kind.

Sie redeten die ganze Nacht, saßen an der Bar, und Frito brachte ihn über alles auf den Stand, was im Viertel los war. Juliet saß die ganze Zeit still neben ihm und ließ die Augen nicht von ihm, während er sprach. Sie schien jetzt Vertrauen zu Martin gefaßt zu haben, mußte ihn nicht länger abschätzen und konnte sich wieder ganz dem Genuß dieses jungen Mannes an ihrer Seite hingeben, von dem sie beide wußten, daß sie auf ihn achtgeben mußten. Sie sei Französin, sagte Frito. Sie hatten sich während eines Orientierungsseminars an der Columbia University kennengelernt. Ihre Mutter war bei den Vereinten Nationen. Hatte Martins und Fritos Vater in Paris spielen gehört, neunundsechzig. Martin erzählte, warum er zurückgekommen war, und beide hörten ihm zu, sagten kein Wort. Sie sagten auch nichts, als er fertig war. Zwei Teenager, verliebt bis über beide Ohren, die nicht wußten, was man zu den Dingen sagen soll, mit denen sich Erwachsene herumschlagen. Er erinnerte sich daran, daß er, als er so alt war wie sie, einen Ring mit sich herumgeschleppt und auf den richtigen Moment gewartet hatte, um Penelope einen Heiratsantrag zu machen. Erinnerte sich, wie nah sie einander in nur sechs Monaten gekommen waren. Und er erinnerte sich, wie es sich anfühlt, wenn man noch glaubt, man würde nie älter werden und niemals plötzlich feststellen, daß man die Dinge auf einmal ganz anders sieht. Es wird wahrscheinlich das College sein, das die beiden auseinanderbringt, dachte er.

Er sagte, er würde den Mantel morgen brauchen. Vielleicht würde er sich ja wieder wohl darin fühlen. Dann würde im Viertel niemand auch nur auf den Gedanken kommen, daß er weg gewesen war.

Frito lachte: »Du hast dich überhaupt nicht verändert, glaub mir. In deinen Briefen, als du unterwegs warst, hast du zwar von 'ner Menge anderer Sachen erzählt, aber ich habe immer gespürt, daß du derselbe bist. Immer.«

Er und das Mädchen, Juliet, warteten draußen vor dem Club, während Frito noch mal für kleine Cowboys mußte.

»Du liebst sie immer noch«, sagte sie. Sah zum Eingang rüber, über die Köpfe der Jugendlichen hinweg, die darauf warteten, reingelassen zu werden. Sie hatte ihren Arm in seinen eingehängt, ihre andere Hand lag auf seinem Unterarm. Etwas, an das er sich würde gewöhnen müssen, ihre kultivierte Art, Zuneigung auszudrücken.

»Nein«, sagte er. Und lächelte – weil sie, so unnahbar, wie sie auf den ersten Blick schien, darauf hoffte, etwas Romantisches zu hören, wie er dachte. »Dafür war ich war zu lange weg. Ich bin nur etwas durcheinander, weil ich mir nicht sicher bin, was es bedeutet, wieder hier zu sein. Ich frage mich, was die Leute denken werden. Ob ich bleiben will. Solche Sachen eben. Ich war einfach verdammt lange weg.«

»Du warst bei der Armee?«

»Vor ein paar Jahren.«

»Na ja, nicht mal das sieht man dir an. Du solltest dir nicht zu viele Gedanken machen. Du siehst aus, als wärest du nie weg gewesen. Aus New York …« Sie machte eine weit ausholende Geste mit ihrer Hand, um zu zeigen, was sie meinte. Legte sie dann wieder auf seinen Arm. »Da ist er.« Frito kam die Stufen runter.

»Weißt du, woher er seinen Namen hat?« sagte Martin. Sie hob ihr Kinn, hörte ihm zu, den Blick auf seinen kleinen Bruder gerichtet. »Von diesem Getreidechip. Köstlich, knusprig, damit habe ich ihn als Kind immer aufgezogen.«

»Knusprig«, sagte sie, als Frito näherkam. »Das hat er mir nie erzählt.«

Frito stand da und sah sie an. Es schien ihm unangenehm zu sein, daß sie über ihn redeten. »Seid ihr fertig?«

»Er ist schon ein Kerl«, sagte Martin.

Sie streckte ihre Hand aus und berührte die Wange des Jungen. Führte sie an seine Stirn und wischte das feuchte Haar zur Seite. »Ich finde, er ist ein wunderschöner Kerl«, sagte sie.

Sie gingen ein paar Blocks zusammen, dann winkten sie ihr ein Taxi und verabschiedeten sich. Martin hielt ihr die Tür auf. Sie nahm sein Gesicht zwischen ihre Hände und sah ihn einen Augenblick an, küßte ihn dann auf die Lippen. Er küßte sie nicht. Wußte, daß sie es nicht erwartete. »Er liebt dich wirklich sehr«, sagte sie. Mit Respekt in ihrer Stimme. Als ob sie ihren Vater küssen würde, dachte er. Nachdem sie ihm etwas gesagt hatte, das ihr ganz besonders wichtig war. Und dann würde sie vielleicht noch seinen Mantelkragen hochschlagen, um ihn vor dem kalten Wind der Nacht zu schützen.

Sie ließ ihn los. Küßte Frito noch mal, nahm ihn in den Arm, drückte ihn an sich. Dann stieg sie ein. Martin wartete, ließ seinen kleinen Bruder dem Taxi nachsehen, bis es weg war. Frito sagte: »Ich werde sie heiraten.« Martin sagte nichts. »Bist du nicht überrascht?« Der Junge sah ihn an.

»Ich habe sie doch eben erst kennengelernt.«

»Ist das okay?«

Martin lächelte. »Wollen wir zu Fuß nach Hause?«

Sie gingen.

»Hast du meine viertausend Dollar für sie gebraucht?« sagte Martin. »Oder hast du sie einfach nur woanders hingelegt?«

»Für sie und für andere Sachen«, sagte Frito. Und dann: »Das meiste für sie.«

»Das heißt, daß ich mir schneller einen Job besorgen muß, als ich es vorhatte.«

»Du hast geschrieben, du hättest einen Haufen Kohle in Alaska gemacht.«

»Das meiste davon ist weg.«

»Für Frauen?«

»Ja«, sagte er. »Und für andere Sachen. Das meiste für Frauen.«

Er hatte den Wecker nicht gehört und wachte erst auf, als es schon nach acht war, rannte runter, um seinen Gran Fury umzuparken. Er stand als einziger vor dem Haus, hatte einen Strafzettel hinter dem Wischer, und am Fenster auf der Fahrerseite klebte ein großer grüner Aufkleber, auf dem zu lesen war, daß seinetwegen die Straßenseite nicht gereinigt werden konnte. Alle anderen Autos waren auf der gegenüberliegenden Straßenseite geparkt, von der Prince bis zur Spring Street in Reih und Glied. Er ließ seinen Wagen stehen, nahm die Bahn bis zur Delancy Street und kaufte sich einen Anzug. Kam mit einem blaugrauen Einreiher wieder heraus.

Die gesamte Szenerie auf der Orchard und Delancy Street hatte sich verändert. Die Hälfte der Läden gehörte jetzt Koreanern. Den alten Juden handelte Martin für den Anzug und das Paar Schuhe runter auf zweihundertfünfzig, zahlte aber den vollen Preis für das Hemd und die Krawatte. *Ägyptische Baumwolle. Beste Qualität. Chinaseide. Muß ich vielleicht keine Miete zahlen?* Er fuhr zurück und packte die Sachen aus. Alles war anders geworden. Little Italy war zusammengeschrumpft auf die Mulberry Street. In der Thompson gab es fast nur noch Boutiquen und winzige Bistros in jedem zweiten Haus. Dazwischen die Spelunke im Souterrain, die noch immer da war, und ein paar von den anderen Kneipen. Alle Autos auf der Straße waren ausländische Fabrikate.

Schon damals, als er noch ein Kind war, hatten die Italiener angefangen, ihre Wagen in Garagen anstatt in der dritten Reihe zu parken. Ihre alten Vereinbarungen mit den Cops für neue geopfert – eingetauscht gegen weniger offensichtliche, undurchsichtigere Symbiosen. Nun aber sah es so aus, als hätten hier niemals Italiener gelebt – mit Ausnahme der gemalten grün-weiß-roten Fahne auf der Wand hinter dem Handballplatz.

Martin dachte an den alten Mafioso, den sie damals Speed nannten, und der immer gesagt hatte: »Leute, wir leben nicht mehr in den Fünfzigern; verlaßt euch bloß nicht auf irgendwas.« Es sah so aus, als hätte er recht behalten.

Die letzten Jahre seines Lebens hatte er mehr oder weniger hinter Gittern verbracht, erinnerte sich Martin. Immer wieder sechs, acht Monate wegen Mißachtung des Gerichts. Starb im Knast, weil er sich geweigert hatte zu reden. Nicht mal ein Geständnis auf dem Sterbebett.

Martin hängte den Anzug in den Schrank, bügelte das Hemd und zog die Schuhe an, um sie einzulaufen. Dann nahm er eine Rasierklinge aus dem Toilettenschrank und ging nach unten, um den Aufkleber vom Wagen zu kratzen. Die Tür zu der Kellerkneipe war geschlossen. Im Park tobten Kinder herum und schrien wie die Wilden, hinten ragten die Twin Towers auf, als würde die Thompson Street direkt auf sie zuführen. Es fühlte sich vertraut an. Eine Weile würde er hierbleiben, das wußte er. Aber er brauchte einen Job. Und zwar ziemlich bald. Vielleicht bei der Stadtreinigung. Aufkleber an Wagenfenster kleben. Er grinste. Kratzte. Hinter ihm überquerte jemand die Straße. In der Scheibe sah er, wie er direkt auf ihn zukam.

»Sie haben dich gekriegt, was?«

Er drehte sich um.

Bunny Lamentia. Immer noch zu cool, um zu lächeln. Genau der richtige, um ihn gleich am ersten Tag zu treffen, dachte Martin. »Bunny, der Osterhase.«

»Gewinn mit Quinn.«

»Was gibt's, Pasqualie?«

»Nichts. Wo warst du?«

»Armee.«

Bunny pustete Luft durch die Mundwinkel. Damit hatte er nicht gerechnet. »Verdammt – wieso?«

»Mußte etwas Ordnung in mein Leben bringen.«

»Ordnung? Hast du doch hier. Alles ist wie immer.«

»Tja.«

»Ach ja, stimmt – Rocco hat dich damals an die Luft gesetzt. Das hatte ich vergessen.«

Und deinen Alten kaltgemacht, dachte Martin.

Bunnys Mutter war nicht mal woanders hingezogen. Sie wußte, ihr Sohn würde es Rocco eines Tages heimzahlen. Zurückholen, was ihnen gehörte.

Bunny betrachtete sein Spiegelbild im Fenster der Heckscheibe und tatschte an seinen Haaren herum.

»Kämmst du dich noch immer hundertmal am Tag?« sagte Martin.

»Stehst du immer noch auf Typen?« Er streckte sich, war offenbar zufrieden. »Bist du seinetwegen abgehauen?«

»Rocco? Scheiße, nein.«

»Klar. Tausend Gründe, stimmt's? Was machst du jetzt wieder hier?«

»Weiß noch nicht.«

»Bleibst du hier?«

»Ich denk mal.«

Bunny trat dichter heran. Ein Wagen fuhr vorbei. »Arbeitest du?«

»Bin erst gestern angekommen.«

»Dein Wagen?«

»Ja.«

»Schrottkarre.«

»Ein paar Sachen müssen gemacht werden.«

»Da kann nicht mal mehr ein Priester was machen. Verschandelt das ganze Viertel.«

Martin grinste und kratzte weiter an der Scheibe herum. Er hatte Bunny immer gemocht. »Diese verdammten Läden machen alles kaputt hier, was? Boutiquen, Bistros. Was zum Teufel ist ein Bistro?«

»Ein Loch in der Wand. Keine Alkohollizenz. Bringt euren eigenen Wein mit, Yuppiesklaven. Ich hab gehört, daß es Mirra war, der dich auf der Straße einkassiert hat«, sagte Bunny. »Die haben dich zusammengeschlagen.«

Martin schüttelte den Kopf und sah ihn an, um ihm seinen Unglauben zu zeigen. »Daran erinnerst du dich, Bunny? Das weiß ich ja selbst alles nicht mehr.«

»Mirra ist alt geworden, weißt du. Hat ein paar Jahre gesessen, und das hat ihm zugesetzt. Marzolino auch. Der Knast ist verdammt hart, wenn man älter wird, sagt man. Richie Jinta ist tot. Und Fischetti. Bobby Stella. Morello. Ray Balls. Mikey Ha Ha.«

»Bunny?«

»Was?«

»Das ist mir alles völlig egal.«

»Okay.«

»Du lebst. Was will ich mehr.«

»Hast recht.«

Bunny setzte seinen Hintern auf dem Kotflügel ab. »Brauchst du 'nen Job?«

Martin sah ihn an, wandte sich dann wieder dem Aufkleber zu.

»Okay, du willst dich aus allem Ärger raushalten«, sagte Bunny.

»Wenn ich kann.«

»Großes *Wenn.*«

Martin richtete sich auf, lehnte sich an den Wagen. »Willst du hier einfach nur rumstehen?«

»Hab gerade nichts zu tun.« Er zuckte mit den Schultern. Wandte den Kopf und sah rüber auf die andere Straßenseite. Martin sah ebenfalls rüber. Sah einen Jungen aus der Pizzeria kommen. Der Kleine blieb am Straßenrand stehen, machte seine Colaflasche auf, trank einen Schluck und rannte rüber zum Park. »He«, rief Bunny.

Der Kleine blieb stehen.

»Guck nach beiden Seiten.«

Er tat es. Lief dann weiter und verlangsamte seinen Schritt, als er an ihnen vorbeikam und seine Coke trank. »Ist doch 'ne Einbahnstraße«, sagte er, sah aber nicht zu ihnen hin. Verschwand dann im Park.

»Brauchst du nun einen Job oder nicht?«

»Worum geht's?«

»Dies und das. Die da haben keine Ahnung.« Mit einer kurzen Kopfbewegung deutete er auf die Kellerkneipe.

»Wird das Empire aufgebaut?«

»Braucht Zeit.«

»Die königliche Familie im Exil«, sagte Martin.

»Das weißt du noch?«

»Fiel mir gerade ein.«

»*Rumble Fish*«, sagte Bunny. »Klasse Film. Coppola.«

»Ein *paisan*«, sagte Martin.

»Klar, Mann, ein Italiener.« Er hob das Kinn leicht an und blickte sich auf der Straße um. Sah jetzt in seinen Zwanzigern sogar noch besser aus. Die Mädchen waren ihm scharenweise nachgerannt, waren ihm schon auf den Fersen, wenn er nur zur Tür rauskam. Aber er tat immer so, als gäbe es sie gar nicht. Jetzt sagte er: »Aber dieser Mickey Rourke. Was ist mit dem Typ eigentlich los? Macht ständig auf ganz hart und flüstert dabei wie 'ne alte Schwuchtel, die dich auf dem Klo anmachen will.«

»In *Der Pate von Greenwich Village* war er ziemlich gut.«

Bunny nickte. »Stimmt.«

Aus dem Park drang Kindergeschrei herüber.

»Haben sie hier gedreht«, sagte Bunny.

»Tatsächlich? Hier in Greenwich Village?

Bunny sagte: »Ich muß jetzt los«, und ging um den Wagen herum. Keine Veränderung in der Stimme, im Gesicht, nichts. Martin grinste. Sah weg, ehe Bunny sich umdrehte und sagte: »Ich gebe dieser Schrottkiste noch eine Woche. Getriebe. Anlasser. Kostet dich ein paar Hunderter. Komm irgendwann mal vorbei.«

»Um zu reden? Wo?«

»Im Restaurant von meinem Vater.«

So hatte Bunny es immer genannt. Es war nur einen Block von Roccos Laden entfernt.

»Setzt du mich als Kellner auf die Liste?«

»Ich bitte dich, bei mir arbeiten nur Filmstars. Schauspielerinnen. Ich hab genug für einen ganzen Knastfilm.«

»*Zuchthaus der verlorenen Frauen.*«

»*Zuchthaus der verlorenen* Mädchen«, sagte Bunny. »Linda Blaire. Man kann ihre Titten in der Szene mit dem Aufseher sehen, in der Badewanne. 'ne Wucht, Mann. Achte mal drauf.« Er griff in die Tasche und zog einen Pager hervor. Las die Nachricht. »Das Tagesgeschäft geht los.«

»Hast du jetzt 'nen Pieper?«

»Und ein Telefon in meinem verdammten japanischen Wagen. Selbst Knackis haben solche Dinger heutzutage. Das ist das zwanzigste Jahrhundert, Mann. Du warst eben zu lange weg. Die, die ihre Strafe zu Hause absitzen. Lassen sich von ihrem Bewährungshelfer anpiepen und rennen dann runter zum Telefon an der Ecke, weil sie sich kein eigenes leisten können.«

»Jesus.«

»Du sagst es. Bist immerhin Individualist geblieben. Nicht jeder fährt heutzutage 'nen zweiundfünfziger De Soto. Ich seh deinen weißen Arsch später.« Er ging rüber zu seinem Wagen. Ein dunkelblauer, viertüriger Mitsubishi mit getönten Scheiben. Kühlergrill wie das Gesicht einer Eule. Scharfes Teil.

»Vielleicht«, sagte Martin.

»Nächste Woche, da wett ich drauf. Es sei denn, du strandest in der Bronx und läßt dich von der Telefongesellschaft anheuern.« Der Wagen gab ein Zwitschern von sich, die Scheinwerfer blinkten einmal auf. Bunny hielt seinen Schlüsselanhänger hoch. »Siehst du? Das ist Fortschritt, Mann. Fernöstliches Know-how.«

Er kam bewußt später, parkte den Wagen weiter unten an der Straße. Als er ausstieg, hörte er den Hall seiner Schritte unter den Bäumen. Sie waren hoch und so dicht, daß das Licht des Mondes nicht zu ihm durchdrang. Ihre Äste berührten sich über der Straßenmitte und bildeten einen Tunnel. Martin nahm die Anzugjacke und seinen Ledermantel aus dem Wagen und zog beides über. Er betrachtete das Haus. Beide Stockwerke waren hell erleuchtet, in der Auffahrt und dreihundert Meter die Straße hoch standen geparkte Autos. Teure Wagen. Amerikanische und deutsche. Das Haus kam ihm vertraut vor, aber er wußte nicht, warum.

Er stand eine Weile da, atmete tief durch. Dachte noch mal an das, was er würde erzählen müssen. Wo er gewesen war, warum er nach Hause gekommen ist, daß es ihm gutginge, wirklich gut.

Dann schloß er die Wagentür und ging los.

Nach zehn Metern blieb er stehen, ging zurück, zog den Mantel wieder aus, warf ihn in den Wagen. Vielleicht werde ich Feel und Pen nie wiedersehen, wenn das hier vorbei ist, dachte er. Er wollte da nicht einfach so reingehen, als hätte er sich überhaupt nicht verändert. Als hätte er die ganze Zeit darauf gewartet, daß sie ihn anrufen.

Er ging auf das Haus zu – als würde er in einen Bannkreis treten –, und plötzlich stand jemand vor ihm auf dem Rasen. War hinter einem Baum hervorgetreten. Ganz in Schwarz. Lederjacke, Rollkragenpullover. Ein junger Typ, Mitte zwanzig. Fremdländisches Gesicht. Ein zweiter kam von der anderen Seite auf ihn zu. Martin ging weiter, auf den ersten zu, blieb dann stehen. Sagte: »'n Abend.«

»Kann ich Ihnen helfen?«

Akzent. Russe.

Martin ging weiter, sagte freundlich: »Ja, ich will da rein.«

»Haben Sie eine Einladung?«

»Ja, in meiner Jacke.«

Der Typ straffte sich, steckte seine Hand etwas zu langsam in die Tasche seiner Jacke.

»Wollen Sie sie sehen?« sagte Martin.

Der Kerl nickte – ein nervöses Wackeln mit dem Kopf ohne eine bestimmte Richtung –, die Augen auf Martins Brust gerichtet. Martin öffnete seine Jacke, zog die Einladung heraus und hielt sie dem Russen vor die Nase. »Okay? Kann ich jetzt rein?« Steckte die Einladung wieder ein.

»Wieso sind Sie zurückgegangen? Zu Ihrem Wagen?«

»Wie bitte?«

»Was haben Sie aus Ihrem Wagen geholt?«

»Ich habe meinen Mantel zurückgebracht. Ich brauche ihn nicht. Lassen Sie mich jetzt durch?«

»Nehmen Sie bitte die Arme hoch.«

Der andere machte einen Schritt auf ihn zu. Martin sah den Umriß der Maschinenpistole im Dunkeln. Sagte zu dem, der direkt vor ihm stand: »Hast du sie nicht mehr alle, Ivan? Du willst *mich* durchsuchen? *Dein* Arsch ist hier auf der Straße. Ich werde *meinen* da ins Haus verfrachten, und der alte Herr wird sich verdammt freuen, ihn zu sehen. *Hast du mich verstanden?*« Die vier letzten Worte hatte er auf russisch gesagt, sie kamen einfach so rausgeschossen. Als hätte der Akzent des *byk* das kleine bißchen Russisch aktiviert, das er konnte. »Wenn du mich reinbringen willst, dann tu das jetzt, aber komm mir bloß nicht zu nah. Und ich werde dir das nicht zweimal sagen.« Er sah rüber zum Haus. Gelächter brach in die Stille hinein. Und ich hier draußen mit diesem Hampelmann, dachte Martin. Schon jetzt auf dem besten Wege, allen den Abend zu verderben.

»Gehen Sie.« Der direkt vor ihm wackelte wieder mit dem Kopf, diesmal etwas gefaßter. Martin ging auf das Haus zu, die Stufen hoch. Der Kerl blieb hinter ihm. Martin öffnete die Windfangtür und klopfte, spürte, wie der Kerl hinter ihm die äußere Tür aufhielt. Die Haustür ging auf. Felix' Mutter, Ariana.

»Da bist du ja«, sagte sie. Martin lächelte sie an. Sie hielt ihm ihre Wange hin.

»Meinen Glückwunsch.« Er gab ihr ihren Kuß.

»Ja, es ist wunderbar.« Sie sah hinter ihn. Fragte den Typ etwas auf russisch. Er antwortete nicht. Sie bedeutete ihm zu gehen, scheuchte ihn mit einer Handbewegung regelrecht weg. »Komm rein, Martin.« Sie schloß die Tür, stand dann neben ihm, nahm aber nicht seinen Arm. Berührte ihn überhaupt nicht. Kalt. »Komm doch rein. Er hat dich vermißt.«

Martins Herz schlug schneller, als sie sich den Stimmen näherten. Er merkte, daß ihm warm wurde. Sie gingen an der Treppe vorbei, dann standen sie in der Tür zu dem großen Wohnzimmer. Seine Hände waren feucht. Er behielt sie in den Taschen. Fee stand am anderen Ende des Raums vor dem Kamin. Sah ihn und kam auf ihn zu. Martin zog seine Hand aus der Tasche, hielt sie ihm hin. Fee übersah sie und packte ihn, umarmte ihn, kräftig. Die ganze Gesellschaft sah zu ihnen rüber. Erst diese Szene da draußen, jetzt das hier, dachte Martin. Er konnte die Blicke nicht aushalten, versuchte ein Lächeln, schloß die Augen. Dann riß er sich aus Fees Umarmung los, fühlte etwas in sich aufsteigen, sich seiner bemächtigen, als müsse er gleich anfangen zu heulen.

Fee hatte bereits Tränen in den Augen. Martin sah ihn an, von oben bis unten. Er war älter geworden, aber immer noch ganz derselbe. In den Schultern breiter, der Hals kräftiger. Gesund und glücklich. »Jesus. Du bist tatsächlich gekommen.« Er nahm seine Brille ab und wischte sich die Augen. »Tut mir leid, ich bin heute etwas rührselig.«

Seine Mutter lächelte, ließ sie allein und sagte den anderen Gästen, wer er war. Ihre Gesichter waren auf sie gerichtet, dann nahmen sie einer nach dem anderen ihre Unterhaltungen wieder auf. Pen sah er nirgendwo. Wie beiläufig ließ er seinen Blick durch den Raum schweifen. Suchte sie. Merkte, daß Fee ihn ansah.

»Wie geht es dir, Felix? Danke für die Einladung, Mann. Und natürlich meinen Glückwunsch.« Es gelang ihm nicht, Leben in seine Stimme zu bringen.

»Bist du okay? Was ist los?« Fee nahm ihn bei den Schultern und schüttelte ihn.

»Nichts. Ich bin nur etwas … Na ja, ich war verdammt lange weg.«

»Du bist nervös.«

»Wahrscheinlich.«

»Ich hab dich vermißt. Jeden verdammten Tag hab ich dich vermißt. Und ich tue es immer noch, weil ich es einfach nicht fassen kann, daß du jetzt auf einmal hier vor mir stehst.« Wieder schüttelte er ihn.

»Verdammt lange her.«

»Warst auf einmal einfach verschwunden«, sagte Fee. »Ich hole mir an der Ecke ein Gyros, drehe mich um, und die Erde hatte dich verschluckt.«

»Nun übertreib mal nicht.«

»Ich und übertreiben? Hör mal. Ich hoffe, du wirst mir das alles eines Tages mal erklären.«

»Herr im Himmel, aber nicht jetzt. Nicht heute abend.«

»Nein, natürlich nicht jetzt. Willst du einen Drink?«

»Klar doch.«

Aber Fee machte keine Anstalten, sich zu bewegen. Sah ihn an.

»Was ist? Schulde ich dir etwa noch Geld?«

»Umarmst du mich?« sagte Fee. »Komm schon. Sei nicht so steif.«

»Was ist los mit dir? Ich denke, du bist jetzt verlobt?«

»Na los. Komm schon.«

»Okay.«

Und Martin nahm Fee in den Arm. Es tat gut zu spüren, daß er ihn so sehr vermißt hatte.

Dann gingen sie rüber zu den anderen Gästen. Er schüttelte die Hände der Männer, gab den Frauen einen Kuß auf die Wange. Dann ging Martin auf den Alten zu, der in seinem Sessel saß und alles und jeden anlächelte. Oder auch nichts und niemanden, dachte Martin, als er vor ihm stand. Seine Augen waren träge und glasig. Lexi Pasko ist betrunken, dachte er. Das hatte er noch nie erlebt. Daß Lexi es zuließ, eine Situation nicht unter Kontrolle zu haben.

Aber sein Gesicht war noch immer dasselbe – undurchdringlich und hart. Er war nicht sichtbar älter geworden. »Wie geht es Ihnen, Mr. Pasko?« Martin beugte sich vor und reichte ihm die Hand. »Martin Quinn. Aus Felix' Highschool.«

»Er weiß, wer du bist«, sagte Felix. »Er ist nur etwas betrunken. Glücklich und betrunken. Geht's dir gut, Daddy?«

Lexi nahm Martins Hand, hielt sie. Setzte an, etwas zu sagen, auf russisch. Dann hielt er inne. Schloß die Augen und wandte den Kopf ab. Lächelte, sah Martin wieder an und sagte: »Wie ist es dir ergangen? Es ist lange her. Du hast meinen Sohn allein gelassen.« Seine Augen wirkten jetzt fast klar.

»Ja, ich habe ihn allein gelassen. Und meine Mutter und meinen Bruder. Alle. Aber es geht ihm doch gut, oder?« Lexi fixierte ihn, schien jedoch nicht hinzuhören. Achtet auf das, was ich zwischen den Zeilen sage, dachte Martin. Was ich nicht sage.

»Manchmal muß ein Mann fortgehen«, sagte Lexi. »Aber man muß immer zurückkommen.« Er hielt noch immer seine Hand, drückte sie jetzt.

Auch Martin drückte die seine fester. Sagte: »Ja, das ist richtig. Sie haben recht.«

»Und jetzt bist du zurückgekommen.« Sein Englisch wurde mit jedem Satz flüssiger.

»Ja, jetzt bin ich zurück.«

»Du bist wieder hier?«

»Ja.«

Dann wandte der Alte seinen Blick von ihm ab und sah sich nach etwas anderem um. Nach seinem Glas. Nahm und leerte es. Sah rüber zu Felix. Der Blick eines müden alten Mannes. Sagte etwas auf russisch, das sich zärtlich anhörte, und Felix beugte sich vor und küßte ihn. Richtete sich dann auf, sah Martin an und zog die Augenbrauen hoch. Zuckte mit den Schultern. »Ganz schön besoffen«, sagte er.

Lexi wandte seinen Blick von Felix ab, sah Martin an, dann wieder Felix und wieder Martin. »Er hat dich sehr vermißt.«

»Ich weiß, Mr. Pasko. Ich ihn auch.«

Lexi nickte.

Felix grinste.

Dann schwiegen sie eine Weile.

»Du bist also wieder hier. Wirst du meinem Sohn wieder ein Freund sein?«

»Daddy, um Himmels willen …«

»Q?«

»Ja, Sir.«

»Das ist gut.«

»Ja«, sagte Felix. »Möchtest du noch einen Drink, Daddy?«

»*Da. Spassiba.*«

»In Ordnung. Wir müssen noch ein paar andere Leute begrüßen. Ich bringe dir den Drink gleich.«

»Scotch.«

»Ich weiß, Daddy. Ich bin gleich zurück.«

»Wirklich schön, Sie zu sehen, Mr. Pasko.«

Als sie ein paar Schritte entfernt waren, sagte Felix: »Immer noch Chivas Regal.«

»Dacht ich mir.«

»Er hat bis heute nicht vergessen, daß du damals die Schuld auf dich genommen hast. ›Ich dachte, ich könne mich bedienen. Tut mir leid, Mr. Pasko.‹ Das hat ihn wirklich beeindruckt. Er hat es erst neulich wieder erzählt, als ich ihm gesagt habe, daß ich dich einlade.«

»Ich habe selbst ein paarmal dran denken müssen.«

Sie standen eine Weile nebeneinander. Schweigend. Beobachteten die anderen Gäste.

Dann sagte Fee: »Erinnerst du dich noch an diese Daniella? Die ich dir vorgestellt hab? Die in Blau.«

»Sicher.«

»Du erinnerst dich an sie?«

»Ach was, ich meine, woher denn?«

»Ich konnte mich zuerst auch nicht erinnern. Aber das Haus – klingelt's?«

»Irgendwie schon. Aber trotzdem – nein.«

»Der Abschlußball«, sagte Fee. »Die Party davor. Die war hier.«

»Meine Fresse.«

»Hab ich auch gedacht. Das Leben ist voller seltsamer Déjà-vus.« Er legte ihm den Arm um die Schulter.

Sie ließen ihre Blicke durch das Zimmer schweifen.

»Ich bin verdammt froh, daß du hier bist, Mann«, sagte Felix und sah ihn an. Er konnte seinen Blick beinahe spüren. »Du siehst wirklich gut aus. Wie ein Mann. Bist dünner geworden.«

»Weil du mir gefehlt hast.«

»Klar doch, aber das ist ja jetzt vorbei.« Er zog ihn noch dichter an sich heran. Dann sagte er: »Geht einer zum Arzt. Sagt, er hätte ein Problem. Ein Problem weiter unten ...«

Und dann war sie auf einmal da. Kam herein. Ganz in Weiß. Ging auf ihre Freundinnen auf der anderen Seite des Zimmers zu. Sah sie nicht. Ihr Haar war über dem Nacken hochgesteckt. Um die Hüften fülliger. Kein Mädchen mehr. Die Kurven einer Frau.

Er mußte sich Mühe geben, entspannt zu bleiben. Ihr Anblick und Felix' Arm auf seiner Schulter. Er bekam kaum noch Luft. Hielt den Atem an. Er hatte Angst zu zittern.

Er sah von seinem Gesicht in ihr Gesicht. Nahm nur diesen *einen* Körper wahr, zu dem sie verschmolzen waren. Sie hatte ihren Arm um Felix' Hüfte gelegt, sein Arm lag auf ihrem Rücken, seine Hand umfaßte ihre Taille. Neben ihm wirkte sie jetzt kleiner als eben, als sie durch die Tür gekommen war. Er hatte fast vergessen, daß sie nicht besonders groß war. Er sagte: »Das ist wirklich unglaublich. Als die Einladung kam, habe ich mir gesagt: ›Das ist wunderbar.‹ Ich freue mich wirklich für euch.« Dann sah er von ihrem Gesicht in seins.

»Du hast dir eine klasse Frau entgehen lassen«, sagte Fee.

Und sie: »O bitte …«

»Wir waren noch Kinder. Stimmt's?« sagte Martin und sah sie an. Lächelte. Was ihm plötzlich Schwierigkeiten bereitete, weil sich seine Kiefermuskulatur völlig verhärtet hatte. Er hätte sie am liebsten an den Haaren gerissen, wäre Felix an die Gurgel gegangen. Aber er konnte in Pennys Gesicht nichts erkennen, das einen Hinweis darauf bot, daß er sie würde zurückerobern können. Er schluckte. Gab sich große Mühe, sich seine Anspannung nicht anmerken zu lassen. »Nun sagt schon, wo habt ihr euch wiedergetroffen? Ist es eine gute Geschichte?«

»Ja, ich denke, sie ist nicht schlecht.« Fee umschlang sie mit den Armen.

Sie rollte mit den Augen.

Fee sagte: »Es war bei diesem Studentin-des-Jahres-Wettbewerb. Ich war dabei und dachte auf einmal, die kennst du doch, die da auf die Bühne kommt. Ist es möglich, daß ich ein Mädchen kenne, das so verdammt gut aussieht?«

»Hör auf«, sagte sie.

»Aber es stimmt. Genau *das* habe ich in dem Moment gedacht, Pen. Du kennst die Geschichte doch.«

»Ich kenne deine schmutzige Phantasie.«

»Pen …« Er sah Martin an, als suche er dessen Unterstützung. »Sie war einfach … Ich dachte, ich glaub's nicht. Sie war wie … eine Vision.«

»Zucker, Zucker«, sagte sie. »Mein Kaffee ist noch nicht süß genug.«

Fee sah ihn an. »Sie mag diese russischen Redensarten.«

Martin sagte zu ihr: »Und du hast also gewonnen.«

»Ja«, sagte sie. »Ich hab gewonnen.«

»Genau das ist ja die Geschichte. Ich bin zu einem der Organisatoren gegangen und hab ihm gesagt, er solle mich ihr die Trophäe überreichen lassen oder ich würde ihm seinen Arsch so gehörig aufreißen, daß er nie wieder auf einem Stuhl sitzen könne. Dann bin ich rauf auf die Bühne. Und hab gesagt: ›Meinen Glückwunsch‹ – erinnerst du dich?«

»Nee.« Sie zog ihn an der Hüfte. »Das war nur Spaß.«

»Wie lange ist das her?« sagte Martin.

»Vier Jahre.«

»Lange Jahre«, sagte sie.

»Aber ich wußte schon damals, daß ich sie heiraten würde. Ich mußte vorher nur noch ein paar andere Dinge regeln. Erst an die juristische Fakultät.«

»Immer das Geschäft zuerst«, sagte Martin. »Kein Geschäft, kein Leben.«

»Siehst du, er kennt sich aus.«

»Danke, Martin«, sagte sie. »Das war sehr hilfreich.«

Er lächelte.

Es gab keine Verlegenheiten und keine Peinlichkeiten zwischen ihnen. Als ob es schon immer so gewesen wäre – sie beide und er, der gute Freund. Natürlich war es vor vier Jahren gewesen, dachte er. Vor vier Jahren, als er in Deutschland war und Fee plötzlich aufhörte, ihm zu schreiben. Er hatte ihm ein halbes Dutzend Postkarten geschickt und ihm von allen möglichen Russen berichtet, denen er überall begegnet war – Soldaten, Nutten –, aber kein Sterbenswörtchen von seinem Freund Felix. Nichts.

Jetzt weißt du also, warum, dachte er.

Und er hatte die ganze Zeit gedacht, Fee sei sauer auf ihn, weil er nicht in die Staaten zurückgekommen war, als er die Gelegenheit dazu hatte.

»Seid ihr euch auf der Schule nicht über den Weg gelaufen?«

»Ich bin in der vorletzten Klasse rübergewechselt«, sagte sie. »Es war die Hölle.«

»Hattest aber trotzdem Zeit für den Wettbewerb?«

»Das war in der letzten Klasse. Meine sämtlichen Bewerbungen waren draußen. Ich habe die Hälfte meiner Zeit im Sportstudio verbracht.«

»Sie hat echt Power«, sagte Fee und drückte ihren Oberarm.

»Das sehe ich. Bewerbungen wofür? Jura?«

»Ja.«

»Herr im Himmel, will denn heute jeder Anwalt werden?«

»Sieht fast so aus«, sagte Fee.

Dann schwieg er. Penny richtete ihren Blick ins Leere. Fee schluckte. Lächelte, aber es wirkte angestrengt. Schluckte irgendwas runter. Etwas, das ihn und sie betrifft, dachte Martin. »Hab ich was Falsches gesagt?« fragte er.

»Nein.« Fee schüttelte den Kopf. Langsam und wie in Gedanken versunken. Er lächelte. Über etwas, das er ihm später erzählen würde. Wenn es dann noch wichtig ist, sagte sein Blick. Nichts von Bedeutung.

»Na ja, auf alle Fälle ist es eine hübsche Geschichte«, sagte Martin. »Romantisch. Und was hast du mit der Trophäe gemacht?«

Ihr Blick warnte ihn, nicht mit diesem Thema weiterzumachen. »Die ist vergraben. Kein Mensch wird sie jemals finden.«

»Studentin des Jahres.«

»Können wir damit jetzt aufhören?«

»Ja, Madame.«

»Willst du was trinken?«

»Gerne. Wasser oder so.«

»Scheiße«, sagte Felix. »Kannst du meinem Vater einen Scotch bringen? Ich hab ihn völlig vergessen.«

Fee ließ sie los, und beide sahen ihr nach, wie sie das Zimmer durchquerte, kurz ein paar Sätze mit anderen Gästen wechselte, bevor sie endlich die Bar ansteuern konnte. Martin versuchte, seinen Blick ein wenig gönnerhaft wirken zu lassen. Die kleine künftige Braut. Soll sie ihre Bewunderung doch bekommen. Doch er hätte sie am liebsten nach draußen gezerrt und wäre mit ihr durchgebrannt. Hätte sie in seinen Wagen verfrachtet, und ihr gemeinsames Leben hätte mit einem wunderbaren Drama begonnen. *Was zum Teufel ist los mit dir? Hättest du nicht ein bißchen mehr Geduld haben können? Wir wollten doch auf ewig zusammenbleiben. Und genau das tun wir jetzt auch.*

»Alles in Ordnung mit dir?« sagte Felix.

Ich starre sie die ganze Zeit nur an. »Klar. Alles ganz schön verrückt, was? Einfach unglaublich.« Er sah weg und schüttelte den Kopf. Um seine Gedanken zu verscheuchen.

»Ich weiß, ich hätte dir vorher schreiben sollen, bevor ich dir diese blöde Einladung geschickt hab …«

»Glaub mir, Felix, sieben Jahre sind verdammt lang. Glaub bloß nicht, ich hätte meine Zeit in Deutschland und in diesem verdammten Korea damit verbracht, unserer Highschoolzeit nachzuhängen. Man wird ganz schön alt, wenn man so unterwegs ist. Und du triffst *Frauen*, sag ich dir. *Die* machen dich alt.«

Fee nickte.

»Da denkst du nicht an die Highschool zurück«, wiederholte er sich. Und sagte dann: »Tut mir leid, das war keinesfalls respektlos gemeint. Weder dir noch ihr gegenüber. Ihr seid wirklich ein tolles Paar.« Himmel, er wollte hier raus. Auf der Stelle.

Mit seiner letzten Bemerkung schien er bereits auf dem besten Wege zu sein, das konnte er an Felix' Gesicht erkennen. Fee hatte die Stirn in Falten gelegt und wirkte verunsichert. Er sah zu Pen rüber.

»Komm schon, ich weiß doch, daß du mich niemals beleidigen würdest. Oder sie.« Er sah zurück zu Martin. »Also, wie war das überhaupt? Warum, verdammt, bist du überhaupt zur Armee gegangen?« Er schien beschlossen zu haben, sich seine gute Laune nicht verderben zu lassen.

»Keine Ahnung. Wirklich nicht. Ich denke nicht mal mehr darüber nach. Habe drei Jahre lang allein in irgendwelchen Radarschuppen rumgesessen, irgendwo in der Welt, und hab Bücher gelesen. Die Zeit kommt mir vor wie ein weißer Fleck in meinem Hirn.«

»Für mich war das College so ähnlich. Ein großes verschwommenes Nichts. Die ersten drei Jahre. Ganz schön stupider Mist.«

»Und dann hast du die Kurve gekriegt.«

»Ich denke ja.«

»Und was heißt das? Was war das eben? Vor einer Minute, als sie plötzlich sauer wurde.«

»Ich arbeite jetzt für meinen Vater.«

Fee sah Martin direkt in die Augen. Wollte sehen, wie er reagierte. Runzelte fragend die Stirn.

Martin nickte. Keine Zustimmung. Keine Ablehnung. Nickte einfach nur.

»Du also auch?« sagte Fee. »Du auch.«

»Was meinst du, ich auch? Mir ist das völlig egal. Du wolltest doch schon immer so werden wie er.«

»Aber darum geht es doch gerade. *Die* Zeiten sind vorbei.« Er atmete hörbar aus. »Es geht jetzt um Immobilien. Und Benzin. Alles absolut legal. Es ist einfach nur das Geld. Ich reiße mir den Arsch doch nicht in irgendeiner Anwaltskanzlei auf. Das hab ich letztes Jahr sechs Monate lang gemacht. Scheißspiel. Aber hier bin ich ganz oben.« Er senkte seine Stimme. »Mein Vater zieht sich zurück und holt einen Typ aus dem Gulag her, der alles regelt. Einen Freund von damals. Er ist Anwalt, der früher Häftlinge vertreten hat. Sie nennen ihn den ›Kleinen Mongolen‹. Azarchik.« *Du lieber Himmel, Fee,* dachte Martin, *du hast dich kein Stück verändert – große Augen, große Klappe.* »Er kommt demnächst rüber und wird alles organisieren. Räumt mit diesem ganzen kriminellen Pöbel auf, den kleinen *mafijatschiks.* Natürlich ist er nur eine Marionette. Mein Vater hat ihm mit Geld ausgeholfen, weil er einen Richter und Breschnjews Schwiegersohn bestechen mußte. Er holt ihn her, damit er selbst verschwinden kann. Er sagt, es sei völlig aussichtslos, die Dinge auf der Straße weiter unter Kontrolle halten zu wollen. Jetzt hat er seine Beteiligungen, alles völlig rechtmäßig, und Verbindungen zu den Italienern – auf der obersten Etage. Er ist unberührbar. Und auf dem Niveau steige ich ein, auf gleicher Ebene mit ihm. Ganz oben. Aber Penny ... sie ...«

Ihr Vater. Der Schmalspurmafioso.

Umgelegt von einem Paten aus der Bronx.

Martin sagte nichts.

»Du weißt doch noch, was mit ihrem Vater passiert ist?«

Er wartete. Kniff die Augen zusammen. Sagte: »Scheiße, klar doch.«

»Ich muß immer daran denken. Sie hat das alles in ihrem Hinterkopf gespeichert. Wer wen kennt. Wer wem etwas schuldet.

Diese ganze sizilianische Nummer sitzt ganz schön tief bei ihr. Und die Angst natürlich auch.«

»Da kannst du sicher sein.«

»Jedenfalls …«

»Alles ist also legal, sagst du? Immobilien. Und Benzin.«

»Die Immobilien zu hundert Prozent. Das mit dem Benzin ist bald soweit. Kein Problem.«

»Einfach nur das Geld.«

»Einfach nur das Geld.«

»Was ist dann mit den Typen da draußen?« sagte Martin. Und grinste.

»Wer, Vlady? Und der Kleine?«

»Heißt er so? Ich hab Ivan zu ihm gesagt.«

»Immerhin nahe dran.«

»Und? Was ist mit dem? Er sollte übrigens einen schwarzen Hut tragen. Er sieht aus wie Jack Pallance in *Mein großer Freund Shane.*«

»Was?«

»Was ist also mit ihm?«

»Es hat da ein paar Mißverständnisse gegeben.«

»Ein paar Mißverständnisse? Machst du Witze?«

»Alles kein Problem, glaub mir. Eine reine Vorsichtsmaßnahme. Erzähl mir lieber noch was von dir. Du hast meinem Vater gesagt, daß du hierbleibst.«

»Das werde ich tun.«

»Was ist mit der Schule?«

»Bist du meine Mutter? Verdammt, das ist durch. Ich bin fünfundzwanzig, Mann.«

»Du läßt es also sausen?«

»Soll ich etwa auch noch Anwalt werden?«

»Himmel, nein. Das rate ich keinem.«

»Also?«

»Also, was willst du jetzt machen?«

»Werd mir was überlegen.«

»Niemand wird heute mehr was ohne Abschluß.«

»Du kannst mich ja mit deinem Vater zusammenbringen.«

»Mach ich.«

»Ich hab das nicht ernst gemeint.«

»Ich schon.«

»Hör schon auf, Felix, das war nur ein Witz.«

»Ich weiß …« Er hielt inne. »Du *mußtest* zurückkommen, Q.«, sagte er. »Und es ist, als wärest du nie weg gewesen.«

»Felix …«

»Und sag bloß nicht … He, was soll das eigentlich? Dieses ›Felix‹?«

»Was soll ich sonst sagen? Filuschka?«

»Ich kann mir denken, was du jetzt fühlst. Das ist die Überraschung.«

»Ach ja? Das ist es also? Wie lange ist es her, daß du mir überhaupt nur mal geschrieben hast? Denkst du, ich war da drüben manchmal nicht verdammt allein?«

»Ich hab dir gesagt, daß es mir leid tut. Außerdem bist du es gewesen, der gegangen ist. Und der nicht zurückkommen wollte. Du hast gesagt, du fändest es besser, nicht hier stationiert zu sein. Obwohl ich dich wirklich angefleht hab zurückzukommen.«

»Ich hatte meine Gründe.«

»Das weiß ich. Jeder hat seine Gründe. Aber jetzt bist du wieder hier. Und die alten Geschichten sind einfach nur alte Geschichten. Du bist mein Bruder.«

»Du bist ganz schön sentimental geworden. Soll ich dich noch mal in den Arm nehmen?«

»Ich würde dich zerquetschen.«

»Reiß dich zusammen. Himmel …« Er grinste ihn an.

Fee sah weg.

Es ist schon verrückt, dachte Martin. Es ist wirklich so, als wäre ich nie woanders gewesen. Dieser Kerl öffnet einfach seine Seele und legt sie mir vor die Füße. »Felix … Feel, was ist mit diesem Ivan? Es ist hier nicht alles so cool, wie du erzählst, Mann. Irgendwas ist … wie heißt das Wort noch … *nalewo*?«

»Arbeiten wir zusammen? Es ist wirklich alles okay, Mann.«

»Ich fühle mich geehrt, aber die Antwort ist nein. Was ist mit den *carabinieri*, Feel?«

»Ist dir eigentlich klar, daß heute abend meine Zukunft anfängt? Und du bist dabei. Du bist heute abend hierhergekommen. Zu mir. Das ist, als sei ein Stück Ursprünglichkeit wieder aus der Vergangenheit aufgetaucht. Das widerlegt die Theorie vom chronologischen Ablauf der Zeit, weißt du das? In dem Moment, in dem du hier hereinspaziert bist, habe ich sieben Jahre zurückbekommen. Ich will nicht, daß du wieder gehst und diese Jahre einfach mit dir nimmst.«

»Was ist passiert, Feel? Sag jetzt endlich, verdammt noch mal. Ist wirklich alles in Ordnung?«

»Allen geht's bestens, klar doch. Außer meinem Onkel Monya. Aber der zählt ohnehin nicht.«

»Monya hab ich ganz vergessen. Was ist mit ihm? Ist er tot?«

»Nein. Das heißt, in gewisser Weise schon. Die Italiener haben ihn zusammengeschossen. Sechs Kugeln in den Rücken. Aber er ist viel zu dickköpfig, um einfach so den Löffel abzugeben. Er ist gelähmt. Kriegt jetzt 'ne Rente.«

»Wieso?«

»Er hat kein Geld.«

»Warum haben sie auf ihn geschossen, meine ich.«

»Aus dem gleichen Grund, warum er kein Geld hat. Er ist ein Verlierer. Und ein *stukatsch.* Na ja, nicht wirklich, ich muß fair ihm gegenüber bleiben. Er schuldete einem Typen aus Staten Island siebenundzwanzig Riesen und hat meinen Vater da reingezogen. Hat behauptet, eigentlich würde *er* ihm das Geld schulden. Der Italiener hat die Rechnung trotzdem mit Monya beglichen, nachdem mein Vater die Sache klargestellt hat. Monya hätte nichts anderes tun müssen, als zu meinem Vater zu gehen, und das Problem wäre aus der Welt gewesen. Aber er wollte … Also hat mein Vater den Typ angerufen, und der hat die Sache auf seine Weise geregelt. Jetzt sind die beiden Partner, und Monya sitzt im Rollstuhl.«

»Warum hat er das nicht selbst gemacht? Einen von den Typen da draußen losgeschickt? Dein Vater hat seine Sachen immer selbst erledigt, soweit ich mich erinnere.«

»Er fand es besser, mit diesem Typ zu reden. Diese *byki* sind doch alle verrückt – und das soll die neue Generation sein? Die sind mit nichts groß geworden. Kinder der Armut, also haben sie nichts zu verlieren. Allein für ihren Ruf würden die alles tun. Sogar dafür sterben, das kannst du mir glauben. Ist schon unheimlich.«

»Sind sie deshalb da draußen?«

»Keine Ahnung. Glaube aber schon. Warum sollte er sie wegschicken?«

»Wenn alles vorbei ist? Kein Problem mehr mit dem Typ aus Staten Island?«

»Die waren eben einfach da. Wir haben ihnen bloß Maschinenpistolen gegeben.«

»Jesus.«

»Ich finde, es hört sich nicht gut an, wenn du das sagst.«

Das glaub ich dir aufs Wort, dachte Martin – aber Fees Gedanken waren schon woanders. Sah zu Pen, die jetzt zurückkam. Die künftige Braut. »Er läßt das College sausen«, sagte er zu ihr.

»Er will jetzt endlich erwachsen werden.«

»Danke.«

»Cola, ist das okay?«

»Perfekt, danke.« Er nahm ihr das Glas ab.

»Deine Mutter will mit dir reden. Über das Essen.«

»Was ist damit?« sagte Fee.

»Zu viel Italienisches. Sie meint, es wäre besser, deinen alten Koch zur Hochzeit einzufliegen.« Sie sah Martin an. »Ich glaube, sie versucht mit aller Macht, mehr für diese Sache auszugeben, als es jemals jemand zuvor getan hat.«

»*Unseren* alten Koch«, sagte Fee. »Ich kann mich noch an ihn erinnern. Vor zwanzig Jahren. Ein fetter, schwitzender Kerl. Sie ist immer noch sauer auf meinen Vater, daß er ihn damals nicht mitgenommen hat. Jetzt glaubt sie, einen Grund zu haben, ihn endlich nachzuholen.«

»*Glasnost*, Baby«, sagte sie.

»Es gibt schon genug Russen in diesem Land. Meinst du nicht auch?« Das sagte er zu Martin.

»Ihr seid die einzigen, die ich kenne.«

»Und Vlady.«

»Und Vlady.«

»Von diesen Typen laufen bestimmt tausend allein in Brighton Beach rum. Und wenn der Monat rum ist, sind es tausend mehr. Dazu natürlich die ganzen anständigen Trottel, die sich von ihnen ausnehmen lassen. Die Stadt füllt sich mit dem *homo sowjeticus.*«

»Gott schütze Amerika.«

»Gott schütze Gorbatschow.«

»Nun geh schon und rede mit ihr«, sagte sie.

»Russisches Essen ist doch wirklich scheiße.«

»Mach schon.«

Er beugte sich vor, küßte sie auf die Stirn. Sie sah auf. Dann küßten sie sich auf die Lippen, bevor Fee endlich ging. »Die Hochzeit ist in zwei Monaten«, sagte Pen und sah Felix nach.

»Habt ihr's tatsächlich so eilig?«

»Hat er dir das nicht gesagt?«

»Nein.«

»Also hat er nichts gesagt?«

»Was denn?«

»Daß du sein Trauzeuge sein sollst.«

»Himmel, was ist denn bloß in ihn gefahren? Woher wollte er wissen, was aus mir geworden ist? Ich hätte doch völlig durchgeknallt sein können. Ich hätte mich der Moonsekte anschließen können. Er hat gesagt, es wäre, als sei ich nie weg gewesen. Aber ich *war* weg, verdammt. Glaub mir, ich war woanders.«

»Er hat dich wirklich sehr vermißt.«

»Wie viele Leute sagen mir das denn noch heute abend?«

»Du hättest nicht weggehen sollen. Er liebt dich.«

»Ich hätte tot oder im Knast sein können, so wie es bei mir gelaufen ist.«

»Bist du zum Glück aber nicht.« Sie nippte an ihrem Drink. Er sah sie an. Hatte auf einmal das Gefühl, gerade etwas verpaßt zu haben. Konnte nun aber nicht mehr darauf zurückkommen. Konnte jetzt nichts Dummes sagen. *Was hast du damit gemeint?*

Er nippte an seiner Coke.

Sie sagte: »Er ist wirklich erwachsen geworden.« Und lächelte. »Auf der Highschool mochte ich ihn überhaupt nicht. Erinnerst du dich noch?«

»Daß du ihn nicht mochtest? Nein.«

»Ich fand ihn eingebildet.«

»Das waren wir beide. Das sind alle in dem Alter.«

»Ich weiß. Genau das meine ich. Aber er war großartig, als ich an die Schule kam. Ich hatte kein Geld, keine Pläne, nichts. Er hat sich wie ein Prinz benommen. Hat mich unterstützt. Mich ins Krankenhaus gefahren, als meine Mutter krank war. Ich hatte damals keinen vernünftigen Wagen. Sogar, als sie wieder raus war, hat er sie jede Woche zweimal zum Arzt gefahren.«

»Geht's ihr jetzt gut?«

»Sie ist da drüben. Hast du sie nicht gesehen?«

Er tat so, als würde er in die Richtung gucken, in die sie gedeutet hatte. »So sieht sie also aus?«

Sie lachte. »Mein Gott. Stimmt ja.«

»Ich hab sie nie gesehen.« Nur von hinten, bei der Beerdigung, dachte er.

Penny schüttelte den Kopf. Als kann sie nicht glauben, daß das alles schon so lange zurückliegt, dachte Martin. »Solche Dinge vergesse ich immer«, sagte sie.

»Ich auch.«

»So? Und wie war es bei der Armee?«

»Ordentlich.«

Sie lachte.

»Das ist alles, woran ich mich erinnere«, sagte er. »Anschließend hab ich eine Zeitlang gearbeitet und bin rumgefahren. Aber nach einer Weile fühlt man sich da draußen wie in einem Film, der immer wieder von vorne beginnt. Zur Arbeit gehen, Fastfood, fernsehen, ins Bett. Wenn man am Wochenende ins Einkaufszentrum geht und alle um einen herum haben dieses Lächeln im Gesicht, dann denkt man für einen Moment, vielleicht ist ja doch alles gut so, wie es ist. Aber es ist nicht gut. Es ist furchtbar. Es ist grauenhaft.«

»Und die Schule?«

»Keine Ahnung ...« Er zog die Schultern hoch. Er würde noch verrückt werden, wenn alle immer nur dasselbe fragten. »Ich habe nichts vermißt, seit ich losgefahren bin. Diese ganzen Lehrer, die einem erzählen, wie die Welt beschaffen ist. Ich saß immer da und hab gedacht, wann warst du das letzte Mal vor der Tür, Mann? Weißt du? Die Typen warten doch alle nur auf die Gehaltsüberweisung. Was bitte sehr ist das?«

»Was wirst du jetzt tun?«

»Hast du eine Idee?«

»Nein.«

»Vielleicht etwas zusammen mit Felix machen?« sagte er.

Sie sah ihn an.

Wieder war da etwas. Fragte sie sich vielleicht, ob er wußte, was er da sagte? Oder ob er es ernst meinte? Sie sagte: »Was hat er dir erzählt?«

»Daß er nicht Anwalt werden will. Hat andere Pläne.«

»Wo ist er eigentlich?«

»Da drüben. Redet mit seiner Mutter.«

»Ich wollte, ich hätte eine Zigarette«, sagte sie.

Er dachte, laß uns rausgehen. Sagte aber lieber nichts.

»Vor acht Monaten hatte er einen Unfall«, sagte sie. »Ziemlich schlimm. Sie haben ihm Stifte in die Schulter gejagt, und ein Auge mußten sie zurück in seinen Kopf drücken. *Ihm* hat es offenbar nicht viel ausgemacht, aber seine Eltern sind fast ausgeflippt.«

»Wegen der Sache damals. Mit seinem Bruder.«

»Sie wollten ihn nicht mehr aus den Augen lassen. Genau wie nach dem Unfall damals. Er hat es mir erzählt. Zu der Zeit kannte ich ihn ja noch nicht.«

»Ich auch nicht. Wir haben uns erst danach kennengelernt.«

»Na ja, jedenfalls haben sie ihn wieder völlig unter ihre Fittiche genommen. Haben *mich* unter ihre Fittiche genommen. Dann schickt ihn sein Vater eines Tages nach Long Island, um etwas für ihn zu erledigen. Um diese beschissene Benzinnummer durchzuziehen. Jetzt ist es sein Geschäft. Er zieht die Sache durch.«

Martin sagte nichts. In seinem Kopf schwirrten Fragen. So viele, daß er keine Worte für sie fand. Aber die Zeit der Antworten würde kommen, das wußte er. Er würde nicht wieder weggehen. Vielleicht nie wieder. Das Leben fand hier statt, daran gab es nicht den geringsten Zweifel.

Sie sagte: »Gleich danach hat er mich gefragt, ob ich ihn heiraten wolle. Als hätte er gerade irgendeine unsichtbare Grenze überschritten. Vor den Augen seines Vaters war er nun zum Mann geworden. Ich hab ja gesagt. Und er hat mir versichert, es hätte nichts mit der Sache in Long Island zu tun. Es sei der Unfall gewesen, mit dem für ihn etwas Neues begonnen habe. Da sei ihm klargeworden, daß er mich heiraten will. Und nun kam ja Geld rein. Und wem soll ich da Vorwürfe machen, ihm oder mir? Ich glaube, er hat das Juraexamen nur gemacht, um mir zu beweisen, daß er alles schaffen kann, was er sich vornimmt. In nur zwei Monaten. Er hat es mit einer Beiläufigkeit gemacht, als sei es ihm einfach mal eben so in den Sinn gekommen.« Sie zuckte mit den Schultern. »Ich glaube, er hat dafür gerade ein einziges Wochenende gebüffelt.«

»Er ist halt verdammt clever. War er schon immer.«

»Ich weiß.«

»Da kommt er.«

Sie nickte. Hob ihr Glas. »Laß dich nicht in die Sache reinziehen«, sagte sie.

Er sagte nichts.

»Nicht ich habe dich heute abend eingeladen«, sagte sie. »*Er* war es.« Sie nippte an ihrem Glas, sah ihn nicht an.

»Was soll das heißen?« sagte er. Bewegte dabei kaum die Lippen.

»Ich habe ihm gerade von deinem Auge erzählt«, sagte sie.

»Das hier war's«, sagte Fee und wies wie abwesend darauf. »Es hing raus, haben sie mir erzählt. Der Wagen war hin. Mein Porsche. Schöne Scheiße.«

»Ich muß pinkeln«, sagte Penny. »Entschuldigt, ich wollte sagen, ich bin gleich zurück.«

Sie ging. Diesmal ohne Kuß. Verschwand die Treppe hoch.

»Sie geht eine rauchen.«

»Du bist also wieder völlig in Ordnung?«

»Klar doch. Sie haben mir die Schulter genagelt. Ich sehe genausogut wie vorher. Nur der verdammte Wagen ärgert mich. Jetzt fahre ich mit der Allradkiste in der Stadt rum. Komme mir vor wie ein verdammter Yuppie.«

Martin nickte, wie um zu sagen, er könne sein Problem verstehen. Sah sich um. Spürte, daß etwas in ihm entfacht worden war. Fühlte sich, als hätte er was getrunken. Wußte, wenn Pen wieder die Treppe runterkäme, würde sie mehr auf ihn als auf Felix achten. Ihre Schwierigkeiten hatten bereits begonnen.

Er sah ihn an. Sagte: »Breschnjew war ein verdammt häßlicher Kerl. Wie ist sein Schwiegersohn denn so?«

»Nicht halb so schlimm«, sagte Fee.

»Das sagt nicht viel.«

»Er ist natürlich auch ein fieser Hund«, sagte Felix.

»Hast du immer noch die Garagenplätze am Laguardia

Place?« Das war auf halbem Weg zwischen Fees Apartment in der Lafayette und seiner Wohnung in der Thompson Street.

»Ja.«

Martin nickte. »Und wohnst du immer noch bei Mummy und Daddy?«

»Klar. Und das Mädchen macht auch immer noch meine Wäsche.«

»Sucht ihr was Eigenes?«

»Vielleicht. Vielleicht kaufen wir was im gleichen Gebäude. Oder übernehmen ihre Wohnung, falls sie nach Kanada ziehen. Meine Mutter denkt, Toronto sei vornehmer. Mein Vater zieht da überall Kästen hoch. Apartments, Hotels.«

»In Kanada?«

»Klar. Hast du Lust auf ein Hotel? Wir könnten es zusammen aufziehen.«

»Ich denk drüber nach.«

»Gut.«

»Ich sag dir was. Wenn du dir keinen neuen Wagen kaufst, dann nehme ich den zweiten Garagenplatz.«

Die Leute vom FBI würden sich jetzt die Fingerabdrücke noch mal vornehmen müssen, sagte Davis. Und wenn sie dann zu dem gleichen Schluß kämen wie die unabhängigen Experten, daß sich nämlich auch der Rest eines Abdrucks von Terry auf der Waffe befindet, dann sähe die Sache schon deutlich besser für ihn aus. Das würde seine Aussage bekräftigen und die Position der Staatsanwaltschaft schwächen. »Wenn das FBI-Labor zu dem gleichen Ergebnis kommt, können Sie es sich noch mal überlegen, ob Sie tatsächlich aussagen wollen. Dann sollen die Sie doch wegen Totschlag vor Gericht stellen. Vermutlich werden sie auch Anklage wegen der Drogensache erheben, aber die können Sie wahrscheinlich ebenfalls niederschlagen. Ich denke, Ihr Instinkt hat Sie nicht getrogen. Die haben gerade erst damit angefangen, wegen des Heroins zu ermitteln. Wenn Sie Hughes und Pasko also nicht umgebracht haben, dann sollte es auch möglich sein, das zu beweisen. Ich werde diesbezüglich jedenfalls alles tun, was in meinen Kräften liegt, wenn es soweit ist. Vorausgesetzt natürlich, Sie wollen es so machen. Bis dahin werden noch Monate ins Land gehen, ich weiß. Aber jetzt haben wir eine echte Chance. Natürlich würde das auch bedeuten, daß die Sie aus dem Zeugenschutz nehmen, aber das wissen Sie ja selbst. Wir werden das alles noch mal genau zusammen durchgehen. Ich hole mir noch einen Kaffee. Wollen Sie auch? Sie haben ja noch.« Davis stand auf und ging rüber zu der Kochnische.

Martin lehnte sich auf der Couch zurück. Sah hinauf zur Decke und dachte: Wenn *ich* ihn nicht erschossen hätte. Wenn also nicht ich, wer hätte es dann getan? Irgendwann. Über diese Frage hatte er während der letzten Tage immer wieder nachgedacht. Hätte er Terry etwa laufenlassen sollen? Er hatte schließlich nicht wissen können, ob er nicht wiederkommen würde. Oder ob er sie einfach da liegenlassen würde. Verrecken lassen würde. Er hatte angenommen, daß er zurückkommen und ihm den Rest geben würde. Aber kann eine Annahme, die in einem Bruchteil einer Sekunde aufblitzt, Rechtfertigung dafür sein, einen Menschen zu töten? *Irgendeine* Annahme? Oder die Tatsache, daß er Felix erschossen hatte? Fee? Den du noch kurz zuvor selbst umlegen wolltest?

Vielleicht.

Vielleicht war es aber auch einfach nur der Weg, für den sie sich entschieden hatten. Terry Hughes und Fee und er selbst und die ganzen anderen Typen, hinter denen das FBI her war. Gegen die er jetzt aussagen sollte. Sie alle hatten eine Entscheidung getroffen. Alles erwachsene Männer.

Und genau das war der Punkt, in dem Lexi falsch lag. Er hatte ihnen etwas vorgelebt und dabei übersehen, daß sie nichts anderes waren als Jungs. Hatte ihm und Fee zu verstehen gegeben, daß es eine tolle Sache sei, ein harter Kerl zu sein. Sie dazu gebracht, ihm beweisen zu wollen, daß sie so waren wie er. Sie so sehr beeindruckt, als sie noch Kinder waren.

Auf der anderen Seite: Hatte er sie damit denn betrogen? War das alles tatsächlich falsch?

Wer wollte darüber urteilen?

Er jedenfalls nicht.

Nicht heute abend.

Die Menschen sterben, das Leben geht weiter, und es ist ungerecht. Das war auch schon alles, dessen er sich sicher war. Es war ungerecht und manchmal sogar etwas beschämend. Etwa, daß er hier lag, auf dem Wege der Besserung – er machte sogar gute Fortschritte – und nun sogar noch mit der Aussicht, davonzukommen. Felix und Terry hatten weniger Glück gehabt, ihr Leben war einfach erloschen, vor ein paar Tagen erst. Andere würden ihr künftiges Leben hinter Gittern verbringen, und da sagt dieser Davis: *Ihr Instinkt hat Sie nicht getrogen.* Martin schüttelte den Kopf. Wenn die meisten Leute, an die er zurückdenken konnte, die mit Heroin zu tun gehabt hatten, inzwischen tot waren, war man dann nicht ein Arschloch, wenn man nicht seine Finger von dem Zeug ließ? Hieß das nicht, daß man schuld war am Tod seiner besten Freunde? Oder hieß es nichts anderes, als daß ihr einfach nur ein paar Drogenhändler wart? Ein paar kleine Typen, die es ein paar großen Typen zeigen wollten. Mit einem Heroindeal, der in die Hose gegangen ist. Durch den du zu einem von denen werden wolltest, zu denen du immer aufgesehen hast. Zu einem profitgierigen Draufgänger, der vor nichts zurückschreckt. Einem Mafioso.

Es kam ihm vor, als läge das alles schon Ewigkeiten zurück.

Und gleichzeitig war es ganz unmittelbar. Schien an ihm zu kleben. Wie eine Haut, die er nicht abstreifen konnte. Er war jetzt siebenundzwanzig, sein ganzes Leben lang Katholik, doch erst jetzt verstand er, was »Seele« bedeutete. Die unauslöschliche Erinnerung an alles, was du warst und was du getan hast. Wie du deine Seele befleckt hast, indem du jemanden getötet hast. Und erst in diesem Moment begriff man, was man zuvor nicht weiß. Daß sie rein war, bevor man sie befleckte. Man verstand auf einmal, daß sie gestrahlt hatte. Daß sie etwas Wunderbares gewesen war. Doch jetzt, mit diesem Fleck auf seiner Seele, dem Fleck, der für immer dasein würde, würde man, sofern die Hölle existierte, da unten sein, mit all den anderen, für die es keine Vergebung gab.

Und doch, dachte er, war es immer noch besser, zu denen zu gehören, die sich zu ihren Fehlern bekennen, wenn sie die Chance dazu bekommen. Es war besser, unter ihnen zu wandern und mit den Ehrlichen zu verbrennen als mit den ewigen Heuchlern und Verrätern.

Und Terry? dachte er.

Wohin mochte Terrys Seele jetzt unterwegs sein?

Auf welcher Reise war sie jetzt, hatte er sich gefragt. Auf welche Reise habe *ich* sie geschickt?

Er dachte an Felix, als er noch lebte. An seinen Vater, der nun seit achtzehn Jahren tot war. Ihre Leben waren gute Geschichten. Geschichten, an die man sich erinnern und die man erzählen konnte. Aber Terry Hughes' Geschichte war nun zu seiner eigenen geworden. Terrys Fleisch seines. Ihre Seelen waren auf ewig verbunden. Himmel, sie hatten sich damals zusammen tätowieren lassen. Sie und ein halbes Dutzend Typen aus dem Viertel. Damit waren sie seit ihrer Jugend auf alle Zeiten miteinander verbunden. Hatten sich dafür entschieden, harte Kerle zu werden, und sich mit den Symbolen dieser Entscheidung befleckt.

Er sah auf seinen Arm auf der Couchlehne und betrachtete den auferstehenden Christus auf seinem Bizeps – blasse Tinte auf bleicher Haut. Den aus dem Bambus hervorspringenden Tiger auf dem anderen. Diese Tätowierung hatte er sich einige Jahre später machen lassen. Als er auf Korea stationiert war, während eines zehntägigen Urlaubs. Wie ein Tier hatte Terry hinter dem Haus gelauert und war dann über ihn und Fee hergefallen. War in ihr Gespräch reingeplatzt und hatte sich einen Dreck darum geschert, worüber sie gerade redeten. Hatte einfach den günstigsten Moment abgewartet und ... *pow pow pow.*

Da hatte er sich mächtig stark gefühlt, dieser Terry. Der einzige mit einer Waffe in der Hand. Hatte sicher gedacht, zu große Härte könne auch Schwäche sein.

Aber wer war nun tot, und wer lag jetzt hier auf der faulen Haut und fragte sich, wann er wieder frei sein würde? Und reich.

Er drehte seine Hand und besah sich die Stelle, an der bis vor kurzem die Kanüle gesessen hatte. Der brennende Schmerz ließ langsam nach. Der Arzt war gekommen und wieder gegangen. Hatte ihn von dem Infusionsschlauch erlöst, ihm Pillen gegeben. Andere Pillen, er wußte nicht genau, was es war. Der Ständer stand noch neben der Tür. Wartete wahrscheinlich darauf, von einem für diese Aufgabe ausgebildeten FBI-Agenten abgeholt zu werden. Während der Arzt den Schreibkram erledigte, hatte sich auf dem Fußboden unter dem jetzt leeren Beutel eine kleine Pfütze gebildet. Er fragte sich, wer sie aufwischen würde.

Draußen regnete es. Corso und Dolan saßen am Tisch und spielten Karten mit den beiden Agenten, die am Nachmittag aufgetaucht waren. Sie hatten offensichtlich nichts mit seinem Fall zu tun, machten aber auch keine Anstalten, wieder zu gehen. Martin versuchte sich vorzustellen, wie das runde Metalldach des Hangars jetzt glänzte und der Regen daran hinunterlief. Dachte dann an eine Murmel in einer runden Schale und wie sie um den Punkt kreiste, an dem sie endlich zum Stillstand kommen würde. Theoretisch existiert dieser Punkt auch auf der äußeren Seite der Schale, und dennoch bleibt die Murmel dort nicht liegen. Warum nicht, verdammt?

Davis setzte sich und achtete darauf, seinen Kaffee nicht zu verschütten. Trank einen Schluck.

»Ich bleibe weiter im Zeugenschutzprogramm.«

»Okay«, sagte Davis.

»Was ist, wenn die nichts mit dem anfangen können, was ich ihnen erzähle?«

»Das ist deren Problem, würde ich sagen. Aber …« Davis legte seine Stirn in sorgenvolle Falten. »Ich weiß nicht recht, worauf Sie hinauswollen.«

»Die beiden sind wie zwei Priester, die auf meine Beichte warten. Sie halten die Sache für abgemacht.«

»Okay … und …« Er verstand noch immer nicht.

»Sie haben mir von einem Typ erzählt, der dauernd seine Geschichte geändert hat. Irgendein sizilianischer Killer.«

Davis beugte sich etwas nach vorn, hielt inne, lehnte sich dann wieder zurück. Trank seinen Kaffee. Blieb dabei ganz ruhig. »Man kann Sie wegen Meineid drankriegen, Martin.« Er gab sich Mühe, nicht zu flüstern, sondern seine Stimme ganz normal klingen zu lassen. »Man kann Sie deshalb verurteilen.«

»Wenn sie es rauskriegen.«

»Selbstverständlich.«

»Wo wäre ich in der Zwischenzeit?«

»Da, wo man Sie hingesteckt hat.«

Er sagte nichts.

»Woran denken Sie?«

»Nichts.«

»Das ist auf alle Fälle das Sicherste für Sie. Das wissen Sie selbst. Lexi Pasko wird es wieder versuchen, davon müssen wir ausgehen.«

»Darum mache ich mir keine Gedanken.«

»Worum dann? … Ihre Familie?« Er versuchte, ihn zu verstehen. Wirklich ein mitfühlender Mensch, dieser Davis. Martin sah ihn an. *Worum sonst?* »Ich weiß nicht, was ich Ihnen sagen soll. Es gibt Leute, die haben es versucht, aber die Kriterien sind streng. Und eindeutig. Nur Ehepartner und Kinder.«

»Im Moment sind sie sicher. Sie sind weg. Aber wer weiß schon, was noch alles passiert. Ich will, daß sie geschützt werden.«

Davis sagte nichts. Martin war klar, daß er es nicht konnte. »Wir machen es, wie wir es besprochen haben«, sagte er zu seinem Anwalt. Wechselte dann seinen Tonfall und das Thema. »Und was ist mit Ihnen?«

»Was?«

»Gehen Sie zurück in die Provinz?«

»Ich bin noch ein paar Tage hier, dann fahre ich zurück. Ich muß noch ein paar Dinge recherchieren und sage Ihnen dann, was mir möglich ist. Hier gibt's die besseren Bibliotheken.«

Martin nickte. Er merkte, daß er nicht wußte, wie er diesem Mann danken sollte. Nur, daß er ihm über alle Maßen dankbar war. »Verraten Sie mir etwas«, sagte er. »Warum arbeiten Sie in dem Kaff da oben?«

»Als ich ein kleiner Junge war, hatten wir da unser Sommerhaus.«

»Sie haben gesagt, Sie hätten als Bester Ihres Jahrgangs in Georgetown abgeschlossen. Was treibt einen solchen Mann in die Provinz?«

Davis lächelte.

Weil Martin ihn durchschaut hatte?

»Mein Vater war auch Anwalt«, sagte er. »Ein sehr guter.«

»Sie sind es geworden, weil er es von Ihnen erwartet hat.«

»Ja.«

»Fanden es dann gar nicht mal so übel, hatten aber das Gefühl, sein Leben zu leben, nicht Ihres. Haben ihm bewiesen, daß Sie es schaffen, dann aber nichts weiter draus gemacht. Um ihm einen kleinen Strich durch die Rechnung zu machen, oder?«

Davis senkte den Blick. Lächelte, nahm einen großen Schluck Kaffee. Er konnte nicht lügen.

»Mein Vater war Musiker«, sagte Martin. »Und ich habe noch nie eine Spielzeugtröte in die Hand genommen.«

»Zur Hölle mit den Vätern, was?« sagte Davis und sah auf.

»Genau. Ich wollte nur, er hätte mir etwas Geld hinterlassen. Dann könnte ich Sie bezahlen. Sie waren eine große Hilfe.«

»Bitte ...« Davis schüttelte den Kopf.

»Sie sind weit besser, als Sie denken. Und Sie waren es schon, bevor Sie in die Fußstapfen Ihres Vaters getreten sind.«

»Meine Urgroßeltern haben ein Vermögen gemacht. Kürschner. Man sieht mir an, daß ich vom Geld abstamme, oder?«

»Nicht so, wie Sie denken. Aber machen Sie sich deswegen keine Sorgen.«

Davis holte tief Luft. Starrte dann eine Weile vor sich hin und dachte nach. »Sie kamen aus Rußland«, sagte er dann. »Meine Leute. Um die Jahrhundertwende. Hatten nichts, aber sie bauten sich sich ein kleines Imperium auf.«

»Ganz schön zäh, diese Leute. Da haben Sie ja eine Ahnung davon, mit wem ich es zu tun habe«, sagte Martin.«

Sie lächelten beide.

Davis sagte: »Wer hätte das je gedacht? Eine russische Mafia.«

Martin schüttelte den Kopf und sah wieder an die Decke. Dachte: Aber wenn es Lexi war, warum ist er dann nur hinter mir her gewesen? Wieso nicht auch Bunny? Das war alles nicht fair.

Obwohl er die Antwort natürlich kannte.

Sieh es einfach, wie es ist, dachte er.

Es war eine persönliche Sache, keine geschäftliche. Man ist nicht böse auf den Hai, der einen gebissen hat. Aber auf den treuen Hund, der plötzlich nicht mehr spurt.

»Die Leute mögen den Gedanken, daß es in ihrem Land eine Mafia gibt«, sagte er, als würde er sich plötzlich daran erinnern, daß Davis noch immer neben ihm saß. »Sie glauben, das würde den anderen zeigen, daß sie auch unangenehm werden können, wenn sie es nur wollen.«

Davis antwortete nicht.

Martin sah ihn an.

Davis sagte: »Wahrscheinlich haben Sie recht«. Er war verlegen. Schlimmer noch: Er schämte sich.

Martin sagte: »Hey Mann, ich habe mein ganzes verdammtes Leben damit verbracht, unangenehm zu sein. Und *Sie* schämen sich? Hören Sie doch auf mit dem Blödsinn. Mich interessiert einzig und allein, was wir *jetzt* machen. Das Leben ist viel zu kurz, wissen Sie.«

Davis nickte. Trank seinen Kaffee aus. Stellte die Tasse auf den Tisch neben sich. Aber er war immer noch irritiert. Denn er hatte etwas gezeigt, was er nicht hatte zeigen wollen.

Schon seltsam, wie schnell Männer wieder zu Jungen werden können, dachte Martin. »Und nebenbei gesagt, ist es schließlich nicht Ihre Schuld, daß der Kerl mit dem Brieföffner auf mich losgegangen ist.«

Davis sagte: »Jesus«, und schüttelte den Kopf. »Ich habe mich benommen wie ein …« Er holte tief Luft, hielt sie an.

»Wie ein Arschloch«, sagte Martin. »Sie können es ruhig sagen. Ich kenne das Wort.«

»Wie ein Arschloch.«

»Nein, haben Sie nicht. Ich schwimme nun mal in einem Haifischbecken.«

Das verstand Davis.

Er atmete aus und ließ seine Schultern hängen.

Martin lauschte dem Regen. »Sie sollten jetzt gehen«, sagte er. »Gehen Sie ins Kino oder sonst wohin. Gehen Sie was Gutes essen, solange Sie hier sind. Das Essen in Ihrer Gegend da oben ist lausig.«

»Das ist es in der Tat.«

»Kommen Sie wieder?«

»Bevor ich zurückfahre, ja. Ich halte Sie über alles auf dem Laufenden. Sie haben die Nummer von meinem Hotel, falls sich vorher was ergibt. Und schreiben Sie sich immer auf, was Ihnen die Leute von der Staatsanwaltschaft sagen, denken Sie dran. Wir werden mit dem FBI zusammenarbeiten, bis die Sache mit dem Fingerabdruck geklärt ist. Wie das auch ausgehen wird, es ist in jedem Fall zu Ihrem Vorteil, wenn Sie jetzt mitspielen.«

Martin nickte.

»Wie ich schon gesagt habe, habe ich mit denen telefoniert«, sagte Davis. »Sie haben gesagt, sie sehen keinen Grund, herzukommen, bis nicht alle Unterlagen da sind und Sie bereit sind auszupacken.« Er korrigierte sich: »… ihnen die Informationen zu geben … Ich fange schon an, so zu reden wie Sie.«

»Los, pack schon aus, du Mistkerl«, sagte Martin und formte mit zwei ausgestreckten Fingern und dem hochgestellten Daumen eine Pistole, zielte seitlich an Davis vorbei, aus der Hüfte. Zuckte dann die Schultern. »New York, Hollywood, das ist alles dasselbe jetzt. Überall verhalten sich die Leute so, wie sie es im Kino gesehen haben. Ich sage Ihnen, ich habe Situationen beobachtet, da hätte ich sofort sagen können: ›Hey, *Der Pate … Scarface.*‹ Überall das gleiche. Das Leben wird zum Film.«

Davis nickte, wollte aufstehen.

Martin legte seine Hand auf den Bauch, sah dabei auf seine Tigertätowierung und starrte sie an. Befühlte den neuen Verband unter seinem T-Shirt. »Dieser Terry«, sagte er, sah aber nicht zu Davis rüber.

Davis hielt inne. »Ja?«

»Als ich noch ein Junge war, ein Teenager, haben ich und die anderen, mit denen ich immer rumhing, die Kinder aus dem Viertel oft mit ins Kino genommen. Haben sie eingeladen. Manchmal waren es um die zwanzig Kinder. Wir haben geguckt, was gerade lief. Aber Terry ist nie mitgegangen. Er hat immer gesagt, nur Weicheier gingen ins Kino. Sein Alter saß irgendwo lebenslänglich, ohne Chance auf Begnadigung, und sein Bruder Peter war ebenfalls ein Dreckskerl, so daß er nichts beweisen mußte, der alte Terror. Natürlich haben wir alle genauso geredet wie er – ›Das sind Weicheier, Schwuchteln‹ –, das können Sie mir glauben. Wir sind aber trotzdem ins Kino gegangen und haben uns alles mögliche angesehen. Aber Terry? Er meinte es tatsächlich ernst. Hatte einfach kein Interesse. Wir haben ihm gesagt, er sei einfach nur geizig, wolle den Eintritt nicht bezahlen, und erst recht nicht für die Kinder. Aber er hat nur gegrinst. Manchmal hat er einem auch auf die Fresse gehauen, wenn ihm danach war.« Martin schüttelte den Kopf, er erinnerte sich an noch etwas. »Einmal habe ich einem Kumpel von mir gesagt, daß ich Terry verprügeln wolle. Einfach die Sache mit ihm austragen, ein für allemal, damit es ein Ende hat. Wir waren vielleicht sechzehn.

Ich wollte es wirklich tun. Aber wissen Sie, was mein Kumpel gesagt hat?«

Bunny.

»Was?«

»Er sagte, es wäre die Sache nicht wert. Wenn ich mich nur einmal mit ihm schlagen würde – egal ob ich ihn fertigmache oder den Kürzeren ziehe –, dann müßte ich mich jeden Tag mit ihm schlagen, für den ganzen verdammten Rest meines Lebens. Komisch, nicht? Ich hätte ihn damals erledigen sollen, meinen Sie nicht auch? Ich wäre jetzt bestimmt trotzdem hier, aber wenigstens hätte ich ihm vorher anständig was verpaßt.«

Davis nickte und sah auf den Fußboden.

»Ich erzähle Ihnen wirklich keine Geschichten, Mann«, sagte Martin. »Es gab einfach ständig Ärger damals, als ich noch ein Junge war. Und es hat nie aufgehört. Man stand immer unter Strom, sogar im Kino. Da dachte man für eine Weile, man selbst sei auch so ein harter Kerl wie der da auf der Leinwand. Und dann kam man raus und sah, daß es nicht so war. Man sah diese ganzen Mafiatypen und daß *sie* so waren. Und man fragte sich, ob man auch eines Tages so werden würde. Denn wenn man nicht so werden würde, was sollte dann aus einem werden? Also mußte man hart sein, mußte so sein wie sie. Etwa wenn sich die Cops sehen ließen. Da standen sie dann da, wie versteinert, die Hände in den Taschen. Lehnten einfach cool am Türpfosten einer Kneipe, knallhart. Und sie haßten die Cops, weiß Gott. Haßten sie wirklich. Das waren ihre Feinde. Kamen nie auf den Gedanken, daß sie im Recht sein könnten. Haben sie nie, nicht mal eine Sekunde lang, für die Guten gehalten. Und genau so einer ist Terry geworden. Hat die Welt als ein einziges Ärgernis betrachtet. Nie als einen Ort, an dem man es auch mal nett haben kann.« Martin spürte, wie Davis' Blick auf ihm ruhte. Er sah ihn an. »Ist was?«

»Sind Sie … okay? Ich meine, weil …«

»Ich ihn erschossen habe?«

Davis nickte. »Kommen Sie damit klar?«

»Er ist mitten in eine wichtige Unterhaltung reingeplatzt. Sie können sich das gar nicht vorstellen. Gespräche waren für Felix einfach alles. Das war seine große Schwäche. Selbst wenn Tee hinter dem Haus vorgekommen wäre und gesagt hätte: ›He, ihr beiden Weicheier, ihr redet zuviel‹ – es wäre okay gewesen. Nicht okay, aber es hätte mir nichts ausgemacht. Aber er kam einfach um die Ecke und fing an, um sich zu schießen. Natürlich komme ich damit klar. Warum auch nicht? Ich hätte es nur verdammt noch mal schon mit sechzehn machen sollen.«

Ein Hauch Prahlerei am Schluß, dachte er. Aber wenn du ihm schon einen vom Pferd erzählst, dann richtig, oder?

Corso sagte: »Das will ich sehen. Dreh sie um, Baby, ich will sie sehen.«

Martin grinste. »Sehen Sie, er weiß Bescheid.«

»Ich bin dran. Ihr könnt ja auf meine Ärmel achten, wenn ihr mir nicht traut.«

»Er hat wirklich einen harten Job«, sagte Martin.

Davis sagte: »So kann man es auch sehen.«

»Er ist gut. Hat mir das Leben gerettet. Sie wären erledigt gewesen. Der kleine *mafijatschik* hätte Sie zerlegt, wenn Sie sich eingemischt hätten.«

»Wohl wahr.«

Corso zählte laut beim Geben. Er schien gute Laune zu haben. Knallte die Karten auf den Tisch.

»Sie sollten jetzt gehen«, sagte Martin.

»Das sollte ich in der Tat. Also gut dann«, sagte Davis und stand auf.

»Essen Sie was, besorgen Sie sich ein Mädchen. Sie sind doch nicht verheiratet, oder?«

»Nein.«

»Hey, wissen Sie was? Wir sind hier in Brooklyn. Sie sollten ins Anastasia gehen. Mein Club. Mein alter Club. Er gehörte Felix und mir. Nehmen Sie sich ein Taxi. Es ist ungefähr zehn Minuten von hier.«

Davis legte den Kopf auf die Seite. Wollte nein sagen. »Danke, nein.«

»Na ja, vielleicht wirklich besser nicht. Wahrscheinlich würde man Ihnen Ihre Brieftasche abnehmen. Aber eines Tages müssen Sie sich die Gegend mal ansehen. Gehört jetzt alles den Russen. Die Läden, die Werbung auf sämtlichen Schildern und Markisen, die Sprache, die man auf der Straße hört – alles russisch. Wenn man da hinkommt, hat man das Gefühl, man würde aus dem Flugzeug steigen anstatt aus der U-Bahn.«

Davis nahm seine Aktentasche und streckte die Hand aus. »Vielleicht.«

Martin schüttelte sie und sagte: »Okay. Vielleicht. Ich stehe jetzt nicht auf. Ich sitze gerade so bequem.«

»Schon in Ordnung.«

»Wir sehen uns, Mann. Übermorgen.«

»Übermorgen«, sagte Davis.

Terry Hughes saß ganz hinten und sah zu ihm rüber. Sonst war das Restaurant leer. Er war fünfundzwanzig, hatte aber schon Peters Gesicht. Darin fiese Hundeaugen, die nach wie vor jung wirkten. Seine Mundwinkel zeigten wie immer nach unten. Er saß einfach da. Hatte nichts zu tun und strahlte trotzdem Ungeduld aus.

Bunny sagte: »Hast du schon zu Mittag gegessen? Willst du was?«

Martin sagte: »Klar.« Er schüttelte Terrys Blick ab und sah zur Kellnerin. »Was Leichtes. Weiße Muschelsuppe. Und kein Brot. Danke.«

»Ißt du was, Bunny?«

»Nein danke, Süße. Sag in der Küche Bescheid und mach dann alles für den Abend fertig. Ist Marjorie noch nicht da?«

»Nee.«

»Okay, dann kümmer du dich um alles und geh dafür heute etwas früher nach Hause. Das Trinkgeld wird aufgeteilt wie immer. Aber reich zuerst die Bestellung durch, es ist schon Viertel vor fünf.«

Sie ging nach hinten, zur Küche. Sagte unterwegs etwas zu dem Hilfskellner, der nickte und das Tischtuch glattstrich, das er gerade aufgelegt hatte. *Kein Brot*, vermutete Martin.

»Montags hab ich immer nur drei hier. Keinen Geschäftsführer, und eine Bedienung, die um sieben anfängt. Diese verdammte Marjorie.« Bunny schüttelte den Kopf. Martin nickte, als würde ihn das alles interessieren. Dachte, daß es der logische Lauf der Dinge war, daß Bunny jetzt den Laden schmiß, Unternehmer war. Und Terry ein kleiner Ganove, noch etliche Jahre und Pfunde davon entfernt, der Menschheit Angst einzujagen. Solche Läden gab es überall auf der Welt, und die Leute kamen und füllten sie. In dieser Beziehung unterschied sich das Viertel nicht von anderen. War es das, wovon sie damals alle geträumt hatten?

Wegen eines Jobs zu Bunny Lamentia gehen? hatte er gedacht.

Er wußte es nicht. War schon komisch, hier zu sitzen. Vor zehn Jahren hatten sie zusammen in den Kinos herumgealbert und die Kinder zum Lachen gebracht.

Er dachte: Es gibt ein paar Sachen im Leben, an die man sich gern erinnert und die man immer vermissen wird.

Er deutete mit dem Kopf zu Terry. »Was ist mit ihm?«

»Terry?« sagte Bunny. »Nein. Nur Gesundheitsfraß. Körner und solchen Mist. Grünzeug.«

Wie ein Affe, dachte Martin. »Sitzt er einfach nur so rum?«

»Ja, wieso?«

»Was macht er? Hört er uns zu?«

»Keine Ahnung. Wen kümmert's? Er sitzt immer allein rum.«

Martin zuckte die Schultern. Als wäre es damit erledigt. Sollte er doch da sitzen. »Terry Terror«, sagte er. »Bestimmte Leute wird man sein Leben lang einfach nicht los.«

Bunny sagte: »Stimmt.« Streckte sich. Streckte die Arme hoch, löste die verschränkten Finger dann mit einer Arzt Seufzer über seinem Kopf, und dann das gleiche noch mal. In Zeitlupe. Wie schon damals in der Grundschule. Immer hatte er deshalb einen Anschiß bekommen. Aber so war er eben, Pasquale. Sein Körper lief auf denkbar niedrigster Tourenzahl, aber in seinem Kopf war ständig was los. »Er arbeitet für mich, seit er aus dem Knast raus ist. War völlig fertig, weil er vorher für Rocco gearbeitet hat und Rocco das mit seinem Bruder gemacht hat und das alles, aber ...« – er zuckte die Schultern – »... es war halt nichts anderes los. Er sitzt da und denkt nach. Wie viele Armcurls heute abend im Sportstudio? Kriegt er ausreichend Vitamine? Wie erwürgt man jemanden am besten, mit den Händen oder mit einer Kordel? Denkt 'ne verdammte Menge. Hat ganz schön viel im Hirn, dieser Terry. Geht's dir gut, dahinten, Hughes?« Terry nickte. Sein Blick ruhte auf Martin. Hörte ihnen wie beiläufig zu. Bunny machte sich nicht die Mühe, sich zu ihm umzudrehen. »Siehst du? Ihm geht's gut.« Bunny rollte seinen Nacken. Senkte die Stimme. »Kurz bevor er rauskam, haben sie ihm den Schädel kahl geschoren. Also, selbst wenn er versucht hätte, was zu kriegen ...« Er lachte. Nahm einen Krümel vom Tischtuch und ließ ihn auf die Erde fallen. »Wie will jemand einen Job kriegen, der aussieht, als wäre er bei der Arischen Bruderschaft? Also? ...« – sagte wieder lauter: »Was war bei dir? Ist der De Soto im Eimer?«

»Er tut's noch.«

»Was ist mit Arbeit?«

»Hab einen Job.«

»Was machst du?«

»Bei der Telefongesellschaft.«

»Willst du mich verarschen? Das war doch ein Witz, als ich das gesagt hab.«

»Hat sich aber nach 'ner guten Idee angehört.«

»*Maron.*«

»Ich hab's eben versucht.«

»Du hast es versucht.«

»Und jetzt bin ich hier.«

»Gut.« Er nickte, Bunny. Sah aus, als wäre er zufrieden. Dann wieder ernst. »Ich wußte, du würdest es nicht aushalten. Wenn man mal dabei war, kann man anders nicht mehr leben. So ist das nun mal.«

Martin sagte: »Ich brauch nur das Geld.«

»Das tun wir alle. Jede Menge davon. Aber trotzdem sage ich: gut. Du kommst gerade rechtzeitig, weil ich an diesem Wochenende was habe, unten in Maryland. Ich kann selbst nicht hin, und Terry auch nicht. Du wirst da unten etwas abholen. Geld. Du siehst, ich vertraue dir. Willst du Wein? Marjorie, wo hast du denn gesteckt? Bring mal eben ein Glas Weißwein rüber.«

»Wasser reicht mir«, sagte Martin.

Bunny sagte zu Marjorie, vergiß es, mach dich an die Arbeit.

Er sah auf der Straßenkarte nach, überschlug die Entfernung und dachte, er würde besser den Wagen noch mal nachsehen lassen. Er fuhr rauf zur Zehnten Avenue, ließ die Kühlschläuche auswechseln, die Bremsen einstellen, die Beläge ersetzen, einen Ölwechsel machen. Den Rest seines Geldes investierte er in neue

Auspuffrohre und einen Auspufftopf. Auf dem Highway wäre das Röhren des Motors einfach nur peinlich.

Den ersten Scheck von der Telefongesellschaft hatte er seiner Mutter gegeben, für die Miete. Die beiden nächsten legte er in einem Investmentfond an. Jetzt wartete er auf sein viertes Gehalt, das letzte. Er hoffte, daß alles glattlaufen würde. Daß Bunny ihn gleich bezahlen würde. *Da bist du ja wieder. Hier, dein Geld.*

Es war heiß in Baltimore. Er kam bei Einbruch der Dämmerung an, und überall waren sirrende Schwärme von Stechmücken. Wie in Queens. Er mußte die Fenster schließen, als er sich von Ampel zu Ampel tastete. Beschloß, daß die nächste Anschaffung eine neue Klimaanlage sein würde.

Bunnys Mann war in Ordnung. Machte auf den ersten Blick einen anständigen Eindruck. Trug Jeans und eine Jeansjacke und seine Haare waren zu lang. Sah aus wie ein Pornostar, aber er war Profi. Der Job war okay. Allerdings hatte Martin nicht gewußt, daß es Blüten waren, die er abholen sollte. Das FBI würde sich freuen, wenn sie ihn damit schnappten. Der Typ hatte ein vollständig ausgestattetes Fotolabor und eine Druckerpresse. Zwei Leuchttische und einen schrägen Zeichentisch, wie Architekten ihn benutzen. Dazu einen mächtig eindrucksvoll aussehenden Computer. Das einzige, was fehlte, waren die Wäscheleinen mit den Holzklammern. Martin stand da und sah sich um, und der Typ sagte: »Noch zwei Minuten, Mann, tut mir leid. Bin etwas spät dran diesmal.« Er ließ die letzten Scheine durch den Zähler laufen. Ein Geräusch wie beim Mischen von Black-Jack-Karten.

Martin sagte: »Wo sind die Wäscheleinen?«

»Heute wirft man das Zeug in den Trockner. Zusammen mit ein paar blauen und roten Pokerchips, dann sehen die Scheine hinterher aus, als wären sie schon ewig im Umlauf. Echt ’ne tolle Sache, Mann.« Er packte einen weiteren Stapel in den Zähler und ließ ihn laufen. Machte ein Gummiband um das Bündel, das er eben herausgenommen hatte, packte es zu den anderen, die schon in ordentlichen Stapeln in der kleinen Segeltuchtasche lagen. Sah Martin an und grinste. Aufrichtig. Er grinste über das Geräusch der flappenden Geldscheine hinweg. Eine Melodie, die einem wirklich gute Laune machen kann, dachte Martin. Er grinste zurück und nickte.

Der Typ packte das letzte Bündel in die Tasche und zog den Reißverschluß zu, hielt sie Martin an den Trageriemen hin. Wie ein Lebensmittelhändler, der einem die Papiertüte mit dem Einkauf über den Tresen reicht. Sagte: »Dann mal gute Fahrt.«

»Das war's, oder?«

»Ja. Das ist der Rest vom letzten Mal. Ein guter Typ, dieser Bunny. Meinte, die Spesen übernimmt er. Hatte Probleme mit dem Papier. Das Papier ist einfach alles, Mann. Crane Company, Leinen und Baumwolle. Die verarbeiten nur Stoffreste von Levi Strauss, das ist schon Kult. Das Papier ist echt heilig, verstehst du? Das hier sind alles alte Scheine. Ausgebleichte Einer. Dauert zwar ewig, aber das Ergebnis ...« – er küßte seine Fingerspitzen – »*Magnificante.* Allerdings wird das bald vorbei sein. Vielleicht noch zehn Jahre. Dann zieht die Regierung die alten Scheine ein und bringt neue raus.«

»Neue Scheine? Was heißt das?« Martin mochte diesen Gedanken nicht. Er hatte keine Ahnung, wieso, aber er mochte ihn nicht.

»Die arbeiten an fälschungssicheren Scheinen, sagen sie. Wasserzeichen und Sicherheitsfäden, so'n Zeug. Werden uns dann wohl für 'ne Weile zurückziehen müssen. Wieder an den Zeichentisch. Aber wir kriegen auch die Dinger hin.«

»Meinst du, die neuen Scheine sind dann immer noch grün?« Er merkte, daß er die Vorstellung haßte, sie könnten verschiedene Farben haben. Wie in anderen Ländern. Daß Dollarnoten grün waren, bedeutete, daß man echtes Geld in der Hand hatte. Kein Spielgeld.

Der Typ schien auf den Gedanken noch gar nicht gekommen zu sein. »Mist«, sagte er. »Das will ich doch schwer hoffen.«

Einen Moment lang standen sie einfach so da. Martin versuchte, an etwas anderes zu denken.

»Bunny ist echt gut drauf«, sagte der Typ in den Jeans und der Jeansjacke und mit den langen Haaren. »Sag ihm, daß ich jetzt wieder Papier hab, okay?«

»Klar.«

»Gut.«

Er sah sich um. Als würden sie noch auf etwas warten. »Brauchst du ... sonst noch was?«

Martin sah ihn an, abwartend. Dachte, mal sehen, was jetzt kommt. Was er noch so zu bieten hat. Aber der Typ stand einfach nur da und grinste ihn an. »Wie zum Beispiel?«

»Komm mit nach draußen.«

Sie gingen raus auf die Pier. Das Wasser stand niedrig und stank faulig. Der Typ ließ das Vorhängeschloß zuschnappen, zündete sich eine Zigarette an und wies auf die anderen Schuppen, die in einer langen Reihe die Pier säumten. »Da drin sind Feuerwerkskörper, gefälschte Calvin Kleins, eine Kiste Gewehre aus der Türkei. Und, kein Witz ...« – sagte er – »... exotische Tiere.« Er lachte. »Das *ist* ein Witz, oder?« Er klappte den Kragen seiner Jeansjacke hoch. Noch ein ganz junger Typ.

Martin sagte: »Ich glaube nicht. Ich fahr dir einfach nach, zurück zum Highway.«

»Schon okay, Mann. Nett, mit dir Geschäfte zu machen.«

Sie schüttelten einander die Hand.

»Da fällt mir noch was ein«, sagte der Typ. »Bunny hat doch noch sein Restaurant, oder? Ich hab was für ihn. Fahr mir einfach hinterher. Anschließend bringe ich dich zum Highway. Okay? Ist das cool?«

Martin folgte ihm.

Krabben.

Zwei Kühlkästen voll damit.

Der Gestank füllte das Wageninnere, und er öffnete die Fenster, trotz der Mücken. Fuhr klatschend und um sich schlagend auf den Highway.

Bunny sagte seinem Geschäftsführer: »Sag den Hilfskellnern, daß sie die Kisten reinholen und in die Kühlkammer stellen sollen.« Und zu Marjorie: »Setz für morgen Krabben auf die Tageskarte.« Im Büro zählte er das Geld durch und öffnete den Safe. Gab Martin einen Tausender. Rund fünfzehn Prozent, überschlug er. Er hatte keine Ahnung, wie groß der erste Teil der Lieferung gewesen war. Für ein anständiges Hochzeitsgeschenk würde das hier reichen. Und er konnte sich sogar noch einen Smoking kaufen. »Ich muß morgen anfangen, es unter die Leute zu bringen. Hast du Zeit?«

»Vormittags ja.«

»Wann kommst du vorbei?«

»Elf.«

»Okay, um elf. Ich sag es Terror.«

Martin sagte: »Er meinte, er hätte jetzt wieder Papier. Der Typ in Baltimore.«

»Wieviel?«

»Hat er nicht gesagt, aber er ist ganz scharf drauf, Geschäfte zu machen. Verkauft so gut wie alles.«

»Ich weiß. Nächsten Monat kriege ich meine Feuerwerkskörper von ihm. Er hat alle anderen unterboten. Entweder ist er bald tot, oder sie nehmen ihn auf.«

Martin grinste. Sagte, er würde morgen vorbeikommen. Ging dann durch das Restaurant, das sich inzwischen gefüllt hatte, zum Eingang und dachte, daß es im Leben drei Optionen gibt. Entweder stirbt man jung oder man läßt sich mit der Mafia ein oder man arbeitet für diese verdammte Telefongesellschaft.

Bunnys Angestellte nickten ihm im Rausgehen zu – der Oberkellner, der Barkeeper und all die anderen. Respekt. Leider gab es keine vierte Option, nämlich die, wieder ein Junge zu sein, dachte er. Sie alle – er, Bunny, Felix, Terry Hughes – waren jetzt erwachsen geworden und auf dem direkten Weg in die Hölle. Und keiner von ihnen würde umkehren.

17

Es war der gleiche Laden, kaum zu glauben. Und Fee diesmal mit seinem eigenen Leibwächter. Der Typ, der ihn bei der Verlobungsfeier nach Waffen hatte durchsuchen wollen. Vlady. Er hatte sie aussteigen lassen und den Wagen in der Garage geparkt, war dann zurückgekommen, um sich jetzt selbst einen Smoking anmessen zu lassen.

Auch diesmal bereitete Martins Körperbau keine Probleme. Der Schneider nahm seine Maße und verschwand dann, um nach Kummerbund und Fliege zu sehen. Sie standen herum und warteten darauf, daß er zurückkam, um auch Vladys Maße zu nehmen. »Mein Gott, wir haben einen Monat Zeit«, sagte Fee. »Ich will alles sehen, Dublin, London, Brüssel, Amsterdam. Aber sie will nur die üblichen Sachen machen.«

»Frankreich, Italien.«

»Ja, vor allem natürlich Italien. Rauf und runter. Dann Paris, Athen und dieses langweilige, kleine Malta. Überall hin, wo es warm ist.«

»In Frankreich ist es nicht warm.«

»In Kopenhagen auch nicht.«

Vlady sah Felix mit einem Blick an, der bedeuten sollte, daß er sie unterbrechen wollte. Er wirkte unruhig, beugte sich zu ihm hin und sagte etwas mit leiser Stimme. Fee kniff die Augen zusammen. »Auf englisch. Und lauter.«

»Ich kann meine Jacke nicht ausziehen«, sagte Vlady. Senkte seine Augen und sagte noch etwas auf russisch.

»Himmel«, sagte Fee und sah Martin an. »Er trägt sein neues Schulterholster. Das glaub ich einfach nicht. Ich komme nicht noch mal hierher. Ich war schon letzte Woche hier. Hab genug andere Sachen am Hals. Warum hast du das nicht erledigt, als ich letzte Woche hier war? Erinnere mich.«

»Ich habe gearbeitet. War bei Ihrem Vater.«

»Du bist hinter ihm hergelaufen.« Dann sagte er zu Martin: »Er hat einen Club in Brooklyn gekauft. Muß jetzt Leute einstellen, das Management und *Hostessen*. Vlady sitzt dabei und glotzt sie an. Versucht, ein paar von denen flachzulegen.«

»Ich kann das Holster abnehmen. In den Kofferraum legen. Das ist zwar …«

»Der Wagen steht sechs verdammte Blocks von hier. Ich hab keine Zeit, den ganzen Tag hier zu warten. Wieviel Geld hast du dabei?«

»Zweihundert, glaube ich. Zweihundert.«

»Also noch fünfzig Dollar«, sagte Fee. Schüttelte den Kopf und holte sein Geldbündel aus der Tasche. Zählte dreihundert Dollar ab und gab sie ihm. »Bezahl beide. Auch den für Q. Und wenn sie fertig sind, bringst du seinen vorbei. Nimm dir ein Taxi. Komm, gehen wir.«

Vlady sagte noch etwas.

»Du sprichst und verstehst genug«, sagte Fee zu ihm. »Hier haut dich niemand übers Ohr, das hier ist ein anständiger Laden.«

Aber er hatte zu schnell gesprochen, Vlady hatte ihn nicht verstanden. Fee sagte betont langsam: »Wir – sind – hier – nicht – in – Odessa.«

Martin sagte: »Warum packt er es nicht in seine Jacke? Geht in das Umkleidezimmer, steckt das Ding in die Jackentasche, das Holster in die andere, und du hältst die Jacke dann solange?«

Fee starrte ihn an. Dachte darüber nach und sagte: »Gut. Okay. Hast du das verstanden?« Er wiederholte es auf russisch. Die Sprache klang sogar noch angenehm weich, wenn sie schnell und ungeduldig gesprochen wurde.

Vlady verschwand, Fee sah auf die Uhr. »Ich warte trotzdem nicht länger«, sagte er. »Er hat Geld genug, wir gehen einfach. Vlady?«

»*Schto?*«

»Warte«, sagte Martin. Vlady sah aus der Tür. Martin sagte zu ihm: »Nichts. Mach weiter.« Vlady sah Fee an, verschwand wieder in dem Zimmer. Fee hatte nicht zu ihm hingesehen. So wie Bunny sich auch nicht zu Terry umdrehte, dachte Martin. »Hast du eine Waffe dabei, Feel?«

»Klar. Alles in Ordnung. Wir können gehen.«

»Wir können gehen? Und was ist mit mir?«

Fee sah ihn einen Moment stumm an. Dann machte er dicke Backen, legte die Stirn in Falten und zog die Schultern hoch. Er wußte nicht, was er sagen sollte. »Ich hab nicht dran gedacht. Tut mir leid.«

Martin nickte. Schüttelte dann den Kopf.

Fee sagte noch einmal, es täte ihm leid.

Vlady kam mit der Jacke über dem Arm aus dem Zimmer. Ging mit zögernden Schritten auf sie zu. Er wirkte verlegen. So verunsichert gefiel er Martin wesentlich besser als mit diesem arroganten Blick, von dem er schon die ganze Zeit das Gefühl hatte, ihn zu kennen. Jetzt fiel es ihm wieder ein. Deutschland. Die russischen Soldaten. Es war der gleiche Blick, den sie den amerikanischen G.I.s zugeworfen hatten, und der bedeutete: »Ihr Weicheier überlebt nicht einen einzigen Tag im Kampf. Ihr werdet es sehen, und zwar ziemlich bald.« Ganze Rudel von Soldaten, die einander musterten, wenn sie auf Armeetrucks an den Botschaften vorbeifuhren oder in Jeeps hinter den Kasernen hin und her rasten. Internationale Hahnenkämpfe, die sie da allesamt veranstaltet hatten. Genau diesen Blick hatte er schon oft bei Vlady beobachtet.

Fee sah sie beide an. Dann sagte er: »Ich will trotzdem nicht länger hierbleiben.« Er nahm Vlady die Jacke ab, befühlte die Taschen, und als er gefunden hatte, was er suchte, nahm er es heraus – den Revolver. Er ging auf Martin zu und ließ ihn in dessen Manteltasche gleiten. »Los, gehen wir. Ich hab Hunger. Ich hab nicht mal gefrühstückt. Immer diese blöden Besorgungen.« Dann sagte er Vlady noch einmal, er solle beide Smokings bezahlen. Vlady stand da und sah hilflos aus. Fremd, armselig, verloren.

Draußen sagte Martin, er wolle seinen Smoking selbst bezahlen. »Aber du nimmst das Geld ja sowieso nicht, wenn ich es dir jetzt gebe, oder?«

»Richtig.«

»Dann laß mich das Frühstück übernehmen.«

»Gut. Gehen wir also irgendwohin, wo es richtig teuer ist.«

In der Garage glitt Martin vorsichtig in den Pathfinder und

drückte dabei mit der Hand von außen auf die Tasche seines Mantels. Als sie durch den Verkehr fuhren, holte er die Waffe heraus, löste das Magazin und steckte es in die andere Tasche. Dann sah er in der Kammer nach, ob keine Patrone darin war. »Ist das Ding sauber?« sagte er.

Fee sagte: »Ja. Ich hab sie selbst für ihn in Kanada besorgt. Er hat sie noch nie benutzt, glaub mir. Er darf das gar nicht, ohne daß mein Vater es ihm sagt.«

Ohne das Magazin fühlte sich die Waffe unwahrscheinlich leicht an. Mattschwarz poliert. »Eine Glock?«

»Ja, steht es nicht drauf?«

Doch – Martin fand den Namen am Schlitten eingraviert. »Ich hab jede Menge Geschichten darüber bei der Armee gehört.«

»Sie stimmen alle«, sagte Fee.

Sie brachten die Blüten innerhalb von zwei Tagen in Umlauf – zwei Restaurants und ein Lebensmittelladen, vier Pizzerias, ein Fleischgroßhandel und eine Geflügelfarm in Staten Island. Die meisten gingen allerdings an einen puertoricanischen Verteiler namens Crazyhorse in Washington Heights. Alles Fünfer und Zehner. Darum brauche der Typ auch soviel Papier, meinte Bunny. »Aber niemand sonst handelt mit kleinen Scheinen. Alle anderen meinen, sie müßten immer gleich das große Geschäft machen, sind viel zu gefräßig. Ich kaufe Fünfer und Zehner im Verhältnis zwei zu eins. Das geht zwar nicht so schnell, aber es ist sicherer. Auch wenn du es nicht glaubst, es ist sogar verdammt sicher.«

Am Ende des zweiten Tages gab Bunny Martin seinen Anteil, mehr sogar noch als beim ersten Mal. »Ich glaube, wir haben Grund zu feiern.« Er saß auf der anderen Seite seines Schreibtischs und betrachtete die Einnahmen. »Hast du Bock auf 'ne Party, Tee?«

Terry sagte: »Wollen wir etwa jedesmal eine schmeißen, wenn wir so ein Geschäft gemacht haben?«

Bunny grinste. »Das müßten dann eine ganze Menge Partys sein, was?«

Terry wippte leicht mit dem Kopf, als wolle er sagen, daß er der gleichen Meinung sei.

»Klar, Leute, von nun an wird die Kohle nur so fließen«, sagte Bunny. »Ich werde wohl noch ein paar Leute anheuern müssen. Aber ab jetzt nur noch Italiener. Ihr Iren seid mir unheimlich.«

18

Er konnte nicht schlafen. Stand auf, leise, um Frito nicht zu wecken, setzte sich draußen auf die Feuerleiter. Der Himmel war dunkel. Keine Sterne. Über New York sind niemals Sterne am Himmel zu sehen, dachte er, die Stadt ist wie ein eigenes Universum. Er sah die Thompson Street runter auf die Twin Towers, sah zu, wie die roten Lichter auf den Dächern der beiden Türme blinkten.

Den ganzen Tag waren sie in der Stadt rumgefahren. Er hatte hinten im Wagen gesessen, schweigend, während Bunny das Geschäftliche geregelt hatte. Er hatte das Reden übernommen, hatte sogar regelrecht geplappert, der alte Bunny. Und Martin war es vorgekommen, als hätte er sich noch nie zuvor so gut gefühlt. Frei. Er hatte plötzlich verstanden, was es hieß, eine Waffe zu tragen. Gewappnet zu sein, frei von dem Gefühl der Schwäche, das er oft genug erlebt hatte. Die Glock fühlte sich leicht und kalt an. Und sie gehörte ihm. Gab ihm die Sicherheit, sich nie wieder hilflos fühlen zu müssen. Bunny hatte geredet und geredet, manchmal sogar gleich für Terry mit – Terry hat dies oder jenes gesagt ... ist hierhin oder dorthin gegangen. Tee hatte dabei wie abwesend aus dem Fenster gesehen. *Nimmt er dich überhaupt wahr?*

Lohnte es, darüber nachzudenken?

Tee jedenfalls schien niemals zweimal über einen Menschen nachzudenken.

Jetzt hatten sie beide eine Waffe.

Himmel, und du hast dich mal von ihm einschüchtern lassen, dachte er.

Jetzt seid ihr ebenbürtig, dachte er. Bunny zählt auf dich ebenso wie auf ihn.

Aber du wirst nicht ewig für Bunny arbeiten. Machst deine Kohle und gehst dann deinen eigenen Weg. Lange machst du das nicht mit.

Unten fuhr ein Wagen vorbei. Der erste, seitdem er hier draußen saß. Und kein anderer in Sicht. Es herrschte Ruhe um ihn herum. Frieden.

Er kletterte zurück in das Zimmer.

Am Freitag noch mal nach Maryland, eine weitere prall gefüllte Segeltuchtasche, diesmal doppelt so groß. Samstag vormittag zur Bank. Er ließ sich tausend in druckfrischen Hunderten geben, für den Hochzeitsumschlag mit den goldenen Glocken in der Ecke und dem ausgestanzten Oval, durch das der alte Benjamin Franklin hervorgrinsen konnte. Er wußte, daß Fee dieser Anblick gefallen würde. Anschließend zahlte er zweitausend in den Aktienfonds ein. Eröffnete ein Konto. Fuhr am Sonntag morgen dann hinter dem Pathfinder her, und in Pennys Zimmer zogen er und Fee sich um. Sie war bei Daniella. Ein Foto von Fee und ihr auf der Frisierkommode. Über dem Bett hing ein Bild, das ihn an Salvador Dalí erinnerte. Ein Einzelbett. Martin fragte sich, ob sie und Fee es schon mal darin getrieben hatten.

Erst vor dem Altar wurde ihm bewußt, daß er einer Messe beiwohnte. Murmelte hastig sein Bußgebet und spürte die Blicke auf sich, als er die Hostie empfing. Kaute und schluckte das Zeug runter, doch kein Blitz erschlug ihn. Kein Augenzwinkern der Hölle. Aber auch kein Gefühl der Erlösung, als sei ihm nun alles vergeben. Genau wie zu der Zeit, als er noch ein kleiner Junge war. Er erinnerte sich, daß er sich schon damals gefragt hatte, ob die anderen vielleicht irgendein Zeichen empfangen hatten – daß ihnen vergeben worden sei.

Es war lange her, daß er zum letzten Mal bei einem Gottesdienst gewesen war. Er sah sich um, ob in den Gesichtern etwas zu erkennen war. Doch niemand schien sich verändert zu haben. Die Brautjungfern lächelten genauso dämlich wie zuvor, die gleiche bescheuerte Miene. Er wußte, daß er nachher eine von ihnen würde flachlegen können, wenn er es drauf anlegte. Penny hatte das Sakrament noch nicht empfangen und stand da, als würde sie darauf warten, daß sich irgend etwas von dem, was der Prieser sagte, als etwas Sichtbares manifestierte. Ganz konzentriert, wie um es nicht zu verpassen. Fee dagegen entspannt, fast gelangweilt. Er schien die Zeremonie wie etwas zu absolvieren, das heute eben auf der Tagesordnung stand. Kurzer Halt bei der Kirche. Ein schöner Tag in seinem Leben.

Er fragte ihn später auf der Tanzfläche, nachdem er seine Rede als Trauzeuge gehalten hatte. »Ich bin konvertiert, Bruder«, sagte Fee. »Und als nächstes lasse ich mir eine Tätowierung machen. So eine, wie du sie hast.« Er nahm Martins Hand, drehte sich von ihm weg, drehte sich wieder zurück und unter Martins Arm hindurch. Legte dann seinen Arm um seine Hüfte und führte ihn vor und zurück. Martin dachte daran, was Fee ihm einmal vor langer Zeit gesagt hatte – Russen sind in erster Linie Russen, erst dann Juden.

»Und was sagt deine Mutter dazu?«

»Was soll sie schon sagen, sieh doch selbst, was sie dafür gekriegt hat.« Und er griff nach Pennys Arm, zog sie von irgendeinem Cousin weg, zwischen sie. Nun waren sie ein Trio. Er küßte sie. Dann lösten sie sich von ihm. Er legte seine Arme eng um sie und tanzte mit ihr. Fee sah glücklich aus, schien froh zu sein, daß sie es nun hinter sich hatten. Daß sie seine Frau geworden war. Sie hatten nie darüber gesprochen, was es ihm bedeutete.

Er konnte sie nun nicht mehr sehen.

Nur ihr Gesicht, das plötzlich über Fees Schulter auftauchte. Ihre Wange an seine gedrückt. Die Augen geschlossen. Hatte die Hand auf seinen Nacken gelegt und ließ die Finger in seinen Haaren verschwinden.

Martin tanzte mit einer der Brautjungfern. Nach einer Weile begann es ihm zu gefallen. Dann kam ihre Freundin dazu, und sie tanzten zu dritt. Vielleicht sollte er sie beide vögeln, dachte er. So etwas klappt nur im Film oder nach Partys wie dieser. Wenn niemand mehr er selbst ist, weil alle so sehr sie selbst sind, daß sie den ganzen Scheiß nicht mehr unter Kontrolle haben.

Er trank nichts. Obwohl er zum ersten Mal seit Jahren das Bedürfnis spürte, sich zu betrinken.

Er gab sich Mühe, die beiden Mädchen mit seinem Lächeln zu beschenken. Doch immer wieder mußte er zu Penny rüberschielen. Es war unmöglich, sie in diesem Kleid zu übersehen. Egal, wo sie gerade war, verdammt.

Jetzt war sie also seine Frau.

Er trank nichts.

Er kam vom Klo, trocknete sich die Hände, suchte nach einem Papierkorb, ging auf die Rezeption zu, und dann sah er sie. In einer Telefonkabine. Drei dieser altmodischen Kästen nebeneinander, gegenüber den Toiletten. Ihr Kleid füllte die enge Kabine ganz aus, wölbte sich um ihren Körper auf. Sie starrte auf die Wand, auf nichts. Hatte auf ihn gewartet, das wußte er, auch wenn es ihr selbst nicht klar sein mochte. Er schnippte mit den Fingern. Sie sah auf. Stand auf. Stützte sich gegen den Türrahmen und stierte wütend die Tür an, die immer wieder zugehen wollte. »Alles in Ordnung, Pen?«

Sie trat auf den Flur hinaus. Auf den breiten roten Teppich. In ihrem weißen Kleid. Antwortete nicht. Kam auf ihn zu – auf ihn zu –, blieb stehen. Raffte ihr Kleid hinter sich zusammen, tat einen stolpernden Schritt. Er hielt ihr den Arm entgegen. Legte seine Hand auf ihren Unterarm. Der unbedeckt war. Sie sah auf ihren nackten Arm, auf seine nackten Finger. Schob sie dann weg. Sie war betrunken.

»Laß mich.«

»Okay.«

Sie sah zu ihm auf. Nachdem er seine Hand zurückgezogen hatte. Ihre Augen waren gerötet.

»Du wirkst ein bißchen wackelig«, sagte er. »Bist du wirklich okay?«

»Ich verfluche dich«, sagte sie. Ihr Kopf schwankte hin und her.

Und da wußte er es. Und auch, daß sie nichts daran ändern konnten.

Er mußte schlucken.

»Was hast du da?« sagte sie. Nahm ihm das Papiertuch aus der Hand. »Was ist das?« Sah es mit starrem Blick an, als wäre es ein totes Tier.

»Ein Papiertuch.«

Sie warf es von sich. Auf den Teppich. Ein weißer Fleck auf Rot, den er nur aus dem Augenwinkel wahrnahm.

»Geh mir aus dem Weg.« Den Blick noch immer gesenkt. Die Lider halb geschlossen. »Du Mistkerl.«

Er machte einen Schritt zurück, blieb so vor ihr stehen. Wollte nicht, daß sie ging. »Hau ab!« sagte sie.

»Schon gut …« Er trat zur Seite. Sah den Flur entlang. Niemand außer ihnen war da. »Mach jetzt bloß keine Szene.« Sie ging an ihm vorbei, das Kleid angehoben. »Das ist das Männerklo«, sagte er.

»Ich weiß … was das ist.«

Er hörte das Rascheln ihres Kleides auf den Fliesen. Wie eine Tür aufgestoßen wurde. Hörte noch ein *Mistkerl* und dann, wie sie sich übergab.

Er drehte sich um und ging zurück zur Party.

Am Mittwoch wartete er an der Straßenecke auf Bunny. Er hatte ihn dort gegen vier abholen wollen, aber inzwischen war es schon eine ganze Weile her, daß die Turmuhr von St. Anthony geschlagen hatte. Er dachte an ihre Begegnung, gestern, als sie betrunken gewesen war. Er wußte, daß der Alkohol manchmal die Wahrheit ans Licht brachte, also war es vielleicht doch noch nicht zu Ende. Oder war es einfach nur Haß gewesen, der da zu Tage getreten war? Ein so gutes Mädchen wie sie würde ihren tiefsten Gefühlen niemals freien Lauf lassen, wenn es nüchtern war.

Er hatte den Traum jetzt schon zum zweiten Mal gehabt. Einmal direkt nach der Hochzeitsparty, nachdem er ohne die beiden Brautjungfern – *Wie hast du daran überhaupt nur denken können, du Arsch?* – in sein Bett geschlüpft und neben Frito eingeschlafen war. Und nun noch einmal während der letzten Nacht. Was bedeutete, daß er noch nicht durch war mit der Sache. Er hatte geträumt, sie hätte dagestanden und gesagt: *Heb es auf* – das Papiertuch, den weißen Spritzer auf dem breiten roten Teppich. Und dieser Gedanke ließ ihn nun nicht mehr los – würde er es tun oder nicht?

An jenem Abend hatte er sich umgedreht und war gegangen. Doch gestern nacht war er geblieben. Hatte Penny in seinem Traum angesehen. Konnte nicht weggehen, wollte aber auch nicht tun, was sie verlangte. *Heb es auf, Martin, Gott verdammt noch mal!* hatte sie ihn angeherrscht.

Heute war der dritte Tag ihrer Flitterwochen.

Dann sah er Bunnys Wagen auf sich zukommen und vor ihm anhalten. Martin stieg ein. Am Steuer saß Terry. Hinten saß niemand. »Was ist los, hast du ihm den Wagen geklaut?«

»Kleine Planänderung«, sagte Terry.

Sie fuhren die Westside hoch. Hatten eigentlich rübergewollt nach Staten Island, aber er fragte nicht, wohin es jetzt ging. Terry sagte auch nichts. Sie schwiegen, die ganze Zeit, während Manhattan draußen an ihnen vorbeiglitt.

Als sie an einer Ampel zwischen zwei Kneipen in Washington Heights hielten, zog Terry eine kleine Automatic hervor, die in seiner Socke gesteckt hatte, und legte sie zwischen ihnen auf den Sitz. Sagte: »Niggerstadt.«

Ein Stück weiter fuhr er in eine Seitenstraße, hielt an und sagte Martin, er solle den Platz mit ihm tauschen. Stieg aus. Martin rutschte rüber. Terry ging um den Wagen herum und stieg auf der Beifahrerseite wieder ein. Sagte, Martin solle zwei Blocks weiterfahren und dann links auf die Avenue einbiegen und vor dem Schuhladen halten. Er fragte, ob er eine Waffe dabeihätte.

Martin sagte ja.

»Nimm sie.«

Terry steckte die Automatic in seinen Gürtel und stieg aus, ging in den Schuhladen.

Martin lud seine Glock. Hatte keine Ahnung, was er sonst hätte tun sollen. Was sie überhaupt hier taten. Er legte die Glock zwischen seine Beine, den Finger in der Nähe des Abzugs. Kaum eine Minute später erschien Terry wieder in der Tür und grinste. Nickte zu dem, was der Mann sagte, der hinter ihm aus dem Laden kam. Es war der Puertoricaner. Bei dem sie letzte Woche einen Teil der Blüten abgeliefert hatten. Crazyhorse.

Sie gingen auf den Wagen zu. Martin ließ die Waffe zwischen seinem Bein und der Tür verschwinden. Er hatte nicht den geringsten Schimmer, was Terry vorhatte, aber die beiden lachten, deshalb schien es ihm nicht angebracht, mit der Glock durch die Gegend zu winken. Terry öffnete die Beifahrertür, und der Kerl setzte seinen Fuß in den Wagen, duckte sich hinein und lachte immer noch. Dann zuckte er zusammen. Jeder Muskel seines Körpers explodierte. Ruckartig ließ er die Schultern zu seinem verzerrten Gesicht hin hochschnellen. Dann sackte er zusammen, sein Kopf fiel auf Martins Schoß. Terry lachte immer noch, aber Martin konnte sein Gesicht nicht sehen. Mit dem Fuß schob er das heraushängende Bein des Puertoricaners in den Wagen und schlug die Tür zu. In seiner Hand hielt er einen Elektroschocker.

Terry stieg hinten ein. Martin schob das Gesicht des Kerls von seinen Beinen und fuhr los. Langsam, als wäre nichts gewesen. Hatte keine Ahnung, wohin er fahren sollte, wußte aber, daß sie hier nicht stehenbleiben konnten. Terry beugte sich nach vorn und setzte dem Kerl den Elektroschocker noch einmal an den Nacken. Sein Kopf zuckte zurück, und die Finger krampften sich zusammen. »Da vorne, hinter der Ecke«, sagte Terry. »Halt da an.«

Martin fuhr an den Bordstein und hielt. Um sie herum war nichts. Nur ausgebrannte Häuserzeilen. Terry griff den Kerl unter den Armen und hatte ihn schon auf die Rückbank gezogen, bevor Martin ihm noch helfen konnte. Er drückte ihn gegen die Tür und hob eins seiner Lider an, zog sich dann Handschuhe über und sah dabei alle paar Sekunden prüfend nach draußen auf die Straße. Arbeitete verdammt fix, dieser Terry. Sagte Martin, er solle wieder auf den Beifahrersitz rutschen und seine Waffe auf den Kerl richten: »Nicht zu nah.« Drückte mit einer Hand weiter fest gegen dessen Brust und holte mit der anderen eine weitere Waffe aus seiner Tasche. Ein wandelndes Waffenlager, dieser Terry. Er wartete, daß der Typ wieder zu sich kam. Starrte sein Gesicht an. Wartete.

Martin konnte fast nicht schlucken, mußte sich richtig zusammennehmen.

Dann blinzelte der Puertoricaner. Seine Augen wirkten schläfrig, aber es war ein seltsames Flattern darin. Sah Terry, die Waffe, Martin. »Was ist los, hey?«

»Bist du wieder bei uns?«

»Mann, was ist los, verdammt?«

Terry verpaßte ihm was. Einen Schlag ins Gesicht. Der Wagen wippte leicht.

Der Kerl verlor für kurze Zeit das Bewußtsein, tauchte dann wieder auf und schlug um sich, um sich aus Terrys Griff zu befreien. Terror schlug noch mal zu. Riß ihn nach vorne, als er wieder zu sich kam kam und hustete und Blut und Zähne spuckte, knallte ihn dann wieder zurück gegen die Tür.

»Hör auf, Mann.« Der Typ wischte sich mit der Hand über den Mund.

Terry ließ ihn machen. Sagte: »Hast du eine Waffe?«

»Nein. Nicht, wenn ich hier im Laden bin.«

»Du wußtest doch, daß wir kommen. Daß Bunny kommen wollte.«

»Ich dachte, es wäre geschäftlich. Im Laden habe ich nie eine. Die Cops kommen jede Woche vorbei.«

»Er wird dich durchsuchen. Wenn du eine hast, bist du erledigt. Dann verläßt du diesen Wagen nicht lebend. Denk eine Sekunde drüber nach.«

Martin lehnte sich vor, um ihn abzutasten.

»Mach schon, Mann.« Immer noch sah er aus, als sei er gerade aus dem Winterschlaf aufgewacht.

»Vergiß es«, sagte Terry und drehte sich dabei nicht um.

Martin zog seinen Arm zurück.

»Was soll das, hey?«

»Du hast Scheiß gebaut. Wir dachten, man muß es dir nicht extra sagen, daß du es nur an Nigger und an deinesgleichen weitergibst. Aber anscheinend bist du wirklich total bekloppt.«

»Wovon redest du, verdammt, Mann?«

»Du hast es an Rocco weitergegeben. Du bist wirklich völlig bescheuert.«

»Wen?«

Er schlug noch mal zu, diesmal auf die Stirn. Mehr eine Drohung als ein ernsthafter Schlag. Terry gab ihm eine Sekunde Zeit, dann sagte er: »Rocco DiNabrega.«

»Ach ja? Und ich hab gesagt, hör auf, Mann.«

»Er wird dich umlegen.«

»Und was macht *ihr* dann hier?«

»Wir sagen es dir. Und daß du das Geld von einem Nigger hast, wenn jemand danach fragt. Von irgendwem. Mir völlig egal, laß dir was einfallen.«

»Leck mich, du irischer Bastard.«

Von seinem Gesicht war nicht mehr viel übrig, als sie ihn rauswarfen. Terry hatte noch auf ihn eingeschlagen, als er schon längst das Bewußtsein verloren hatte. Als sie losfuhren, kurbelte er das Fenster runter, brach die Rolle mit Zehncentstücken auf und warf sie auf die Straße. Warf auch die Handschuhe weg, nachdem er wie ein Chirurg ihre Innenseiten nach außen gestülpt hatte.

Niemand folgte ihnen. Nichts mit quietschenden Reifen und Sirenen hinter ihnen. Es war einfach vorbei. Es war so problemlos abgelaufen, wie Terrys anfängliche Ruhe es hatte erwarten lassen. Ein echter Profi, dieser Terror. Hatte sicher schon einige Übung. Nach einer Weile sagte er: »Dieser Wagen sieht aus wie ein Schweinestall dahinten.« Sie waren wieder zurück auf dem Henry Hudson Parkway. »Bunny wird ihn verkaufen müssen.«

»Wieso kauft Rocco Geld?«

»Tut er nicht. Er verkauft Koks. Das blöde Arschloch hat das Zeug mit den Blüten bezahlt. Hat sich den ganzen Ärger für ein paar nette Stunden eingehandelt.«

»Und du bist sicher, daß er Rocco nichts steckt?«

»Garantiert.« Für Terry schien das außerhalb des Vorstellbaren zu sein. Er sah hinaus aufs Wasser. »Und wenn schon. Ist mir völlig egal. Das fällt sowieso nie auf uns zurück.«

Martin dachte kurz nach. Dann war ihm auf einmal alles klar. »Da steckt jemand drin, der auf deiner Seite steht. Egal, was Rocco tut, du erfährst es als erster.«

»Es gibt 'ne Menge Leute, die das Schwein hassen. Niemand bleibt ewig am Ruder.«

Martin wußte, daß er recht hatte. Und daß es einen Haufen Leute im Viertel gab, die Rocco nicht verziehen hatten, was er mit Bunnys Altem gemacht hatte. Leute, die seitdem nicht mehr wußten, woher sie die Luft zum Atmen nehmen sollten. Terry war einer von ihnen gewesen, Herr im Himmel.

»Wieso sind wir dann überhaupt hierhergekommen?« sagte Martin.

»Sie werden ihn nicht umlegen«, sagte Terry.

»Schlägt ihn Roccos Mann noch mal zusammen?«

»*Unser* Mann. Genau. Noch mal das gleiche. Dieser blöde Affe.«

»Du hast ihn also nur zusammengefaltet, damit er kapiert, daß Bunny Bescheid weiß?«

»Bunny weiß alles. Das wird der Kerl nie wieder vergessen. Und falls doch, dann ist er weg. Dann verpasse ich ihm einen hübschen, sauberen Schuß in seinen Kopf, und wir werden uns einen neuen Abnehmer suchen.«

»Und bis dahin arbeiten wir also weiter mit ihm?«

Wir. Er mochte gar nicht, wie sich das anhörte.

»Das ist der einzige Weg«, sagte Terry und sah weiter aus dem Fenster. »Lassen wir die Sache erst mal abkühlen. Zeig mir mal das Ding.«

Martin gab ihm die Glock. Terry sah sie sich eingehend an. Richtete sie auf den Boden. »Und du bist sicher, daß die nicht schmilzt?«

»Ich denke schon. Der Schlitten ist aus Metall.«

»Du hast sie noch nie abgefeuert?«

»Nein.«

»Wir sollten sie mal ausprobieren.«

»Kein Interesse.« Er sah ihn nicht an. Aber Terry sah *ihn* an, das spürte er deutlich.

Terry gab ihm die Waffe zurück.

Martin steckte sie weg.

»Erinnerst du dich noch an die Zeit, als wir Jungs waren?« sagte Terry.

»An was genau?«

»Als ich die Waffe auf dich gerichtet hab.«

»Ja.«

»An das.«

»Sag bloß, du willst dich dafür jetzt entschuldigen?«

»Klar doch«, sagte Terry.

Martin sah zu ihm hin. Terry sah aus dem Fenster. Wollte seinem Blick nicht begegnen. Er sah ihn niemals an, wenn sie allein waren, war Martin aufgefallen. »Du warst ein Arschloch«, sagte Terry.

Martin sagte nichts.

»Hast ständig den Möchtegernmafioso markiert.«

»Ich hab mächtig Kohle gemacht, Tee.«

»Kein Vierzehnjähriger zieht sein eigenes Feuerwerkskörpergeschäft auf. Sie haben über dich gelacht auf der Straße.«

»Und warum hast du dann mit der Waffe rumgefuchtelt?«

»Weil du ein Arschloch warst. Hab ich doch gerade gesagt. Die Pest.«

»Du Vollidiot.« Aber das sagte er mit einem Grinsen. Fühlte sich nicht angemacht.

Terry sagte: »Ich werde es dir so deutlich wie möglich erklären, du Collegeaffe. Ich mag dich nicht besonders. Du bist noch immer die Pest. Aber eines schönen sonnigen Tages werde ich mich nicht mehr über dich ärgern. Jetzt weißt du's.«

»Ich werde versuchen, dran zu denken.«

»Mach, was du willst. Eine Tatsache ist eine Tatsache ist eine Tatsache. Sogar die Mädchen auf der Straße haben so über dich geredet. Ich wette, du erinnerst dich daran.«

Sie sprachen nicht weiter, fuhren schweigend zum Restaurant zurück. Martin parkte den Wagen, schaltete den Motor aus, zog den Schlüssel ab und öffnete die Tür. Terry machte keine Anstalten auszusteigen. Sagte etwas, als Martin schon draußen war. Martin setzte sich wieder zurück auf den Sitz und brachte einen Fuß in den Wagen. Sah ihn nicht an. »Was?«

»Ich hab gesagt, eines Tages wirst du mir erzählen, was mit meinem Bruder passiert ist.«

»Ich dachte, eines Tages willst du mich los sein.«

»Vorher erzählst du es. Das schwöre ich dir.«

»Du fragst den Falschen«, sagte Martin. Beide stiegen aus. Sie sahen einander über das Wagendach hinweg an, beide Türen offen. Terry fixierte Martin mit einer Härte, daß er fühlte, wie seine Knie weich wurden.

»Du wirst es mir sagen«, zischte Terry, kaum hörbar. *Sieht er meine Angst?* »Du wirst es mir sagen.«

»Was stierst du mich so an? Willst du mich etwa hypnotisieren? Tu mir einen Gefallen, Terry. Sprich nie wieder mit mir. Wie wär's damit?« Er war drauf und dran schlappzumachen, merkte er. Oder zum Berserker zu werden. Er hatte Terry noch nie wirklich ausflippen sehen. Er stand völlig ruhig da, doch sein Blick durchbohrte ihn.

»Vielleicht sollte ich dich gleich hier abknallen?« sagte er. Es hörte sich an, als meine er es ernst.

»Du willst mitten auf der Prince Street rumballern? Du kämst keine fünf Blocks weit. Sie haben dich, bevor du an der Ecke bist. Du kommst nirgendwo hin.« *Nirgendwo.* Als ob er wieder elf Jahre alt wäre. Und genau so kam er sich vor. Mit geschrumpelten Eiern. Terry war verrückt genug, einfach abzudrücken, bloß um die Sache zwischen ihnen klarzustellen.

»Du wirst es mir sagen, oder ich prügele es aus dir raus. Du Privatschularsch.«

»Du bist derjenige, der danach für Rocco gearbeitet hat, du Arschloch, nicht ich.« Er knallte den Schlüssel auf das Autodach und schlug die Tür zu. Drehte sich um und ging. Seine Beine waren weich. Er versuchte, Terry irgendwo in einem der Schaufenster zu erspähen, zu sehen, was er tat.

Wie würde sich eine Kugel in seinem Rücken anfühlen, fragte er sich. Würde er den Schmerz spüren, oder wäre sein Gehirn voll und ganz damit ausgelastet, sich auszudenken, was es tun mußte, damit er nicht der Länge nach hinschlug?

Er bog um die Ecke in die Thompson ein, ging schneller. Und dachte, daß er darauf heute keine Antwort bekommen würde.

Er mußte daran denken, wie die angehenden Soldaten nachts durch den Schlafsaal geschlichen waren, um die Lahmärsche zu verprügeln. Sie in der Dunkelheit windelweich zu schlagen. Er versuchte, den Gedanken zu verscheuchen. Aber, Himmel, ein paar von denen hatten es ja wohl auch verdient, oder etwa nicht? Ein paar von denen? Er drehte sich in seiner Telefonzelle um, sah zur Straße hin und sagte: »Ich kann niemanden halb totschlagen, Bunny, verdammt noch mal.«

»Ja, denkst du ich? Wo steckst du? Bist du auf der Straße?«

»Ich bin spazierengegangen. Hast du ihn geschickt?«

»Sicher doch. So läuft das Geschäft nun mal.«

»Hast *du* ihm gesagt, er soll mich da aufgabeln? An der Ecke, an der du und ich verabredet waren?«

»Klar doch, sonst war ja keiner da. Ich hab dir doch gesagt, daß ich noch jemanden anheuern muß. Das war ein Job für zwei Mann.«

»Hör zu, so was mache ich nicht noch mal. Nicht mit diesem ausgeflippten Spinner. Ich werde nie wieder mit ihm arbeiten.«

Stille.

Wagen fuhren vorbei.

Am anderen Ende quietschte Bunnys Bürostuhl. Er schien

nachzudenken. »In Ordnung«, sagte er. »Ihr solltet euch ohnehin ein paar Tage lang nicht sehen. Wir müssen erst mal warten, bis sich die Wogen geglättet haben. Dieser dämliche Latino hat alles versaut.«

»Ich ruf dich in ein paar Tagen an.«

»Okay, spann einfach mal etwas aus. Fahr rüber zum New Jersey Shore. Gib was von dem Geld aus und hol dir etwas Farbe. Aber sei Sonntag abend wieder hier.«

Martin legte auf. Etwas zu fest, aber Bunny konnte ihn ohnehin kreuzweise. Er trat aus der Telefonzelle und sah sich um. Hatte sich irgendwas verändert? War er jetzt ruhiger? Weniger aufgekratzt als vor dem Gespräch? Die Twin Towers am Ende der Straße strahlten in mattem Rosa. Es war so friedlich da unten, wo sie in den Himmel ragten. Da, wo die Stadt begann. Martin kannte keine Ganoven, die da wohnten. Er kannte überhaupt niemanden, der in der Ecke wohnte.

Etwas in ihm war noch immer auf der Flucht. War auf der Flucht, seitdem er Terry bei dem Wagen stehengelassen hatte. Er wollte laufen, rennen, die Angst vollständig ausschwitzen wie eine Krankheit. Aber seine Kraft war weg, restlos.

Ohne daß er sich umdrehen mußte, fand seine Hand die Telefonzelle hinter ihm. Er lehnte sich daran und ließ sich langsam auf den Bürgersteig runterrutschen.

Er wartete darauf, daß seine Kraft zurückkehrte. Wenigstens seine Entschlossenheit.

»Von wo aus rufst du an, um Himmels willen?«

»Keine Ahnung. Von irgendwo, wo es heiß ist. Und die Leute sind alle ziemlich klein.«

»Wer ist es?« sagte seine Mutter.

»Felix. Er ruft aus seinen Flitterwochen an.«

»Ist das ein gutes Zeichen?« Das sagte sie ganz ruhig.

»Ist das deine Mutter? Hey, Mrs. Quinn.«

»Er sagt hallo.«

»Hi.«

»Sie sagt, es ist ein schlechtes Zeichen, wenn du aus den Flitterwochen anrufst.«

Sie hielt den Atem an und schlug ihm auf die Schulter. Fee

lachte am anderen Ende. Wieder schlug sie ihn und sagte: »Hör auf ...«

»Was soll das, er lacht darüber.«

»Nein, es ist alles toll«, sagte Fee. »Deshalb rufe ich ja an.«

»Um mich neidisch zu machen? Mir deine Reiseroute durchzugeben?«

»Nein, Mann. Weil ich Neuigkeiten habe. Phantastische Neuigkeiten sogar. Mein Vater hat mir ein Telegramm geschickt. Kam heute hier im Hotel an. Mein Hochzeitsgeschenk. Erinnerst du dich noch an den Club in Brooklyn?«

»Klar. Der mit den Hostessen.«

»Der mit den Hostessen.«

»Gehört er jetzt dir?«

»Er gehört mir.«

»Glückwunsch.«

»Wollen wir den Laden zusammen machen?«

Noch bevor Fee es ausgesprochen hatte, hatte er gewußt, daß er ihn das fragen würde.

Fee sagte: »Na los. Wir zeigen Russ-Meyer-Filme, wie damals bei unseren Partys.«

Martin sagte nichts. Er hörte einfach nur auf das hohle Rauschen, das an Stelle der Stille auftritt, wenn man während eines Überseetelefonats plötzlich schweigt. Ihm war, als würde das neue Leben, das nun vor ihnen lag, in diesem Augenblick über ihn hereinstürzen.

Bunny hatte recht gehabt, als er sagte, daß man nicht einfach nur in New York leben kann. Man muß ganz eintauchen und einer von denen sein, die diese Stadt jeden Morgen neu erfinden, für all die anderen. Jesus, wie hatte er das vermißt. Etwas anzuzetteln. Mittendrin zu sein. Als er da oben war, im Staat New York, hatte er gemeint, es wäre gut, sich etwas Ruhiges zu suchen, wenn er wieder zurück sei. Eine Stammkneipe. Freunde an der Bar treffen. Aber er wollte etwas Eigenes haben. *Seinen* Platz an der Bar. Von dem Moment an, als er *sie* gesehen hatte, hatte er es gewollt. Es sich nur nicht eingestanden. Er war zur Armee gegangen, weil er Angst davor gehabt hatte, etwas aufzuziehen. Er war einfach noch zu jung gewesen, um die Dinge richtig anzugehen und sich dem zu stellen, was auch immer auf ihn zukommen sollte. Aber diese Angst war nichts Schlimmes, das wußte er jetzt. Alle hatten Angst. Und nun war er bereit, endlich das zu tun, vor dem er davongelaufen war. Ein weiterer Schritt auf seinem Weg, ein Mann zu werden. Der Mann, von dem sie erwartete, daß er es werden würde. Selbst wenn er sie nie kriegen würde. Selbst wenn er ihr nur nahe sein würde.

»Hör mal, Q, dieser Anruf ist ziemlich teuer. Also schenk dir die dramatischen Pausen, okay?«

»Okay, Mann. Ich bin dabei.«

»Affengeil. Er sagt, er ist dabei.«

Penny war also bei ihm und hörte mit. Was sie wohl anhat, dachte Martin. Sitzt sie einfach so da? Die Knie angezogen, die Ellbogen darauf gestützt und raucht eine ihrer Parliaments?

»Also, ich bin dabei. Definitiv.« Sagte nicht, Fee solle sie grüßen.

»Toll. Dann schau bei meinem Vater vorbei, okay? Ich rufe ihn an. Und dann besuchst du ihn. Einfach so. Gleich morgen.«

»In Ordnung.«

»Alles klar dann.«

»Danke, Fee.«

»Ist mir ein Vergnügen. Wir sehen uns in drei Wochen. Und halt Vlady inzwischen von den Weibern fern.«

»Wer?«

»Lexi Pasko.«

Bunny schüttelte den Kopf und nahm die Füße vom Tisch. Martin behielt seine oben. Ein ernster Ausdruck zeichnete sich auf seinem Gesicht ab. »Du hast mitgemacht«, sagte er.

»Wobei?«

»Washington Heights.«

»Willst du mir etwa drohen, Mann? Mensch, Bunny, du hörst ja gar nicht zu.«

»Ich sage nur, daß du dabei warst.«

»Droh mir nicht.«

Bunny sah ihn lange an. Martin lächelte. »Hörst du nun zu?«

Bunny legte seine Beine wieder hoch und schlug die Füße übereinander. »Sag ihn mir noch mal. Den Namen.«

»Lexi Pasko.«

»Nie gehört. Nein.«

»Du gibst dich eben schon zu lange mit puertoricanischen Dealern ab. Und wickelst deine Geschäfte in Lagerhäusern ab, in denen Schweinehälften rumhängen.«

»Wer ist er?«

»Er ist der Boß der verdammten russischen Mafia.«

Bunny dachte nach. Sagte dann: »Okay.«

»Okay?«

»Sicher doch, ich kaufe es dir ab. Woher kennst du ihn?«

»Ich bin mit seinem Sohn zur Schule gegangen. Wir sind ziemlich eng befreundet.«

»Diese beschissene Privatschule.«

»Genau.«

Bunny nickte. Schüttelte den Kopf. »Ganz schön schick, seinen Sohn dahin zu schicken. Ich werde meinen auch auf eine Privatschule schicken, wenn ich es mir leisten kann. Aber es ist schwer, da reinzukommen, oder? Na ja, scheiß drauf, du warst jedenfalls auf einer.«

»Ich sage doch nichts anderes, als daß wir diesen Club aufmachen. Alles Weitere ergibt sich. Wir werden Geld machen und wir werden es wieder in den Laden stecken. Und wir werden uns nach anderen Dingen umsehen.«

»Okay. Wann?«

»Wann was?«

»Wann wirst du anfangen, dich nach anderen Dingen umzusehen? Wann fange *ich* an, was zu verdienen?«

»Wir müssen den Laden zunächst mal aufmachen.«

»Du sagst also, du willst dich freikaufen. Willst nicht mehr für mich arbeiten, aber nichts dafür bezahlen?«

»Du kriegst dein Geld zurück. Absolut sicher.«

»Und für *was* willst du das jetzt alles aufgeben?«

»Ich werde Geld machen, Mann. Und ich werde frei sein. Ich will dir wirklich nicht zu nahe treten, aber ich kann nicht für den Rest meines Lebens für dich arbeiten. Drei Wochen sind genug. Ich hab keine Lust, daß du ständig bei mir anrufst.«

»Du willst also Geld an uns vorbei machen – an mir und an den Russen. Baust dir selbst was auf, für später.«

»Ja, aber ich werde immer fair mit euch umgehen. Das habe

ich mir jedenfalls fest vorgenommen. Und jeder sieht doch zu, daß er sein Geld macht, Mann, spiel doch nicht den Unschuldigen. Du baust deine Geschäfte weiter aus, und ich ergreife eben die Chancen, die sich mir bieten. Die Russen tun, was Russen eben so tun. Ich weiß wirklich nicht, was du hast.«

»Pasko?«

»Lexi Pasko. Er hat keinem etwas geschworen, und er schuldet niemandem was. Er ist ganz allein da oben. Keine fünf Familien, mit denen er sich arrangieren muß. Ihm gehört Brighton Beach. Und halb Toronto.«

»Und warum kenne ich ihn dann nicht?«

»Keine Ahnung, Mann. Aber es überrascht mich tatsächlich etwas, wirklich.«

»Scheiß auf deine Überraschung. Hat es dich überrascht, daß ich dir Arbeit gegeben habe? Oder überrascht es dich, daß ich mich hier nur einen Block von dem Kerl entfernt durchschlage, der meinen Alten umgelegt hat?« Er sagte das ohne jede Wut, es waren einfach nur Fragen. Für Bunny waren Wahrheiten immer ganz einfach. Martin schüttelte achselzuckend den Kopf. »Wahrscheinlich kenne ich ihn nicht, weil das FBI ihn nicht kennt«, sagte Bunny. »Und wenn die ihn nicht kennen, dann kennen ihn auch die Zeitungen nicht. Also kennt ihn kein Schwanz. So läuft das heute.«

Martin nickte. »Das stimmt.« Obwohl er wußte, daß Rocco Lexi sehr wohl kannte. Und daß Bunny genau das vermutlich in dieser Sekunde ebenfalls dachte. Aber wenn er sich selbst erst überzeugen mußte – bitte. »Alle machen ihr Geld mit ihm, Bunny. Er hat seine Finger in so vielen Geschichten stecken, daß man es kaum glauben kann. Er ist einfach nicht von dieser Welt.«

Bunny nickte, als wolle er sagen, ja ja, das hätte er schon längst verstanden. Er lehnte sich zurück und schob mit den Fingern die Vorhänge ein Stück zur Seite. Sah raus auf die Straße. Nach einer Weile sagte er: »Die Leute sind heutzutage nicht mehr so loyal, wie sie es eigentlich sein sollten. Ich meine nicht, mir gegenüber. Ich bin kein x-beliebiger Schläger von der nächsten Ecke. Ich meine das eher gegenüber den Dingen, die ihr Leben ausmachen. Während du bei der Armee warst, hat jemand die italienische Fahne auf der Basketballwand im Park übergepinselt. Mein ganzes Leben lang war sie da. Und man wußte, das Viertel funktioniert. Irgend jemand hat sie übermalt. Einfach weiße Farbe drüber. Die Mafia hat sich zu sehr damit beschäftigt, in die Vorstädte zu expandieren und die Immobilienseiten zu lesen. Ich hab ein paar Kids beauftragt, sich darum zu kümmern, und sie haben rausgekriegt, daß es ein anderes Basketballteam war. Von der Lower East Side. Ich hab sie dahin geschickt, damit sie die Kerle verprügeln. Dann habe ich Farbe gekauft, eine Leiter, und die Kids haben die Fahne wieder wunderschön da an die Wand gemalt.«

»Das ist die *italienische* Fahne, Bunny. Ich bin Ire.«

»Du machst wohl Witze? Die Italiener haben aus dir doch überhaupt erst was gemacht. Du redest wie ein Italiener, du ziehst dich an wie ein Italiener. Die ganze verdammte Zeit über wolltest du immer …«

Martin hob die Hände. *Okay* – »Ich hab's nicht so gemeint, Bunny. Gut? Also erzähl einfach deine Geschichte weiter.«

»Sie ist zu Ende«, sagte Bunny achselzuckend. »Diese Fahne ist ein Symbol. Für Ordnung. Und Sicherheit. Du kommst hierher in dieses Viertel und weißt, alles ist friedlich.«

»*Friedlich?* Ich hab Narben von …«

»Du hast Narben, weil du sie wolltest. Du hättest auch irgendwo aufwachsen können, wo du gar keine andere Wahl gehabt hättest. In einem Niggerviertel, wo du nie sicher gewesen wärst, was gerade hinter deinem Rücken passiert. Wenigstens gibt es hier keine Nigger.«

»›Keine Nigger‹. Jeder rastet aus, wenn er nur das Wort hört. Dabei kennst du doch nicht mal einen. Weißt du überhaupt, was ein Nigger ist? Beschreib mir mal einen.«

»Deine Mutter ist eine, oder?«

Martin grinste. Bunny sah wieder raus auf die Straße. Schüttelte den Kopf. »Wann machst du ihn auf? Deinen Scheißclub?«

»Ich werde morgen mit ihm reden.«

»Und dann willst du gleich anfangen, Kohle zu machen?«

»Hast du schon mal was von Glasnost gehört? Oder von Gorbatschow? Weißt du, wer das ist?«

»Klar doch.«

»Okay, er hat den Russen letztes Jahr gesagt, sie können abhauen, wenn sie wollen, und seitdem kommen sie zu Tausenden hierher und lassen sich in Brooklyn nieder. Die ganze Gegend brodelt.«

»Und er ist der Boß.«

»Vom russischen Teil, ja.«

»Für eine Weile.«

»Ja, vermutlich. Er wird Konkurrenz kriegen. So läuft das hierzulande nun mal. Freie Marktwirtschaft. Aber jedes Jahr kommen Zehntausende neuer Leute rüber. Wir reden hier von Weltpolitik, Mann. Alles entwickelt sich so schnell, daß niemand mehr die Dinge unter Kontrolle behalten kann. Man kann nur die Hand auf gut Glück irgendwo reinstecken und versuchen, so viel rauszuholen, wie es geht. Dann schickst du deine Kinder auf eine Privatschule und kannst in Frieden sterben.«

Bunny nickte und dachte nach. »Morgen triffst du ihn?«

»Ja. Was ist los, Mann? Was hast du?«

»Ich hab nur nachgedacht.«

»Du willst das ganze Geld zurück, das ich mit den Scheinen aus Baltimore gemacht hab?«

»Nein, verdammt noch mal, das nicht … behalt es. Und nimm deine blöden Füße von meinem Schreibtisch.«

»Das geht nicht, Sheriff.«

Bunny seufzte.

»Und du denkst, die werden ganz groß, die Russen?«

»Das sind sie schon längst. Es wird Zeit, daß du ein paar von denen triffst. Und außerdem wäre ich ja bei denen drin als dein ständiger Verbindungsmann. Du kannst nur gewinnen, Mann …«

»Hör auf damit …«

Er war ein Stück zu weit gegangen. Ihm etwas über das Geschäft erzählen zu wollen.

Aber Bunny hatte Blut geleckt. Konnte jetzt nicht mehr zurück.

Er konnte höchstens noch töten. Jeden. Wie wild im Corleone-Stil um sich schießen. Das war die einzige Möglichkeit, die Welt dazu zu bringen, daß sie für eine Weile aufhört, sich weiterzudrehen.

»Dann red ich morgen wieder mit dir, Ire. Raus jetzt mit dir.«

Martin nahm seine Füße vom Schreibtisch. »Okay, alles klar dann.«

Bunny sah ihn an und grinste. »Willst du dich noch von Terry verabschieden, bevor du abhaust?«

Lexi war einverstanden, also rief er Bunny an und sagte ihm, demnächst würden sie alles bereden. Kam anschließend auf dessen Ratschlag zurück und mietete für ein verlängertes Wochenende etwas am New Jersey Shore. Er verfrachtete Frito und Juliet in den Plymouth, und sie blieben drei Tage dort. Die meiste Zeit verbrachte er mit geschlossenen Augen, hörte zu, wie die Wellen ans Ufer brandeten und die beiden sich verliebte Worte zuflüsterten. Am Montag fuhr er früh wieder zurück, kam aber trotzdem mitten in den Berufsverkehr. Frito und Juliet schliefen den ganzen Weg über hinten im Wagen.

Er setzte sie an der Wohnung ab und schaffte es gerade so bis zehn nach Brighton. Trug immer noch Shorts und Sonnenbrille. Parkte hinter Lexis Continental, stieg dann betont entspannt wirkend aus und achtete darauf, daß Lexi ihn im Seitenspiegel kommen sah. Lexi stieg aus und musterte ihn von oben bis unten. Sie gingen ins Haus.

Die Handwerker waren dabei, die Fußleisten anzubringen – die Fußböden waren gerade erst fertig geworden. Andere Männer waren dabei, bloßgelegte Backsteinwände so zu restaurieren, daß sie so aussahen wie in den Läden an der Westside von Manhattan. Beizten zwei lange und zwei hufeisenförmige Bars. Setzten Rahmen mit Buntglasfenstern ein. Montierten Kronleuchter. Der Club zog sich weit nach hinten, um Ecken und durch Gänge, an deren Enden sich weitere Räume öffneten. Ein Teil der Räumlichkeiten hatte hohe Decken, andere Bereiche waren beinahe höhlenartig. Lexi führte ihn herum, wies auf Details hin, stellte ihm den Innenarchitekt vor, malte wortreich aus, wie einmal alles aussehen würde, wenn es fertig war. Als sie am Ende des Flurs an der Rückseite des Gebäudes ankamen, sagte er: »Und das ist euer Büro.« Martin öffnete die Tür und sah hinein. Noch war der Raum leer und hallte. Aber es würde ein phantastisches Büro werden. Vom Fenster aus konnte er die Uferpromenade sehen, ein halbes Dutzend Blocks entfernt. Lexi sagte: »Du wirst viel

Zeit hier verbringen. Richte es ein, wie du willst. Filuschka kann zwar hart arbeiten, aber er spielt auch gern. Er wird lieber draußen sein wollen.«

Martin sagte okay. Als sei das, was Lexi ihm gerade erzählt hatte, nur ein weiteres Detail, das er zur Kenntnis nehmen mußte. Aber er wußte, daß es den alten Mann jetzt immer noch, sieben Jahre später, beruhigte, daß *er* den Club zusammen mit Felix führen würde. »Hier werden wir dann die ganzen Geschäftsunterlagen haben?«

»Und eure Safes.«

»Wir werden alles vertäfeln. Bis zu einem Viertel der Wandhöhe. Dann ein antiker Schreibtisch, so einen, wie Sie ihn zu Hause haben. Das gibt dem Ganzen das Flair von Tradition. Dazu mit schwarzem Leder bezogene Couchs. Eine zum ausziehen. Ein paar Sessel.«

»Teppiche? Kaukasische? Persische?«

»Langflorteppiche«, sagte Martin.

»Wie in den Siebzigern?«

»Das ganze Zeug kommt jetzt wieder in Mode. Jeans mit Schlag, Halsketten mit Anhängern, Afroperücken in knalligen Farben.«

»Die Angestellten werden in dir einen jungen Mann sehen.«

»Einen coolen jungen Mann«, sagte Martin. »Mit Sinn für Eleganz. Und Sinn für Humor.«

»Sie werden glauben, daß sie in jeder Beziehung offen mit dir sein können.«

»Das wird ihr Fehler sein.«

Lexi nickte. Die Antwort schien ihm gefallen zu haben.

Sie sahen sich noch eine Weile in Martins künftigem Büro um. Sprachen kein Wort. Die Tour ist vorbei, dachte Martin. Die Arbeit kann beginnen. Lexi sagte: »Sie werden alle um elf Uhr hier sein, um dich kennenzulernen.«

»Dann werden wir sie hier empfangen.« Schon stellte er es sich vor. Sah sich selbst, wie er sich auf der Fensterbank zurücklehnte und sie ansah. Dann seine Arme fallen ließ und langsam durch das Zimmer schlenderte, fast wie abwesend. Zu ihnen wie zu einer Truppe sprach, für die er die Verantwortung trug.

Er hatte das Gefühl, er und Lexi sollten sich einen Kaffee besorgen. Das Symbol harter Arbeit. Ihnen zeigen, daß er schon seit dem frühen Morgen hier war. »Gehen wir uns einen Kaffee holen. Bevor sie kommen. Ich bin schon seit fünf Uhr auf.«

Sie gingen hinaus.

Am Ende des Flurs sagte Lexi: »Darauf läßt es sich gut vögeln, denke ich. Auf so einem Langflorteppich.« Die Augen geradeaus gewandt. Er dachte laut.

Martin sagte: »Ich lasse es Sie dann wissen.«

19

Sie würden rechtzeitig zur Eröffnung fertig werden. Letzte Woche war das noch fraglich gewesen. Außerdem waren er und der alte Mann sich gegenseitig immer wieder auf die Nerven gegangen. Zu viele Jahre lagen zwischen ihnen.

Aber die letzte Nacht hatten sie sich mächtig ins Zeug gelegt. Die Nacht, bevor Fee und Pen zurückkamen. Hatten fast bis fünf am Morgen gearbeitet.

Auf dem Parkplatz gaben sie sich die Hände und lächelten einander an. Erleichtert. Waren stolz auf sich. Lexi sagte: »Warte.« Ging zu seinem Wagen, öffnete den Kofferraum, schlug den Teppich zurück, holte einen Umschlag hervor und hielt ihn ihm hin. »Davon kannst du eine Weile leben. Hast ein gutes Polster in der Tasche. Für den Anfang. Gehört zur Erstausstattung.«

»Der letzte Handschlag.«

»Ja, das war der letzte. Das war's. Wir sind fertig.«

Martin dankte ihm.

»Ich hab einen Wagen für sie zum Flughafen bestellt«, sagte Lexi. »Eine Stretchlimousine. Mit Champagner und Schokolade. Ein paar Erdbeeren. Man soll den Urlaub nämlich …«

»So lange dauern lassen wie möglich. Nicht zu abrupt wieder in den Alltag zurückkehren.« Lexi nickte, nachdem Martin die Worte für ihn formuliert hatte. Etwas, das der alte Mann nur selten brauchte.

Jetzt sah er seinen Geist woanders hinwandern. Zurück zu seinen eigenen Flitterwochen, vielleicht.

Oder dorthin, wo Väter das Glück ihrer Söhne wie ihr eigenes fühlen.

»Feel wird begeistert sein, Mr. Pasko. Es wird ihn umhauen. Er wird Ihnen sehr dankbar sein.«

»Er wird hart arbeiten. Und er wird sehen, was wir geleistet haben. Es wird für ihn eine Ehre sein, hier zu arbeiten.«

»Das hoffe ich, weiß Gott. Er soll sich ruhig auch mal den Arsch aufreißen.«

Sie lächelten beide. Sagten, alles wäre okay. Gingen zu ihren Wagen. Fragten nicht, wohin der andere ging, keiner bot dem anderen an, ihn zum Frühstück einzuladen oder sonstwie das Ergebnis ihrer Arbeit zu feiern. Sie wußten, sie würden einander bei der Eröffnung heute abend wiedersehen. Dafür hatten sie sich den Arsch aufgerissen, oder? »Du kannst von Glück sagen, wenn du bis dahin wach bleibst«, sagte Martin laut zu sich selbst und fuhr aus der Parkplatzausfahrt. Dachte, es ist nicht schlecht, daß wir den Kanal erst mal voll voneinander haben. Das zeugt von gegenseitigem Respekt.

Er wollte um Himmels willen nicht der Kumpel von diesem alten Knaben werden.

In Manhattan fuhr er zu einem vierundzwanzig Stunden geöffneten Eßlokal auf der Zehnten und frühstückte. Saß da, sah aus dem Fenster und wartete, bis die Autowerkstatt gegenüber aufmachte. Als es soweit war, ging er über die Straße, bestellte einen neuen Motor und machte einen Termin für eine Ganzlackierung. Zahlte fünfzig Prozent an und fuhr nach Hause. Duschte und zog sich um. Ging nach unten, holte sich aus der Bäckerei einen Kaffee und setzte sich auf die Bank im Park. Stieg dann wieder in seinen Wagen. Bevor sein neues Leben beginnen konnte, hatte er noch etwas zu erledigen.

20

Der Manager von meinem Alten? dachte er, als er ihn ansah. Wie managt man etwas, das nicht zu managen ist?

Sugar sagte: »Ich hatte mir vorgestellt, du würdest ihm ähnlicher sehen. Du *siehst* ihm ähnlich. Hast du immer schon getan. Aber du hast andere Augen.«

Martin zuckte die Schultern und schüttelte den Kopf. Wußte nicht, was er darauf antworten sollte.

»Und du hast wahrscheinlich nicht damit gerechnet, daß ich inzwischen so alt geworden bin«, sagte Sugar. »Hier in meinem Exil in Riverdale. Dem Land der Pflegefälle. Sag es ruhig – ich sehe beschissen aus.«

Sie lachten.

»Als ich dich das letzte Mal gesehen habe, war ich zehn, Sugar. Ich habe nicht die Absicht, etwas Gemeines zu sagen.«

»Aber du denkst es, oder? Das ist schon okay. Dann habe ich ja meine Antwort. Danke.«

Wieder lachten sie. Martin schüttelte den Kopf und hob die Hände, als wolle er sagen: *Nein, warte.* »Ich könnte das nicht mal im Scherz sagen.«

»Ich war schon alt, als ich anfing, mit deinem Daddy zu arbeiten. Alt im Vergleich zu ihm, fünfundvierzig. Er war zwanzig. Wie alt bist *du* jetzt, fünfundzwanzig?«

»Sechsundzwanzig.«

»Mit sechsundzwanzig war er richtig gut. Da ging es richtig ab bei ihm.«

Martin nickte und sah auf den Boden. Es ist wahrscheinlich unvermeidbar, daß solche Vergleiche in den Köpfen der Leute ablaufen, dachte er. Als sein Vater sechsundzwanzig war, jammte er zusammen mit Meredith Monk und Charly Mingus. Sein Album kam raus, das einzige. Dann die ersten Nachrichten, daß es sich in New York und Chicago gut verkaufte, wenig später auch in Paris. Mit sechsundzwanzig hatte er bereits das Heroin entdeckt, es schon ausprobiert. Damals ließ er sich auch die berühmte Tätowierung machen. Die fette, kleine Wespe, auf der Innenseite seines Unterarms. Mit dem patronenförmigen Kopf und den großen schwarzen Augen, dem überdimensionierten Stachel, der auf seine Armbeuge zeigte. Seine malträtierte Vene. Von da an hatten sie ihn Stinger genannt. Stinger, der Stachel.

Es war in Paris gewesen, wo er dann wieder an die Nadel geraten war. Wo sich die *gendarmes* einen Dreck um so etwas scherten und die Frauen ganz scharf darauf waren, einem beim Fixen zuzugucken. Zumindest hatte seine Mutter es ihm so erzählt. Wie sie da drei Jahre lang mit ihm gelebt hatte und mit Frito schwanger wurde und der Alte sie nach Hause schickte, um sich in einem Chalet im Süden, in dem ihn ein paar *nouveaux riches* wohnen ließen, ungestört seine Schüsse setzen zu können. Dann kam er zurück in die Staaten, um noch mal zu versuchen, Papa zu sein.

Sugars Pflegerin klopfte an die angelehnte Tür. Kam rein und brachte ihm die Zeitung. Sie hatte Martin das Zimmer gezeigt, als er aus dem Fahrstuhl am Ende des Flurs gestiegen war. *Er ist mein Liebling*, hatte sie gesagt. Jung, spanische Abstammung. Füllte ihren Kittel mehr als gut aus. Gold um den Nacken und an beiden Handgelenken, die Finger schon zu pummelig, als daß sie je ihren Verlobungs- oder Ehering wieder herunterbekommen hätte. »Heute keine Wetten, Sugar«, sagte sie.

Er hatte sich schon seine Brille aufgesetzt und die Sportseiten herausgesucht. Er sagte: »Nein, nein«, und faltete die Zeitung wieder zusammen, der Sportteil jetzt außen, und legte sie auf seinen Schoß. Sah wieder auf. Ließ die Brille, die an einem Kettchen um seinen Hals hing, auf die Brust sinken, zwinkerte Martin zu. »Sie denkt, ich spiele.«

Sie sagte: »Ich mache mir Sorgen um dein Herz, Sugar. Zu viel Aufregung ist nicht gut. Auch wenn du immer gewinnst. Aber du weißt, daß das nicht gut für dich ist.« Sie zwinkerte Martin zu, sah dann wieder Sugar an und legte die Stirn in Falten. »Ich sehe später wieder nach dir.« Lehnte die Tür wieder an, als sie ging, quietschende Schritte, die sich auf dem Flur entfernten. Kleine weiße Schuhe. *Hallo, meine Liebe … Mrs. Kelly, Sie haben ja eine neue Frisur.* Que linda, *wunderschön …*

»Meine Kleine«, sagte Sugar. »Zweiundzwanzig. Drei Kinder. Sie weiß, daß ich dreißig Riesen in meinem Schließfach unten an der Rezeption gebunkert hab. Jedenfalls solange mich das Wettglück nicht verläßt oder sonst eine Katastrophe eintritt. Ich hab ihr erzählt, das wären meine Gewinne aus den letzten zehn Jahren. Hätte zweiundfünfzig Prozent Plus gemacht. Ich hab ihr angeboten, ihr beizubringen, die Basketballergebnisse richtig zu interpretieren und ihr dabei zu helfen, ihre Wette zu plazieren, aber sie will nicht.« Er hielt sich die Brille vor die Augen und sah auf die Zeitung. Schüttelte den Kopf. »Eine Schande ist das.« Er sah Martin an. Dann lächelte er, als hätte er etwas an ihm entdeckt, das ihm zuvor noch nicht aufgefallen war.

»Willst du deinen Buchmacher anrufen?«

»Ich hab noch ein paar Stunden Zeit. Jetzt, wo ich meine Zeitung hab, geht's mir besser. Du siehst aber auch gut aus, nebenbei gesagt. Und das mit sechsundzwanzig. Scheint so, als liefen die Dinge gut für dich.«

»Ich mache ein Restaurant auf.«

Sugar schloß die Augen und nickte. »Wunderbar. Ich wünsche dir Glück. Bist du hier, um dir ein paar Ratschläge abzuholen? Es muß doch einen Grund haben, daß du mich nach fünfzehn Jahren besuchst.« Und er öffnete seine Augen wieder. Wartete. Martin sah auf den Fußboden. »Finde raus, wer die Straße kontrolliert«, sagte Sugar. »Geh zuerst zu denen. Auf die Art vermeidest du es, daß dir die Italiener in ihren glänzenden Anzügen die Tür einrennen und jeder seinen Anteil verlangt. Und was noch wichtiger ist: Wenn es mal so läuft, daß du vor Feierabend gehen willst – *falls* du das jemals tun solltest –, dann stell dein Telefon ab, wenn du zu Hause bist. Deine Leute müssen lernen, selbständig zu denken. Sonst rufen sie dich an und fragen, wo der Schlüssel für das Alkohollager ist, weil der Wodka ausgegangen ist. Oder wo ihr Schwanz ist, wenn sie pissen müssen. Alles andere findest du schon selbst raus.«

Martin nickte und sah Sugar an. Sugar öffnete die Hände, seine Finger waren gespreizt.

»Das ist alles?« sagte Martin.

»Was soll ich dir sonst noch sagen? Dir muß es ziemlich gutgehen, wenn du deinen eigenen Laden aufmachst. Und wenn du so schlau bist, wie dein Vater es war, dann hörst du sowieso nur soviel.« Mir seinem Daumen und Zeigefinger zeigte er, was er meinte. »Es sei denn, dir geht es darum, möglichst schnell das große Geld zu machen. Aber darum geht es dir nicht, oder?«

»Nein.«

»Das ist gut. Und ich weiß, daß du auch deshalb gekommen bist, um mir zu zeigen, daß es dir gutgeht. Das weiß ich zu schätzen. Ihr Kids und eure Mutter hattet einen schweren Start. Sie versucht, mich auf dem Laufenden zu halten. Ich weiß, daß es euch gutgeht. Ihr seid gesund. Arbeitet.« Er lächelte.

Martin erwiderte das Lächeln. »Wann kommt das?« sagte er. »Diese Weisheit?«

»Wenn du aufhörst zu vögeln. Genieß deine Unwissenheit.«

Sie lachten.

»Ernsthaft«, sagte Sugar. »Das einzig Wichtige ist, wo du deinen Laden aufmachst. Vielleicht kenne ich die Leute in der Gegend. Kann dafür sorgen, daß sie deinen Müll früher abholen. Und die Kosten noch nach einer alten Preistabelle abrechnen.«

»Brighton Beach«, sagte Martin. »Ein paar Blocks von der Uferpromenade entfernt.«

Sugar schüttelte den Kopf. Da kannte er niemand. »Keine Menschenseele. Aber ich sage dir was: Diese Gegend ist völlig im Umbruch, wie du bestimmt selbst weißt, und die holen sich ihre eigenen Leute. Ihre eigenen kleinen Unterweltgestalten. Die meisten Leute haben das noch nicht mitgekriegt, aber das ist bereits voll im Gange. Und zwar schon eine ganze Weile. In den Fünfzigern war ich an der Riviera. Hör gut zu. Monaco, Nizza. Dann bin ich ein bißchen rumgefahren – Montpellier, Marseille. In Marseille habe ich sie gesehen, am Hafen, überall, wo Menschen zusammenkamen. Diese Kerle mit den Filzhüten mit roten Hutbändern.«

Martin grinste.

»Hör mir gut zu«, sagte Sugar. »Diese Typen gehörten zusammen, eine Bande. Russen. Aber … hör zu … zehn Jahre später fahre ich raus nach Coney Island. Mit dieser alten Freundin aus Europa. Sie wollte sich New York ansehen, und ich bin mit ihr da rausgefahren in den Vergnügungspark. Und ich will verflucht sein, wenn das nicht die gleichen Typen waren, die da rumstreunten. Diese kräftigen kleinen Kerle mit den Filzhüten. Und den roten Hutbändern. Das ist fast dreißig Jahre her, ich weiß. Aber die Gegend kommt wieder hoch. Also kein schlechter Ort, wenn du ein Restaurant aufmachen willst. Aber auch sie werden da wieder auftauchen. Das machen die immer so.«

Martin bekam das Bild nicht aus dem Kopf – Fee und er mit Filzhüten.

Sugar sagte: »Du kannst meinetwegen darüber lachen, aber vergiß es nie.«

Martin sagte: »Das werde ich nicht, Sugar. Wenn du meine Gedanken lesen könntest, dann wüßtest du, daß das Gegenteil der Fall ist. Du bist einer der ganz wenigen, die wissen, daß es sie überhaupt gibt. Aber ich weiß es auch. Und ich bin vorbereitet. Bin nämlich mit dem Sohn von einem von ihnen aufgewachsen.« Dem, der die ganze Sache übernommen hat, dachte er.

»Wieso bist du dann überhaupt hergekommen?«

»Na ja …« sagte Martin schulterzuckend. »Ich weiß, daß meine Mutter noch Kontakt mit dir hat. Ich wollte dir zeigen, daß es mir gutgeht. Mit sechsundzwanzig.« Er legte die Stirn in Falten und zog wieder seine Schultern hoch.

»Jetzt siehst du ganz aus wie er«, sagte Sugar.

Martin sah nach unten.

Sugar sagte: »Wie damals, als er zu mir in den Club gekommen ist. Er wollte ebenfalls zeigen, wer er war. Zwanzig Jahre alt. Hatte im Radio, das er ins Priesterseminar eingeschmuggelt hatte, gehört, daß mein Trompeter gestorben war. Herzschlag. Also schleicht sich dein Vater nach der Vesper raus, kommt rüber ins Village und will mir vorspielen. Ich hab ihn aber stehenlassen. War noch nicht drüber weg. Er geht raus auf die Straße, steht vor dem Fenster und preßt die Hände zusammen, als wolle er *bitte* sagen. Er hat seine Trompete dabei, im Instrumentenkoffer. Ich hab ihm ein Zeichen gemacht, er solle verschwinden. Und weiter die Stühle von den Tischen genommen, erinnere ich mich, alles vorbereitet für den Abend. Und dann höre ich diesen Ton da draußen. Langgezogen. Satt und voll. Und klar. Ein Ton, bei dem du weißt, wozu die Trompete gemacht worden ist, und er geht direkt über in *'round Midnight.*«

»Und es fing an zu regnen. So erzählt es meine Mutter immer.«

»Als ob seine Trompete die Schleusen im Himmel geöffnet hätte. Es goß in Strömen.«

Martin nickte. Hielt den Blick tief gesenkt. Konnte den Mann nicht ansehen, dem Stinger Quinn einmal alles bedeutet hatte.

»Ich hab ihn mit nach Hause genommen. Er ist kaum je wieder zurück nach Brooklyn. Begann ein völlig neues Leben. Und beschenkte uns für eine Weile mit seiner göttlichen Gabe.«

Wieder nickte Martin. Er wollte endlich auf den Punkt kommen, weshalb er überhaupt hier war, und danach wollte er verschwinden. »Du solltest deinen Buchmacher anrufen«, sagte er und stand auf. Wartete auf Sugars Protest, doch der alte Mann blieb still. Martin stand da. Sah ihn an und lächelte, nun gequält. Es tat weh. »Ich wollte mich nur mal kurz sehen lassen, Sugar.« Sugar sah ihn mit einem durchdringenden Blick an. Schwieg einen Moment.

»Du willst ihm nicht vergeben«, sagte Sugar.

»Es ist nicht mehr wirklich wichtig. Tut mir leid, aber so ist es eben. Aber ich bin noch aus einem anderen Grund gekommen.«

Aber Sugar war noch nicht fertig damit, merkte er. Er hatte sich gedacht, daß es wahrscheinlich so kommen würde.

Sugar sagte: »Wir werden nie erfahren, was … Setz dich.«

»Ich stehe lieber, wenn es dir nichts ausmacht.«

»Setz dich.«

Er setzte sich.

»Als er aus Paris zurückkam, war er clean. Und zu Fritos Geburt clean zu sein war für ihn das Größte, das er jemals auf die Reihe gekriegt hat. Deshalb frage ich mich bis heute, warum er wieder mit dem Zeug angefangen hat. Warum er sich dann umgebracht hat. Er hatte gerade einen neuen Plattenvertrag unterschrieben. Er hatte euch, dich und Frito. Er hatte eure Mutter. Es stand in seinem Leben alles besser als jemals zuvor. Aber in seinem Kopf war alles vorbei und gelaufen. Wie soll man das verstehen? Wie können wir je auch nur ahnen, wie sehr jemand in seinem Inneren leidet? Genau das habe ich gelernt, als Stinger starb. Und ich habe auch gelernt, dankbar zu sein, daß ich niemals solche Qualen aushalten mußte …«

»Sugar … ich …« Martin wand sich in seinem Sessel. Dachte, fang jetzt bloß keine Diskussion an. Versuch nicht, ihm zu erklären, wie es ist, wenn sich ein Mann im Badezimmer die Pulsadern aufschneidet, und die ganze Familie ist im Haus, und der älteste Sohn, damals noch ein Kind, *ein Kind*, muß auf einmal aufs Klo. »Du hast ihn als jungen Mann kennengelernt. Ich kannte ihn nur als meinen Vater. Ich ...« Er stand auf. »Vergiß es. Ich will nicht darüber reden. Vor dreizehn Jahren ist meine Mutter zu dir gekommen, weil sie Geld für die Kaution brauchte. Für mich. Fünfhundert Dollar. Du hast ihr den doppelten Betrag gegeben und wolltest es nicht wiederhaben, als sie es zusammenhatte, um es zurückzuzahlen.« Er rasselte das herunter, hatte es sich mehrmals selbst vorgesagt, bevor er hergekommen war. »Ich wollte dir dafür danken und meine Schulden zurückzahlen.« Er steckte die Hand in die Tasche, um das Geld herauszuholen. Sugar schüttelte den Kopf. Das sollte nein heißen, aber Martin wußte auch, daß es noch etwas anderes bedeutete. Bedauern. Tiefes Bedauern.

»Du solltest niemals versuchen, einem alten Mann Geld zuzustecken, Martin. Das ist kein gutes Benehmen.«

»Ich bin dir dankbar für alles, was du für meine Familie getan hast.«

»Aber jetzt übernimmst du das Ruder, stimmt's? Das ist ehrenwert. Betrachte deinen Schuldschein als verbrannt. Und ich habe auch gar nicht viel getan. Deine Mutter hat alles ganz gut allein hingekriegt.«

»Ich wollte nur sagen ...«

»Ich weiß, was du sagen willst.« Er setzte seine Brille auf, nahm die Zeitung. »Laß dich ab und zu mal sehen. Erzähl mir, was aus deinem Restaurant geworden ist.«

Martin sagte: »Okay.« Wußte nicht, was er jetzt machen sollte. Sugar tat so, als wäre er gar nicht mehr da, noch bevor Martin tatsächlich gegangen war. Er kramte nach einem Bleistiftstummel, berührte mit dessen Spitze seine Zunge. Beugte sich über seine Zeitung ...

Unten sagte Martin dem Angestellten an der Rezeption: »Legen Sie das bitte in das Schließfach von Mr. Burton. Er hat mich gebeten, es auf dem Weg nach draußen bei Ihnen abzugeben.« Er reichte ihm die zwanzig Hunderter.

21

Er ertappte sich dabei, wie er versuchte, in ihnen zu lesen. Wie er von einem zum anderen sah, als wäre sein Leben eine schlechte Komödie. Er versuchte, Fee auszublenden und etwas in Pennys Schweigen zu hören. Sie waren beim Auspacken. Ihre Taschen und Koffer lagen auf dem Bett. Von da aus liefen sie zu dem Wäschestapel für die Reinigung, der immer höher wurde, oder den Schränken, um Schuhe und Jacken darin verschwinden zu lassen. Ein Regenschirm. Dann die Treppe hoch, um die Kamera und die Reiseführer zu verstauen. Felix redete ohne Pause, gackerte, daß er künftig den Sommer in London und den Winter in Griechenland verbringen werde und sich mit dreißig zur Ruhe setzen wolle, in Monte Carlo. Packte Martin bei den Schultern: »Ich meine es ernst. Du mußt nächstes Mal einfach mitkommen. Du wirst es lieben.« Sie lächelte die ganze Zeit über. Ein von der langen Reise müdes Lächeln. Lächelte Felix an, wenn sie ihm zuhörte. Lächelte vor sich hin, wenn sie in ihre eigenen Gedanken versunken war. Aber sie warf ihm keinen verstohlenen Blick zu, der besagte: *Du warst die ganze Zeit bei mir, in meinen Gedanken. Ich habe dich nie verlassen.* Einen Moment lang fragte er sich sogar, ob er sich ihre Begegnung am Abend nach der Hochzeit vor der Telefonkabine in der Hotellobby nur eingebildet hatte. Hatte er sie komplett mißverstanden? Sie lief vom Bett zum Schrank und lächelte ihn an. Wie einen alten Freund von Felix, den sie immer schon gemocht hatte.

Die verdammten Flitterwochen verändern alles im Leben eines Mannes und einer Frau, dachte Martin. Er hatte sie jetzt endgültig verloren. So ist es, wenn das Bild eines Menschen in einem verblaßt, oder?

Der Gedanke ließ ihn schmunzeln. In seinem Nacken, seinen Schultern, seinen Beinen spürte er nun jede Minute der über vierzig Stunden, die er jetzt wach war. Er setzte sich auf die Bettkante, schob einen Koffer zur Seite und legte sich zurück. Starrte an die Decke. Sie war schummerig, flach, weiß. »Ich bin seit zwei Tagen auf den Beinen«, sagte er. Um ihn herum liefen die beiden hin und her.

Fee sagte: »Das sieht man dir auch an.«

Sie sagte: »Schlaf doch ein wenig. Wir müssen doch erst in ein paar Stunden rüber nach Brooklyn.«

»Aber sieh dir zuerst das hier an«, sagte Fee. »Wir haben dir was mitgebracht.«

Martin drehte seinen Kopf zur Seite. Vorsichtig zog Fee etwas aus einer der kleineren Taschen. Hielt es ihm hin.

Aus irgendeinem Grund wußte er sofort, was es war. Fee sagte: »Wir haben sie in Paris gefunden. Das ist sie doch, oder? Das ist *er*, ja?« Er drehte die Platte so, daß Martin die Rückseite sehen konnte. Das Foto. Sein Vater bei der Arbeit. Stinger Quinn. Er stand mit den anderen vier Mitgliedern seiner Band hinter dem Tontechniker, und alle sahen auf das Mischpult. Rauchte, lächelte, war glücklich. Sein Alter, der nie alt geworden war. Hier war er noch nicht mal sechsundzwanzig. Nicht mal so alt, wie er jetzt war. Er lag nicht abgekämpft auf dem Bett. Er war ganz einfach cool – und zufrieden mit sich selbst. In einem Rollkragenpullover und mit Koteletten. Er wirkte wie neunzehn oder zwanzig. Sah aus wie Frito. Hatte bereits einen kleinen Jungen, und noch einer war auf dem Weg.

Heute tauchte er aber auch wirklich überall auf.

»Danke.«

»Gerne«, sagte sie.

Sie trug einen Stapel Klamotten auf Bügeln zu dem Schrank im Flur rüber.

Fee beugte sich zu ihm herunter. »*Sie* hat sie gefunden, Mann, bedank dich bei *ihr*.« Und Martin nickte. Er würde dran denken.

Ihr danken. Sie ficken. Fick dich.

Er schloß die Augen. Kreuzte die Arme über dem Album auf seiner Brust und hielt es an den Rändern umfaßt. Wie ein Schulmädchen seine Mappe hält. Er hatte keine Beziehung zu dem Album, dachte nur, es sei besser, es nirgendwo hinzulegen, solange die beiden da hin und her rannten.

Er würde sich zwingen müssen zu schlafen, dachte er. Sich fallenlassen. Vom Schlaf übermannen lassen. Nur der Himmel wußte, wie das Leben aussehen würde, wenn er dieses Mal aufwachte.

Wochenend-Tip: Essen & Trinken

ANASTASIA
3010 Coney Island Blvd., Brighton Beach, Brooklyn. (718) 555-1234. *Exklusiver Nachtclub, Bar, Restaurant. Alle Bereiche sind durch extravagant gestaltete Salons mit zwangloser Atmosphäre voneinander getrennt. An den hohen, ledergepolsterten Flügeltüren fast ebenso große Türsteher in Lederanzügen. Der Club ist so groß, daß man schwerlich alle Bereiche an einem Abend in Augenschein nehmen kann. Fangen Sie einfach irgendwo an. Nachtclub, Bar und Lounge etwa verfügen über ein reichhaltiges Wodkaangebot und Tische für das Dinner. Dazu eine Show mit äußerst attraktiven, nur leicht bekleideten Sängerinnen, die – auf russisch – Sinatra, Presley und Neil Diamond covern und sich anschließend gern zu den Gästen gesellen. Tanzen Sie einen Boogie und wechseln dann in das Restaurant. Die Einrichtung ist fast barock, die Speisekarte gleichermaßen erlesen wie reichhaltig und bietet allein dreißig kalte Vorspeisen. Probieren Sie die Latkes, die Blintzes, den Hering in Wein mit Meerrettich oder Sourcream oder etwa die eingelegte Wassermelone. Auf keinen Fall versäumen sollte man dann die georgischen Lammknödel an Blattkoriander, das Filet vom Stör in Kapernsauce mit süß-sauren Feigen oder den auf sibirische Art zubereiteten Borschtsch mit Kalbfleisch, Weißweinessig und Sauerrahm. Bei den Desserts können Sie zwischen verschiedenen Sorten Kuchen, Torte, Meringues, Creme oder Pralinen, feinem Gebäck und Schokoladen wählen. Zu jedem Gang wird Wodka getrunken. Mit der Speisekarte wird eine geeiste Flasche serviert. Trinken Sie, soviel Sie vertragen, und schauen Sie dann in den Nachtclub (separater Eingang auf der Zehnten Avenue). Das Publikum ist zwischen sechzehn und sechzig, und somit bewegt sich die Garderobe der Gäste zwischen lässig-leger und elegant. Die großzügige Tanzfläche ist immer gefüllt, ebenso die Galerie. Die Musik ist fast auf dem aktuellen Stand, von der Lightshow – Laser und Stroboskop*

– läßt sich das nicht behaupten, doch bemerkt man das kaum. Die Gäste sind überwiegend Russen aus der unmittelbaren Nachbarschaft, einer Gegend, die seit einiger Zeit auch »Little Odessa« genannt wird. Auf jeden Fall scheinen sie zu wissen, wie man sich amüsiert. Lassen Sie sich einfach mitreißen und feiern Sie durch. Und falls Sie sich nicht so lange auf den Beinen halten können, gehen Sie raus auf die um diese Zeit menschenleere Zehnte Avenue, atmen tief durch und sehen zu, wie keine sechs Blocks vor Ihnen die ersten Möwen über dem Wasser kreisen.
ANASTASIA
*Essen: ****
*Atmosphäre: *****
Wodka: Kein Kommentar

Ein oder zwei Züge am Tag, mehr nicht. Aber das reichte, um den Kopf für einige Minuten von allem freizumachen, und alle paar Monate setzte einer den anderen matt oder hatte wenigstens dessen König in die Enge getrieben. Es gab Abende, an denen er vor dem Schachbrett saß und hätte schwören können, die Aufstellung der Figuren so noch nie gesehen zu haben. Hatte keine Erinnerung mehr daran, wie es erst gestern zu dieser Konstellation gekommen war, und versuchte verzweifelt, den Spielverlauf zu rekonstruieren. Der Club absorbierte seine gesamte Energie, aber während dieser wenigen Minuten am Tag saßen er und Fee ganz still beieinander, und es gab nichts außer dem Spiel. Ein oder zwei Züge. Er genoß es, seine Strategie zu verfolgen oder die von Felix zu vereiteln. Anschließend räumten sie das Brett weg, auf den Tisch neben der Couch, über dem die gerahmte Kritik aus der Zeitung, die er inzwischen auswendig kannte, neben einem Foto hing, das sie vor dem Eingang des Clubs zeigte. Die zurückgesetzte gotische Tür mit der dezenten rosa leuchtenden Neonschrift darüber: *Anastasia.* Aufgenommen am Abend der Eröffnung. Fee war der Stolz anzusehen, er lachte bis über beide Ohren. Martins Lächeln wirkte ein wenig, als hätte er einen Witz nicht richtig verstanden, den Fee ihm gerade erzählt hatte, aber das war wohl die Erschöpfung der vorangegangenen Tage. Er mochte das Bild, liebte es geradezu. Lag gerne auf dem Sofa darunter, das Spiel zu seinen Füßen bereits vergessen, und schob eine Hand unter den Kopf. Fee saß am Schreibtisch, lehnte sich zurück. Dann gingen sie alles durch, Probleme mit den Angestellten, die Logistik in der Küche, Änderungen des Unterhaltungsprogramms. Geschäfte sind immer ein gutes Thema.

Dem Personal gegenüber war er offiziell Geschäftsführer, aber sie teilten die Einnahmen zu gleichen Teilen unter sich auf. Zweitausendfünfhundert oder manchmal sogar drei Riesen nahm er nach dem Wochenende mit nach Hause, schwarz und auf die Hand. Immer war er der erste, der früh am Abend kam, und der letzte, der kurz vor Sonnenaufgang ging. Er arbeitete hart und verdiente anständig. Erkundigte sich nach Preisen für einen neuen Wagen, hörte dann aber von dem Apartment direkt an der Promenade der Battery Cove und hinterlegte zehntausend Dollar Anzahlung beim Makler. Eine Woche später war er eingezogen. Er ließ die Scheiben seines Plymouth tönen, ein neues Armaturenbrett einbauen, die Stereoanlage und die Radaufhängungen auswechseln. Brachte den Wagen regelmäßig zum Nachsehen, vor allem, wenn er rüber nach Long Island fuhr, um die Tankstellen abzuklappern. Der Wagen hielt sich gut, lief jetzt sogar wie am Schnürchen. Ein Stück seiner Vergangenheit, das er frisch aufpoliert hatte.

Penelope verschwand in einer Anwaltskanzlei, in der Felix ihr einen Job besorgt hatte. Frito heiratete.

Um Ostern herum wurde Vlady verhaftet, weil er jemand halb totgeschlagen hatte. Direkt vor dem Club. Mit einem der Ständer, an denen das Absperrseil vor dem Eingang befestigt war. Bevor die Cops aufgetaucht waren, hatte Martin alles versucht, damit der Kerl wieder Luft bekam – hatte ihn aufrecht gegen die Wand gesetzt und seinen Kopf gehalten, so daß er atmen konnte. Das Blut lief einfach so aus ihm raus, aus seiner Nase, dem Mund, und Vlady stand dabei und grinste. Starrte auf den übel zugerichteten Kerl und schien völlig beeindruckt davon zu sein, was er gerade angestellt hatte. Martin sagte: »Dafür wanderst du in den Knast, du blödes Arschloch. Hast du das Wort schon mal gehört? *Arschloch?*« Vlady starrte wortlos in die Runde. Zu der Menge hin, die sich um sie versammelt hatte und gaffte. Martin verpaßte ihm eine Ohrfeige. Sagte: »Sieh mich gefälligst an, wenn ich mit dir rede.« Er hatte das kaum ausgesprochen, als Vlady schon über ihm war. Sie wälzten sich herum und schlugen aufeinander ein, rissen aneinander, bissen, nahmen sich in den Schwitzkasten. Das gesamte Schulhofrepertoire. Martin wünschte, er hätte die Glock dabei, um Vlady damit ins Gesicht zu schlagen. Wußte, Vlady hatte es ihm nie verziehen, daß er sie nicht zurückbekommen hatte, nachdem Felix sie ihm in die Manteltasche gesteckt hatte, in dem Smokingladen. Jetzt lag sie im Safe. Er hatte sie hineingelegt, als er von der Schlägerei hörte und dann nach draußen gegangen war.

Der röchelnde Typ verschwand mit dem Krankenwagen, Vlady mit den Cops. Felix hinterlegte die Kaution und sagte ihm, er solle seinen Arsch nicht wieder sehen lassen. Irgendein Anwalt des Opfers bombardierte sie mit Schriftsätzen. Felix sagte: »Solange dich niemand verklagt, bist du auch noch nicht oben angekommen.«

Dann waren neue Reifen für den Plymouth dran und eine neue Elektrik. Frito und Juliet fanden eine Wohnung nicht weit entfernt von seiner. Er gab Frito das Geld für die ersten sechs Monatsmieten und brachte Juliets Mutter dazu, sich um den Rest zu kümmern. Felix kaufte ihnen einen Wagen, ohne es ihnen vorher gesagt zu haben, und bekam als Dankeschön eine Postkarte. Manchmal sah Penelope abends im Club vorbei. Brachte Arbeitskollegen aus der Kanzlei mit. Nette Leute. Gute Menschen.

Die Zeit verging. Die pausenlose, verrückte Hektik wurde Routine. Wurde Martins Leben. Er genoß es. Felix schlug ihn beim Schach, er schlug Felix. Er lag auf der Couch, Felix saß am Schreibtisch. Geschäftsbesprechung. Jeden Abend. Die Zeit verflog.

Die einzigen Momente, die er ganz für sich hatte, waren die wenigen Stunden zu Hause. Dann starrte er durch das Fenster auf die Promenade, auf das Wasser. Sah den Tag heraufziehen. Diese Momente gehörten nur ihm allein. Seit einiger Zeit hatte er Probleme einzuschlafen. Das waren die Augenblicke, in denen er das Pochen spürte.

Er fing an, die eine oder andere von den Bedienungen mit nach Hause zu nehmen. Hostessen. Tänzerinnen. Kaufte Kondome im Zwölferpack. Ging manchmal sofort danach unter die Dusche. Um den Schweiß des Mädchens loszuwerden, das bereits eingeschlafen war, während er keinen Schlaf finden konnte.

Russinnen. Sie waren gut, es war okay. Obwohl sie mit ihren ausgemergelten Körpern und den tiefen dunklen Ringen unter den Augen leicht unterernährt aussahen. Ihr Sex war fordernd, weniger hingebungsvoll als mit den Italienerinnen. Sie wußten, was sie wollten, und auch, wie sie es bekamen. Diese kleinen Nataschas akzeptierten keine Enttäuschung, wie man sie den italienischen Mädchen manchmal verpassen konnte.

Wenn er mit einer von ihnen ihm Bett lag, dachte er manchmal an Penelope oder Juliet. Gar nicht mal daran, sie zu vögeln, nur daran, daß er anschließend nicht sofort unter die Dusche springen würde. Mit ihnen würde er daliegen und reden, reden. Wenn er mit den Mädchen aus dem Club redete, dann lief das in der Regel darauf hinaus, daß sie ihn aufforderten, ihnen Englisch beizubringen. Irgendein Englisch. Und alles, woran er dann denken konnte, war der Mist, den Frauen in Pornofilmen von sich geben. Also behielt er seine Lektionen für sich. Meistens jedenfalls. Aber immer häufiger kam in diesen Morgenstunden etwas in ihm hoch. Etwas Dunkles, das aus seinen Gedanken hervorkroch. Dann hörte er sich zu ihnen sagen: »Sag mir ›Komm auf meine Titten‹« oder »›Fick mich von hinten‹. Sprich mir das nach.« Sie taten es. Einige von ihnen versuchten sogar, die Sätze zu behalten. Wirklich nette Mädchen. Er verstand sie überhaupt nicht.

Anschließend hatte er überhaupt kein Verlangen mehr zu schlafen. Spürte nur die Angst, die ihm die Kehle hochkroch. Die Angst, daß er nie wieder würde schlafen können und sterben müßte. Dann weckte er das Mädchen auf und brachte es nach Hause, fuhr in den Club. Machte sich in der leeren, hellen Küche Frühstück. Aß im Stehen und fragte sich, woher die Übelkeit kam.

Doch er wußte es längst. Sie wurde durch die Art und Weise verursacht, in der andere Menschen in sein Leben einbrachen und es mit Füßen traten. Bis er schließlich nicht mehr daran denken konnte, was gut war an einem Tag, sondern nur noch daran, was nicht stimmte. Nicht mehr daran, was gut und richtig war in seinem Leben, sondern nur noch an das, was falsch lief.

Ehe er sich auch nur versah, hatte Bunny, der die Gäste zunächst nur mit Gras und Ecstasy versorgt hatte, sein Angebot um

Kokain und eine ganze Palette synthetischer Drogen erweitert, ohne überhaupt gefragt zu haben. Es war diese Arroganz, nie auch nur gefragt zu haben. Die Überheblichkeit.

Bunny war es auch, der die Sizilianer anschleppte, kaum daß sie an Land gekommen waren. Typen, die ihm nachliefen wie einst die Mädchen auf der Straße. Die bald auch ohne ihn kamen und ihre eigene Party abzogen. »Bunny hat-e mich-e geschickt-e.« »Hat dich warum-*e* geschickt? Um dich auf Kosten des Hauses zu betrinken-*e*?« Als Jungen hatten sie sie die Bekloppten genannt. Es waren einfach Typen gewesen, über die man lachte. Aber jetzt waren es junge Kerle, die Waffen trugen. Die Drogen dabeihatten. Und die früher oder später anfingen zu dealen.

Es waren die Geschäftspartner des Alten, die auf ein paar Drinks oder zum Dinner kamen, kaum daß sie im Land der unbegrenzten Möglichkeiten ans Ufer gekrochen waren. Im Büro begannen sich die Zeugnisse ihrer dubiosen Geschäfte zu stapeln, Briefe von den Ölfirmen, von Krankenkassen, von Kreditunternehmen, c/o-adressiert an den Club. Erste Erfolge bei der Einfädelung irgendwelcher Betrugsmanöver, mit denen sie sich über Wasser hielten, bis sie wußten, wie man ihre neue Heimat in großem Stil ausnimmt.

Es war Penny, die von einem Tag auf den anderen ihren Job schmiß und jeden Abend bei ihnen rumhing. Sein ständiges Herumgevögel schien sie nicht zu registrieren. Aber da war diese Sache, für die es zwar keinen Beweis gab, von der er aber spätestens seit dem Moment überzeugt war, als sie mit dem Rauchen aufgehört hatte. Sie wollte ein Kind. Fee machte einen Haufen Geld, und sie ging auf die Siebenundzwanzig zu. Sie strahlte tatsächlich etwas Mütterliches aus, obwohl das auch eine Reaktion auf seine zusehende Verhärtung sein konnte. Wie auch immer, er spürte auf einmal diese wirre Hoffnung in sich keimen, daß sie, wenn sie wirklich schwanger werden sollte, es tat, um ihn zu verletzen.

Und es war Sunnyside, dachte er.

Natürlich war es vor allem das. Daß er einfach so hineingezogen worden war.

Der dunkelste Schatten, der nun über dem lag, was sich einmal wie ein gutes Leben angefühlt hatte. Er hatte den Mann nur zweimal gesehen. Das erste Mal, als er noch auf der Highschool war. Nach dem Abendessen bei Felix hatte Lexi ihnen ein Stück von Fabergé gezeigt. Eine kleine Tabakdose. Blau emailliert mit Goldfassungen und kleinen goldenen Füßen in Form von Klauen. Nach dem Tee und den Erdbeeren waren Fee, der Alte und er mit dem Teil in den Lincoln gestiegen. Fuhren raus nach Queens. Fee setzte das Gespräch fort, das sie bei Tisch geführt hatten, Martin saß hinten und hielt während der gesamten Fahrt das schwere kleine Ding in den Händen. Lexi hatte es in eine Serviette eingewickelt. Sie fuhren die geschwungene Auffahrt vor einem Haus hoch. Ein Mann kam raus, sagte ein paar Worte auf russisch, und der Alte ließ Martins Fenster runter. Der Typ griff mit beiden Händen in den Wagen. Wie Boris Karloff. Lexi nickte. Martin gab ihm das Teil. Der Typ ging zurück ins Haus. Sie fuhren zurück. Felix war noch immer am Erzählen.

Zehn Jahre und zehn Lincolns später fährt der Alte vor dem Club vor und schickt einen Türsteher rein, um Fee und Vlady zu holen, aber Vlady sitzt auf Rikers Island hinter Gittern, also geht Martin mit. Als sie vom Brooklyn Queens Expressway runterfahren, fällt es Martin wieder ein – wie er da hinten gesessen, die Dose auf seinem Schoß gehalten und sich gefragt hatte, was sie wohl wert sei, während Lexi geradeaus sah und Fee in einem fort plapperte. Sie fuhren jetzt wieder durch diese Gegend, und Martin war sich so gut wie sicher, daß es zu dem Haus mit der geschwungenen Auffahrt ging. Diesmal war Felix still. Es war dunkel im Wagen, und sie fuhren kein geschmuggeltes Museumsstück spazieren. Sie bogen in die Auffahrt ein, und Felix kam zu ihm nach hinten. Martin zuckte fragend die Schultern. *Was soll das jetzt? Gefällt es dir da vorne nicht?* Aber Fee sah ihn nicht an, er sah zum Eingang rüber. Martin folgte seinem Blick und dann sah er ihn auch. Wie er aus dem Haus kam. Derselbe Mann, zehn Jahre älter. Das Beifahrerfenster ging runter. Der Typ und Lexi redeten miteinander. Ganz normal. Aber Martin merkte, daß trotzdem etwas anders war. Kein Nicken mit dem Kopf, kein Schulterzucken, wie man es sonst bei den Russen sah. Nur Worte. Er spürte etwas Kaltes bei Lexi, eine Art Distanz. Was, dachte Martin, vielleicht daran lag, daß der Alte inzwischen in Kanada Immobilien im Wert von einer halben Milliarde Dollar besaß, während dieser Typ noch immer in Sunnyside wohnte. Dann schnellte er plötzlich zurück, der Typ. Martins Verstand wußte im selben Moment, daß etwas passieren würde. *Aber was, verdammt? Was?* Er hörte etwas durch den Wagen zischen, und der Kerl war weg. Lag flach auf dem Boden. Das Gesicht ein einziger Brei. Lexi warf die Waffe in den Fußraum vor dem Beifahrersitz und trat aufs Gas. Durch die Taubheit, die das Wageninnere füllte, klang das Quietschen der Reifen, als würde es aus irgendeiner weiten Ferne kommen. Das Mündungsfeuer hatte die Deckenverkleidung über dem Beifahrerfenster in Brand gesetzt, und Felix beugte sich vor, klopfte die kleinen Flammen mit der Hand aus. »Du heilige Scheiße«, sagte Martin. Fee und der Alte sahen ihn an. Er sagte: »Meine Ohren«, und seine Augen weiteten sich. Er hoffte, seine Stimme würde nicht verraten, daß es nicht das war.

Er träumte davon. Kam in den Club und sagte den Angestellten der Schicht, die alles für den Nachmittag vorbereitete, er sei hinten im Büro, falls sie ihn brauchten. Dann legte er sich auf die Couch und versuchte, ein Nickerchen zu machen, und da sah er es wieder – das zerplatzte Gesicht des Mannes. Verdammt, er wollte doch nur schlafen. Und wenn *das* Schlaf war, wozu sollte er dann gut sein?

Er verurteilte Lexi nicht für das, was er getan hatte. Fee hatte ihm erklärt, der Typ hätte ein paar Tage zuvor etwas versaut und anstatt es in Ordnung zu bringen, war er in Panik geraten. Hatte direkt zur Flamme seiner Angst vordringen wollen, um sie auszublasen. Ließ Lexi nach Queens kommen, um ihn zu erschießen. Also hatte es so kommen müssen. Es war der ewig gleiche Kreislauf. Und genau das machte alles so unfaßbar. Die Entscheidung eines Mannes reichte, um die Existenz eines anderen auszulöschen. Ein Leben zu vernichten. Eine Tatsache zu schaffen, die unumkehrbar war.

Was war die Kehrseite der Medaille? Gab es irgendeine logische Entsprechung im Sinne von Isaac Newton, ein Gegengewicht auf der anderen Seite? »Gott ist die Liebe und liebt alle Dinge«, wie es die Kirche predigt? *Love is all you need* war John Lennons Testament, und *Love … love will keep us together* hatte Toni Taneille im Sommer vierundsiebzig gesungen. Sie schienen alle die gleiche Botschaft zu haben. Gefühlsduselei schien die einzige Waffe gegen eine ganze Welt voller Scheiße zu sein. Alles, was dafür sprach, das Sechste Gebot zu respektieren, waren Thomas von Aquin, die Beatles und Taneille. Worte.

Mehr und mehr Post für die Russen sammelte sich in seinem Büro. Briefe von Versicherungen, von Reedereien. Die Namen wurden ihm mit der Zeit vertraut. An seiner Bar tranken Victor Badguy, Ivan Ivanow und Azarchik, der »Kleine Mongole«, und Dutzende von anderen Arschlöchern saßen an seinen Tischen und aßen und dachten, sie könnten die Puppen tanzen lassen. Von Zeit zu Zeit machte Fee Gummibänder um ein paar der Stapel und schaffte sie über die Brücke zu Lexi. Jeder Stapel eine Kugel, dachte Martin. Lauter Mistkerle in T-Shirts mit V-Ausschnitt und abgewetzten Lederjacken, die jetzt tot in Toronto, Chicago, Moskau, Odessa, Omaha lagen. Und über alle fünf Stadtteile von New York City verstreut. Ihre kalten Körper zeigten in alle Himmelrichtungen, ihre Gesichter ausgelöscht, verschwunden.

Er konnte es nicht abschütteln. Stand am Fenster, sah aufs Wasser hinaus. Er hatte nie ein Wort mit dem Kerl gesprochen, wußte nicht einmal, ob er überhaupt Englisch gekonnt hatte. Und *wenn* er mit ihm gesprochen hätte – vielleicht hätte er dann festgestellt, daß er tatsächlich ein großes Arschloch war. Dann spielte es ohnehin keine Rolle. Jetzt war es jedenfalls zu spät, das herauszufinden. Herauszufinden, ob er den Kerl nicht auch selbst am liebsten in die Hölle gejagt hätte.

Er brachte die russischen Mädchen morgens nach Hause. Fuhr schnell, weil er dachte, daß er anschließend versuchen könne, noch etwas Schlaf und einen klaren Kopf zu kriegen. Der Sex wurde immer dunkler, verlangender. Die Mädchen grapschten ihn jetzt schon an, wenn er nur durch den Club ging. Die an der Garderobe. Die Hosteß. Die Sängerin. Sie wußten alle voneinander. Konkurrenzkampf sogar um sein Bett. In der Liebe. Falls man das, was er mit ihnen tat, so nennen konnte.

Fee schloß die Tür ab und sagte: »Dein Zug, oder?«

»Ich würde lieber was essen gehen, Fee.« Er setzte sich auf die Couch. Stand wieder auf. »Irgendwohin, wo es nett ist. Du, ich und Penny. Vielleicht französisch.«

»Okay. Wann?« Fee nahm das Spielbrett vom Tisch, wollte es auf den Schreibtisch stellen.

»Scheiße … *jetzt.* Ruf sie an. Wir sitzen hier schon fast ein Jahr lang jeden Abend rum.«

»Oha. Das heißt, mein Hochzeitstag steht vor der Tür. Muß mir dringend was überlegen. Kannst du den Kram da wegnehmen?« Er wies mit dem Kinn auf eine Steuertabelle und einen Stapel Abrechnungen.

»Den feiert mal alleine …« Martin machte keine Anstalten, den Schreibtisch freizuräumen. »Heute abend gibt's eine kleine Wachtel, eine kalte Suppe, ein kleines Beefsteak mit Sauce hollandaise. Los, mach schon und ruf sie an.«

Fee hielt ihm das Spielbrett entgegen. »Also kein Schach heute?«

»Scheiß drauf.«

»Verlierst du etwa?«

»Woher soll ich das wissen? Ich weiß ja nicht mal, was *überhaupt* los ist, Mann.«

»Komm schon, *einen* Drink«, sagte Fee. Er fing an, Martin zu bedrängen. Martin spürte es. »Wir feiern.«

Pen sagte: »Er will keinen. Laß es gut sein.«

»*Einen* Drink«, sagte Fee.

»Nicht, wenn du nicht willst, daß ich den Kellner zu Tode prügele.«

»Ich würde dafür *zahlen,* um das zu sehen«, sagte Fee. »›Wirr abben leider keinä Steakmessärr, Monsieur.‹« Immer noch kringelte er sich wegen der Antwort des Kellners. »Was für ein verdammtes Arschloch.«

Martin sagte: »Kannst du jetzt mal aufhören? Soll ich dir dein Fleisch kleinschneiden?«

Fee warf die Hände in die Luft, was ein resigniertes *nein* bedeutete. Sah dabei für einen Moment selbst aus wie ein Franzose.

Martin ließ seinen Blick durch das Restaurant schweifen. Seit einer Stunde waren sie hier. Hatten erst an der Bar gesessen, waren dann an ihren Tisch gegangen, der rund war und zu klein, so daß sie viel zu dicht beieinander saßen. Trotzdem hatte er das Gefühl, daß es so etwas wie eine unsichtbare Grenze gab. Er auf dieser Seite, auf der anderen waren Penny und Fee. Das hatte er sich anders vorgestellt, als er vorgeschlagen hatte, zusammen essen zu gehen. Außerdem war irgendwas mit Penny. Er wurde nicht schlau aus ihr. Es war das erste Mal seit der Hochzeit, daß sie einen ganzen Abend zusammen verbrachten, trotzdem wirkte sie abgelenkt, vollkommen abwesend.

»*Einen* Drink«, sagte Fee.

Martin sah ihn an.

»Komm schon, Q. Nur zum Anstoßen. Sei doch kein Spielverderber. Oder willst du dir etwa selbst was beweisen?«

Sie sagte: »Laß es, Felix, ja?« Sie legte ihre Hand auf Martins Unterarm. »Hör nicht hin. Du mußt nichts tun, was du nicht tun willst, nur weil er es sagt.« Sie nahm die Hand nicht wieder weg. Er hatte Angst, daß er anfangen könne zu zittern. Sah nicht hin. Sah ihr dann unverwandt in die Augen und sagte: »Werde ich auch nicht.«

Ihr Blick war warm, kam aber aus weiter Ferne.

Sie zog ihre Hand zurück. Legte sie wieder auf ihren Schoß.

Sein Unterarm schien zu brennen an der Stelle, an der sie ihn berührt hatte.

Das Arschloch von Kellner brachte die zweite Flasche. Schenkte wortlos ein.

Martin hob sein Wasserglas und sagte: »Auf ein großartiges Jahr. Auf die Hochzeiten, auf die Geschäfte.« Und noch ein paar andere Sachen, die dich nichts angehen, Felix, schob er im Stillen hinterher.

Sie tranken.

»Wenn wir schon von Jahrestagen reden«, sagte sie. »Wohin fahren wir, Feel?«

»Irgendwohin, wo es heiß ist, mach dir keine Sorgen.« Er zwinkerte Martin zu. Sagte dann zu ihm. »Ich habe keinen Schimmer.«

»Dann sieh zu, daß du bald einen hast«, sagte sie.

»Puerto Rico?«

»Damit du den ganzen Tag am Spieltisch stehst? Ohne mich.«

Fee schenkte sich Wein nach. Hob sein Glas, um zu trinken. Hielt inne. »Was ist, wenn Q und ich fahren?«

»Wie bitte?« Sie starrte ihn an. Sein Profil. Er hielt seinen Blick weiter auf Martin gerichtet. Sagte: »Sieh doch selbst, der Kerl ist ausgebrannt. Kann sich gar nicht richtig entspannen.« Grinste ihn an.

»Meinst du das ernst«, sagte sie.

»Klar.«

»Wann?«

»Scheiße, keine Ahnung. Morgen? Dieses Dinner war *seine* Idee. Das geht auf seine Rechnung ...«

»Mein Rechnung? Du hast zwei Vorspeisen bestellt.«

»Stimmt. Morgen fahren wir nach Puerto Rico. Das geht auf mich. Das ist *meine* Idee.«

Sie sah Martin an. »Meint er das ernst?«

Er antwortete nicht. Das Brennen in seinem Arm ließ nach. Er hatte gehofft, es würde sich in seinem ganzen Körper ausbreiten. Er konnte sich nicht erinnern, je so etwas gespürt zu haben.

»Wir sind zurück in – wann? Vier Tagen?« sagte Fee. »Ich werde mir da unten was für unseren Hochzeitstag überlegen. In einer Woche fahren wir irgendwohin. Laß dich überraschen.«

Sie nippte an ihrem Wein. Sah Martin über ihr Glas hinweg an. Schüttelte den Kopf.

Felix sagte zu ihr: »He, was ist? Bist du etwa sauer?«

»Bitte.«

Sie war nicht sauer. Kein Stück.

Jedes Paar braucht ab und zu eine kleine Pause.

Irgendwie kein gutes Zeichen.

Oder ein gutes Zeichen?

Schlechtes Zeichen, gutes Zeichen, dachte er – wo ist da der Unterschied.

»Laßt uns Champagner bestellen«, sagte Fee und sah sich um. »Wo ist dieser Typ? Wenn *du* ihn nicht umbringst, werde ich es tun.« Er winkte.

»Erinnerst du dich noch an Tours?« sagte Penny.

Fee machte dem Kellner ein Zeichen und drehte sich wieder um. Sagte: »Tours? ... O mein Gott, ja.«

»Wir hatten da diesen Kellner«, sagte sie. »Der hat den Oberkellner an unseren Tisch geholt, damit er für ihn übersetzt. Nur, weil er Felix' Französisch nicht mochte. Seine Botschaft war: ›Behalten Sie Ihr Trinkgeld.‹ Er wollte unser Geld nicht.«

»Also sind wir gegangen, ohne zu zahlen«, sagte Fee.

»Mein frisch Angetrauter dachte sich, dann laß uns das wörtlich nehmen. *Eat and run.*«

»Gerannt sind wir nicht«, sagte Fee. »Wir sind ganz gemütlich aus dem Lokal spaziert. An ein paar Gendarmen vorbei. Haben *bon soir* gesagt und sind weitergegangen.«

»Nett«, sagte Martin. »Romantisch.«

Dann war Stille.

Ich hätte lächeln sollen dabei, dachte er. Es war schnodderig herausgekommen.

Verdammter Mist auch.

Fee sagte: »Ich hatte zuviel getrunken. Dann macht man solchen Mist, weißt du?«

»Ja, weiß ich.«

Fee sah jetzt zu dem Kellner hin und sagte: »Eine Flasche Champagner, Cliquot.« Dann senkte er den Blick. Sah auf seine Hände.

Wieder Stille.

Martin sah die beiden an. Er hatte plötzlich den Eindruck, als ob sie ihm etwas sagen wollten, aber daß jeder von ihnen darauf wartete, daß der andere anfangen würde. »Was ist los?« sagte er. Es gefiel ihm überhaupt nicht, daß zwischen den beiden etwas zu sein schien, das ihn betraf.

Fee sagte: »Ah …«

»An der Rezeption«, sagte Penny.

Er dachte, Himmel, was zum Teufel kommt denn jetzt?

Sie sagte: »Es tut mir leid.«

Er blinzelte. Wollte es gar nicht. Fühlte, wie seine Arme kalt wurden. Seine Hände. »Was?«

»Daß ich dich verflucht habe.«

Er sah sie an. Versuchte, sie zu verstehen. Merkte, daß Fee ihn aus den Augenwinkeln beobachtete.

»Weißt du es noch?« sagte sie.

»Ich weiß es noch.«

Sie saßen da. Warteten. Auf was denn, verdammt?

Doch dann wurde ihm auf einmal alles schlagartig klar – Gott verdammt. Ganz ruhig, sagte er sich, behalt die Sache unter Kontrolle. »Ich bin einfach so abgehauen«, sagte er.

Sie nickte.
»Nachdem ... dein Vater ...«
»Nachdem mein Vater tot war.«
»Gleich danach«, sagte Fee.
Martin sah ihn an. Fee riß die Augen weit auf, es tat ihm leid, daß er das gesagt hatte. Wäre im Erdboden versunken, wenn sie allein gewesen wären. Martin sagte: »Verzeih mir bitte, Pen.« Er sah sie an und zuckte die Schultern. »Ich war einfach noch zu jung damals, weißt du? Mehr kann ich dazu nicht sagen.«
Sie legte die Stirn in Falten. »Ich weiß, Kleiner«, sagte sie. Sie sah ihn an. Sah ihm direkt ins Gesicht. Etwas sarkastisch, aber sie sah *ihn* an – und es lag keine Unruhe mehr in ihren Augen. Sie lächelte. Er senkte seinen Blick.
Fee sagte: »Sie hat es mir vor ein paar Wochen erzählt, daß ihr nie darüber geredet habt. Ich habe ihr gesagt, ihr solltet es endlich tun.«
Sie sagte: »Du warst so weit weg. Ich habe es gefühlt. Im Büro. Aber ich war es auch.«
Das hab ich gemerkt, Pen, dachte er. Du hast dich ganz schön bedeckt gehalten.
Wahrscheinlich hatte sie es erzählt, weil sie Angst hatte, daß es irgendwann in einem unglücklichen Moment zur Sprache kommen würde. »Ich würde es jetzt gern dabei belassen«, sagte Martin. »Es war mein Fehler. Deshalb wollte ich heute mit dir ausgehen. Aber jetzt ist es vorbei. Wir sind quitt.«
»Es war *seine* Idee, dich heute abend anzurufen, Pen.«
»Okay, ich wollte nur einfach nicht, daß es so weitergeht«, sagte sie. Zu keinem von ihnen. Eher wie zu sich selbst. Als ob er derjenige gewesen wäre, der ihr die kalte Schulter gezeigt hätte. Du spielst es voll und ganz aus, was? dachte er.
Sie sah ihn an. »Bist du noch sauer, Q?«
Q.
Das zahle ich dir heim.
»Nein. Du?«
»Nein.«
»Ich bin nur müde.«
»Kein Wunder, bei deinem Rumgehure«, sagte Fee.
Der Kellner kam mit der Magnum. Stellte die Sektflöten vor

ihnen auf. Öffnete die Flasche und goß ein. Martin sah Penny an. Sie lächelte. Sie erhoben ihre Gläser, und Martin lächelte zurück. Sagte: »Die Beichte ist vorbei, Pen. Du darfst jetzt trinken.« Er sah sie über sein Wasserglas hinweg an. Ihr Lächeln war verschwunden.

Er stand neben dem Taxi, sie sagten sich gute Nacht. Die Tür stand offen, und Fee hatte sich gerade in den Wagen gebeugt, um ihr noch etwas zu sagen. So, wie es Eheleute tun. Martin sah die Straße runter, ging ein paar Schritte, bis er außer Hörweite war, blieb dann stehen. Hörte, wie die Tür zugeworfen wurde, hörte das Taxi losfahren und Fees Schritte hinter sich.

Sie fanden eine kleine Bar ein Stück weiter die Straße rauf. Er wußte, daß Fee wieder versuchen würde, ihn zu überreden. Und verdammt, jetzt würde er tatsächlich etwas trinken. Nach diesem Abend. Sich eine kontrollierte Betäubung gönnen. Wenn man der Sohn eines Drogenabhängigen ist, ist man schließlich einer gewissen Tradition verpflichtet. Außerdem hatte er den Beschluß, nicht mehr zu trinken, damals gefaßt, weil ihm ein Haufen Dinge aus dem Ruder gelaufen waren. Heute wußte er, was er wollte, und er wußte auch, wie er es bekam. Darauf konnte er ruhig mal einen trinken.

Er bestellte Whisky und Bier und stieß mit Fee an. »Na also«, sagte Felix. Martin spürte, wie sich der Whisky brennend den Weg in seinen Magen suchte, spülte mit dem Bier nach. Spürte, wie er sich lockerte. Wie die Anspannung aus seinen Muskeln gewichen war, bevor er überhaupt noch bemerkt hatte, daß sie verschwand. Er grinste. Leerte das Bierglas in einem langen Zug und bestellte ein zweites. Wußte auf einmal, daß er acht Jahre lang auf diesen Moment gewartet hatte.

Der Barkeeper brachte das zweite Bier und das Wechselgeld. Ging dann rüber zu seinen Stammgästen.

»Zwei Sachen, Fee.«

Fee trank von seinem Bier und nickte. »Schieß los.«

»Long Island.«

»Puh.«

»Bei der Verlobungsfeier hat mir Penny erzählt, es sei dein Geschäft.«

»Tja …«

»So hast du es ihr gesagt. Es stimmt aber nicht, oder?«

»Richtig.«

»Was siehst du von dem Geld?«

»Na ja … Es ist nicht gerade so, daß ich mich hinsetze und es zähle. Was abfällt, gehört mir. Uns.«

»Eben. Was abfällt.«

»So ist es nun mal, Q.«

»Und das stört mich gewaltig.«

»Er ist der Boß.«

»Das weiß ich.«

»Alles, was wir haben, verdanken wir ihm.« Fee zuckte die Schultern. *Was willst du eigentlich?*

Er hatte ja recht. Nur war es eben so, daß ihm dieser Gedanke immer weniger behagte. Der Alte war die meiste Zeit oben in Kanada, und sie strolchten in seinem Königreich umher. Beschützt wie der Prinz und sein junger Edelmann bei der Jagd in den königlichen Wäldern.

Aber das Anastasia gehörte doch *ihnen*, dachte er. Oder? Sieben Tage die Woche rissen sie sich den Arsch auf. Nahmen das Risiko von Bunnys Geschäften auf die eigene Kappe.

»Wann willst du endlich dein eigenes Ding machen, Felix? Hast du dich das mal gefragt?«

»Das tue ich doch schon längst.«

»Weißt du überhaupt, was ich dir sagen will?«

»Nicht wirklich, nein. Was willst du denn? Mehr Geld? *Das* höre ich raus.«

»Du weißt, daß es das nicht ist.«

»Raff so viel zusammen in deinem Leben, wie du kannst. Wir haben da ein Sprichwort im Russischen: Das Haus brennt, aber die Uhr tickt weiter.«

»Es geht nicht um Geld. Es geht darum, für wen man den Arsch hinhält. Ob man für sich selbst arbeitet oder für andere. Anderer Leute Scheiße aufzuwischen ist, als würde ständig jemand auf dir rumklettern.«

»Er ist mein Vater.«

Martin nickte. Sah auf seine Hände auf dem Tresen. Legte sie um sein Glas. »Das weiß ich, Mann.«

Vielleicht war es genau das.

»Du gehörst für ihn zur Familie, Q. Das weißt du.«

»Nein.« Martin schüttelte den Kopf. »Das ist nicht richtig. Und nur, weil du das denkst, heißt das noch lange nicht, daß es stimmt. Für ihn bin ich dein bester Freund, dein Partner, aber noch lange nicht Teil der Familie. Außerdem will ich das auch gar nicht sein. Zum einen habe ich meine eigene Familie und zum anderen wird es mir so leichter fallen, zu gehen.«

»Du willst weg?«

»Nein. Aber irgendwann will ich mein eigener Boß sein.«

»Wo willst du denn hin?«

»Ich will nirgendwohin, Fee. Ich sage das nur so. Willst du auch noch eins?«

Er bestellte für sie beide. Legte einen Zehner auf den Tresen.

»Und das andere?« sagte Fee.

»Die Post.«

»Die für seine Leute?«

»Ja.«

»Du scheinst dich heute wirklich auf ihn eingeschossen zu haben.«

»Der Club läuft gut, Mann. Irgendwann steht das Finanzamt vor der Tür.

»Alles ist sauber.«

»Im großen und ganzen, ich weiß. Aber trotzdem.«

»Sie können nicht in der Post rumstöbern.«

»Die können tun, was sie wollen. Sag ihm, er soll den Leuten ein Postfach einrichten.«

»Sag du es ihm.«

»Ich meine es ernst, Mann. Das wäre besser für uns alle.«

Der Barkeeper brachte die Gläser und gab auf die zehn Dollar raus.

»Und sag ihm, es sei *deine* Idee«, sagte Martin.

»Das hättest du wohl gern.«

Sie grinsten. Stießen an. Fee sagte: »In der Sache mit Long Island wird sich nichts ändern.«

»Ich weiß.«

»Ich werde nicht mal mit ihm drüber reden.«

»Ich weiß.«

»Das ist ein Millionengeschäft.«

Martin nickte. Weil er wußte, daß Fee recht hatte. Das Benzin wird zu Großhandelspreisen an Großhändler abgegeben, weil Steuern erst an den Tankstellen anfallen. Dann verkaufst du es auf dem Papier an eine Scheinfirma und gibst an, diese Firma habe die Steuern entrichtet. Anschließend verkaufst du das Benzin tatsächlich, und zwar über dem Großhandelspreis, und streichst die Differenz ein. Siebenundzwanzig Cent pro Gallone. Abzüglich der zwei Cent für die Italiener, damit kein Krieg ausbricht. Macht einen Gewinn von zehn Millionen im Jahr.

Dann fuhren er und Fee durch Long Island und sammelten willkürlich bei den Großtankstellen, die ihre Pumpen ohnehin manipuliert hatten, um ein paar Cent extra zu machen, Quittungen ein. Welchem Kunden würde der Unterschied schon auffallen. Das war's, ein simpler Taschenspielertrick.

Aber den Staat um Steuern prellen? An den Tankstellen? Wie konnte man auf so etwas überhaupt kommen, hatte er immer gedacht. Das war so, als würde man etwas stehlen, das nur theoretisch existiert.

An den Tagen, an denen er morgens wirklich etwas schlief, mochte er anschließend manchmal gar nicht aufstehen, weil er sich so erbärmlich vorkam.

»Fee, Mann, im Ernst«, sagte er. »Wie ist er überhaupt darauf gekommen?«

Fee zuckte die Schultern. »Er ist eben ein Genie. Die Idee stammt noch aus Rußland. Da hat er staatliches Benzin an Privatleute verkauft. Die mußten es unter der Hand kaufen, weil sie offiziell gar kein Auto hatten. Er hat den Sprit direkt von den Fahrern der staatlichen Tankwagen gekauft und so einen Haufen Rubel gemacht. Damals waren hundert Rubel gerade mal ein lausiger Cent.«

»Und genau das verstehe ich nicht. Diese Engelsgeduld.« Er machte dem Barkeeper ein Zeichen und hatte sein Glas gerade leer, als der Typ kam.

»Du mußt eben eine Vision haben, Mann«, sagte Fee.

»Aber das dauert doch Ewigkeiten.«

»Ganz so lange hat er nicht gebraucht.«

Martin grinste. Sagte nein, ganz offensichtlich nicht. Dann bestellten sie, Fee diesmal Sambuca und Kaffee. »Wie deine Leute auf der Thompson«, sagte er. »Für die Verdauung.«

»Ich hoffe, du kotzt mich nachher nicht voll.«

Fee sagte: »Was macht übrigens Bunny? Wenn wir schon bei der Cosa Nostra sind. Geht's ihm gut?«

»Ja, wieso?«

»Nur so.«

»Er ist eben Italiener. Aber er muß sich an unsere Regeln halten.«

Was er schon lange nicht mehr tat.

Dieser blöde Bunny.

»Wir sollten ihm vielleicht mal auf die Finger sehen.«

»Aber diskret. Schließlich machen wir einen Haufen Geld mit ihm.«

Eine Weile schwiegen sie. Dann trank Fee seinen Kaffee aus und schob die leere Tasse mißmutig von sich weg.

»Was ist? War der Kaffee nicht gut?«

»Nein, ich hab nur … nein.«

»Was ist los?«

»Mir liegt auch was auf der Leber. Ich wollte's dir schon lange sagen.«

»Dann spuck's aus.«

»Es gibt da etwas, für das ich mich bei dir entschuldigen muß. Bei der Verlobungsfeier habe ich dir doch von Monya erzählt, erinnerst du dich?«

»Klar. Sitzt er immer noch im Rollstuhl?«

»Ja.«

»Na prima. Ich hasse nämlich Wunder.«

»Ich hab dir erzählt, wie mein Vater ihn abserviert hat …«

»Die Sache *geregelt* hat. So heißt das doch, oder? Hat mir jedenfalls deine Frau mal gesagt.« Halt doch die Klappe, du Idiot, dachte er. Bist du etwa schon betrunken?

»Du hast damals gefragt, ob sonst alles in Ordnung sei. Aber da war noch was, von dem ich dir nichts erzählt habe. Direkt bevor es Monya erwischt hat. Mein Vater hat den Italiener angerufen. Sie wollten sich treffen, irgendwo draußen, weil die Sache noch heiß war. Mein Vater fuhr hin und hat zwei Leute umgelegt. Anscheinend ging es nicht anders.«

»Anscheinend? Hey, Fee, was ist da passiert?«

»Ich weiß es auch nicht genau. Sie haben auf ihn gewartet, und da wußte er, daß sie ihn erschießen wollten. Er ist ihnen zuvorgekommen. Hat sie da einfach liegenlassen und ist nach Staten Island gefahren. Ist direkt zu dem Typ rein, seine Hände deutlich zu sehen. Hat mit ihm geredet, und die Sache war erledigt. *Po ponijatijam* – hat ihn an irgendeiner Geschichte in Kanada beteiligt. Das war's.« Fee sah nach unten, auf nichts. Hielt sein Glas, trank aber nicht.

»Und?« sagte Martin. »Was hast du jetzt für ein Problem damit? Daß er die beiden erschossen hat?« Das hatten wir doch schon mal, dachte er.

Fee schüttelte den Kopf. »Nein, natürlich nicht. Er hatte keine andere Wahl.«

»Und wofür willst du dich dann bei mir entschuldigen? Hängt dieser Typ in Staten Island etwa irgendwie mit Bunny zusammen. Müssen wir ihn jetzt etwa *observieren*?«

»Ich checke das mal. Mal gucken. Ach was, das ist es nicht.«

»Was dann? Was guckst du so, Mann? Mach den Mund auf.«

»Es ist … einfach, weil ich dir damals nicht die Wahrheit gesagt habe.«

»Okay. Aber wo ist jetzt das Problem?«

»Ich hätte es dir sagen müssen. Wir sind jetzt Partner, Mann. Es tut mir leid.«

»Fee, ich bin doch nicht bescheuert. Was meinst du, für wen ich Vlady gehalten habe, als ich zu deiner Verlobung kam? Für den Weihnachtsmann? Ich weiß Bescheid.«

»Ehrlichkeit zwischen uns ist mir nun mal wichtig. Aber manchmal … muß ich gewisse Dinge auch einfach für mich behalten. Auch, wenn es mir nicht gefällt. Es ist mir wichtig, daß du das weißt, Q.«

Martin wandte seinen Blick von ihm ab. »Fee, Mann – bleib cool. Natürlich weiß ich das. Es ist okay.«

»Du verzeihst mir?«

»Nur, wenn du aufhörst, so bedröppelt in die Gegend zu glotzen. Hey, Mann, guck nicht so verdammt … ernst. Sonst mach ich mir noch in die Hose.«

»Umarmst du mich?«

»Tu ich nicht, nein.«

»Komm schon. Sag mir, daß du mich liebst. Sag es, ja?«

»Laß das, Fee.«

»Ich liebe *dich.*«

»Das weiß ich doch.«

Das wußte er wirklich. Allerdings verstand er nicht, was sich die Leute davon versprachen, daß sie es dauernd sagten. Oder es hören wollten. Du weißt, daß ich dich liebe, dachte er, laß es doch dabei.

»Komm schon, Q. Nimm mich in den Arm.«

»Fee …«

Fee stand von seinem Hocker auf. Packte ihn. Schlang seine Arme um ihn. Und sagte es ihm noch mal.

»In Ordnung, Fee«, sagte Martin. Warum willst du es ihm nicht sagen, dachte er. Sag's ihm doch einfach und guck, was passiert.

Aber er tat es nicht.

Sie bestellten noch zwei Bier. Fee sagte: »Hey, hörst du diesen Song? Der ist toll.« Er sah zur Musikbox rüber und hörte zu. Martin kannte den Song nicht. Es war etwas Langsames. Dann sagte Fee: »Nein, das ist doch nicht der, den ich meine. Den hier kenne ich nicht mal. Du?«

Er schüttelte den Kopf.

Fee sagte: »Was ist eigentlich mit der Platte? Du hast noch gar nichts dazu gesagt.«

»Die von meinem Vater?«

»Hast du sie schon mal gehört?«

Das hatte er tatsächlich. Einmal. Hatte sie vom Anfang bis zum Ende gehört, beide Seiten. »Ja«, sagte er.

»Und wie ist sie?«

»Cool. Aber nicht so, daß es mich umhaut.«

»Ja? Okay.«

»Genau«, sagte er. »Sag mal, Fee, damals, als wir noch auf der Highschool waren und deine Mutter zur Kur in die Schweiz gefahren ist – erinnerst du dich noch? Wie einsam sich dein Vater gefühlt hat? Er hat die ganze Zeit nur Trübsal geblasen.«

Fee nickte.

»Ist das nicht komisch? So ein harter Typ, und dann wird er nicht damit fertig, daß deine Mutter nicht da ist.«

Fee nickte achselzuckend. Sagte nichts.

Seltsam, daß dir das jetzt einfällt, dachte Martin. Teenagerkram. Du bist betrunken. Hör auf, so ein dummes Zeug zu reden.

Fee holte laut und tief Luft. Dann sah er Martin an. Ihm war jetzt auch etwas eingefallen. »Weißt du eigentlich, daß du dich auch noch bei mir entschuldigen mußt, Suzie Q?«

»Wofür?«

»Denk mal nach.«

»Ich will aber nicht nachdenken. Ich bin betrunken.«

»Ich auch.«

»Also?«

»Du hast es mir nie erzählt. Diese Sache. Na, das mit deinem Vater.«

»Das hab ich niemandem erzählt.«

»Das stimmt nicht.«

»Penny.«

»Genau.«

»Ich war siebzehn damals, Fee. Und ich wollte ihr an die Wäsche.«

»Was du nicht sagst.«

»Komm, hätte ich lieber dir an die Wäsche gehen sollen?«

»Hör schon auf, Mann. Nie erzählst du was. Nie hast du was erzählt. Bis heute nicht, verdammt.«

»Ich versuche einfach nur, nicht daran zu denken. Das ist alles.«

»Weil es dir weh tut? Das Leben ist eben manchmal hart. Mehr kann ich dazu nicht sagen. Leben heißt leiden.«

»Genau *das* Gefühl hab ich gerade.«

»Nun red schon, du Arschloch. Das Leben ist nämlich auch verdammt kurz.«

»Was du nicht sagst. In zwei Jahren bin ich älter, als mein Alter überhaupt geworden ist. Du brauchst mir also keinen Scheiß zu erzählen.«

»Mein Bruder war sechzehn, als er starb, vergiß das nicht. Und das habe ich dir schon in der Highschool erzählt. Das war auch nicht gerade leicht.«

»Du redest eben gern über persönliches Zeug. Außerdem konntest du deinen Bruder nicht ausstehen.«

»Ich habe ihn *geliebt.* Hör bloß auf.«
»Du hast gesagt, er war ein Idiot.«
»War er ja auch. Aber das ist doch was völlig anderes.«
»Du hattest keinen Respekt vor ihm.«
»Ich habe ihn gebraucht. Er war mein Bruder.«
Und deshalb hast du dich an mich rangehängt, dachte er.
Er hatte immer vermutet, daß genau das der Grund war.
Und du, Q? Was war dein Grund?
»Und was ist mir dir?«
»Was soll mit mir sein, Fee? Verdammte Kiste.«
»Hast du deinen Vater respektiert?«
»Ich hab ihn ja kaum gekannt.«
»Wie alt war er, als …?«
»Neunundzwanzig.«
»Hat er dich mit zwanzig angesetzt?«
»Als Frito geboren wurde, war er fünfundzwanzig. Hat jung geheiratet.«
Wie Frito.
Und wie ich es eigentlich auch vorhatte.
»Jetzt wärt ihr wie Brüder«, sagte Fee.
Martin nickte. Hatte selbst oft den gleichen Gedanken gehabt.
»Warum hat er es getan?« sagte Fee. »Weißt du es?«
»Er war Junkie.«
»Er war Künstler.«
»Ist ohnehin fast das gleiche.«
»Ach ja?«
»Hör schon auf, Mann. Ist doch egal. Er hat es mit einer Rasierklinge gemacht. Im Badezimmer. Danach sind wir umgezogen. Das ist alles lange her, und jetzt sitze ich hier. Okay?«
»Dein Bruder ist Künstler. Wir haben ihn damals spielen sehen.« Fee hatte das mit der Rasierklinge nicht mitgekriegt. War jetzt betrunken. Auch gut. »Dieses Recital. Wie alt war er da? Zehn? Er war unglaublich. Und er ist kein Junkie. Du hast gesagt, das wäre das gleiche.«
»Ich habe gesagt *fast*, Fee. Du machst mich noch wahnsinnig. Halt jetzt einfach mal 'ne Weile den Rand, okay?«
Fee wollte etwas erwidern, hielt aber inne. Sah stur geradeaus. »Ich bin kein Künstler«, sagte er dann. »Als ich zehn war, konnte

ich schon alles auf dem Klavier spielen, und meine Mutter wollte, daß ich ein Genie werde, aber … es war keine Kunst. Ich hab deinen Bruder damals gesehen, und da hab ich gewußt, ich höre auf. Sie aber hat gedacht, ich würde der nächste Van Cliburn. Weil ich diese Haare hab. Sie denkt, das Genie liegt in den Haaren. Tut mir echt leid, Q. Das mit deinem Vater.«

»Brich dir keinen ab.«

»Er hatte seine Gründe, oder? Er hat dich doch bestimmt sehr geliebt.«

»Sicher hat er das.«

»Selbstmord ist schon ’ne komische Sache, was? Im Philosophiekurs haben wir mal drüber gesprochen, wozu die Menschen fähig sind. Über das Gute in ihnen. Und was ist mit Selbstmördern, hab ich damals gefragt. Wenn es heißt, man soll seinen Nächsten lieben wie sich selbst, was ist denn dann, wenn man sich gar nicht selbst liebt? Und irgendwer sagte, das sei ein besonderer Fall, die wären eben geisteskrank. Aber ich hab gesagt, daß ein Mörder ganz tief in seinem Inneren ja auch weiß, daß er etwas Falsches tut, wo ist da also der Unterschied? Was ist mit Selbstmördern?«

»Ich glaube, ich bringe dich jetzt besser nach Hause, Fee.«

»Wegen deinem Vater wäre ich fast aus dem Philosophiekurs geflogen.«

»Hätte ihm sicher leid getan.«

»Penny«, sagte Fee. Er hörte offensichtlich gar nicht mehr hin. »Sie hat geweint, als sie mir von deinem Vater erzählt hat. Sie hat mir alles erzählt. Damals, als wir im College waren. Hat sogar mich fast zum Weinen gebracht.«

»Na, dann kennst du die Geschichte doch.«

»Denkst du, er hat sie geliebt?«

»Wen?«

»Deine Mutter, wen sonst? Mrs. Quinn. Die tollste Frau in New York City.«

»Er hat sein Heroin geliebt.«

Fee sah auf. Sauer. »Das ist doch Blödsinn. Er hat *sie* geliebt. Das gehört zu der Geschichte, wie Penny sie mir erzählt hat. Wie sie immer in diesem Club gesessen hat. Wie hieß er noch gleich? Sag schon, Mann.«

»Sugar's. Aber hör auf, so zu schreien.«

»Sugar's. Sie saß immer da und sah ihm zu, wie er spielte, und eines Abends hat er sie gesehen. Hat die Musik in ihrem Gesicht gesehen. War's nicht so?«

»So erzählt es meine Mutter, ja.«

»Sie hat die Musik richtig aus ihm rausgesogen. Richtig rausgesogen.«

»Wenn du schon alles weißt, dann können wir jetzt ja damit aufhören. Bitte, Fee.«

»Mehr weiß ich ja nicht. Sie hat angefangen zu weinen und wollte nicht weitererzählen.« Fee schloß die Augen. »Musik in ihrem Gesicht oder was auch immer. Verdammter Wettbewerb, bei dem ich sie kennengelernt hab. Weißt du eigentlich, daß ich mit der Studentin des Jahres verheiratet bin?«

Martin stieß ihn mit der Hand gegen die Schulter. »Hey, was ist los mit dir?« Stieß ihn noch mal an. Fee nahm einen Fuß vom Hocker, um sich besser abstützen zu können. »Was soll diese bescheuerte Leidensnummer? Hey, Felix? Diese albernen Entschuldigungen? Willst du dich etwa umbringen, nur um zu sehen, ob sie auch über dich weint, wenn du tot bist? Du mußt ihr jetzt das geben, was ihr Vater ihr nicht mehr geben kann. Mann, du bist ja auf einmal ein richtiger Jammerlappen. Paß auf, du Weichei, morgen verpasse ich dir einen kräftigen Tritt in den Hintern.«

Felix' Oberkörper lehnte sich langsam gegen den Tresen, sein Gesicht grinste. »Hey, du bist ja richtig sauer.«

»Ich bin nicht sauer.«

»Doch, das bist du. Richtig sauer.«

»Hör auf mit dem Scheiß.«

»Küß mich.«

»Nein. Und hör auf jetzt mit dem Scheiß.«

»He, Barkeeper. Ich geh gerade meinem besten Freund auf den Sack. Geben Sie ihm einen Drink. Irgendwas Teures.«

»Chivas?« sagte der Barkeeper.

»Und mir auch einen.« Felix stand von seinem Hocker auf. »Heiliger Strohsack«, sagte er und lachte. »Du heiliger Strohsack.« Streckte die Hand aus und berührte Martins Wange. Tätschelte sie. Für einen Moment sah er aus wie Lexi. Ihm wie aus dem Gesicht geschnitten. Der Barkeeper brachte die Gläser, und

Fee sagte, sie sollten das Zeug gleich auf ex runterhauen. Legte seinen Arm um ihn, streckte seine Kehle Richtung Decke, knallte dann das leere Glas auf den Tresen und verschwand zur Toilette.

Martin spürte, wie ihm sein Verstand entglitt und aus irgendeiner weiten Ferne wieder zurückkehrte. Er sah sich um, fand in seiner Hosentasche einen Vierteldollar und ging rüber zum Telefon. Mußte sich konzentrieren, die richtigen Tasten zu treffen. Lehnte sich mit dem Kopf gegen das Telefon und sah sie vor sich. Wie sie die Decke zurückschlug. Ein weißes Baumwollnachthemd. Bloße Füße. Sie rieb sich die Augen, ging über den Teppich zum Schreibtisch, auf dem das altmodische elfenbeinfarbene Telefon stand und klingelte. Dreimal klingelte es. Viermal. Sie nahm ab. »Hallo?« Er liebte diese Stimme. Schloß die Augen. »Hallo?« Er hörte, wie sie nur dieses eine Wort sagte. Zu ihm. Als wären sie allein. »Fee?« Er öffnete die Augen. »Felix?«

»Nein.«

»Martin?«

Ja.

Richtig geraten, Penelope.

»Martin?«

»Nein.«

Er legte auf.

Fee stand über das Pinkelbecken gebeugt und war anscheinend ohnmächtig. Stützte sich mit einer Hand gegen die Wand und hielt seinen Schwanz in der anderen. Martin schnippte mit einem Finger gegen das schlaffe Teil. »Pack ihn ein«, sagte er.

Legte seinen Arm um ihn, als sie draußen auf der Straße waren, und hielt ein Taxi an. Sorgte dafür, daß er auf dem Rücksitz landete und setzte sich neben ihn. Fee sagte: »Mein Schwanz tut weh.« Sah an sich herunter, dann blickte er Martin fragend an. Der zuckte nur die Schultern und meinte, er würde nächstes Mal etwas vorsichtiger sein.

Er brachte Fee nach oben. Noch im Aufzug fingerte er die Schlüssel aus seiner Tasche – Wagen, Club, Landhaus. Taumelte mit ihm den Flur lang und erwischte beim zweiten Versuch den richtigen Schlüssel.

Pen stand am Ende des Flurs in der Tür zum Schlafzimmer.

Hinter ihr brannte das Licht. Martin schleppte Fee hinter sich her, und sie trat zur Seite. Im Schlaf setzte Fee einen Fuß vor den anderen, wie eine Marionette. Martin ließ ihn aufs Bett fallen und hievte seine Beine auf die Matratze. Zog ihm die Schuhe aus. Sah ihn dann einen Moment an. Drei Jahre hatte er in diesem Bett neben diesem Kerl geschlafen. Er erinnerte sich an seinen Geruch, an die dünnen Beine und die zu dicken Arme, die er immer hatte wegschieben müssen.

Und einmal hatte er mit ihr darin geschlafen. Er drehte sich um. Sie stand noch immer in der Tür, sah ihn an. Die Arme vor ihrer Brust verschränkt. Sie sah nicht gerade aus, als wäre sie in der Stimmung, an alte Zeiten zu denken. *Weißt du noch, wie wir hier gevögelt haben, Pen?*

Er ging zu ihr. Legte ihr seine Hand auf die Schulter und sagte: »Es geht ihm gut. Die Hollandaise war wohl nicht in Ordnung.« Tätschelte ihre Wange und ging an ihr vorbei. Erinnerte sich an die Schlüssel, drehte sich noch mal um und gab sie ihr. Sah sie kurz an. Sie hatte sich nicht gerührt. Stand einfach so da, in einer Hand jetzt die Schlüssel. Als würde sie noch auf etwas anderes warten, das er vergessen hatte. Er hatte keine Ahnung, was das hätte sein können. Zuckte die Schultern. Sie machte keine Anstalten, ihm auf die Sprünge zu helfen.

»Penny«, sagte er …

Es war einmal ein Junge namens Espen
der schlief im Zimmer bei den Lesben
Sie stritten um die Wette
wer heute zu entscheiden hätte
wer mit wem, warum und was

»… gute Nacht«, sagte er und ging.

»Hast du angerufen?«

Er drehte sich um. »Was? Wann?« Sie hielt ihre offene Hand mit den Schlüsseln noch immer ausgestreckt. Als würde sie sie ihm reichen wollen, damit er sie schütteln konnte. »Muß wohl Fee gewesen sein. Er ist beim Pinkeln eingeschlafen. Er hat ganz schön einen gebechert.«

»Warst du's?«

»Wann?«

Aber sie sagte nichts – ihr Gesicht war starr. Die Falten ihres

Nachthemdes warfen Schatten auf den weißen Stoff. Ihr Haar fiel so wunderschön auf ihre Schultern. Martin atmete tief durch die Nase ein. Wartete. Daß sie …?

»Gute Nacht, Martin.«

»Hast du *mich* denn mal angerufen?«

Ihre Augen verengten sich zu Schlitzen. Martin sah auf den Boden. Auf ihre Füße. Auf die hervorstehenden Knochen oberhalb ihrer Zehen. Die Adern, die sich unter ihrer Haut kreuzten. Er sah sie an. Sah, wie ihr die Röte von der Brust den Nacken hochstieg, gerade in diesem Augenblick. Sah, wie sie ihr ins Gesicht stieg. Ihre Augen schienen zu glühen, ihre Nasenflügel bebten.

»Gute Nacht, Martin.«

»Gute Nacht, Pen.«

»Machst du die Tür zu?«

»Mach ich.«

Sie löschte das Licht. Der Flur verschwand im Dunkeln. Er hörte, wie sie zum Bett ging. Dann stehenblieb. Er wartete. Lauschte in die dunkle Stille, in die auch sie jetzt hineinlauschte. Er ging zur Tür und öffnete sie, schloß sie wieder. Eine Minute verging, dann eine zweite. Er wartete. Stille. Lauschen. Er atmete in die Dunkelheit hinein. Dann kam sie, kam ganz in Weiß den Flur entlanggeschwebt.

Es war völlig cool. Schon immer hatte Martin mit nach Puerto Rico kommen wollen, aber nie das Geld gehabt. Nachdem der Alte hier mit den Italienern das Arrangement getroffen hatte, daß sie zwei Cent pro Gallone bekamen und ihn dafür in Ruhe ließen, hatte er das Haus vermietet und war ganze zehn Jahre nicht mehr hergekommen. Ein vorsichtiger Mann, dieser Lexi. Doch nun war Gras über den Deal gewachsen. Eine traumhafte kleine Villa direkt am Strand von Playa Luquillo. Zum Spielen fuhren sie nach Old San Juan, um der Meute zu entgehen. Er verlor zwei Riesen, blieb aber nüchtern. Bekam ein wenig Farbe, fast sogar einen Sonnenbrand.

Er hatte nicht die geringsten Probleme mit Felix. Schließlich war er ja nicht mit dessen Frau zusammengewesen. Er hatte mit Penelle geschlafen. Also konnte er Felix nach wie vor in die Augen sehen, ihn ansehen, wenn sie sich unterhielten, ihm zuhören. Fee und sie existierten in seiner Vorstellung jetzt völlig getrennt. Außerdem war *sie* zu ihm gekommen. *Sie* hatte entschieden. Hatte nicht länger leugnen können, was nicht zu leugnen war.

Den Mädchen im Club sagte er, daß er Zeit für sich brauche, und er nahm sie sich. Stellte allerdings fest, daß es ihm manchmal schwerfiel, Fee ins Gesicht zu sehen, wenn er und Pen im selben Raum waren, also nahm er sich vor, darauf zu achten, nicht wegzusehen, wenn Felix ihn ansah.

Und er und Penny? Es ging weiter. Anfangs hatten sie sich zunächst nicht viel zu sagen. Aber sie waren so lange voneinander getrennt gewesen, daß keiner von ihnen das Gefühl hatte, sie müßten die Dinge übers Knie brechen. Alles, was sie ihm in jener Nacht im Flur ins Ohr geflüstert hatte, war ein *Ja* gewesen. Er lief herum und hörte nur noch dieses eine Wort, das für ihn bedeutete: *Ja*, sie hatte gewartet. *Ja*, sie gehörte ihm. *Ja*, sie liebte ihn auf ewig. Und das war ihm genug.

Die Briefe für die Russen wurden weniger, auch wenn Lexis Handlanger nach wie vor an der Bar rumhingen. Fee machte die Fahrten nach Long Island jetzt selbst und sprach nie darüber. So verging der Sommer. Die Hälfte der Jungs im Collegealter verschwand, und Bunnys Umsätze gingen in den Keller. »Bunny«, sagte er ihm eines Tages, »du mußt das demographisch sehen.« Bunny sagte, er solle sich seine Demographie in seinen irischen Arsch schieben. Meinte, sie müßten sich was Neues einfallen lassen, und er würde auf ihn zurückkommen. Martin genoß die Zeit, die Bunny abtauchte, um nachzudenken. Er genoß die Ruhe und zuckte angesichts des Verlusts seines eigenen Anteils nur die Schultern. Sagte sich, er habe auch so genug. Sei nicht so habgierig. Obwohl er manchmal schon etwas erstaunt zweimal zählte, wenn er nach dem Wochenende sein Geld bekam.

Pennys Mutter leistete eine Anzahlung auf ein neues Haus in Bronxville. Nahm eine kleine Hypothek auf, und Penny verbrachte viel Zeit dort. Er nahm die frühen Züge, um sie zu besuchen. Drängelte sich durch die Massen, die die Grand Central Station morgens ausspuckte. Fuhr in fast leeren Waggons aus der Stadt heraus, stand aber trotzdem meistens. Fühlte sich viel zu jung, um einen Sitzplatz in Anspruch zu nehmen.

Sie hatten keinerlei Pläne und schienen auch keine zu brauchen. Er traf sie auf dem Parkplatz vor Haushaltswarenläden, Küchengeschäften oder Möbelhäusern. Begleitete sie, wenn sie für ihre Mutter Geschirr, neue Vorhänge und Gartenmöbel besorgte. Er erkundigte sich nicht nach St. Kitts – der Reise, die Felix ihr zum ersten Hochzeitstag geschenkt hatte. Merkte aber, daß sie wußte, daß er sich von anderen Frauen fernhielt. Sie hat gerade erst geheiratet, sagte er sich. Solche Dinge brauchen ihre Zeit. Was es aber tatsächlich bedeutete, verheiratet zu sein, davon hatte er keine Ahnung.

Sie frühstückten am Abend. Kaffee, vielleicht einen Muffin, den sie sich teilten, und dann hatte sie die Tür im Blick, nahm seine Hand und küßte sie, gab sie danach frei. Er sagte ihr, er wäre glücklich.

Eines Morgens fuhren sie in den Park mit dem See, an den er so oft gedacht hatte. Sie sagte ihm alles, was es von ihrer Seite aus zu sagen gab. Daß Fee immer noch Fee sei, aber daß es zuweilen auch schwierig mit ihm sei. Daß das schon von Anfang an so war und sich wohl auch nicht ändern würde. »Du stehst zwischen uns, Martin. Das hast du schon immer getan. Irgendwo ganz tief in mir. Und in meinen Gedanken. Das kann ich nicht einfach abtun, verstehst du?«

Das sollst du ja auch gar nicht, dachte er. Und du hättest es auch niemals tun sollen.

»Ich hab jeden Tag an dich gedacht«, sagte sie., »Jeden Tag, ohne Ausnahme. Verrückt, findest du nicht? Ist das nicht komisch?«

»Ich denke schon.«

»Und ich träume von dir. Manchmal auch von *uns* – daß wir zusammen sind. Dann tauchst du einfach in einem Traum auf, der von etwas anderem handelt, aber trotzdem scheinst du hineinzugehören.«

»Wirst du dich scheiden lassen?«

»Eigentlich müßte ich das.«

»Müßte?«

»Ich bin katholisch, Martin.«

»Du bist katholisch. Madonna ist auch katholisch.«

»Sie hat mal gesagt, sie könne sich *Im Vorhof der Hölle* nicht angucken, wegen der Sexszene mit Sean Penn und Robin Wright. Sie ist eher der Typ ›Hey, das hier ist *mein* Mann‹.«

»Und?«

»Nichts und.«

»Dann weiß ich nicht, was du damit sagen willst.«

»Ich will damit sagen, daß es Verpflichtungen nach sich zieht, wenn ich das tue.«

»Meinst du etwa, daß er dann nicht wieder mit einer anderen Frau zusammensein kann?«

»Vergiß die Nummer mit Madonna. Das war ein blödes Beispiel.«

»Dann tragen Sie Ihren Fall deutlicher vor, Frau Anwältin.«

»Ich habe keinen Fall.«

»Nur ein Verbrechen.«

»Könnte man wohl so sagen.«

Sie saßen eine Weile schweigend da. Er wußte genau, was sie meinte. Was ihr Problem war. Ein Sakrament verhöhnen, würde die Kirche das nennen. Vor Gott wäre sie schließlich immer noch verheiratet.

Vor wem? dachte er. Er konnte es kaum fassen, daß sein Verstand noch immer einen solchen Satz produzieren konnte.

Eine Schar Enten schwamm vorbei und verschwand weiter hinten im Schilf. »Willst du wieder arbeiten?« sagte er.

»Ich denke ja. Ich kann nicht die ganze Zeit im Anastasia rumhängen.«

»Wir könnten dich als Kellnerin anstellen.«

»Dann könntest du mich vögeln, sooft du willst.«

»Hey, ich bin immer nett zu ihnen gewesen«, sagte er. »Und hab sie immer erst nach der Arbeit gefickt.«

»Hast du ein Glück, daß du dir nichts eingefangen hast.«

»Hab eben aufgepaßt.«

»Ich weiß das zu schätzen.«

Er dachte unablässig weiter an das eine. *Wie oft die Woche treibst du es mit ihm?*

Machst du es mit ihm vor der Videokamera? Das fand Fee immer besonders scharf.

Sie zündete sich eine Zigarette an. »Ich bin nicht eifersüchtig«, sagte sie.

»Brauchst du auch nicht.«

»Bin ich aber doch.«

»Quatsch. Ich schmeiß sie alle raus. Wann hast du wieder mit dem Rauchen angefangen?«

»Keine Ahnung. Ich war ein halbes Jahr ab davon. Das reicht.«

»Wolltest du dir beweisen, daß du es schaffst?«

»So was Ähnliches.«

»Hast du versucht, schwanger zu werden?«

»Ja.« Sie blies den Rauch aus. Sah Martin nicht an. War offensichtlich nicht überrascht, daß er es vermutet hatte.

»Und?«

Sie zuckte mit den Schultern.

»Ist er impotent?« sagte er.

Sie grinste.

»Hast du ihm gesagt, er soll sich mal untersuchen lassen? Da kriegt man einen kleinen Becher und ein Pornoheft.«

»Nein.«

»Hast du dich selbst untersuchen lassen?«

»Ja. Ich bin fruchtbar wie ein Kaninchen. War ich immer schon.«

»Prima.«

Sie sah ihn an. Wirkte plötzlich verstimmt. »Ach ja?«

»Ja.«

»Freut mich, daß es dich freut.«

»Schön. Weil ich nämlich will, daß du dich von ihm scheiden läßt.«

»Ich werde es in Erwägung ziehen.«

»Tu das.«

»Werde ich.« Wieder sah sie fort. Sog den Rauch ein, blies ihn aus.

»Man sagt, es gibt psychologische Faktoren, die darauf einwirken, ob man schwanger wird«, sagte er.

Aber sie gab keine Antwort – ließ den Satz verstreichen. »Wie lange bist du bereit zu warten?« sagte sie.

»Auf dich? Noch ein paar Tage. Vielleicht.«

»Und dann treibst du's wieder mit der Fotze an der Garderobe?«

»Himmel, was für ein Wort aus deinem Mund.«

»Das einzig treffende.«

»Na ja, vielleicht.«

»Vielleicht?«

»Nein.«

»Okay.« Sie nickte

»Ich warte«, sagte er.

Wieder schwiegen sie. Pen drückte ihre Zigarette aus.

»Und was ist mit dir?« sagte er.

»Frag nicht.«

»Ich mein ja nur, was ist *damit*?«

»Frag mich das nicht, Martin.«

»Ach ja, stimmt – du bist ja Katholikin. Es ist schließlich deine Pflicht.«

»So was in der Richtung. Besonders toll ist es sowieso nicht.«

Sie fuhr ihn zum Bahnhof. Wartete mit ihm auf dem Bahnsteig. Sagte: »Hast du seinetwegen manchmal ein schlechtes Gewissen?« Sie dachte schon wieder an Fee. Dabei sollte sie doch besser die Finger von dem lassen, wonach ihr sowieso nicht der Sinn stand.

»Nicht wirklich.«

»Ist das eine Art Rache?«

»Hör schon auf.«

»Das war eine zulässige Frage.«

»Ich denke einfach nicht drüber nach, Pen. Das ist alles.«

Sie nickte.

»Er ist erwachsen.« Und hat ohnehin noch nie Respekt vor Frauen gehabt, dachte er.

»Er ist ein Schatz. Das weißt du. Er ist wirklich kein schlechter Mensch.«

»Bis jetzt. Keine gewalttätigen Tendenzen. Keine Drogenabhängigkeit.«

»Ich bin mit der Mafia groß geworden, Martin. Mit Italienern.«

»Er hat auch nicht gerade eine weiße Weste.«

»Und du?«

»Kein Kommentar.«

»Aber … Martin …«

»Was?«

Sie atmete aus. Mochte es nicht aussprechen.

»Was? Du liebst ihn? Das weiß ich ja. Das tue ich doch auch. Wo ist das Problem?«

»Es geht nicht nur um Scheidung. Es geht ums Heiraten. Wenn du dich mal entschieden hast, dann …«

»Das ist doch kein *Schicksal*, um Himmels willen.«

»Aber es war meine *Entscheidung*.«

»Dein freier Wille, Penny-Lope. Wenn du vor den nächsten Zug springst, dann ist das deine freie Wahl. Und wenn dich jemand vor den Zug stößt? Das gleiche. Warum bist du so dicht an die Bahnsteigkante gegangen? Dein Fehler. Kein Unterschied.«

Sie nickte. Sah die Gleise entlang. Schien trotzdem den einfahrenden Zug nicht zu sehen.

Die Leute traten zur Bahnsteigkante vor.

»Ich warte, Penny. Wenn ich mit dir zusammen bin, fühle ich mich wie siebzehn. Verstehst du, was ich meine?«

»Wir haben nie über dich gesprochen …« Sie sah ihn immer noch nicht an. »Die ganze Zeit, als du weg warst. Nur einmal.«

Du hast ihm von meinem Vater erzählt, dachte er. »Und was habt ihr euch da erzählt?«

»Daß wir nur deinetwegen zusammen sind. Weil wir dich beide vermißt haben. Das hatten wir gemeinsam. Ich glaube, wir haben dich beide im jeweils anderen gesucht.«

»Aber das ist doch vorbei.«

»Das stimmt. Wir sind jetzt fünf Jahre zusammen. Da ändert sich einiges zwischen zwei Menschen.«

»Ihr könntet Freunde bleiben.«

»Das ist jetzt nicht sehr witzig.«

»Ich habe gesagt, ich warte. Das war ernst gemeint.« Mit einem Fuß war er schon im Zug. Der Schaffner sah aus der nächsten Tür zu ihnen rüber. Dachte bestimmt, er würde sich drum kümmern müssen, wenn er wollte, daß der Zug pünktlich abfuhr.

Sie sagte. »Du steigst jetzt besser ein.«

»Rede mit einem Priester, Penny. Wenn es sein muß. Ich mein's ernst.«

Sie nickte.

»Am besten mit einem Jesuiten«, sagte er. »Die glauben an gar nichts.«

Er trat einen Schritt zurück, die Tür schloß sich vor ihm. Der Zug fuhr los und ließ Pen zurück auf dem Bahnsteig. Sie sah nicht auf.

Martin suchte sich einen Sitzplatz. Ihm war übel. Wegen allem. Dem ganzen blöden Gespräch. Diesem Leben, das sie führten.

In der Grand Central stellte er seinen Pieper an. Er zeigte Dutzende von Anrufen an, immer dieselbe Nummer, doch er kannte sie nicht. War so überrascht, daß er das Ding beinahe fallen gelassen hätte. Er ging zu einem Telefon und rief an.

»Martin?«

»Mom? Wo bist du denn?«

»Seit gestern abend versuche ich anzurufen. Bestimmt hundertmal ...«

»Ich hatte den Pieper abgestellt. Wo bist du? Was ist los?« Sie klang völlig durcheinander. Alt. Ein ungutes Gefühl stieg in ihm auf.

»O Gott, Martin. Frito ist angeschossen worden.«

»Was?« sagte er. Dann: »Lebt er?«

»Ja.«

»Ist er überfallen worden? Was ist passiert, verdammt?«

»Er war in deiner Wohnung. Jemand hat auf ihn geschossen. Durch das Fenster, von der Promenade aus.«

Sie sagte ihm die Adresse des Krankenhauses, er hängte ein. Ehe sie Fragen stellen konnte.

Etwa, welchen Grund jemand haben mochte, auf seine Wohnung zu schießen.

22

Der Cop lehnte an der Wand des Flurs gegenüber der Tür. Ein Detective. Martin ging direkt auf ihn zu und sagte ihm, wer er war. Fragte, wie es Frito ginge. Hatte seine Unschuldsmiene aufgesetzt, dazu ein Blick, der seinen Schock ausdrücken sollte. *Ich bin völlig fertig.* Fragte nach dem Arzt und merkte, daß er nicht sofort in das Zimmer gehen wollte.

Der Detective sagte: »Ihrem Bruder geht's gut. Die Kugel ist durchgegangen, durch die Schulter. Hat nur Knochen verletzt. Er hat auch nicht viel Blut verloren. Es war eine großkalibrige Waffe. Ein Jagdgewehr. Vermuten wir jedenfalls.«

»Ein *was*? Himmel. Wissen Sie, wer es war?«

»Noch nicht. Er steht unter Beruhigungsmitteln. Er war allein in der Wohnung.«

»Ist meine Mutter da drin?«

»Sie hat geschlafen, als ich sie zuletzt gesehen habe. Es ist früh am Morgen passiert. Gegen halb vier.«

Da war er noch in Brooklyn gewesen. Hatte mit ein paar Hollywoodleuten zusammengesessen, die den Club als Location für einen Film nutzen wollten. War nett zu ihnen gewesen, damit sie ihn vor der Kamera mal durchs Bild laufen ließen. Hatte seinen Pieper gegen eins ausgestellt, als sie mit der Party anfingen. Gegen sieben war er dann zu Penelope nach Bronxville gefahren.

Wie lange hat er wohl dagelegen? dachte er. »Wann haben Sie ihn gefunden?«

»Er hat selbst die Notrufzentrale verständigt. Die Kollegen waren aber schon unterwegs, weil jemand einen Schuß gemeldet hatte. Sie waren noch vor dem Krankenwagen da.«

»Jesus«, sagte Martin, »Jesus.« Beide standen da und sahen sich an. »Na ja, Gott sei Dank jedenfalls, oder?«

»Ja. Jagen Sie, Mr. Quinn?«

»Jagen? Nein. Ich habe einen Club.«

»Besitzen Sie eine Waffe?«

»Nein.« Sie steckte in seinem Gürtel. Am Rücken. Er hatte sie nicht im Handschuhfach lassen wollen.

»Kennen Sie jemand, der eine Waffe hat?«

»Nein. Zumindest glaube ich das. Niemand hat mir je von einer erzählt. Aber ich denke, ein paar Leute haben bestimmt eine. Um sich zu schützen oder was weiß ich.«

Fee hatte ein Jagdgewehr. Eine Remington. Nicht registriert, wie auch seine anderen Waffen nicht. Hatte sie in seinem Landhaus. Er war gegen zwei Uhr gegangen und hatte gesagt, er sei hundemüde, er müsse jetzt unbedingt schlafen, und Martin solle bloß nicht vergessen, auch für ihn einen Auftritt in dem Film klarzumachen. »Kann ich zu ihm? Zu meinem Bruder?«

»Haben Sie vor, in der nächsten Zeit die Stadt zu verlassen, Mr. Quinn?«

»Ich werde verdammt noch mal nirgendwo hingehen, Officer.«

»Arbeiten Sie in Brooklyn?«

»Ja.« Sein Gesicht blieb ausdruckslos. Unschuldsmiene. Er sah zu der Tür rüber. Hatte begriffen – *okay* –, daß sie ihn zu den Tatverdächtigen zählten. Aber was konnten sie ihm schon wollen.

Der Detective ging rüber zu der Tür, öffnete sie leise und sagte: »Ihr Bruder.« Martin ging an ihm vorbei durch die Tür.

Im Krankenzimmer war noch ein Detective. Stand direkt hinter Juliet neben dem Bett. Sie sah nicht auf. Frito war irgendwo auf einem anderen Planeten. Schläuche und das ganze Zeug, seine Schulter mindestens zehn Zentimeter dick in Verbände eingewickelt. In dem Sessel in der Ecke schlief ihre Mutter.

Er nickte dem anderen Detective zu und ging ans Bett. Seine Mutter rührte sich nicht. Er betrachtete Frito einige Minuten schweigend und wollte dann mit Juliet reden. Flüsterte ihr über das Bett zu, sie solle mit nach draußen kommen.

»Gibt es unten eine Cafeteria?« fragte er den Detective auf dem Flur.

»Im Zwischengeschoß.«

Er nickte und ging auf den Fahrstuhl zu, Juliet folgte ihm, ging neben ihm, an seiner Seite. Den Blick auf den Boden gerichtet, direkt vor ihre Füße. Sah ihn nicht an. Hatte ihn überhaupt noch nicht angesehen. Er drückte den Knopf und sah in ihr Gesicht. Er mußte rauskriegen, was man sie gefragt hatte. Wußte, daß dies nicht der beste Zeitpunkt dafür war, aber er war viel zu fertig, um jetzt auch nur noch im Ansatz elegant sein zu können. »Bist du okay?« sagte er. »Müde, schätze ich.« Sie sah ihn zum ersten Mal an. Schlug ihm ins Gesicht. Hielt den Blick fest auf ihn gerichtet. »Okay«, sagte er. Sie schlug noch mal. Um deutlich zu machen, daß sie hier keine theatralische Show abzog. »Das reicht«, sagte er. Die Tür ging auf. Der Fahrstuhl war leer. Er ging hinein. Sie blieb auf dem Flur stehen, sah ihn an, die Arme jetzt über der Brust verschränkt. »Komm schon.«

»In was bist du verwickelt, Martin?«

»Nicht so laut, ja?«

»Ich bin nicht laut.«

Das stimmte.

»Also komm schon.«

»Ich habe keine Angst vor dir.«

Die Tür ging zu, er drückte seinen Arm dagegen. »Was ist denn los?« sagte er. »Hey, *ich* bin's. Wir sind hier nicht in irgendeinem albernen Film. Also komm jetzt endlich, Juliet.«

Sie fuhren runter zum Erdgeschoß, gingen nach draußen. Ein Stück die Straße rauf standen Bänke, auf denen Patienten mit ihren Besuchern saßen. Martin steuerte eine an, die noch frei war, blieb davor stehen und fragte sie, ob sie sich setzen wolle. Sie machte keine Anstalten. Hielt wieder die Arme verschränkt, jetzt, weil es frisch hier draußen war, obwohl die Sonne hoch am Himmel stand. Martin zog sein Hemd über die Hose, so daß die Waffe nicht zu sehen war, dann zog er die Jacke aus und legte sie um ihre Schultern. Sie ließ ihn machen. Sofort spürte er die Kälte. Und wollte schlafen. Aber zuerst mußte er mit ihr reden. »Was ist passiert?« sagte er. »Der Detective meinte, Frito ist okay.«

»Er lebt.«

Ganz ruhig, dachte er. »Geht es ihm gut?«

»Es geht ihm gut. Er ist angeschossen worden.«

»Warst du dabei?«

»Nein.«

»Sprich mit mir, Juliet, ja? Bitte.«

»Ich will wissen, wieso.«

»Ich werde es herausfinden. Aber im Moment habe ich keine Ahnung. Wirklich nicht. Wo warst du, als es passiert ist?«

»Und dann *regelst* du die Sache, sehe ich das richtig?« Sonst hört sie sich mit ihrem Akzent immer wie eine Schauspielerin an, dachte er. Heute klang ihre Stimme einfach nur fremd.

»Wo warst du? Was hat er in meiner Wohnung gemacht?«

»Wir haben uns gestritten. Er ist spazierengegangen. Er kam nicht zurück, dann kam der Anruf.«

»Wer hat dich angerufen?«

Sie sah ihn angeekelt an. »Die *Cops.*«

»Und haben was gesagt?«

»Daß er angeschossen wurde. Daß sie ihn ins Krankenhaus gebracht haben.«

»Was noch?«

»Tut es dir eigentlich überhaupt nicht leid?«

»Ob es mir leid tut?« sagte er. »Willst du Prügel haben? Kannst du gerne, sag es ruhig.« Ihr Blick veränderte sich. War jetzt weniger stechend. »Hast du Hunger?« sagte er. »Willst du irgendwo was essen?«

»Ich bin okay.« Sie setzte sich. Er setzte sich neben sie. »Weißt du, wer das getan hat?« sagte sie.

»Nein. Was haben sie dich gefragt, Juliet?«

Er beobachtete sie. Dann endlich fing sie an. Erzählte ihm alles, an das sie sich erinnerte. Dachte nach, ob sie auch nichts vergessen hatte. Doch es war nichts, das ihn beunruhigen mußte. Die übliche Routine, dachte er.

»Wollten sie von dir etwas über mich wissen?« sagte er schließlich.

»Wo du warst. Was du machst.«

»Was hast du gesagt?«

Sie sah ihn an.

»Was hast du ihnen gesagt, Juliet?«

»Daß ich es nicht weiß.«

»Aber du weißt es doch. Ich habe einen Nachtclub in Brooklyn.«

»Ach ja, stimmt.«

»Mach bitte keinen Blödsinn, Juliet. Okay? Wer es auch immer gewesen ist, er hatte es auf *mich* abgesehen. Das ist alles.«

Vorausgesetzt, daß es nicht Fee war, dachte er. War er aufgewacht in jener Nacht, als sie es im Flur getrieben hatten? Gierig, atemlos, alles um sich herum vergessend? Dann konnte er sich allerdings noch auf einiges gefaßt machen, bis Felix das Gefühl ausgekostet haben würde, es ihm heimgezahlt zu haben.

»Es ist vorbei, Juliet. Frito hat nichts mehr zu befürchten. Und du auch nicht.«

»Er wird vielleicht nicht mehr spielen können. Klavier. Er hat es noch nicht geschafft, Martin. Es ist noch nicht *vorbei.*«

Martin sah weg und nickte. »Er wird wieder spielen«, sagte er, »das verspreche ich.« Aber er sagte ihr nicht, daß das im Moment nicht seine Hauptsorge war. »Wie geht es meiner Mutter? Und dir? Wie geht's euch?«

»Uns geht's gut.«

»Ist dir kalt?«

»Nein.«

»Mir schon.«

Sie sagte nichts. Sah auf ihre Füße.

»Ich habe einen Nachtclub …«

»In Brighton Beach, Brooklyn. New York.«

»11235.«

»*D'accord.*«

Ihm wäre es lieber gewesen, wenn sie es auf englisch gesagt hätte, aber für den Moment reicht es, dachte er. *D'accord.* »Es tut mir leid«, sagte er. »Er wird wieder gesund, Juliet. Und wir finden heraus, wer es war.«

»Wirst du der Polizei alles sagen?«

»Ja.«

Kommt drauf an.

Er tätschelte ihr Bein, damit sie ihn ansah. Sie tat es. Er lächelte sie an. Sie sah an ihm vorbei. Er drehte sich um und sah in die gleiche Richtung. Der Detective kam auf sie zugeschlendert. Martin nickte ihm zu. »Worüber habt ihr euch gestritten, gestern abend?«

»Er will von der Columbia abgehen. Und Maler werden. Nach Williamsburg ziehen und in einem Souterrain leben. Ich hab ihm gesagt, er könne doch Abendkurse besuchen und solle diese Chance nicht verschenken. Aber er will frei sein von diesem ganzen Universitätsdenken, hat er gesagt.«

Martin zuckte die Schultern. »Er glaubt einfach, er schafft alles«, sagte er. »Und das stimmt ja auch ...« Befürchtete plötzlich, es könne nach Eifersucht klingen. Sie nickte. Verstand es nicht so, meinte er zu erkennen. Sie sah zu dem Detective empor. Auch Martin sah auf. Sagte: »Etwas Luft schnappen?«

Er nickte.

Martin fragte sie, ob sie wieder reingehen wolle. Sie stand auf und zog seine Jacke aus. Er stand ebenfalls auf und befürchtete einen Moment, die Glock könne sich unter seinem Hemd abzeichnen. Sie reichte ihm die Jacke, er zog sie an. Sagte ihr, er würde in einer Minute nachkommen.

Sie ging. »Gerade geheiratet«, sagte er und sah den Detective an. Zuckte mit den Schultern. »Ich hab ihm gesagt, er sei zu jung, aber sie ist einfach toll. Die beiden sind richtig verliebt. Was soll man da noch sagen? Ich hoffe, es hält 'ne Weile.«

Wieder nickte der Detective. Sagte: »Ihr Bruder hat einen Schlüssel zu Ihrer Wohnung?«

»Ja. Ich habe einen Videorecorder. Und Blick aufs Wasser. In ihrer Wohnung gibt es nur Bücherregale und eine Matratze auf dem Boden.«

»Ich muß Ihnen ein paar Fragen stellen.«

»Natürlich.«

»Haben Sie Kontakte zur russischen Mafia?«

»Nein, um Himmels willen. Ich bin nur Geschäftsführer da. Ich bin Ire.«

»Haben Sie Vorstrafen?«

»Liegt schon verdammt lange zurück. Körperverletzung. Hab einen Jungen mit einem Radio verprügelt. Ich weiß gar nicht mehr, wer angefangen hat, aber dann kam eins zum anderen. Es ging um Ehre. Sie wissen ja, wie das ist, in dem Alter.« Der Detective nickte. Sah ihn nicht an. *Was ist?* wollte Martin sagen. *Was willst du denn eigentlich?*

»Geschäftsführer sind nicht gerade Leute, auf die man so ohne weiteres schießt«, sagte der Detective. »Es sei denn, man hat einen Grund. Wenn Sie also etwas zu sagen haben, dann warten Sie nicht allzu lange damit. Ist nur ein guter Rat.«

»Okay.« Wieder zuckte Martin die Schultern. »Sie können gerne jederzeit in den Club kommen und sich umhören. Und wenn Sie da ein paar Illegale antreffen, dann verhaften Sie sie meinetwegen.«

Der Kerl sah auf seine Uhr. Sagte nichts.

»Kann ich jetzt zurück zu meinem Bruder?«

»Natürlich.«

Er ließ den Detective stehen und ging zurück. *Sie können gerne in den Club kommen.* Saublöd, dachte er. Aber was hätte er sonst sagen sollen?

Eine Weile saß er noch mit seiner Mutter und Juliet bei Frito, sagte dann, er müsse nach Hause. Müsse duschen und sich umziehen. Fee rief er von unterwegs an – er hatte noch geschlafen. Er erzählte ihm alles, aber im Augenblick beschäftigte ihn mehr, wie der Alte darauf reagieren würde, daß die Cops demnächst im Club auftauchten. Was die Frage betraf, ob Fee hinter der Sache steckte, brachte der Anruf ihn nicht weiter. Fee heulte los und schien zu bersten vor Wut – er versuchte es zurückzuhalten, aber Martin hörte, wie seine Stimme bebte.

Sie einigten sich darauf, herumzuerzählen, daß man sich in nächster Zeit besser nicht im Club sehen ließe, wenn man noch irgendwo eine Rechnung offen hatte. Fee wollte sich darum kümmern, daß das Büro sauber wäre. Martin wollte mit Bunny reden.

Er fuhr nach Manhattan, hielt an einer Telefonzelle an, rief die Nummer von Bunnys Pieper an und drückte auf die Taste mit dem Stern. Ein paar Minuten später rief Bunny zurück, vom Laguardia. Martin sagte ihm, er solle sein Koks besser in Manhattan lassen. Bunny sagte: »Jemand hat auf *dich* geschossen? In deiner Wohnung?«

»Er hat's versucht.«

»Kein Scheiß? In *deiner* Wohnung? In den Nachrichten hieß es, jemand sei ins Krankenhaus gebracht worden.«

»Ja. Mein Bruder. Er ist in Ordnung.«

»*Maron.* Cheeto? Dorito?«

»Frito«, sagte Martin.

»Geht's ihm gut?«

»Es geht ihm gut.«

»Gott sei Dank.«

»Ja.«

»Wo hat er überhaupt den komischen Namen her?«

»Hast du irgendwas gehört, Bunny? Weißt du irgendwas?«

»Nee. Aber ich hör mich um. Ich kann es nicht ausstehen, wenn irgendwelche Leute auf einen von der Familie schießen. Eine *infamia*. Himmel. Ich wette, daß das die Russen waren.«

Vielleicht hatte er ja sogar recht.

Martin sagte, er würde sich melden.

In der Wohnung seiner Mutter machte er sich ein Sandwich, duschte und setzte sich raus auf die Feuerleiter, um nachzudenken. Aber so lange er auch hin und her überlegte – er hatte nicht das Gefühl, daß etwas nicht stimmte. Wenn jemand hinter dir her wäre, dachte er, hättest du es gemerkt. Es wäre eine andere Energie um dich herum. Die Leute auf der Straße würden sehen, daß du gezeichnet bist. Doch es war alles so wie sonst auch.

Gegen sechs fuhr er zu seinem Apartment. Ein paar Uniformierte waren da, Glassplitter auf dem Teppich, Blutspritzer. Umrahmt von gelbem Plastikband. Der Detective, mit dem er gesprochen hatte, stand draußen auf der Promenade. Er sah ihn und kam einfach durch das leere Fenster reinmarschiert. Hinter ihm zog die Dämmerung auf. In dem Apartment wurde es langsam dunkel. Martin ging einen Schritt auf ihn zu. »Und?«

»Wir verhören die Jogger«, sagte er. Martin merkte, daß er den Namen des Mannes vergessen hatte. Dachte, daß es sich wohl ohnehin nicht lohnte, ihn sich zu merken. Irgendwie schien alles vorbei zu sein. Jogger. Herr im Himmel.

»Morgen früh wissen wir mehr. Die meisten laufen jeden Tag immer um die gleiche Zeit«, sagte der Detective.

»Die halten bestimmt die Augen offen, wenn sie so früh unterwegs sind.«

»Sollten sie eigentlich.«

Martin nickte.

»Wir haben die Kugel aus der Schlafzimmerwand geholt. Ging direkt dadurch. Da drüben.«

Er drehte sich um. Von hier aus sah das Loch über der Couch aus wie ein Fleck. Der Detective rief über seine Schulter nach hinten. »Macht mal Licht.« Einer der Polizisten zertrat Glas. Einen Moment später war es hell. Der Detective verschwand für einen Augenblick gegen das grelle Licht, dann kam er langsam zurück. »Sie haben also diesen Club? Anastasia?«

»Richtig.«

»Scheint gut zu laufen.«

»Ein Höllenjob.«

»Wieviel verdienen Sie? Die Miete hier ist zweitausendeinhundert.«

»Ich kriege kein festes Gehalt. Je nachdem.«

»Haben Sie Unterlagen über Ihre Einkünfte?«

Martin grinste. »Arbeiten Sie etwa auch für das Finanzamt?«

»Reine Neugierde.«

»Es läuft schon ganz gut.«

»Kann ich mir denken.«

»Ich nehme an, Sie werden demnächst vorbeikommen?«

»Das werden wir.«

Martin steckte die Hände in die Taschen und ging zum Fenster. Sah den Rahmen an. »Kann ich einen Glaser anrufen?«

»Morgen vermutlich.«

»Bleibt jemand hier? Ich meine …« Er deutete mit dem Kinn über das Scherbenmeer. »Ich muß wieder ins Krankenhaus.«

»Es wird jemand aufpassen.«

»Gut …« sagte er. »Es ist leider nichts im Kühlschrank.«

»Wir werden es überleben.«

»Sicher. Ich muß mich umziehen, wenn Sie mich entschuldigen.« Der Detective sah ihm in die Augen. Er hielt dem Blick stand. Wartete.

»Machen Sie nur.«

»Dann sehen wir uns später. Da kommt übrigens ein Jogger.«

Sie ließen sich zwei Tage Zeit. Der, der auch in Martins Apartment gewesen war, und sein Kollege aus dem Krankenzimmer. Die Hollywoodleute hatten ein ziemliches Durcheinander veranstaltet. Tische waren zur Seite gerückt und aufeinander gestapelt worden, überall lagen Kabel, mit Klebeband auf dem Boden festgeklebt, Scheinwerfer standen herum. Dazwischen rannten Regieassistenten hin und her und der bärtige Regisseur mit seinem Headphone, ständig gefolgt von einem Troß weiterer Leute. Martin saß an einem Tisch in der Ecke und wußte, daß er den Besuch der Cops in einer Woche längst vergessen haben würde.

Die Detectives setzten sich nicht. Der, der auch in seinem Apartment gewesen war, wollte wissen, was zum Teufel hier los sei – wieso er ihm nicht gesagt habe, daß hier ein Film gedreht wurde. Martin sagte, er habe es einfach vergessen. Rief den Regisseur her und fragte, wann sie soweit wären. Wußte, die Stadt würde bestenfalls noch zehn Arbeitsstunden in die Aufklärung einer Schießerei ohne Todesfolge investieren. Sie würden alles in einer Akte abheften, ihr eine Nummer geben und es dann dabei belassen. Alles wäre wieder wie zuvor. Prima. Vielleicht würde der Detective, dessen Namen er mal wußte, an einem seiner freien Abende vorbeikommen, sich an die Bar stellen, wie ein Detective aussehen und nach einer Remington Ausschau halten, die jemand neben sein Eßbesteck gelegt hatte. Falls Cops so was nicht nur in Filmen taten.

Martin sah, wie der Regisseur die Detectives anstarrte. Sagte: »Überlegen Sie gerade, ob Sie noch eine Rolle für die beiden haben? Hey, was ist mit mir, Mann?«

»Wir haben doch schon darüber gesprochen«, sagte der Bart mit dem Headphone. Starrte immer noch die Detectives an.

»Wovon handelt der Film denn?« sagte der Detective.

»Russische Gangster«, sagte der Bart. »Eine Mischung aus *Doktor Schiwago* und *Hexenkessel.*«

»Das ist ja ganz was Neues.«

»Wer kennt die denn heute noch?«

»Nehmen Sie mich.«

»Tatsächlich? Kinofreak, was? Und haben Sie schon mal eine Rolle gespielt?«

»Ich bin gerade dabei.«

»Nein, kein Scherz. Ich drehe gern mit Laien. Mit Leuten, die im wirklichen Leben das verkörpern, was sie im Film rüberbringen sollen. Das macht Kino richtig authentisch.«

»Ich werde drüber nachdenken. Aber im Moment habe ich mit Mr. Quinn zu reden.«

Der Regisseur nickte. Blieb noch eine Sekunde stehen, wandte sich dann ab und ging. War von seinem Einfall offenbar so berauscht, daß er gegen die Bar rannte und sein Headphone verlor.

Sein Troß stürzte herbei, um zwischen seinen Füßen nach dem Ding zu suchen.

»Felix Pasko. Ist er hier?«

»Felix? Nein. Der ist nie hier. Ich kümmere mich um alles.«

»Er ist aber der Besitzer.«

»Das ist richtig.«

»Er ist sechsundzwanzig? Genau wie Sie?«

»Ja. Sein Vater ist ziemlich vermögend. Immobilien in Kanada.«

»Auch Pasko?«

»Ja. Alexander. Er ist schon zwanzig Jahre hier. Arbeitet wie ein Irrer. Ich sehe ihn so gut wie nie.«

Wenn jemand Fragen stellt, dann erzähl ihm von den Hotels. Da ist alles sauber, hatte Fee ihm vor einiger Zeit gesagt.

»Haben Sie mit irgendwem Ärger gehabt? Mit den Angestellten? Oder Gästen?«

»*Gangstern*?«

»Wenn Sie welche kennen.«

»Nein. Aber ich will ehrlich sein. Der Laden hier ist wie ein Hafen. Leute kommen und gehen. Und sicher sind ab und zu auch mal ein paar Gestalten darunter, die, na ja … Aber es hat noch nie Ärger gegeben.«

»Können Sie Namen nennen?«

Martin grinste. Als wolle er sagen: Soll das ein Witz sein?

Der Detective sah ihm direkt in die Augen. Hartnäckig. Sagte: »Wissen Sie, daß die Zahl der Gewaltverbrechen in Süd-Brooklyn um tausend Prozent gestiegen ist? Im letzten Jahr.«

»Beeindruckend.«

»Was ich damit sagen will, ist folgendes: Wenn Ihnen in letzter Zeit irgendeine kleine Schweinerei aufgefallen ist, dann sollten Sie besser davon ausgehen, daß Sie morgen eine große Schweinerei haben. Und übermorgen eine riesengroße. Ich habe keine Ahnung, ob wir den Kerl kriegen, der auf Ihren Bruder geschossen hat. Aber wenn Sie einen Verdacht haben, daß jemand hinter Ihnen her ist, dann können wir Sie vielleicht schützen.«

Martin nickte. »Hört sich gut an. Wollen Sie was essen?«

»Danke, nein. Der Club ist zur Zeit geschlossen? Niemand taucht hier auf?«

»Nicht, bis diese Witzbolde wieder weg sind. Und alles aufgeräumt haben. Sehen Sie sich nur das ganze Klebeband auf dem Fußboden an.« Dabei hob er die Stimme und wies mit der Hand quer durch den Raum. Lehnte sich zurück in seinen Sessel und grinste.

Redete nie wieder mit ihnen.

Sie riefen Juliet noch ein paarmal an, um nach dieser oder jener Einzelheit zu fragen. Sagten, sie würden sie auf dem Laufenden halten. Dann riefen sie nicht mehr an. Sie kamen auch noch mal im Krankenhaus vorbei, um Frito auszufragen, aber der wußte gar nichts.

Martin besuchte ihn jeden Tag. Wartete aber, bis sein Bruder wieder in einem fort plapperte, lachte, Comics las und seinen Walkman auf den Ohren hatte. Frito sagte, das Licht sei aus gewesen. Damit er in der Dunkelheit das Wasser besser sehen konnte. Er hatte Musik gehört und über seinen Streit mit Juliet nachgedacht, dann sei auf einmal das Fenster zersplittert, und im gleichen Augenblick habe ihn die Kugel getroffen. Er war sich nicht sicher, ob er einen Schuß gehört hatte. Konnte sich nur daran erinnern, wie das Glas rieselte und dann nacheinander mehrere große Scherben auf dem Boden zerschlugen. Es hatte ihn umgerissen, er war auf die Couch gestürzt und dann auf den Boden. Draußen war niemand zu sehen. Und er hatte auch nichts gehört – keine Schritte, kein Sirren einer Fahrradkette. Hatte auch nichts hören können, weil die Musik lief. Nur das splitternde Glas. Er hatte nach dem Telefon getastet, es zu sich unter den Tisch gezogen und die Nummer des Notrufs eingetippt. *Habe ich Sie richtig verstanden, Sir? … Jemand hat auf Sie geschossen? … Sir?*

Martin bat Juliet, draußen irgendwas zu essen zu besorgen. Als sie weg war, zog er seinen Stuhl näher an das Bett. Er hatte Frito einiges zu sagen, wußte aber nicht, wie er anfangen sollte.

»Sieh mal«, sagte Frito, »die Infusion.« Er führte seine freie Hand zu dem Schlauch. Da bemerkte Martin die Tätowierung. Frito spürte, wie er sie ansah.

Martin sagte: »Ist es das, was ich denke?«

»Ja.«

»Laß mal sehen.«

Er nahm seinen Unterarm, beugte sich vor. Die Wespe. Fetter Körper, der Kopf zeigte zum Handgelenk, der überdimensionierte Stachel zur Armbeuge. Fast genauso wie bei seinem Vater. »Hast du sie gesehen?« sagte Martin. »Bei Old Stinger? Erinnerst du dich daran oder warst du damals noch zu jung?«

»Zu jung.«

»Na ja, sieht seiner jedenfalls verdammt ähnlich. Eine schöne Arbeit.«

»Danke.«

»Zweihundert?«

»Zweihundertfünfzig.«

»Das geht. Hast du sie von dem Geld bezahlt, das ich dir für die Miete gegeben habe?«

»Kann sein.«

»Schäm dich.«

Frito hielt den Arm hoch und betrachtete die Tätowierung. Als sähe er sie zum ersten Mal.

Hat das Talent des Alten, dachte Martin, kann sich aber kaum an ihn erinnern. »Hat Mom sie gesehen?«

»Ja.«

Martin nickte, sagte: »Hast du schon mal Heroin ausprobiert?«

»Nein.«

»Wirst du es tun?«

»Nein.«

»Tu's wirklich nicht.«

»Du weißt doch, ich bin ein guter Junge.«

Es kam ganz plötzlich hoch, und bevor Martin sie noch aufhalten konnte, rannen ihm die Tränen die Wangen herunter.

Aber es war in Ordnung. Er legte seine Stirn auf Fritos Brust, schluchzte, sagte, es täte ihm leid. Frito strich ihm über den Kopf. Sagte, es sei schon okay. Als Juliet zurückkam, war er wieder eingeschlafen. Martin saß neben ihm auf seinem Stuhl, die Ellenbogen auf den Armlehnen, die Hände auf seinem Schoß gefaltet. Frieden war zurückgekehrt in das Zimmer. Er machte ihr ein Zeichen, sie solle nicht hereinkommen, stand auf und ging zu ihr raus.

Auf dem Flur setzten sie sich, und er fragte sie, ob sie die Geschichte von Stinger kenne. Die Geschichte, die Frito selbst nur von seiner Mutter gehört hatte. Juliet sagte nein. Er sagte, daß er sie ihr erzählen würde. »Damit du weißt, was im Kopf deines Mannes vor sich geht.« Scheißegal, ob Frito das gefallen würde oder nicht.

Fee und Penny kamen am Vormittag, kurz nach seiner Mutter. Er und Fee gingen raus auf den Flur, Penny blieb im Zimmer und unterhielt sich mit seiner Mutter und Juliet. Beide hatte sie zuvor erst einmal getroffen, bei Fritos Hochzeit.

»Was ist mit den Cops?« sagte Fee.

»Es ist vorbei. Ich denke, die sind durch damit.«

»*Der Teil* ist vorbei.« Fee war todernst. Hatte seinen Blick geradeaus auf die Tür geheftet.

»Was ist los, Mann?«

»Ich weiß auch nicht.«

»Sag schon, Fee.«

»Ich muß immer an die Italiener in Staten Island denken.«

»Der Typ, mit dem dein Vater Probleme hatte? Warum aber dann ich?«

»Keine Ahnung. Vielleicht hat da einer was auf eigene Rechnung gemacht. Ein Kumpel von den beiden, die mein Vater erschossen hat. Oder es geht um irgendwas, das ich nicht blicke.«

»Aber trotzdem – warum dann *ich*?«

»Wenn es einer von denen im Alleingang war, dann vielleicht, weil er das Risiko nicht eingehen wollte, auf meinen Vater oder mich loszugehen. Wenn es aber doch von oben kam, dann war es eine Warnung.«

»Hat dein Vater Ärger mit denen?«

»Wegen dieser Sache jetzt?«

»Nein, vorher.«

Fee sagte, das wäre nicht der Fall.

»Oder weißt du nur nichts davon?«

»Ich hab ihn gefragt. Alles ist koscher.«

Martin schüttelte den Kopf.

»Was ist?« sagte Fee.

»Das macht doch alles keinen Sinn. Waren die mal im Club? Du hast mir nie einen von denen gezeigt.«

»Die waren mal da.«

Was er ihm nicht abnahm – er war sich absolut sicher, daß Fee es ihm gesagt hätte.

Er beließ es aber dabei. Speicherte es. »Dann werden sie mich da gesehen haben«, sagte er.

»Gut möglich.«

»Zeig sie mir nächstes Mal.«

»Worauf du dich verlassen kannst.«

»Du meinst also, sie waren's?«

»Entweder die, oder es ist etwas, vom dem ich keine Ahnung habe.«

Martin dachte über den Satz nach. Sah Felix in die Augen. Sah dort etwas, aber nichts, das unehrlich war. »Bunny?« sagte er.

Fee sagte: »Könnte sein.«

»Aber was soll er für einen Grund haben?«

»Was hast du diesen Monat für ihn gemacht?«

»Geld rumkutschiert und einen Drogendealer in Washington Heights aufgemischt.«

»Was ist mit dem?«

»Glaub ich nicht. Ich hab nur den Wagen gefahren.«

Terry, dachte er.

Darüber lohnte es sich nachzudenken.

Er fragte sich, wie dick Bunny tatsächlich mit ihm zusammensteckte. Was würde Bunny tun, wenn er eines Tages nicht mehr da sein sollte?

Ich habe Brast genug auf Terry Hughes, daß ich ihn umbringen könnte. Ohne Probleme.

»Also gut«, sagte Fee. »Ich hab keine Ahnung. Vielleicht sollten wir einfach abwarten. Uns kugelsichere Westen besorgen. Die Scheißdinger kosten zwei Riesen das Stück. Ich kann mich ja mal auf der Straße umhören.«

Nach kugelsicheren Westen? dachte Martin. Etwa secondhand? »Was? Was meinst du?«

»Den *homo sowjeticus* befragen. Die *aparatschiks*, die für uns arbeiten. Vielleicht weiß einer von denen was.«

»Laß uns abwarten«, sagte er. »Vielleicht fünf oder sechs Monate, bis wir ganz sicher sein können, daß die Cops mit ihrer Arbeit durch sind.«

Fee zuckte die Schultern. Sagte: »Kein Russe sagt dir was, wenn du ihn nicht fragst, Mann. Nie würde er von sich aus mit einer Information über einen anderen rausrücken, ganz egal, worum es geht. Wenn du ihn allerdings fragst, dann erweist er dir ja einen Dienst, für den er natürlich eine Gegenleistung verlangen kann. Meistens natürlich Bargeld. Dieses raffgierige Pack.«

»Laß uns einfach warten«, sagte Martin.

Daß Fees Gedanken mal wieder davongaloppierten, sprach gegen seinen Verdacht. Typisch Felix, dachte er. Kann nie bei einem Thema bleiben, immer unterwegs. Nie wirklich ernsthaft an etwas interessiert, nichts ist ihm wichtig.

»Die Dinge passen einfach nicht zusammen, Fee.«

Er sah ihn an. War jetzt plötzlich wieder ganz der coole Felix. Die Selbstsicherheit in Person. Sagte: »Du wirst sehen, irgendwann wird alles zusammenpassen. Wer auch immer dahinter steckt, wir kriegen das Schwein.« Martin runzelte die Stirn. Sah weg. »Warten wir, bis sich alles etwas beruhigt hat. Aber ich schwöre dir, auch wenn wir ein Jahr warten müssen oder länger – wir kriegen den Drecksack.«

Martin sagte nichts mehr.

23

Fast ein halbes Jahr lang trugen sie die kugelsicheren Westen. Wenn sie in den Club fuhren und früh am Morgen, auf dem Weg nach Haus. Aber irgendwann hörten sie damit auf. Martin hatte Penny nichts von seinem Verdacht gesagt. Als er an jenem Vormittag zurück in das Krankenzimmer gegangen war, in ihr offenes Lächeln blickte, als sie dasaß und mit seiner Mutter und Juliet redete, da wußte er, daß sie keine Geheimnisse vor ihm hatte und keine Schuldgefühle. Der Gedanke, daß Fee es getan haben könnte, war ihr nie gekommen. Und was ihn selbst betraf – er wußte es einfach nicht. Aus dem neu eingesetzten Fenster sah er hinaus aufs Wasser und versuchte, es sich vorzustellen. Wer auch immer es getan hatte, er würde es wieder versuchen. Vielleicht beobachtete er ihn gerade jetzt, in diesem Moment. Wie er hier am Fenster stand. Er ging raus auf die Promenade, um die Büsche herum, nahm mögliche Positionen des Schützen ein – als erwarte er einen Geistesblitz, wenn er aus dessen Perspektive auf sein Apartment sah. Nach einer Weile wurde das Gefühl der Bedrohung schwächer, dann verschwand es schließlich ganz. Manchmal kam es ihm sogar so vor, als habe er alles nur geträumt. Aber selbst wenn tatsächlich jemand auf ihn geschossen hatte – war das noch von Bedeutung? Gab es jetzt noch einen Grund, beunruhigt zu sein?

Er wußte, daß ihn die Erinnerung trog. So, wie Erinnerung Geschehenes immer in etwas verwandelt, das sich irgendwann vollständig von der Realität ablöst. Man muß schon sehr genau hinter diese Geschichten blicken, um wieder zu ihrem wahren Kern vorzudringen.

Wie zum Beispiel war er zu dem Entschluß gelangt, Felix umzulegen?

Warum bist du mit ihm da raufgefahren, die Glock in deiner Tasche, geladen, hast sie entsichert, während ihr durch den Wald spaziert seid. Bist einen Schritt hinter ihm gegangen, hast auf die günstigste Gelegenheit gewartet, ihm die Mündung an den Kopf zu halten und abzudrücken. Ohne sich umzudrehen hatte Felix gesagt: *Es waren nicht die Italiener. – Was meinst du? – Die auf deinen Bruder geschossen haben.* Als hätte er Martins Gedanken erraten und gewußt, was er vorhatte.

So hatte er es hinausgezögert. Sich einen Aufschub verschafft, bis sie wieder auf die Lichtung kamen, plaudernd. Wo Terry bereits auf sie wartete. Hinter dem Haus. Auf den richtigen Augenblick. Auf die günstigste Gelegenheit.

Er roch den Regen. Lag ausgestreckt auf der Couch, Regierungseigentum. Hörte, wie der Regen draußen über den Asphalt rann.

Für einen Moment hatte er das Gefühl, als ob das Fenster offen wäre.

Das Kartenspiel ging jetzt schon den dritten Abend. Drei nasse Mäntel hingen neben denen von Corso und Dolan neben der Tür. Zwei der Agenten trugen Schnauzbärte, der dritte war fast einen Kopf größer und hatte eine Glatze. War wahrscheinlich mal blond gewesen, vor langer Zeit. Corso hatte gesagt, er müsse sich nicht um ihre Namen scheren. Was er auch nicht tat. »Diese Russen haben einfach keinen Glamour«, sagte Corso gerade. Er sagte tatsächlich *Glamour.* »Die Italiener machen ihr Geld mit dem, wovon die Leute träumen. Die Russen mit dem, was sie brauchen. Die Jungs haben keinerlei Laster, protzen nicht auf der Straße rum. Sitzen still und unbemerkt in irgendwelchen Hinterzimmern und machen Millionen, indem sie Versicherungen bescheißen, Urkunden fälschen und Steuern hinterziehen. Vielleicht sogar Milliarden, wer weiß das schon. Also muß man die ganze Sache neu aufrollen. Die guten alten Tage der Cosa Nostra sind jedenfalls vorbei. Die Russen richten weit größeren Schaden an als die Spaghettis. Und vor allem sind sie hinterhältiger.« Er warf seinen Einsatz auf den Tisch. »Und – das darf man dabei nicht vergessen – wir haben es nicht nur mit den Kriminellen zu tun. Da sind auch noch die ganz normalen Einwanderer. Ich rede von dem ganz gewöhnlichen Russen und der ganz gewöhnlichen Russin. Die haben die Sozialgerichte so mit Klagen überschüttet, daß es zehn Jahre dauert, bis das alles abgearbeitet ist. Die Stadt hat den Generalsekretär der Vereinten Nationen angefleht, den russischen Botschafter dazu zu bringen, seinen Leuten zu sagen, daß sie gefälligst die Verkehrsregeln beachten oder wenigstens ihre verdammten Strafzettel bezahlen sollen. Seitdem die hier sind – drei Jahre? – sind zwei Millionen Dollar aufgelaufen. Und die schämen sich nicht mal, diese Leute. Scheißen auf alles und jeden. Für die ist das hier nicht das Land der unbegrenzten Möglichkeiten. Für die ist das bloß ein System, das man leichter bescheißen kann.« Warf noch mehr Kleingeld in die Mitte. »Quinn?«

»Was gibt's?«

»Ist Pasko jetzt eigentlich völlig raus aus diesen kleinen Nummern oder hat er seine Finger noch immer in Sachen, die auf der Straße laufen? So hat er doch angefangen. Die Urzelle seiner Geschäfte. Ein richtiger Pionier seiner Zunft.« Und zu den Leuten am Tisch: »Der Typ, für den Quinn gearbeitet hat. Wir waren kaum auf den Kerl gestoßen, da war schon klar, daß an den kein Herankommen ist. Allein einen Beschluß zu kriegen, sein Telefon abzuhören, würde ein Jahr dauern, weil die meisten seiner Straftaten schon so lange zurückliegen. Und das meiste sind ohnehin nur Gerüchte. Auch wenn die verdammten Zeitungen die gleichen Schlüsse ziehen wie wir. Also, was ist mit ihm?« Das war wieder an Martin gerichtet.

»Sie wollen was über das organisierte Verbrechen von mir hören? Soweit mir mein Anwalt gesagt hat, ist ja noch nicht mal der Staatsanwalt an Bord, dieser Ferguson. Unsere Wohngemeinschaft hier hat noch gar keine rechtliche Grundlage.«

»Und ob die eine Grundlage hat, glauben Sie mir. Fragen Sie ihn morgen, wenn Sie Ihre Unterschrift unter das Programm setzen. Bis dahin können Sie mir ruhig meine Frage beantworten. Hat Pasko da noch was laufen? Drogen, oder vielleicht Nutten aus Israel? Waffen aus Pakistan? So was in der Art?«

»Wie wär's, wenn Sie mir zuerst sagen, wie Sie mich gekriegt haben? Wieso Sie auf einmal da draußen aufgetaucht sind. Was hatten Sie da oben zu suchen, bei Felix' Landhaus?«

Corso schüttelte den Kopf und erhöhte seinen Einsatz. Die anderen sahen kurz zu ihm rüber, dann wieder in ihre Karten. Nur Dolan nicht. Er hatte nicht aufgesehen, der coole Hund.

Corso machte keine Anstalten zu antworten.

»Also warten wir auf Ferguson?«

»Ich denke mal, ja.«

»Und dann sagen Sie's mir?«

»Sie sind der einzige, der hier Fragen beantwortet, Quinn. In dem Moment, in dem Sie Ihren Mund aufmachen, startet die Operation Red Devil. Wir rennen los, treten Türen ein, verhaften Leute, frieren Konten ein. *Ich* muß hier gar nichts beantworten. Sie dagegen …«

Martin stand auf und streckte sich. »Ist ja eine richtige Diskussion unter Erwachsenen hier. Hab 'ne Menge gelernt. Vielen Dank.«

»Du hast gegeben. Sag schon. Was hast du?«

Martin sah ihnen zu. Sie deckten die Karten auf, und wieder strich Corso den Gewinn ein, zum dritten Mal hintereinander. Sah zu ihm rüber und hob eine Augenbraue. Als hätte seine Glückssträhne etwas mit ihnen beiden zu tun. Martin schüttelte den Kopf und ging rüber zum Fenster, streckte sich wieder. Er hatte sich schlapp gefühlt während der letzten Stunden und gleichzeitig war er unruhig, konnte nicht aufhören, daran zu denken, daß er an nichts denken wollte. Der Arzt hatte ihm gesagt, daß die Absetzung des Morphiums leichte Entzugserscheinungen verursachen könne, das sei ganz normal. Er fing an, sich zu fragen, ob der alte Stinger nicht vielleicht recht hatte. Ob das nicht sogar ein ganz vernünftiger Weg war. Dir tut was weh? Betäuben wir's einfach. Du hast das Gefühl, du blickst nicht mehr durch? Betäuben. Die Dinge in deinem Leben laufen gut?

»Vierteldollar«, sagte Dolan. Und – *bing* – warf ihn hin.

»Vierteldollar.« *Bing.*

»Vierteldollar.« *Bing.*

»Vierteldollar.« Das war Corso. *Bing.*

Bing. »Dein Vierteldollar. Wie viele Karten?« Der Typ mit dem roten Schnauzbart gab.

Wie also bist du zu dem Entschluß gelangt, Felix umlegen zu wollen, Mann?

Komm schon. Denk nach.

Doch nicht wirklich wegen Frito. Hat es dich damals groß geschert, als er noch klein war, wenn er hinfiel und sich die Nase blutig schlug? Du bist nicht auf ihn zugestürzt und hast gedacht, o Gott, der Arme, was ist ihm Schlimmes passiert?

Der Regen wurde dichter und schlug jetzt von der Seite gegen das Fenster. »Verdammt, Corso, kann man dieses beschissene Fenster mal aufmachen?«

»Schußsicheres Glas, versiegelt.«

»Können Sie dann wenigstens die Tür mal aufmachen?«

»Wozu?«

»Weil ich verdammt noch mal Luft schnappen muß.«

»Will in den Pfützen rumspielen«, sagte der mit dem roten Bart.

»Kenne ich Sie?«

Der Agent sah von seinen Karten auf und zu ihm rüber. Bullenaugen, spöttisch. Eine Rauchwolke kräuselte sich um seinen Kopf.

Martin sah wieder aus dem Fenster. *Fick dich.*

Sie machten weiter mit ihrem Spiel.

Der Wind wirbelte den Regen gegen die Scheibe.

Es waren nicht die Italiener … die auf deinen Bruder geschossen haben … und er hatte die Glock fester umfaßt.

»Machen Sie doch mal diese blöde Tür auf, Corso. Bloß für eine Minute. Meinetwegen binden Sie mich irgendwo fest.« Er sah sich um. »Am Türknauf.«

»Meinen Sie das ernst?«

»Ich werde noch verrückt hier drin.«

»Lesen Sie die Zeitung. Oder schreiben Sie auf, was Sie Ferguson erzählen wollen. Denken Sie nach.«

»Ich kann aber nicht denken. Sie wissen doch, was der Arzt gesagt hat.«

»Wollen Sie etwa einen Rückzieher machen?«

Corso sah ihn an. Dachte nach. Martin sah weg. Er mochte es nicht, wenn man über ihn nachdachte und entschied, als sei er ein kleines Kind. Hörte dann, wie Corso aufstand und sagte: »In Ordnung.« Nicht wie *Na gut, warum nicht?* und auch nicht wie *Aber ich warne Sie.* Einfach nur *In Ordnung.* Einfach eine Entscheidung, die ein Mann getroffen hatte.

Corso fesselte ihn mit den Handschellen an den Türknauf, zog daran, um sicherzugehen, daß sie fest saßen. Sagte, er solle keine

Dummheiten machen und öffnete die Tür, ging zurück zum Tisch. Kalte Regentropfen trafen Martins Stirn. Er schloß die Augen und öffnete sie wieder. Atmete tief durch. »Quinn.« Das war Corso. Martin drehte sich um und zwinkerte, sah sie um den Tisch sitzen. Sah fünf Waffen, die auf ihn gerichtet waren. Ihre Karten hielten sie in der anderen Hand, verdeckt. Martin sah wieder raus in die Dunkelheit. Sie lachten. Er hörte, wie die Revolver auf den Tisch gelegt wurden. Hörte zweimal ein Schnappen. Zwei Holster wurden geschlossen. Corso und Dolan, dachte Martin. Sie hatten keinen Zweifel daran, daß er ihnen gehörte.

24

Es war eine verdammt gute Zeit gewesen. Alles um ihn herum brach auseinander, doch er schwamm oben. Sagte *ihnen* jetzt, wo's langging. Er hatte schnell verstanden, daß es am besten lief, wenn er ganz cool blieb. Wenn er seine Stärke gegen ihre Schwäche ausspielte. *Diese* Zeit.

Mit Bunny hatte es angefangen. Keine Frage.

Ja, Frito war wieder auf den Beinen, zwischen Fee und Penny lief es nicht so gut. Dann telefonierte er eines Abends mit Bunny – ganz Brighton Beach schien auf den Beinen zu sein, und der Zug nach Queens ratterte über seinem Kopf hinweg – und plötzlich sah er alles vor sich. Keine zehn Minuten, nachdem der Sizilianer am Ende der Bar auf ihn zugekommen war. Hatte ihm respektvoll die Hand geschüttelt. Gesagt, er käme von Bunny und solle mal guten Tag sagen. Carlo sonstwas. Martin hatte ihn noch nie zuvor gesehen. Sein Englisch war eine Katastrophe, und er entschuldigte sich dafür. War höflich und hatte nicht diesen geringschätzigen Blick wie all die anderen. Hatte gesagt, wenn man irgendwann mal ins Geschäft kommen könne, würde es ihn freuen. Lehnte mit einer netten Geste den Drink ab und war drei Minuten später auch schon wieder verschwunden. Dann rief Bunny an, der Sizilianer war kaum zur Tür raus. Ob Martin mit ihm gesprochen habe. Martin sagte ja und fragte, ob er zur Familie gehöre oder so. »Kann schon sein«, sagte Bunny. »Ich hab keine Ahnung. Aber was hältst du von ihm?«

»Warum fragst du?«

»Was ist dein Eindruck?«

Martin sagte, er sei ihm wie ein richtiger kleiner südländischer Gentleman vorgekommen.

»Gut«, sagte Bunny. »Sehr gut. Ich muß los. Ruf mich später an.«

Martin sagte der Hosteß, daß er gleich wieder da sei, und ging raus auf die Avenue. Dann drei Blocks die Brighton rauf. Wartete noch zwei Minuten an dem Telefon neben der Treppe, die zur Bahn raufging, und rief dann die Telefonzelle am Laguardia an. Bunny sagte: »Bist du es?«

»Ja. Was ist los?«

»Der Typ. Ist irgendwie mit meiner Familie verwandt, drüben in Castelvetrano. Hat für irgendwas gesessen, das er nicht getan hat. Als er sechzehn war, in Palermo. Hat die ganze Zeit über im Knast den Mund gehalten. Als er wieder rauskam, haben sie ihn gefragt, was er jetzt tun wolle, und er hat gesagt, er wolle hierher.«

»Wie alt ist er?«

»Zweiundzwanzig, denke ich.«

»Benimmt sich wie zweiundvierzig.«

»Ich weiß. Aber er meint, was er sagt. Und beißt sich durch. Das ist kein Zuckerschlecken in Palermo.«

»Seit wann ist er hier?«

»Seit gestern. Ein entfernter Cousin rief an und hat gesagt, daß er käme und ob ich ihn am Kennedy abholen könne. Als ob er ein Ehrengast wäre. Ich fahre also zum Flughafen raus und denk, ich seh nicht richtig, der hat noch Pickel im Gesicht, der kleine Lackaffe. Trägt einen zu großen Anzug von meinem Cousin. Wir essen was bei mir im Restaurant, und beim Kaffee sagt er, daß er hier was vorhat. Dieser Typ, noch grün hinter den Ohren.«

»Etwas, das er im Knast ausgebrütet hat?«

»Etwas, von dem er Wind gekriegt hat, am Tag, bevor er rausgekommen ist. Erinnerst du dich noch an Peter Hughes? Joe Moon?«

»Ja.«

»Hatten damals ein gutes Geschäft laufen.«

»Stimmt.«

»Das Pickelgesicht sagt, mit etwas Kleingeld würde er hier alles umkrempeln.«

Oben fuhr der Zug ein, das Telefon begann zu vibrieren. »Warte«, sagte Martin.

Bunny sagte nein. »Den Rest besprechen wir direkt. Denk mal drüber nach, was du davon hältst.«

Das hatte er bereits. Später dachte er oft daran, daß dieser Abend alles verändert hatte. Der Schuß auf sein Apartment war jetzt endgültig Vergangenheit. Von diesem Moment an sah er wieder nach vorne. »Morgen?«

»*Domani*«, sagte Bunny. »Laß uns am Vormittag telefonieren und eine Zeit ausmachen.«

Er erzählte Fee nichts von dem Gespräch, als er wieder in den Club ging. Später beschloß er dann, die Sache für sich zu behalten und das Ding allein durchzuziehen. Fee erst einzuweihen, wenn ihm die Zeit reif dafür schien.

Carlo stand schon an der Bar, als Martin am nächsten Abend in den Club kam. Er schüttelte ihm die Hand und bestellte sich eine Cola. Bunny kam aus der Küche, fragte, wo zum Teufel Terry sei, und sagte dann: »Da ist er ja.« Martin sah auf und zum Eingang. Terry hatte noch so ein Jüngelchen dabei. Auch ihn hatte Martin noch nie gesehen, irgendwo mußten sie wohl gerade schlüpfen. Tee reichte seine Jacke in die Garderobe, verlangte sie dann noch mal zurück, fingerte ein Schlüsselbund heraus, gab es dem Grünschnabel und sagte ihm etwas auf italienisch. Der Bengel verschwand wieder zur Tür raus. Terry kam zu ihnen rüber. »Was ist?« sagte Bunny.

»Hab vergessen, den Wagen abzuschließen.«

Terry lehnte sich über den Tresen, winkte dem Baarkeeper und bestellte einen Drink.

Martin sagte: »Bist du dabei?«

Terry sagte: »Ja. Und du?«

»Weiß noch nicht.«

Terry sah zu Bunny. »Weiß er Bescheid?« sagte er. »Über alles?«

»Nee.«

»Was heißt *alles*?« sagte Martin.

Bunny sagte: »Gleich«, und wartete, bis Terry seinen Drink hatte. »Okay, können wir?« Martin hob sein Glas ein Stück, um zu signalisieren, daß er soweit wäre. Bunny nickte in Carlos Richtung und sagte ihm, er solle loslegen. Übersetzte, was Carlo sagte.

Der Junge hatte eine sanfte Stimme.

Sprach so, als würde er von etwas erzählen, das sich vor langer Zeit ereignet hatte. Als ob er nicht gerne darüber reden würde und es nur tat, weil Bunny ihn aufgefordert hatte. Hielt den Blick auf die Bar gerichtet und zuckte ab und zu die Schultern.

»An dem Tag, bevor Carlo rauskam, kam ein Neuer in den Knast«, übersetzte Bunny. »Er hat gesagt, er säße wegen einer Lieferung Heroin, doch die Polizei hat das Zeug nicht gefunden. Er hat die Aussage verweigert, und sie haben ihn eingebuchtet wegen … ?« Er fragte etwas auf italienisch nach. »Mißachtung des Gerichts oder so was. Weil er nicht sagen wollte, wo es war.« Bunny ließ den Sizilianer weiterreden. »Es war nämlich im Haus seines Vaters. Ein alter Mann, fast blind. Wollte ihn da nicht reinziehen, seine Familie schützen, blabla, dieser ganze Scheiß.« Der Junge sah auf, ob sich Bunny über ihn lustig machte. Bunny sagte, er solle weitermachen.

Sein Vater wußte allerdings von dem Heroin, sagte der Junge. Hat früher selbst Geschäfte gemacht, auch hier in New York. Wurde dann aber in den Fünfzigern ausgewiesen und ist zurück nach Sizilien. Noch richtig einer von der alten Schule, sagte Bunny. Martin stellte ihn sich mit einem dicken schwarzen Schnauzbart vor. Hat sich zwar schon vor zehn Jahren zurückgezogen, sagte Bunny. Aber immer noch für Sohnemann die Fäden gezogen, wo er konnte. Und der saß nun also im Knast und hat rumgequatscht, wie es die Kerle in ihrer ersten Nacht da eben so machen. Carlo hat zugehört und ihn am nächsten Tag angesprochen. War praktisch schon mit einem Fuß aus der Tür. Hat ihn gefragt, wenn er das *babanya* aus Sizilien raus und in die Staaten schaffte, ob es der alte Mann dann hinkriegen würde, den Rest zu regeln. Die auszubezahlen, die noch zu bezahlen waren. Und ob er, Carlo, dann den Gewinn einstreichen könne. Und der Kerl hat gesagt, sicher doch, das Zeug würde ja sonst ewig da liegenbleiben. Der Alte würde es nicht anfassen, in Amerika könne man heutzutage doch niemandem mehr trauen.

Der Sizilianer zuckte die Schultern, um die modernen Zeiten zu beklagen.

Martin sagte: »Und wieso hat der Kerl *ihm* vertraut?«

Bunny gab die Frage weiter. Der Junge sagte zwei Worte.

»Sie haben ihm vertraut«, sagte Bunny. Und zuckte grinsend die Schultern. Mehr hatte der Junge offenbar nicht zu sagen.

Martin nickte. Dachte, daß Sizilien nicht nur eine andere Welt, sondern auch ein anderes Jahrhundert war. Sie bauten Mist und wanderten in den Bau, und immer gab es irgendwen, der den

Platz von dem einnahm, der verschwunden war. Ihre Stärke war weniger ihre Cleverneß, es war ihre Loyalität. *Omertà* – das uralte Gesetz der Mafia. Sie hatten Erfolg, weil sie einfach nicht aufhörten. Stetes Wasser höhlt den Stein.

Der Junge machte weiter.

Er war also zu dem Alten gegangen und hatte ihm gesagt, er könne die Sache über die Bühne bringen. Sie hatten den Preis vereinbart und die Route besprochen, die Kuriere. Alte Verbindungen, die jederzeit wieder aktiviert werden konnten.

»Das hat er eben gesagt?« sagte Martin.

»Ja.«

»Jesus.«

»Alles, was er dafür braucht, ist Geld«, sagte Bunny. »Aus deinen zwanzig werden fünfzig.«

»Oder zwanzig Jahre«, sagte Martin.

»Scheiße«, sagte Terry. »Scheiße.« Er hatte seinen Blick noch immer hinter die Theke gerichtet. Wenn sie ihn noch mal hochnehmen würden, käme er erst als alter Mann wieder raus. Sie würden ihm die Höchststrafe geben, egal, wie die Anklage lautete.

Das meinte er allerdings nicht. Er hatte eher so was sagen wollen wie *Fick dich doch, du Arschloch. Wenn du Schiß hast, warum läßt du dich dann nicht beerdigen.*

»Wie auch immer«, sagte Bunny. »Wir müssen jedenfalls was tun.«

»Wieso? Hat Terry etwa gekündigt?«

Bunny machte dem Barkeeper ein Zeichen, er solle noch eine Runde ranschaffen. Nachdem der Barmann sie gebracht hatte, hob er sein Glas. Martin stieß mit ihnen an, die Augen noch immer auf Bunny gerichtet. Wartete. Bunny sagte: »Ich hatte letzte Woche ein Gespräch mit Rocco. Er hat diesen Idioten Charlie Mirra geschickt, um mir zu sagen, ich solle vorbeikommen. Was blieb mir anderes übrig?« Bunny nickte sich selbst zu. Dachte einen Augenblick lang nach. Setzte sein Glas ab, zeigte darauf und wartete, bis der Barkeeper verschwunden war. Sein Gesicht wurde finster.

Martin hatte ihn noch nie wütend gesehen.

Wahrscheinlich ist es Mirra gewesen, der seinem Alten vor

zwanzig Jahren die Reise ins Jenseits beschert hatte. Nachdem Rocco beschlossen hatte, die Luft künftig nicht mehr mit ihm teilen zu wollen.

Bunny leerte den Drink und betrachtete seine Fingernägel. »Er hat gesagt, was ich einnehme, gehört von jetzt an ihm. Er läßt mich weiter meine Geschäfte machen, aber er will seinen Anteil. Er ist jetzt der Boß.«

Wieviel, wollte Martin fragen, wußte aber, es würden mehr als fünfzig Prozent sein.

»Aber er weiß nicht, daß Carlo hier ist«, sagte Bunny. »Stimmt's, Carlo?«

Der Junge nickte.

»Und Carlo hat mit den Leuten von diesem Hurensohn noch eine hundert Jahre alte Rechnung offen. Also …«

Martin nickte, trank. Sagte nichts.

»Ich hab die erste Zahlung gerade vorbeigebracht«, sagte Terry.

Bunny sagte: »Einen ganzen Beutel. Wir mußten extra zur Bank. Er verlangt auch Nachzahlungen.«

»Er will Krieg«, sagte Martin.

Er hatte es ausgesprochen, noch bevor er darüber nachgedacht hatte.

Eins von den Dingen, die man einem Italiener nicht sagt.

Vielleicht waren sie abergläubisch oder auf der Hut vor Wanzen, das hatte er nie rausbekommen. Sie hatten eben ihre Regeln, und manchmal vergaß er das.

Der Sizilianer sah kurz auf. Wollte sich vergewissern, daß er richtig gehört hatte.

Sie schwiegen eine Weile. Dann sagte Bunny: »Bist du also dabei?«

»Wobei?«

Bunny schüttelte den Kopf. »Verdammter Ire«, sagte er. »Killer Quinn. Nur das Geschäft. Das andere habe ich nicht gehört. Terry auch nicht. Und der kleine Carlo versteht sowieso nur Bahnhof.«

»Zwanzig Riesen?« sagte Martin und sah auf seinen Drink. Sagte nichts zu Bunnys Bermerkung über seine Leute. Vermutlich hatte er ja recht.

»Zwanzig.«

»Wann?«

»In einer Woche.«

»Und wann kommt es zurück?«

Bunny fragte den Jungen. Nickte, nachdem der geantwortet hatte. »In zwei Monaten.«

Martin nickte ebenfalls.

»Ist deine Miete bis dahin abgedeckt?«

»Ich kümmere mich drum.«

»Und was ist mit dir?«

»Schon in Ordnung«, sagte Bunny.

Und Rocco? dachte Martin. Wie lange dauert es, bis er merkt, daß dir nicht die Luft ausgeht? Bis Mirra wieder vorbeikommt?

Aber was sollte er sich darum einen Kopf machen? Schließlich hatte er nichts mit der Sache zu tun. Bunny und Rocco hatten was miteinander laufen, das irgendwann vor zwanzig Jahren begonnen hatte, als Bunny noch ein Junge war. Jetzt war Rocco auf die Idee gekommen, das Kriegsbeil wieder auszugraben. Bunny konnte im Moment nichts dagegen tun. Nur warten, bis er wieder am Zug war. Aber das war wirklich nicht seine Sache. Hinterzimmerpolitik aus der Alten Welt. Gesten, Nadelstiche und Rituale, bei denen in irgendeinem halbfertigen Keller heilige Karten verbrannt werden. Irgendwo am Stadtrand.

Was scherte ihn das? Aber es bot sich ihm hier endlich die Gelegenheit, über die er während der letzten Monate so oft nachgedacht hatte. Etwas Eigenes am Laufen zu haben. Plötzlich tauchte das Bild vor ihm auf. Wie er mit Juliet auf dem Flur im Krankenhaus gestanden hatte und sie nicht zu ihm in den Aufzug kommen wollte. *In was bist du verwickelt, Martin?* hatte sie ihn gefragt.

Killer Quinn. Kid Quinn. Suzie Q, dachte er. Ich liebe das Leben.

Für einen Moment bedauerte er es, daß Fee nicht dabei war. Das hätte er ihm gern gesagt: Ich liebe mein Leben.

Und deine Frau.

Ein Lächeln huschte über sein Gesicht. Er hob sein Glas und trank es aus.

25

Carlo blieb verschwunden. Hatte die Sache abgewickelt und war nach Florida gefahren, wo er sich mit einem der sizilianischen Kuriere herumtrieb und nie wieder von sich hören ließ. Nach drei Monaten schickte Bunny Terry runter, um den Kurier auszuquetschen. Terry kam zurück und sagte, Carlo sei zurück in Sizilien. Wollte sich um den Typ kümmern, der ihn für sechs Jahre hinter Gitter gebracht hatte. Er war nach Haus gefahren, um seinen Ruf auf elegante Südländerart wiederherzustellen.

Vielleicht läßt er sich ja demnächst auch einen Schnauzbart wachsen, dachte Martin. Und fragte nicht weiter.

Daß Terry einen so ausführlichen Bericht lieferte, ließ vermuten, daß er den Typ in Florida wohl gefoltert haben mußte, um die Wahrheit zu erfahren. Oder er hatte ihn gefoltert und wenigstens eine gute Story bekommen, weil Carlo in Wahrheit vielleicht in den Sümpfen von Alligatoren gefressen worden war. Oder Terry war überhaupt nie in Florida gewesen, weil Bunny seinem kleinen Cousin Carlo das Ticket selbst gelocht hatte, nachdem der Deal gelaufen war, und meinte, Martin besser im Ungewissen darüber zu lassen, daß er das Geschäft nun allein betrieb.

Er fragte nicht nach.

Schließlich waren aus seinen zwanzig Riesen ja fünfzig geworden.

Sagte nur: »Hoffentlich kriegt er den Kerl von vor sechs Jahren.«

Bunny sagte: »Kannst ja die italienischen Zeitungen lesen. Mich interessiert's 'nen Dreck, was die da drüben treiben.«

Er fuhr in den Club und ging ins Büro. Grinste Fee zu und wartete, bis er aufgelegt hatte. Holte das Bündel raus und warf fünfzig Hunderter vor ihn auf den Schreibtisch. »Was ist das?« sagte Fee. Nahm das Bündel und zählte es durch. Vermutlich hatte er richtig geraten.

»I … don't know … just where I'm going …«

Fee blinzelte.

»But I'm … going to try … for the kingdom … if I can …«

»Was soll das?«

»… 'cause it makes me feel like I'm a man …«

»Velvet Underground«, sagte Penny. Sie stand in der Tür. Martin hatte sie nicht kommen gehört. »*Heroin*«, sagte sie.

»He-ro-win«, sagte Martin. »Der Held steigt herab, um seinen Sieg zu teilen.«

»Hör auf«, sagte Fee, »es nervt.«

»Was bist du nur für ein Barbar«, sagte Martin. »Das ist ein verdammter Klassiker. Die Fernsehserien kennst du rauf und runter, aber von Lou Reed noch nie gehört.«

Penny fragte ihn, woher das Geld komme. Fee sah sie an, dann Martin. Auch er wollte eine Antwort.

Er sagte: »Von Bunny.«

»Und wofür?« sagte Fee.

»I … don't know …«

Penny sagte: »Ist es Heroin?«

Er hatte eigentlich nicht vorgehabt, ihnen die Geschichte zu erzählen, aber er fühlte sich einfach zu gut, beinahe übermütig. »Stimmt genau, Madame.«

»Wann?« sagte Felix.

»Vor drei Monaten. Vor drei Wochen hat er kassiert. Etwas abgewartet, ob alles ruhig bleibt. Das ist Ihr Anteil, Don Pasko.«

»Von Bunny?«

»Von mir. Du kannst also sicher sein, daß es keine Blüten sind.«

Fee starrte auf das Geld. Penny sah Martin an. Dachte nach. Er würde wohl was von ihr zu hören kriegen.

Er sah Fee an. »Was ist los, willst du es nicht?«

»Das ist irgendwie komisch, findest du nicht?«

»Du hast mich hier reingeholt. Dir habe ich es zu verdanken, daß ich zwanzig Riesen investieren konnte. Das da sind zehn Prozent von dem, was die Sache gebracht hat. Kein Vermögen, nur eine Geste. Eine Verbeugung vor meinem Freund Felix.«

Fee sagte: »Okay dann …« Sah wieder auf das Bündel. »Danke.«

»Danke?«

»Ja.«

»Dann gib's zurück.« Er streckte die Hand aus.

»Wieso das?«

»Weil mir deine Reaktion nicht gefällt.«

»Was ist denn los? Was hast du?«

»Denkst du etwa, ich hab dich hintergangen?«

»Nein. Was zum Teufel ...«

»Ich wollte dich einfach nur nicht mit reinziehen. Deshalb hab ich's allein gemacht.«

»Davon rede ich doch gar nicht ...«

»Aber Martin«, sagte Penny. »Und dein ...?« Sie sagte den Satz nicht zu Ende. Stand noch immer da, lehnte im Türrahmen. Sah ihn an. »Und dein Vater?«

»Mein *Vater*?«

»Genau das habe ich gemeint«, sagte Fee.

»Was ist mit ihm?«

Was ist mit *deinem* Vater, Penny? Und trotzdem hast du *ihn* geheiratet.

Er starrte sie an. Hätte es um ein Haar gesagt.

Wußte aber, daß ihr klar war, daß sie eine Grenze überschritten hatte.

Sie sagte: »Schon gut«, und sah zu Boden. »Tut mir leid. Es geht mich nichts an.«

Martin sagte, es sei schon in Ordnung. Und dann zu Fee: »Das Geld gehört dir, Fee. Ich wollte mich einfach nur bei dir bedanken. Das ist alles.«

»Okay.« Fee nickte. Sah ihn an und stand auf.

»Nimm mich jetzt bloß nicht in den Arm. Ich meine es ernst.«

»Komm schon?«

»Nein.«

Das Telefon summte.

Fee machte keine Anstalten abzuheben und sah Martin weiter an. Legte die Stirn in Falten, dachte über etwas nach. Sagte: »Also Heroin?« Wieder summte das Telefon. »Hast du's in deiner Küche selbst gebrutzelt? Du warst in Chemie doch immer eine absolute Null.«

»Du hast bei *mir* abgeschrieben.«

Beim dritten Mal nahm Fee ab. Deckte den Hörer mit der Hand ab und sagte, leise: »Sag schon.«

»Natürlich nicht«, sagte Martin, ebenfalls flüsternd.

Fee nickte, sagte hallo. Setzte sich und redete russisch. Penny verschwand nach draußen. Martin nahm die Glock aus dem Hosenbund, legte sie auf den Schreibtisch und setzte sich dann auf die Couch. Sah Felix an, weil etwas in seiner Stimme war. Der Alte am anderen Ende der Leitung, aber da war noch etwas. Fees Blick traf Martins. Er verstand, daß der Anruf auch ihn betraf.

Penny kam mit ein paar Gläsern zurück. Gab Martin eins, ging dann rüber zum Schreibtisch. Fee legte auf, sah sie nicht an. Nahm das Glas aus ihrer Hand und hielt es.

Sie stand direkt neben ihm. Würde sie jetzt ihre Hand auf seine Schulter legen?

Aber sie sah zu *ihm* rüber.

Er sah zu Felix. Fragte, was los wäre.

»Ich muß morgen in deine alte Gegend.«

»Und?«

»Rocco DiNabrega. Du kennst ihn doch.«

»Ja.«

»Mein Dad und ich essen morgen abend mit ihm in seinem Restaurant.«

»Okay. Und worum geht's?«

»Ich hab keine Ahnung. Er hat gesagt, daß Bunny draußen ist.«

26

Sie mußten bis in die Grand fahren, weil die Thompson, Prince und Spring Street wegen Dreharbeiten für einen Film gesperrt waren. Fanden zwei Parkplätze, direkt einander gegenüber, und liefen dann zurück. Penny war mit ihm gefahren. Sie war mitgekommen, weil Fee und sie anschließend noch ausgehen wollten. Er sollte anschließend gleich rüber zu Bunny gehen und ihm sagen, was nun Sache war. Fee und der Alte hatten vorher noch reden wollen und waren allein gefahren. Jetzt gingen sie schweigend vor ihnen, beide die Hände in den Taschen und auf Abstand bedacht, kam es ihm vor. Als ob sie eine Meinungsverschiedenheit gehabt hätten. Er selbst und Penny hatten auch nicht viel miteinander geredet, obwohl sie sich kaum gesehen hatten, seitdem das Haus ihrer Mutter fertig eingerichtet war. Aber diese Scheiße mit Rocco wollte ihm einfach nicht aus dem Kopf gehen, er hatte an nichts anderes denken können.

Martin zwinkerte Penny zu. Sie lächelte und zwinkerte zurück. Hatte gemerkt, wie ihn die Sache beschäftigte, und bedrängte ihn nicht. Sein Mädchen.

Die Thompson lag in gleißendem Licht, trotz der bereits heraufgezogenen Dunkelheit. Sie gingen in den Park, und er setzte sich neben sie auf die Bank. Kinder rannten um den Brunnen herum und ermunterten sich gegenseitig hineinzuspringen. Ein paar Teenager, die er noch nie hier gesehen hatte, saßen auf dem Basketballplatz um einen Ghettoblaster herum und tranken. »Manchmal kommt es mir vor, als hätte ich mein halbes Leben auf dieser Bank verbracht«, sagte er.

Sie lächelte und sah zur Thompson Street. »Was ist mit dem Film, den sie im Club gedreht haben? Wann kommt der raus?«

»Irgendwann nächstes Jahr. Ich sehe ihn mir aber nicht an. Der wird genau wie diese ganzen Mafiafilme, nur daß sie jetzt alle Ivan oder Boris heißen. Totaler Blödsinn.«

»Du bist ja nur sauer, daß sie dir keine Rolle gegeben haben«, sagte sie.

»Stimmt. Warum haben sie mich nicht wenigstens den Barkeeper spielen lassen? Mir hätte es sogar gereicht, wenn ich mal irgendwo im Hintergrund herumgestanden hätte. Aber wahrscheinlich fand mich der Regisseur nicht authentisch genug.«

Sie drückte sein Gesicht sanft weg. »Ganz schön eitel.«

Das Klettergerüst drüben an der Sullivan glänzte in dem Licht, das die Scheinwerfer abstrahlten. »Was macht die Arbeit?« sagte er.

»Nervt. Langweilig.«

»Dann such dir doch was anderes.«

»Und was?«

»Keine Ahnung«, sagte er.

»Eben.«

Er öffnete seine Hände und zuckte die Schultern.

»Hast du's hier mal mit einer gemacht?« sagte sie. »Auf der Bank, meine ich.«

»Ich hab nichts anbrennen lassen, denke ich mal, ja.«

»Hast du jetzt Lust?« Sie sah ihn nicht an.

»Bist du verrückt?«

»Du fehlst mir.«

»Okay, es ist deine Entscheidung.«

»Ich denke immer noch drüber nach.«

Er nickte. Wußte, daß sie das tat.

»Wie geht's Frito?«

»Gut. Er spielt wieder. Hat ein Feriensemester eingelegt, um sich klarzuwerden, was er eigentlich will. Irgendwie so was.«

»Ihr seid so verschieden.«

»Das stimmt nicht.«

»Hast du mal Klavier gespielt?«

»Nein.«

»Es nie versucht?«

»Ich denke schon, daß ich es könnte, wenn ich wollte. Aber ich hab's nie ausprobiert. Und werd's wohl auch nicht tun, also werde ich es nie rauskriegen. Sag mal, was hält Felix eigentlich von dieser Sache mit Bunny? Habt ihr gestern abend darüber geredet?«

»Nicht direkt.«
»Beschäftigt ihn das gar nicht?«
»Er hat zur Zeit zu viele andere Sachen im Kopf.«
»Und zwar?«
»Einfach andere Sachen.«
»Bist du schwanger?«
»Nein.«
»Versucht ihr es noch?« Er hatte sie seit ihrem Gespräch damals nicht mehr danach gefragt. War zu sehr mit dieser Geschichte in Palermo beschäftigt gewesen. Aber Penny schien wieder mal einen Versuch zu machen, mit dem Rauchen aufzuhören.
»Vergiß es«, sagte sie.
»Was heißt das?«
Sie schüttelte den Kopf. Wollte nicht darüber reden. »Es sieht so aus, als ob Lexi eine Affäre hat«, sagte sie.
»Der alte Mann?«
Sie nickte.
»Wie kommt ihr denn darauf?«
»Felix hat ihn gefragt.«
»Du lieber Himmel«, sagte er. Das überraschte ihn wirklich. Er mußte daran denken, wie der Alte herumgejammert hatte, als Fees Mutter damals zur Kur in die Schweiz gefahren war. Er war wie am Boden zerstört gewesen. Wie sich Menschen doch ändern können.
»Sie haben sich in letzter Zeit laufend gestritten, wenn er aus Kanada zurückkam. Wir konnten sie nebenan hören. Felix hat sie gefragt, dann seinen Alten damit konfrontiert.«
»Und was hat der dazu gesagt?«
»Er fühle sich einsam. Entweder sei sie zur Kur, oder er in Kanada.«
»Ausreden.«
»Natürlich.«
»Es überrascht mich, daß Felix mir nichts davon erzählt hat.«
»Es macht ihn ziemlich fertig. Aber er versucht, sich nichts anmerken zu lassen.«
»Früher mußte er alles immer sofort bei *mir* loswerden.«
»Sei doch froh.«

»Wie lange geht das schon?«

»Seit mindestens einem Jahr.«

»Himmel«, sagte Martin. »Dieselbe Frau?«

»Ja.«

»Das hört sich nicht gut an.«

»Er kennt sie schon seit dreißig Jahren. Noch aus Rußland.«

»Mann, das hört sich wirklich nicht gut an.«

»Seltsamer Zufall, was?« sagte sie. »Die Frage ist jetzt wohl, welche der Pasko-Familien sich zuerst scheiden läßt.«

Wieder dachte Martin, wie sich Menschen doch ändern können. Was bloß brachte einen alten Knaben dazu, plötzlich noch mal Frühlingsgefühle zu entwickeln?

Erreicht ein Mann in seinem Leben jemals einen Punkt, an dem er aufhört, ständig zur Seite zu schielen? Eine Zeit, in der er endlich zufrieden ist mit dem, was er sein eigen nennt? »Solltest du mir das übrigens erzählen?« sagte er.

»Ich denke schon.«

»Hat er das gesagt?«

»Nicht direkt.«

»Okay, sag ihm, daß du's mir erzählt hast. Vergiß es nicht.«

Sie nickte. Sagte: »Vielleicht wird bald alles ganz anders.«

Er sagte, er dächte das gleiche.

»Wir werden Geld brauchen«, sagte sie. »Wenn es zwischen Fee und ihm zur Konfrontation kommt ...«

»Meinst du, er nimmt ihm den Club weg?«

»Das nicht gerade, aber trotzdem. Wer kann das schon wissen?«

»Gut, daß du's mir erzählt hast«, sagte er.

»Was ist nun? Willst du jetzt oder nicht?«

»Meinst du das ernst?« sagte er. »Wo denn, verdammt?«

»Oben bei deiner Mutter?«

»Spinnst du?«

»Na ja, es ist schließlich dein Viertel. Laß dir was einfallen.«

Sie gingen zur Hudson Ecke Leroy Street und sahen beide auf ihre Uhren. Fünf Minuten hin, also fünf zurück. Blieben noch zwanzig, um ein wenig herumzuknutschen, wie Teenager. Um zehn standen sie wieder vor Roccos Restaurant, lehnten sich an einen Wagen und beobachteten die Filmarbeiten ein Stück die Straße rauf. Alle paar Minuten verstummte die Menge der

Schaulustigen, dann rief jemand: »Action«, und zehn Sekunden später: »Schnitt«, und die Leute setzten ihre Gespräche fort. Jedesmal, wenn die Tür aufging, drehte Martin seinen Kopf zum Restaurant. Penny sah weiter den Filmleuten zu. Von der Hudson Street bis zurück zur Sechsten Avenue hatte sie seine Hand nicht losgelassen.

Dann kamen sie raus – Lexi und Rocco mit einem Lächeln auf dem Gesicht. Fee sah zu ihnen rüber, als fühle er sich nicht wohl in seiner Haut. Wäre jetzt lieber bei ihnen. Ein Gipfeltreffen, wurde Martin plötzlich klar, als er sie da so vor sich stehen sah. Völlig desinteressiert an den großen und kleinen Problemen dieser Welt, aber die Gewißheit ausstrahlend, der ganze Plunder würde ohnehin bald ihnen gehören. Fee wirkte zwischen den beiden Paten wie ein Kind, dem in zu großer Höhe schwindelig geworden war. Der Seidenanzug, den er sich heute abend extra angezogen hatte, schlotterte ihm um seine Beine und war ihm zu groß.

Und wenn tatsächlich etwas völlig daneben gegangen ist, verdammt?

Vielleicht wollen sie Bunny jetzt erledigen, schoß es ihm durch den Kopf. Vielleicht kassiert Rocco jetzt *uns* ab …

»Vielleicht ist es sogar noch schlimmer, als wir dachten«, flüsterte er Penny zu.

Sie gab keine Antwort. Sah zu den dreien rüber, das Kinn erhoben. Sie kannte ihre Rolle. Und sie beherrschte sie.

Lexi rief ihren Namen. Sie setzte sich in Bewegung. Selbstbewußter Gang. Nahm Roccos Hand, hielt ihm ihre Wange hin, Küßchen. Martin mußte wegsehen. Seine Gedanken überschlugen sich. Was ist, wenn sie jetzt sagen, ich soll zu ihm rübergehen und ihn umlegen? Inmitten dieser ganzen blöden Filmerei? Rein – *pow* – und wieder raus?

Dieser Abend ist nahezu perfekt dafür, würden sie sagen. *Die Wirklichkeit verschwindet im Scheinwerferlicht.*

Sie verabschiedeten sich.

Er löste sich von dem Wagen, an dem er bis eben gelehnt hatte, schloß sich ihnen an, blieb stehen, als Lexi den Schritt verlangsamte, um einen Blick auf die Filmaufnahmen zu werfen. Rocco rief seinen Namen. Nur den Nachnamen. Ließ das Q fast krächzen. Martin drehte sich um. Ging zurück. Behielt die Hände in den Taschen. Rocco zündete sich eine Zigarette an und nahm sie in die rechte Hand, steckte seine linke dann in die Hosentasche. Grinste.

»Hallo, Rocco. Wie geht's denn so?«

»Gut.«

»Was gibt's?«

»Bist du jetzt Bodyguard oder etwa 'ne große Nummer geworden?«

»Weder noch.«

»Lexis Fahrer?«

Martin grinste. Sah ihm trotz der Beleidigung direkt ins Gesicht.

»Habe gehört, du bist an diesem Kommunisten-Club beteiligt.«

»Mir geht's gut.«

»Ich glaube, du bist sein Fahrer.«

»Denk meinetwegen, was du willst.«

»Ach ja? Willst du etwa den starken Mann markieren? Sag das noch mal.«

»Ich muß los.«

»Nimm dein Maul bloß nicht zu voll. In deinem Alter hatte ich schon vier, fünf Leute abserviert. Dein Mumm dagegen scheint gerade mal dafür zu reichen, deinem Chef nachzulaufen.«

»Genau, ich gehe jetzt.«

»Weil dich deine Leute allein gelassen haben, was?«

Martin drehte sich um und ging. Sie waren tatsächlich weitergegangen und bereits um die Ecke verschwunden. Hinter sich hörte er, wie die Tür des Restaurants zuschlug.

Sie standen zehn Meter hinter der Ecke auf der Thompson. Penny zwei Schritte abseits, der Alte und Felix standen sich so dicht gegenüber, daß sich ihre Gesichter fast berührten. »Willst du von ihm etwa Befehle entgegennehmen?« sagte Felix.

»Er arbeitet für mich«, sagte Lexi. Auf englisch. Für Pennys Ohren, dachte Martin.

»Aber *er* gibt dir Befehle.«

Lexi hob die Hand und berührte mit seinem ausgestreckten Finger beinahe Fees Lippen. »Mach doch die Augen auf.«

»Wir machen mit Bunny gute Geschäfte. Alles läuft gut. Es gibt kein Problem.«

»Doch, es gibt ein Problem. Bunny ist ein Junge. Genau wie du. Mach doch endlich die Augen auf.«

»Kannst du mir bitte mal zuhören, verdammt noch mal?«

Lexi schlug ihm mit der Faust gegen die Brust, griff dann mit Daumen und Zeigefinger seine Wange und zog Felix' Gesicht noch dichter heran. »*Du* hörst mir zu. Und dieser Italiener, dieser Rocco, der hört mir zu. Und er arbeitet für mich. Genau wie du. Für wen arbeitest du also, Fila? Für mich oder für Bunny?«

Fee sah zur Seite, den Mund im Griff des Alten verzerrt.

Lexi ließ ihn los. Drehte sich um und ging.

Fee stand da. Schien nicht zu wissen, was er tun sollte. Sein Anzug hing schlaff an ihm herab. Penny faltete die Hände hinter ihrem Rücken und lehnte sich an die Hauswand. Martin ging zu ihm hin. Wußte, er konnte nichts mehr schlimmer machen. Fragte Fee, was er Bunny sagen solle.

»Daß er draußen ist.«

»Bist du sicher?«

»Tu es einfach.«

»Ich frage dich noch mal.«

»Scheiße ... wieso fragst du mich dann überhaupt?«

»Sie hat mir von der Frau in Kanada erzählt.«

»Und?«

»Vielleicht ist es an der Zeit, daß du mal eine eigene Entscheidung triffst. Für dich.«

»Hör auf damit.«

»Er wird dir den Club schon nicht wegnehmen.«

»Ach nein?«

»Er wird's nicht tun.«

»Du hast keine Ahnung.«

»Was ist mit ihm und Rocco?«

Felix sah weg und schüttelte den Kopf. *Was soll die Frage?*

»Worum geht's?«

»Geld.«

»Komm rüber in den Park und sag mir, was für Geld.«

»Er wird uns den Hahn zudrehen, verdammt.«

»Das glaube ich nicht.«

»Er wird uns den Hahn zudrehen, Q. Glaub mir, verdammte Scheiße.«

»Laß ihn«, sagte Penny.

Sie sahen sie an. Sie sagte es noch mal.

»Komm rüber in den Park«, sagte Martin. »Und sag mir, um was es geht. Los, Felix.«

An diesem Abend kam der Stein ins Rollen.

Fee stellte sich zuerst quer.

Aber dann ging es richtig los.

27

Martin quetschte ihn förmlich aus, ließ sich alles erzählen. Versuchte, sich an jedes Detail zu erinnern, das er über Rocco wußte. An alles, was er jemals über ihn gehört hatte, was man auf den Straßen erzählt hatte. Glücksspiel. Wucherzinsen. Drogen. Prostitution. Falschgeld. Baugeschäfte. Gewerkschaften. Er dachte an die guten und an die harten Zeiten. Als die Mafiosi noch auf der Straße herumhingen und prahlten, und wie sie dann plötzlich verschwunden waren. Daran, wer wieder aufgetaucht war, als die Sache aus den Zeitungen raus war. Wer tot war oder im Knast saß. Fee erzählte die Geschichte von Lexi und Monya, und er hörte sich alles an und baute alles zu einem Bild zusammen. Als würde er Memory spielen, wie er es als Kind getan hatte. Dreh die Erdbeere um, leg sie wieder zurück. Fünf Kärtchen später drehst du die andere um. *Diese blöde Erdbeere. Wo war sie bloß noch mal?* Er sagte: »Langsam. Sag das noch mal.«

Fee wiederholte es.

»Dann muß es Monya gewesen sein, der sie zusammengebracht hat, oder?«

»Gut möglich. Um Geschäfte einzufädeln.«

»Monya war zuerst hier.«

»Ja, schon in den Sechzigern. Die ganze Zeit illegal. Deshalb hat er ja auch seinen Namen geändert.«

»Wieso?«

»Er hat den Nachnamen meines Großvaters angenommen.«

»Pasko?«

»Polnisch. Katholisch. Mein Großvater hat einem toten Soldaten die Papiere abgenommen. Stalin mochte keine Juden.«

Manhattan mußte Lexi wie das Paradies vorgekommen sein, dachte Martin.

Er sah auf und schüttelte den Kopf. Der Park war jetzt leer. Die Filmleute hatten mit der Arbeit aufgehört und die Scheinwerfer ausgeschaltet. Jetzt war es wieder sein Viertel. Er atmete tief durch. »Ist Monya direkt hierhergekommen?«

»War vorher in Frankreich.«

»Und was hat er da gemacht?«

»Schwarzmarkt. Barcelona und Algier.«

»Wo hat er gewohnt?« Er konnte sich kaum an Paris erinnern. War damals gerade vier, fünf.

»Marseille«, sagte Fee. »Glaube ich jedenfalls.«

Er wußte es – Martin sah es ihm an. »Marseille, Felix? In den Sechzigern?«

»Ja, ich weiß.«

»Verdammt, Fee. Das war die verdammte French Connection.«

»Ich weiß.«

»Dein Onkel hing da mit drin.«

»Kann sein.«

»Und ich denke, daß auch dein Alter mit drinhing.«

»*French Connection* ist doch ein Film«, sagte Pen. »Der Typ, der in Frankreich seine Hershey-Schokolade nicht kriegt, oder?«

»Das Opium kam aus Südostasien nach Marseille. Das funktionierte ewig, zehn, fünfzehn Jahre. Danach dann andere Routen.«

Fee nickte.

»Ja?« sagte Martin. »Du kennst das alles?«

»Ja.«

»Die Pizza Connection?«

»Von Asien über Sizilien. Nach Florida. Über Brasilien nach Florida. Dann nach New York. Cleveland. St. Louis. Ein Dutzend Leute sind hier und drüben in Little Italy damals verschwunden. In weniger als einem Monat.«

»Wann war das?«

»Vor zehn Jahren. Nicht mal.«

»Hat Lexi da mitgemischt«, sagte er. »Felix?«

»Nein.«

»Hat er jetzt damit zu tun?«

»Ich weiß es nicht.«

»Natürlich weißt du das«, sagte Martin. »Moskau hat gerade

ein riesiges Heroinproblem. Wieso wurde auf Monya geschossen?«

»Das ist eine andere Geschichte. Hat nichts damit zu tun.«

»Woher kriegen die Typen in Moskau ihren Stoff?«

»Afghanistan.«

»Herr im Himmel«, sagte er. »Ich könnte die verdammte Route jetzt hier sofort aufzeichnen. Kabul, Moskau, Castelvetrano. Und von da aus direkt nach Brighton Beach, USA.«

»Er will einfach nur Bunny draußen haben«, sagte Felix. »Er wird einfach zu groß. Rocco will nicht, daß er auf den Gedanken kommt, eine alte Rechnung begleichen zu müssen.«

»Er will nicht Bunny draußen, sondern deinen Vater drinhaben. Wenn er Angst vor Bunny hätte wegen der Sache mit seinem Vater damals, dann hätte er ihn schon längst umgelegt. Was hat dein Vater gesagt? Was hat er dir über seine Geschäfte mit Rocco gesagt? Felix?«

»Er hat gesagt, ich hätte nichts weiter mit ihm zu tun. Rocco habe mich einfach nur treffen wollen, um mir auf nette Art zu sagen, daß ich aufhören soll, mit jemand anderem Geschäfte zu machen.«

Martin schüttelte den Kopf. »Die sind so verdammt raffiniert«, sagte er. Er konnte es nicht fassen.

Pen sagte: »Und gierig.« Er sah sie an. Sie stand von der Bank auf und ging einige Schritte. Kam zurück. Lehnte sich an die Rückenlehne und verschränkte die Arme vor ihrer Brust. »Eine Milliarde Dollar«, sagte sie. »Der Mann besitzt bald eine ganze Milliarde Dollar in Immobilien.«

»Aber es geht um Heroin?« sagte Martin.

»Das stimmt«, sagte Fee.

Sie sagte: »Gier ist Gier.«

»Heroin ist wieder groß im Kommen«, sagte er. »So einfach ist das. Die Italiener machen immer das, womit sich das schnelle Geld verdienen läßt. Wasser in Flaschen? Rap? Wieder mal Heroin? Na prima, denken sie sich. Wegen Aids gab es in den letzten fünf Jahren keinen Markt dafür. Aber jetzt lassen sich alle wieder Tatoos machen und … scheiß drauf … Nippelringe, also kann man doch auch mal ein bißchen *babanija* naschen. Und wenn die Russen die besten Lieferwege haben? Laß uns die

Hände schütteln, Genosse, dann sind wir jetzt Partner. Das ist es, um das es Rocco DiNabrega geht, darauf verwette ich alles, was ich besitze.«

Fee legte den Arm über die Rückenlehne und schlug die Beine übereinander. Er hatte sich seit zwanzig Minuten nicht bewegt. »Was sagst du dazu, Fee?« sagte Martin.

»Ich mußte gerade daran denken, daß Joe Kennedy sein Geld mit Alkoholschmuggel gemacht hat.«

»Ich glaube nicht, daß du deshalb Präsident werden kannst – du bist nicht hier geboren.

»Aber meine Kinder vielleicht. Eines Tages.«

Martin sah sie an, doch sie drehte sich nicht um. Hörte nicht mal zu. Er sah rüber zur Thompson Street. »Der erste jüdische Oberbefehlshaber. Das möchte ich sehen.«

»Katholische«, sagte Felix. »Der zweite katholische.«

»Stimmt ja, du bist ja jetzt Kathole«, sagte er. »Nenn mir doch mal die höchsten Feiertage.«

»Die was?«

»Was machen wir jetzt also?« sagte sie. Hatte offensichtlich im Moment keinen Sinn für solche Einlagen.

»Ich hab eine Idee,« sagte er.

»Dann laß hören.«

»Wir fahren zweigleisig. Nehmen Monyas Hilfe in Anspruch. Nehmen Bunnys und unser Geld und nutzen Monyas Verbindungen.«

»Das ist verdammt bescheuert«, sagte Fee.

»Das ist verdammt genial. Die Lösung liegt direkt vor dir. Deshalb kannst du sie auch nicht sehen. Wovor hast du denn Angst, Fee, verdammt?«

»Vor nichts. Aber die machen uns doch ein. Okay, davor habe ich schon Angst. Das würde ich aber nicht gerade als irrationale Angst bezeichnen. Du etwa?«

»An dem Abend vor Puerto Rico, als wir uns betrunken haben, hast du gesagt, wir brauchen Visionen. *Das* ist eine.«

»Das ist nichts als Schwachsinn, Mann. Du weißt doch nicht mal, wovon du redest. Das ist nicht unsere Kragenweite.«

»Herrgott noch mal«, sagte Pen. »Geht denn jeder Mist, den Lexi von sich gibt, direkt in dein Hirn?«

»Wir sind viel zu jung für so was.«

»Was für ein Blödsinn …«

»*Das* ist weiß Gott blöde«, sagte Martin. »Rocco hat das Viertel mit neunundzwanzig übernommen. Lucky Luciano …«

»Lucky Luciano?«

»Ganz recht. Oder enden deine Kenntnisse von der Geschichte dieses Landes etwa bei den Präsidenten?«

»Wurde der gute alte Lucky nicht umgebracht?«

»Er wurde abgeschoben. Ist im hohen Alter gestorben.«

»Die Ausnahme.«

»Hat dein Vater je gesessen?«

»Du kennst die Antwort.«

»Okay, Rocco auch nicht.«

»Und ich werd auch nicht sitzen, Martin.«

Sie sagte: »Fee …«

»Und würdest du vielleicht … bitte … Mir gefallen deine Ansichten über diese Sache überhaupt nicht, okay?«

»Gefallen dir nicht? Wen schert's?«

»Wen das schert?«

»Ein anderes Mal vielleicht, okay?« sagte Martin.

Fee sah sie einen Moment lang schweigend an. Sah dann auf seine Uhr und sagte: »Ohne mich. Sag Bunny, daß er draußen ist. Heute abend noch. Tu es einfach.«

»Laß mich dir *was* sagen, Felix. Dein Vater denkt vielleicht, Bunny bringt es nicht, aber wenn ich ihm sage, daß er draußen ist …«

»Scheiß drauf. Soll er's doch versuchen …«

»Wenn ich ihm das sage, leben wir gefährlich, Fee. *Du* lebst dann gefährlich.«

Fee zuckte mit den Schultern.

»Und ich will dir noch was sagen – du lebst schon jetzt gefährlich. Diese Sache mit Rocco geht in die Hose, und dein Vater hat dich heute abend wie eine Schachfigur ins Spiel gebracht. Das Ganze war doch nichts als dieses dämliche Getue um Ehre und Vertrauen. Aber du vergißt, daß es Rocco war, der wollte, daß du dabei bist. Das war seine Art, Lexi zu sagen, okay ich brauche dich, aber ich komme jederzeit an deinen Sohn ran und kann mit ihm machen, was ich will. Du lebst jetzt in der Tat gefährlich, und das verdankst du deinem Vater, Filuschka. Ich hingegen sage dir, daß du lieber auf dein eigenes verdammtes Risiko arbeiten solltest. Weil dein Vater nämlich nie aus dieser Sache rauskommen wird, das sehe ich jetzt ganz klar. Das geht gar nicht mehr. Sie werden ihn nie wieder ziehen lassen. Und ich will dir noch was sagen …«

»Du bist …«

»Deinen Alten würde es nicht mal stören, wenn er rauskriegen würde, daß du das Ding drehst. Das ist ein riesiger Markt, unerschöpflich, was sind wir da schon für eine Konkurrenz für ihn? Im Gegenteil, er wäre stolz. Er wäre stolz auf dich, weil du dir endlich mal ein Stück selbst geholt hast.«

Fee sagte nichts.

Das Argument hatte getroffen.

Martin beobachtete ihn.

»Ihr seid doch beide krank«, sagte Penny.

Martin sah sie an. »Warum? Ich dachte, du fändest das auch eine gute Idee?«

»Ihr seid beide verdammt krank«, sagte sie.

Er sagte: »Was zum Teufel soll das heißen, Penelope?«

Fee sah ihn an.

Scheiß drauf, dachte er und sah sie weiter an.

Sie gab ihm keine Antwort.

Er log Bunny ins Gesicht, er müsse sich beeilen, weil er zu Felix müsse. Sagte, die Bullen wären wieder da wegen des Schusses auf Frito, und sie hätten Unterlagen über ein paar Leute. Nicht über Bunny selbst zwar, aber trotzdem: »Laß dich nicht sehen. Ich melde mich.« Zog einen Büchereiausweis aus einer Brieftasche, die bei den Fundsachen im Club lag, und lieh sämtliche Bücher über Heroin aus, die er kriegen konnte. Schaffte sie ins Büro, setzte sich auf die Couch und las. Las die wichtigen Abschnitte laut vor, egal, ob Felix zuhörte oder nicht. Druckte Artikel auf Microfiche aus und hielt sie Felix unter die Nase. »Chinesische Tongs weigern sich, die Lücke im Heroinhandel zu schließen.« »Türkischer Tycoon in Weißrußland getötet.« »Mudschaheddin verschiffen Opium mit US-Geldern.«

»Ich rede ja nicht davon, daß wir die ganze Sache übernehmen, Filuschka«, sagte er. »Wir schneiden uns nur unsere Scheibe ab. Keine feindliche Übernahme der ganzen Plantage.«

»Er wird dir nicht mal die verdammte Couch lassen, auf der du sitzt.«

»Ich kauf mir eine eigene.«

»Er wird dir nicht mal deinen Hals lassen, auf dem dein blöder Schädel sitzt. Ich mache mir auch Sorgen um *dich.*«

»Ich mir nicht.«

»Mir würde er bloß den Arsch versohlen, aber dir …«

»Ich zittere jetzt schon. Kann ich weiterlesen?«

»Wie viele Leute kennst du, die das Heroin unter die Erde gebracht hat? Ich hoffe, die Frage ist jetzt nicht zu taktlos.«

»Einschließlich meines Vaters? Eine ganze Wagenladung voll. Mehr, als ich beim Namen nennen könnte. Gegenfrage: Was ist die größte Geldmaschine der Welt? Weißt du's?«

Fee starrte ihn an. Natürlich wußte er die Antwort, sagte aber nichts.

Wenn du recht hast …

»Womit wird mehr Geld gemacht als mit jedem anderen Geschäft? Na?«

… hast du recht.

»Krieg«, sagte Fee.

»Eben. Und dabei kommen auch ein paar Wagenladungen Tote zusammen, oder? Und verzichtet deshalb irgend jemand auf seinen Gewinn?«

»Wieso habe ich trotzdem das Gefühl, daß du die ganze Zeit dabei bist, dich selbst am meisten zu überzeugen, Suzie Q?«

»Keine Ahnung. Ich versuche jedenfalls, *dich* zu überzeugen, weil du ein intelligenter junger Mann bist. Ich brauche dein Geld. Wenn du, ich und Bunny, wenn wir drei da reingehen, dann brauchen wir zunächst mal eine halbe Million in bar, vielleicht auch mehr. Aber selbst, wenn wir es nur zum Großhandelspreis losschlagen, verachtfachen wir unseren Einsatz. Rechne das mal durch bei einer halben Million Dollar. Wir können sofort loslegen.«

»Sag doch deinem Freund in Baltimore, er soll mit dem Drucken anfangen.«

»Wir können das aufziehen. Du, ich und er.«

»Wir können eine ganze Menge tun.«

»Wir kriegen unser Geld sogar zwölfmal raus, wenn wir den Verkauf selbst durchziehen. Die Dealer auf der Straße beliefern. Dein Vater hat auf der Straße angefangen. Hat Schutz verkauft, Benzin und Weiber. Ich bin ihm ähnlicher als du, glaub ich. Das wird mir immer klarer.«

»Tatsächlich?«

»Doch.«

»Dann halt jetzt die Klappe.«

Jedes Gespräch, das sie führten, endete mehr oder weniger auf diese Weise. Dann machte Fee mit dem weiter, was er gerade getan hatte. Es braucht also mehr als Geld, um ihn zu überzeugen, dachte Martin.

Sein Instinkt, ihn gegen seinen Alten aufzustacheln, war jedenfalls richtig, wie sich zeigen sollte.

Nur die Art und Weise, wie sich das erwies, war nicht vorherzusehen gewesen.

Es war Hilfe von außen. Sie resultierte aus dem Unglück anderer. Doch als die Zeit gekommen war, mußte er nicht lange darüber nachdenken, ob sein Gewissen ein Problem damit haben würde. Beruhigte es mit der simplen Wahrheit, daß er es ihr ja nicht gewünscht hatte. Es war Krebs. Und obwohl sie ihm früh zu Leibe rückten, war es doch das, was es war. Und Fees Mutter war eitel. Allein die Vorstellung, wieder krank zu werden reichte aus, daß sie halbwegs zusammenbrach. Fee verbrachte seine Tage bei ihr und auch einen guten Teil der Nächte. Ihre Krankheit beschleunigte nur das, was ohnehin schon längst begonnen hatte. Der Alte verschwand für Wochen, Geschäfte in Kanada, sagte er. Penelope kam zu ihm, ließ sich vom Taxi hinter dem Haus absetzen, dann gleich ins Bett. Lief hinterher nackt in der Wohnung umher, sah hinaus aufs Wasser. Kam wieder zu ihm ins Bett, und sie redeten, bevor er in den Club fahren und dort alles im Auge behalten mußte. Sie arbeitete nicht. War glücklich. Fühlte keine Schuld. Auch in ihm war keine. Einmal fragte er sie.

»*Mea culpa*«, sagte sie. Das war's.

»*Ego te absolvo*«, sagte er.

Sie setzte sich auf ihn. Das Zimmer war hell und warm, das

Fleisch über ihrem Bauch straff. »Wir schlafen nicht mehr miteinander. Es ist aus.«

»Hat *das* die Sache entschieden?«

»Nein, du großes Baby, das war nur ein Beispiel. Wir sprechen auch kaum noch miteinander. Wir sind einfach nur ... wie Freunde.«

»Kumpel?«

»Vielleicht.«

»Du hast mal gesagt, es wäre nicht gut mit ihm.«

»Was?«

»*Das.* Schon früher.«

»Sex?«

»Ja.«

»Sag es noch mal.«

»Sex.«

»Noch mal.«

»Hast du es gesagt oder nicht?«

»Ja. Das weißt du doch.«

»Warum ist es nicht gut? Was stimmt denn nicht?«

»Es ist nicht unbedingt so, daß irgendwas nicht stimmt. Er war nur immer so ... respektvoll. Das klingt fürchterlich, ich weiß. Ich kann es schlecht erklären. Er hat einen Jungfrauen-Huren-Komplex.«

»*Madonna mia*«, sagte er.

»Genau.«

»Wann habt ihr das letzte Mal ...«

»Neulich haben wir es getan. *Er* hat es getan.«

»Was heißt das jetzt schon wieder?«

»Das heißt, daß ich die Hure bin, jetzt, wo seine Mutter krank ist.«

»Das reicht.«

»Du hättest nicht fragen sollen.«

Er wandte seinen Blick von ihr ab. Aus dem Augenwinkel sah er, wie sie sich das Laken über den Kopf zog und sich das Gesicht verhüllte, wie bei einer Ordenstracht.

Sie begann zu singen. Ganz langsam. Das Ave Maria.

Sein neuerlicher Ständer war wieder vergangen. Er hatte sich neben ihr aufgerichtet, als sie ihn aufgefordert hatte, das Wort

»Sex« noch einmal zu sagen. Er fragte sich, ob sie es bemerkt hatte.

»Männer sind Idioten«, sagte sie. Ließ das Laken fallen.

»Wie bitte?«

»Meine Mutter verachtet euch alle.«

Sie preßte ihre Brüste zusammen und ließ sie wieder frei. Spielte mit den Haaren um seinen Bauchnabel. »Ich habe mich in letzter Zeit eine ganze Menge gefragt. Wie es zum Beispiel gewesen wäre, wenn du nie weggegangen wärst. Das würde ich wirklich gern wissen.«

»Dann könntest du mich jetzt nur im Knast besuchen.«

Sie zuckte nur die Schultern und sah nicht auf.

»Der Tag, an dem ich fast jemand zu Tode geprügelt hätte«, sagte er. »Kurz davor war ich auf der Beerdigung deines Vaters. Der wahrscheinlich an nicht mehr als der doppelten Dosis gestorben ist, wie ich sie diesem Typ verpaßt habe. Dann hat mir jemand etwas gesagt, und ich fand, es war einfach höchste Zeit zu gehen.«

Er strich ihr die Haare aus dem Gesicht. Ließ sie wieder fallen, als sie nicht aufsah.

»Du hättest bleiben sollen«, sagte sie.

Er sagte nichts.

Was hätte er auch sagen sollen?

»Erinnerst du dich noch an Marco Duomo?« sagte sie. Zwirbelte seine Haare und wirkte ganz konzentriert dabei. »Der Kerl, mit dem ich zum Abschlußball gegangen bin. Der, der dann meinen Vater hat umlegen lassen.«

»Sicher.«

»Er ist aus dem Knast raus.«

»Woher weißt du das.«

»Ich weiß es eben.«

»Spionierst du ihm nach?«

»Kann sein.«

»Wieso?«

»Sagen wir mal, ich hab ihn gesehen.«

»Wirklich?«

»Ja. Er war einkaufen mit seiner Mami, in der Cross County Mall. Er hat ihr die Taschen getragen.«

»Ein netter Junge.«

»Ich habe Felix gesagt, er soll ihn töten.« Sie sah ihn an. Öffnete ihre Augen ganz weit. Zog an seinen Haaren in ihren Fingern.

»Meinst du das ernst?«

»Klar.«

»Was hat er gesagt?«

»Daß ich verrückt sei. Aber das bin ich nicht.«

»Ich hab nichts gesagt.«

»Er meinte, ich wäre die erste, nach der sie suchen würden.«

»Womit er vermutlich recht hat.«

»Ich hab ihm gesagt, er soll warten, bis der alte Duomo wieder in der Zeitung steht, und es dann tun. Das stiftet Verwirrung.«

»So einfach stellst du dir das vor, ja?«

»Wen stört es schon, wenn ein Mafioso umgelegt wird?«

Er nickte. Drückte sanft ihr Bein. Sagte: »Ich kenne ein paar, da würde es mich stören.«

»Die Cops haben meiner Mutter einen Monat lang die gleichen Fragen gestellt. Dann haben sie es aufgegeben. Haben den Fall in irgendeine Schublade gesteckt. Mit mehr als der Hoffnung, daß einer redet, arbeiten die nicht.« Sie legte sich auf ihn. Wandte ihr Gesicht zur Seite.

»Denkst du immer noch daran, es zu tun? Ihn umzulegen?« Er nahm ihre Haare aus seinem Mund.

»Nein, nicht wirklich.«

»Ich könnte mich darum kümmern. Den richtigen Mann dafür suchen.«

»Vergiß es. Ich mache ihm nicht mal Vorwürfe.«

Erleichtert nickte er.

»Als ich beim Abschlußball war, hat Marco mich angemacht«, sagte sie. »Ich hab ihn abblitzen lassen. Und mich lange gefragt, ob …, wenn ich ja gesagt hätte, mein Vater vielleicht …«

»Nein, Pen …« Das hatte er schon mal gehört, erinnerte er sich. Sie hatte es ihm erzählt, aber er wußte nicht mehr, wann. Oder hatte er es vielleicht sogar selbst gedacht?

Nein. Beim Begräbnis ihres Vaters. Draußen auf dem Parkplatz.

»Wie eine Nutte, habe ich damals gedacht«, sagte sie. »Mit siebzehn. Kannst du das glauben?«

Er sagte nichts.

Sie schluckte. Ihr ganzer Körper bewegte sich dabei.

Er sagte: »Hast du Fee gefragt, ob er es selbst tut? Das mit Marco?«

»Ich weiß nicht. Ich erinnere mich nicht mehr.«

»Er hat noch nie jemand umgebracht.«

»Glaub ich«, sagte sie.

»Glaubst du?«

»Ich weiß es.«

»Das ist ja nicht gerade so, als würdest zu ihn losschicken, um dir ein paar Tampons zu besorgen«, sagte er.

Er spürte ihr Lächeln.

»Laß es uns noch mal machen«, sagte sie. »Bitte, ja?«

Er sagte: »Okay, wenn es sein muß.«

28

»Martin? Hier ist Penny«, sagte sie. Vertraut, kühl. Jemand war bei ihr.

»Penny Pasko? Wie geht's dir?«

»Kannst du zu meiner Mutter nach Haus kommen? Nach Bronxville?«

»Bist du okay?« sagte er.

»Alles in Ordnung. Felix und ich müssen mit dir reden.«

»Worüber?«

Sie antwortete nicht.

»Penny?«

»Nimm den Henry Hudson Parkway bis Cross County. Dann die Abfahrt Bronxville Road. Das Haus ist an der Bronxville Road. 366. Auf der rechten Seite.«

»Ist wirklich alles okay?« sagte er.

»Natürlich. Ja.«

»Geht es dir gut?«

»Ja.«

Er fuhr noch mal an dem Haus vorbei, doch es war nichts Ungewöhnliches zu sehen – Fees Geländewagen auf der Einfahrt, der Buick der alten Dame stand vor dem Haus. Beide Garagen standen offen, sie waren leer.

Er fuhr um den langen Block herum. Niemand auf der Straße, kein Fußgänger, kein anderer Wagen. Nicht mal am Straßenrand stand ein Auto, alle waren in die Garagen oder vors Haus gefahren worden.

Er parkte ein Stück die Straße hoch und ging zurück. Ging die Stufen hoch. Sah zur Seite, auf die Veranda. Nach oben zur Terrasse. Alles war ruhig. Beklemmend ruhig. Er drückte auf die Klingel. Die alte Dame öffnete, und er folgte ihr ins Haus. Ins Wohnzimmer. Hielt die Waffe in seiner Jackentasche umfaßt, die andere Hand in der leeren Tasche. Fee saß am anderen Ende des Zimmers. Mit bandagierter Nase. Seine Hände lagen auf den Armlehnen des Sessels. Penny saß auf der Couch. Kerzengerade. Die Hände auf ihrem Schoß gefaltet. Anständig.

Er stand in der Tür. Sah sie an. Pens Mutter hob wortlos eine Hand, ging dann nach draußen. »Ich bin in der Küche«, sagte sie.

»Danke, Mom.«

Sie zwang sich zu einem Lächeln und sah zu Felix.

Felix sah ihn an. Sein Gesicht war geschwollen. Die Augen dick, schwarz, wütend.

»Was ist denn mit dir passiert, Chef, verdammt?«

»Lexi.«

»Was ist mit ihm?«

»Hat mir die Nase gebrochen.«

»Dein Vater?«

»Allerdings.«

»Wann?«

Wegen Bunny? dachte er.

Wegen mir?

»Heute morgen. Im Krankenhaus. Sie ist wieder im Krankenhaus.«

Seine Mutter. Der Krebs. »Geht's ihr gut?«

»Weiß nicht.«

»Vollständige Brustamputation«, sagte Penny.

»Das tut mir leid.«

»Er hat mir die Nase gebrochen.«

»Was war denn los?«

»Ich hab es ihm gesagt. Daß ich ihn höchstpersönlich rauswerfe, wenn er sie weiter trifft.«

»Die in Kanada.«

»Genau die.«

»Und dann hat er dich geschlagen?«

»Wir haben vorher noch ein paar Worte gewechselt.«

Martin nickte. Versuchte, darüber nachzudenken. Wurde den Gedanken nicht los, es wäre seinethalben geschehen. Er sah sie beide an. Pennys Gesicht war ohne jeden Ausdruck. Das von Fee einfach nur malträtiert. »Bist du sonst okay?«

»Klar, er hat ja in einem Krankenhaus zugeschlagen. Sie haben sich gleich drum gekümmert. Ich möchte, daß du Bunny anrufst. Ein Treffen arrangierst.«

»Weswegen?«

»Ich hab schon mit Monya gesprochen. Ruf ihn an. Jetzt gleich.«

»Nun mal langsam«, sagte er. Der Schreck wollte nicht weichen. Er konnte ihn nicht abschütteln. »Tut mir leid. Warte. Ich muß erst zur Toilette. Ich hab mich sofort auf den Weg gemacht, als Pen anrief.«

»Das Telefon steht direkt neben dir.« Fee zeigte darauf. Rechts von Martin.

Der blaue Apparat, den er zusammen mit ihr ausgesucht hatte. »Warte«, sagte er. »Erst …«

»Links von dir«, sagte Fee. »Den Flur runter. Wo du reingekommen bist.«

Martin ging über den Flur. Ging ins Bad, machte das Licht an. Schloß die Tür. Schaltete den Ventilator an. Nahm vorsichtig die Waffe aus der Tasche und sicherte sie. Er saß auf dem Klodeckel, öffnete die Kammer, leerte sie in seine Hand. Drückte die Patrone wieder hinein und das Magazin wieder nach oben. Prüfte noch einmal die Kammer. Legte die Waffe zur Seite. Betätigte die Toilettenspülung. Drehte den Wasserhahn auf und nach einer Weile wieder zu. Sah in den Spiegel. Beobachtete seinen Atem. Drehte das Wasser wieder an, ließ seine Hände vollaufen und trank.

Gott, dachte er. Jesus Christus, du Allmächtiger, Mann.

Sie brauchten nicht allzu lange, um Monya zu überzeugen. Hundert Riesen. Kauften quasi seine Verbindungen, seine Dienste. »Das übernehme ich«, sagte Fee. Was hieß, es würde nicht von der halben Million abgehen, die sie jetzt zusammenkriegen mußten. Seine erste Rebellion gegen den Alten, dachte Martin. Ein Schlag ins Gesicht. Ein Vertrag mit seinem Feind.

Allerdings zeigte Monya kein Interesse daran, Alexi wegen der Sache mit den Italienern eins auszuwischen und sich dafür zu rächen, daß er ihn jetzt im Rollstuhl in einem runtergekommenen Apartment irgendwo in der Lower Eastside verrotten ließ. »Ich könnte gar nicht aktiv dabei sein, selbst wenn ich wollte«, sagte er. Das Geld war alles, um das es ihm ging. Kein Anlauf, eine zweite Karriere zu beginnen. Er sagte, er wäre ständig müde. Könne kaum für sich sorgen. Er wolle in eine bessere Wohnung umziehen, eine Kur machen, eine nette Krankenschwester, die vorbeikäme, nach ihm sah, ein bißchen putzte und ihn vielleicht an ihren Nippeln nuckeln ließe, wenn er sie nett darum bäte. Er sagte, er habe ein paar Dutzend Anrufe erledigt, nachdem Felix angerufen hatte. Die alten Kontakte aktiviert und die Sache vorbereitet. *Mein Neffe ist jetzt eine ganz große Nummer. Aber er ist immer noch mein Neffe. Behandelt ihn also anständig.* »Die restlichen Anrufe müßt ihr selbst machen.« Sagte, mit ungefähr zehn Telefongesprächen käme die Sache ins Rollen. Bis der Deal gelaufen sei, würden sie ungefähr fünfhundert Anrufe machen müssen. Und das Zeug käme jetzt aus Pakistan, sagte er. Afghanistan sei dicht.

Im Treppenhaus flüsterte Martin: »War's das? Sind wir durch mit ihm?« Fragte sich, ob Monya wohl einen Filzhut im Schrank hätte. Mit rotem Hutband.

Fee warf einen Blick auf die Liste mit den Telefonnummern, ließ sie dann in seiner Tasche verschwinden. Sagte: »Soll ich ihm den Restbetrag bringen? Mit etwas Glück sehen wir ihn dann nie wieder.«

Martin sagte nichts.

Obwohl ihm diese Vorstellung gute Laune machte.

Sehr gute Laune sogar.

Die Wohnung hatte nach Pisse gestunken. Und Monya hatte nach Pisse gestunken. Wenn es schieflaufen würde, würden sie wahrscheinlich auch so enden, hatte er gedacht.

Sie rannten die Treppe runter.

Auch mit Bunny gab es keine ernsthaften Probleme. Zunächst zierte er sich etwas, kokettierte, gestikulierte wie ein Schulmädchen herum. Wie ein Mafioso. Nach *diesem* Treffen hatte Martin das Gefühl, von jetzt an auf einem Seil zu tanzen. Aber am Ende würde all das auf ihn warten, was er immer gewollt hatte. Und was sollte er sich um die Jauchegrube unter ihm kümmern, er mußte einfach nur aufpassen, daß er nicht abstürzte. Nach drei Stunden war alles geregelt. Das Restaurant hatte sich inzwischen gefüllt, Filmleute, die den Nachtdreh vorbereiteten. Es gab vorläufig nichts mehr zu klären oder zu sagen. Bunny zuckte mit den Schultern, Felix wartete, Penny lächelte. »Okay, Bruder«, sagte Bunny, »also dann los mit euch.« Er hielt Fee seine Hand hin, anschließend Penny. »Das erste Mal, daß ich mit einem Mädchen Geschäfte mache«, sagte er. Sie sagte etwas auf italienisch. Er lächelte. Gab eine kurze Antwort. Er mochte sie. Wußte, daß sie clever war.

»Ist Terry auch mit von der Partie, Pasqualie?« sagte Martin.

»Siehst du ihn hier irgendwo?«

»Gut.«

Obwohl Terry immer irgendwo ist, wo man ihn nicht erwartet, dachte Martin. Etwas, das er im Hinterkopf behalten wollte.

»Privatdetektiv Quinn kommt nämlich nicht allzu gut mit meiner rechten Hand aus«, sagte Bunny. »Uralte Geschichte.«

Sie sagte: »Wieso denn nicht?«

»Weil Terrys älterer Bruder Peter – möge er in Frieden ruhen – den Quinn geliebt hat. Hat ihm mit fünfzehn dazu verholfen, sich hier im Viertel zu einem kleinen Angeber zu mausern. Und Terry hat dabei in die Röhre geguckt und konnte ihm noch nicht mal einen Tritt in den Arsch verpassen. Er hat ihn *gehaßt* deswegen. Aber so sind sie eben, die Iren, stimmt's? Kennen keine Loyalität. Sie mögen die, die sie mögen. Sonst niemanden. Sie vergessen ihre eigene Familie.«

»Deine rechte Hand ist Ire?« sagte sie.

»Halber Sizilianer.« Er zwinkerte ihr zu.

»Wir sind also klar?« sagte Martin. Er wollte weg hier.

»Wir sind klar.«

»Okay dann«, sagte Fee und stand auf. »Wir müssen noch in den Club. Sind schon spät dran.«

»Meine Jungs vermissen den Laden«, sagte Bunny. »Reden dauernd von den russischen Mädchen.«

Penny sagte: »Wir engagieren nur die besten.«

»Ach so? *Du* engagierst sie also?«

»Er führt sie mir manchmal vor.«

Bunny grinste sie breit an. Sah zu Felix. »War *sie* das?« sagte er. Zeigte mit dem Finger auf Fees Nase.

»Bin gegen das Lenkrad geknallt«, sagte Felix.

Bunny sagte: »Versuch's doch mal mit 'nem Sicherheitsgurt.« Grinste noch breiter.

Penny entschuldigte sich, um ihre intakte Nase zu pudern.

Fee ging rüber zur Bar und nahm sein Telefon heraus. Mit dem Rücken zu ihnen. Ruft seine Mutter an, dachte Martin und holte tief Luft, sah sich um.

Mochte diese kleinen persönlichen Angelegenheiten nicht, die da gerade abliefen. Er wollte ein Geschäft machen und dann raus hier. Bunny stand jetzt neben ihm. Beobachtete Fee. Sagte, er möge das nicht.

»Was? Was magst du nicht?«

»Wie ihr mir diese Sache aufgedrückt habt.«

»Du hast gesagt, du bist dabei. Gerade eben.«

»Ich brauche Zeit. Wir alle. Vier oder fünf Monate, bis wir das Geld zusammenhaben. Ich kenne diesen Typ kaum. Er kennt mich nicht. Wir brauchen Zeit.«

»Ich kenne ihn schon mein ganzes Leben.«

»Er stinkt gegen seinen eigenen Alten an. Ich weiß nicht, wen er sich in einem Jahr vornimmt. Wem gegenüber ist er loyal?«

»Sein Vater hat ihm die Nase gebrochen«, sagte Martin.

Bunny sah ihn an. »Wirklich?«

»Vor seiner Mutter. Und Penny.«

»Tatsächlich?«

»Sie sind fertig miteinander. Das hat sich schon lange angebahnt.«

Bunny sagte: »Okay.« Nickte.

Er rannte rüber zum Telefon auf der anderen Seite der Brighton Beach Avenue. Eine Rolle Vierteldollarstücke und den Stimmverzerrer in der einen Tasche, die Glock in der anderen. Die Liste mit den kodierten Telefonnummern fiel vom ewigen Falten schon fast auseinander. So hatte er sich sein Leben immer vorgestellt. Dreist sein. Etwas in Gang bringen. Verwegen.

Die ganzen Anrufe waren eine ziemlich üble Angelegenheit und gingen ihm mächtig auf die Nerven. Sie stülpten Stimmverzerrer über die Hörer in den Telefonzellen. Gaben den Telefonen Namen und notierten sie in einer Liste mit kodierten Standortangaben. Jeder von ihnen trug eine Kopie bei sich. Idiotische Namen, die man unauffällig am Telefon sagen konnte. Eine Automarke, die keiner von ihnen fuhr. Ein Gericht, das niemand aß. Mädchen, die sie nie gekannt hatten. Audi, Krabbenpizza, Miranda. Und so weiter. Penny wies von Banken in verschiedenen Stadtteilen aus die ersten Auslandszahlungen an.

Dann warteten sie. Auf den nächsten Schwung Anrufe. Wie es Monya gesagt hatte.

Es lief immer nach dem gleichen Muster ab, wie sich bald zeigte. Einen Monat lang hörten sie nichts, dann traf der Stoff irgendwo ein, und die nächsten Kuriere warteten auf ein Zeichen, daß sie das Zeug bewegen konnten. Er hing die halbe Woche am Telefon an der Treppe zum Zug nach Queens rum. Oder an irgendeiner Straßenecke unten am Broadway. Enge Straßen, immer dunkel, als hätte die Sonne noch nie den Asphalt geküßt.

Fast vier Monate ging das so. Seine freien Stunden verbrachte er in der Bücherei. Las alles, was er finden konnte. Anbau. Geschichte. Unterschiedliche Qualitäten. Konsumverhalten. *Thailand, Afghanistan, Türkei … Ganze Landstriche mit endlosen Blütenfeldern bis zum Horizont … Die Briten exportierten im 19. Jahrhundert über die Ostindische Kompanie massenhaft Opium nach China und trieben die halbe Bevölkerung in die Abhängigkeit. Nach dem Opiumkrieg kassierten sie Hongkong ein und einundzwanzig Millionen Silberdollar Kriegsentschädigung.* Er dachte an Garland und Margaret Hamilton. Ligosi. Keith Richards. Fühlte sich, als würde er auf etwas zutreiben. Ein Rendezvous mit einer früheren Geliebten seines Vaters.

Penny war entweder im Haus ihrer Mutter oder in seiner Wohnung. Sie besorgte sich ein Handy, damit Felix sie erreichen konnte. Was er nie versuchte. Er verbrachte die meiste Zeit bei seiner Mutter. Half ihr, sich zu erholen. Lexi zog aus. Nahm sich eine Wohnung in einem Hochhaus irgendwo an der Dritten Avenue.

Er hetzte durch den Straßenverkehr. Zum Telefon unter dem Zug nach Queens. Mit den Vierteldollars, seinen Telefonnummern. Der Glock in der Tasche. Sagte sich: Du wirst dich noch mal an diese Zeit erinnern.

Der Anruf, daß das Zeug käme. Würde innerhalb von zwei Wochen in Florida sein. Er dachte ständig daran, was er noch erledigen mußte, was er bis jetzt nicht geschafft hatte. Was noch vorzubereiten war, damit es nachher nicht irgendwo hakte. Dachte vor allem an persönliche Dinge. Als müsse er seine Vergangenheit in Ordnung bringen, um für die neue Zukunft bereit zu sein. Herauskriegen, was mit Frito passiert war oder wenigstens ein paar Dinge in diese Richtung anschieben. Bevor Juliet Kinder kriegen und die Wohnung vor ihm verrammeln oder sonst was tun würde. Er rief Bunny von der Straße aus an und sagte ihm, die Cops hätten gemeint, wer auch immer auf Frito geschossen habe, hätte vermutlich mit dem Club zu tun. Vielleicht jemand von den Angestellten. Eine unbedeutende Nummer, jemand, der aus der Reihe getanzt war. Ihm seien die Hände gebunden, er könne ja keinen von denen direkt fragen. »Kannst du dich mal bei den Sizilianern umhören? Sie kennen die Mädchen doch.« Penny bedrängte er abermals, sich scheiden zu lassen, aber er biß auf Granit. »Meinst du etwa, du mußt dein Leben vorher noch ordnen?« Sie kannte ihn verdammt gut. Sie sagte: »Sag es ihm doch selbst. Leg ein volles Geständnis ab.« Er sagte, so hätte er es nicht gemeint. »Ich will bloß wissen, wie alles weiterläuft, wenn das hier vorbei ist. Die nächste Phase. Wenn wir reich sind, werden wir nicht länger warten wollen. Du wirst mit ihm darüber reden müssen.« Sie sagte: »*Du* wirst dir wohl ein Rückgrat zulegen und selbst mit ihm reden müssen.« Dabei saß sie auf seinem Bett und zog sich die Schuhe an. Es war hektisch und nervös gewesen. Dann hatten sie darüber gesprochen, daß das erst mal das letzte Mal war. Daß sie jetzt eine Zeitlang würden cool bleiben müssen und sich nicht sehen konnten, bis das Zeug angekommen und verteilt worden war. Sie wollte gerade gehen. Er sagte: »Streite bitte nicht mit mir, Penny, ja? Wir werden uns eine Weile nicht sehen. Du machst es nicht gerade leichter.« »Denkst du vielleicht, für mich ist es leicht, ihm die Scheidung vorzuschlagen?« sagte sie.

Was die Lieferung betraf, so mußten sie entscheiden, wo sie das Geld deponieren wollten. Sie hatten sich darauf geeinigt, das erst kurz vor dem Eintreffen festzulegen. Seine ursprüngliche Idee schien jedoch die beste zu sein. Sie konnten ja schlecht ein

Konto bei der Bank eröffnen. Was wäre außerdem, wenn die Ladung mitten in der Nacht ankäme? Ein geeignetes Schließfach fanden sie nur ein paar Blocks von seiner Wohnung entfernt. Das Licht in dem Pförtnerhäuschen mit den Plexiglasscheiben war außer den Straßenlaternen das einzige, das in der ganzen Gegend noch brannte, wenn er kurz vor dem Morgengrauen aus dem Club nach Hause fuhr.

Sie mieteten die kleinste Größe an. Besorgten ein Vorhängeschloß, für das jeder von ihnen einen Schlüssel bekam. Packten das Geld in eine Sporttasche mit einem Aufdruck von den New York Yankees, warfen sie ins Fach und verschlossen es. Bunny baute sich davor auf und segnete es mit dem Kreuzeszeichen. Dann gingen sie zu den Fahrstühlen.

30

Er konnte nicht schlafen. Ging spazieren. Am Gotham Storage vorbei. Blieb stehen, ging wieder zurück. Es war etwas an diesem Ort, das ihm gefiel. Die Art, wie die Laderampe im Licht des Pförtnerhäuschen glühte und wie sich darüber das Gebäude in der Dunkelheit verlor. Die Sachen in den Schließfächern waren sicher. Man brauchte sich keine Sorgen zu machen, weil da unten jemand saß und auf sie aufpaßte. So wie er sich damals keine Sorgen machte, weil die Italiener über die Thompson Street wachten, während er oben in seinem Bett lag und träumte.

Er stieg die Stufen rauf zu der Rampe. Ging über die Rampe hin zu dem Häuschen. Schenkte dem Jungen, der darin saß, ein Lächeln.

Er legte sein Buch hin. Strich sich die Haare zurück und kam an sein Fenster. »Ich brauche Ihren Ausweis, wenn Sie Ihre Karte nicht dabeihaben«, sagte der Junge und drückte eine Taste an seinem Computer.

»Nein, ich hab mich nur gefragt …«, sagte Martin. »Ich hab mir gedacht, wenn meine Partner und ich hier schon ein Fach haben, ich aber noch eins für mich persönlich miete, wie groß dann wohl die Chance ist, daß es vielleicht zu einer Verwechslung kommt?«

»Null, Mann. Wir können nicht mal sagen, ob Sie ein Fach haben, wenn die nachfragen.«

»Ich habe im Moment nichts, was ich deponieren will«, sagte Martin. »Das ist doch kein Problem, oder? Ich wollte nur wissen, wie Sie das handhaben.«

»Nein«, sagte der Junge. »Etliche Leute machen das so. Wissen, daß sie ihr Fach haben und etwas reintun können, wenn sie's denn wollen.«

Martin nickte. »Das ist gut.«

Der Junge nickte ebenfalls. Es war fünf Uhr früh, und ihm kam das alles normal vor. Als ob es immer dunkel bleiben, als ob die Sonne nie wieder aufgehen würde.

»Genau das habe ich gedacht«, sagte Martin. »Deshalb hab ich auch gefragt.«

Der Junge sagte: »Es ist gut, wenn man sein eigenes Fach hat.« Beide nickten.

»Wissen Sie was?« sagte Martin. »Sie haben mir gerade eins verkauft.« Er kramte nach seinem Geld. »Haben Sie eins in der Nähe von dem, das ich schon mit meinen Partnern habe? Um die Ecke oder im nächsten Gang?«

»Ich sehe mal nach.« Und er sah auf den Bildschirm seines Computers. Drückte wieder eine Taste und wartete. »Wie ist Ihre jetzige Fachnummer?« War bereit, sie einzutippen. Seine Finger schwebten über der Tastatur. Einen Augenblick sah er aus wie Frito vor seinem Klavier.

31

Die Hosteß, die für den Brunch zuständig war, heiratete. Keins der anderen Mädchen wollte ihre Schicht übernehmen. Er stellte Masha Kofman ein. Arrogant und schön. Wollte möglichst schnell nach oben und brauchte weniger als eine Woche, um ihn rumzukriegen. Eigentlich hatte sie schon während des Vorstellungsgesprächs damit angefangen, wenn er es recht bedachte.

Im Bett erwies sie sich als ziemlich durchschnittlich.

Danach sah er sie nur noch geschäftlich.

32

»Du bist ja nicht ganz dicht«, sagte sie und suchte für eine Sekunde seinen Blick – als fürchte sie, Fee hätte mit dem Packen aufgehört, um sie zu beobachten.

Doch er rannte nur wieder quer durch das Zimmer. »In zwei Tagen sind wir doch zurück. Vielleicht schon morgen. Wir haben noch eine ganze Woche Zeit.« Nahm einen Pullover aus dem Schrank.

»Sieben *Tage*«, sagte sie. »Vielleicht sogar noch weniger.«

»Es sind bloß zwei Stunden. Du kannst jederzeit anrufen.«

»Martin, sag es ihm. Geht nicht. Nicht beide.«

»Er ist doch nur zwei Stunden weg, Penny.«

»Was wollt ihr denn da zu zweit?«

Fee sagte: »Zwei Stunden Fahrt. Nicht mehr. Wir sind wieder hier, ehe du dich versiehst, Q holt das Geld, die Sache geht über die Bühne, und wir sind stinkreich.«

Er war angespannt. Hatte den ganzen Tag über nicht einmal gelächelt.

Ein paar Boxershorts. Socken. Alles rein in die Tasche.

Fee hatte ihn angepiept und gesagt, er solle rüberkommen, und er lief sowieso gerade durch die Gegend, weil er nicht schlafen konnte. Aber das hier war doch blöd. War sogar saublöd.

Sie sagte: »Bleibt hier.«

Fee sagte: »Ich werde verrückt hier, Penny. Ich muß einfach raus. Durch die Wälder laufen und das Gras riechen.« Er deutete auf seine Nase.« Jetzt, wo ich wieder was riechen kann. Ich drehe durch, wenn ich da jetzt nicht rausfahre. Ich kann nicht mehr schlafen. Ich denke ständig daran, daß alles bald ganz anders ist. Q und ich werden uns nicht mehr sehen. Und wer weiß, was sich noch alles ändert. Ich geh wegen der kleinsten Kleinigkeiten auf die Palme. Schlafe nicht …«

»Und was ist mit mir?«

»Warum fährst du nicht zu deiner Mutter? Da bist du doch ohnehin die meiste Zeit. Oder geh ...«

»*Du* bist doch laufend bei *deiner* Mutter. Du hast vielleicht Nerven, mir das vorzuwerfen.«

»*Meine* Mutter ist krank, deine fühlt sich bloß einsam. Das ist ein kleiner Unterschied. Aber wenn du keine Lust dazu hast, dann sieh fern. Spachtel alles weg, was du im Haus findest, wie du es ja sonst auch tust. Schließlich träum ich von nichts mehr als von einem fetten sizilianischen Weib.«

»Ich gehe jetzt«, sagte Martin. Ging raus auf den Flur.

»Warte, ich bin fertig. Hier, Penny, ich hab gepackt.« Zog den Reißverschluß zu. »Ich hab gepackt.«

Sie gab keine Antwort.

Martin öffnete die Tür und hielt sie Felix auf. Sie gingen zum Aufzug.

Felix setzte ihn zu Hause ab, damit er auch ein paar Sachen zusammenpacken konnte. Sagte, er sei in einer Stunde wieder da, würde unterwegs ein paar Bagels besorgen, fuhr dann rüber zum Club, um die Einnahmen der letzten Nacht in den Tresor zu schließen. Martin ging in sein Apartment und nahm den Telefonhörer ab. »Ist es diese blöde Masha?« sagte sie.

»Ist es wer?«

»Felix hat gesagt, daß du sie gefickt hast. Ich nehme an, er ist eifersüchtig, Herrgott noch mal.«

»Ich glaube, du tickst nicht richtig, Pen. Benutz doch mal für einen Moment dein Hirn. Der einzige Grund, warum ich mitgehe, ist, um auf deinen Mann aufzupassen.« *Von dem* du *dich ficken läßt, sooft du es brauchst.*

»Das ist doch Schwachsinn. Ausgemachter Schwachsinn.«

»Das ist kein Schwachsinn. Ich kann ihn einfach nicht allein lassen. Er versaut noch alles.«

»Du kannst, Martin. Bitte, bleib hier.«

»Ich kann nicht.«

»Ich habe Angst.«

»Pen, das einzige, was ich tun würde, wenn ich hierbliebe, wäre, ein Auge auf Bunny zu haben. Ich würde auf der anderen Straßenseite parken und ihn auf Schritt und Tritt beobachten, bis die … Geschenke da sind. Verdammt noch mal.« Er setzte sich auf die Couch. »Aber jetzt ist Fee nun mal dieser Blödsinn eingefallen. Ich kann es doch auch nicht ändern.«

»Ich hab Angst.«

»Mach dir doch nicht ins Hemd. Was soll schon passieren?«

»Laß mir wenigstens deinen Schlüssel da. Sag Felix, daß du deine Brieftasche vergessen hast, und komm noch mal vorbei.«

»Keine gute Idee. Was ist, wenn das Zeug kommt, während wir oben in seinem Landhaus sind? Dann müssen wir erst wieder in die Stadt zu dir fahren. Zuerst habe ich meine Brieftasche vergessen und dann meine Schlüssel?«

»Nimm die von Felix.«

»Ich allein bin für das Geld verantwortlich. Ich hab den kleinsten Anteil eingezahlt, also übernehme ich das größte Risiko.«

Er hatte noch nie in seinem Leben soviel Geld gesehen.

»Gib's Martin, er weiß sowieso nicht, was er damit anstellen soll«, hatte sie gesagt. Und seitdem hatte er das Gefühl, als trüge er allein die Verantwortung dafür.

Himmel, er haßte es, für andere zu arbeiten. Er würde hundert Jahre kriegen, wenn sie ihn mit dem Zeug schnappen und er behaupten würde, er habe keine Partner.

Er stützte die Stirn in die Hand und sagte nichts. Er hatte nichts mehr zu sagen. Er sorgte sich nur um das Geld. »Mit Masha war nichts, Pen«, sagte er ihr. Wußte nicht, warum. Warum mußt du sie anlügen, dachte er. Warum jetzt?

Sie schwieg.

»Ich muß mitfahren, Penny. Vielleicht will er mich auch einfach nur auf die Probe stellen. Wenn ich hierbleibe, flippt er völlig aus. Es kann alles ganz harmlos sein, vielleicht ist es aber auch Berechnung.«

Sie legten auf.

Er packte seine Tasche, überprüfte die Glock, ging noch mal pissen, dann wieder ans Telefon. Bunny sagte: »Guten Morgen. Heute ist dein Glückstag.«

»Wo bist du?« Er hörte keinen Straßenlärm.

»Was ganz anderes, reg dich ab.«

»Was denn, verdammt?«

»Du kannst mich mal. Dann eben nicht.«

»Hör mal, Pasqualito, mir geht's heute nicht besonders gut. Es ist noch nicht mal zehn Uhr. Mach es nicht noch schlimmer. Was ist also los?«

»Okay, okay. Ich wollte dir nur erzählen, daß ich was rausgekriegt habe. Einer von denen, die ich gefragt habe, hat gesagt, ein Typ namens Vlady hätte vor einer Tänzerin damit rumgeprahlt, daß er auf jemanden geballert hat. Deshalb ist er für eine Weile untergetaucht. Mit einem Gewehr. Wie Harvey Oswald. Soll ein Auftrag gewesen sein. Was sagst du dazu? Bist du noch da?«

Martin stockte der Atem. Er öffnete die Augen. Hatte gar nicht bemerkt, daß er sie geschlossen hatte. »Ja.«

»Mein Mann weiß aber nicht, wo dieser Vlady steckt. He, bist du noch da?«

»Alles in Ordnung«, sagte Martin. Mußte sich setzen. »Das macht gar nichts.«

»*Was* macht gar nichts?«

»Daß er nicht weiß, wo er ist«, sagte er. Seine eigene Stimme kam ihm auf einmal fremd vor.

»Weißt du, für wen er arbeitet?«

»Ich glaube schon.«

»Hast du irgendwie Ärger mit dem Typ?«

Ich ficke seine Frau. »Besser, wenn du nicht zuviel weißt.«

»Mach bloß keine Dummheiten, Ire. Das ist nur das Geschwätz einer Hure. Außerdem kannst du jetzt sowieso nichts unternehmen. Bis Weihnachten.«

»Ich weiß.«

»Ruf mich an. Wir essen 'ne Krabbenpizza zusammen.«

»Ich rufe nicht an.«

»Das macht zur Zeit ohnehin niemand. Aber verstehst du, was ich dir sagen will?«

»Rühr niemals selbst den Finger.«

»Sehr schön. Genau das. Und warte bis nach der Bescherung.«

Sie legten auf. Martin saß einfach da. Auf seiner neuen Couch. Das Loch darüber war verputzt, die Wand neu gestrichen worden, schon vor Monaten. Er stand auf und sah aus dem Fenster.

Fee hatte Vlady vorher gefeuert. Vor dem Schuß auf Frito. Vielleicht haben sie sich anschließend doch noch mal getroffen, dachte er. Hinter meinem Rücken. Vlady ist die einzige Ratte, die keine Verbindung mehr zu dem Alten hat. Vielleicht aber zu Fee? Vielleicht ist er jetzt in Kanada.

Wie auch immer.

Im Moment spielte das keine Rolle.

Er betrachtete sein Spiegelbild in dem neuen Fenster und dachte nach. Beklemmende Übelkeit kroch in ihm hoch.

Er verließ sein Apartment, lief rüber zum Gotham Storage. Er mußte seine Interessen absichern, den Schatz vergraben, Gegner eliminieren. Dann neu anfangen. Das alles kam ihm vor wie ein erbärmlicher Witz.

Er zog den Reißverschluß der Tasche auf, überschlug seinen Anteil. Ungefähr ein Fünftel dessen, was noch da war. Wieviel war das? Wieviel war noch da? Zog den Reißverschluß wieder zu und schob die Tasche in das Fach, das er auf seinen Namen gemietet hatte. Was er jetzt zu tun hatte, würde nicht lange dauern. Scheiß auf Bunny, wenn der das nicht kapieren würde. Der sollte seine Nase gefälligst in seine eigenen Angelegenheiten stecken.

Und, Himmel, würde Bunny nicht sogar gerne hören, daß er nur noch mit einem Partner teilen mußte?

Wieder nach Hause. Nach einer Weile klingelte es, er rannte nach unten. Öffnete die Beifahrertür des Pathfinder.

»Wirf deinen Kram hinten rein«, sagte Fee. »Ich hab Streichkäse mit Lauch besorgt. Gut?«

Er grinste. Das hatte er den ganzen Tag über noch nicht getan.

Seit vierzehn Jahren kannten sie sich.

»Gut.«

Martin warf seine Sachen nach hinten. Legte sich die Jacke um und stieg ein.

33

Als sie ankamen, hatte Fee schon wieder Hunger. Sie luden ihre Sachen aus und fuhren zurück zur Straße und dann zu dem Restaurant. Fee nahm Pfannkuchen und Würstchen. Eier, Tomaten, Toast. Kaffee. Saft. Fragte die Kellnerin, ob sie auch Nachtisch hätten, wollte die Karte sehen. Er schien froh darüber, weg zu sein. Martin bestellte Kaffee und ein Sandwich. Nachdem die Kellnerin den Tisch abgewischt hatte, lehnte sich Fee zurück und streckte seine Beine in den Gang. Sah aus wie ein verdammter Yuppie. Ein aufsteigender Stern kurz vor dem Fall. »An was denkst du, Fee?«

Er sah überrascht auf. »An gar nichts. Ich bin satt.«

»Warum? Warum wolltest du unbedingt, daß wir hierherfahren?«

»Ich mußte einfach raus. Kein anderer Grund. Warum?«

»Kein gutes Timing.«

»Es sind nur zwei Stunden bis New York. Du hast es selbst gesagt.«

»Trotzdem kein gutes Timing.«

»Doch, gerade. Denk an Puerto Rico. Das war perfekt.«

»Ich hab zwei Riesen verloren.«

»Ich hab auch ein paar dagelassen. Aber wir hatten unseren Spaß. Wir müssen diese Zeit genießen. Es wird alles anders, Q.« Sein Blick wurde unklar.

Macht ihm der Gedanke, daß wir uns dann nicht mehr sehen, tatsächlich etwas aus?

Oder hat er immer noch Schiß vor seinem Alten?

Sag mir, was wirklich in deinem Hirn vorgeht, Felix. Ich lege dich ohnehin bald um. Also kannst du ruhig reden.

»Er wird sich schon nicht großartig drum scheren«, sagte Fee. »Familie. In der Familie wird einem doch alles vergeben.«

»Ich weiß.«

»Das einzige, woran er sich vielleicht stören wird, ist, auf *was* wir uns da einlassen. Ich weiß, was du jetzt sagen willst. Daß er selbst mal auf der Straße angefangen hat. Aber das ist lange her. Er ist jetzt auf der sicheren Seite. Hat seine Hotels in Kanada. Kauft Tanker, Bohrinseln, Raffinerien. Verkauft seine Anteile an den Banken und Zigarettenfabriken in Rußland. Er will in die oberen Etagen verschwinden. Überläßt die Straße den Armleuchtern, die jetzt nachrücken. Diesen miesen kleinen *mafijatschiks*, wie sie zu Hunderten über Brooklyn herfallen. Er will unseren Familiennamen noch mal ändern und dann abtauchen. Er sagt, wenn sich diese neuen Kerle einen Namen machen wollen, dann sollen sie doch Bücher über sich schreiben lassen. Dann haben sie im Knast wenigstens was zu lesen.«

Martin nickte.

Dachte daran, daß es ihm in den neun Monaten in Alaska nie in den Sinn gekommen war, daß die Bohrtürme jemandem gehörten. Er hatte da seinen Job gemacht und er war dankbar dafür gewesen, etwas tun zu können. Sklavenarbeit, die viele andere keine Woche durchstanden, doch er hatte es neun Monate lang ausgehalten. Aber daß die Dinger jemandem gehörten? Wer sollte das sein? »Hat er schon einen Namen?«

»Pashley.«

»Das ist ein *Name*?«

»Er hat ihn in London im Telefonbuch gesehen.«

»Und du?«

»Hängt davon ab, wie die Sache läuft.«

»Wenn er dir verzeiht, daß du reich geworden bist, meinst du.«

»Hm.«

»Na ja, Familie, wie du gerade sagtest – alles wird einem vergeben.«

Fee sagte: »Genau.« Klang aber alles andere als überzeugt. Gut. Sollte er sich ruhig nicht allzu sicher fühlen.

»Wie geht's deiner Mutter? Lassen sie sich scheiden?«

»Nein, er liebt sie. Diese andere ist bloß … sonst was. Er war zwanzig, als er sie damals kennengelernt hat. Das geht vorbei.«

»Und wie geht's ihr? Deiner Mutter?«

»Unverändert. Besser. Wir warten jetzt einfach. Sie hat gute Chancen, sagen die Ärzte.«

»Freut mich zu hören.«

»Ja.«

Martin sagte: »Er wird zurückkommen. Du wirst sehen. Na ja ...« Er zuckte mit den Schultern.

»Wenn sie ihn läßt«, sagte Fee.

Martin grinste.

Als sie ihre Sachen ausgeladen hatten, hatte er gedacht, hier vor dem Haus, das ist ein guter Platz. Um ihn zu erschießen. Begrab ihn irgendwo, laß den Wagen verschwinden und fahr mit dem Bus zurück. Sag einfach, er sei einfach verschwunden. *Plötzlich war er weg. Wo ist das Geld? Hast du schon im Schließfach nachgesehen?* So würde er es machen. Aber er konnte ihn nicht einfach erschießen und zurück nach Hause fahren. Mußte ganze Arbeit machen. Auch die Zeugen beseitigen. Und sich dann Penny schnappen und weg.

Nach Monya würde kein Hahn krähen. Und was Bunny betraf – er hatte noch nie davon gehört, daß die Cops sich sonderlich ins Zeug gelegt hätten, den Mord an einem Mafioso aufzuklären.

»Erinnerst du dich noch an die Tabaksdose?« sagte Fee.

»An was?«

»Die von Fabergé?«

»Sunnyside?« Wie der Wagenhimmel über dem Beifahrerfenster gebrannt hatte. Kleine züngelnde Flammen.

»Ja. Nein. Nicht das. Die Dose war ein Hochzeitsgeschenk von einem Freund ihres Vaters, damals in Rußland.«

Martin nickte.

»Ungefähr ein Jahr, nachdem sie geheiratet haben, hatte mein Vater die Chance, einen wirklich großen Deal zu machen. Aber er war nicht flüssig, alle Gelder hingen irgendwo fest. Es gab da einen Typ, den er hinhalten mußte, wenigstens ein paar Tage. Also nimmt er diese Dose und gibt sie dem Kerl. Als Sicherheit. Sagt aber meiner Mutter nichts davon. Hat mir später erzählt, die drei Tage, die sie weg war, seien die längsten seines Lebens gewesen. Er hat alles angestellt, um meine Mutter aus dem Wohnzimmer rauszuhalten, damit sie nicht die leere Stelle oben auf dem Kaminsims entdeckt. Schließlich hat er das Geld zusammen, holt das Teil zurück und stellt es wieder auf den Kamin. Er zieht das Geschäft durch und ist seine Sorgen los. Keine Ahnung, um was es damals ging. Ungefähr zwanzig Jahre später – jetzt kommt es –, ein neues Leben, ein anderer Kontinent, da nimmt meine Mutter das Teil vom Klavier und sagt: ›Weißt du, Alexi, ich hab dieses Ding schon immer gehaßt. Wieso verkaufst du es nicht einfach?‹ Hat er getan. Und als er mir die Geschichte später erzählte, hat er anschließend gesagt, daß man gerade über die Menschen, die man am längsten kennt, oft am wenigsten weiß. Seitdem macht er sich keinen Kopf mehr darüber, was andere Menschen vielleicht denken oder wollen. Oder fühlen.«

Martin sah ihn an. »Denkst du, sie hat es gewußt?«

»Er ist ein Fuchs. Keine Ahnung.«

»Und du denkst jetzt auch, daß du dir seinetwegen zu viele Gedanken gemacht hast?«

»*Du* hast gesagt, er würde stolz auf mich sein.«

»Eben.«

»Okay. Wenn er es nicht ist, werde ich ihm diese Geschichte vor den Latz knallen, denk ich mal, und mich aus dem Staub machen, während er noch darüber nachdenkt.«

»Dann besorg dir vorher aber noch ein paar Joggingschuhe.«

Ich werde dich umlegen, dachte Martin.

Auf der Rückfahrt sprachen sie kein Wort. Die Sonne knallte schräg von vorne auf die Windschutzscheibe, und Felix gähnte in einem fort. Sie gingen über den Hof, durch das hohe Gras. Er sah auf Fees Rücken und dachte: Warum hast du bloß diesen verdammten Vlady losgeschickt? Fee sagte: »Ich mache ein Nickerchen. Ich hab zuviel gegessen.«

Er nickte. Automatisch. Hatte nicht damit gerechnet, daß Fee noch etwas sagen würde. Hatte sogar fast vergessen, wie seine Stimme klang.

Fee sagte: »Und dann gehen wir in den Wald. Jagen.«

»Jagen?«

»Klar. Wir laufen etwas rum, und wenn wir was sehen, schießen wir. *Pow.*« Sie gingen hinein. Martin setzte sich auf die Couch. Zog die Jacke aus und legte sie vorsichtig neben sich. Legte den Kopf zurück und sah an die Decke. Die Zeit verging. Erinnerungen tauchten auf, über die sich andere legten. Er schloß die Augen. Jetzt kamen die Erinnerungen wie Wellen.

Fee weckte ihn. Kaffee lief schon durch.

Er sah an sich herunter.

Über seinem Körper lag eine Decke.

Er sah neben sich, aber sie war nicht da. Dann sah er sie. Über der Sessellehne.

»Du bist sogar noch vor mir weg gewesen«, rief Fee aus der Küche. »Du hast vier Stunden geschlafen.«

Er setzte sich auf. Schlug die Decke zurück. Fragte, ob der Anruf gekommen sei. Wußte, daß das nicht der Fall war, mußte aber einfach fragen.

»Nein. Nichts«, sagte Fee. »Nur Penny. Ich hab noch halb geschlafen. Ich glaube, sie hat einfach aufgelegt. Ich hab keine Ahnung, was ich gesagt hab. Bevor ich mich hingelegt hab, habe ich noch Bunny angerufen und ihm gesagt, daß wir hier sind. Daß ich nach dem Haus meiner Eltern sehen müsse, ob hier in der Zwischenzeit auch niemand eingezogen ist.«

»Ist der Kaffee fertig?«

»Ja. Wenn das Telefon klingelt, geh nicht ran. Es wird sie sein.«

»Und wenn es Bunny ist?«

»Ich hab ihm meine Handynummer gegeben. Komm schon, trink deinen Kaffee, wir vergeuden noch den ganzen Tag.«

Er stand auf, nahm seine Jacke und ging ins Eßzimmer. Fee reinigte das Gewehr. »Willst du die Schrotflinte, Q?« Sie lag quer auf dem Tisch.

»Nein.«

Er konnte es sich nicht einmal vorstellen.

Er schenkte sich Kaffee ein und trank. Fragte sich, ob er sein Blut würde von den Bäumen waschen müssen.

Wie zum Teufel macht man das?

Fee sagte: »Bist du fertig?«

»Ich muß noch pissen.«

»Mach das doch im Wald.«

»Ich muß jetzt.«

Das stimmte. Obwohl nichts herauskam. Er betätigte die Spülung und holte die Glock raus. Schob den Schlitten vorsichtig zurück und spürte, wie die Kugel in die Kammer glitt. Legte den Sicherungshebel um. Steckte sie wieder in die Tasche.

Fee fragte, ob er sicher sei, daß er das Repetiergewehr nicht wolle, und stellte es dann weg. Fragte, ob er ihm je erzählt hätte, wie Penny damit geschossen habe. Martin schüttelte den Kopf. Sein Mund war so trocken, daß er kaum reden konnte. »Wir waren übers Wochenende hier«, sagte Fee. »Damals waren wir noch auf der Schule. Meine Eltern waren dabei, das erste Mal, daß sie sie gesehen hat. Also fragt mein Vater – der große Charmeur, der er ist – ob sie mal schießen will. Sie sagt, klar doch. Also gehen wir hinter das Haus, stellen ein paar Dosen auf, und er zeigt ihr alles. Sagt, sie soll den Ohrenschutz aufsetzen und dann mal los. Sie sagt okay und nimmt das Ding. Wir gehen ein paar Schritte zurück. Sie legt an, atmet durch, und *pow* ist die Dose weg. Weißt du, was sie dann gemacht hat?«

Martin schüttelte den Kopf.

»Sie meint: ›Hey, voll getroffen. Habt ihr das gesehen?‹ und dreht sich zu uns um. Mit der Waffe im Anschlag. Wir werfen uns auf den Boden. Lassen uns einfach fallen. Mein Vater fällt auf den Bauch. Er hat zehn Minuten gebraucht, bis er wieder zu Atem kam. Und sie meint nur: ›Was habt ihr denn? Was ist denn los?‹«

Martin nickte.

»Findest du das nicht witzig?«

»Sehr witzig.«

»Und warum lachst du nicht.«

»Weil es so witzig ist.«

»Na dann.« Fee sah ihm ins Gesicht. Sagte: »Komm, gehen wir jagen.«

Als sie von der Lichtung in den Wald traten, blieb Fee stehen. Sagte: »Ich muß dich was fragen.« Drehte sich um, sah ihn aber nicht an. Hielt den Kopf gesenkt, redete zur Erde hin. »Ich bin nicht mal sicher, ob mich das überhaupt was angeht.«

Martin sah ihn an. Nahm die Hand aus der Tasche und ließ sie frei hängen. Fee hielt das Gewehr am Schaft. In seiner Linken. Dies war nicht der Moment.

»Entschuldige bitte, aber …«

»Was?«

»Hast du jemals mit ihr geschlafen? Nachdem du abgehauen bist, meine ich? Ich glaube, du hast es getan, oder?«

Von ihr konnte er es unmöglich wissen.

Fee sah ihn an und wartete. Entschuldigte sich ein weiteres Mal.

Also sag nein und guck einfach, was passiert. »Sie ist katholisch, Fee. Nein. Obwohl ich es versucht habe.«

Fee nickte. Sah immer noch zu Boden. »Vor einem Monat oder so hat sie mir etwas erzählt. Kannst du dich noch an Marco Duomo erinnern? Der Abschlußball und die Sache mit ihrem Vater? Sie hat mit ihm geschlafen. Es war das erste Mal für sie, sie war vorher noch Jungfrau. Ich kann an nichts anderes mehr denken. Kann sie nicht mehr berühren. Seitdem sie mir das gesagt hat, war ich nicht mehr mit ihr zusammen.« Er sah auf.

»Verstehe«, sagte Martin. Konnte keinen ganzen Satz sagen.

»Danke.«

»Es wird vergehen.«

»Das hoffe ich.«

Fee sah ihn noch immer an. Daß sie ihm gesagt hatte, er solle den Kerl umlegen, erwähnte er nicht. Behielt es für sich. Nahm die Sachen einfach, wie sie waren. Wurde immer mehr zum richtigen Mafioso.

Warum hast du es nicht noch mal versucht? dachte Martin. Warum hast du Vlady nicht losgeschickt, um ein zweites Mal auf mich zu schießen?

Fee grinste. »Wie geht's Masha?«

»Der Hosteß? Okay.«

»Ja?«

»Ja.«

»Liebst du sie?«

»*Masha*?«

Fee schüttelte den Kopf. »Nein, nicht Masha.«

»Was ist los? Was willst du, Felix?«

Er grinste immer noch. Als wäre das alles ein Spaß für ihn. »Schon okay, Q. Ich weiß alles.«

»Gar nichts weißt du. Du bist doch bescheuert.«

»Nein, mein Verstand ist völlig klar. Ich habe gut und tief geschlafen.«

»Dein Verstand ist total durcheinander. Wegen diesem Marco.«

»Ich versuche, dir gerade zu sagen, daß es okay ist. Ich verstehe dich sehr gut. Du liebst sie seit zwölf Jahren.«

»Du …«

»Hör mir einfach zu, okay? Ich bin mit ihr verheiratet. Bei dir ist es einfach nur ein Gefühl. Es ist nicht real. Es ist eine Schwärmerei, etwas, das du nicht loswirst, weil es nie richtig angefangen hat. Ich liebe sie ebenfalls. Aber ich bin mit ihr verheiratet. Das ist eine völlig andere Situation.«

»Du wirst noch alles versauen mit ihr, Felix. Du wirst sie verlieren. Und sie ist eine gute ...« Ihm fiel nicht das Wort ein, das er sagen wollte.

Sie ist alles. Sie ist einfach ... wunderbar.

»Ich weiß. Sie ist die beste. Aber versteh das doch. Ich *beneide* dich darum. In deiner Erinnerung wird es immer perfekt sein. Schmerzhaft, aber perfekt.«

»Fee, verdammt, ich ...«

»Hör mir zu«, sagte Fee. »Ein schmerzhafter Traum ist besser als gar keiner. Glaub mir. Ich beneide dich *wirklich* um diesen Schmerz. Ich hab neulich über andere Menschen nachgedacht. Über Frauen. Du ...« – er schüttelte den Kopf – »... vögelst diese ganzen heißen Mösen im Club durch. Jede Nacht eine andere. Das ist auch nicht leicht mit anzusehen.«

Martin wußte, daß ihm das zugesetzt hatte. Dachte, daß er es oft wohl genau aus diesem Grund getan hatte. Auf alle Fälle war es bei Masha so gewesen. Er hatte sofort bemerkt, wie Fee sie während des Vorstellungsgesprächs angesehen hatte – ihm hing förmlich die Zunge raus.

»Und diese Masha Kofmann, Q«, sagte er. »Himmel, was für ein Weib.«

»Sie ist eine Hexe, Fee.«

»Ich mag Hexen.«

»Dann leg sie flach und fertig.«

»Du hast mir gerade gesagt, daß ich meine Ehe respektieren soll.«

»Ich sage jetzt gar nichts mehr.«

Fee nickte. Sagte: »Entschuldige.« Sah zu Boden und stieß das Gewehr in das Laub. Wollte weitergehen. »Sonst noch was?«

»Nein.«

»Gehen wir?«

»Gehen wir.«

»Okay«, sagt er und drehte sich um.

Martin folgte ihm. Dachte, was ist los, verdammt? Wieso mußtest du das tun? Weil du es eben einfach tun *mußtest.* Und jetzt muß ich auch das hier tun. Ich werde es tun. Ein verdammter Straßenjunge wird es tun.

Sie gingen weiter. Äste knackten unter ihren Schuhen.

Sie duckten sich unter den Zweigen hindurch, marschierten immer tiefer in den Wald hinein, alles um sie herum war grün, und sie waren eingehüllt in Schatten und Stille. Martin sah auf seinen Rücken, seinen Hinterkopf. Das dichte Haar, das sie so liebte. Dachte: Was hast du zu Vlady gesagt? Nachdem er auf den falschen Quinn geschossen hat? Die Parzen haben erst deinen Bruder gefickt, dann meinen. Hat dir das gereicht? Hast du es aufgegeben, mit ihnen zu flirten?

Oder wolltest du, daß er Frito erschießt? Damit ich dich ebenso brauche wie du mich. Die besten Freunde, die beide ihre Brüder verloren haben?

Und wieso Vlady, Mann? Gott, dachte er – was für eine Demütigung. Du weißt doch, wie ich diesen Kotzbrocken hasse.

Fees Kopf tanzte rauf … runter … rauf … direkt vor ihm.

Martin nahm die Waffe aus der Tasche, hielt sie hinter sich, den Arm nach unten gestreckt. Ließ den Finger an den Abzughahn gleiten. Rauf, runter. Nach dem nächsten Schritt würde er schießen. Wenn Fees Kopf wieder unten war.

Antworte mir. Vielleicht sollte ich dir besser in den Bauch schießen. Damit du dich vor Schmerzen krümmst und winselst, daß ich dir endlich den Rest gebe. Damit du mir sagst, warum. Verdammt, ich habe es von einem hören müssen, der es von einer Nutte hat.

»Hast du gehört?« Fee. Er hatte etwas gesagt.

»Was?«

»Es waren nicht die Italiener.«

Was?

»*Was* waren sie nicht?«

»Die auf deinen Bruder geschossen haben.«

Sie blieben stehen. Fee ließ das Gewehr locker herunterhängen. Drehte sich um. Sah die Glock. »Willst du damit etwa ein bewegliches Ziel treffen, du Meisterschütze?«

»Was?«

Aber Fee senkte den Blick. Er mußte wohl noch ein paar Entschuldigungen loswerden. »Es war Vlady«, sagte er. Martins Herz schlug so heftig, daß seine Hände wackelten. Sie *wackelten.* Fee sah wieder auf. »Es tut mir leid, Mann.« Sein Blick war fest. »Es tut mir so verdammt leid.«

Martin schüttelte den Kopf. Oder auch nicht. Vielleicht zuckte er einfach. Er begriff es nicht.

Schieß jetzt. In den Bauch. Er wird reden. Er wird darum betteln, sterben zu dürfen.

»Er hat vor einer der Tänzerinnen damit angegeben«, sagte Fee. »Er hat sie damals gevögelt. Sie hat es mir vor ein paar Tagen erzählt. Alle möglichen Leute würden plötzlich danach fragen, hat sie gesagt, und da hat sie es mit der Angst gekriegt. Wir haben nie rausgekriegt, wer es war, weil du gesagt hast, wir sollten abwarten, bis die Cops Ruhe geben. Und dann hast du es dabei belassen. Ich dachte, du hättest deine Gründe, also hab ich nicht nachgehakt. Manchmal gibt es zwischen Brüdern seltsame Geschichten. Richtig seltsame Geschichten, Mann. Ich dachte, du wüßtest vielleicht, wer auf ihn geschossen hat oder so was. Also hab ich mich um meinen Kram gekümmert. Aber als die Leute anfingen zu fragen, kam das Mädchen zu mir. Es hatte Angst. Vlady hat dich gehaßt, Mann. Du hättest ihm seine Waffe zurückgeben sollen.«

Martin sah ihn an.

Meinst du das ernst?

Fee versuchte ein Lächeln. »Das war wohl der einzige Grund, warum er dich umbringen wollte. Und natürlich, weil du ihn geschlagen und vor anderen Leuten ein Arschloch genannt hast.«

Martin sah ihn an. Konnte sich nicht denken, was … Aber er sah sie. Die Möglichkeit. Vlady hatte beschlossen, sich an ihm zu rächen. Nicht nur, daß er seine Waffe behalten hatte – nach der Schlägerei vor dem Club hatte er ihn zudem öffentlich gedemütigt. Als er wieder aus dem Knast raus war, hatte er seinen Job verloren. Und beschlossen, sich aus der Gosse, in der er gelandet war, zu erheben und einen Schuß abzufeuern – Martin kannte ein Dutzend Kerle mit ähnlichen Geschichten. Das war wirklich nichts Außergewöhnliches.

Fee legte seine Stirn in Falten. »Aber natürlich war es nicht deine Schuld. Ich hätte ihn nie im Club rumlaufen lassen dürfen. Ich wollte nur … ich versuche dir zu sagen, daß es mir leid tut. Und daß du dir seinetwegen keine Sorgen mehr machen mußt. Er ist tot.« Er sah zu Boden. Hob den Blick wieder. »Ich hab das in Ordnung gebracht.« Einen Moment war Fees Blick starr. Dann zwinkerte er. »Ich hab herausgefunden, wo er steckte. Dann bin ich vorbeigefahren. Die Tänzerin hatte gesagt, er habe erzählt, er sei von jemandem angeheuert worden. Ich habe ihn gefragt. Wollte auch wissen, welche Waffe er benutzt hat. Ob es eine von unseren war. Daß ich ihn dann in Ruhe lassen würde. Nein, hat er gesagt. Es war ganz allein seine Sache. Er hat sich fast in die Hosen gemacht vor Angst. Spätestens da wußte ich Bescheid.«

»Du …«

»Was?«

»Du hättest es mir sagen sollen. Du hättest mich das erledigen lassen sollen.«

»Mir war schreck …«

»Du hättest *mich* das machen lassen sollen.« Die einzige Kraft, über die er noch verfügte, saß in seiner Kehle.

Aber der Rest würde bald zurückkehren, das wußte er. Weil er wieder voll durchatmen konnte. Weil sein Herz wieder kräftig und gleichmäßig schlug.

Fee sagte: »Ich hab mich einfach geschämt, Mann. Er hat schließlich auf meiner Lohnliste gestanden. Also war ich verantwortlich.« Als wolle er sagen: Sieh das doch endlich ein. So klang seine Stimme. Vor einer Woche wäre sie jetzt wahrscheinlich weggebrochen. Und vielleicht hätte er sogar geweint.

Aber er war ein anderer geworden. Erwachsen. Er war mittendrin, sein eigenes Ding zu drehen.

Oder er war einfach randvoll mit Scheiße.

Interessiert's mich? fragte er sich. Interessiert dich das, Martin Quinn?

Nein.

Es interessiert mich nicht.

Wenn er versucht hat, mich zu töten – ich habe eben nichts anderes getan. Wir sind quitt. Wenn er seine Sache auf sich beruhen lassen kann, dann kann ich es auch.

Und ich hab's ja schon getan.

Er sah zu Boden und auf die Glock. Hob den Arm, zielte auf den Wald, blieb so stehen. Eine Sekunde lang dachte er daran, sie auf Fee zu richten. Aber es stimmte, verdammt noch mal. Alles andere machte überhaupt keinen Sinn. Felix würde immer loyal sein. Du legst ihn nicht um, dachte er. »Himmel, Fee, *deshalb* wolltest du unbedingt hierherfahren?«

»Ich bin völlig ausgeflippt, Mann.«

»Dein Timing konnte auch nicht schlechter sein, oder? Weißt du eigentlich, wieviel Geld da gerade unbeaufsichtigt in der Stadt liegt?«

»Glaubst du, Bunny würde das wagen? Und selbst wenn … Damit bin ich nicht pleite. Ich weiß, bei dir sieht's anders aus, Mann. Aber ich verspreche dir, ich lasse dich niemals hängen.«

»Nein. Für das, was Bunny vorhat, braucht er Millionen. Der würde jetzt nicht mit ein paar Tausendern durchbrennen.«

Er zielte mit der Glock auf alles und nichts. Sein Blick verschwamm. Der Wald wurde dunkel.

Fee wartete.

Mit dem Daumen legte er den Sicherungshebel um und senkte die Waffe.

III

34

Es gab einen Haufen Fragen, und er bekam die Antworten, die er erwartet hatte. Dann zogen er und Davis sich zurück und gingen alles noch mal zusammen durch, Seite für Seite. Davis erzählte ihm nichts, was er nicht schon wußte. »Haben Sie einen Stift?« Martin streckte die Hand aus. »Warum ist dieser Ferguson nicht selbst gekommen?«

Davis sagte: »Er ist der Oberstaatsanwalt. Solche Leute sind immer beschäftigt.«

»Der Typ da ist doch Anfänger.«

Davis nahm den Stift aus seiner Jacke und hielt ihn ihm hin.

Martin sagte: »Geradezu eine Beleidigung.« Dann ging er rüber zu dem Tisch. »Hier?«

»Überall, wo das Kreuz ist«, sagte der Anfänger von einem Staatsanwalt. »Alle sechs Seiten.«

Martin unterschrieb. Legte das Blatt zur Seite. Sah zu Corso und Dolan rüber und grinste. »Dann sind wir also endlich fertig miteinander?« Blätterte um. Fand das Kreuz. Unterschrieb.

»Bald.«

»Wie bald?«

»Morgen.«

»Gut. Werde ich dann verlegt?«

»Genau.«

»Sehr schön. Schicken Sie doch mal eine Frau.«

»Eine was?«

»Eine Frau. Eine Agentin. So was haben Sie doch auch beim FBI, oder?«

»Eine Agentin?«

»Ja doch. Frauen gegenüber kann ich viel besser reden. Eine Bundesagentin. Aber achten Sie darauf, daß sie Nichtraucher ist. Ich bin es leid, daß auf dem Klo dauernd die Kippen von dem da rumliegen.«

Dolan grinste. Zog einen Stuhl vom Tisch weg, setzte sich und zündete sich eine an. Blies den Rauch aus und grinste noch breiter. Das erste Mal, daß er gute Laune hat, dachte Martin. Selbst wenn man die ganze Zeit mitrechnete, die er vor dem Fernseher verbracht hatte.

Der Staatsanwalt ging.

Corso telefonierte.

»Okay, das war's dann«, sagte Davis. Er wirkte jetzt verunsichert, so, als wüßte er nicht genau, was er tun oder sagen solle. Stimmt, sie waren nicht unbedingt das, was man Freunde nennt, dachte Martin. »Ich lasse von mir hören. Wenn die mich lassen.«

»Okay. Und behalten Sie die Zeitungen im Auge.« Er ließ sich wieder auf die Couch fallen. Davis stand einfach da, vor ihm.

»Sie wissen ja …«

»Vergessen Sie Ihre Mappe nicht«, sagte Martin.

»Wie bitte?«

»Die gelbe Mappe neben Ihrer Aktentasche.« Er sprach leise. »Das ist doch Ihre, oder? Ich wollte Sie nur dran erinnern. Damit Sie sie nicht vergessen.«

Davis legte seine Stirn in Falten. Sagte okay.

»Cool«, sagte Martin. »Dann also danke für alles.«

»Ja.«

»Was haben Sie gesagt?«

»Nichts. Ich wollte Ihnen nur sagen, daß der nächste Teil jetzt wohl ein Jahr dauert, mindestens. Aber das wissen Sie ja selbst.«

»Das weiß ich.«

»Ja.«

»Genau«, sagte Martin, stand auf und streckte ihm die Hand entgegen. »Also dann. Machen Sie es gut, Anwalt.«

Davis sagte, das würde er tun. Nickte. Sagte: »Und Sie auch. Sie werden eine ganze Menge zu tun haben. Ein paar üble Kerle von der Straße holen.«

»Stimmt. Ich kann es kaum erwarten.«

Davis öffnete seine Aktentasche und stopfte die Mappe hinein. Ging zur Tür. Wartete, daß Dolan ihn rausließ. Und weg war er.

Corso kam vom Telefon zurück. Martin saß wieder auf der Couch. »Sie sind also durch mit dem Fall?«

»Nicht ganz. Wir müssen ein paar Berichte schreiben, und dann beginnt irgendwann der Prozeß.«

»Kriegen Sie jetzt eine Medaille? Oder werden befördert? Wahrscheinlich nicht mal 'ne Gehaltserhöhung, stimmt's?«

»So ist der Job.«

»Wollen Sie jemanden hochnehmen?«

»Wen?«

»Eine richtig große Nummer. Einen Russen. Einen, um den sich Ferguson einen Dreck schert.«

»Einen Killer?«

»Könnte sein.«

»Warum sollte Ferguson ihn dann nicht wollen?«

»Weil nur ich weiß, daß er auf jemanden geschossen hat. Liegt schon ein paar Monate zurück. Mitten in der Nacht, in einer reichen Gegend. Hat ein paar reiche Leute aus den Betten geworfen. Aber wenn Sie sich eine Woche an ihn ranhängen, garantiere ich Ihnen, daß er einen Fehler macht. Die Cops haben keine Ahnung. Sie glauben, er sei vermißt oder tot. Aber er ist wahrscheinlich in Kanada. Und das macht die Sache zu einer FBI-Angelegenheit, stimmt's?«

»Möglich.«

»Sie müssen allerdings auch was für mich tun.«

»Keinen Blödsinn jetzt, Quinn.«

»Ich muß jemanden treffen. Unter vier Augen.«

»Die Liste, die Sie vorhin mit dem Staatsanwalt durchgegangen sind – kennen Sie die Leute wirklich alle?« sagte Corso. »Wie Ihr dämlicher Anwalt ihm versichert hat?«

»Er ist gar nicht so übel.«

»Steht die Person, die Sie treffen wollen, auch auf der Liste?«

»Sollte sie eigentlich nicht.«

»Aber sie ist darauf?«

»Hat mit nichts, um das es hier geht, etwas zu tun.«

»Penelope Pasko?«

»Richtig.«

Corso nickte: »Okay. Mal sehen.«

»Kriegen Sie das hin?«

»Wann?«

»Jetzt. Sie sind doch morgen weg, oder?«

»Was meinst du, Kevin?«

»Ich würde sie gern mal sehen«, sagte Dolan.

Martin stand auf und ging zum Telefon.

»Warten Sie«, sagte Corso. »Machen Sie hier jetzt nicht den starken Mann.«

»Ich muß erst wissen, ob es von ihrer Seite aus klappt.«

»Wir holen sie einfach her.«

»Das meinen Sie doch nicht ernst. Sie wohnt in dem Apartment direkt neben der Wohnung von Lexi Pasko.«

»Was wollen Sie denn? Sie in einem Supermarkt treffen? Auf dem Frauenklo im Kino?«

»Arbeiten Sie wirklich so?«

»Wo also dann?« sagte Corso.

»Draußen bei ihrer Mutter. In Westchester.«

Corso dachte einen Moment darüber nach. Sagte: »Okay, einverstanden.«

Martin rief sie auf ihrem Handy an. Sie sagte keinen Ton, als er sich meldete.

»Martin Quinn«, hatte er gesagt. Es war ihm selbst komisch vorgekommen, aber er ließ es so stehen. Was hätte er auch sagen sollen? »Ich bin in Schutzhaft. In Sicherheit. Geht's dir gut?«

Nichts.

»Ich habe ihn nicht umgebracht.«

Immer noch nichts.

»Es tut mir leid.«

Er konnte ihren Namen nicht aussprechen.

Corso ging ein Stück zur Seite.

Er zwang sich, sagte ihn fast mechanisch. »Penelope.«

»Was ist passiert?« sagte sie.

»Terry Hughes. Ein Kerl, von dem ich dir wahrscheinlich schon mal erzählt habe. Ich habe ihn schon gekannt, als ich noch ein Junge war. Er ist uns gefolgt, raus zum Landhaus. Hat auf mich geschossen. Und auf Fee. Dann hab ich ihn erschossen. Ich habe noch keine Ahnung, warum das alles. Warum er uns nachgefahren ist. Bist du noch da?«

Stille auf der anderen Seite. Im freien Amerika.

»Hallo?«

»Ja.«

»Ich muß mit dir über ein paar Sachen reden. Ich muß wissen, ob etwas passiert ist, während wir weg waren. Das ist alles. Irgendwas, das dir aufgefallen ist.«

»Martin …«

»Nicht am Telefon. Sie lassen mich nur mit dir reden, weil du nichts mit der Sache zu tun hast. Richtig menschlich, diese Typen.«

Sie schwieg.

Er wollte sie nicht drängen.

»Wann?«

»Morgen, wenn du kannst. Kannst du zu deiner Mutter rausfahren?«

»Da bin ich gerade.«

»Um so besser. Können wir uns im Park treffen? An dem kleinen See? Am Vormittag, neun Uhr?«

»Okay.«

»Rauchst du noch?« sagte er. Versuchte ein Kichern.

»Was?«

»Gut. Vergiß deine Zigaretten nicht. Wir werden einfach ein bißchen reden, okay?«

Er war sicher, daß sie ihn verstanden hatte.

»Okay.«

»Wie geht's dir? Bist du okay?«

»Ja.« Ausgelaugt. Vorsichtig.

»Dann also bis morgen.«

Er hatte von Leuten gehört, die vierundzwanzig Stunden am Tag eine Rasierklinge im Mund behalten konnten, ohne sich zu verletzen. Er versuchte es in der Tasche seines Unterkiefers. Sah in den Spiegel und sprach ein paar Sätze zur Probe. Mußte den Schlüssel immer wieder mit der Zunge zurückschieben. Zum Glück war es ein kleines Schloß, das sie damals gekauft hatten.

Er hatte ihnen seine Brieftasche und den Schlüsselring gegeben. Sie hatten seine Taschen nach außen gekrempelt. In seine Schuhe gesehen. »Machen Sie schon«, rief Corso. »Es ist Hauptverkehrszeit.« Er betätigte die Toilettenspülung, ließ den Wasserhahn laufen, drehte ihn wieder zu und kam heraus. Dolan tastete ihn noch mal ab. Brust, Bauch, Rücken, dann weiter unten.

Steckte seine Finger hinter den Gürtel, dann die Taschen, vorne und hinten, den Schritt, vorne und hinten. Schenkel, Waden und Knöchel. Und noch mal die Socken.

Er schlüpfte in seine Schuhe. Bückte sich, band sie zu. Corso reichte ihm den Pullover und die Fliegerjacke. Er zog beides über, fuhr sich mit den Fingern durch die Haare, vorsichtig, über dem Verband. Corso beobachtete ihn. Sagte: »Sie vögeln sie. Jetzt bin ich völlig sicher.«

»Handschellen?« sagte Martin.

»Vorne.«

»Gesegnet sei Ihr italienisches Herz.« Streckte ihm Hände entgegen. Fragte, ob sie ihm die Handschellen abnehmen könnten, wenn er mit ihr reden würde.

Corso schüttelte den Kopf.

Martin sagte: »Sie wird ein Trauma kriegen, wenn sie mich so sieht.«

»Sie wird es überleben.« Er sah nicht auf. Ließ die Handschellen um sein linkes Handgelenk klicken … »Sie hätte eben keinen Dealer heiraten sollen.«

»Er hat Jura studiert, als er sie gefragt hat.«

… dann um das rechte. »Mir egal. Nein.«

»Sie werden sie ja sehen. Dann nehmen Sie sie mir bestimmt ab.«

Er saß hinten, allein. Corso lenkte den LTD um den Hangar, und da sah Martin sie. Vor sich, in der Ferne, im Sonnenlicht glänzender, kalter Stahl. »Da sind sie ja,« sagte er. Beugte sich zwischen die beiden Vordersitze, um sie durch die Windschutzscheibe betrachten zu können.

»Wer?« sagte Corso.

»Die Twin Towers. *Das* ist für mich New York. Genau da. Sie haben sie gebaut, als ich noch klein war. Ein paarmal hat mich mein Vater mit dahin genommen. Ich habe auf seinen Schultern gesessen und runter in die Baugrube geguckt. Ein riesiges Loch. Dreißig Meter tief, hat er gesagt. Können Sie sich noch daran erinnern?«

»Dunkel.«

»Und was ist mit Ihnen?« Jetzt sah er Dolan an. »Da waren Sie wohl noch in Oklahoma oder wo auch immer. Waren Sie da überhaupt schon geboren?« Corso grinste. Dolan sagte nichts.

»Dann sind wir ein Jahr nach Frankreich gegangen, und als wir zurückkamen, standen die Dinger auf einmal da«, sagte er wieder zu Corso gewandt. »Erst ein Viertel so hoch wie jetzt, aber die Stahlgerüste waren einfach gigantisch. Wir kamen zurück, und mein Vater fragte: ›Na, froh, daß du wieder in New York bist?‹ Aber ich mochte die Stadt nur wegen der Türme. Mußte immer daran denken, wie ich auf seinen Schultern gesessen und runter in dieses unglaubliche Loch geguckt habe.«

»Was haben Sie in Frankreich gemacht?«

»Mein Vater war Musiker. John Quinn. Wahrscheinlich haben Sie nie von ihm gehört. Er hat ein Album veröffentlicht, es lief gut da drüben. Also sind wir eine Weile dageblieben. Meine Mutter wurde da mit meinem Bruder schwanger.«

»Der, auf den geschossen wurde?«

»Genau.«

»Ihr einziger Bruder, oder?«

»Ja. Christopher.«

»Und Ihr Vater?«

»Tot. Hatte was am Herzen. Er ist schon damit geboren worden.«

»Was Erbliches?«

»Nein.«

»Gut. Ich hab nämlich keine Lust, daß Sie uns zusammenklappen.«

»Wie dieser sizilianische Killer.«

»Sie sagen es.«

»Ich habe eine Pferdenatur«, sagte Martin. Sah wieder aus dem Fenster. »Was ist mit diesem Naturschutzgebiet?« Er sah, wie es an ihnen vorbeiglitt. Eine Grasebene, die sumpfig zu sein schien, ein paar Bäume.

»Woher soll ich das wissen?«

»Ich wette, daß da bestimmt ein Dutzend Leichen vergraben sind. Sie sollten sich eine Schaufel nehmen, wenn wir zurückkommen.«

Er dachte an Vlady. Fragte sich, wo der jetzt wohl verrottete. Bestimmt irgendwo im Norden von New York, dachte er. Fee war immer schnell und effizient – ein paar Stunden Arbeit reichen am Tag, wenn man es richtig anstellt.

Auch Fee lag jetzt irgendwo verscharrt. Und Terry Hughes. Auf irgendeinem Friedhof. Ruhten in Frieden.

»Jetzt haben Sie Ihren kleinen Ausflug«, sagte Corso. »Wie ich es Ihnen versprochen hab. Genießen Sie die Aussicht.«

»Haben Sie eigentlich inzwischen rausgekriegt, wer dieser Floyd Bennett war, nach dem der Flugplatz heißt?«

»Ja, stellen Sie sich vor, das ist der Schutzheilige der Informanten. Toller Zufall, was?«

»Wie waren Sie, als Sie noch klein waren, Corso?«

»Ich?«

»Als Sie ein Junge waren?«

»Ich war nett. Und ziemlich anständig.«

»Haben sie Ihnen auf dem Schulhof den Arsch versohlt?«

»An der Holy Name-Schule? Da war ich der Boß.«

»Und was ist mit Ihnen, Dolan? Guter Abschluß? Captain des Footballteams?«

»Lacrosse«, sagte Dolan.

»La*was*?«

Er wandte sich wieder zu Corso. »Sagen Sie bloß nicht, Sie hätten eigentlich auch Priester werden sollen.«

»Natürlich.«

»Ich auch, verdammt. Als ich dann auf der Highschool war, hab ich eine Zeitlang drüber nachgedacht, Jurist zu werden. Aber dann habe ich in der Zeitung gelesen, im Jahr 2000 gäbe es eine ganze Million davon.«

»Und deshalb haben Sie sich für die andere Seite entschieden? Das ist tragisch.«

»Hab ich das gesagt? Wissen Sie, nachdem wir zurück in New York waren, eigentlich mein ganzes Leben lang, solange ich zurückdenken kann, waren überall um mich herum diese Mafiatypen. Italiener. Wo ich auch hingeguckt hab. Unten auf der Straße hingen sie rum, vor unserem Haus. An der Highschool. Felix hab ich auf einer verdammten Highschool kennengelernt. An der Park Avenue. Damals hab ich noch nicht mal geahnt, daß es eine Russenmafia gibt.«

Penny war es nicht anders gegangen, dachte er.

Und dann hatten sie sich zusammengetan.

Menschen, die wußten, daß sie sich vertrauen konnten.

»Ich denke mal, Ihnen geht es so ähnlich. Sie sehen überall nur Cops. Machen Ihre Weihnachtseinkäufe und da sehen Sie auch schon einen in der Menschenmenge, der gerade seinen freien Tag hat. Er gibt sich Mühe, wie ein Vater oder ein Ehemann auszusehen, aber Sie wissen, er ist einer von Ihnen. Stimmt's? Genauso ist das mit den Typen von der Mafia.«

»Außer, daß ich auch die anderen erkenne.«

»Denken Sie, ich nicht?« Noch während er es aussprach, merkte er, wie dumm diese Bemerkung war.

»Wir fühlen sich denn die Handschellen an?« sagte Corso.

»Werden Sie mir jemals erzählen, was Sie da oben zu suchen hatten?«

»Werden Sie mir erzählen, warum sie zwei Menschen erschossen haben?«

»Irgendwas verstehe ich da nicht.« Er beugte sich wieder nach vorne. »Wenn Sie tatsächlich glauben, ich wäre ein Killer …«

»Das hatten wir doch alles schon.«

»… warum sitzen wir dann eigentlich tagelang rum und reden miteinander?«

»Das gehört zum Geschäft. Wie viele Mörder kennen *Sie* denn, mit denen Sie jeden Tag reden?«

»Aber Sie lassen mich praktisch frei. Wie geht das zusammen, wenn ich die beiden angeblich umgebracht habe?«

»Wie gesagt, so läuft das Geschäft«, sagte Corso.

Martin lehnte sich zurück. Sah ihn an, sein Profil, wie er die Straße beobachtete. Dieser Kerl hat tatsächlich ein Gewissen, dachte er. »Sie sind wirklich auf dem Holzweg. Aber ich finde, Sie verdienen es, die Wahrheit zu erfahren. Ich war's nicht.«

»Witzbold«, sagte Corso. »Aber verraten Sie mir eins – ist das Heroin noch auf dem Weg?«

»Welches Heroin?«

»Ja oder nein?«

Martin grinste. »Das Ding ist gelaufen. Abgeblasen.«

»Nichts unterwegs?«

»Nein.«

»Woher kommt es?«

»Das wissen Sie nicht? Ihr Pech. Sie können ja Ferguson fragen. In einem Monat oder so.«

»Sitzen die Handschellen bequem?« sagte Corso und sah in den Rückspiegel.

»Ist das ein Deal?« sagte Martin.

Corso sah wieder auf die Straße. »Lassen Sie mich die Gegend überprüfen, wenn wir da sind.«

Das hörte sich nicht schlecht an. Corso würde sehen, daß kein Risiko bestand. Ein kleiner See und ein paar Bäume. Eine Straße, die in den Park reinführt und wieder raus. »Vietnam«, sagte Martin. »Wie lange waren Sie schon hinter uns her? Eine Woche? Einen Monat? Nicht allzu lange, oder?«

»Wollen Sie wissen, wann und wo Sie Mist gebaut haben?«

»Ein Name auf der Liste, die dieser Trottel von Staatsanwalt gestern mitgebracht hat, paßt nicht. Der Puertoricaner. Crazyhorse. Er ist nie im Anastasia gewesen und hat auch sonst keine Verbindung zu mir. Hab ihn nur mal kurz gesehen, aber das liegt schon lange zurück. Ich glaube, er ist ein Dealer. Wahrscheinlich Crack und dieser ganze Scheiß. Ich hab gesehen, wie Terry Hughes ihm mal sämtliche Zähne ausgeschlagen hat. Das ist es, oder?«

Dolan sah Corso an. Corso bemerkte es. Dann sah Dolan wieder aus dem Fenster. »Er war mit Falschgeld unterwegs«, sagte Corso. »Falsche Fünfer und Zehner. Da er noch in einen Haufen anderen Dreck verwickelt war, haben sie ihn uns übergeben. Er hat eine Menge erzählt.«

Martin schüttelte den Kopf. »Das hätten Sie um einiges einfacher haben können, wenn Sie sich diesen Terry Hughes vorgenommen hätten«, sagte er.

»Zu der Zeit war er der sauberste von allen.«

»Er war ein verdammtes Arschloch.«

»Dann haben Sie dem Staat ja einen Dienst erwiesen.«

Das also war es gewesen.

Er sah aus dem Fenster.

Wollte Corso fragen, ob er schon mal jemand getötet hatte. Ob er wüßte, daß man danach einen Gestank im Kopf hat, den man nur selbst riechen kann, sonst niemand. Und der sich wahrscheinlich, da war er so gut wie sicher, nie wieder verziehen würde.

Hinter dem Spiegelbild seines Gesichts im Fenster sah er auf einmal Felix. Sah die Angst in seinen Augen und das Blut, das aus dem Loch darüber floß. »Der verdammte Fingerabdruck auf meiner Glock ist doch wohl von Terry, oder? Darum haben Sie damit auch so lange hinterm Berg gehalten. Ich wette, Ihre Jungs im Labor wissen schon seit einer Ewigkeit davon.«

Auf der Sig waren ebenfalls Terrys Abdrücke gefunden worden, hatte ihm Davis gesagt. Terry hatte wohl nicht damit gerechnet, daß sie jemals so gründlich untersucht werden würde. Er war sich absolut sicher gewesen, daß es so aussehen würde, als hätten sie sich gegenseitig erschossen.

»Ja, der ist vermutlich von Hughes«, sagte Corso. »Mit fünfundachtzigprozentiger Sicherheit, sagen sie. Sie haben ihm also die Waffe mal gezeigt, und er hat sie in die Hand genommen. Klasse. Wir kriegen Sie dran, Quinn, wenn wir das wollen.«

»Ja, das haben Sie schon mal gesagt.« Er schloß die Augen. Er würde höchstens zwei Jahre kriegen, das wußte er. Sie hatten nichts gegen ihn in der Hand. »Sie glauben mir also immer noch nicht? Daß ich Felix nicht getötet habe?« Er öffnete die Augen wieder und sah Corso an.

»Das sage ich Ihnen, wenn ich die Frau gesehen habe«, sagte Corso.

Sie waren jetzt auf der Houston Street. Fuhren an der Thompson vorbei, an St. Anthony's, der Sullivan. Fuhren die Bedford hoch zur Hudson. Sein altes Viertel, aber Martin konnte sich nicht umdrehen. »Meinen Sie, jemand kann ein paar Sachen aus meinem Apartment holen, bevor sie mich woanders hinbringen?«

»Das glaube ich kaum. Falls es beobachtet wird, kriegen die schnell raus, wo Sie sind. Brauchen nur dem Wagen nachzufahren.«

»Schade.«

Doch er hatte nur gefragt, um etwas zu sagen. Nervosität. Alles war genau da, wo es sein sollte. Mit der Zunge tastete er nach dem Schlüssel.

Davis hatte den Brief, den er in die gelbe Mappe gesteckt hatte, und würde ihn bei den Vereinten Nationen für Juliets Mutter abgeben. Er schätzte, daß Frito ihn in einer Woche kriegen würde. Er hätte sich noch bei Juliet entschuldigen sollen, dachte er, weil er schuld daran war, daß sie ihr Studium unterbrechen mußte. Aber es würde sowieso immer schwierig mit ihr sein, vermutete er. Und ich muß einen neuen Wagen kaufen, dachte er. Merkte, daß er unruhig wurde bei diesem Gedanken. »Was wird eigentlich aus meinem Wagen?«

»Geht vermutlich zur Auktion. Was ist es für einer? Ich weiß es nicht mehr. Vielleicht kaufe ich ihn ja.«

»Gran Fury.«

»Ein Plymouth? Mein Gott, nein danke.«

»Ist aber gut in Schuß. Neue Maschine, alles neu. Als nächstes wollte ich den Innenraum machen. Und jetzt soll ihn irgendein verdammter Sechzehnjähriger aus Long Island zu Schrott fahren? Sein erstes Auto – *danke, Daddy.*«

Sie fuhren den Henry Hudson hoch. Er sah die Schiffe.

Corso sagte: »Ich will Sie noch was fragen.«

Er sah auf.

»Sie haben damals gesagt, Sie wären jagen gewesen.«

»Stimmt.«

»Paskos Fingerabdrücke waren auf dem Gewehr und auf der Schrotflinte, die wir im Haus gefunden haben. Keine Schmauchspuren bei ihm, aber seine Abdrücke auf beiden Waffen. Ihre waren nur auf der Glock.«

Fees Abdrücke waren auch auf der rosa Gießkanne, dachte Martin. »Wir haben eben nichts vor die Flinte bekommen.«

»Aber Pasko – und das erklären Sie mir mal – trug einen Kaschmirpullover und Schuhe für vierhundert Dollar.«

Er grinste.

»Erklären Sie mir das.«

»Kann ich nicht.«

Obwohl er es konnte.

Wir laufen etwas rum, und wenn wir was sehen, schießen wir. Pow.

Er sah raus auf den Hudson.

Auf dem Cross County summte das Telefon. Dolan nahm ab. Hörte eine Minute zu und sagte: »Sag ihm das selbst.« Er reichte das Telefon weiter.

Corso hörte schweigend zu. Dolan zündete sich eine Zigarette an und öffnete das Fenster einen Spalt. Dann sagte Corso danke und legte auf. »Rocco DiNabrega können wir von der Liste streichen. Zwei Kugeln im Kopf. Von hinten, als er in seinen Wagen steigen wollte. Die Garage an der Grand Ecke Sullivan. Keine Zeugen.«

Martin sah aus dem Rückfenster in Richtung Stadt. Bunny, dachte er.

Es war nur eine Frage der Zeit gewesen. Er versuchte jetzt, sein Reich zurückzuerobern. Was hatte Terry mal gesagt? *Niemand bleibt ewig am Ruder.*

An der Ausfahrt Bronxville Road fuhren sie ab. Martin sagte ihnen die Richtung. Fragte sich, ob Bunny es selbst getan hatte – trotz des Ratschlags, den er ihm am Telefon gegeben hatte. *Rühr niemals selbst den Finger.* Bevor sie raus zum Landhaus gefahren waren.

Eigentlich konnte das nur eins bedeuten – Bunny hatte das Geld nicht.

Dolan tastete sie ab, untersuchte dann den Buick ihrer Mutter. Er und Corso saßen im Wagen. Sie stand ein Stück entfernt, sah ihn nicht an, sah einfach in die Gegend. Sie hatte den Ledermantel an. Die Ärmel umgekrempelt. Wie ein Highschoolmädchen, das die Jacke seines Vaters trägt.

Sie hatte ihn angezogen, als sie eines Morgens seine Wohnung verließ. Sie war zu ihrer Mutter gefahren, und es hatte geregnet. Er hatte das ganz vergessen.

Er sah sie an, doch sie sah nicht rüber zu ihm. Hatte es nicht ein einziges Mal getan, seitdem sie angekommen waren. Sie stand mit verschränkten Armen da. Wie ihre Mutter, dachte er.

Dolan kam zurück und stieg in den Wagen. Corso stieg aus, ging zu ihr hin und redete mit ihr. Sie hörte genau zu. Aufmerksam, die Augen auf ihn gerichtet. Nickte. Nickte. Der Wagen füllte sich mit Zigarettengestank. Martin versuchte, das Fenster zu öffnen, doch die Kindersicherung war eingelegt. Er bat Dolan, sie zu lösen.

Dolan ließ das Fenster ein wenig herunter.

Penny nickte. Nickte.

Martin konnte nicht länger hinsehen. Sagte: »Soll ich Ihnen mal was erzählen, Dolan?«

»Ich sitze direkt vor Ihnen.«

»Seamus und Seaneen sind zwei bekannte Dieb, und sie brechen aus dem Gefängnis aus. Sie wollen irgendwo untertauchen, aber sie brauchen Geld, also verstecken sie sich im Gebüsch. Da kommt der Bauer Paddy mit seinem Esel vorbei. Seaneen sagt zu Seamus: ›Hör zu, wir klauen diesem Einfaltspinsel den Esel. Komm mit.‹ Und er läuft hinter Paddy her, nimmt dem Esel vorsichtig den Strick ab und legt ihn sich selbst um den Hals. Läuft so hinter Paddy her, bis Seamus mit dem Esel außer Sichtweite ist, und bleibt dann stehen. Paddy dreht sich um und sagt: ›Wer in Gottes Namen bist *du* denn?‹ Und Seaneen sagt: ›Ich bin Euer Esel. Aber das war nicht immer so. Vor langer Zeit habe ich kräftig getrunken und bin immer erst spät in der Nacht nach Haus gekommen. Eines Morgens hatte meine Mutter genug davon und beschloß, mich aus dem Haus zu werfen. Aber ich wollte nicht gehen und war betrunken und schlug sie, und da betete sie zu Gott und verfluchte mich. Gott erhörte sie, und so wurde ich der Esel, den Ihr dann eines Tages gekauft habt. Wahrscheinlich hat sie Gott heute angefleht, gnädig mit mir zu sein nach all den Jahren.‹ Da sagt Paddy: ›Man soll Gottes Willen nicht widersprechen. Und bitte vergib mir die schlechte Behandlung, die du in all den Jahren erlitten hast.‹ Sie schütteln sich die Hand und gehen getrennter Wege. Paddy geht nach Haus und erzählt seiner Frau, was passiert ist, und sie weint und sagt: ›Gott wird uns strafen, weil wir eine verwandte Seele so schlecht behandelt haben, Pat‹, und sie und Paddy beten. Aber dann, ein oder zwei Tage später, sagt sie: ›Weißt du, Pat, ich glaube, es wird Zeit, daß du einen neuen Esel kaufst.‹ Also geht Paddy auf den Viehmarkt und sieht sich die Tiere an. Und plötzlich entdeckt er seinen alten Esel. Er sieht ihn sich genau an, um ganz sicher zu sein, aber kein Zweifel, er ist es. Es ist sein Esel. Er kann es nicht glauben. Dann sagt er zu dem Esel: ›Na, säufst du etwa wieder und schlägst deine Mutter? Wenn du jetzt aber glaubst, daß ich dich noch mal kaufe, dann bist du auf dem Holzweg.‹«

Dolan versuchte, nicht zu lachen. Aber sein Kopf hüpfte ein wenig auf und ab, als er aus seinem Fenster hinaussah. Martin lehnte sich wieder zurück und sah ebenfalls nach draußen. Sah, wie Corso den Hügel hinunter zu der Bank zeigte. Penny nickte und ging darauf zu. Corso kam zurück zum Wagen und öffnete die Tür hinten. Martin stieg aus.

»Sie ist ein gutes Mädchen«, sagte Martin. Corso sah ihm in die Augen. Sah verdammt ernst aus.

»Ich werde Ihnen jetzt etwas sagen und ich möchte, daß Sie gut zuhören. Ich tue Ihnen hier einen Gefallen. Sagen wir mal, weil ich Ihnen ein Picknick im Grünen versprochen habe. Um Ihnen zu zeigen, daß ich meine Versprechen halte. Wenn es aber sein muß, werde ich nicht zögern, Sie beide zu erschießen. Anschließend werde ich einen zweiseitigen Bericht schreiben. Also machen Sie keinen Blödsinn.«

»Sie haben mein Wort.«

»Ihr Wort?«

Martin nickte. Streckte Corso seine Hände entgegen.

Corso sah ihn an. Überlegte, holte dann die Schlüssel heraus. »Sie setzen sich auf die Bank da unten. Ans Ende der Bank. Sie sitzt am anderen Ende. Ich will, daß Sie die ganze Zeit sitzen bleiben. Ich bleibe in der Nähe, bei dem Baum da.«

Martin sah hinter ihn. »Der Baum direkt neben der Bank?«

»Bei dem anderen. Rechts.«

Vielleicht sechs, sieben Meter von der Bank entfernt. Er sagte: »Sie haben ihr nicht gedroht, oder?«

»Nein.« Er klimperte mit den Schlüsseln. »Versauen Sie sich nicht alles, Quinn.« Er nahm ihm die Handschellen ab.

Martin ging auf sie zu. Den Blick auf ihren Rücken gerichtet. Hörte, wie Corso ein Stück hinter ihm den Hügel runterging und dann neben dem Baum stehenblieb. So, wie er es gesagt hatte. Sie drehte sich um, sah ihn an. Er setzte sich. Sagte *hi.*

»Hi.«

Sie setzten sich jeder an ein Ende der Bank und sahen einander an. Züchtig. »Sie wissen überhaupt nichts«, sagte er. Sie nickte. Als hätte er sie gefragt, wie es ihr geht. »Du mußt reden«, sagte er. »Erzähl einfach irgendwas. Tu so, als würdest du auf Fragen von mir antworten. Hast du deine Zigaretten dabei?«

Sie sagte ja. Holte sie aber nicht raus. Blieb cool und machte es genau so, wie er gesagt hatte. In ihren Augen sah er ihre Angst. Sie wirkte fast unschuldig.

Himmel, wie er sich freute, sie zu sehen.

»Ich sage dir, wann du dir eine anzünden sollst«, sagte er. »Rede einfach weiter.« Sein Herz schlug schneller. Es hatte schon angefangen, als er den Hügel hinunterging.

»Du siehst blaß aus«, sagte sie

»Rede«, sagte er. »Irgendwas.«

»Frito ...«

»Ja, gut, sprich weiter.«

»... hat mich angerufen. Und gesagt, es ginge dir gut. In den Zeitungen stand, du stündest unter Mordverdacht. Daß du im Gericht niedergestochen wurdest. Und im Koma liegst.«

»Ich weiß. Es geht mir aber gut.«

Sie nickte.

Gleich wird sie alles verstehen, dachte er.

Sie sagte: »Ich hab dich so vermißt. Auf seiner Beerdigung.«

»Ich hab den Schlüssel für das Schließfach.«

Ein Fragen huschte über ihr Gesicht. Nur für den Bruchteil einer Sekunde.

»Ich hab ihn im Mund. Es liegt jetzt in einem anderen Fach. Achthunderteinundzwanzig.«

»Du ...« Sie unterbrach sich.

»Rede, Penny ... bitte.«

Aber sie schüttelte den Kopf.

Er wußte, daß er es ihr erklären mußte. Etwas in ihm sträubte sich dagegen.

Er sagte: »Als wir rauf zum Haus gefahren sind, ist Terry uns gefolgt. Um uns umzulegen. Bunny. Laß alle ihren Einsatz machen und hau dann mit dem Topf ab. Ich glaube, so ähnlich hat er das auch mit seinem Cousin gemacht, diesem Carlo. Aber ich lebe, du lebst, und wir haben das Geld. Ich bin gar nicht mal sauer, daß er's versucht hat, so ist er nun mal. Nur Felix' Tod macht mich schier wahnsinnig. Ich kann es noch immer nicht glauben, daß er nicht mehr da ist. Ich habe mir lange Vorwürfe gemacht, daß ich ihn da mit reingezogen habe. Daß ich wieder damit angefangen habe, obwohl ich beschlossen hatte, es nicht zu tun. Aber dann wurde mir klar, daß Lexi an allem schuld ist. Er hat uns ein falsches Ideal vorgelebt. Uns ständig angetrieben. Es ist nicht gut, einen solchen Vater zu haben.«

»Aber wieso ...«

»Ich habe mit diesen Anzugtypen da einen Deal gemacht«, sagte er, »Habe ihnen gesagt, ich könne ihnen helfen, einen Haufen Leute hochgehen zu lassen. Im Gegenzug lassen sie die Anklage fallen. Ich werde ihnen aber bloß Lexi liefern. Ansonsten können sie mich mal. Ich bin jetzt im Schutzprogramm. Ein Jahr wahrscheinlich, vielleicht auch zwei. Rocco ist übrigens tot. Jetzt weißt du alles. Und nun sag mir irgendwas. Rede.« Er wußte, daß sie eine ganze Menge zu verarbeiten hatte. Lächelte. Das sollte sie beruhigen.

»Meine Mutter hat sich eine neue Satellitenschüssel gekauft«, sagte sie, »und sie pflanzt Rhododendron.« Er sah weg. Sie war wirklich ganz schön abgebrüht. »Rosa und weiß«, sagte sie. »In Westchester haben alle Rhododendron. Was ist mit Rocco passiert?«

»Bunny.« Er sah sie wieder an.

»Große Büsche«, sagte sie. »Ich hab sie für sie geholt und sie in die Löcher gestopft, die ich vorher gegraben habe.«

Er zwinkerte ihr zu. Wußte, wie schwer es ihr fiel, ihn nicht einfach mit Fragen zu bestürmen. »Braves Mädchen«, sagte er. »Achthunderteinundzwanzig.« Er ließ ihr eine Sekunde. Dann: »Rede weiter.«

Sie überlegte einen Augenblick. »Auf der Beerdigung waren Leute, die ich seit Jahren nicht mehr gesehen habe. Aus dem College. Sie hatten es in der Zeitung gelesen, aber niemand hat mich angesprochen. Ich konnte sie hinter meinem Rücken flüstern hören. Es war so peinlich.« Sie blickte nach unten. »Und verletzend ...«

Er nahm seine Hand hoch vor den Mund, täuschte Husten vor.

Es tat verdammt weh. Du lieber Himmel. Er spürte es im ganzen Körper. Damit hatte er nicht gerechnet.

Er beugte sich vor, spuckte den Schlüssel vor sich ins Gras, direkt vor ihre Füße.

»Achthunderteinundzwanzig«, sagt er. »Mach weiter.«

»Bist du okay?«

»Mir geht's gut. Mach weiter. Siehst du ihn?«

Sie nickte. Sah nicht hin. »Niemand hat mich nach ihm gefragt«, sagte sie. »Weil in den Zeitungen etwas von dem Club gestanden hat. Und von Terry Hughes Verbindungen zu ...«

»Du mußt vorsichtig sein, wenn du es holst. Hast du einen kleinen Cousin oder so, den du schicken kannst?«

Sie sah ihn an. Sagte: »Ich mach es selbst.«

»*Die* da riskieren nichts, aber du sehr viel. Warte ein paar Blocks entfernt …«

»Ich kann selbst gehen.« Mit einem Mal war sie wütend.

»Du mußt auch Bunny im Auge behalten. Schick lieber jemanden.«

»Sie läßt auch die Terrasse neu machen«, sagte sie. »Der Terrakottaboden gefällt ihr nicht mehr.« Ihre Augen waren müde.

»Zünde dir eine Zigarette an und laß dein Feuerzeug fallen«, sagte er. »Steck den Schlüssel in die Schachtel.«

»Sie hat sich für Marmor entschieden«, sagte sie und nahm die Zigaretten raus. Lächelte schwach über seine Schulter hinweg. Zu Corso hin. Hielt die Zigarette hoch. Nickte ihm einen Dank zu. »Ich glaube, er hält die Hand an seiner Waffe«, sagte sie.

»Ist ein cooler Typ, was?«

Sie steckte sich eine Zigarette zwischen die Lippen. Ließ dann das Feuerzeug ins Gras fallen. »Importiert. Aus Ravenna.« Schob es mit dem Fuß weiter in Richtung des Schlüssels, beugte sich dann runter und hob beides auf. Warf mit einer Kopfbewegung ihre Haare zurück, zündete die Zigarette an. Steckte das Feuerzeug weg.

»In die Schachtel«, sagte er.

Sie strich sich die Haare aus dem Gesicht.

»Behalt ihn nicht in der Tasche. Sie filzen dich noch mal.«

Sie sah ihn an, eine lange Sekunde lang. Machte einen Zug und blies den Rauch aus. Inhalierte ihn nicht.

Er war in ihrem Mund.

»Du mußt auf Lunge rauchen«, sagte er.

Sie legte ihre Hände auf ihrem Schoß übereinander. Wartete, daß er etwas sagte, während sie den besten Platz für den Schlüssel in ihrem Mund suchte.

»Irgendwann – in einem oder höchstens zwei Jahren – lassen sie mich gehen, dann werde ich mich bei dir melden. Gib meiner Mutter und Frito etwas und paß gut auf den Rest auf. Ich habe ihnen geschrieben. Sie bleiben mit dir in Verbindung. Irgendwann …« – schon wieder dieses Wort – »… ist das alles vorbei«, sagte er. »Du solltest weiterrauchen.« Sie ließ die Zigarette da, wo sie war. Er sagte: »Okay? Alles klar?«

Sie schlug die Beine übereinander und sah zu dem See rüber. Die Zigarette brannte vor sich hin.

»Alles klar?«

»Das hast du dir ja gut ausgedacht.«

»Wieso? Hey, was ist los?«

»Schick einen kleinen Cousin, um das Mafiageld zu holen.«

»Pen«, sagte er. »Es ist liegt fast eine Million in dem verdammten Schließfach.« Er nickte in Richtung ihres Mundes. Sie hatte die Lippen zu fest aufeinandergepreßt. Natürlich, sie war durcheinander. Und aufgewühlt. Aber sie würde mit der Zeit drüber wegkommen, das wußte er. »Das gehört alles zu unserem Risiko«, sagte er.

Sie sah ihn nicht an.

»Du weißt das«, sagte er. »Bitte sitz nicht einfach so da. Und sieh mich an. Diese Art von Gespräch sollten wir nicht gerade jetzt führen.«

»Ich stand gegenüber von Bunnys Restaurant, als ihr beide da rausgefahren seid«, sagte sie. »Ich saß im Wagen meiner Mutter.«

Er sagte: »Okay.« Dachte, keine schlechte Idee. »Was ist passiert? Sieh mich an. Du mußt mich ansehen.«

»Er hat mich gesehen.« Sie machte noch einen Zug. Blies den Rauch aus. Wieder nicht auf Lunge. Dann sah sie ihn an.

Er hielt die Luft an.

»Paß auf dein Gesicht auf«, sagte sie. Tippte die Asche ab. »Er ist mißtrauisch geworden. Wir sind zum Gotham Storage gefahren.«

O Gott, dachte er. Jesus Christus. Er hat ihr weh getan.

Er sah in ihr Gesicht. Suchte nach etwas darin.

»Er hat mir gedroht.«

»Hat er dir was getan?«

»Nein.«

»Stimmt das auch?«

»Wir standen vor dem Schließfach, und es war leer«, sagte sie. »Warum?«

Er sagte nichts.

»Das ganze Geld war weg, Martin. Das hast *du* mir angetan.

Du hast es genommen.« Er schloß die Augen. »Sieh mich an«, sagte sie. »Ich dachte, du hättest es geklaut, mein Gott. Verdammt noch mal, Martin, sieh mich an.«

Also war es zur Hälfte seine Schuld. Terry hatte sie beide beschattet, und Bunny hatte das Schließfach leer vorgefunden, dann Terry angerufen und ihm gesagt, er solle sich an die Arbeit machen. Stand vor dem leeren Fach und hielt Penny die Waffe an den Kopf. Rief Terry direkt von da an. Wollte sofort handeln. Damit nicht noch etwas passiert.

Zur Hälfte mein Fehler.

»Sieh mich an«, sagte sie.

Er tat es. Konnte ihr aber nicht ins Gesicht sehen. »Es tut mir leid«, sagte er und sah an ihr vorbei. Sagte es noch mal. »Es tut mir leid, Penelope.«

Sie schwieg.

Aber warum hat Terry einfach geschossen? dachte er. Ohne das Geld zu haben. Wieso hat Bunny ihm gesagt, er solle sie töten? »Penny?« Er sah an ihr vorbei. »Weißt du, was er Terry gesagt hat, als er ihn angerufen hat?«

»Was?«

»Nachdem er das leere Fach gesehen hat?«

Sie wandte sich ab.

Für sie schienen das Einzelheiten zu sein, die ihr jetzt nicht wichtig waren. Aber er mußte es wissen. »Hast du gehört, was er ihm gesagt hat? Es tut mir leid, aber ich muß dich das fragen.«

»Nein.«

»Du hast es nicht gehört? Aber er hat ihn doch angerufen, direkt da. Das stimmt doch, oder?«

»Es war deine Idee, ihn zu beobachten«, sagte sie.

Er sah sie an. Wartete. Endlich wandte sie sich wieder ihm zu. »Was?« sagte er.

»Es war deine Idee. Du hast gesagt, ich soll ihm überallhin folgen. Das wäre das, was *du* tun würdest, wenn du nicht mit Felix da rausfahren würdest, hast du gesagt.«

»Hab ich das?«

»Sag bloß, das weißt du nicht mehr?«

»Ich … du liebe Güte … entschuldige bitte«, sagte er.

Jetzt begriff er. Jetzt wußte er es. Er *hatte* sie geschlagen.

»Laß das«, sagte sie.

»Ich …« Seine Kehle schnürte sich zusammen.

»Laß es«, sagte sie.

Sie zog an ihrer Zigarette, rauchte jetzt auf Lunge. Blies den Rauch aus.

»Ich hab am Fenster gestanden und auf dich gewartet«, sagte sie, »an dem Abend der Verlobungsfeier. Ich hab dich gesehen, wie du auf das Haus zukamst. Du hattest dich nicht verändert. Du warst ein Mann geworden, das schon. Aber du hattest dich nicht so verändert, wie ich glaubte, mich verändert zu haben. Ich bin nach nebenan gegangen, weil ich plötzlich keine Luft mehr bekam. Ich hab gewartet, bis ich dachte, gleich würde er kommen und mich holen, und diesen Gedanken konnte ich nicht ertragen, also kam ich selbst raus. Ich hab so getan, als ob ich nicht wüßte, daß du da bist.«

Er hatte es gewußt. Als Penny in das Zimmer gekommen und direkt zu ihren Freundinnen gegangen war, da hatte er es gewußt. »Das ist zwei Jahre her, Pen.«

»Als du weggegangen bist … nachdem mein Vater tot war …«

»Es tut mir leid«, sagte er.

»Nein, das meine ich nicht.« Sie lachte. Ein stumpfes, kehliges Lachen. Sie zog den Rauch tief in ihre Lungen. Er wußte, was sie ihm jetzt sagen würde. Doch er wandte seinen Blick nicht von ihr ab. Wenigstens das war er ihr schuldig. Ihr direkt ins Gesicht zu sehen …

»Ich war schwanger«, sagte sie.

Er hörte die Worte. Aber er spürte sie nicht in sich eindringen, weil er sie erwartet hatte. »Es tut mir so leid«, sagte er.

»Ich hatte keine andere Wahl …«

»Es tut mir so verdammt leid, Penny.«

»Ich habe dich geliebt. Ich hätte es so gerne …«

Er sah zu Boden.

Ein Kind, dachte er. Vor zehn Jahren. Wie sähe es heute aus? Blond, wie sie? Wäre es glücklich?

Oder würde es ihn hassen? Es gab genügend Kinder, die Pech hatten mit ihren Vätern.

»Ich stand gegenüber von Bunnys Restaurant«, sagte sie. »Ich saß in dem Wagen meiner Mutter und war völlig fertig, weil ihr da rausgefahren seid. Ich hatte Angst, noch mal verlassen zu werden, verstehst du das? Ich hab versucht, dich anzurufen, aber Fee ging ran. Ich habe ihn beinahe angefleht zurückzukommen, aber er war ganz verschlafen. Dann habe ich aufgelegt. Ich hatte auf einmal ein Bild vor Augen. Als ich damals nach unserer ersten Nacht nach Hause kam, war sie noch wach. Sie saß unten am Küchentisch, war gar nicht im Bett gewesen. Und als ich da im Wagen saß, nachdem ich versucht hatte, dich anzurufen, da wurde mir auf einmal klar, daß sie es längst gewußt hatte. Daß er nicht wiederkommen würde. Sie ist gar nicht mehr auf den Gedanken gekommen, er könne es sein, als sie mich die Tür aufschließen hörte. Hat sich nicht mal mehr seinetwegen gegrämt, sondern sich schon Sorgen um *uns* gemacht. Darüber, was jetzt aus uns werden würde. In dem Moment stand Bunny neben dem Wagen. Ich war völlig perplex. Hatte gerade daran gedacht, daß ich jetzt ganz vom Geld meines Mannes abhängig war. Und von deinem, nach dem Deal. Mein Vater hat uns mit nichts zurückgelassen. Ich hab aufgesehen, und da stand er am Fenster. Hat mir ein Zeichen gemacht, ich solle es runterkurbeln.«

»Sag mir, ob er dir weh getan hat, Penny. Ich weiß nicht, ob ich es aushalten kann, aber sag es mir trotzdem.«

»Er hat mir nicht weh getan, Martin.«

»Okay«, sagte er. Schloß die Augen und nickte. »Okay, es tut mir leid, daß …«

»Er hat mir gedroht. Aber ich glaube, das hätte er nicht mal tun müssen.«

Er sah sie an. Dachte, was soll das denn nun heißen?

»Ich glaube, ich hätte ihm auch so gesagt, wo ihr seid.«

Er sah ihr ins Gesicht. Fragte sie, was zum Teufel das heißen solle.

Sie sagte: »Ich hab es ihm gesagt, Martin. Ich wollte dich nicht schon wieder einfach so gehen lassen. Das Schließfach war leer. Ich hab mich umgedreht und ihn angesehen. Er sah mich an. Ich dachte, du hättest es geklaut. *Ich* habe ihm gesagt, wo ihr wart. Und Terry stand direkt neben uns. Er ist euch nicht nachgefahren. Bunny wußte sowieso schon, daß ihr weg wart, weil Felix ihn angerufen hatte. Ich habe ihm gesagt, wo das Haus ist.«

Er schüttelte den Kopf. Verstand überhaupt nichts mehr.

»Das Geld war weg. Irgendwie hatte Bunny damit gerechnet. Er hat gedacht, ich würde ihn beobachten, damit ihr damit verschwinden könnt.«

»Scheiße … du hast …«

»Ich wußte doch nicht …«

»Du hast sie getötet.«

»Ich hatte keine …«

»Felix, Terry, Rocco. Sie sind alle tot, weil …«

»Ich bin wieder schwanger. Von dir.« Sie zog an ihrer Zigarette. Tippte die Asche ab. Sagte nichts.

Er sah sie an. Konnte ebenfalls nichts sagen.

»Mach den Mund zu«, sagte sie. Blies den Rauch aus.

Er schloß seinen Mund.

Sie sah an ihm vorbei. Sah ihn wieder an. Rauchte und starrte auf den See. »Er weiß genau, was ich dir gerade gesagt habe«, sagte sie. Sie schnippte die Zigarette weg.

Er sagte: »Ja.« Obwohl er sich nicht sicher war, ob er wußte, was sie meinte.

»Das Schließfach war leer. Und als ich sein Gesicht sah, da wußte ich, du und Felix oder auch dieses Baby.« Sie zuckte mit den Schultern.

Muß ja eine einfache Wahl gewesen sein, dachte er.

»Bunny hat einen Affentanz aufgeführt«, sagte sie. »Also hab ich ihm gesagt, daß ihr in dem Haus da oben seid. Daß du das Geld vielleicht genommen hast, weil Felix doch so komisch war. Damit er es nicht irgendwie vermasselt. Er sagte, Terry würde euch nachfahren, um rauszukriegen, wo es ist, und es zurückzuholen. Was doch Sinn machte. Ich habe gedacht, ihr klärt das unter Männern und kommt dann nach Hause. Denn was sollte sonst werden? Was sollte aus dem Baby werden?«

Er zuckte mit den Schultern. Nickte. Versuchte, sie zu verstehen.

»Ich schwöre es dir, Martin … Ich bin nicht mal auf die Idee gekommen. Ehrlich. Warum sollte er auf euch schießen? Bunny hat Terry gesagt, er soll euch oder das Geld zurückholen. Er wollte einfach wissen, wo es war. Ich wollte es auch wissen. Wieso hat er geschossen?«

Er zuckte wieder mit den Schultern. Schüttelte den Kopf.

»Keine Ahnung. Tee kam auf einmal hinter dem Haus vor ...« *Auf die Knie. Alle beide.* Und ich habe meine Waffe gezogen, weil ich ...

O Gott.

Er wollte wissen, wo das Geld ist, und ich habe mit der Glock auf ihn gezielt.

Er wollte uns auf den Knien haben, weil er wußte, daß ich bewaffnet war. Und wahrscheinlich dachte er, Fee wäre es auch. Er wollte bloß kein Risiko eingehen. Er wollte fragen, wo das Geld ist, aber ich hab ihm keine Zeit gelassen. Hab die Billy the Kid-Nummer gemacht. O Gott. »Herr im Himmel. Ich hab alles versaut. Jämmerlich versaut.« Er schloß die Augen.

Ständig versaust du einem alles, hatte Terry gesagt. Bevor er ihn erschoß.

Penny sagte: »Ist das alles, was du dazu zu sagen hast? Daß du es versaut hast?«

Er sah sie nicht an.

»Okay, dann bete, Martin. Bete, daß du in deinem Leben nie eine solche Entscheidung treffen mußt, wie ich es mußte.«

Sie saßen eine ganze Weile da, ohne ein Wort zu sagen.

Sie zündete sich noch eine Zigarette an. Sah sie so an, daß er verstand, daß es ihre letzte war. Schlug die Beine übereinander und stützte ihren Ellbogen darauf, starrte auf das glühende Ende dicht vor ihrem Gesicht. Als dächte sie darüber nach, das Rauchen wieder aufzugeben. Sie sagte: »Vor ein paar Monaten hat er mich gefragt, ob ich jemals mit dir geschlafen hätte, und ich hab nein gesagt. Hab ihm von Marco Duomo erzählt.« Wieder lachte sie, wieder klanglos. »Danach hat er nicht mehr mit mir geschlafen. Deshalb weiß ich, daß das Baby von dir ist.«

Unser Baby, dachte er. Sah auf ihren Bauch.

»Er hat mich früher schon mal gefragt. Als wir uns damals trafen, auf dem College. Vielleicht hätte er dich nie eingeladen, wenn ich ihm damals die Wahrheit gesagt hätte. Dann wäre nichts von all dem passiert.«

»Penny, wir können es schaffen. Zwei Jahre. Du bewahrst es auf. Frito kann einen Job anfangen.«

»Wenn Lexi in den Knast wandert, wenn ich dann Felix' Mutter allein lasse, und wir uns irgendwann irgendwo in der Pampa wiedersehen, um zu heiraten – dann ist Frito tot, Martin. Alle sind dann tot. Meine Mutter. Und deine.«

»Ich werde dich heiraten, Penny. Wenn alles vorbei ist, dann ist das die einzige Wahrheit. Es gibt nur uns. Das war schon immer so.«

»Lexi will einen Enkel.«

»Lexi geht ins Gefängnis.«

»Er will einen Enkel. Und meine Mutter hat nur mich.«

»Was soll das denn heißen?«

»Wenn er verschwindet, dann war's das für mich. Dann bin ich Geschichte.«

»Und wenn nicht, was mache *ich* dann? Was ist mit mir?«

»Ich weiß es nicht.«

»Was erzählst du da? Was soll ich tun? Dich in zwanzig Jahren anrufen, wenn er tot ist? Was …«

»Meine Mutter hat nur mich. Und unser Kind.«

»Was sagst du da? Du willst doch nicht … Das glaub ich nicht. Und was ist mit meinem Sohn? Das ist doch auch mein Sohn.«

»Meine Mutter …«

»Scheiß auf deine Mutter.«

»Hör auf damit«, sagte sie, »Woher willst du außerdem wissen, daß es ein Sohn ist. Mafiosi zeugen auch Töchter.«

Er atmete tief durch. Etwas in ihm wußte, daß sie heute zum letzten Mal miteinander reden würden, wenn er jetzt nicht aufpaßte. Daß er sie dann nie wiedersehen würde. Das Pochen in seinen Schläfen schwoll an. »Pen …«

»Das Geld gehört mir …«

»Okay …«

»Es steht mir zu als Witwe, Mutter und Klägerin. Versicherungssumme, Kindergeld und Schmerzensgeld. Ihr drei schuldet mir …«

»Tu das nicht, Penny«, sagte er. »Ich meine nicht das Geld. Das ist mir völlig egal. Aber verlaß mich nicht.«

»Ich wollte, ich wüßte nur einen Augenblick lang«, sagte sie, »was geworden wäre, wenn du damals nicht gegangen wärst.«

»Tu das nicht …«

Er beobachtete die Zigarette. Die Glut wurde heller, wenn der Wind ging.

Penny sagte: »Du wirst dem Richter ins Gesicht sehen. Du wirst ihm sagen: ›Nein, Euer Ehren, ich kenne keine Menschenseele.‹«

Er sah sie an. War sich nicht sicher, ob sie lächelte. Sie sagte: »Du *kannst* lügen, Martin. Und mit Lügen leben. Ich tue das seit elf Jahren.«

»Tu … das nicht …« Seine Stimme brach.

Sie schnippte die Zigarette weg. Streckte den Arm aus, ergriff seine Hand und küßte sie. Tränen flossen ihre Wangen herunter. Sie wischte sich die Augen und ließ sie dann laufen. Die Tränen benetzten seine noch immer in der Luft hängende Hand.

Er sah ihr nicht nach, als sie ging.

Sie lief den Hügel zu ihrem Wagen hinauf und kümmerte sich nicht um Corso, der ihr zurief: »Miss. Mrs. Pasko, lassen Sie … Scheiße …« Corso setzte ihr nach, den Hügel hoch. Ihre Wagentür ging auf und fiel wieder zu.

»Sie fährt nach Hause,« sagte Martin, machte sich aber nicht die Mühe, sich umzudrehen. Er hörte, wie sie den Motor anließ und davonfuhr. »Sie fährt nach Hause.«

Corso rief: »Los doch«, und Dolan trat aufs Gas und raste ihr nach. Dann wurden die Motorengeräusche schwächer und verstummten schließlich ganz.

Sie würde es schon schaffen.

Würde den verdammten Schlüssel wahrscheinlich runterschlucken. Oder ihn irgendwo hinwerfen, wo sie ihn später wiederfinden würde. Sie würde es schon schaffen. Sie war erwachsen geworden. Wußte jetzt, wie man für sich sorgt.

Er stand auf. Drehte sich um. Corso stand da oben und sah zu ihm runter.

Stand einfach da.

»Bleiben Sie, wo Sie sind, Quinn«, sagte Corso. Sah die Straße entlang, in die Richtung, in die Pen und Dolan verschwunden waren, dann wieder zu ihm. Gute sieben Meter, was ihm nicht zu gefallen schien. »Bleiben Sie, wo Sie sind.«

Martin zuckte mit den Schultern. Streckte ihm die Arme entgegen, die Handflächen geöffnet und nach oben.

Corso griff in seine Tasche und holte die Handschellen heraus. Machte dabei einen Schritt auf Martin zu.

»Ich hab nichts«, sagte Martin.

Corso sagte: »Quinn ...« und blieb stehen. Überlegte eine Sekunde. Wollte nicht seine Waffe ziehen.

»Ich hab doch nichts, Mann.«

»Wir fahren zurück nach Brooklyn. Bleiben Sie einfach da stehen.« Machte einen weiteren Schritt auf Martin zu.

Fünf Meter.

»Mein Vater ist aus Brooklyn.«

»Gut. Bleiben Sie da. Wir fahren zurück.«

»Er hat alles. Ich hab nichts.« Er schüttelte den Kopf und ließ die Hände fallen. Sah zu Boden. Jetzt kam Corso mit langen, großen Schritten auf ihn zu.

Martin rannte los. An dem Baum vorbei. Aus den Augenwinkeln sah er Corso stehenbleiben und kurz überlegen, dann setzte er ihm nach.

Martin rannte. An dem kleinen See entlang auf die Baumgruppe auf der Hügelkuppe zu, dann wieder runter. Der Abstand zwischen ihm und Corso war größer geworden.

Erreichte die Straße und gewann Tempo. Hörte, wie Corso hinter ihm aufholte, und wußte, er würde schießen. Sprang über eine niedrige Hecke und durchquerte einen Garten, sah in einem Fenster für einen kurzen Moment sein Spiegelbild aufblitzen und setzte über die nächste Hecke. War wieder auf einer Straße. Umzäunte Grundstücke. Zäune. Lange, hohe Reihen aus Holzpfählen, die so dicht standen, daß man nicht hindurchsehen konnte. Er rannte, nirgendwo ein Durchkommen und vor ihm keine andere Straße.

Er rannte weiter, hörte Corsos Schritte hinter sich auf dem Asphalt, dann warf er sich an einen der Zäune, zog sich hoch, etwas in ihm schien zu zerreißen, zog sich hoch, wuchtete seinen Körper auf die andere Seite, versuchte, auf den Füßen aufzukommen, aber seine Beine brachen unter ihm zusammen.

Er rappelte sich auf. Lief weiter. Spürte seine Arme nicht mehr, rannte mit tauben Armen weiter und sah sich um. Der Garten war riesig, ein Zaun zu allen vier Seiten. Ausgewachsene Bäume. Das Haus schien gar nicht näherkommen zu wollen. Links davon standen Büsche, der Zaun dahinter schien niedriger zu sein. Er würde wieder hochspringen und den Schwung ausnutzen müssen, um hinüberzukommen. Versuchte, seine Arme zu heben.

Corso hatte jetzt den Zaun auf der anderen Seite erreicht. Er hörte, wie er hinüberkletterte, runtersprang. Rief. Martin wußte, er würde ihm die Chance geben stehenzubleiben, bevor er schoß. Er könnte jetzt ganz einfach stehenbleiben, auf die Knie gehen und sich langsam auf den Boden legen.

Er warf die Hände hoch und sprang. Griff den oberen Rand des Zauns. Blieb kraftlos daran hängen. Hörte den Schuß.

Spürte den stechenden Schmerz und fiel.

Lag auf dem Rücken, und der Schmerz war in seinem ganzen Körper. Kriegte keine Luft mehr.

Was hatte sie gesagt? *Ich bin nach nebenan gegangen, weil ich plötzlich keine Luft mehr bekam.*

Über sich sah er Blüten. Rosa und weiß.

Waren das die Rhododendren, die sie eingepflanzt hatte? War das ihr Haus?

Unmöglich, das Haus ihrer Mutter war weiter weg. Und diese Büsche waren zu groß, um gerade gepflanzt worden zu sein. So hoch. Dicht. Und voller Blüten. Doch es sah aus wie ihr Haus. Und die Büsche trugen rosa und weiße Blüten.

»Rufen Sie einen Krankenwagen.« Er hörte, wie Corsos Schritten schnell näherkamen. Seine Stimme keuchte. Sprach zu jemandem in dem Haus. »Rufen Sie die 911. Sagen Sie, ein Polizist wurde angeschossen. Nun machen Sie schon, verdammt.« Dann war sein Gesicht da. Über ihm. Ein unheimliches Gesicht mit verzweifelten Augen. »Scheiße, Mann, wo hab ich Sie erwischt? Himmel ...« Seine Augen suchten die Stelle. Überall.

»Weiter unten, denke ich. Rücken.«

Er kniete neben ihm. »Aber Sie bluten auch vorne. Vielleicht ist die Kugel wieder ausgetreten. Können Sie die Zehen bewegen?«

Er versuchte es. Spürte, er konnte es.

»Gut«, sagte Corso. »Bleiben Sie ganz ruhig liegen. Ich denke, Sie schaffen es.« Sah ihm ins Gesicht. »Alles okay?« Versuchte zu lächeln. Besah sich die Wunde. Seine Blicke zuckten über ihn hinweg.

»Ich bin okay«, sagte er.

»Nicht bewegen. Der Krankenwagen ist schon unterwegs.« Seine Stimme klang warm. Kam von weit her.

»Ich bin okay.«

»Jürgen Benvenuti haftete schon am Beginn seiner Laufbahn etwas Professionelles an. Und siehe da, da ist er wieder, der amerikanische Kriminalroman. Von ihm hat Benvenuti so eine Art Reinkultur angelegt.«
Franz Schuh, Literaturen

Jürgen Benvenuti
Barcelona Blues

ISBN 3-203-75650-1

EUROPA
VERLAG
www.europaverlag.de

Der erste Roman
des Kult-Regisseurs von
»Natural Born Killers« und »Pulp Fiction«:
ein Schlachtfest der Sinne.

Quentin Tarantino
Kill Bill

ISBN 3-203-83503-7

EUROPA
VERLAG
www.europaverlag.de